ALAI

LES PAVOTS ROUGES

traduit de l'anglais (États-Unis)
par Aline Weill

Terres étrangères

ÉDITIONS DU
ROCHER
Jean-Paul Bertrand

Collection « Terres étrangères »
dirigée par Olivier Delavault

Titre original : *Red Poppies.*

ISBN 2-268-04505-6.

LES PAVOTS ROUGES

PREMIÈRE PARTIE

1

LES GRIVES SAUVAGES

Il neigeait ce matin-là. J'étais au lit quand j'entendis chanter les grives sauvages.

Mère faisait un brin de toilette dans une bassine de cuivre, plongeant en haletant ses belles mains fines dans le lait chaud, comme si l'entretien de leur beauté était une tâche pénible. Elle donna un petit coup sur le bord de la bassine, faisant courir des rides sur la surface du lait tandis que le coup sec résonnait dans la pièce.

Puis elle réclama la servante, Sangye Dolma.

En réponse à son ordre, Sangye Dolma entra en portant une autre bassine de cuivre. Elle plaça la cuvette de lait sur le sol, et Mère appela d'une voix douce : « Ici, Dordor. »

Un chiot sortit de sous un placard en jappant. Il se roula par terre et agita la queue devant sa maîtresse, avant d'enfouir sa tête dans la cuvette de lait et de laper si vite qu'il manqua s'étouffer. La femme du chef de clan, c'est-à-dire ma mère, aimait entendre quelqu'un s'étouffer avec les miettes d'amour qu'elle dispensait. Tandis que le chiot lapait son lait à grand bruit, elle se rinça les mains dans l'eau fraîche et dit à Dolma de voir si je dormais encore. J'avais eu un peu de fièvre la veille, et Mère avait dormi dans ma chambre.

« Ah-ma, dis-je, je suis réveillé. »

Elle s'approcha et tâta mon front de sa main humide. « La fièvre est tombée », murmura-t-elle.

Puis elle quitta mon chevet pour regarder ses jolies mains, qui ne pouvaient plus cacher les signes de l'âge. Elle les inspectait chaque fois qu'elle finissait sa toilette du matin, scrutant minutieusement ces mains qui paraissaient plus vieilles à la lumière du soleil, raidie dans l'attente du bruit que faisait la servante en déversant l'eau dans la cour. Cette attente s'accompagnait toujours d'une grande anxiété. L'eau qui tombait en cascade sur les dalles quatre étages plus bas la faisait tressaillir, car elle donnait l'impression d'un corps qui s'écrasait au sol.

Mais aujourd'hui, le bruit fut absorbé par une épaisse couche de neige.

Pourtant, elle frissonna au moment où il aurait dû résonner, et j'entendis la jolie bouche de Dolma marmonner à voix basse : « Ce n'est pas la maîtresse qui heurte le sol. »

« Qu'as-tu dit ? » demandai-je.

Mère se tourna vers moi : « Qu'a dit cette petite dévergondée ? »

« Elle a dit qu'elle avait mal au ventre. »

« C'est vrai ? » questionna Mère.

Je répondis pour elle : « Ça va mieux, maintenant. »

Mère ouvrit un pot et, du bout d'un petit doigt, en tira une goutte de lotion qu'elle frotta sur le dos de sa main. Puis un autre petit doigt puisa une noisette de lotion pour l'autre main. Une odeur âcre, épicée, se répandit dans la pièce. La lotion contenait du saindoux et de l'huile de marmotte, mêlés à des huiles aromatiques indiennes offertes par le monastère à ma mère. La femme du chef de clan avait un talent naturel pour les airs dégoûtés. Elle nous gratifia de l'un d'eux et déclara : « Cela sent vraiment mauvais. »

Sangye Dolma lui tendit un coffret exquis renfermant un bracelet de jade pour le bras gauche de sa maîtresse et un bracelet d'ivoire pour le droit. Mère les passa tous les deux à ses poignets et les fit tournoyer : « J'ai encore perdu du poids. »

La servante murmura : « Oui. »

« Est-ce tout ce que tu sais dire ? »

« Oui, maîtresse. »

Je crus que la femme du chef de clan allait la gifler, comme certaines l'auraient fait. Mais elle ne le fit pas. Pourtant, la peur rougit le visage de la servante.

Lorsque Mère descendit l'escalier pour aller prendre son petit déjeuner, Dolma resta à mon chevet et écouta s'éloigner sa maîtresse. Puis, elle fourra la main sous mes draps et me pinça violemment. « Quand ai-je dit que j'avais mal au ventre ? Quand ai-je jamais souffert de ces choses-là ? »

« Je sais que tu n'avais pas mal, répondis-je. Mais tu aurais pu vouloir projeter l'eau encore plus fort la prochaine fois. »

Cela la fit taire. Je gonflai ma joue, ce qui signifiait qu'elle devait m'embrasser. « Ne t'avise pas de le dire à la maîtresse », reprit-elle, tandis que mes mains se glissaient sous ses vêtements et attrapaient ses seins, deux petits lapins effarouchés. Un frisson passionné m'ébranla au plus profond de moi, ou peut-être seulement dans ma tête. Dolma s'échappa de mes mains et répéta : « Ne t'avise pas de le dire à la maîtresse. »

Ce matin-là, pour la première fois de ma vie, je connus le plaisir tentant que donne un corps de femme.

Sangye Dolma jura : « Idiot ! »

Frottant mes yeux ensommeillés, je demandai : « Dis-moi, qui est le vrai idiot ? »

« Je le dis comme je le pense, un parfait idiot. »

Puis, sans m'aider à m'habiller, elle partit après m'avoir laissé une jolie marque rouge sur le bras, comme un coup de bec d'oiseau. La douleur était totalement nouvelle et électrisante.

La neige brillait derrière la fenêtre, où les enfants de nos serviteurs s'en donnaient à cœur joie en lançant des pierres aux grives. Mais j'étais encore au lit, douillettement enveloppé dans des couches de soie et une courtepointe en peau d'ours, à écouter les pas de la servante résonner dans le long couloir. Apparemment, elle n'avait pas l'intention de revenir pour me servir. Alors, je rejetai la courtepointe du pied et me mis à crier.

Au sein du territoire gouverné par le chef Maichi, tout le monde savait que son fils du deuxième lit était un idiot.

Cet idiot, c'était moi.

Presque tout le monde, à part ma mère, m'aimait tel que j'étais. Si j'étais né intelligent, j'aurais pu avoir quitté ce monde depuis longtemps pour les sources jaunes au lieu d'être assis à remuer des pensées extravagantes devant une tasse de thé. La première femme du chef de clan était tombée malade et était morte. Ma mère avait été achetée par un marchand d'herbes médicinales et de fourrures pour être donnée en cadeau à mon père, qui l'avait engrossée après s'être soûlé. Je faisais donc tout aussi bien d'arriver idiot dans la vie.

Pourtant, dans la vaste étendue de notre domaine, tout le monde me connaissait. Cela, parce que j'étais le fils du chef. Si vous ne me croyez pas, essayez donc d'être un esclave ou le brillant fils d'un roturier. Vous verrez alors si les gens savent qui vous êtes.

Je suis un idiot.

Mon père était un chef de clan investi de son pouvoir par l'empereur de Chine et il gouvernait des dizaines de milliers de gens.

Donc, si la servante ne venait pas m'aider à m'habiller, je pouvais la réclamer en criant. Chaque fois que les domestiques tardaient à réagir, je faisais tomber mes couvre-lits de soie en cascade sur le sol. Ces soies chinoises, qui venaient de très loin au-delà des montagnes, sont bien plus glissantes qu'on ne croit. Depuis ma plus tendre enfance, je n'ai jamais compris pourquoi le pays des Chinois était non seulement l'endroit d'où provenaient le thé, le sel et la soie, mais aussi la source du pouvoir des chefs de clan. Quelqu'un m'a dit un jour que c'était à cause du temps qu'il fait. J'ai répondu : « Oh ! le temps. » Mais au fond de moi, je pensais : peut-être, mais ce ne peut pas être la seule raison. Sinon, pourquoi le temps, qui transforme tout, ne m'a-t-il pas changé, moi aussi ? D'après ce que je sais, il y a du temps partout. Il y a du brouillard, et le vent souffle. Quand le vent se réchauffe, la neige se change en pluie. Puis, le vent se refroidit, la pluie gèle et se change en neige. Le temps cause des changements en tout. On regarde une chose fixement, et puis, juste au moment où elle va se transformer, on est forcé de cligner des yeux. Et à cet instant, tout reprend sa forme initiale. Qui peut s'empêcher de ciller ? C'est comme lorsqu'on offre des sacrifices. Derrière les volutes de fumée, les lèvres rouges des divinités qui reçoivent les offrandes s'apprêtent à s'ouvrir pour crier ou sourire de plaisir, quand soudain, un roulement de tambours dans la salle du temple vous fait trembler de peur. Alors, les divinités reprennent leur expression première et retombent dans un état morne, indifférent.

Il a neigé ce matin, la première neige de printemps. Seules les neiges de printemps sont humides et fermes, capables de résister au vent. Seules les neiges de printemps couvrent la terre d'une épaisseur telle qu'elles recueillent toute la lumière du monde.

À présent, toute la lumière du monde était concentrée sur mon couvre-lit de soie et j'avais des pincements de tristesse en craignant que soie et lumière ne se sauvent. Tandis que les rayons de soleil perçaient mon cœur comme des poinçons, j'éclatai en sanglots et ma nourrice, Dechen Motso, entra en clopinant dans la pièce. Elle n'était pas très âgée, mais elle aimait se conduire comme une vieille femme. Elle était devenue ma nourrice après avoir donné naissance à son premier enfant, qui était mort presque aussitôt. J'avais alors trois mois, et ma mère attendait avec impatience un signe de moi montrant que j'avais conscience d'être venu en ce monde.

Le premier mois, je décidai de ne pas sourire.

Le deuxième mois, personne n'arriva à tirer de moi une lueur d'intelligence.

Mon père, le chef de clan, me dit du ton qu'il employait pour donner des ordres : « Fais-moi un sourire, veux-tu ? »

N'obtenant pas de réaction, il prit une voix plus dure : « Fais-moi un sourire, répéta-t-il sévèrement. Souris ! Tu m'entends ? »

Il avait l'air si drôle que j'ouvris grand la bouche, mais juste pour le fixer stupidement d'un air extasié. Ma mère détourna les yeux, le visage mouillé de larmes, car j'avais exactement le même regard que mon père la nuit où j'avais été conçu. Ce souvenir l'écœura tellement que son lait tarit aussitôt. « Un tel bébé n'a qu'à mourir de faim », déclara-t-elle.

Mon père, qui n'était pas très inquiet, dit à l'intendant d'apporter dix dollars d'argent et du thé à Dechen Motso, dont le fils illégitime venait de mourir ; elle pourrait ainsi payer le repas végétarien et le thé que les moines recevaient pour célébrer les rites funéraires. L'intendant, bien sûr, savait ce que le maître avait en tête. Il partit le matin et revint dans l'après-midi, accompagné de la nourrice. Quand ils atteignirent l'entrée du domaine, une meute de chiens féroces aboya et gronda à leur approche. L'intendant suggéra : « Il faut qu'ils s'habituent à votre odeur. » La nourrice prit alors un petit pain cuit à la vapeur, le morcela, puis cracha sur les morceaux avant de les jeter aux chiens. Les aboiements cessèrent. Après avoir saisi la nourriture au vol, ils coururent vers elle et l'entourèrent, relevant avec leurs museaux sa longue jupe pour flairer ses jambes et ses pieds. Quand l'intendant conduisit dans la maison la nourrice à présent familière, ils remuaient la queue en mâchant les morceaux de pain.

Le chef de clan était extrêmement satisfait. Le visage de Dechen conservait une pointe de tristesse, mais son corsage était mouillé par son lait qui coulait.

Quant à moi, je braillais alors à pleins poumons. La femme du chef de clan, bien qu'elle n'eût pas de lait, essayait de fourrer une de ses choses flétries dans ma bouche d'idiot. Père frappa bruyamment le sol de sa canne et me dit : « Cesse de crier. La nourrice est arrivée. » Je me tus sur-le-champ, comme si je l'avais compris, et très vite, on me présenta ses seins abondants. Bien qu'il eût le goût du chagrin, de l'herbe et des fleurs des champs, son lait était pareil à une source d'eau jaillissante, sucré et nourrissant. De son côté, le piètre lait de ma mère avait le goût des pensées singulières qui remplissaient tellement mon cerveau exigu qu'il se mettait à bourdonner.

Mon petit estomac fut rapidement gavé. Pour exprimer ma gratitude, je fis pipi sur la nourrice, qui détourna la tête pour pleurer quand je lâchai son mamelon. Il n'y avait pas longtemps que son nouveau-né, enveloppé dans une couverture en peau de vache, avait été enterré au pied d'un étang après que les lamas eurent récité pour lui le « soutra de la réincarnation ».

Voyant les larmes de ma nourrice, ma mère cracha et s'exclama : « Mauvais karma ! »

« Maîtresse, répondit la nourrice, s'il vous plaît, pardonnez-moi. Je ne le referai pas. » Ma mère lui ordonna de se gifler le visage.

J'avais maintenant treize ans. Après toutes ces années, ma nourrice, comme les autres serviteurs avertis des secrets de ma famille, avait fini par s'oublier. Pensant elle aussi que j'étais un idiot, elle disait souvent devant moi : « Le maître ? Ah ! Les serviteurs ? Ah ! » Tout en parlant, elle fourrait dans sa bouche un bout de fil ou de laine d'agneau, le mélangeait à sa salive, puis crachait le tout sur le mur. Sauf que depuis un an ou deux, elle n'arrivait apparemment plus à cracher très haut. Voilà comment elle décida de devenir une vieille femme.

J'étais en train de crier et de faire une scène quand elle entra dans ma chambre en boitillant. « S'il te plaît, jeune maître, la maîtresse ne doit pas t'entendre. »

Mais je hurlais parce que cela me faisait du bien.

« Jeune maître, me glissa-t-elle, as-tu vu la neige ? »

Qu'est-ce que cela pouvait bien me faire ? Mais je m'arrêtai quand même de crier et levai les yeux sur un coin de ciel incroyablement bleu, encadré par la petite fenêtre. Ce fut seulement quand elle me redressa que je vis les branches plier sous le poids de la neige. « Regarde, me dit-elle, les grives sont descendues de la montagne. »

« C'est vrai ? »

« Je t'assure. Écoute, elles appellent les enfants pour qu'ils aillent jouer avec elles. »

Je cessai de m'agiter et la laissai m'habiller.

Me voilà enfin arrivé au moment où je peux parler des grives. Voyez la sueur sur mon front !

Les grives sont sauvages dans la région. Personne ne sait où elles vont quand le ciel est couvert, mais par beau temps, elles sortent pour chanter, de leurs voix douces et claires. Peu douées pour le vol, elles préfèrent descendre des hauteurs en planant. D'habitude, elles ne descendent pas très bas, sauf les jours de neige, quand elles ont du mal à trouver à manger dans leur habitat coutumier. La neige force les grives à descendre de la montagne, là où vivent les hommes.

Pendant que je prenais mon petit déjeuner avec Mère, nous fûmes interrompus constamment.

D'abord, ce fut l'intendant éclopé, venu demander si le jeune maître voulait mettre des bottes fourrées pour sortir jouer dans la neige. Il dit que si le maître avait été à la maison, il aurait voulu que j'y aille. « Fiche le camp, estropié, lui dit Mère. Mets-toi cette paire de bottes usées autour du cou et disparais. »

L'intendant, bien sûr, s'en alla, mais il ne mit pas les bottes autour de son cou et ne « disparut » pas.

Un peu plus tard, il entra en boitant pour signaler que la lépreuse qui avait été chassée dans la montagne était descendue pour chercher à manger.

« Où est-elle à présent ? » demanda Mère impatiemment.

« Elle est tombée en chemin dans un piège à ours. »

« Elle peut bien en sortir en rampant. »

« Non. Elle appelle au secours. »

« Pourquoi ne l'enterres-tu pas ? »

« L'enterrer vive ? »

« Que m'importe ! Nous ne pouvons pas laisser une lépreuse pénétrer dans le domaine. »

Puis vint la question des aumônes à donner au monastère, suivie d'un débat sur les graines à envoyer aux gens qui labouraient nos terres. Le charbon brûlait d'un vif éclat dans un brasero de cuivre et je ne tardai pas à ruisseler de sueur.

Après que Mère eut passé quelque temps à parler affaires, son air d'épuisement habituel disparut, pour faire place à un visage radieux, comme si une lampe s'était allumée dans sa tête. Je regardai si attentivement ses traits brillants que je n'entendis pas sa question. Elle éleva la voix et me demanda avec colère : « Mais enfin, que veux-tu ? »

Je répondis : « Les grives m'appellent. »

La femme du chef de clan s'emporta et sortit avec fracas. Je sirotai mon thé avec des manières d'aristocrate, chose que je savais faire très bien. J'en étais à ma seconde tasse lorsque des cloches sonnèrent et des roulements de tambours s'élevèrent en haut dans la salle des soutras. Je sus alors que la femme du chef de clan s'occupait à présent du gagne-pain des moines.

Si je n'avais pas été un idiot, je ne l'aurais pas déçue à un moment pareil. Elle avait joui ces derniers jours des prérogatives du pouvoir, depuis que mon père s'était rendu dans la capitale provinciale avec mon frère, Tamding Gonpo, pour y déposer une plainte contre notre voisin, le chef de clan Wangpo. Tout avait commencé par un rêve de père, où un ornement de corail tombé de son anneau avait été ramassé par le chef Wangpo. Le lama avait dit que c'était un mauvais présage. Peu après, en effet, un vassal de la frontière nous avait trahis en allant avec douze serviteurs faire allégeance au chef Wangpo. Père envoya un messager à Wangpo avec des cadeaux somptueux pour les racheter, mais sa demande fut refusée. Un deuxième émissaire fut dépêché pour lui offrir des lingots d'or en échange de la tête du traître ; Wangpo pouvait garder la terre et les douze serviteurs. L'or fut retourné, avec un message disant que si le chef Wangpo tuait un homme venu augmenter sa richesse, ses propres gens s'enfuiraient comme les serviteurs du chef Maichi.

En dernier recours, Père ouvrit un coffret incrusté d'argent et de perles et produisit un sceau, emblème du plus haut titre officiel conféré par l'empereur Qing. Muni du sceau et d'une carte, il alla dans la capitale provinciale porter plainte auprès du gouvernement militaire de Sichuan, placé sous le contrôle de la République de Chine.

Mère et moi mis à part, la famille Maichi était composée de Père, d'un demi-frère de la première femme de Père, et d'une demi-sœur partie en Inde avec un oncle qui était homme d'affaires. Plus tard, ma demi-sœur alla en Angleterre, pays encore plus lointain que tout le monde disait immense et que l'on appelait l'empire où le soleil ne se couche jamais. Je demandai un jour à Père : « Fait-il toujours nuit dans les grands pays ? »

Il se contenta de sourire et dit : « Tu es vraiment un petit idiot. »

À présent, ils étaient tous loin de moi et je me sentais seul.

Alors, je criai : « Grives ! », me levai et descendis l'escalier. Dès que j'atteignis le bas des marches, les enfants des serviteurs m'entourèrent. « Tu vois ces drôles ? me rappelaient souvent mes parents. Ils forment ton bétail. » À peine avais-je posé le pied sur les dalles de la cour que mon futur bétail accourut. Les gamins ne portaient pas de manteaux de fourrure ni de bottes, mais le froid ne semblait pas les gêner plus que moi. Ils attendaient que je leur donne un ordre. Et je dis : « Allons attraper les grives. »

Leurs visages brillaient d'excitation.

Les exhortant de la voix et du geste, je me dirigeai vers l'entrée du domaine avec ma bande de petits esclaves. Nous partîmes à toute allure, effrayant les chiens du portail qui se mirent à aboyer comme des fous. Leur raffut égaya la matinée. Et quelle neige ! Elle avait transformé le monde en une vaste étendue joyeuse ! Mes esclaves criaient avec animation, donnant avec leurs pieds nus des coups dans la neige, les poches remplies de pierres glacées. Les grives, levant haut leurs queues jaune foncé, sautillaient pour aller chercher à manger au pied du mur, là où la neige était plus clairsemée.

« Allons-y ! » m'écriai-je.

Je courus avec mes petits esclaves après les grives. Incapables de s'envoler dans les hauteurs, elles s'élancèrent vers le verger auprès de la rivière, tandis que nous les poursuivions péniblement dans la neige où nous nous enfoncions jusqu'aux chevilles. Les grives, qui ne pouvaient s'enfuir, tombèrent sous les pierres, piquant du nez l'une après l'autre dans la neige moelleuse. Celles qui avaient la chance de survivre, sacrifiant leur queue pour sauver leur tête, plongeaient leur petit cou entre les roches et les racines avant de tomber à leur tour dans nos griffes.

Ce fut la bataille que je commandai dans ma jeunesse, une bataille très gratifiante.

J'envoyai des esclaves chercher du petit bois à la maison, et demandai aux autres de casser les branches sèches de nos arbres fruitiers. Le plus leste et le plus brave fut chargé d'aller voler du sel à la cuisine, pendant que les autres restaient avec moi dans le verger. Là, ils percèrent une clairière assez grande pour que nous puissions tous nous tenir autour d'un feu. Le voleur de sel était mon bras droit, Sonam Tserang, et il revint en un éclair. Prenant le sel, je lui dis d'aider les autres à déblayer la neige. Ce qu'il fit, en haletant et en la faisant voler à coups de pied. Même pour ça, il était plus habile que les autres. C'est pourquoi je ne lui dis rien quand il m'envoya de la neige en plein visage, même si je savais qu'il l'avait fait exprès. Certains esclaves ont droit au favoritisme. C'est une règle absolue, un principe utile pour un souverain. Voilà pourquoi je tolérai son insubordination et ris bêtement tandis que la neige glissait dans mon cou.

Le feu ne tarda pas à s'allumer et nous commençâmes à plumer les oiseaux. Sonam Tserang arrachait les plumes des grives sans les tuer, et elles poussaient des cris horribles en battant des ailes. Tout le monde en avait la chair de poule, tout le monde, sauf lui, qui ne semblait nullement troublé. Heureusement, l'arôme des oiseaux rôtis qui s'éleva du feu eut tôt fait de nous rassurer. Peu après, nous eûmes chacun l'estomac farci de quatre ou cinq grives sauvages.

2

SHARI

Pendant ce temps, Mère me cherchait partout.

S'il avait été là, Père ne m'aurait pas interdit de jouer à ces sortes de jeux. Mais Mère dirigeait la maison depuis quelques jours, et il en allait autrement. Finalement, les serviteurs me trouvèrent dans le verger. Le soleil était haut dans le ciel, la neige brillait d'une blancheur aveuglante, et j'avais les mains couvertes de sang à force d'avoir rongé les os des grives. Avec les enfants des esclaves, aux visages et aux mains tout aussi rouges de sang, je rentrai à la maison. L'odeur du sang frais déchaîna les chiens de garde. Je levai les yeux à l'entrée et vis ma mère debout au sommet de l'escalier, qui nous fixait d'un air sévère. Les visages des petits esclaves se décomposèrent.

On m'envoya directement en haut, pour sécher mes habits devant la cheminée.

Peu après, les claquements d'un fouet de cuir s'élevèrent dans la cour, sifflant comme un faucon fendant le ciel. Je pense que j'ai dû haïr ma mère à cet instant, haïr la femme du chef de clan. En posant sa joue sur sa main, comme si elle avait mal aux dents, elle dit : « Ce ne sont pas des os inférieurs dans ton corps. »

Os, voilà un mot très important, comme *racine*, qui veut dire à peu près la même chose.

Mais en tibétain, le mot *racine* est court et brusque : *nyi. Os*, quant à lui, a un son fier : *shari.* Le monde de la nature est formé d'eau, de feu, d'air et de vent, tandis que le monde des hommes est formé d'os, ou de racines. Pendant que j'écoutais Mère et absorbais la chaleur des vêtements secs, je réfléchis à la question des os, mais sans rien y comprendre. Au lieu de cela, j'entendais les grives chercher à déployer leurs ailes dans mon ventre et les fouets cravacher mon futur bétail. Des larmes se mirent à couler de mes yeux. Y voyant un signe de remords, la femme du chef de clan me frotta la tête et me dit : « Fils, tu dois te rappeler que tu peux les monter comme des chevaux ou les battre comme des chiens, mais que tu ne dois jamais les traiter comme des humains. » Elle se croyait très intelligente, mais je pense que même les gens intelligents sont quelquefois stupides. Je suis peut-être idiot, mais il y a des choses pour lesquelles je suis meilleur que d'autres. En songeant à cela, j'éclatai de rire, le visage encore mouillé de larmes. J'entendis ma nourrice, l'intendant et les servantes demander ce qu'avait le jeune maître, mais je ne les vis pas. Je pensais que j'avais fermé les yeux, mais ils étaient grands ouverts. Alors, je m'exclamai : « Mes yeux ont disparu ! »

Je voulais dire par là que je ne pouvais plus voir.

Les yeux du fils du chef de clan était rouges et bouffis, et la moindre lumière les piquait comme des aiguilles.

Le lama Monpa, un expert dans l'art de la guérison, diagnostiqua une cécité due à la neige. Brûlant une branche d'épicéa et des herbes, il me couvrit les yeux de fumées âcres, comme pour venger les grives. Puis, il accrocha devant mon lit un portrait de Bhaisajya-raja, le bodhisattva de la guérison. Très vite, je cessai de pleurer, me calmai et m'endormis.

Quand je me réveillai, le lama Monpa m'apporta un bol d'eau pure et, après avoir fermé les fenêtres, me dit d'ouvrir les yeux et de décrire ce qu'il y avait dans l'eau. Je vis des étincelles, pareilles aux étoiles dans le ciel, jaillir des bulles à la surface. Puis, je vis de gros grains d'orge libérer les bulles scintillantes au fond du bol. Très vite, mes yeux allèrent bien mieux.

Le lama Monpa s'inclina devant le bodhisattva de la guérison pour exprimer sa gratitude, avant de rassembler ses affaires et de retourner prier pour moi dans la salle des soutras.

Je m'endormis un moment, mais je fus réveillé par le bruit de quelqu'un qui se répandait en courbettes au-dehors. C'était la mère de Sonam Tserang, qui se prosternait devant la maîtresse en demandant pardon pour son misérable fils.

« Peux-tu voir à présent ? » demanda Mère.

« Oui. »

« Es-tu sûr ? »

« Oui », répétai-je.

Sur cette affirmation, la femme du chef ordonna : « Emmenez ce petit vaurien en bas et donnez-lui vingt coups de fouet. »

Une mère remercia l'autre, puis descendit l'escalier. Ses sanglots me rappelèrent les abeilles bourdonnant parmi les fleurs et je me demandai si l'été était arrivé.

Allons, puisque je suis bloqué un certain temps ici, reprenons ma réflexion sur les os.

Dans le pays d'où vient notre religion, les os s'appelaient « castes ». Sakyamuni, le Bouddha, était issu d'une haute et noble caste. Et dans le pays d'où vient notre pouvoir — la Chine —, les os était considérés comme des choses liées aux seuils, un mot difficile à traduire, mais qui s'applique sans doute à la hauteur des portes. Si c'est le cas, la porte de la famille du chef de clan devait être très haute. Ma mère était issue d'une famille de classe inférieure, mais elle s'était beaucoup intéressée à ces choses après son entrée dans la maison Maichi. Elle essayait toujours de les fourrer dans la tête de son fils stupide.

Je lui demandai un jour : « Si notre seuil est haut, cela veut-il dire que nous pouvons entrer et sortir des nuages ? »

Elle eut un sourire désabusé.

« Alors nous serions des dieux et des fées, et non des chefs de clan. »

Visiblement déçue que sa progéniture fasse un tel commentaire, elle eut un sourire encore plus désappointé, en m'adressant un regard appuyé pour me culpabiliser d'en être encore là.

La demeure du chef Maichi s'élevait en réalité sur près de trente mètres et avait sept étages, un toit, et un cachot. Ses pièces et ses portes innombrables étaient reliées par une série d'escaliers et de couloirs, complexes comme le cœur humain et compliqués comme les affaires du monde. Édifiée au sommet d'une chaîne de montagnes, au confluent de deux cours d'eau, la maison occupait une position dominante, surplombant des douzaines de forteresses de pierre sur les berges de la rivière en contrebas ; le *feng shui*[1] était parfait.

Les familles qui vivaient dans ces forteresses de pierre étaient appelées Kabas, et elles appartenaient toutes au même os, ou *shari*. Elles labouraient nos terres et venaient travailler dans notre domaine lorsque le chef de clan avait besoin d'elles. Les Kabas

---

1. Le feng shui est un art chinois cherchant à équilibrer les énergies qui entourent les hommes dans leurs habitations et leurs lieux de travail. *N.d.t.*

étaient aussi les messagers du territoire du chef Maichi, qui s'étendait sur 360 li[1] d'est en ouest et sur 410 li du nord au sud, et comprenait plus de deux mille familles habitant dans trois cents forteresses. Les Kabas ont un proverbe qui dit : « La plume sur une lettre du chef de clan doit vous faire sauter en l'air. » Quand le gong résonnait au domaine, appelant quelqu'un à aller délivrer un message, un Kaba, même si sa mère était à l'agonie, devait se mettre en route aussitôt.

Lorsqu'on tournait les yeux vers la rivière au loin, on pouvait voir les forteresses nichées au creux de la vallée et sur les montagnes. Là, les gens cultivaient la terre et gardaient leurs troupeaux. Toutes les forteresses avaient leurs chefs, qui occupaient des rangs variables et étaient nos vassaux. Les gens qu'ils dirigeaient étaient des serfs, une classe dans laquelle beaucoup d'hommes partageaient le même os. Ils pouvaient s'élever et augmenter le poids de leurs os en y mêlant du sang noble, mais le plus souvent, ils descendaient dans l'échelle des castes. Quand cela arrivait, il était difficile d'inverser les choses, car le chef de clan aimait réduire en esclavage le plus de serfs possible. Les esclaves de la famille étaient du bétail, qui pouvait être acheté, vendu, ou employé à volonté. Il n'est pas difficile de changer des hommes libres en esclaves ; il suffit de créer une règle qui punisse les faiblesses humaines les plus courantes. C'est plus infaillible qu'un piège posé par un chasseur éprouvé.

C'est exactement ce qui était arrivé à la mère de Sonam Tserang.

Elle était fille de serfs, ce qui signifiait qu'elle était serve elle-même, et que le chef de clan ne pouvait exiger d'elle un tribut ou un travail que par l'intermédiaire d'un vassal. Mais elle avait eu un fils hors mariage, violant ainsi la loi contre les enfants illégitimes, et avait donc été réduite en esclavage avec son fils.

Quelqu'un a écrit quelque part dans un livre que les chefs de clan n'avaient pas de lois. C'est vrai que nous ne couchions pas tout sur le papier, mais une règle était une règle et les gens les

---

1. Mesure itinéraire, en usage chez les Chinois, et valant à peu près 576 m. *N.d.t.*

avaient gravées à l'esprit. C'était plus efficace que bien des lois écrites. Si je demande : « N'est-ce pas ? », une voix tonitruante me répond du fond des âges : « Oui. »

En ces temps, en tout cas, les règles étaient faites pour asservir les gens, pour changer les hommes libres en esclaves, et non pas le contraire. Les membres de la noblesse, avec leurs os pesants, étaient les artistes qui créaient ces règles.

L'os sépare les hommes en supérieurs et inférieurs.

En haut, le chef de clan.

Le chef de clan gouverne ses vassaux.

Vassaux qui dirigent les serfs.

Après, viennent les Kabas et, au bas de l'échelle, les esclaves de la famille. De plus, il y a une classe dont les membres peuvent changer de statut quand ils veulent. Ce sont les moines, les artisans, les acteurs et les chamans. Le chef de clan est plus clément à leur égard qu'envers les autres. La seule chose qu'ils doivent éviter, c'est de lui donner l'impression qu'il ne sait pas quoi faire d'eux.

Un lama m'a dit un jour : « Lorsqu'ils sont confrontés au mal, les Tibétains du pays des neiges ne peuvent pas le distinguer du bien, comme les calmes Chinois han. Quand il n'y a pas lieu de se réjouir, les Tibétains font la fête, comme les Indiens. »

La Chine, dans notre langue, s'appelle Gyanak, ce qui veut dire « le pays des robes noires ».

Et l'Inde se nomme Gyaghar, « le pays des robes blanches ».

Plus tard, ce lama a été puni par le chef Maichi, car il réfléchissait toujours à des questions auxquelles personne ne voulait penser. Il mourut après avoir eu la langue coupée et dut subir le supplice de ne pas pouvoir parler. Pour moi, l'époque qui a précédé Sakyamuni était une ère de prophètes ; après lui, nous n'avons plus eu besoin de nos cerveaux pour réfléchir. Si l'on croit être quelqu'un de spécial, mais si l'on n'est pas né aristocrate, on doit se faire lama et peindre des tableaux de l'avenir. Mais on doit se hâter si l'on pense avoir quelque chose à dire sur le présent, ou bien sur le futur, car on ne pourra plus le dire après avoir perdu sa langue.

Ne voyez-vous pas toutes ces langues qui pourrissent pour avoir voulu dire un jour quelque chose ?

Parfois, les serfs ont quelque chose à dire, mais ils se retiennent jusqu'à leur mort. Voici quelques bonnes expressions de la dernière heure :

« Donnez-moi à boire de l'hydromel. »

« S'il vous plaît, mettez-moi un petit morceau de jade dans la bouche. »

« Le jour se lève. »

« Ah-ma, les voilà. »

« Ciel, ah, ciel ! »

« Esprits, oh, esprits ! »

Et cetera.

3

SANGYE DOLMA

Mon premier souvenir remonte à ce matin enneigé de mes treize ans.

La première neige de printemps m'avait rendu aveugle.

Le bruit des coups de fouet donnés à Sonam Tserang par les gardes apaisa mes yeux rouges. Mère dit à la nourrice : « Prends bien soin du jeune maître. »

La maîtresse se leva pour partir, suivie de la belle servante Dolma. J'écartai la serviette qui me couvrait les yeux et criai : « Je veux Dolma ! »

Je ne demandai pas à Mère de rester, mais elle dit : « Parfait, nous te tiendrons compagnie. » Bien entendu, mon petit cerveau ne pouvait pas comprendre tout ce qui se passait, de sorte que je saisis la main douce et chaude de Dolma et m'endormis très vite.

Quand je me réveillai, il faisait nuit.

Depuis le pont, au-dessous de la forteresse, s'élevaient les gémissements d'une femme. Un enfant était mort en laissant son âme dans un lieu fréquenté par des esprits, et sa mère l'implorait de revenir. Je dis à la servante, qui se penchait à mon chevet : « Dolma, je te veux, Dolma. »

Elle pouffa de rire.

Puis, elle me pinça et glissa son corps nu sous les draps.

Il y a une chanson qui dit :

Une fille pécheresse
Coulant comme l'eau dans mes bras
Quelle sorte de poisson
Vient nager dans un rêve ?
Mais surtout, ne dérangez pas
Le moine pécheur et la jolie fille !

Dans notre mythe de la création, un dieu dit quelque part : « Ha ! » et un vide apparaît. Puis, le dieu dit au vide : « Ha ! » faisant naître le feu, l'eau et la poussière. À nouveau, il prononce le « ha ! » magique, pour que le vent fasse tourner le monde dans le vide. Ce jour-là, j'empoignai les seins de Dolma dans le noir et m'écriai : « Ha ! » de saisissement et d'extase.

Mais Dolma se contenta de marmonner : « Hmm, hmm, hmm... »

Un monde d'eau et de feu, de lumière et de poussière, se mit à tournoyer. J'avais treize ans et Dolma dix-huit.

Dolma, avec ses cinq ans de plus que moi, me souleva et me plaça sur elle.

Quelque chose s'enflamma dans mon corps de treize ans.

Elle me dit : « Viens, entre », comme s'il y avait une sorte de porte dans son corps. J'avais en effet un grand désir de pénétrer quelque part.

Elle reprit : « Idiot, espèce d'idiot », avant de me saisir par en bas et de me pousser à l'intérieur.

Le moi de treize ans poussa un cri et explosa. Puis, le monde s'évanouit.

Au matin, mes yeux, qui avaient commencé à aller mieux, étaient à nouveau fermés et gonflés. Dolma, rouge de honte, alla murmurer quelque chose à l'oreille de Mère. La femme du chef de clan jeta un coup d'œil à son fils et sourit malgré elle en giflant la belle servante.

Le lama Monpa revint à mon chevet.

Mère lui dit : « Le maître va bientôt rentrer. Regarde ce que tu as fait à mon fils. »

« Le jeune maître doit avoir vu quelque chose d'impur », répondit le lama.

Alors, Mère demanda : « Était-ce un revenant ? Une poignée de fantômes que tu n'as pas su exorciser doit traîner encore dans les parages. »

Le lama secoua la tête : « Des chiots sont nés en bas. Le jeune maître les a-t-il vus ? »

Mes yeux furent à nouveau soumis à la fumée d'épicéa. Le lama me fit absorber un remède à base de poudre d'herbe, qui me donna envie de faire pipi. Il m'avertit que cela me ferait un peu mal. C'était vrai. L'endroit qui m'avait donné tant de plaisir la nuit d'avant était comme piqué par des aiguilles.

Le lama déclara : « C'est cela. J'avais raison. Le jeune maître est devenu un homme. »

Quand tout le monde, sauf ma nourrice, fut sorti de ma chambre, celle-ci me demanda : « Que t'a fait ce petit démon ? »

J'éclatai de rire, en cachant mes yeux gonflés.

Alors, ma nourrice dit, avec une haine farouche : « Espèce d'idiot. J'espérais que la vie serait plus facile pour moi quand tu aurais grandi, mais voilà que tu as cette petite diablesse pour me traiter de haut. » Elle frappa le brasero de cuivre avec une paire de pincettes. Je l'ignorai, pensant qu'il était bon d'être le fils d'un chef de clan. Le monde se mettait à tourner dès que je disais « Ha ! » comme un dieu. Puis, le laxatif du lama fit chanter mon estomac.

Ma nourrice demanda plus tard au lama d'une voix chantante : « Qu'as-tu fait au ventre de notre jeune maître ? »

Le lama lui fit baisser les yeux avant de s'éloigner. Cela me donna envie de rire, mais à peine avais-je commencé à pouffer que je fus pris de coliques. Je passai la matinée sur un pot de chambre. Mère voulut punir le lama pour ce qu'il avait fait, mais il était déjà en route pour aller voir d'autres patients. Nous lui donnions le gîte et le couvert, mais il aimait gagner de la menue monnaie. Dès l'après-midi, mes yeux et mon estomac avaient recouvré la santé, et les gens vantaient à nouveau les talents du lama.

C'était un bel après-midi ensoleillé. Un bruit de sabots volant comme le vent nous fit tous dresser l'oreille tandis que les rayons du soleil nous perçaient comme des flèches.

Mon père, parti déposer plainte auprès du gouvernement provincial, revenait du pays des Han. Sa suite planta une tente pour la nuit à douze li du domaine, tandis qu'un cavalier venait nous annoncer que le chef Maichi ramenait un haut fonctionnaire du gouvernement militaire, qu'il fallait accueillir en grande pompe.

Très vite, des chevaux quittèrent le domaine pour gagner les forteresses voisines. Debout sur le balcon d'une plate-forme de l'écurie, j'observai avec Mère les nuages de poussière qui s'élevaient au-dessus des champs. La plate-forme à trois étages faisait face au portail du sud-est, qui s'ouvrait sur une large vallée. La maison, je l'ai dit, comprenait sept étages sur ses trois autres côtés. Un fortin, relié au bâtiment, donnait sur une route au nord-ouest, qui descendait du col de la montagne. Le sol en terre battue de la plate-forme, qui s'amollissait sous nos pieds, annonçait l'arrivée du printemps. Le troisième étage, au-dessous du balcon, servait de logement aux gardes et de position défensive pour repousser les attaques. Les esclaves habitaient les deux autres étages. La vallée de la rivière s'élargissait graduellement vers le sud-ouest, d'où mon père et mon frère allaient revenir le lendemain. Ce jour-là, le paysage qui s'étendait devant moi était tel que je l'avais toujours connu : les montagnes s'élevaient de plus en plus haut, attendant le coucher du soleil. Une rivière grondait vers l'est en courant sur un versant, creusant dans la vallée une voie toujours plus large. Comme dit le proverbe, l'empereur han gouverne sous le soleil du matin, le Dalaï Lama dirige sous le soleil de l'après-midi.

Nous étions situés un peu à l'est sous le soleil de midi, un emplacement très important. Il impliquait que nous aurions plus de contacts avec l'empereur han à l'est qu'avec notre chef religieux, le Dalaï Lama. Les facteurs géographiques avaient décidé de notre alliance politique.

Vous voyez, la raison pour laquelle nous avions pu exister si longtemps tenait à une juste appréciation de notre position. Mais le chef Wangpo, qui avait décidé d'être notre ennemi, faisait toujours des pèlerinages à Lhassa. Les sages qui l'entouraient lui disaient : « Nous devrions aussi rendre visite aux Han. » Mais il répondait : « Qu'y a-t-il de plus important ? Wangpo ou la Chine ? » Il avait complètement oublié que l'un de nos ancêtres avait reçu de Pékin son sceau de chef de clan. Il est vrai qu'un livre dit que les

Tibétains aux cheveux noirs sont descendus du ciel sur cette haute terre, pure et escarpée, en glissant sur un brin de laine. Le chef Wangpo avait donc lieu de croire que puisque les gens peuvent descendre du ciel, l'argent, les armes et les sceaux de l'autorité peuvent eux aussi descendre sur des éclairs bleutés.

Mère m'annonça : « Les gens qui peuvent affronter le chef Wangpo sont en route et nous irons les accueillir demain. Ils sont venus de mon pays, mais saurai-je leur parler en chinois ? Ciel, oh, ciel ! Mon fils, écoute-moi. Crois-tu que je parle encore bien le chinois ? »

Comment puis-je le savoir ? pensai-je en me frappant le front. Mais elle s'était déjà mise à jacasser. Au bout d'un moment, elle s'exclama joyeusement : « Cher Bodhisattva, je n'ai pas oublié, je n'ai rien oublié du tout ! » Des larmes coulaient sur son visage. Me prenant la tête dans ses mains, elle la secoua en disant : « Je vais t'apprendre le chinois. Pourquoi n'ai-je pas songé à te l'enseigner pendant toutes ces années ? »

Mais je ne m'intéressais guère à ce genre de choses et je la déçus une nouvelle fois, juste au moment où elle était si enthousiaste. « Regarde, le parapluie jaune du lama vient par là », dis-je comme un idiot.

Notre famille faisait vivre deux groupes de moines. Le premier habitait la salle des soutras dans le domaine, le deuxième le monastère Mondron Ling, de l'autre côté de la rivière. Averti de la cérémonie qui aurait lieu le jour suivant, Jeeka, le Bouddha vivant du monastère, venait chez nous en toute hâte. Mais alors qu'il traversait le pont de bois avec ses disciples, une tornade arracha son parapluie jaune et projeta dans la rivière le novice qui le portait. La femme du chef de clan pouffa de rire en voyant le petit moine remonter sur le pont, trempé jusqu'aux os. Écoutez comme elle a l'air jeune !

Lorsque la procession se dirigea vers l'escalier dallé, Mère ordonna qu'on ferme le portail.

Les relations n'étaient pas bonnes entre le chef de clan et le monastère.

Tout avait commencé après la mort de mon grand-père. Le Bouddha vivant Jeeka avait eu une idée bizarre, déclarant que seul mon oncle, le frère cadet de mon père, était qualifié pour lui succéder. Mais ce fut mon père, et pas mon oncle, qui devint le chef du clan Maichi, et le monastère tomba en disgrâce. Quand mon père eut repris le titre de chef de clan, il fit agrandir la salle des soutras de la maison et y invita des moines venus d'ailleurs, ignorant le monastère comme Jeeka avait oublié sa condition.

Debout sur le balcon de la plate-forme, flanquée d'un petit groupe de gens, Mère était tournée vers l'est, en direction du site de la grandeur impériale.

Pendant ce temps, le Bouddha vivant heurtait l'anneau de cuivre sur la tête du lion de notre portail.

L'intendant voulait sans cesse envoyer quelqu'un ouvrir la porte, mais Mère l'arrêtait à chaque fois. « Doit-on l'ouvrir ? » me demanda-t-elle.

« Faisons-les attendre un peu. Ils ne doivent pas être aussi impatients d'obtenir notre argent », répondis-je.

L'intendant, la servante et les autres domestiques éclatèrent de rire, tous, sauf ma nourrice. Je savais qu'elle avait dû confondre les moines avec le Bouddha du monastère.

Dolma déclara : « Le jeune maître est malin. »

Mère la fit taire en lui jetant un regard perçant, puis elle me lança d'un ton réprobateur : « Comment peux-tu être aussi insolent à l'égard d'un Bouddha vivant ? »

Sur ce, en relevant sa jupe plissée, elle descendit l'escalier avec majesté pour aller ouvrir le portail.

Le lama s'inclina respectueusement, mais au lieu de lui rendre son salut, la femme du chef de clan lui dit d'une voix doucereuse : « J'ai vu le parapluie jaune du Bouddha vivant s'envoler dans la rivière. »

« Bouddha Amita, maîtresse, c'est parce que je dois encore perfectionner ma discipline. »

Le vent enfla à travers la vallée, sifflant dans le ciel bleu.

Au lieu d'inviter le Bouddha vivant dans la maison, Mère dit : « Le vent se lève. Je veux que tu amènes tes musiciens du monastère pour accueillir un invité demain. »

Le Bouddha vivant, si excité qu'il pouvait à peine parler, s'inclina plusieurs fois devant la femme du chef de clan, ce qui était totalement contraire à l'usage. Car dès qu'il revêtait sa chemise jaune et sa soutane pourpre, il n'était plus un homme, mais le représentant de tous les dieux et bouddhas sur cette terre. Mais il l'avait oublié.

Le lendemain matin, je me réveillai au signal des premiers coups de feu tirés du fortin. J'allai même jusqu'à m'habiller. La nourrice se précipita avec un pot de chambre, mais je n'en fis pas usage, car j'avais tout éliminé la veille.

Des roulements de tambours résonnaient dans la salle des soutras tandis que des fumées d'encens s'élevaient au-dessus du domaine. Dehors, la place et la cour étaient remplies de chevaux écumants. Nos vassaux étaient venus de partout avec leurs serviteurs et quand Mère et moi les rejoignîmes, notre entourage se mit en route. La femme du chef de clan montait un cheval blanc parmi un groupe de poneys alezans. Elle portait une ceinture d'argent large comme la main, et un collier de perles ornait son cou. Ses cheveux fraîchement nattés brillaient comme un miroir.

J'éperonnai mon cheval pour la rattraper. Elle sourit. Mon poney alezan, bien nourri et puissant, était plus vif et plus robuste que les autres, et quand j'arrivai à sa hauteur, les gens applaudirent à la vue de chevaux aussi beaux. Au milieu des acclamations, j'avançais à côté de Mère sur la route, sous un soleil étincelant. J'aurais cru qu'elle ne voulait peut-être pas chevaucher à côté de son petit idiot, mais elle n'en avait cure et saluait la foule en agitant sa cravache à pompons rouges. À cet instant, mon cœur s'enfla pour elle d'un amour infini.

En tirant sur les rênes, je filai devant Mère comme une flèche. J'avais envie de dire, comme presque tous les enfants normaux : « Je t'aime, Ah-ma. »

Mais je dis simplement, quand elle me rattrapa : « Ah-ma, regarde, un oiseau. »

Elle me répondit : « Idiot, c'est un faucon. » Sa main libre s'enroula pour former une serre. « Voilà, poursuivit-elle, comment ils prennent les lapins et les agneaux. »

« Ils peuvent aussi attraper les poissons morts flottant dans la rivière. »

« Et fondre aussi, sache-le, sur les serpents venimeux. »

Je compris qu'elle faisait allusion au vassal qui nous avait trahis, sans parler de Wangpo, qui avait choisi d'être notre ennemi.

Lorsqu'elle eut dit ce qu'elle voulait dire, les vassaux de mon père l'escortèrent à l'avant de la troupe. Je m'arrêtai au bord de la route, où j'aperçus Sangye Dolma, vêtue de beaux atours, marchant parmi les autres servantes qui arboraient aussi leurs plus jolies toilettes. Mais leurs visages, comme leurs parures, manquaient d'éclat ; Dolma méritait mieux que d'être parmi elles.

Ses yeux, en me voyant, se remplirent de tristesse.

Alors qu'elle s'approchait, je plaçai mes rênes dans sa main. Par ce geste, un nain débile de haute naissance juché sur un fier destrier la séparait de ceux qui l'entouraient, des gens qui pouvaient seulement espérer une vie meilleure lors de leur prochain passage sur la terre. Bientôt, la femme du chef de clan et sa suite imposante disparurent derrière un tournant sur la route de montagne. Un paysage radieux, ensoleillé, s'ouvrait devant nos yeux, avec des forêts d'or sur les pentes et une rivière miroitante à leur pied. Des champs d'orge d'hiver entouraient les forteresses. À mesure que nous les dépassions, notre escorte prenait de l'ampleur. Mais ce cortège toujours plus grand demeurait derrière moi, car les gens n'osaient pas marcher devant leur maître. Chaque fois que je me retournais, des hommes robustes ôtaient leur chapeau avec respect et des jolies filles me souriaient avec gaieté. Quel bonheur d'être un chef de clan, le maître d'un petit morceau de terre ! Si je n'avais pas été conçu alors que mon père était soûl, l'idée du parricide aurait pu m'effleurer à un tel moment.

Je dis à la servante : « Dolma, j'ai soif. Arrête-toi. »

Elle se retourna et cria quelque chose aux gens derrière elle. Des hommes accoururent, en soulevant un nuage de poussière, et s'agenouillèrent près de mon cheval en sortant des flacons d'alcool. Dolma écarta les flacons sales, et ceux qui les tendaient eurent l'air aussi triste que s'ils avaient perdu un parent. Après avoir bu à une flasque en forme de petit oiseau, je m'essuyai les lèvres. « Qui es-tu ? » demandai-je.

S'inclinant très bas de toute sa haute taille, l'homme au corps mince répondit : « Je suis l'orfèvre Choedak. »

« Es-tu adroit dans ton métier ? »

« Je suis un orfèvre malhabile », répondit l'homme avec désinvolture.

Je savais que je devais lui donner quelque chose pour le remercier, mais je me bornai à lui dire froidement : « Tu peux disposer. »

« Le jeune maître aurait dû lui offrir quelque chose », me glissa Dolma.

« Je l'aurais fait s'il ne t'avait pas regardé tout le temps. »

Je comprenais à présent la nature fragile des sentiments des dirigeants. Mon humeur ne s'améliora que lorsque Dolma me pinça. Je lui jetai un coup d'œil, vis qu'elle me le rendait ouvertement, ce qui me fit basculer dans ses yeux, sans pouvoir m'en arracher.

« Que dirais-tu d'une chanson ? » demandai-je.

Ah ! levez les yeux, s'il vous plaît.
Qu'y a-t-il de beau à voir ?
Une pagode.
Ah ! regardez droit devant s'il vous plaît.
Qu'y a-t-il de beau à voir ?
Un vaillant jeune homme avec un mousquet à l'épaule.
Ah ! baissez les yeux, s'il vous plaît.
Qu'y a-t-il de beau à voir ?
Une jolie fille vêtue de soie et de brocart.

Dolma se mit à chanter avec moi. Elle avait une voix douce, triste et mélodieuse. Mais je sentais qu'elle ne chantait pas pour moi. Je n'étais pas le jeune homme de la chanson où elle, simple servante, portait soies et brocarts parce qu'elle jouissait de nos faveurs. Quand elle eut fini, je lui dis : « Rechante-la. »

Croyant que la chanson m'avait réjoui, elle l'entonna une nouvelle fois.

Je lui dis de la chanter encore une fois, et quand elle eut terminé, je lui dis de la chanter encore. Cette fois-ci, sa voix commença à perdre son joli timbre, mais je lui dis quand même : « Encore. »

Des larmes roulèrent sur ses joues. Ce jour-là, je l'ai dit, je sentis à quel point il est bon d'être un souverain, et combien fragiles sont les sentiments d'un dirigeant. Les larmes de la servante dissipèrent lentement la peine de mon cœur.

4

L'HONORABLE VISITEUR

Ce jour-là, durant la matinée, nous plantâmes des tentes à dix li de notre domaine pour recevoir nos invités.

Pour l'occasion, les hommes devaient faire preuve de leurs talents équestres et de leur adresse au tir ; et les lamas du domaine et du monastère devaient, de leur côté, faire assaut d'habileté en jouant du tambour et en dansant des danses sacrées. Les lamas rivalisaient âprement et, pour être honnête, nous aimions cette compétition, car elle les empêchait de se conforter dans une trop haute idée d'eux-mêmes. Sans cette concurrence, ils auraient pu unir leurs forces pour nous dire que le Bouddha avait dit ceci, ou avait dit cela, et les chefs de clan auraient été contraints de les laisser faire ce qu'ils voulaient. Mais quand il y avait des frictions entre eux, ils venaient nous offrir de prier pour la prospérité de notre famille. Ils nous garantissaient aussi que leurs prières étaient plus efficaces que celles des autres.

Alors que nous venions de plonger une chèvre dans la marmite et que le thé commençait à exhaler un arôme parfumé, nous vîmes s'élever des crêtes de la montagne une, deux, trois colonnes de fumée. Elles signalaient l'arrivée de notre honorable invité. Très vite, on déroula des tapis jusque dans les tentes, et sur des tables basses placées à côté d'eux, on disposa de hautes piles de nourritures de toutes sortes, dont des pâtisseries juste sorties de la poêle. Écoutez, les entendez-vous grésiller ?

Au son du cor, nos chevaux s'élancèrent en galopant parmi les nuages de poussière jaune.

Ils étaient suivis d'une procession de serfs qui portaient la *khatag*, l'écharpe qu'offrent les Tibétains. Parmi eux figuraient des chanteurs aux voix sonores.

Derrière venait un groupe de moines, tenant de grandes conques et les *suonas* à bois.

Mon père et l'honorable invité furent accueillis tout le long du chemin par ces groupes : nous entendîmes une salve de mousquet tirée par les cavaliers pour saluer leur arrivée. Puis, vinrent les chants des serfs. Lorsque les conques et les suonas résonnèrent joyeusement dans le lointain, l'entourage du chef et son honorable invité se trouvaient parmi nous.

Le chef Maichi mit son cheval au pas, visiblement heureux et content de lui. Quant au fonctionnaire provincial qui l'accompagnait, il était loin d'être aussi imposant que nous l'avions cru. C'était un homme maigre, mais au moment où il ôta son chapeau pour saluer la foule, tous les barbares s'agenouillèrent sur l'herbe jaune. Les esclaves de la famille déroulèrent des tapis jusqu'aux chevaux, et deux jeunes gens s'accroupirent pour leur servir de tabouret avant qu'ils mettent pied à terre. L'un d'eux était mon compagnon favori, Sonam Tserang.

Le maigre Chinois han recoiffa son chapeau et rajusta ses lunettes cerclées de noir avant de poser le pied sur le dos de Sonam Tserang. Il fit un nouveau signe du bras, et des douzaines de soldats en uniforme s'approchèrent. Dès que le chef de clan s'avança vers sa femme, les soldats se mirent au garde-à-vous en claquant des talons. L'émissaire spécial Huang Chumin offrit à Mère de l'or, des pierres précieuses, des soies, des brocarts et une *khatag* jaune. Des jeunes filles présentèrent les mêmes cadeaux aux soldats han. Entre-temps, les lamas avaient recommencé à jouer sur leurs tambours et leurs *suonas*.

Lorsque l'émissaire Huang eut pris un siège sous la tente, Père demanda à un homme de sa suite s'il devait envoyer chercher les danseuses.

« Pas encore. L'émissaire spécial n'a pas encore composé son poème. »

Ainsi, notre honorable invité du gouvernement han était un poète ! Dans notre pays, les poètes ne se voyaient pas confier une tâche si importante ! Quand j'avais vu pour la première fois ses yeux mi-clos, j'avais cru qu'il était grisé par l'arôme des plats et la beauté des filles.

Après être resté un moment les yeux fermés, il les ouvrit tout grands et dit qu'il avait achevé son poème. Puis, il regarda avec entrain les filles danser et chanter. Mais quand les lamas dansèrent leur ennuyeuse danse sacrée, il se mit à bâiller. Alors, les soldats le tirèrent d'embarras en l'emmenant fumer hors de la tente. « L'émissaire spécial a besoin de sortir fumer pour déblayer les toiles d'araignée », expliquèrent-ils. Les lamas, perdant leur enthousiasme, ralentirent leurs pas de danse et le Bouddha vivant, qui avait si peu d'occasions de se mettre en avant, fit un signe de la main pour qu'on apporte un portrait brodé de Sakyamuni. Les gens se prosternèrent, ce qui ranima l'enthousiasme des danseurs.

Le chef de clan dit à sa femme: « Le Bouddha vivant se démène. »

« Oui, répondit Mère. Il se serait épargné beaucoup de peine s'il n'avait pas dit naguère que ton frère cadet devait être le chef du clan. »

Père rit joyeusement. « Dommage que si peu de gens comprennent ce genre de choses. »

« Peut-être. Et quand ils le font, il est généralement trop tard. »

Le Bouddha vivant, le nez chaussé de lunettes de cristal, vint présenter ses respects. Il semblait mal à l'aise. Père prit ses mains potelées dans les siennes et lui dit: « Nous allons bientôt régler nos comptes avec le chef de clan Wangpo. Vous devrez réciter les soutras qu'il faut pour demander une victoire éclatante. » Le visage du Bouddha vivant, que l'on battait froid depuis longtemps, s'égaya.

Père ajouta: « Demain, j'enverrai des aumônes. »

Le Bouddha vivant se retira en joignant les mains devant lui.

Dans la tente, des jeunes filles avaient remplacé les soldats de l'émissaire spécial, et il avait les yeux brillants comme un rapace nocturne.

La journée s'acheva par une séance de photographie.

Ce n'est que lorsque la famille s'assit autour de l'émissaire spécial que je m'aperçus de l'absence de mon frère aîné. En fait, il voyageait avec les armes — des mitrailleuses, des fusils, et quantité de munitions.

Notre photographe était le *thongsi*, ou ce que l'on nomme aujourd'hui un interprète. À l'époque, quiconque pouvait changer une langue en une autre s'appelait un *thongsi*. L'émissaire spécial était assis entre Mère et Père, qui me tenait sur ses genoux. Ce fut la première photographie dans l'histoire de la famille Maichi. Quand j'y pense à présent, je mesure à quel point cette technique arriva chez nous au moment opportun, car elle préserva une image de ce qui devait être notre déclin. Mes parents étaient pleins d'énergie dans la vie, mais la photographie fit de nous des êtres ternes, comme si nous étions voués à une disparition prochaine. Voyez, Père a l'air à moitié mort sur la photo. En la regardant maintenant, qui croirait qu'il était plein d'ambition et prêt à porter un coup mortel à un voisin qui l'avait insulté ? Dans une certaine mesure, c'était un homme dont les poings tombaient partout où son esprit se posait.

Quelques jours plus tard, mon frère revint avec les munitions que nous venions d'acquérir.

Une bande de terre proche de la maison, si vaste qu'un cheval au galop s'épuisait à mi-parcours, était devenue notre champ de manœuvre, baignant en permanence dans des nuages de poussière. Les soldats qui accompagnaient l'émissaire spécial étaient nos instructeurs. Chaque fois que l'un d'eux aboyait un ordre, nos hommes hurlaient en cadence et marchaient au pas en formation serrée. Bien entendu, ils n'avaient pas encore d'objectif défini, et ils se bornaient à crier et à faire voler la poussière jaune. Quand ils atteignaient le bout du terrain, ils faisaient demi-tour et criaient en revenant sur leurs pas, soulevant encore plus de poussière. Nous étions bien loin de notre conception de l'entraînement au combat.

Père voulut demander à quoi servaient ces manœuvres, et si l'entraînement pouvait vraiment aider à vaincre le chef Wangpo. Mais avant qu'il ait pu ouvrir la bouche, l'émissaire spécial déclara : « Félicitations, chef Maichi. Vous êtes maintenant le seul chef de clan à la tête d'une armée moderne. Vous serez invincible. »

Dérouté, Père se tourna vers Mère : « As-tu jamais vu une armée s'entraîner ainsi ? »

« Je n'ai jamais vu d'autre façon de le faire », répondit-elle.

L'émissaire spécial se mit à rire, et Père fut forcé de le croire sur parole. Que pouvions-nous faire d'autre, nous qui n'avions pas de meilleur moyen de réduire un chef dissident ? Pendant de longues semaines, aucun des soldats que Père avait ramenés pour nous aider n'apprit à nos hommes à manier un fusil.

Même quand le temps se réchauffa, nos hommes se bornèrent à marcher au pas en poussant des cris vers le ciel. Nul ne pouvait comprendre pourquoi ils devaient apprendre à marcher au pas avant de s'initier au combat. La poussière volait de toutes parts, même trois mois plus tard, au moment où l'air aurait dû s'humidifier. Mon demi-frère marchait en cadence avec les autres, un fusil à l'épaule, le visage zébré de poussière. À la fin, même lui n'arriva plus à le supporter et il vint demander à Père : « Ne serait-il pas temps de nous donner des balles ? »

Alors, Père aborda la question avec l'émissaire spécial, qui dispensa trois balles, trois par homme, aux soldats, mais sans les autoriser à tirer. La seule chose qui avait changé était que l'entraînement à la baïonnette s'ajoutait à présent aux marches cadencées. Quelques jours plus tard, mon frère alla de nouveau trouver Père, qui dit à l'émissaire spécial : « La saison des plantations va bientôt arriver et la forteresse est toujours sous le contrôle du chef Wangpo. »

Mais l'émissaire spécial répondit : « Rien ne presse. »

Désormais, le chef Maichi savait qu'il avait invité une divinité dont il aurait du mal à se débarrasser. Saisi d'une prémonition troublante, il demanda à un lama de recourir à la divination. Il reprendrait la forteresse perdue, répondit le lama, et peut-être aussi une ou deux autres. Mais il y aurait un prix à payer.

Père demanda s'il y aurait des morts. La réponse fut non.

S'il aurait à dépenser de l'argent ? À nouveau, la réponse fut non.

Finalement, il demanda de quoi il retournait exactement. Le lama répondit qu'il ne pouvait pas le voir clairement.

Le lama du domaine s'avérant inutile, on envoya chercher le Bouddha vivant. Mais il délivra le même oracle. Il vit des fleurs éclatantes, mais ne sut pas prédire en quoi elles représentaient le prix à payer.

Le chef Maichi fit donner deux nouvelles filles et un coffret de dollars d'argent à l'émissaire spécial. Confiant l'affaire à Mère, il lui dit : « Je pense que tu dois t'en charger, car je ne comprends pas les Han. » Mère était ravie que Père fût de cet avis ; dès lors, elle bénéficia dans ces questions-là de l'autorité de la femme du chef de clan. Avant son mariage, il eût été impensable qu'elle puisse être un jour l'égale d'une personne aussi importante que l'émissaire spécial.

Le lendemain, l'émissaire han déclara : « Les filles me conviennent, mais je dois rendre l'argent. Notre gouvernement veut aider votre peuple barbare, non pas pour avoir votre argent, mais pour que les cinq groupes ethniques vivent en harmonie pour la stabilité de la République de Chine. J'accepterai les filles pour ne pas vous faire perdre la face. Je comprends que cet usage ne soit pas immoral dans des lieux non soumis à l'influence de la civilisation chinoise. » Sur ce, il ajouta : « Maîtresse, j'ai appris que vous étiez une Chinoise han. À l'avenir, nous nous en remettrons à vous pour traiter bien des choses. Quoique je ne puisse l'assurer, un jour, ce pays sera votre fief, et non plus un territoire étranger. »

« Ne parlons pas de fiefs, je vous prie. Je ne serais pas tombée si bas si votre armée n'avait pas pillé la boutique de mon père. »

« Nous pouvons aisément vous offrir une compensation. »

« Pouvez-vous compenser la perte de la vie humaine ? Mes deux parents sont morts. »

L'émissaire spécial, qui ne s'était pas attendu à échouer dans ses efforts pour s'allier une collaboratrice, répondit : « La maîtresse est l'égale d'un grand homme. Je vous admire sincèrement. »

Mère traita cette situation délicate ouvertement et sans détours ; mais elle se contenta de dire à Père que l'émissaire spécial avait refusé l'argent. Le chef de clan grinça des dents et siffla : « Un jour, je tuerai cet homme. »

Alors, l'émissaire spécial vint le voir. « Je crois, lui dit-il, que je devrais rencontrer le chef Wangpo. »

Père regarda l'émissaire et lut sur sa face jaune que l'homme était sérieux. Il ordonna à l'intendant : « Envoie un messager. »

Ce dernier ne tarda pas à revenir. Qui aurait pu savoir que le ciel réserverait une aussi bonne fortune au chef Maichi ? Car ce que le chef Wangpo adressa « au salaud de fonctionnaire han » n'était pas une réponse, mais une paire de bottes fines, ce qui voulait dire clairement qu'il n'avait qu'à aller se faire voir dans son pays. Comme l'émissaire spécial ne comprenait pas le sens de ce cadeau, Mère le lui expliqua sans ambages.

Notre honorable invité se sentit offensé.

Alors, des coups de feu éclatèrent sur le champ de manœuvres et tout le monde sut que nous nous apprêtions à faire la guerre.

Trois jours plus tard, des troupes armées du gouvernement et plusieurs centaines de nos soldats atteignirent la frontière. Très vite, les armes que nous avions reçues des autorités militaires écrasèrent nos ennemis et nous les entendions glapir quand leurs armes locales s'enrayaient. En l'espace d'un repas, nous reconquîmes la forteresse du traître. L'homme avoua sa culpabilité en fuyant, laissant sa parentèle mourir à sa place. Tous les membres de sa famille, ligotés, furent mis à genoux devant leur porte sous un noyer, tandis que la rosée séchait sur l'herbe sous leurs pieds. Quand ils se rendirent compte que les gardes n'allaient pas les fusiller ni les passer au fil de l'épée, ils pensèrent que le chef Maichi les avait épargnés, et leurs figures blêmes retrouvèrent leurs couleurs. Ce qu'ils ne pouvaient savoir était que le chef Maichi, contrairement aux autres chefs de clan, n'avait jamais laissé des soldats tuer ses prisonniers. Depuis la naissance de notre famille, il y a de cela bien des siècles, nous avons toujours eu un bourreau qualifié.

Dans le territoire gouverné par les Maichi, il y avait trois fonctions héréditaires : chef de clan, historien et bourreau — un métier exercé par la famille Aryi. Malheureusement, le quatrième chef de clan avait éliminé la lignée des historiens quand le troisième du nom avait prôné la « relation des faits ». À présent, nous ne savions plus à combien de générations remontait la famille du chef de clan, et encore moins celle du bourreau.

Le bourreau arriva. Avec ses longs bras, ses longues jambes et son long cou, il avait tout à fait l'air d'un homme dont le métier consistait à tuer. Avant l'exécution, Père dit à ceux qui allaient mourir : « Un homme de votre sang vous a abandonné au châtiment, alors je serai sans pitié. Si ce traître n'avait pas fui, vous n'auriez pas à perdre vos misérables vies. »

Jusqu'ici, ils avaient espéré que le chef de clan leur ferait grâce ; mais alors, leurs visages résolus se décomposèrent, comme s'ils avaient soudain compris qu'ils étaient traîtres à leur maître, et non prisonniers de l'ennemi. Leurs genoux cédèrent et ils s'inclinèrent jusqu'à terre pour implorer sa clémence, mais c'était précisément ce que Père attendait. Lorsqu'ils furent à genoux, le chef de clan leva la main, l'épée du bourreau étincela et les têtes roulèrent. Chacun des visages conserva son expression et les corps décapités restèrent un bref instant à la verticale, avant de tournoyer et de s'affaisser, comme s'ils avaient été pris par surprise.

Je levai les yeux, mais je ne vis pas d'âmes monter au paradis. On dit que nous avons des âmes, alors pourquoi n'en vis-je pas ?

Je posai la question à Mère, mais elle me lança un regard sévère et s'éloigna pour rejoindre son mari.

Ce fut le premier jour des combats.

Le deuxième, les flammes de la guerre se propagèrent dans le territoire du chef de clan Wangpo.

Flanqués de leurs serviteurs, l'émissaire spécial, le chef Maichi et son épouse observèrent la bataille à distance respectueuse. Mon frère et le chef des troupes de l'émissaire Huang commandaient les opérations. Nos hommes se frayèrent très vite un chemin à travers les broussailles, après avoir franchi une rivière qui séparait les territoires des chefs Maichi et Wangpo. Nous regardions alors une bataille invisible, dont nous n'entendions que les brusques coups de feu éclatant dans le ciel radieux. Les hommes du chef Wangpo se battirent mieux cette fois, car ils luttaient à présent pour leur patrie. Mais les nôtres, avec leurs armes invincibles, continuaient à avancer. Il ne leur fallut pas longtemps pour atteindre une forteresse, qui fut bientôt embrasée par un vaste incendie. Un homme jaillit des flammes comme un oiseau, reçut un coup de feu en plein vol, et tomba lourdement face contre terre.

Un moment plus tard, une autre forteresse brûla.

L'émissaire spécial observait la scène avec des jumelles. Lorsqu'un troisième bâtiment s'enflamma, il ouvrit grand la bouche, découvrant ses dents jaunes, et bâilla longuement. Alors, un jeune et beau soldat le conduisit à l'ombre d'un arbre, où il se mit à fumer. Père approcha les jumelles de ses yeux, mais il ne put rien voir, car il ne savait pas régler les lentilles. Je les pris à mon tour et les manipulai un bon moment avant de trouver une sorte de cadran. Après l'avoir tourné dans tous les sens, la scène qui se déroulait sur les collines d'en face surgit brusquement sous mon nez. Je vis nos hommes qui s'élançaient, se cachant entre les roches et les broussailles. Une fumée verte jaillissait du canon de leurs fusils.

Quelqu'un s'effondra dans une clairière.

Il y en eut un, puis deux. Ils battaient des bras en tombant, avant d'ouvrir la bouche pour mordre la poussière. Les deux hommes se retournèrent pour descendre la colline en rampant. Puis un autre soldat tomba, perdant son fusil dans sa chute. Je ne pus m'empêcher de crier : « Mais reprends ton fusil, idiot ! Vas-y ! »

Mais il resta là, immobile, ignorant mon ordre. Il me vint à l'esprit qu'il devait n'obéir qu'aux ordres de mon frère. Car c'était mon frère, et pas moi, qui était le futur chef du clan Maichi. Ces soldats n'étaient pas à moi ; ils lui appartenaient. Cette pensée m'emplit de tristesse. Mon frère, toujours brave, toujours à la tête de ses soldats. Je le vis marcher en crabe, prêt à tirer à tout moment, son amulette d'argent luisant au soleil. Chaque fois qu'il épaulait son arme, un homme s'envolait d'un arbre, battant des bras comme un oiseau avant de s'écraser par terre. Je m'écriai, tout excité : « Tu en as tué un, il est mort ! » Mais je sentais, au fond de mon cœur, que c'était moi que mon frère avait achevé. Pourtant, à ce moment, le chef Maichi était plus inquiet pour son fils aîné, et quand il me vit serrer les jumelles en hurlant, il agita la main avec impatience : « Qu'on le ramène à l'intérieur. Comment un idiot peut-il voir quelque chose avec ça si je ne le peux pas ? »

J'avais envie de lui dire que je pouvais tout voir, non seulement les choses du présent, mais aussi celles de l'avenir. Les mots étaient sur le bout de ma langue, mais je n'osai les prononcer, car je n'étais pas tout à fait sûr de ma vision du futur. Dès lors, nos hommes avaient pris notre objectif et franchissaient la crête pour aller attaquer la vallée suivante.

Il y eut un cessez-le-feu à la tombée de la nuit. Le chef Wangpo, en guise d'offre de paix, nous envoya un messager portant l'oreille du traître, un anneau d'argent pendant à son lobe. Quand on retira l'étoffe qui la recouvrait, l'oreille bougea sur le plateau, et l'anneau cogna bruyamment sur le cuivre.

Père déclara : « Le traître n'est pas encore mort. »

Le messager cria : « Eh bien, tuez-moi. »

« Crois-tu que je vais ternir ma réputation ? » répondit Père.

« Vous l'avez déjà fait en demandant l'aide des Chinois. Vous avez enfreint les règles, alors comment espérez-vous préserver votre honneur ? Comparé à demander l'aide d'un étranger dans une querelle de famille, tuer un messager n'est rien. »

C'était vrai, nous nous assurions mutuellement de nos « os » avant de contracter mariage, de sorte que tous les chefs de clan étaient alliés par le sang. Avec tant d'unions entre les clans, nous avions des liens de parenté multiples. Les chefs Maichi et Wangpo étaient à la fois cousins maternels et paternels. Après la bataille, les deux familles pouvaient à nouveau se marier entre elles, ce qui rendrait presque impossible de savoir sur quel parent on pouvait le plus compter.

« Je ne veux pas te tuer, dit Père. Mais comme tu as cherché à me tromper à l'aide d'une oreille, je vais t'en prendre une à mon tour, et tu te souviendras comment on parle à un chef de clan. »

À la lumière du feu, la lame de sa dague jaillit, et une oreille tomba à terre et s'enfouit dans la poussière.

L'émissaire spécial sortit de l'ombre, et dit au messager qui n'avait plus qu'une seule oreille : « Je suis le destinataire des bottes envoyées par ton chef. Va lui dire que les bottes d'un chef de clan ne m'iront jamais, à moi, fier émissaire spécial du gouvernement provincial. Le chef Maichi est un partisan modèle du gouvernement. Va dire à ton chef de suivre son exemple. Et fais venir la tête de ce traître ici avant minuit, ou je lui enverrai quelque chose de plus rapide que ces bottes et de plus mortel que cette dague. »

L'homme ramassa son oreille avec nonchalance et souffla sur la poussière qui la recouvrait. Puis, il s'inclina et se retira.

Le vassal félon fut promptement décapité. Le chef de clan Wangpo fit également savoir qu'il céderait au vainqueur une terre deux fois plus grande que la forteresse du transfuge.

Des cris de victoire éclatèrent dans la nuit ; on alluma un feu de joie et le vin coula à flots. Les gens dansèrent autour des tonneaux et des flammes. Mais, en levant les yeux vers la lune croissante, je ne pouvais penser qu'à la fille Dolma qui était rentrée au domaine — à son odeur, à ses mains et à ses seins.

Mon frère, le héros conquérant, ouvrit les bras et entra dans la danse, qui atteignit son apogée dans un rythme endiablé. Les filles qu'il tenait par la main poussaient des cris perçants, exagérant un peu pour que tout le monde sache combien elles étaient honorées et comblées de danser avec le noble héros. Tandis que les gens acclamaient mon frère, son visage, illuminé par le feu, devint plus animé, plus radieux qu'à l'accoutumée.

Mais dans la maison derrière le terrain de danse, les parents de deux soldats morts pleuraient auprès des corps.

Des cadavres ennemis bien plus nombreux gisaient, livrés aux bêtes sauvages. Des bandes de loups s'approchaient, et leurs longs hurlements résonnaient dans la vallée.

Mais Père n'était pas heureux en ce soir de victoire, car la naissance d'un nouveau héros entraînait le déclin de l'ancien. Même si le jeune brave était son fils, il ne pouvait s'empêcher d'être triste. Heureusement, mon frère n'était pas arrogant comme la plupart des héros ; mais il était tout entier absorbé par sa gaieté, ce qui rendait mon père jaloux. Mon frère était joyeux parce qu'il ne cherchait jamais à s'isoler des serfs. Je lui ressemblais en cela. Voyez, il boit avec un homme et flirte avec sa sœur en même temps. Finalement, il emmène la fille dans les bois et quand il en ressort, il se joint tristement à la veillée des soldats tombés au combat.

Quant à moi, je commençais à m'assoupir.

Père, embrumé par l'alcool, n'assista pas aux rites de crémation accomplis pour nos soldats morts.

Affalé sur mon cheval, je regardais les gens se balancer d'arrière en avant en chantant les hymnes funèbres, tandis que la longue procession descendait la route poudreuse.

Mon frère me donna un couteau, trophée arraché à une main ennemie. « Puisse-t-il te rendre brave », me dit-il. Je touchai ses mains qui avaient tué des hommes ; elles paraissaient trop chaudes pour avoir ôté la vie. Je lui demandai : « Les as-tu vraiment tués ? » Il resserra sa prise sur ma main, et la douleur plissa mon front. Il n'eut pas à dire un mot pour que je le croie sans réserve.

DEUXIÈME PARTIE

5

DES FLEURS DANS LE CŒUR

Après le retour de notre armée, on festoya pendant trois jours dans le domaine du chef Maichi.

Quand le banquet prit fin, la place, devant la maison, était jonchée d'os de bœuf et de mouton, que les esclaves de la famille empilèrent en un tas énorme. Le chef de clan ordonna de les brûler, mais l'intendant rappela que l'odeur attirerait des bandes de loups affamés. Le chef de clan rit de bon cœur. « La famille Maichi n'en est plus là. Nous pourrons mettre à profit tous ces nouveaux fusils lorsque les loups viendront. » Puis il demanda à l'émissaire Huang : « Pourquoi ne pas rester encore un jour ou deux ? Ne rentrez pas chez vous avant d'avoir tué quelques loups. »

L'émissaire spécial se renfrogna, mais ne répondit pas. Jusqu'alors, personne ne l'avait encore entendu ne fût-ce que mentionner l'idée de son départ.

La puanteur des os brûlés imprégna l'air printanier. Vers le soir, des bandes de loups appâtés descendirent de la montagne, s'attendant à un repas, non à un feu de joie. Mais ils ne purent goûter à la graisse des os, qui tournaient en grésillant dans le brasier ardent. Les restes du festin se réduisaient en cendres, et les loups enragés poussaient des hurlements. On avait allumé le feu sur la droite de la place, et à gauche, deux moutons attachés à un piquet gémissaient pitoyablement en entendant les loups hurler. Les coups de feu claquèrent et, l'un après l'autre, les loups s'écroulèrent aux pieds des moutons. Cela dura trois jours. Puis, on ne vit plus de loups descendre de la montagne, et l'odeur des os calcinés s'estompa. Il était temps pour l'émissaire Huang de prendre congé, mais il ne parlait toujours pas de rentrer. Alors, mon père lui dit : « Nous allons bientôt commencer à planter, et je ne pourrai pas vous tenir compagnie. »

« La terre est bonne ici », répondit l'émissaire spécial. Puis il s'enferma dans ses appartements sous prétexte d'éviter les lamas qui venaient solliciter sa générosité. Des soldats du gouvernement montaient la garde devant sa porte. Père ne savait que faire de lui. Il voulut consulter mon frère, mais nul ne savait où il était. Père ne me demandait jamais mon opinion sur ce genre de questions, même si j'aurais pu lui donner quelques conseils utiles. Irrité, il se tourna vers sa femme : « Tu sais comment pensent les Chinois. Que se passe-t-il dans cette tête de Han ? »

« Tu n'as pas à m'en vouloir, répondit Mère avec indifférence. Je n'ai rien fait. »

Comprenant que ses remarques étaient mal venues, Père se gratta la tête et dit : « En tout cas, il s'incruste. Que peut-il vouloir de nous ? »

« As-tu vraiment cru qu'il était venu ici pour notre bien ? Il est facile de réclamer une divinité, mais difficile de s'en débarrasser. »

Après avoir cherché avec Mère comment se délivrer de cette divinité, Père conçut un plan. Le même jour, suivi de domestiques qui portaient des coffrets remplis d'argent, il gagna l'escalier qui menait aux appartements de l'émissaire spécial. Un garde le salua, mais lui barra le passage avec son fusil. Père allait le gifler quand il vit le *thongsi* descendre les marches en souriant. L'interprète dit au soldat de ranger les coffrets, mais ne laissa pas le chef de clan monter à l'étage.

« Attendez un moment, je vous prie, demanda le *thongsi*. L'émissaire spécial compose de la poésie. »

« Attendre ? Pourquoi devrais-je attendre pour voir quelqu'un dans ma propre maison ? »

« Alors, retournez dans vos appartements, et je viendrai vous chercher quand l'émissaire sera disponible. »

Le chef de clan retourna donc dans ses appartements, où il cassa trois verres à vin et jeta une tasse au visage d'une servante. Il fulmina en trépignant : « Vous verrez, un jour, si je ne le tue pas ! »

Depuis toujours, dans le domaine des Maichi, les gens venaient demander audience au chef de clan. Mais cet invité, logé dans de somptueux appartements, se conduisait comme s'il était chez lui. La colère de Père était compréhensible. Même moi, j'étais si contrarié que j'en eus la grosse tête. J'allai trouver mon père avec audace, mais il hurla à quelqu'un d'aller chercher son fils. Comme si *moi*, je n'étais pas son fils.

Le serviteur revint pour dire que le premier jeune maître se trouvait sur la place, où il jouait dans une pièce sacrée. Père lui ordonna de laisser le métier d'acteur aux moines et de revenir pour apprendre à être un chef de clan. L'ordre fut transmis d'un étage à l'autre, jusqu'au dehors sur la place. La réponse arriva, communiquée en sens inverse : la lutte entre un démon et une divinité en était à son apogée, et mon frère ne pouvait être identifié parmi tous les acteurs costumés et masqués.

Le chef Maichi hurla : « Dis-leur d'arrêter la pièce. »

Le lama, qui avait toujours obéi au chef de clan, répondit : « C'est impossible. Ce serait aller contre la volonté des dieux. »

« Des dieux ? »

« Oui, la pièce est une création des dieux. Elle est notre poésie et notre histoire, et on ne peut l'arrêter au milieu. »

C'était assez vrai. On nous disait souvent que le théâtre, l'histoire, la poésie et les choses de ce genre étaient du domaine des moines. Cette autorité leur donnait l'impression de transmettre la volonté du ciel. Alors, le chef Maichi déchargea sa colère sur son fils. « Pense-t-il que le fait de savoir combattre suffise pour pouvoir diriger un pays ? » tonna-t-il.

Remarquez, je vous prie, que mon père avait utilisé le mot *pays*. Cela n'implique pas qu'il pensait régir une nation indépendante. Tout est une question de langage. Le mot *thusi*, ou *chef de clan*, est une importation étrangère. Dans notre langue, l'équivalent le plus proche de *chef de clan* est *gyalpo*, le mot qui signifiait « roi » autrefois. Le chef Maichi avait utilisé le mot *pays* à la place d'autres termes, comme *territoire*.

À ce moment-là, j'étais si désolé pour lui que je le tirai par la manche en l'implorant de se calmer. Mais il m'écarta et rugit : « Pourquoi ne joues-tu pas dans cette pièce ? Crois-tu honnêtement que tu pourrais apprendre à diriger un pays ? »

Mère ricana : « Comment sais-tu que mon fils ne le pourrait pas ? »

Puis elle m'emmena chez l'émissaire spécial, pendant qu'il grommelait que nous ne pourrions jamais porter un fardeau aussi lourd que lui. Mais nous revînmes bientôt pour lui dire que l'émissaire était maintenant prêt à le voir. Père, surpris, jeta à Mère un regard mauvais. Puis, à grand renfort d'effets de manches, il sortit pour aller voir son hôte. Les gardes, à l'entrée, le saluèrent, mais il maugréa sans répondre. Dans sa chambre, Huang Chumin était assis droit comme un i, les yeux mi-clos, comme s'il se complaisait dans un spectacle que les autres ne pouvaient voir.

Avant que Père ait pu ouvrir la bouche, un serviteur posa un doigt sur ses lèvres : « Chut. » Le chef de clan resta un court instant les bras ballants, jusqu'à ce qu'il comprît que cela pouvait sembler trop respectueux. Alors, furieux, il s'assit lourdement sur le tapis.

L'émissaire spécial était assis devant une feuille de papier, que le chef Maichi crut voir palpiter au rythme de son souffle. Finalement, l'émissaire ouvrit les yeux et saisit un pinceau pour écrire avec frénésie, comme s'il était possédé. Il avait le front mouillé de sueur. Puis, il jeta le pinceau, poussa un long soupir, et se laissa tomber mollement sur un coussin en peau de léopard. Au bout d'un long moment, il sourit faiblement au chef de clan : « Puisque je n'ai pas d'argent à vous offrir, puis-je vous donner un poème calligraphié de ma main ? »

Il posa sur le tapis la feuille à l'encre encore humide et récita d'une voix sonore :

De hauts drapeaux claquent dans la brise de printemps,
Jaillies de tentes de jade, des flèches pleuvent sur le camp ennemi.
Le territoire Maichi, dans les nuages, a été repris,
La forteresse de Wangpo, au-delà des neiges, sera conquise aussi.

Le chef Maichi ne connaissait rien aux poèmes, encore moins à un hymne écrit dans une langue étrangère. Pourtant, il s'inclina légèrement en signe de gratitude, songeant qu'il mettrait ce cadeau dans la chambre des invités pour montrer que le gouvernement nationaliste, comme les empereurs avant lui, soutenait la famille Maichi. Une plaque impériale, donnée par un empereur Qing et portant l'inscription, INSTRUISEZ ET ASSIMILEZ LES BARBARES, était déjà fièrement affichée dans la pièce.

L'émissaire spécial était assis sous ses caractères d'or, dans une chambre étouffante qui empestait l'encens indien.

« Comment puis-je remercier le gouvernement et son émissaire spécial ? »

« Je ne veux rien de vous, répondit Huang Chumin, et le gouvernement a juste une modeste requête. » Sur ce, il dit à l'un de ses hommes d'apporter un sac de toile. Y plongeant ses mains aux longs doigts maigres, il en sortit une poignée de petites graines de couleur grise. Père n'en avait jamais vu de pareilles. L'émissaire les remit dans le sac en les faisant couler entre ses doigts, et quand Père demanda ce que c'était, il lui demanda à son tour si toutes les céréales récoltées dans ses vastes terres étaient consommées chaque année. Quand il eut mentionné la nourriture, l'atmosphère se réchauffa. Père dit qu'il y avait inévitablement des céréales qui pourrissaient dans les entrepôts chaque année.

« Inutile de le dire. L'odeur plane sur le domaine. »

Ce fut seulement alors que je me rendis compte que l'odeur douceâtre qui imprégnait le domaine au printemps était l'odeur fétide de la nourriture pourrissante.

L'émissaire spécial poursuivit : « Avez-vous autant d'argent que de céréales, au point que nul ne s'inquiète quand il pourrit ? »

« Personne ne pourrait avoir trop d'argent. De plus, l'argent ne pourrit pas. »

« Parfait. Nous y voilà. Nous ne voulons pas de votre argent. En fait, nous vous en donnerons plus uniquement pour faire pousser ces graines. Vous pourrez les planter dans un espace grand comme les forteresses que vous venez de prendre. »

« Mais que sont exactement ces graines ? » songea finalement à demander le chef de clan.

« L'opium que je prends souvent plaisir à fumer. C'est un produit précieux. »

Alors, avec un long soupir de soulagement, mon père donna son consentement sans réserve.

Sur ce, l'émissaire spécial prit congé en disant : « Je reviendrai à l'automne. » Mais avant de partir, il offrit à ma mère un attirail de fumeur d'opium finement gravé.

Gênée par ce cadeau, la femme du chef de clan demanda à Dolma : « Pourquoi ne l'a-t-il pas donné à mon époux ? »

« Peut-être est-il amoureux de vous, répondit la servante. Après tout, maîtresse est une Han elle aussi. »

Au lieu de réagir à cette insolence avec colère, Mère ajouta d'un ton soucieux : « Je crains que ce ne soit précisément ce que pense le chef de clan. »

Dolma dissimula un ricanement.

L'épouse du chef de clan n'était plus une jeune femme. Hormis ses vêtements somptueux, elle n'avait plus grand-chose de séduisant. Les gens disaient toujours qu'elle avait été jadis une beauté, mais que ce temps-là n'était plus. J'avais entendu dire que ma sœur était une beauté elle aussi, mais je ne savais pas à quoi elle ressemblait. Elle était partie à Lhassa il y a longtemps avec mon oncle, puis elle était allée à Calcutta, d'où ils avaient traversé l'océan pour gagner l'Angleterre sur un beau bâtiment flottant. Chaque année, nous recevions une ou deux lettres, qui mettaient des mois à nous parvenir. Mais comme nul ne savait déchiffrer l'anglais, nous regardions juste les photographies qu'elle y joignait. Ma sœur était vêtue d'habits étranges et, à dire vrai, en voyant une personne aux goûts vestimentaires si différents des nôtres, j'avais du mal à savoir si elle était jolie ou pas.

Je demandai à mon frère : « Sœur est-elle jolie ? »

« Bien sûr que oui. Comment pourrait-elle ne pas l'être ? » Me voyant douter, il sourit. « En fait, je n'en sais rien non plus. Tout le monde dit qu'elle est belle, alors je le dis aussi. » Nous nous amusâmes beaucoup de ce membre de la famille parti dans un lointain pays.

Comme nous ne pouvions lire ses lettres, nous n'avions pas moyen de savoir qu'elle demandait la permission de rester en Angleterre. Elle s'attendait à ce qu'on la somme de revenir pour épouser le fils d'un autre chef de clan, un homme qui pourrait le devenir lui-même un jour, ou bien rester un modeste hobereau. Elle défendait, paraît-il, passionnément sa cause dans une langue inconnue de nous. Chacune de ses lettres développait l'argumentation des précédentes.

Toute le monde, dans la famille du chef de clan, avait une haute opinion de soi ; et ma sœur, dans la lointaine Angleterre, faisait de même, agissant comme si la famille Maichi allait s'effondrer sans elle. J'étais le seul de ses membres qui ne se croyait pas important. Ma sœur ne pouvait pas savoir que personne n'avait lu ses lettres, et que nous mettions simplement ses photos sur les murs de sa chambre. De temps à autre, un serviteur allait nettoyer la pièce ; elle ne ressemblait plus à la chambre d'un vivant, mais à une pièce inhabitée depuis longtemps, désormais devenue un espace réservé à son âme.

La bataille avec le chef Wangpo avait retardé les plantations de quelques jours, mais les cultures, grâce à cela, avaient échappé à une vague de gel. Un événement malheureux avait donné des résultats heureux, ce qui montre qu'aussi loin que remontent mes souvenirs, les événements avaient déjà commencé à prendre un cours extraordinaire.

Ce fut au centre du territoire des Maichi, sur les terres entourant le domaine, que l'on sema de l'opium sous la surveillance de mon père, de mon frère et la mienne.

Jetons donc un coup d'œil au tableau des cultures. Conduit par un enfant, un attelage de bœufs tirait une lourde charrue de bois. À la pointe du soc, un éclat d'argent guidait la charrue profondément dans la terre noire, en la retournant comme les vagues de l'océan. Le garçon qui menait la charrue criait en cadence les noms des bœufs ou des femmes qui faisaient les semailles. Les graines qui tombaient en cascade des mains levées des femmes avaient le bruissement de la pluie de printemps, et l'air s'emplissait du lourd parfum de la terre humide, fraîchement plantée.

Les périodes de repos dans les champs donnaient très vite lieu à des jeux effrénés. Les femmes jetaient les hommes sur le sol, soulevaient leurs longues robes et ôtaient leurs grands caleçons pour coller du fumier sur leurs petites choses diaboliques. Quant aux hommes, ils prenaient pour cibles les corsages des filles, espérant voir leurs jolis seins nus sous le ciel clair et bleu. Ces jeux des semailles de printemps non seulement réjouissaient les gens, mais, m'a-t-on dit, augmentaient le rendement. Le chef Maichi dit à ses fils que jadis, les hommes et les femmes allaient jusqu'à faire l'amour dans les champs.

Père fit apporter un chaudron pour préparer du thé généreusement additionné de beurre et de sel, chose rare à l'époque. « Cela augmentera leur force », dit-il.

Deux filles riant à gorge déployée passèrent devant nos chevaux en courant, leurs seins palpitant comme de joyeuses colombes. Leurs poursuivants allaient s'agenouiller devant nous quand mon frère leva sa cravache : « Ce n'est pas la peine. Courez ! »

Après la saison des plantations, chaque chose — les hommes, le soleil et la terre — était gagnée par une douce langueur. Même l'eau dans la rivière et l'herbe des montagnes prenaient agréablement leur temps pour couler et verdir. Tout le monde était impatient de savoir ce qui allait sortir des graines laissées par l'émissaire spécial Huang.

La noble famille du chef de clan commença à se mêler des travaux des champs. Chaque jour, suivie de l'intendant, d'une longue procession de servantes, de valets d'écurie, de vassaux et de membres de sa suite, elle allait inspecter ses terres. Même avant que les pavots aient fleuri, leur magie infinie nous captivait. Je me penchais sans cesse pour fouiller la terre meuble et voir comment les graines poussaient. Ce fut la seule fois où personne ne me traita d'idiot. Les autres, avec leur intelligence normale, étaient aussi curieux que moi, mais comme ils ne voulaient pas le montrer, cette tâche me revenait. Mais dès que je déterrais une graine, ils me la prenaient et se demandaient haut et fort comment d'aussi petites choses pouvaient donner des vrilles aussi grosses et robustes. Puis, un jour, les vrilles fendirent le sol et de tendres bourgeons s'ouvrirent en formant d'épaisses feuilles pareilles aux mains d'un nourrisson.

Les deux ou trois mois suivants passèrent très vite.

Quand les pavots fleurirent, les fleurs rouges formèrent un tapis spectaculaire sur une grande partie de nos terres. Cette plante nous fascinait. Ses fleurs étaient si belles !

Se plaignant de maux de têtes, Mère appliquait régulièrement des tranches d'ail sur ses tempes. L'ail, un remède efficace par ici, pouvait être cuit et ingéré pour stopper la diarrhée, ou posé sur les tempes pour guérir les migraines. La femme du chef de clan utilisait souvent ses migraines et son mal du pays pour rappeler aux gens qu'elle souffrait le martyre. De sorte qu'une déplaisante odeur piquante la suivait en tous lieux.

Par un de ces jours de cure, tous les membres de la famille préparaient allègrement une sortie pour fêter la douceur estivale. Tous, sauf Mère, qui restait seule à la maison derrière les balustrades, des tranches d'ail blanc laiteux collées sur ses deux tempes. Les palefreniers, les servantes, et même le bourreau, flânaient dehors avec entrain, leurs rires et leurs gais bavardages montant par-dessus les murailles. Voyant que nul ne prêtait attention à elle, elle geignit : « Dites à Dolma de rester avec moi. »

Mais j'intervins : « Dolma, j'ai besoin de toi pour me tenir sur mon cheval. »

Sangye Dolma interrogea des yeux le chef de clan.

« Fais ce que dit le jeune maître. »

Alors, Dolma monta en selle et me tint serré contre elle. Dans la mer déchaînée des pavots rouges, je laissai aller ma tête contre ses seins. Le champ était gorgé de fleurs ardentes. Je brûlais de désir, enflammé par les courbes douces de la belle servante et par son souffle humide et chaud. J'avais l'impression que les pavots, qui se répandaient dans les collines comme une traînée de poudre, fleurissaient dans mon cœur.

Des filles jouaient avec grâce devant nous dans un bouquet de buissons fleuris. Mon frère ralentit son cheval pour les suivre, mais mon père l'arrêta.

« Nous approchons de la forteresse du chef Tratra. Il va venir nous saluer. »

Sur ce, mon frère empoigna son fusil et tira sur les oiseaux. Le bruit des coups de feu se perdit dans la vallée. Seuls de gros nuages blancs, planant paresseusement au-dessus des montagnes, altéraient çà et là le bleu profond du ciel. Mon frère tenait son fusil avec élégance, et quand il commençait à tirer, il ne pouvait pas s'arrêter. Avant que l'écho d'un coup de feu ne s'éteigne, le second éclatait. Les douilles des balles volaient au sol, reflétant l'éclat du soleil.

Au loin, le chef Tratra apparut avec sa suite. Nous nous apprêtions à descendre de cheval, et ses serviteurs s'inclinaient devant nous en tendant les bras pour attraper nos rênes, quand soudain, mon frère se retourna et tira aux pieds du chef Tratra. La balle, en sifflant, alla heurter le sol au-dessous des bottes de l'homme, si fort qu'elle parut le soulever en l'air. Je suis sûr qu'il n'avait jamais sauté aussi haut, ni aussi prestement. Il se reçut tout aussi rapidement.

Mon frère mit pied à terre et flatta l'encolure de son cheval. « Le coup est parti par accident, expliqua-t-il. Le chef a dû avoir peur. »

Tratra baissa les yeux vers ses pieds qui, indemnes, supportaient toujours son corps énorme. Mais ses bottes étaient couvertes de poussière. Épongeant la sueur de son front, il tenta de sourire, mais au lieu de masquer sa colère, son sourire déforma affreusement ses traits. Sachant que nous pouvions lire aisément ses sentiments, il renonça à dissimuler et tomba à genoux devant Père. « Quelle loi Tratra a-t-il enfreinte ? Pourquoi le jeune chef me traite-t-il ainsi ? Pourquoi le maître ne lui dit-il pas simplement de m'abattre ? »

Ne voyant pas que tout cela n'était qu'une comédie, Yangzom, la belle épouse du chef, poussa des cris aigus en se laissant tomber à terre. Sa frayeur ne fit qu'ajouter à sa beauté, qui attira aussitôt l'attention de mon père. Le chef de clan s'approcha d'elle. « N'ayez pas peur, dit-il. Ce n'est qu'un jeu. »

Comme pour prouver la véracité de ses paroles, il éclata de rire, ce qui allégea quelque peu l'atmosphère. Tratra, que le jeune et futur chef de clan avait aidé à se relever, dit, en essuyant la sueur froide de son front : « J'ai fait préparer à boire et à manger dès que je vous ai vu, chef de clan. Dites-nous, je vous prie, où installer les tables. Dedans, ou au-dehors ? »

« Dehors, répondit Père. À côté des pavots. »

C'est ainsi que nous bûmes et mangeâmes près de ces fleurs superbes. Père ne cessait de se retourner pour contempler la femme de son vassal, ce qui n'échappa pas à son mari, qui était impuissant face au grand chef de clan. Il ne put que dire à sa femme : « N'as-tu pas mal à la tête ? Va t'allonger à l'intérieur. »

« Votre épouse a des maux de tête, elle aussi ? On ne le dirait pas. Ma femme en est constamment incommodée. » Il se tourna vers l'épouse du chef : « Avez-vous la migraine ? »

Yangzom sourit, mais ne répondit pas.

Le chef de clan lui rendit son sourire et la regarda dans les yeux. Elle dit finalement : « Plus maintenant. Elle a été dissipée par le coup de feu du jeune maître. » Sa réponse mit son mari en rage, mais il se contint et se borna à lever les yeux vers le ciel sans nuages.

« Ne vous tourmentez pas, Tratra. Voyez comme votre femme est belle ! »

« Le chef de clan veut-il se reposer ? Je ne suis pas sûr qu'il ait tout à fait l'esprit clair. »

Père éclata de rire. « Il est vrai qu'il y a *quelqu'un* ici qui n'a pas l'esprit clair. » C'était le genre de rire qui faisait frissonner. Tratra baissa les yeux sur ses pieds.

Au cours de ce premier été, lorsque les pavots prirent racine et donnèrent des fleurs splendides, un étrange phénomène se produisit — l'appétit sexuel de mon père et de mon frère fut plus fort que jamais. Mon propre désir, éveillé au début du printemps, explosa, attisé par les fleurs brûlantes. Ce jour-là, pendant le banquet, le chef de clan Maichi fut séduit par la femme de Tratra ; et la rougeur des fleurs, et les seins de Dolma, me firent tourner la tête.

Tratra buvait à grosses lampées. J'avais des bourdonnements dans la tête, mais je l'entendis quand même marmonner : « Ces fleurs offensent la vue. À quoi bon en planter autant ? »

« Vous ne comprenez pas, répondit le chef Maichi. Si vous aviez compris, c'est vous qui seriez chef de clan et pas moi. Ce ne sont pas des fleurs, mais de l'argent. Mais bien sûr, vous ne me croyez pas. Allons, faites donc remplir ma coupe. »

Mon frère avait déjà quitté le banquet pour aller rejoindre des filles, et je tirai Dolma par le bras. Nous nous éloignâmes lentement de la table, puis nous courûmes main dans la main, après avoir contourné un mur bas. Nous plongeâmes dans l'océan des fleurs ardentes, et leur parfum me refit tourner la tête. Je me renversai sur le sol et m'étendis à l'ombre des pétales. Je gémis, comme si je récitais une incantation : « Dolma, oh, Dolma... »

Ma voix devait avoir quelque chose de magique, car Dolma se laissa tomber près de moi.

Avec un rire nerveux, elle remonta sa longue jupe pour couvrir son visage, découvrant entre ses jambes la bouche de la bête. Je gémis une nouvelle fois : « Dolma, Dolma... »

La bouche m'avala lorsqu'elle noua ses jambes autour de moi et, en la fouillant comme si j'étais devenu fou, je pénétrai une tache d'obscurité entourée de clarté. Dolma était trop grande pour mon corps de treize ans. Nous avions brisé des pavots, et la substance laiteuse suintant de leurs tiges blessées nous couvrait le visage. Dolma m'écarta en riant et me demanda de tresser des fleurs autour de son nombril. Sangye Dolma était mon professeur, et non pas mon amante. Je l'appelai sœur et elle me prit le visage en criant : « Gentil frère. Gentil petit frère... »

Mais pour Tratra, ce fut un jour funeste.

Le chef Maichi, je l'ai dit, convoitait son épouse. Nous ne pouvions pas savoir exactement ce qu'en pensait Tratra, mais ce fidèle serviteur de la famille Maichi n'irait certainement pas jusqu'à mettre sa femme sur un cheval pour l'envoyer chez nous.

Deux ou trois semaines plus tard, Tratra alla marcher avec son intendant dans le vaste champ de pavots. Les fleurs à la beauté et à l'éclat troublants subissaient un changement, et de petites baies vertes se formaient en leur centre. L'intendant, pistolet en main, demanda : « Que pense donc faire mon chef ? »

Tratra savait de quoi parlait son intendant, mais ne pouvant répondre, il montra les baies du doigt en disant : « Ces choses peuvent-elles vraiment se changer en argent ? »

« Si le chef Maichi le dit. »

« Je crois que le chef de clan a perdu l'esprit. Personne avec la tête bien plantée sur les épaules ne ferait pousser autant de choses non comestibles. Il est fou. »

« Ne voulez-vous rien faire à propos de ce fou ? Vous en débarrasser, par exemple ? » L'intendant leva son pistolet. « Il est clair qu'il veut votre femme, clair aussi que vous ne voulez pas la lui donner. Alors, qu'allez vous faire ? »

« Veux-tu que je me rebelle ? Non, non, je ne peux pas. »

« Alors, vous allez mourir. Si vous aviez choisi de vous révolter, je vous aurais suivi. Mais comme vous ne l'avez pas fait, il faut me pardonner. Le chef de clan m'a ordonné de vous tuer. »

Avant que Tratra ait pu dire un seul mot, son intendant, Dorjee Tsering, lui tira une balle dans la poitrine. Le chef ouvrit la bouche, et un jet de sang en jaillit. Mais il ne put prononcer une parole. Il ouvrit les bras pour ne pas tomber, étreignant une touffe de pavots comme pour s'y rattraper. Mais les fleurs, ne pouvant soutenir son poids, s'effondrèrent avec lui.

Sur ce, Dorjee Tsering fonça vers le domaine du chef Maichi en s'écriant : « Tratra se rebelle ! Tratra se rebelle ! » Pendant ce temps, la bouche remplie de terre, son chef gisait sur le sol humide au milieu des pavots. Une fois encore, ses jambes se tendirent, après quoi il rendit son dernier soupir. Soudain, des coups de feu éclatèrent derrière l'assassin et l'homme qui avait tué son propre maître se réfugia chez nous. Ses poursuivants, qui n'osaient s'approcher, s'arrêtèrent à bonne distance, tandis que des fusils surgissaient entre les créneaux du fortin. Le chef de clan apparut au sommet et cria : « Votre chef complotait contre moi. Il a été puni par un homme qui m'est resté fidèle. Voulez-vous aussi vous révolter contre moi ? »

La foule se dispersa aussitôt.

Au cours des semaines qui suivirent, des pluies violentes s'abattirent sur les fleurs de pavot.

Quand le soleil d'automne brilla de nouveau, les fleurs avaient fait place à des baies vertes. Dès que les pluies avaient cessé, mon père avait noué une aventure avec la femme de Tratra, Yangzom. Dorjee Tsering, qui avait tué son mari, ne cessait de répéter au chef Maichi qu'il devait revenir dans sa forteresse. Mais c'était surtout pour lui rappeler qu'il lui en avait promis le contrôle. Lorsque l'homme eut parlé une fois de trop, Père répondit dans un sourire : « Tu m'as l'air bien téméraire. Crois-tu honnêtement que là-bas, dans la forteresse, on croie que Tratra s'est rebellé ? Bien sûr que non. Les gens n'ont pas oublié que sa famille a vécu ici très longtemps. Es-tu si impatient d'y retourner parce que tu veux être tué ? »

Après lui avoir donné à méditer ces paroles, le chef de clan Maichi alla retrouver Yangzom dans les champs de pavots.

Pendant ce temps, Mère devenait de plus en plus arrogante.

Les pavots, que nous voyions de nos fenêtres, fleurissaient à un point inimaginable. Ces plantes, qui poussaient pour la première fois sur nos terres, étaient si enivrantes qu'elles libéraient toute la folie cachée au cœur des hommes. Peut-être était-ce leur mystérieux pouvoir qui avait poussé le chef de clan à tomber si amoureux de Yangzom, qui était belle, mais assez stupide. Et Yangzom, qui venait d'enterrer son mari, était tout aussi folle. Le matin, dès le lever du soleil, ils sortaient chacun de leurs forteresses de pierre pour tomber dans les bras l'un de l'autre, avant de filer dans les champs de pavots. Sous le souffle du vent qui agitait les fleurs, les baies déferlaient en vagues comme un désir ardent. Tout le monde savait que mon père et Yangzom faisaient passionnément l'amour dehors au cœur des champs, pendant que Mère, debout à sa fenêtre face aux vagues ondulantes, se tenait la poitrine comme percée de douleur.

Le nouvel amour de Père jouait de la flûte traversière et, portés par le vent, les sons vibrants de la flûte de bambou arrivaient jusqu'à nous. La femme du chef de clan ordonna de tirer sur l'endroit d'où provenait la musique, mais qui aurait osé tirer sur son roi, le chef de clan ? Alors, elle s'en chargea, mais la balle manqua sa cible trop lointaine et tomba par terre à mi-chemin, comme la fiente d'un oiseau en plein vol. La colère de Mère dessécha les tranches d'ail sur ses tempes, qui tombèrent une à une sur le sol.

Pour calmer ses maux de tête, Mère recourait aussi au tabac à priser. Mais elle avait une façon bien à elle d'utiliser la poudre jaune. D'autres la reniflaient directement à même l'ongle du pouce. Mais Mère glissait un dé à coudre d'or sur son auriculaire, versait dessus un peu de poudre, puis l'approchait de son nez. Elle fronçait les sourcils un long moment avant de renifler avec vigueur, puis elle levait soudain son visage rougi vers le ciel et ouvrait grand la bouche. Finalement, elle tapait du pied et secouait la tête pour lâcher un ou deux éternuements bruyants. Dolma, qui devait essuyer la morve et les crachats des habits de sa maîtresse, s'enquérait : « La maîtresse se sent-elle mieux maintenant ? »

D'habitude, elle répondait avec gentillesse : « Beaucoup mieux. » Mais cette fois, elle hurla : « Comment cela pourrait-il m'apaiser ? Rien n'y fera. Cette colère me tuera ! »

Les serviteurs gardèrent prudemment le silence. Mais moi, je déclarai : « C'est Père qui a ordonné la mort de Tratra. La femme n'y est pour rien. »

Mère s'exclama aussitôt : « Idiot ! Idiot ! Tu es un idiot bon à rien ! » La morve coula sur les bottes de l'intendant. Après quelques instants, les cris de Mère se muèrent en sanglots étouffés, qui montèrent jusqu'au plafond et bourdonnèrent de tous côtés comme une mouche domestique. Dans ces moments-là, tout le monde tournait son attention vers les pavots qui tapissaient les champs.

Là-bas, Père enlaçait sa bien-aimée et la pénétrait, en écrasant les fleurs dans son ardeur. Redécouvrant l'amour, il sentait la terre bouger sous la femme qui gémissait d'extase. Ses cris parvenaient jusqu'à notre enceinte, où ils résonnaient sur les murs de la forteresse. Nous nous couvrions tous les oreilles, tous sauf ma pauvre mère, qui se prenait la tête dans les mains comme si ces cris de volupté allaient la fendre comme une hache. Heureusement, si grande était la folie du chef de clan, sa vitalité avait des limites, et le calme revint bientôt dans le cœur enflammé du champ de fleurs. La vaste étendue verte ondulait sous la brise, au rythme du souffle apaisé du chef comblé et de sa bien-aimée.

Mère reprit ses esprits elle aussi. Dolma ôta les tranches d'ail qui restaient sur ses tempes et la maîtresse se lava calmement le visage dans la bassine de cuivre. Elle y passa plus de temps qu'à l'accoutumée et en appliquant une lotion sur sa peau, elle ordonna à un serviteur de faire venir le chef de la garde.

L'homme arriva, mais Mère l'arrêta sur le seuil de la pièce : « Ce n'est pas la peine d'entrer. Restez là simplement. »

Un pied dedans, un pied dehors, il demanda à la femme du chef de clan : « Que puis-je faire pour vous, maîtresse ? »

Mère le somma de donner un fusil à Dorjee Tsering, l'homme qui avait tué son propre maître. « Comme il peut tuer son maître, il peut aussi supprimer cette traînée. »

« Oui », répondit le chef de la garde, en claquant des talons, chose que nos hommes avaient apprise des troupes de l'émissaire spécial.

« Attendez, dit l'épouse du chef de clan. Je veux que vous l'abattiez aussi quand il aura tué cette femme. »

6

MEURTRE

Je dis à la femme du chef Maichi : « Ah-ma, laisse-moi le faire. Ils ne vont pas tuer Yangzom. Ils ont peur de Ah-pa. »

Un sourire de contentement éclaira son visage quand elle dit : « Tu es vraiment un petit sot. »

Sur ces entrefaites, mon frère entra. « Qu'a-t-il fait cette fois ? » demanda-t-il.

Mon frère s'entendait bien avec ma mère et moi. « Il a eu encore une de ses idées stupides, répondit-elle. Alors, je l'ai un peu grondé. »

Il me regarda avec des yeux pleins de pitié, les yeux d'une personne intelligente. Pour moi, ce genre de regard était comme du poison. Par chance, à cause de ma piètre intelligence, cela ne me fit pas trop mal. Un idiot n'a pas de haines ou d'amours intenses, et ne voit que les vérités élémentaires, ce qui protège son cœur fragile des trop grandes souffrances.

Le futur chef Maichi me frotta la tête, mais pendant qu'il parlait avec Mère, je m'esquivai et me glissai derrière Dolma, en jouant avec les pompons du ruban de soie qui ceignait sa taille. Au bout d'un moment, un courant chaud enfla la chose qui avait récemment apprécié le goût du plaisir charnel, me poussant à lui pincer la jambe avec violence. Dolma, au doux parfum, poussa un petit cri.

Sans tenir compte de nous, Mère dit gravement à mon frère : « Mais regarde-le. Il faudra que tu t'occupes bien de lui quand nous serons morts. »

Le premier jeune maître opina et me fit signe d'approcher pour me souffler : « Tu aimes les filles, toi aussi ? »

Je ne répondis pas, ne sachant pas ce qu'il voulait que je dise.

Il ajouta : « Je crois que oui. »

Sur ce, je m'avançai au milieu de la pièce et déclarai d'une voix forte : « J'aime — Dol — ma. »

Il rit, d'un rire qui montrait bien qu'il était de l'étoffe des rois, un rire si contagieux que Mère et Dolma s'esclaffèrent. Moi aussi. Ce rire était une joyeuse flamme dansante qui rompit la tranquillité de la journée et la fit vaciller. Mais à peine avions-nous repris notre souffle que nous entendîmes un coup de feu.

C'était un son étrange, comme si quelqu'un frappait un gong de cuivre.

Bang ! C'était si fort.

Mère trembla.

Bang ! Un autre coup de feu sonore.

Des cris et des pas précipités résonnèrent dans le domaine, suivis des bruits secs et menaçants des culasses tirées par nos gardes. Puis, vinrent les craquements des énormes roues de bois tandis que les gardes orientaient les canons dans la tour. Une fois que les canons furent mis en position, le silence retomba sous le clair soleil d'automne, faisant paraître la tour encore plus imposante.

Après avoir vérifié les préparatifs, mon frère se posta avec moi entre deux canons de bronze, pour surveiller l'endroit d'où les coups de feu étaient partis. Je connaissais la raison de la fusillade, mais pourtant, je criai avec lui : « Tuez celui qui a tiré ! »

Dehors, le champ, avec ses pavots florissants, était calme. Des femmes rinçaient du lin blanc dans la rivière. Plus bas, dans les forteresses des Kabas, des gens tissaient des couvertures de laine, ou bien tannaient du cuir sur les toits des maisons, tandis que la rivière, à l'est, coulait vers quelque endroit lointain. Je me laissais prendre à la beauté du panorama quand mon frère me jeta : « Crois-tu vraiment que tu pourrais tuer un homme ? » Je me tournai vers lui et je hochai la tête. C'était un bon frère, il espérait me voir devenir aussi brave que lui, et il voulait cultiver mon courage. Il mit soudain un fusil dans ma main et me dit : « Vas-y, tue qui tu veux. N'aie pas peur. »

Avec le fusil dans la main, je vis tout ce qui se passait devant moi, et surtout, parmi les pavots. Mais si l'on m'avait demandé ce que je voyais exactement, je suis sûr que je n'aurais su le dire. Pourtant, je voyais tout. Tenez, je tire un coup de feu, et le chef de la garde familiale traîne le corps de Dorjee Tsering hors du champ de pavots. Là, je tire une nouvelle fois, sentant que je vise bien mieux qu'aucun tireur d'élite. Voyez, encore un coup de feu, et Père bondit de l'endroit où il s'était livré aux plaisirs charnels, en grondant comme un ours. En tenant la main de sa nouvelle femme et en agitant son écharpe jaune, il court à travers l'océan de verdure.

Soudain, mon frère agrippa mon poignet si fort que les balles suivantes partirent vers le ciel. Puis, nous descendîmes dans le champ de pavots, où nous trouvâmes Père tout habillé. Il gifla mon frère sans un mot, croyant que c'était son héritier qui avait tiré. Mon frère me sourit, sans me tenir rancune d'avoir à assumer la faute. Au contraire, il avait l'air gêné d'une personne intelligente qui a fait quelque chose d'idiot.

« Ce n'est pas lui, affirmai-je. C'est moi qui ai tiré les coups de feu. »

Père se retourna et me dévisagea avec gravité, puis il leva les yeux vers mon frère, qui acquiesça. Alors, Père arracha le pistolet de la ceinture de mon frère, ôta le cran de sûreté, et me le tendit. Je visai, et le corps de Dorjee Tsering, qui gisait sur la route, brandit vers nous sa main droite sans vie.

Yangzom regarda l'ancien intendant, et un cri s'échappa de sa jolie bouche.

Je tirai à nouveau, et le mort qui avait trahi son maître agita sa main gauche vers son ancienne maîtresse. Mais elle ne la vit pas, car elle avait plaqué ses propres mains sur son visage. Partant d'un rire caverneux, Père me tapota la tête en disant à Yangzom : « Ah ! Ah ! Même mon fils idiot est un fameux tireur. » Sur ce, il nous présenta à son nouvel amour. Puis, il ajouta : « Vous verrez. Quand Yangzom me donnera un fils, vous n'aurez pas votre pareil, tous les trois. » Et voilà comment nous apprîmes que Yangzom allait entrer dans la famille. Au même moment, il me prit l'arme que je tenais et la remit dans la ceinture de mon frère.

Le cadavre était couvert de mouches. Le chef de clan reprit : « Je pensais faire de lui le chef de la forteresse de Tratra. Qui donc l'a abattu ? »

Le chef de la garde s'inclina : « Cet homme voulait tuer le maître, alors je lui ai réglé son compte. »

Père demanda encore, en se grattant la tête : « Mais où a-t-il eu son fusil ? »

Je souris bêtement, mais mon frère et le chef de la garde ne dirent mot.

« Pourquoi souris-tu ? questionna Père. Tu sais quelque chose ? »

On m'accordait beaucoup d'attention ce jour-là.

Les voyant tous me regarder d'un air perplexe, je ne pouvais les décevoir. Alors j'expliquai que c'était la femme du chef de clan qui était derrière tout cela. Pendant que je parlais, la sueur ruisselait sur mon visage, non parce que j'avais peur, mais parce que tout était si compliqué. C'était trop difficile pour ma cervelle d'idiot de se rappeler les choses décidées par un être intelligent. Pour moi, les gens intelligents étaient comme des marmottes en haut sur la montagne, toujours vigilantes, toujours agitées. Ils ne peuvent faire un somme au soleil après déjeuner, mais ils peuvent creuser un trou ici et pisser là pour créer des tas de fausses pistes pour les chasseurs. Peut-être le soleil était-il trop chaud pour Père, pour Yangzom et pour le chef de la garde, car je remarquai en parlant que la sueur dégouttait des sourcils froncés du chef Maichi et de sa maîtresse. Les gouttes luisantes glissaient jusqu'au bout de leur nez et tombaient sur la terre poussiéreuse, alors que la sueur du garde coulait en gouttes épaisses depuis la naissance de ses cheveux et se répandait inégalement sous ses sourcils.

Dans mon récit, deux personnes méritaient la mort, un homme et une femme. Mais seul, l'homme avait été tué. Il avait la bouche ouverte, comme s'il ne comprenait pas tout ce qui s'était passé. Mon frère fourra une baie verte entre les lèvres du mort pour lui donner meilleur aspect.

« Très bien, cracha Père en se tournant vers Yangzom. Puisque les choses en sont arrivées là, je devrai te garder ici pour ta sécurité. »

Voilà comment Yangzom, que Mère haïssait de tout son être, entra tout simplement dans la maison Maichi. Dès lors, le couple put coucher ouvertement dans le même lit. Certains disaient que c'était moi, l'idiot, qui avait donné à Père un prétexte pour loger sa maîtresse chez lui. Mais je ne m'en souviens plus très bien. De plus, un chef de clan n'a pas besoin de prétexte pour coucher avec une femme. Celui qui dira le contraire est plus idiot que moi.

Tandis que nous regagnions le domaine en marchant, la tête du cadavre traîné par les pieds cognait sur la chaussée avec un bruit sourd, angoissant.

La femme du chef de clan apparut sur le balcon de la plate-forme, flanquée de sa servante, de l'intendant et de plusieurs lamas. Vêtue d'une robe rose éblouissante aux manches blanches bouffantes, elle regarda mon père approcher du portail avec son nouvel amour. Mère était née dans une pauvre famille han et avait été achetée par un homme riche qui en avait fait cadeau à Père. Normalement, compte tenu de la différence de condition, un chef du clan Maichi ne serait pas resté aussi longtemps amoureux d'elle. Mais pour ce qui était des sentiments, le chef Maichi surprenait toujours les gens. Peu après la mort de sa première femme, de nombreux messagers étaient venus de loin pour lui offrir de bons partis.

Mais il les avait tous renvoyés ; et juste au moment où l'on commençait à louer son attachement à sa défunte épouse, on apprit qu'il allait se remarier. Lui et ma mère, une femme sans position et d'une autre race, devinrent mari et femme. Les gens disaient : « Une femme han ! Vous verrez. Il va bientôt demander en mariage la fille d'un chef de clan. »

En fait, chez les chefs de clan de notre région — Wangpo, Lha Shopa, Rongong, un autre nommé Gyalwa et même, les derniers chefs Maichi —, cela se passait en général comme ça : tu épouses ma fille et, un jour, j'irai épouser la fille cadette d'un autre chef de clan. Les mariages entre clans étaient encore plus fréquents dans les familles des contrées plus lointaines. Prenez la nôtre, par exemple. Au fil des ans, les chefs Maichi avaient été liés par des mariages avec trois chefs de clan du fleuve Tadu, deux autres des mesas, au nord et à l'ouest du mont Tsechong, et même avec des chefs qui n'étaient plus titrés et servaient de gardes frontières au gouvernement nationaliste. Ces derniers, même s'ils n'étaient plus aussi puissants qu'avant, possédaient toujours des hommes et des terres. Ils étaient nos parents, proches ou éloignés. Bien qu'il nous arrivât parfois de nous retourner les uns contre les autres, nous préférions contracter mariage avec l'ennemi plutôt qu'avec un clan dont l'« os » était inférieur au nôtre. Il en avait toujours été ainsi. Mais Père avait rompu cette tradition, et c'est pourquoi, dès le départ, les gens avaient prédit que le chef Maichi ne serait pas longtemps heureux avec la femme han. Beaucoup de chefs de clan et le peuple de leurs vastes terres disaient que ce mariage n'était qu'une passade. Mais Père n'envoyait jamais de porteurs de demande en mariage dans le territoire d'un autre chef de clan.

J'étais le fruit de l'union de ce chef de clan et de la femme han. Pendant mes deux premières années, ils se demandèrent ce qui clochait chez moi, mais il leur fallut encore deux ans pour confirmer que j'étais un idiot.

Mon état redonna espoir aux gens. Mais ils furent bientôt à nouveau déçus. Tout ce qu'il apprirent, c'était que la femme du chef de clan avait de plus en plus de sautes d'humeur et que son époux prenait quelquefois son plaisir avec des servantes. En fait, toutes les femmes qui avaient jadis attendu une demande en mariage de Père étaient alors mariées elles-mêmes. Pourtant, les gens ne cessèrent jamais de prêter attention à la vie amoureuse du chef Maichi, simplement parce qu'ils avaient pris l'habitude d'observer la bêtise d'un homme aussi intelligent.

Mais Mère savait que le jour de sa disgrâce était venu. Une femme ne peut pas échapper à ce jour, et elle l'accueillit, vêtue de ses plus beaux atours. La fille d'une modeste famille était devenue une noble dame élégante. Voir le chef de clan approcher de sa demeure avec son nouvel amour était comme assister à l'arrivée de la deuxième partie solitaire de sa vie. Dolma me dit qu'elle avait entendu sa maîtresse répéter : « Je le sens. C'est maintenant, je le sens... »

Tandis que Mère grommelait ainsi, la procession atteignit le portail. Les gens levèrent les yeux pour admirer la gracieuse silhouette de la femme du chef de clan. Contrairement au nouvel amour de Père, dont la beauté faisait naître un désir de possession chez les hommes, le charme de Mère inspirait une crainte respectueuse. Même Yangzom en fut écrasée. « Je t'en prie, supplia-t-elle en se tournant vers Père, laisse-moi partir. Je veux rentrer chez moi. »

Alors, mon frère lui dit : « Allez-y. Il y a plein de gens qui vous guettent sur la route pour pouvoir vous tuer. »

« Mais pourquoi le voudraient-ils ? »

Il sourit et dit à cette belle femme, qui avait son âge mais allait être élevée à la condition de la génération de sa mère : « Parce qu'ils pensent que vous avez fait tuer le chef Tratra pour épouser le chef de clan. »

Père leva les yeux vers le balcon. « Tu as peur d'elle ? Il ne faut pas. Je ne la laisserai pas te faire de mal. »

Dès lors, le mort avait été suspendu tête en bas à un poteau par les bourreaux, une équipe formée d'un père et d'un fils. Après avoir entendu résonner une corne de bœuf, des gens venus de loin affluèrent au domaine et allèrent se masser sur la place. Là, le chef de clan expliqua comment cet homme avait tué le loyal Tratra, et comment il avait lui-même découvert le complot et puni le meurtrier qui allait usurper la position de sa victime. Voilà comment les serfs apprirent que le territoire d'un nouveau vassal était tombé sous le contrôle direct du chef de clan. Mais comme cela n'avait pas d'incidence sur leur vie, ils se mirent en rang et passèrent devant le corps. La coutume voulait qu'ils crachent au visage du mort pour qu'il aille au fond de l'enfer et ne renaisse pas. Ils crachèrent tellement que les mouches se noyèrent sur sa figure de plus en plus gonflée.

Pendant ce temps, Mère n'avait pas quitté le balcon, et embrassait toute la scène.

Père était rudement content de lui. Il avait habilement retourné le complot de Mère à son profit ; et il alla encore plus loin, en disant à l'esclave de la famille, Sonam Tserang : « Va demander à ta maîtresse si elle veut maudire ce criminel qui a tiré sur son maître. »

Sans un mot, la maîtresse ôta un morceau de jade de sa ceinture et cracha sur la pierre. L'esclave la porta en bas et la jeta sur le corps. La foule était ébahie par son mépris d'un bijou si précieux.

Mère pivota et rentra dans sa chambre. En bas, les gens la regardèrent disparaître du balcon, puis entendirent sa voix aiguë résonner sous la véranda. Elle appelait sa femme de chambre, mon instructrice : « Dolma ! Sangye Dolma ! »

La silhouette de Dolma, vêtue d'une robe vert pâle, disparut à son tour.

Père installa Yangzom dans l'aile est du troisième étage, dans une chambre exposée au sud où ils pouvaient dormir ensemble tout leur soûl. Auparavant, aucun chef Maichi ne serait resté longtemps dans la même chambre avec la même femme, et il n'aurait sûrement pas dormi des années avec elle dans le même lit.

Mais laissons cela et jetons un coup d'œil au lit du chef de clan. En fait, c'était un placard géant creusé dans le mur qui, faiblement éclairé, avait l'air profond et sinistre. Je demandai un jour à Père : « Y a-t-il des monstres là-dedans ? »

Au lieu de me répondre, il eut un franc sourire comme un père ordinaire et me dit : « Tu es un vraiment un petit idiot. »

Mais je croyais qu'il y avait dans ce lit quelque chose d'effrayant.

Ce soir-là, tard dans la nuit, des sanglots de douleur éclatèrent au pied de la maison. Se drapant dans ses vêtements, le chef Maichi sortit de son lit, pendant que Yangzom se blottissait au bord, terrifiée par les ombres de l'alcôve. Le chef de clan n'eut qu'à émettre un petit toussotement pour que des lanternes s'allument dans la maison et des torches dans la cour. Dès qu'il apparut au balcon, quelqu'un éclaira son visage avec une lanterne. Puis, une voix cria dans l'obscurité : « Voilà le chef Maichi. Regardez bien. »

En bas, trois silhouettes étaient tapies dans la nuit. C'était la femme et les deux fils de Dorjee Tsering, dont le corps, suspendu tête en bas, oscillait dans la brume.

Père s'écria : « Bien que je devrais vous faire tuer, je vous ferai grâce cette fois. Mais je ne réponds de rien si l'on vous trouve encore sur mon territoire dans trois jours. » Sa voix tonna à travers le domaine.

Il entendit un jeune garçon s'écrier dans le noir : « Chef de clan, demandez à ce qu'on vous éclaire encore une fois, pour que je puisse me rappeler votre visage. »

« Crains-tu de tuer un jour un autre à ma place ? Alors, regarde bien. »

« Merci, maintenant, je l'ai vu. »

Père éclata d'un rire sonore : « Brave garçon. Faut-il que je t'attende si j'ai envie de mourir avant que tu m'abattes ? »

Il n'y eut pas de réponse, car tous trois, mère et fils, s'étaient déjà évanouis dans la nuit.

Quand Père se retourna, il vit Mère qui le regardait du haut de ses appartements. Il lui plut de voir Père lever les yeux vers elle. Agrippant la rampe de bois, elle s'enquit : « Pourquoi ne les as-tu pas tués ? »

Père aurait pu lui demander si elle le trouvait lâche, mais au lieu de cela, il soupira d'une voix ensommeillée : « Je suis fatigué... »

Mère ajouta : « Je les ai entendus te maudire. »

Père se ressaisit aussitôt : « Que crois-tu que fasse un ennemi, te chanter une berceuse ? »

« Pourquoi es-tu si nerveux ? Tu es peut-être chef de clan, mais une femme t'a fait perdre la tête. Que ferais-tu s'ils étaient dix ? »

Elle parlait de manière si convaincante que Père ne sut que dire. Lorsque les torches s'éteignirent, et que le domaine retomba dans le noir, le rire vif et clair de Mère parut irréel dans la nuit. « Le maître ne doit-il pas retourner dans sa chambre ? demanda-t-elle. Sa concubine doit être effrayée dans ce grand lit. »

« Tu devrais rentrer, toi aussi. Il y a trop de vent là-haut pour une femme délicate comme toi. »

Le sens de ses paroles n'échappa pas à Mère. Père n'aurait pas dit une chose pareille si elle ne s'était pas si souvent plainte de sa santé. Je pense qu'elle avait le tort d'ériger en principe la valeur han de la beauté mélancolique. Mais elle n'était pas prête à abandonner la partie. « Cela importerait-il si je meurs ? La famille Maichi peut avoir besoin de bien des choses, mais elle ne manque sûrement pas de femmes. Tu peux en acheter une avec de l'argent ou bien en prendre une autre avec un fusil. Quoi de plus facile ? »

« Je n'ai plus envie de te parler », répondit Père.

De retour dans son lit, l'image de ce visage froid, comme un disque d'argent, flotta devant ses yeux. Il grinça des dents en soupirant : « Voilà qu'elle se change en sorcière... »

Yangzom roula dans les bras du chef de clan. « J'ai peur. Serre-moi dans tes bras. »

« Mais tu n'as rien à craindre. Tu es la troisième femme du chef Maichi. »

Le corps chaud de Yangzom l'apaisa. Tout en lui décrivant la cérémonie de mariage qu'il allait organiser pour elle, il songea aux biens du chef Tratra qui lui appartenaient désormais. Pendant longtemps, Tratra avait été son plus fidèle vassal, mais il n'aurait pas dû avoir autant d'argent ni une femme aussi belle, au point que le chef Maichi en restait éveillé la nuit. Les choses n'auraient pas tourné aussi mal pour lui s'il avait offert au chef de clan de partager sa richesse. Père soupira sur l'avidité insatiable des hommes.

Yangzom s'assoupit dans ses bras, ses seins tendres et ronds luisant dans le noir. C'était vraiment une femme stupide. Après tout ce qui s'était passé ces jours derniers, personne doté du moindre bon sens n'aurait pu arriver à dormir ; mais elle se retourna sur le ventre et sombra dans un profond sommeil. Avec sa respiration égale, le parfum de son corps, séduisant et animal, excita son désir. Le chef de clan était au milieu de sa vie. Il savait que la passion retomberait rapidement après cet accès de folie et qu'il vivait peut-être son dernier amour. Il voulait réveiller cette femme et parcourir la vallée de l'extase avec elle.

À l'étage supérieur, sa deuxième épouse battit des mains et s'écria en jubilant : « Au feu ! Au feu ! »

Le chef Maichi maugréa sur la méchanceté de cette femme. Il devrait demander aux lamas de réciter des soutras pour l'exorciser, sinon elle allait devenir folle. Mais dehors, des gens criaient et couraient dans la nuit, faisant vibrer la forteresse de pierre.

Le chef Maichi ouvrit les yeux et aperçut une lueur rouge. Au début, il crut qu'on avait mis le feu à son domaine. Il sut bientôt qu'il n'en était rien, mais il sentait une atmosphère de haine.

Jusqu'alors, tout le monde dormait dans sa demeure, excepté Mère, qui était restée debout à la lumière vacillante des étoiles. Mais chacun était réveillé à présent. La famille du chef de clan, ses lamas et l'intendant étaient dans les étages, les esclaves et la garde familiale en bas. La nouvelle épouse enfouit sa tête sous les couvertures et roula vers l'intérieur du lit-placard. Il apparut que c'était le trio parti cette nuit-là en jurant de se venger qui avait mis le feu à la forteresse de Tratra. Les flammes faisaient rage dans la froide nuit d'automne ; elles brillaient au-dessus du grand domaine des Maichi et du vaste champ de pavots. Nous restions là, le regard grave, en voyant se réduire en cendres la propriété que nous venions d'acquérir.

Derrière nous, les vents de la rivière devenaient de plus en plus froids. Les flammes devant nous, et la fraîcheur derrière, nous mettaient tous sortes d'idées dans la tête.

Les domestiques battaient des mains et poussaient des huées à chaque fois qu'un dragon de feu sautait d'une fenêtre de la forteresse lointaine. Je reconnus les voix de ma nourrice, des servantes, de l'orfèvre et du jeune esclave de la famille, Sonam Tserang. Dolma était avec eux ; on lui avait accordé le rare privilège de vivre avec la famille, mais elle rejoignait les autres serviteurs dès qu'elle le pouvait.

Il faisait jour quand le feu s'éteignit.

Au lieu de fuir avec ses fils, la femme de Dorjee Tsering s'était jetée dans le feu qu'elle avait allumé, et elle avait péri d'une mort atroce. Elle avait éclaté avec ses malédictions, en lançant des imprécations meurtrières contre une famille qui semblait solide comme un roc. Père savait que ses fils tiendraient un jour leur promesse de vengeance, et il voulut envoyer des gens à leurs trousses. Mais mon frère l'arrêta : « Tu les as laissés partir devant tout le monde. Ne les pourchasse pas maintenant, contente-toi d'être prudent. »

Le chef de clan envoya quand même des poursuivants. Mais nos deux ennemis ne furent pas pris au bout de trois jours, et le quatrième, ils avaient fui le territoire gouverné par la famille Maichi. Nul ne pouvait en franchir les frontières aussi vite.

À partir de ce moment-là, les deux garçons et leur mère qui avait péri par les flammes peuplèrent les cauchemars de Père ; il ne put retrouver la sérénité qu'à l'aide d'une cérémonie bouddhiste.

Les lamas de notre salle des soutras et du monastère Mondron Ling furent rassemblés pour façonner des figurines en forme d'hommes et d'animaux. Au cours du rite solennel qui s'ensuivit, toutes les haines secrètes et les malédictions furent transférées aux figurines, qui furent portées sur les contreforts de la forteresse. Là, on les brûla sur un bûcher d'arbustes épineux qui, au dire de tous, pouvaient réduire en cendres n'importe quoi au monde. Les cendres furent ensuite dispersées sur une étendue telle que rien ne pouvait les réunir.

Pendant ce temps, les pavots épanouis dans le champ emplissaient l'air d'un parfum enivrant.

Ces quelques jours de faveur incitèrent Jeeka, le Bouddha vivant du monastère Mondron Ling, à oublier la froideur qu'on lui témoignait depuis des années. Sur un ton sombre et pressant, il dit au chef Maichi : « Pour moi, rien de cela ne serait arrivé si vous n'aviez pas planté ces fleurs. Elles ont une influence dépravante. »

Le Bouddha vivant alla jusqu'à empoigner les mains du chef de clan, qui les retira et les cacha sous sa robe. « Que reprochez-vous à ces fleurs ? demanda-t-il d'un ton cassant. Ne sont-elles pas assez belles pour vous ? »

Sentant qu'il avait commis une erreur fréquente chez les savants — l'incapacité à tenir sa langue —, le Bouddha vivant joignit les paumes pour se retirer. Mais le chef de clan le retint en lui prenant les mains : « Venez, allons jeter un coup d'œil à ces fleurs. »

Le Bouddha vivant dut suivre le chef de clan dans le champ de dépravation, où les pavots avaient à nouveau changé d'aspect. Les fleurs rutilantes s'étaient flétries, et les feuilles portaient à présent des boules vertes, rondes comme des têtes de moines. Le chef de clan se mit à rire : « Voyez, on dirait les têtes de vos petits moines. » D'un coup de dague, il envoya les baies rouler au sol.

Le Bouddha vivant retint sa respiration en voyant la sève laiteuse suinter des tiges décapitées.

Le chef de clan insinua : « J'ai entendu dire que le sang d'un lama accompli était différent de celui des hommes ordinaires. Se pourrait-il qu'il ait cette couleur laiteuse ? »

En silence, le Bouddha vivant marcha nerveusement sur les baies des pavots, qui éclatèrent comme des crânes. Il leva les yeux vers le ciel sans nuages où, porté par l'air de la vallée, un faucon planait en quête d'une proie. Le soleil projetait son ombre sur la terre. Soudain, le faucon s'éleva et poussa un cri perçant.

Le Bouddha vivant observa : « Il appelle la pluie et le vent. »

Voilà encore un problème des savants : ils pensent qu'ils doivent tout expliquer. Le chef Maichi sourit, mais il dit simplement : « Oui, le faucon est le roi du ciel. Et quand le roi paraît, les rats et les serpents doivent courir se cacher dans leurs trous. »

Poussé par une rafale de vent, le roi du ciel passa majestueusement devant le chef de clan et le Bouddha vivant, et s'éleva en flèche après avoir attrapé un oiseau effaré. Puis il atterrit lentement sur la cime d'un arbre au sommet d'une crête.

Plus tard, le chef Maichi dit aux gens qu'il avait donné ce jour-là une leçon au Bouddha vivant, juste pour qu'il ne se croie pas infaillible. Quand un curieux demanda à Jeeka si c'était vrai, il répondit : « Bouddha Amita. Un moine a le droit d'interpréter ce qu'il voit. »

7

LA TERRE TREMBLE

On m'a appris que la terre était la chose la plus stable du monde, avant le pouvoir royal du chef de clan qui la gouverne. Mais la première année où les pavots poussèrent dans notre sol, la terre trembla. À l'époque, le Bouddha vivant était dans la force de l'âge et la menace de Père n'avait pas réussi à le faire taire. Pourtant, il craignait réellement le chef Maichi ; mais il était poussé par cette habitude commune aux savants d'exprimer une opinion sur tout.

Isolé dans son monastère, son impuissance à divulguer ses présages l'agita de plus en plus. Assis sur un trône bouddhiste garni de cinq catties[1] d'or, il se calma en contrôlant sa respiration. Quand il parvint à se concentrer, l'icône étincelante du bouddha apparut. Mais soudain, l'une de ses paupières charnues fut agitée de contractions, et il cessa de méditer pour humecter ses paupières de salive. Voyant que cela ne marchait pas, il demanda à un jeune moine de poser sur sa paupière une feuille de papier doré. À la contraction suivante, la feuille s'envola en planant jusqu'au sol.

Le Bouddha vivant demanda ce qui se passait dehors.

Quelqu'un répondit que les serpents sortaient de leurs trous.

« Quoi d'autre ? Cela ne doit pas s'arrêter aux serpents. »

On félicita le Bouddha vivant pour sa clairvoyance. Des chiens grimpaient aux arbres comme des chats, et l'on voyait surgir de nombreuses créatures habituellement souterraines.

Flanqué de ses domestiques, le Bouddha vivant gagna la porte du monastère pour voir de ses yeux si les choses se passaient vraiment comme on le lui disait.

Le monastère avait été bâti sur un escarpement en forme de tête de dragon.

Arrivé à la porte de l'édifice, le Bouddha vivant embrassa chaque chose avec ses yeux magiques. Il vit non seulement ce que lui avaient décrit ses disciples, mais aussi une brume d'une teinte indescriptible envelopper le domaine du chef Maichi. Des enfants frappaient les serpents qui couraient sur la terre. Conduits par l'esclave Sonam Tserang et tenant des bâtons cerclés de serpents morts multicolores, ils marchaient à travers le champ sous un ciel clair d'automne. Ils chantaient :

La viande du yack a été offerte aux esprits ;
La peau du yack a servi à faire des cordes,
La queue du yack, semblable à des pompons,
A été attachée à la crinière de Kurongmenda,
L'amitié sera récompensée, les mauvaises intentions punies.
Les démons surgissent de terre,

1. Unité de poids utilisée en Chine et dans l'Asie du sud-est, équivalant à 600 grammes. *N.d.t.*

Le roi Bende est mort,
Le jade parfait est cassé,
Il est complètement brisé.

Le Bouddha vivant n'en croyait pas ses oreilles. Cette ballade faisait partie d'une vieille légende appelée « l'Histoire du cheval et du yack », qui avait été très populaire avant l'apparition du premier chef Maichi. Mais à partir du moment où il y avait eu des chefs de clan, les gens s'étaient plutôt mis à chanter des éloges et avaient tout oublié des ballades historiques.

Seuls les lamas érudits pouvaient trouver de telles histoires dans les textes anciens. Le Bouddha vivant, qui s'était consacré jadis à l'étude de l'histoire locale, connaissait l'existence de celle-ci. Mais ce jour-là, sans avoir rien appris, de jeunes esclaves ignorants des affaires du monde avaient fait revivre cette ballade depuis longtemps disparue. La sueur goutta de la tête rasée du Bouddha vivant. Il dit à ses disciples de dresser une échelle contre la tour des soutras, où il trouva le livre qui contait cette histoire. Un jeune moine souffla sur la poussière pour révéler son emballage de soie jaune.

Le Bouddha vivant, après avoir revêtu une soutane propre, quitta le monastère, son paquet jaune sous le bras. Il voulait raconter cette histoire au chef de clan et le convaincre que la réapparition d'une telle ballade dans la bouche des enfants ne pouvait être une simple coïncidence.

Mais sa démarche fut vaine, car le chef Maichi n'était pas chez lui. Les serviteurs lui dirent qu'ils ignoraient quand il rentrerait et il vit, à leur air inquiet, qu'ils disaient vrai. Alors, le Bouddha vivant demanda à voir le lama Monpa, qui s'occupait de la salle des soutras.

Le lama Monpa répondit au messager : « S'il veut me voir, qu'il monte. »

Le Bouddha vivant attendait au deuxième étage, dans le bureau de l'intendant, et la salle des soutras se trouvait au cinquième. Devant l'arrogance du lama résident, l'intendant épia discrètement la réaction de leur hôte. Mais le Bouddha vivant déclara calmement : « Voyez comme il me traite, intendant ! Mais je ne dois pas en prendre ombrage, car il va arriver une calamité. » Accablé par son sens du devoir, il monta l'escalier, mortifié.

Mais où était donc le chef Maichi ?

Chut ! C'est un secret. Je lève le doigt pour intimer le silence, mais je ne peux m'empêcher de vous dire que le chef de clan avait conduit son nouvel amour dans le champ pour y prendre son plaisir.

Les jumelles laissées par l'émissaire spécial avaient pris un nouvel usage, car j'observais Père et sa bien-aimée quand ils filaient à travers la mer des pavots. Maintenant, il faut que je vous dise pourquoi ils avaient dû aller en plein air. La troisième femme du chef Maichi avait toujours peur dans le lit qu'elle partageait avec le chef de clan ; elle était toujours remplie d'appréhension quand il la désirait. S'il voulait s'imposer à elle, elle résistait comme si sa vie était en jeu. Elle plantait profondément ses ongles dans sa chair et suppliait : « S'il te plaît, attendons le jour. Je t'en prie, faisons l'amour dehors sous le soleil. »

« As-tu vu quelque chose ? » lui demanda-t-il.

Les larmes roulant sur son visage, Yangzom répondit : « Non, non. J'ai peur, c'est tout. »

La serrant dans ses bras, le chef de clan fut étonné d'être aussi tendre et patient avec une femme, tout comme il fut surpris par le puissant désir qui se déchaînait en lui. « Très bien, répondit-il. Nous attendrons jusqu'à demain. »

Mais l'arrivée du jour n'arrangea pas les choses. Je les vis se précipiter dans le champ, en quête d'un endroit où s'étendre. Je dois vous rappeler que cet homme était le maître d'un territoire immense, et pourtant, il ne pouvait trouver un seul carré de terre pour s'allonger avec sa bien-aimée. Les espaces libres étaient tous remplis par des animaux venus on ne sait d'où.

Il y avait un grand rocher plat auprès du ruisseau, mais ils découvrirent qu'il était occupé par des crapauds. Ils tentèrent de les chasser, mais au lieu de s'enfuir, ils coassèrent à qui mieux mieux.

Puis, Yangzom se coucha sur un lit d'herbes. Mais soudain, elle bondit et poussa un cri en écartant un rat des champs qui courait sous sa jupe.

Le chef de clan se vit alors contraint de l'adosser à un mélèze chinois. Mais dès qu'elle releva sa jupe et qu'il baissa son caleçon, ils furent assaillis par des fourmis et des coucous. À la fin, ils durent renoncer à leur tentative de faire l'amour dans le champ.

J'assistai à tous leurs échecs. Leur seule chance, semblait-il, résidait dans la lévitation. Mais ils ne connaissaient évidemment pas ce sortilège. J'ai entendu parler d'un charme qui fait voler les hommes, mais je ne sais pas si la magie permet de prendre une femme dans les airs.

Au moment où je rangeais mes précieuses jumelles, Père et sa jeune épouse, en colère et frustrés, étaient déjà rentrés.

Les enfants esclaves, brandissant toujours leurs bâtons garnis de serpents colorés, chantaient leur ballade dans la cour :

Le roi Bende est mort,
Le jade parfait est cassé,
Il est complètement brisé.

Alors que le désir du chef de clan se muait en flammes de rage, le fouet du bourreau chassa les petits esclaves. Le visage du chef Maichi était déformé par la colère, mais Yangzom, qui le regardait en penchant la tête, riait aux larmes. J'avais toujours pensé que les femmes étaient juste des femmes, qu'il n'y avait guère de différence entre Mère, qui avait été achetée, et elle, que le chef de clan avait prise de force. Mais le rire de Yangzom prouvait qu'elle était un démon. Plus tard, le Bouddha vivant nous dit que certains démons sont conscients quand ils sèment la discorde, et d'autres non. « La troisième maîtresse relève clairement de la deuxième catégorie, affirma-t-il. Ne lui faites donc pas de mal après la mort de votre père. »

À un moment donné, mon frère, Tamding Gonpo, était sorti pour me rejoindre. « J'aime les jolies femmes, reconnut-il, mais celle-là m'effraie. »

Dans la cour, Yangzom disait au chef de clan : « Maître, puisqu'ils aiment inventer des chansons, pourquoi ne pas leur dire de créer un hymne à ma gloire ? »

Je m'approchai avec mon frère. « D'après le Bouddha vivant, expliqua-t-il, cette chanson est très ancienne. La maîtresse ne doit pas demander aux gens humbles de la célébrer dans leurs chants. Ils savent seulement décrire les serpents venimeux, pas la beauté d'un paon. »

La troisième maîtresse lui sourit avec magnanimité et mon frère écarta les enfants d'un geste.

Le chef de clan et sa troisième épouse franchirent le portail massif et montèrent l'escalier. Des chants éclatèrent soudain parmi les domestiques qui trayaient les vaches, pilaient du riz gluant pour le réduire en pâte, lavaient des céréales et astiquaient l'argenterie. Père jaillit de sa chambre comme un lion enragé. Mais les chants des serviteurs étaient différents de ceux des enfants, et il ne put rien trouver à redire. Alors, il secoua la tête et rentra furieux dans sa chambre.

Le chef Maichi ordonna à l'intendant de faire fabriquer des bibelots d'argent pour la troisième maîtresse. L'orfèvre qui m'avait donné à boire sur mon cheval fut alors convoqué. C'était un homme dont les mains habiles étaient toujours rentrées dans son tablier de cuir. J'entendais ses coups de marteau retentir à chaque fois que le silence retombait dans la ruche gigantesque du domaine. Les gens écoutaient ce bruit résonner à travers le monde :

Ding clang !

Ding clang !

Ding — clang — !

Le visage expressif, comme toujours, il s'assit à l'ombre des piliers géants qui soutenaient notre maison. Devant lui, de minces feuilles de papier d'argent brillaient comme la surface d'un étang. Il m'avait dit son nom un jour, mais j'eus beau fouiller ma mémoire, je ne m'en souvins pas. Dolma devait le savoir. Pourquoi je le sentais, je n'aurais su le dire, mais j'étais sûr qu'elle le savait. Elle me pinça : « Idiot. »

« Dis-moi. »

« Il t'a servi une fois. Comment as-tu pu oublier son nom ? Oublieras-tu le mien aussi ? »

Elle me le révéla seulement après que j'eus promis de ne pas oublier. Il s'appelait Choedak. Dolma — du moins, je le pensais — ne l'avait rencontré qu'une fois, mais elle connaissait son nom par cœur, et mon cœur se serra. Dolma s'approcha, effleura ma tête avec ses seins ronds, ce qui eut tôt fait de m'apaiser. Sentant que je cédais, elle me dit gentiment : « Je suis surprise qu'un bébé comme toi comprenne la jalousie. Ne sois pas comme ça. »

« Je vais tuer cet homme. »

Elle enfouit ma tête dans ses seins, en manquant m'étouffer. « Le jeune maître a l'air furieux, dit-elle. Le jeune maître a l'air peiné. Ce n'est pas sérieux, n'est-ce pas ? »

Je n'aimais pas l'idée que, juste parce qu'elle m'avait donné son corps, elle croyait pouvoir me parler de la sorte. M'écartant de ses seins, tendres et appétissants, je lui dis en haletant : « Je plongerai ses mains d'orfèvre dans l'huile bouillante. »

Dolma se retourna et couvrit son visage de ses mains.

Ma cervelle d'idiot pensait que même si je ne deviendrais jamais chef de clan, au moins j'étais le fils du chef Maichi et le frère de son successeur. Les femmes étaient à la disposition de gens comme moi, et je n'avais qu'à les prendre. Sur ce, je la quittai pour aller me promener. Tout le monde était occupé. Le chef de clan était avec sa troisième épouse, qu'il avait fini par avoir, mais ne pouvait posséder. La deuxième maîtresse, assise sur un motif floral tissé dans un tapis persan, méditait. Je l'appelai, mais elle ne tourna vers moi que le blanc de ses yeux, qui, comme le disent les textes sacrés, étaient aussi vides que l'essence des choses. Le Bouddha vivant ouvrait son paquet jaune pour le montrer au lama Monpa. Les enfants des esclaves parcouraient les champs avec des bâtons cerclés de serpents et chantaient une ballade perdue qui avait resurgi du passé. Après l'incident des grives, ils m'avaient manifesté un respect distant, et j'étais un noble esseulé.

J'étais vraiment très seul. Comme le chef de clan, son héritier et ses femmes, à présent qu'il n'y avait ni guerres, ni vacances, ni raisons de punir les serviteurs. Soudain, je compris pourquoi mon père ne cessait de créer des incidents : à cause de la défection d'une forteresse mineure, il était parti dans l'intérieur des terres pour réclamer justice au gouvernement provincial, et il avait planté de l'opium et ordonné à ses hommes de suivre une nouvelle forme d'entraînement militaire. S'entichant de l'épouse d'un fidèle vassal, il avait tué le mari gênant ; et il avait laissé des moines se disputer ses faveurs, comme des femmes. Mais le fait d'avoir compris cela ne diminua en rien ma solitude. Mon frère n'était pas à la maison, et nul ne savait où il était. Aucun des autres habitants du domaine n'était seul. Chacun s'activait à sa tâche : tourner la meule, traire les vaches, tanner le cuir, filer la laine. Et tout en travaillant, ils bavardaient entre eux. L'orfèvre martelait l'argent: *Ding clang! Ding clang! Ding clang!* Il me sourit, puis retourna à son ouvrage. Il avait l'air gentil. Alors, pourquoi Dolma ne devrait-elle pas se rappeler son nom?

« Choedak ! » appelai-je.

Il répondit en faisant de la musique avec son marteau, ce qui dissipa ma morosité. Je revins dans ma chambre, martelant en chemin la rampe avec une pierre. Dolma, dès qu'elle me vit, tourna son visage vers le mur. Elle avait besoin d'un idiot, d'un petit garçon, pour la rassurer. Je décidai de m'exécuter. « L'orfèvre n'est pas un méchant homme », lui dis-je.

« C'est ce que je t'avais dit. » J'avais raison, elle me traitait comme un idiot. « Je l'aime bien parce qu'il est un adulte, et toi parce que tu es un enfant. »

« Ne m'aimes-tu pas à cause de mes origines nobles et lui, parce qu'il est un orfèvre ? »

Elle me jeta un regard prudent. « Si », répondit-elle en baissant la tête avec gêne.

Sur ce, nous nous prouvâmes notre amour sur les fleurs vives tissées sur le tapis. Après quoi, elle lissa ses habits et soupira : « Un jour, le maître me donnera à un domestique. Je t'en prie, jeune maître, lorsque ce jour viendra, donne-moi à l'orfèvre. »

Mon cœur se serra de nouveau, mais j'y consentis d'un signe de tête.

Puis, cette fille, qui était tellement plus grande et plus adulte que moi, ajouta : « En fait, cela ne dépend pas de toi. Mais j'estime que je ne t'aurais pas servi en vain. »

Je dis : « Ce sera fait si je l'ordonne. »

Dolma me frotta la tête. « Tu ne peux pas succéder au chef de clan. »

Bon sang ! À ce moment-là, j'eus vraiment envie de m'emparer de cette position. Mais dès que je me rappelai que j'étais un idiot, cette idée s'évanouit comme une bulle de savon. Pensez donc, comment un idiot pouvait-il être un chef de clan régnant sur des milliers de gens, être le roi du monde ? Ma seule excuse était que c'était une femme qui m'avait mis cette idée dans la tête.

Voyons, réfléchissons. Que s'est-il passé d'autre ce jour-là ?

Ah, oui, je me souviens. Ce jour-là, le Bouddha vivant, qui avait espéré annoncer ce qui allait se produire, fut mortifié lorsqu'il ouvrit le texte ancien pour le lama Monpa, et que la ballade chantée par les enfants apparut sous les yeux des deux savants. Chaque mot de ce texte avait été abondamment commenté au travers des années, de sorte que ses histoires pouvaient prédire l'avenir. Au-dessous de la ballade figurait cette remarque : « Un jour, quelqu'un a chanté cette ballade, et la peste a sévi pendant des années. Une autre année, elle a été beaucoup chantée, après quoi, une dynastie de la plaine centrale est tombée, entraînant dans sa chute la secte qu'elle protégeait dans le pays des neiges. » Le lama Monpa essuya son front moite : « Je ne peux pas signaler cela au chef de clan. À quoi bon parler du destin si l'on ne peut pas échapper au désastre ? De plus, pensez-vous que le chef Maichi soit homme à prendre conseil auprès d'autrui ? »

Le Bouddha vivant répondit : « Le chef de clan a perdu son temps en vous accordant ses faveurs. »

« Alors, pourquoi ne pas vous installer ici ? répliqua le lama Monpa. Moi, je reprendrai votre monastère. »

Le Bouddha vivant avait pensé faire un pélerinage au royaume bouddhiste du Tibet, ou peut-être aller méditer quelque temps dans une grotte. Mais il savait qu'il ne pouvait pas faire le voyage, car s'il partait, son monastère perdrait le soutien du chef de clan. Seul un Bouddha vivant qui pesait à fond ce genre de questions savait intimement que nul ne survit par sa seule intelligence. Il était venu au domaine dans l'intérêt des moines du monastère, car il était le seul à pouvoir assurer leur subsistance. Pour lui, s'asseoir dans la brillante salle des soutras avec le lama, et discuter sur un ton anodin de choses qui étaient loin d'être anodines, valait mieux que d'être cloîtré dans son monastère, et il redoutait que le lama Monpa mette trop vite un terme à la conversation. Son arrogance mise à part, au moins cet homme était-il intellectuellement son égal. Pour prolonger ce moment, il pouvait même traiter le lama Monpa avec plus de déférence qu'il ne le méritait. Le Bouddha vivant s'entendit demander prudemment : « Comment pensez-vous que je doive aborder la chose avec le chef de clan ? »

Le lama Monpa secoua la tête. « Je n'en ai aucune idée. Il est de plus en plus difficile de comprendre ses humeurs. Voulez-vous un autre bol de thé ? » C'était une manière évidente de l'inviter à prendre congé.

« Très bien, répondit le Bouddha vivant dans un soupir. Nous avons rivalisé pour savoir qui a le plus de poids auprès du chef Maichi. Mais en réalité, je suis plus inquiet pour les Tibétains aux cheveux noirs, les fils et les petits-fils de Gesar. Je l'avertirai donc. Je lui dirai de ne pas encourir la colère du ciel et du peuple. Je ne pense pas qu'il me fera trancher la tête pour ça. J'espère que non, en tout cas. »

Sur quoi, sans avoir bu son thé, il descendit l'escalier, son paquet sous le bras.

Le lama Monpa se retourna pour voir les peintures murales de la salle des soutras. Dehors, sur la véranda, la plus grande représentait les trois royaumes : le ciel, la terre et l'enfer, et dans chaque royaume, plusieurs niveaux de mondes étaient empilés sur un monstre marin, pareil à une pagode. Il suffisait que la bête cligne de l'œil pour que la terre tremble, et quand elle commençait à s'effondrer, ce monde et son passé, son présent et son avenir, disparaissaient. Le lama Monpa pensait qu'une telle image ne devrait jamais exister dans une religion. Si l'on décrivait un monde comme une entité toujours sur le point de s'écrouler, comment pouvait-on faire croire aux gens qu'il y avait au-dessus de lui un endroit éternel dans les nuages ?

Le Bouddha vivant repéra l'intendant. « Je voudrais voir le chef de clan, dit-il. Annoncez-moi, je vous prie. »

L'intendant avait jadis commandé la garde de la famille, et n'était devenu régisseur qu'après avoir été estropié au combat. Il avait été un si bon commandant qu'il avait reçu la plus haute distinction honorifique, une cape indienne en peau de tigre. Contrairement à la plupart des capes, celle-ci était une peau entière qui se portait sur un manteau. La tête du tigre vous pendait sur la poitrine, et sa queue vous tombait sur le dos. Quiconque la revêtait, même le plus doux des hommes, devenait lui-même un tigre. Depuis, son bénéficiaire était devenu un très bon intendant, et c'étaient justement ses remarquables compétences qui permettaient à mon père et à mon frère de s'adonner à leurs plaisirs avec insouciance.

L'intendant s'exclama : « Ça, par exemple ! Nous négligeons notre honorable invité. » Il apporta du thé pour le Bouddha vivant, touchant de sa main le front de l'homme en signe de déférence. Sa main était très douce, comme un léger nuage. Ce rituel restaura l'amour-propre du Bouddha vivant, qui prit une gorgée de thé en laissant son parfum s'attarder sur sa langue, avant que le breuvage n'aille réchauffer son estomac.

« J'ai cru comprendre qu'il allait se passer quelque chose de grave », commença l'intendant.

« Oui, le danger est imminent. »

« Le chef de clan ne sera pas ravi de l'apprendre. »

« Peu importe s'il m'écoute ou non. Mais si je ne l'avertis pas, les générations futures se moqueront de moi parce que je n'aurai pas prédit un événement crucial. De plus, les gens comme nous ont toujours quelque chose à dire en des occasions comme celle-ci. »

C'est ainsi que l'ancien commandant, stylé comme un parfait intendant qui n'aurait jamais connu l'armée, entra en clopinant dans la chambre du chef de clan pour annoncer le Bouddha vivant. Ce n'était que s'il intercédait lui-même que le chef Maichi, qui se trouvait être au lit avec sa troisième femme, daignerait recevoir le Bouddha vivant.

« Le Bouddha vivant Jeeka demande à vous voir. »

« Est-il encore venu pour me faire la leçon ? »

« Il vient pour vous dire pourquoi autant de choses étranges se sont produites ces derniers temps. »

Le chef de clan songea aux lamas qu'il avait installés dans la salle des soutras. « Et nos propres lamas ? Pourquoi Monpa ne nous a-t-il pas annoncé la nouvelle ? »

L'intendant sourit d'un air entendu, un air qui pouvait vouloir dire bien des choses. Que peut-on faire d'autre devant un chef de clan entêté, le souverain d'un vaste pays ? Le chef de clan perçut quelque chose dans ce sourire. « Faites-le entrer. » Agité par son désir et par les phénomènes étranges qui l'entouraient, il demanda sur un ton faussement assuré : « Dois-je mettre mes bottes ? »

« Oui, et vous devriez aller au-devant de lui. »

En suivant son conseil, le chef de clan chaussa ses bottes et salua le Bouddha vivant du haut de l'escalier. Jeeka leva les yeux et sourit.

« Ah ! Bouddha vivant. Sur quoi voulez-vous me sermonner cette fois ? »

S'arrêtant sur les marches, le Bouddha vivant prit une profonde inspiration. « Pour l'éternelle stabilité de votre territoire et pour le bonheur des Tibétains aux cheveux noirs, s'il vous plaît, pardonnez-moi si je commets un impair. »

« Je vous écouterai jusqu'au bout. Montez donc. » Il tendit la main pour aider le Bouddha vivant. Mais alors que leurs mains allaient se toucher, un grondement pareil au tonnerre de printemps s'éleva dans l'est. Alors, la terre trembla comme un énorme tambour battu par une gigantesque main invisible. Elle vibra longuement comme une membrane de cuir et le Bouddha vivant dégringola dans l'escalier. Le chef de clan le vit ouvrir la bouche, mais, avant d'avoir pu proférer le moindre son, Jeeka rebondit en roulant jusqu'au premier étage. La terre cessa de bouger un moment, puis commença à trembler latéralement comme un tamis. Incapable de garder son équilibre, le chef de clan s'écrasa sur le sol. Pire encore, il tenta de crier quelque chose au Bouddha vivant, mais il s'écroula avant d'avoir pu prononcer une parole et se mordit la langue. Alors qu'il gisait sur le sol, il crut que sa forteresse allait se désintégrer. En proie à de violentes secousses, elle n'était guère plus qu'un tas de bois, de pierre, et d'argile.

Heureusement, les secousses prirent fin rapidement. Le chef de clan, en crachant du sang, se leva à temps pour voir le Bouddha vivant se mettre à remonter les marches, et soudain, il comprit que ce petit lama était vraiment très loyal envers lui. Il tendit le bras pour l'aider à monter. Après quoi, les deux hommes, assis côte à côte sur le sol de la véranda, tournèrent les yeux vers l'origine de ce mystérieux pouvoir, en écoutant les cris d'effroi des gens à peine remis du choc. Ces cris leur apprirent que des bâtiments s'étaient écroulés et que des gens avaient péri, tandis que la rivière, s'élevant en vagues puissantes, avait emporté le pont de bois. Voyant que sa maison était encore debout, le chef de clan sourit et dit : « Bouddha vivant, il vous faudra rester ici, car le pont est détruit et vous ne pourrez rentrer chez vous. »

Le Bouddha vivant essuya la sueur de son front en soupirant : « Je suis arrivé trop tard. »

Le visage couvert de poussière, le chef de clan saisit les mains du Bouddha vivant et partit d'un rire rauque, en ne s'interrompant que pour cracher des mucosités avant de repartir de plus belle. Lorsqu'il put enfin reprendre sa respiration, il murmura, les mains plaquées sur la poitrine : « Combien d'erreurs ai-je pu commettre ? »

« Pas trop, mais bien assez. »

« Je sais ce que j'ai fait, mais cela semble un rêve. »

« C'est fini, maintenant. »

« Vraiment ? À votre avis, que dois-je faire ? »

« Aider les survivants et réciter des prières pour les morts. »

« Rentrons nous reposer. Ma femme doit avoir une peur bleue. »

Il mena le Bouddha vivant dans la chambre de sa deuxième épouse. Dès qu'ils entrèrent, Mère s'agenouilla aux pieds du Bouddha vivant et cogna sa tête contre ses jolies bottes. Le chef de clan tendit la main à la femme qu'il avait ignorée si longtemps. « Relève-toi, lui dit-il, et demande à ce qu'on nous apporte un bon repas. » On aurait dit qu'il n'avait jamais quitté cette pièce, qu'il ne s'était jamais écarté du droit chemin. Il ajouta : « J'ai faim. Depuis combien de temps n'ai-je pas mangé ? »

Sur ce, ma mère donna un ordre, qui fut répercuté jusqu'en bas. Puis, avec des larmes dans les yeux, elle regarda le Bouddha vivant en cherchant à lui exprimer sa gratitude. L'homme qu'elle avait cru perdu à jamais lui était revenu.

Après le tremblement de terre, l'étrange phénomène qui s'était produit dans les champs disparut. Le chef de clan vint en aide à ceux qui avaient subi la perte de leurs maisons et de leurs familles.

Peu après, les pavots furent prêts à être cueillis.

TROISIÈME PARTIE

8

RÊVES BLANCS

Le blanc imprégnait nos vies.

Si vous aviez vu, dans le territoire du chef de clan, les maisons et les temples de pierre et de terre battue, vous auriez compris à quel point nous aimions cette couleur simple. Du quartz d'un blanc étincelant s'empilait sur les chambranles des portes et les appuis des fenêtres, tandis que les seuils et les croisées étaient soulignés de blanc pur et net. Les têtes de yacks et les dieux guerriers assez puissants pour exorciser les esprits étaient peints en blanc sur des murs imposants ; dans les maisons, les placards et les cloisons étaient ornés de symboles du soleil et de la lune, de longévité et d'infinie bonne fortune, formés de farine d'orge d'un blanc neigeux.

Mais il y avait à présent une autre sorte de blanc.

Une blancheur poisseuse suintait des baies de pavots, formant un amas tremblant avant de tomber à terre. Ces fleurs exprimaient leur sève blanche comme si la terre pleurait. Juste avant de tomber, les larmes pendaient aux petites baies qui semblaient s'étouffer de sanglots, incapables de parler. Quelle scène touchante ! Les paysans qui avaient manié la faucille pour couper les épis d'orge pratiquaient avec des couteaux en os de petites fentes dans les baies, pour faire s'écouler la sève blanche. Une à une, les gouttes s'amassaient entre ciel et terre, pleurant muettement dans le vent. Quand les paysans retournaient dans le champ, ils apportaient des tasses en corne de bœuf pour recueillir les gouttes de sève suspendues aux baies fendues, qu'ils ôtaient en grattant avec leurs couteaux en os.

Puis, ils incisaient à nouveau chaque baie pour avoir une autre grosse goutte de sève à récolter le jour suivant.

L'émissaire spécial Huang envoya des gens du pays des Han pour traiter la sève blanche. Dans le domaine, ils construisirent un hangar de bois, où ils installèrent une cuisinière et s'enfermèrent pour traiter l'opium, comme s'ils préparaient des remèdes à base de plantes. Il suffisait d'inhaler un peu de l'arôme qui filtrait du hangar pour planer jusqu'au ciel. Le chef Maichi, notre grand chef de clan, libéra son peuple avec cette merveille sans précédent, un élixir qui pouvait faire oublier tous les problèmes et les souffrances du monde des hommes.

Le lama Monpa, que l'on avait tenu quelque temps à l'écart, vint présenter une nouvelle interprétation du tremblement de terre, bien différente de celle du Bouddha vivant. Il dit que cet opium si prodigieux venait des dieux, et que seul le chef de clan, avec son infinie bonne fortune, avait pu l'obtenir et le transmettre aux Tibétains dans le royaume des hommes. La cause du tremblement de terre était simplement la colère des dieux, furieux d'avoir perdu une chose aussi précieuse. Le lama Monpa déclara même qu'il les avait apaisés avec des rites et des prières. Inspirant profondément le parfum grisant qui flottait dans les airs, le chef de clan jeta un coup d'œil au Bouddha vivant et sourit. Ce dernier soupira : « Si le chef de clan croit le lama Monpa, alors, je ferais mieux de regagner mon monastère. »

« Allons, voilà notre Bouddha vivant à nouveau contrarié. Mais je sais qu'il ne pense pas ce qu'il dit ; même si c'était le cas, je le garderais ici », dit le chef de clan, comme si le Bouddha vivant n'était pas là.

« Que m'importe ce qu'aime à croire le chef de clan ? » déclara le Bouddha vivant, faisant aussi comme si le chef Maichi n'était pas là. « Mon maître m'a dit un jour que nul ne peut empêcher une chose prédestinée. »

Le chef de clan se mit à rire : « Voyez comme notre Bouddha vivant est intelligent. »

« Laissez donc le lama Monpa vous accompagner, puisque c'est lui que vous écoutez. »

Afin de couper court à l'entretien, le chef de clan agita une clochette pour faire venir l'intendant, qui descendit l'escalier en clopinant et escorta le Bouddha vivant jusqu'à la porte. « Bouddha vivant, dit l'intendant de but en blanc, pensez-vous vraiment que ces baies portent malheur ? »

En ouvrant grand les yeux, le Bouddha vivant vit son regard soucieux et répondit : « Bien sûr. Croyez-vous que je gagne ma vie en mentant aux gens ? Attendez et vous verrez. »

« Alors, le Bouddha vivant devra réciter des soutras pour protéger le domaine de notre maître. »

Le Bouddha vivant le salua et s'en alla.

Les paysans continuèrent à récolter l'opium dans notre vaste champ, tandis que la sève blanche était changée en une pâte noire qui diffusait un parfum inconnu dans le pays. Des foules de souris sortirent de leurs cachettes pour aller se percher sur les poutres du hangar et savourer le parfum enivrant de l'opium. Mère, qui était d'excellente humeur, ne se plaignait plus de ses maux de tête. Elle m'emmena jusqu'au hangar, qui était interdit à la plupart des gens, et dont la porte était barrée par des gardes armés pendant que les hommes de l'émissaire spécial y travaillaient.

« Vous ne voulez pas me laisser entrer ? protesta Mère. Alors, pourquoi l'émissaire spécial m'a-t-il donné une pipe à opium ? »

Après avoir réfléchi un moment, les gardes baissèrent leurs armes pour nous laisser passer.

Je ne prêtai pas grande attention à la façon dont ils cuisaient l'opium dans les chaudrons ; au lieu de cela, je regardai les chapelets de viande qui pendaient devant la cuisinière, assez semblables aux grives que j'avais chassées avec mes petits esclaves. Juste au moment où j'allais en demander un, j'entendis un cri aigu et vis une souris tomber d'une poutre. L'un des hommes qui faisaient cuire l'opium posa sa cuillère et saisit un couteau pour percer une de ses pattes arrière. La souris poussa un nouveau cri aigu quand il lui arracha sa peau comme on ôte un vêtement. Puis, l'ouvrier fendit son corps et ôta ses poumons et son cœur palpitants. Après l'avoir trempée dans un bol plein de sauce, il l'ajouta aux chapelets de viande.

« Vous faites peur à mon fils », dit la femme du chef de clan en souriant.

Les ouvriers se mirent à rire : « La maîtresse veut-elle en goûter une ? »

La femme du chef de clan hocha la tête. La graisse des souris grésillait sur la cuisinière, dégageant la même odeur appétissante que les grives. Si je n'avais pas vu, en levant les yeux sur les poutres, toutes ces souris aux yeux brillants, j'aurais pu goûter cette friandise chinoise. Mais quand Mère découvrit ses dents blanches et mordit dans la souris sans remarquer mon air horrifié, je crus que leurs museaux pointus allaient me ronger les entrailles. Tout en déchirant la souris, elle ronronnait comme une chatte. « C'est délicieux, vraiment exquis. Allez, mon fils, goûtes-en une. »

Je fus pris de nausées et je courus dehors. Je n'avais jamais cru ces racontars sur les Han qui disaient que c'étaient des gens effrayants. Père m'avait dit de ne pas y ajouter foi. « Ta mère est-elle effrayante ? » m'avait-il demandé, avant de répondre à sa question lui-même : « Mais non. Les Han ont juste un tempérament un peu étrange. » Mon frère, quant à lui, croyait que tout le monde avait ses bizarreries. Plus tard, après que ma sœur fut rentrée d'Angleterre, elle répondit à cette question. Elle ne savait pas si les Han étaient effrayants ou non, mais elle ne les aimait pas. Je lui dis qu'ils mangeaient les souris, et elle renchérit en disant qu'ils mangeaient les serpents aussi et des tas d'autres choses bizarres.

Après avoir fini sa souris, Mère parut très satisfaite et se lécha les lèvres comme une chatte. Il était choquant qu'une femme agisse de la sorte en public. Elle me fit vraiment peur à cet instant.

Mais elle gloussa : « Ils m'ont donné un peu d'opium. Je n'en avais encore jamais fumé, je viens d'avoir ma chance. »

Comme je ne disais rien, elle ajouta : « Ne t'inquiète pas. L'opium est dangereux, mais pas tant que ça. »

« Je n'aurais pas su que l'opium était dangereux si tu ne l'avais pas dit. »

« C'est mauvais pour les pauvres, mais pas trop pour les gens qui ont les moyens d'en acheter. » Elle me rappela que les Maichi étaient la famille la plus riche à des centaines de li à la ronde. Puis, elle me saisit le bras en plantant ses ongles dans ma chair. Je poussai un cri aigu comme si c'étaient les dents tranchantes d'une souris. Quand elle vit mon air terrifié, elle s'agenouilla et me secoua. « Pourquoi as-tu si peur, mon fils ? Qu'as-tu vu ? »

Je me mis à pleurer. Tu as mangé une souris, avais-je envie de dire, tu as mangé une souris. Mais au lieu de cela, je tendis le bras vers le ciel, où de gros nuages sombres flottaient au-dessus de nos têtes. Ils avaient les bords blancs brillants, mais le centre gris noir.

Ils paraissaient perdus dans le vaste ciel bleu et ils ne bougeaient pas, car ils ne savaient pas où aller. Mère regarda dans la direction de mon doigt, mais elle ne put rien voir. Elle était incapable de trouver un sens aux nuages, car elle ne se souciait que des choses de la terre ; et à ce moment, sur la terre, les souris se dirigeaient vers l'endroit d'où émanait cet arôme étrange. Je n'étais pas prêt à lui répondre. Tout fils de dirigeant, même s'il est un idiot, comprend qu'il peut tirer parti de la découverte des secrets d'autrui. Je continuai donc à désigner le ciel, ce qui fit peur à ma mère. Me prenant par la main, elle s'éloigna rapidement et nous arrivâmes bientôt à la maison, où le bourreau Aryi attachait quelqu'un au poteau. Quand il nous aperçut, je vis cet homme grand, maigre, comme tous les Aryi, s'incliner jusqu'à terre. « Jeune maître, maîtresse », dit il avec respect.

Je cessai de trembler aussitôt.

Mère adressa la parole au bourreau : « L'odeur de mort que tu portes a chassé les entités impures vers le jeune maître. Demande à ton fils de passer désormais plus de temps avec lui. »

Nul ne savait à quand cela remontait, mais chaque génération des bourreaux des Maichi s'était toujours appelée Aryi. S'ils avaient tous été vivants, on aurait eu du mal à les distinguer. Mais fort heureusement, il n'y avait jamais eu plus de deux générations vivant en même temps. Les fils, en grandissant, apprenaient le métier, pendant que leurs pères officiaient. Aryi père exécutait les condamnés ; Aryi fils attendait de lui succéder. On peut dire que les Aryi étaient les gens les plus effrayants et les plus esseulés du monde. Nous nous demandions souvent si Aryi fils était muet.

En songeant à cela, je m'arrêtai et me retournai pour lancer au bourreau : « Ton fils peut-il parler ? Sinon, tu devrais lui apprendre à dire quelque chose. »

Il se prosterna devant moi.

Dès que nous fûmes montés dans la chambre de Mère, elle s'allongea et ordonna à Dolma de prendre dans un coffre la pipe offerte par l'émissaire spécial. Puis, après lui avoir dit d'allumer une petite lampe, elle tira un morceau d'opium d'une poche intérieure, le roula pour en faire une boulette, et en bourra la pipe qu'elle fit chauffer au-dessus de la lampe. Son corps se relâcha aussitôt, et elle ne s'éveilla qu'au bout d'un long moment. « Dorénavant, déclara-t-elle, je n'aurai peur de rien. » Puis, elle ajouta : « Les ustensiles d'argent envoyés par l'émissaire spécial sont loin d'être aussi beaux que les nôtres. »

Elle parlait de l'attirail de fumeur d'opium qui reposait sur un plateau d'argent.

Dolma lui proposa : « J'ai un ami qui est un excellent orfèvre. Pourquoi ne pas lui demander d'en fabriquer pour vous ? »

« Ton ami ? reprit Mère. Tu veux dire cet homme, dans la cour ? »

Dolma hocha la tête en rougissant.

Un soleil automnal se couchait derrière la montagne. Sa lumière déclinante illuminait la campagne. La pièce était beaucoup plus sombre, mais les yeux luisants de la femme du chef de clan me rappelèrent les souris du hangar à opium. Je saisis la main de Dolma, mais elle la rejeta brutalement sur ma poitrine et je poussai un cri de douleur, mêlé de terreur, à la vue des yeux brillants de Mère. « Que se passe-t-il ? » demandèrent en cœur les deux femmes.

Dolma me prit la tête dans ses mains douces et chaudes.

Alors, je me levai, m'approchai de la fenêtre et regardai les étoiles jaillir l'une après l'autre dans le ciel bleu du soir. « Il commence à faire nuit, m'exclamai-je sur un autre ton. Allume la lampe. »

La femme du chef de clan se tourna vers Dolma : « Le soir tombe. Pourquoi ne l'as-tu pas encore allumée ? »

Le dos obstinément tourné, je continuai à fixer le ciel nocturne tandis que la pièce s'emplissait d'une agréable odeur de soufre. La servante avait frotté une allumette. Soudain, je pivotai, en me tenant le poignet : « Petite saleté ! m'écriai-je. Tu m'as fait mal. »

Dolma, très émue, s'agenouilla et me prit la main pour y souffler de l'air parfumé. La douleur se changea en démangeaison. Je ris et Dolma se tourna vers sa maîtresse. « Il a l'air d'un vrai jeune maître aujourd'hui. Peut-être un jour sera-t-il le chef du clan Maichi. »

Ses paroles me réconfortèrent, bien que ce fût impossible. Même si je n'avais pas été un idiot, je n'aurais jamais pu être le chef de clan de notre pays. Mais le sourire de Mère montrait à quel point elle était ravie. Ce qui ne l'empêcha pas de gronder Dolma : « De tels propos sont déplacés. »

Juste à ce moment-là, le chef de clan entra : « Qu'est-ce qui est déplacé ? »

« Ces deux enfants disent des bêtises », expliqua Mère.

Le chef de clan voulut savoir de quelles bêtises il s'agissait. Alors, Mère prit un regard doucereux, comme celui que m'avait adressé Dolma. « Je ne te le dirai que si tu promets de ne pas te mettre en colère. »

Père s'assit sur le divan d'opium de sa femme, et posa les mains sur ses genoux. « Dis-moi. »

Mère avoua ce qu'avait dit Dolma.

En éclatant de rire, le chef de clan me fit signe d'approcher. « Tu veux devenir chef de clan, fils ? »

Dolma, derrière mon père, agita les mains en signe de dénégation. Mais je rugis : « Oui ! » comme un soldat répondant à son commandant.

« Bien. Ta mère ne t'a pas mis cette idée dans la tête, n'est-ce pas ? »

En claquant des talons, je rugis à nouveau : « Non ! Elle refuse de me laisser nourrir cette idée. »

Le chef de clan regarda sa femme avec sévérité. « Je préfère croire les paroles d'un idiot. Les gens qui se croient intelligents m'inquiètent quelquefois. » Puis, il me dit : « Il est normal que tu veuilles être chef de clan, et il est normal aussi que ta mère t'interdise d'y songer. »

Sur ce, Mère dit à Dolma de me ramener dans ma chambre. « Il est temps que le jeune maître aille se coucher. »

Pendant qu'elle m'aidait à me déshabiller, Dolma plaça ma main sur sa poitrine, à l'endroit où son cœur battait la chamade. Elle me dit que je lui avais fait une peur bleue, et que j'étais un idiot qui avait de la chance. « Je ne suis pas un idiot, rétorquai-je. Un idiot ne voudrait pas être chef de clan ! » Elle me pinça sauvagement.

Sur quoi, je m'endormis entre ses seins.

Je rêvais en blanc depuis quelque temps, et cette nuit-là, je fis de même. Je vis un torrent de blancheur se ruer sur moi, mais je n'aurais su dire s'il venait de la sève des pavots ou des seins d'une femme. Des cimes blanches soulevèrent mon corps et le jetèrent dans le courant. Je hurlai et me réveillai. Dolma me prit dans ses bras et murmura : « Qu'y a-t-il ? »

« Des souris ! m'écriai-je. Des souris ! »

J'en avais vu plusieurs surgir par la fenêtre au clair de lune.

Ces créatures me faisaient peur.

À dater de ce jour, je n'osai plus me promener seul dans le domaine.

9

MALADE

J'avais peur des souris, mais les gens disaient que le jeune maître était malade.

Je ne souffrais de rien ; j'avais seulement peur de ces créatures aux cris aigus avec leurs yeux luisants et leurs dents acérées.

Mais tous s'obstinaient à dire que j'étais malade, et je n'arrivais pas à leur faire changer d'avis. Alors, à chaque fois que Mère venait me voir, je dominais ma peur en prenant la main de Dolma. Tous les jours, l'intendant disait à Aryi fils et à Sonam Tserang de venir m'attendre devant ma porte, et dès que je sortais, ils me suivaient partout.

Dolma me déclara : « Le jeune maître n'est pas encore un chef de clan, mais il a l'air bien plus imposant qu'un dirigeant. »

Je répondis : « J'ai peur. »

« Mais regarde-toi, dit-elle avec impatience. Espèce d'idiot. » Mais elle tournait constamment son regard vers l'orfèvre qui, en bas dans la cour, levait les yeux vers nous. Je ris quand je le vis se cogner la main avec son marteau. Cela faisait un bon moment que je n'avais pas autant ri. Seuls les gens qui n'ont pas ri depuis longtemps savent à quel point cela fait du bien, plus que de coucher avec une femme. Je ris si fort que je tombai par terre, et tous ceux qui me virent dirent que le jeune maître était vraiment malade.

C'est ainsi que le Bouddha vivant et le lama Monpa rivalisèrent une nouvelle fois, tous deux affirmant qu'ils pouvaient me guérir. Le lama Monpa, qui vivait avec nous, savait rédiger des ordonnances et réciter des soutras. Il usa des soutras comme traitement de base, complété par des élixirs. Cela ne marcha pas. Puis, ce fut le tour du Bouddha vivant ; sa méthode n'était pas très différente, à part qu'il employait les élixirs comme traitement de base. Je ne voulais pas que ces deux-là me soignent — c'est-à-dire, si j'étais vraiment malade. Quand je buvais les élixirs, je pouvais, en fermant les yeux, les voir couler de ma bouche dans mon estomac, puis glisser rapidement dans mes intestins. J'entends par là que les élixirs ne pouvaient pas atteindre le siège de ma peur des souris ; en fait, ils passaient juste à côté, séparés de lui par la paroi de mon estomac.

C'était drôle de voir à quel point ces deux-là tenaient à leurs remèdes et avec quel sérieux ils prenaient chaque chose. Les drogues du lama Monpa se présentaient toujours sous la forme de pilules noires emballées dans une jolie boîte, comme si c'étaient des pierres précieuses et non pas des remèdes. Quant aux médicaments du Bouddha vivant, c'étaient des sachets de poudre enveloppés dans des couches de soie jaune. Lorsque ses mains replètes déplièrent ces couches innombrables, je crus qu'un monde entier allait en jaillir. Mais ce n'était que de la poudre grise, devant laquelle le Bouddha vivant récita un soutra, comme si elle était inestimable. Le siège de ma peur, au fond de moi, faillit éclater de rire. Mais lorsqu'on versa la poudre dans ma bouche, ce fut comme si une troupe de chevaux sauvages galopait sur une terre aride : un nuage de poussière flotta devant mes yeux et j'eus l'estomac barbouillé.

Je demandai à ces médecins aux pouvoirs magiques de quelle maladie je souffrais.

Le lama Monpa répondit : « Le jeune maître a mis le pied dans quelque chose d'immonde. »

Le Bouddha vivant renchérit.

Le mot *immonde* avait deux sens : *sale* et *mauvais*. J'ignorais celui qu'ils lui avaient donné, mais je n'avais guère envie de le demander.

Sonam Tserang imitait à la perfection les voix des deux docteurs : « Jeune maître, singea-t-il, je pense que vous avez mis le pied dans quelque chose d'immmmon-on-de. » Nous éclatâmes de rire ; le futur bourreau rit aussi, mais sans bruit. Il ébaucha un sourire timide, alors que le rire de Sonam Tserang tonna comme l'eau qui jaillit d'un seau. Comme j'avais un faible pour mes jeunes serviteurs, je leur dis : « Je vous aime tous les deux, et je veux que vous me serviez jusqu'à la fin de votre vie. »

Quand nous étions tous les trois, j'étais le seul à parler. Sonam Tserang se taisait parce qu'il avait peu de choses à dire. En revanche, Aryi fils avait beaucoup à raconter, mais il ne savait pas par où commencer. Un garçon comme lui aurait dû étudier les soutras dans un monastère, mais il était né dans une famille de bourreaux au service du chef de clan.

Ce jour-là, sous un ciel d'automne d'un bleu profond, mes deux serviteurs me suivirent dans le vaste champ de pavots. Baignant à perte de vue dans leur parfum grisant, nous avions l'impression que le monde entier était soûl. Je me tournai vers Aryi et lui dis : « Emmène-moi chez toi. »

Il tomba à genoux et son visage pâlit : « Jeune maître, il y a chez moi des choses beaucoup plus effrayantes que les souris. »

Mais je *tenais* à y aller. Je n'avais jamais été lâche et c'était la première fois que je craignais les souris. Seule ma mère connaissait l'origine de ma peur. J'insistai pour voir la maison du bourreau.

Sonam Tserang demanda à Aryi ce qu'il y avait de si effrayant chez lui.

« Les outils, répondit-il. Ils sont tous tachés de sang. »

« Quoi d'autre ? »

Les yeux d'Aryi roulèrent de tous côtés : « Des vêtements souillés du sang des morts. »

« Conduis-nous », lui dis-je.

À ma grande surprise, la maison du bourreau était bien plus paisible que les autres.

Des herbes médicinales séchaient dans la cour. Les bourreaux, avec leur connaissance du corps humain, étaient les vrais chirurgiens de ce pays. N'ayant pu supporter d'être mariée à un bourreau, la mère d'Aryi était morte peu après la naissance de son fils. La femme de la maison, à présent, était sa grand-mère, qui avait quatre-vingts ans. En apprenant qui j'étais, elle dit : « Jeune maître, je devrais être morte à mon âge, mais il n'y a personne pour s'occuper des deux bourreaux dans notre famille. Un homme a besoin d'une femme pour prendre soin de lui, alors je dois rester en vie. »

Aryi lui expliqua que le jeune maître n'était pas venu pour cela.

Elle répliqua : « Un maître ne vient jamais sans raison dans la maison d'un esclave. » Sa vue baissait, mais elle pouvait encore frotter les théières de cuivre et les faire briller.

La première pièce que nous visitâmes contenait des instruments de torture. D'abord, il y avait des fouets : en cuir brut ou en cuir tanné, en rotin ou mêlés de fils d'or. Des quantités de fouets, tous confiés aux bourreaux par des générations de chefs de clan. Puis, nous vîmes des couteaux, de formes et de tailles différentes, mais pas pour des raisons esthétiques : ils étaient destinés aux diverses parties du corps humain. Les poignards courts et larges étaient bons pour le cou, les lames fines et longues pouvaient passer aisément entre les côtes pour atteindre en dessous les organes fumants. Les couteaux plus courbes qu'une lune croissante étaient utilisés pour les genoux. Il y avait aussi des pinces pour les globes oculaires et d'autres qui pouvaient servir à guérir les douleurs dentaires, mais aussi à arracher les dents en un tournemain. La pièce était pleine d'objets de ce genre.

Ils plurent beaucoup à Sonam Tserang et il dit à Aryi : « C'est formidable de pouvoir tuer qui l'on veut. »

« Il est pénible de tuer, répondit Aryi. Les condamnés ont peut-être enfreint les lois, mais ils ne sont pas les ennemis des bourreaux. » Puis il me regarda, dit en baissant la voix : « De plus, certains n'ont pas vraiment commis les crimes qu'on leur reproche. »

« Comment le sais-tu ? » demandai-je.

Le futur bourreau répondit : « Je ne sais pas. Je n'ai encore tué personne, mais c'est ce que disent ceux qui l'ont fait. » Il tendit le bras vers l'escalier. « On m'a raconté qu'on pouvait le voir aux vêtements des condamnés. »

Ces derniers étaient conservés dans un grenier spécialement construit à cet effet. Le visage d'Aryi pâlit plus que jamais quand nous gagnâmes le pied de l'escalier en bois qui menait à la pièce. « Jeune maître, s'il te plaît, ne montons pas... »

J'avais peur moi aussi, alors je lui dis oui. Mais Sonam Tserang s'écria : « Tu as peur, jeune maître, ou bien tu es stupide ? Nous y sommes presque et maintenant tu décides de ne plus aller voir. Si c'est comme ça, je ne jouerai plus avec toi. »

Il me traitait d'idiot, mais je me dis que c'était lui, le véritable idiot. Pensait-il réellement que c'était à lui de choisir s'il jouait avec moi ou pas ? Alors, je lui lançai : « Je me rappellerai ce que tu viens de dire. N'oublie jamais que tu ne joues pas avec moi, mais que tu me sers. »

Je fus ravi de le voir stupéfait. Cet imbécile en resta bouche bée ; Aryi était tout aussi médusé.

Sur un signe de moi, Aryi, le visage pâle comme la cendre, grimpa sur une échelle qui menait au grenier. Sa porte était protégée par une amulette, ornée d'une inscription dorée scintillant au soleil. Je montai derrière lui. Ma tête était juste sous ses pieds quand il se retourna et dit : « Nous y voici. » Puis il me demanda s'il devait vraiment ouvrir la porte, expliquant qu'il pouvait y avoir des fantômes ou des hommes condamnés à tort qui risquaient de s'échapper. D'en bas, Sonam Tserang l'injuria, disant que c'était lui qui avait l'air d'un fantôme à qui l'on avait fait du tort. Je levai les yeux vers Aryi, et dus en convenir — il avait assez l'air d'un spectre.

« Je n'ai pas peur, dit-il. Je crains seulement que quelque chose n'apparaisse pour faire mal au jeune maître. »

Un de mes jeunes esclaves était brave ; l'autre disait des choses intelligentes. L'intrépide était souvent insolent, et celui qui savait me rassurer était un peu timide. Comment pouvais-je m'empêcher de les aimer ?

La maison du bourreau se trouvait en haut d'une colline, plus bas que le domaine, mais au-dessus des autres maisons. Debout au sommet de l'échelle de bois, je surplombais un vaste champ, où une volée de pigeons tournoyait dans le ciel d'automne. Nous dominions les oiseaux et pouvions voir la rivière couler jusqu'au bord du ciel.

« Ouvre la porte », ordonnai-je.

Quand Aryi ôta le loquet, j'entendis Sonam Tserang haleter comme moi. Mais Aryi garda son calme et murmura : « C'est ouvert. »

La porte grinça au contact de ma main, libérant une rafale de vent froid, qui nous fit frissonner. Nous entrâmes dans un rai de lumière qui s'était glissé par la porte entrouverte. Tout autour de la pièce, des vêtements étaient accrochés à des pitons de bois.

Pendant paisiblement, ils avaient l'air de gens endormis. De faibles traces de sang ceignaient leur col. C'étaient tous des habits de fête. Avant d'être mis à mort, les condamnés endossaient leurs plus beaux vêtements qui demeuraient, tachés de leur sang, dans le monde des mortels.

Soulevant une robe bordée de peau de phoque, je m'attendis à voir un visage émacié, mais ne trouvai qu'une doublure en satin jetant des reflets sombres. Sonam Tserang drapa hardiment un vêtement sur ses épaules — et rien ne se passa.

En fait, il ne se produisit rien d'étonnant, et c'était décevant.

Sur le chemin du retour, nous vîmes deux silhouettes se découper à l'est et à l'ouest sur les cols de la montagne. Mes jeunes esclaves voulaient attendre pour voir qui c'était. Ils savaient que tous les voyageurs qui passaient par ces cols étaient obligés de gagner le domaine. Certains nous donnaient de l'argent, et d'autres des cadeaux, et ceux qui n'avaient rien à offrir devaient dire quelque chose d'agréable aux oreilles du chef de clan.

Lorsque nous fûmes montés en haut de l'escalier, Dolma m'apporta du thé. Quand je lui demandai d'en verser à Aryi et à Sonam Tserang, elle me jeta un regard furieux. « Suis-je ici pour servir du thé à des esclaves ? » Mais je fis comme si elle n'avait rien dit, et elle fut bien forcée d'obéir. Je l'entendis les gronder : « N'avez-vous donc aucune conscience ? Comment osez-vous boire devant le jeune maître ! Allez prendre votre thé devant la porte ! »

Juste à ce moment-là, les chiens de garde aboyèrent.

« Il y a un étranger en bas », dit Dolma.

Je répondis : « Il est venu pour t'épouser. »

Elle baissa les yeux sans rien dire.

« Dommage que ce ne soit pas l'orfèvre... »

Je voulus voir sa réaction, mais j'entendis annoncer qu'un voyageur demandait à être reçu. Avec mes deux esclaves à mes côtés, je m'accoudai à la balustrade pour le regarder. Je portais ce jour-là une robe en soie à motifs de fleurs, une ceinture de cuir et un fourreau orné de trois morceaux de corail vert. Lorsque le visiteur leva les yeux et m'aperçut, il agita la main. Sur ce, Père, mon frère et ma mère sortirent de leurs chambres. Nous ne nous saluions pas comme cela d'ordinaire, mais je savais qu'il s'adressait à moi, et je lui rendis son salut.

Au moment où il arriva à l'étage, toute la famille Maichi était là pour le recevoir.

Il entra dans la pièce.

Je crus que je me trouvais devant un monstre. Bien qu'il portât une ample robe tibétaine, notre visiteur avait les yeux bleus ; et quand il ôta son chapeau, il révéla une tête plantée de cheveux blonds. Son corps en sueur dégageait une odeur répugnante. Je demandai à mon frère si c'était un monstre. « Un Occidental », souffla-t-il.

« Notre sœur vit-elle dans un pays rempli de gens comme lui ? »

« Je suppose. »

Le visiteur s'exprimait dans notre langue, mais d'une façon étrange, plus proche d'un parler occidental. Il jacassa jusqu'à ce que la famille Maichi eût fini par comprendre qu'il était venu d'Angleterre sur une maison qui voguait sur la mer. Il plongea la main dans son sac de voyage et en sortit un réveil ; c'était un cadeau pour le chef de clan. Père et Mère avaient chacun des réveils dans leurs chambres, mais celui-ci, avec son cadran en émail, était beaucoup plus beau.

L'étranger avait un joli nom, Charles.

Tout en hochant la tête, le chef Maichi observa : « Il ressemble plus aux nôtres qu'aux noms han. »

Le premier jeune maître demanda : « Et où donc allez-vous ? »

En battant des paupières, l'homme aux yeux bleus lui dit : « Le territoire du chef de clan est le but de mon voyage. »

« Dites-nous ce que vous avez de bon à nous apporter », intervint le chef Maichi.

Charles répondit : « J'ai suivi l'ordre de Dieu, qui m'a dit de venir répandre l'Évangile jusqu'ici. »

Alors, Père et Charles débattirent pour savoir si Dieu pouvait exister ou non dans ce pays. Le missionnaire était optimiste, et le chef de clan avait des doutes sur tout. Il demanda à Charles si Dieu était Bouddha.

Charles répondit non, mais soutint que tous deux apportaient un soulagement aux masses dans leurs souffrances.

La différence était trop subtile pour le chef de clan, un peu comme ces questions que se posaient le lama Monpa et le Bouddha vivant lorsqu'ils rivalisaient pour montrer qui des deux était le plus savant. Ils se demandaient, par exemple : quelle est, en lieues, la longueur d'une feuille de bodhi dans le pays pur du Bouddha Amita ? Le chef de clan n'avait jamais trop apprécié les thèmes dont disputaient les lamas, non pas parce qu'il trouvait leur philosophie ennuyeuse, mais parce que leurs arguments lui donnaient l'air inculte. Alors, il déclara à l'homme blond aux yeux bleus : « Puisque vous êtes là, vous serez notre invité. Faites-nous le plaisir de rester quelque temps. »

Un parfum d'encens, allumé pour chasser l'odeur de moisi de la chambre d'amis, commençait à flotter dans l'air.

Mère frappa dans ses mains pour appeler l'intendant, qui accompagna le missionnaire à sa chambre. Tandis qu'ils se retiraient, je déclarai : « Nous avons un autre visiteur, mais il est venu sur un âne, et non pas sur une mule. »

Les chiens, effectivement, se remirent à aboyer.

Père, Mère et mon frère me regardèrent bizarrement, mais j'ignorai leurs regards perçants comme des aiguilles : « Tenez, dis-je, le voici. »

10

LA NOUVELLE SECTE GELUKPA

Le deuxième visiteur inattendu était un lama en soutane.

Il attacha prestement son âne à notre porte. Tandis qu'il montait l'escalier d'un pas alerte, sa robe pourpre claqua comme des drapeaux sous la brise, alors qu'il n'y avait pas le moindre vent. Arrivé au cinquième étage, où toutes les portes étaient semblables, il ouvrit la bonne sans hésiter ; nous étions tous là, à l'attendre.

Un jeune visage enthousiaste apparut devant nos yeux.

Des petites gouttes de sueur parsemaient le bout de son nez, et il haletait, comme un cheval après un long voyage. Tous les membres de la famille se prirent aussitôt de sympathie pour lui. Mais négligeant les civilités, il dit avec étourderie : « J'ai longtemps cherché ce domaine. Le vôtre, je veux dire... »

Le chef de clan se leva. « Vous venez de très loin. On le voit à vos bottes. »

Finalement, le visiteur s'inclina devant le chef de clan en disant : « De la ville sainte de Lhassa. »

C'était un homme ouvert et chaleureux. « Donnez-moi un bol de thé, demanda-t-il, un bol de thé bien chaud. Depuis que je suis parti, je n'ai bu qu'aux sources des montagnes. J'ai passé plus d'un an à chercher cet endroit. J'ai goûté des eaux de toutes sortes — douces, amères, salées... Personne n'avait goûté autant d'eaux avant moi. »

Père l'interrompit : « Vous ne nous avez pas encore dit votre honorable nom. »

L'inconnu se frappa la tête : « Ça alors, je suis si heureux d'avoir trouvé votre maison, que j'en oublie l'essentiel. » Il nous apprit qu'il s'appelait Wangpo Yeshi, un nom que lui avait donné son maître quand il avait reçu son diplôme de *geshe*.

Mon frère s'exclama : « Vous êtes un *geshe* ? Nous n'en avons jamais eu par ici. » *Geshe* est le diplôme supérieur des moines ; quelqu'un a dit que c'était comme un diplôme de *boshi*, ce qu'on appelle maintenant un doctorat.

Père reprit : « Voyez, nous avons un autre invité érudit. Vous pouvez rester ici, chez moi ou au monastère, comme il vous plaira. »

« Je veux implanter une nouvelle secte dans votre pays, répondit Wangpo Yeshi. La secte Gelukpa, fondée par le très vénérable maître Jetsongpa. Elle pourra remplacer les mauvaises sectes, qui puent l'indiscipline et l'hérésie profane. »

« De quelles mauvaises sectes parlez-vous ? » demanda Père.

« Des Nyingmapas qui sont sous votre protection, et qui croient en la sorcellerie. »

À nouveau, Père interrompit Wangpo Yeshi en disant à l'intendant : « Faites fumer une chambre avec le meilleur encens pour notre hôte venu de loin. »

À notre grande surprise, le visiteur se tourna vers l'intendant et dit devant tout le monde : « Demandez à quelqu'un d'aller nourrir mon âne. Qui sait si votre maître n'en aura pas bientôt besoin pour porter la bonne nouvelle au-delà de ses frontières. »

Mère s'écria : « Je n'ai jamais vu un lama aussi arrogant ! »

Ce dernier répliqua : « Votre famille n'a encore jamais fait l'aumône à notre secte omnipotente, n'est-ce pas ? » Puis il se retira tranquillement.

Je l'aimais déjà plus que je ne pouvais dire.

Le chef Maichi, quant à lui, ne savait pas quoi faire de cet érudit, qui était venu chez nous depuis la ville sainte.

Peu après l'arrivée de Wangpo Yeshi, le lama Monpa alla rendre visite au Bouddha vivant dans son monastère. Père dit que Wangpo Yeshi était un homme avec qui il fallait compter, puisqu'il avait changé en amis des ennemis mortels. Sur quoi, il l'envoya chercher. Quand le moine arriva, le chef de clan plaça un élégant coussin devant lui. « Vos bottes sont si usées que j'aurais dû vous en donner une nouvelle paire. Mais je préfère vous offrir un coussin. »

« Je félicite le chef de clan », répondit Wangpo Yeshi. « Un jour, quand vous aurez des liens avec la ville sainte, les actions de votre famille deviendront vraiment votre patrimoine éternel. »

« Vous ne refuserez pas un bol de vin léger, n'est-ce pas ? »

« Et pourtant si. »

« Tous les lamas d'ici l'accepteraient. »

Le front luisant, le moine répondit : « Voilà pourquoi le monde a besoin de notre secte. »

Et c'est ainsi, tout simplement, que Wangpo Yeshi vint s'installer chez nous. Mais le chef de clan ne lui conféra pas d'autorité particulière, il lui donna juste le droit de prêcher librement. Wangpo Yeshi avait espéré qu'il chasserait les anciennes sectes et lui offrirait un territoire et des disciples. Le lama zélé ne pensait qu'aux enseignements de son maître et à son rêve d'acquérir de nouveaux adeptes.

En règle générale, avant qu'un lama d'une secte ancienne ou nouvelle aille répandre son enseignement quelque part, il faisait un rêve prophétique. Peu après avoir reçu son diplôme supérieur de *geshe*, Wangpo Yeshi avait effectivement fait ce genre de rêve. À Lhassa, dans une petite cellule en terre battue, il avait rêvé d'une vallée ouverte vers le sud-est ; en forme de coquillage, elle était arrosée par un fleuve dont l'eau chantait comme des fidèles psalmodiant des soutras. Le lama, à son réveil, avait cherché à faire interpréter son rêve par son maître. Passionné de politique, celui-ci recevait alors chez lui un colonel anglais. Après avoir écouté le rêve, le maître dit que son élève devait se rendre dans des terres proches de la frontière chinoise, car dans ces régions-là, les vallées et leurs habitants étaient tournés vers le sud-est. Sur ce, le lama s'agenouilla et fit vœu d'aller y construire beaucoup de temples et de monastères. Puis, son maître lui donna neuf volumes des classiques de leur secte ; et quand l'Anglais apprit que Wangpo Yeshi allait faire du prosélytisme près de la frontière han, il lui offrit un âne, un âne anglais. Tout d'abord, Wangpo Yeshi se demanda si tous les ânes étaient d'origine anglaise, puis il découvrit durant son voyage que c'était un précieux animal.

Le chef de clan l'invita à chercher lui-même ses fidèles.

Mais qui serait son premier disciple ? Il songea aux quatre membres de la famille Maichi : le chef de clan, assurément, ne faisait pas l'affaire et son épouse avait très souvent l'air absent. Il n'y avait pas moyen de savoir si le fils cadet du chef Maichi, avec sa drôle de moue, était idiot ou réfléchi. Le fils aîné du chef de clan était le seul à lui sourire. Alors, un jour, quand mon frère sortit faire un tour, Wangpo Yeshi saisit les rênes du futur chef de clan et dit : « Je nourris de grands espoirs pour vous. Nous sommes, vous et moi, des hommes de l'avenir. »

Mais mon frère répliqua : « Assez ! Je ne crois pas un mot de ce que vous dites. Je n'ai pas confiance en vous, ni en aucun lama. »

Notre hôte en fut choqué. Jamais de sa vie, il n'avait entendu personne déclarer ouvertement qu'il ne croyait pas dans les enseignements du vénérable et très puissant Bouddha.

Le premier jeune maître éperonna son cheval et s'en alla.

À cet instant, Wangpo Yeshi comprit que même l'air qui planait dans la région n'était pas tout à fait normal. Il reconnut l'odeur de l'opium, qui l'étourdit et le grisa. Son parfum était plus puissant qu'une tentation diabolique. Il commença alors à comprendre dans quel endroit son rêve l'avait amené. Mais il ne pouvait pas retourner dans la ville sainte sans avoir rien accompli.

Il soupira, poussant le long et profond soupir d'un homme versé dans le yoga.

Si Wangpo Yeshi avait su que le lama Monpa était juste derrière lui, il n'aurait pas laissé échapper un aussi gros soupir. Le lama Monpa se mit à rire ; Wangpo Yeshi, sans se retourner, sut que c'était le rire d'un moine. Il sentit que son rival voulait afficher son pouvoir, mais il perçut également sa faiblesse.

« J'ai appris l'arrivée d'un membre d'une nouvelle secte, commença le lama Monpa. J'avais prévu d'aller vous voir, mais le hasard a voulu que nous nous croisions. »

Wangpo Yeshi cita une allusion.

Le lama Monpa fit de même.

La première allusion disait que le fait d'aller rendre visite à quelqu'un revenait à entrer en concurrence avec lui.

La deuxième laissait entendre que les deux parties pouvaient vivre en paix si elles étaient prêtes à faire un compromis.

Mais comme ils ne pouvaient parvenir à un accord, ils se tournèrent le dos et s'éloignèrent.

Le jour suivant, après avoir attaché la clef de la chambre d'amis à sa taille, Wangpo Yeshi alla répandre la bonne parole dans la campagne.

Pendant ce temps, Charles racontait à la femme du chef de clan l'histoire d'un homme qui était né dans une crèche. Je passais l'écouter de temps en temps et j'entendis parler de quelqu'un qui n'avait pas de père. Quand je dis qu'il était comme Sonam Tserang, Mère me cracha au visage.

Puis, un jour, Sangye Dolma sortit en larmes de la pièce. Quand je lui demandai pourquoi, elle sanglota : « Il est mort. Les Romains l'ont crucifié. »

Quand je pénétrai dans la chambre, où Mère se tamponnait les yeux avec un mouchoir de soie, Charles avait l'air triomphant. Il avait mis devant la fenêtre une figure humaine, presque nue et si maigre que l'on voyait ses côtes. Je me dis que ce devait être la personne qui avait causé ces larmes. L'homme était attaché comme un criminel, les mains ensanglantées, clouées sur un bout de bois. La pensée qu'il allait mourir en perdant tout son sang me fit éclater de rire. Sinon, pourquoi aurait-il eu la tête pendante sur la poitrine, comme s'il avait la nuque brisée ?

Charles dit : « Seigneur, les ignorants ne doivent pas être accusés d'irrévérence. Pardonne, s'il Te plaît, ce jeune homme. Je le convertirai et en ferai Ton disciple. »

Je demandai : « Quel est cet homme qui saigne ? »

« Le Seigneur Jésus. »

« Que peut-il faire ? »

« Souffrir pour toi et t'apporter le salut. »

« Mais il a l'air si pitoyable. Comment peut-il aider quelqu'un ? »

Charles haussa les épaules.

Avec la permission du chef de clan, le missionnaire parcourut les montagnes et les champs pour y chercher des roches. Un jour, il revint avec des nouvelles de Wangpo Yeshi, qui vivait désormais dans une grotte et prêchait la bonté et la maîtrise de soi. Charles déclara : « Je dois dire qu'il a l'air d'un bon moine. Mais vous êtes incapable d'accepter les bonnes choses, et donc, je ne m'étonne pas que vous l'ayez humilié et que votre peuple l'ait raillé. Voilà pourquoi je me contente d'être autorisé à ramasser des pierres. »

Son tas de roches était de plus en plus gros.

Le lama Monpa glissa au chef de clan : « Un jour, cet homme vous prendra vos plus grands trésors. »

« Si vous savez où ces trésors se trouvent, répliqua le chef de clan, allez donc les protéger. Sinon, ne me tracassez pas avec ça. »

Le lama Monpa ne trouva rien à répondre.

Plus tard, le chef de clan demanda au Bouddha vivant de quoi le lama avait voulu parler. « Ce sont des propos de sorcier. Il n'a aucune connaissance de ce genre de choses. »

« Vous savez, reprit le chef Maichi, quand le moment viendra, je m'en remettrai à une secte comme la vôtre, ni trop ancienne, ni trop étrange. »

Peu disposé à accepter le compliment du chef de clan, le Bouddha vivant répliqua froidement : « J'espère que vous tiendrez parole. »

Quand vint la première neige, Charles s'apprêta à partir. Il s'était lié d'amitié avec Wangpo Yeshi, et avant son départ, il échangea sa mule contre l'âne vigoureux de son ami. Après avoir soigneusement trié ses roches, il mit les plus belles dans un sac de cuir, dont il chargea le dos de l'âne. Puis il tourna son regard vers la lointaine montagne qui abritait la grotte du moine. « Mon ami ne pouvait pas nourrir son gros animal, dit-il, mais j'espère qu'il aura à manger pour la mule et pour lui. »

« Vous l'avez échangée contre l'âne parce qu'elle n'était pas assez forte pour porter vos roches », affirmai-je.

Charles rit : « Le jeune maître est un être fascinant. Je l'aime bien. »

Quand il me serra dans ses bras, son corps dégagea une forte odeur animale. Il me chuchota à l'oreille : « Si un jour tu deviens chef de clan, nous pourrions être très bons amis. » Ses yeux bleus souriaient. Je pensai : il ne sait pas que je suis un idiot. Personne ne le lui a encore dit.

En guise de mots d'adieu, Charles déclara à Père : « Vous ne devriez pas laisser un homme si pieux souffrir comme cela. Le sort vous punira. » Puis, il mit ses gants, donna une tape sur la croupe de l'âne, et partit dans la neige qui tombait en silence. Le claquement des sabots de la bête résonna encore longtemps après que sa haute silhouette eut disparu de ma vue. Chacun laissa échapper un long soupir, comme s'il était débarrassé d'un grand poids.

Tout le monde dit : « L'émissaire spécial ne devrait pas tarder à venir. Il sera là avant que les montagnes soient bloquées par la neige. »

Mais moi, je pensais à Wangpo Yeshi. Quel curieux homme que ce moine qui répandait une parole dont personne ne voulait. À part sa mule, qui paissait non loin de lui, il était tout seul pendant que la neige tombait en un fin rideau devant sa grotte. À ce moment-là, j'éprouvai moi aussi la joie d'être abandonné du monde.

11

L'ARGENT

N'allez pas croire que notre perception de l'argent se limite à sa valeur monétaire.

Vous ne nous comprendrez jamais si vous assimilez notre culte de l'argent à l'amour de la richesse. Vous agiriez un peu comme Charles quand il nous avait vu, perplexe, rejeter les croyances de Wangpo Yeshi après avoir refusé les siennes. « Pourquoi préférer une mauvaise religion à une bonne ? demanda-t-il. Si, comme les Chinois, vous appréhendez les intentions des Occidentaux, pourquoi la religion de Wangpo Yeshi ne vous convient-elle pas ? N'est-elle pas dérivée des enseignements de votre chef religieux, le Dalaï Lama ? »

Mais assez parlé de religion. Revenons à l'argent.

Il y a bien longtemps que nos aïeux ont maîtrisé l'art de l'extraction des métaux précieux. Le jaune de l'or est associé à la religion : ainsi, la poudre brillante sur le visage de Bouddha, ou les chemises de soie portées par les lamas sous leurs soutanes pourpres. Nous savons que l'or a plus de valeur que l'argent, mais nous aimons l'argent, l'argent blanc. N'allez donc jamais demander à un chef de clan, ou à un membre de sa famille, s'il aime l'argent, car non seulement il ne vous répondra pas, mais il se méfiera de vous ; et vous obtiendrez pour toute réponse : nous aimons notre peuple et nos terres.

L'un de mes ancêtres était un écrivain passionné. Il dit un jour que pour être un potentat ou un roi, il fallait être un idiot ou l'homme le plus intelligent du monde. Pour moi, c'était une idée très intéressante parce qu'enfin... j'étais un idiot confirmé. Mon frère, qui devait succéder à Père au rang de chef de clan, étudiait depuis sa tendre enfance pour devenir un homme intelligent. Moi, je me contentais de jouir des avantages offerts par ma réputation d'imbécile. Mon frère me traitait bien, parce qu'il n'avait pas à se défier de moi, contrairement aux frères des générations précédentes.

Mon frère m'aimait parce que je suis idiot, et moi, je l'aimais parce que je suis idiot.

Mon père disait souvent qu'il avait échappé aux problèmes qu'avaient connus les chefs de clan précédents dans la transmission de leur pouvoir. Lui-même avait dû se séparer d'une grosse somme d'argent pour apaiser son frère, l'oncle que je ne connaissais pas encore. « Mes fils ne seront pas un souci pour moi », jugeait-il.

Chaque fois qu'il disait cela, Mère avait l'air peiné. Elle savait que j'étais un idiot, mais elle conservait malgré tout un mince espoir au fond d'elle-même, et c'était précisément cet espoir qui l'attristait, voire la désespérait. Je crois avoir déjà dit que j'avais été conçu quand mon père était soûl. Dommage que l'ancêtre qui a écrit sur le mode de gouvernement des chefs de clan n'ait pas envisagé cette manière d'éviter les luttes de pouvoir entre les fils des générations suivantes.

Ce jour-là, Père répéta cette remarque et Mère eut à nouveau l'air peiné. Mais elle me frotta la tête en disant au chef de clan : « Je ne t'ai pas donné un fils qui te fait perdre le sommeil. Mais que dire de cette femme ? »

Eh oui. Il y avait au domaine la femme nommée Yangzom, qui portait à présent l'enfant du chef de clan. Tout le monde était sûr qu'elle allait nous poser des problèmes. Elle avait déjà causé la mort d'un homme, et nous nous demandions quelle serait sa prochaine victime. Mais personne ne mourut, et quand elle tomba en disgrâce auprès du chef de clan, les gens se mirent à s'apitoyer sur son sort. Ils dirent qu'elle n'était coupable de rien, et que son discrédit était dû à un mauvais karma et au châtiment du destin.

Après quelques nausées, Yangzom annonça à l'intendant qu'elle portait le bébé du vieux maître et qu'elle lui donnerait un futur chef de clan. Il y avait longtemps que Père n'allait plus dans sa chambre, où elle attendait, confinée, le terme de sa grossesse. Les gens disaient qu'elle donnerait naissance à un bébé dément, car l'amour fou de cette femme et du chef de clan avait failli réduire en cendres les deux amants. Ils faisaient l'objet de tant de ragots qu'elle refusait de quitter sa chambre, disant que quelqu'un voulait la mort du fils qu'elle attendait.

Maintenant, il est grand temps que je parle de l'argent.

Mais, commençons par le rêve de blancheur.

Il y a bien des années — nous ne savons pas exactement combien, mais plus de mille ans, au moins —, lorsque nos aïeux vinrent ici depuis les confins du Tibet, ils se heurtèrent à la forte résistance des indigènes qui, selon nos légendes, étaient vifs comme des singes et féroces comme des lions. Ils étaient très nombreux, et nous étions très peu, mais nous étions là pour devenir leurs chefs et nous devions les conquérir. L'un de nos ancêtres fit un rêve dans lequel un vieillard à la barbe d'argent lui dit que pour vaincre les indigènes, il fallait s'armer de quartz blanc. Le vieil homme envoya aussi un rêve aux indigènes, où il leur disait de nous combattre avec des boules de neige. C'est ainsi que nos aïeux devinrent les souverains de ce pays. La personne qui avait rêvé du vieillard à la barbe d'argent devint notre *gyalpo* originel, le premier roi de la famille Maichi.

Plus tard, à la chute du royaume tibétain, presque tous les aristocrates qui étaient venus ici avaient oublié que le Tibet était notre patrie. Nous perdîmes peu à peu notre langue maternelle. Nous parlions l'idiome des indigènes que nous avions conquis. Il nous restait bien sûr des traces de notre langue, mais elles n'étaient pas perceptibles. Nous étions les souverains de notre territoire et nous portions le titre de chef de clan, conféré par la cour impériale des plaines centrales.

Le quartz a un autre usage important. Porté dans un petit sac attaché à la taille, avec des mèches et des morceaux coupants d'un métal en forme de croissant, on peut s'en servir pour allumer le feu. J'ai toujours trouvé merveilleux de voir du quartz blanc frapper un bout de métal gris. Lorsque les étincelles fusaient, je me sentais moi-même brûler joyeusement avec les mèches tendres et sèches. Parfois, je me suis dit que j'aurais été un grand personnage si j'avais été le premier Maichi à assister à la naissance du feu. Il va de soi que je ne suis pas ce Maichi-là et donc, que je ne suis pas un grand personnage ; ce rêve n'était qu'une vaine rumination d'idiot.

En fait, ce que je voulais savoir, c'était si j'étais le Maichi le plus stupide depuis la création de la famille. Je connaissais la réponse, et n'avais donc plus rien à dire là-dessus, à part que je croyais être le descendant du feu. Comment pouvais-je expliquer autrement pourquoi j'éprouvais une telle affinité avec lui, comme s'il était mon grand-père ou mon arrière-grand-père ? Mais quand je dis cela à ma famille, tout le monde — mon père, mon frère, l'intendant et même la servante, Dolma — se mit à rire à gorge déployée. Mère se sentit vexée, mais elle rit, elle aussi.

Dolma me conseilla : « Le jeune maître devrait aller voir les peintures murales dans la salle des soutras. »

Je connaissais leur existence, bien sûr. Elles montraient à tous les membres de la famille Maichi que nous étions nés d'oiseaux fabuleux appelés rocs et des œufs géants du vent. D'après ces peintures, quand le ciel et la terre n'étaient encore qu'un vide, seuls existaient les hurlements du vent. Puis un dieu apparut et dit : « Ha ! » Un monde émergea des rafales du vent, et il tournoya dans le vide autour de lui. Puis, le dieu répéta : « Ha ! » et de nouvelles choses surgirent du néant. J'ignorais complètement pourquoi le dieu devait dire « Ha » tout le temps, mais quand il prononça son dernier « Ha », neuf chefs de clan naquirent d'un œuf gigantesque pondu auprès d'un roc à la lisière du ciel. Les neuf chefs de clan se marièrent entre eux, et devinrent tous parents. Mais ils devinrent aussi mutuellement ennemis, à cause de la terre et des hommes. De plus, même s'ils se considéraient comme des rois, ils devaient s'agenouiller devant ceux qui détenaient le pouvoir à Pékin et à Lhassa.

Oui, je sais, je n'ai pas encore parlé de l'argent.

Mais n'ai-je pas commencé, déjà ? Quoi qu'il en soit, l'argent, qui avait la même fonction que l'or, était notre métal favori. Nous le préférions aux autres, parce sa blancheur nous avait porté chance. Voilà une excellente raison d'aimer l'argent, et en voici encore une autre : il peut servir à fabriquer toutes sortes d'ornements : des petits — bagues, bracelets, fourreaux, étuis à ongles et boucles d'oreille ; et des grands — ceintures, coffres à soutras, services de table et objets rituels.

Les mines d'argent étaient rares dans le territoire des chefs de clan, et il n'y en avait pas sur les terres des Maichi, mais on trouvait de l'or dans le sable de la rivière. Le chef de clan faisait laver le sable aurifère par ses gens, et nous conservions un peu d'or pour notre usage personnel. Mais nous en échangions la plupart contre des caisses d'argent, que nous entreposions dans une cave, à côté des cachots. La clef de la salle du trésor était rangée dans un coffre à plusieurs niveaux, fermé par une autre clef qui ne quittait presque jamais la taille de père. Cette clef, pour laquelle un lama avait lu un soutra, était reliée à une partie de son corps, et quand il ne la portait pas, il avait l'impression qu'un insecte lui rongeait la chair.

Si le Bouddha vivant était tombé récemment en disgrâce auprès du chef de clan, c'était pour avoir dit, entre autres, que puisque nous possédions autant d'argent, nous devions cesser d'extraire l'or de la rivière pour préserver notre *feng shui*. Il dit qu'avoir un trésor chez soi n'importait pas ; c'était notre terre qui était le vrai trésor. Avec un trésor dans la terre et un bon *feng shui*, le chef de clan aurait un avenir prometteur et solide, car seule la terre pouvait nourrir les générations à venir. Mais bien entendu, le chef de clan ne pouvait pas suivre un tel conseil aisément. À mesure que l'argent s'entassait dans la salle du trésor, le domaine s'imprégnait d'un doux parfum. Mais pendant des années, nous ne fûmes pas particulièrement riches, surtout comparés aux autres chefs de clan.

Tout cela changeait, désormais. À la fin de la cueillette des pavots, notre fortune commença à éclipser celle des autres. Les hommes que l'émissaire spécial nous avait envoyés pour traiter notre opium procédèrent à un calcul approximatif ; leur résultat nous bouleversa. Qui aurait pensé qu'un si maigre vieux Han pût apporter une telle richesse à notre famille ? « Comment le dieu de la fortune peut-il être un vieillard décharné ? » se demandait le chef de clan à voix haute.

L'émissaire spécial Huang arriva dans ce moment de joie.

Le jour de son retour, la pluie tombait des profondeurs du ciel. L'hiver était presque à nos portes. Tout au long de la matinée, des nuages gris, très haut au-dessus de nos têtes, déversèrent une pluie glaciale ; et dans l'après-midi, la pluie se changea en neige, qui fondit en touchant le sol. Les chevaux qui portaient Huang Chumin et sa suite piétinèrent la neige fondue ; les seuls flocons encore solides formaient un petit tas sur le chapeau de feutre de l'émissaire spécial. L'intendant se précipita pour commencer la cérémonie d'accueil, mais Huang Chumin refusa d'un geste. « Nous nous en passerons, dit-il. Je suis gelé. »

On l'escorta auprès du feu, où il éternua par deux fois. Mais il déclina diverses thérapies contre le rhume, en disant : « La maîtresse est une Han. Elle saura ce qu'il me faut. »

La femme du chef de clan lui tendit sa pipe à opium. « S'il vous plaît, goûtez l'opium qui vient des graines que vous nous avez données et qui a été traité par vos envoyés. »

Les paupières de l'émissaire spécial s'alourdirent et tombèrent quand il eut aspiré et avalé la fumée ; et lorsqu'il ouvrit enfin les yeux, il s'écria : « Fantastique ! Il est d'une qualité fantastique ! »

Le chef de clan demanda avec inquiétude : « Combien d'argent pensez-vous que nous en obtiendrons ? »

Mère lui fit signe de contenir son impatience, mais l'émissaire spécial la rassura en souriant : « Ne vous inquiétez pas, maîtresse. Je préfère les manières directes du chef de clan. Il recevra bien plus d'argent qu'il ne peut imaginer. »

Le chef Maichi l'exhorta à être précis.

« Dites-moi combien il y en a dans votre domaine en ce moment. Soyez exact, je vous prie. N'exagérez pas et ne me donnez surtout pas un chiffre trop bas. »

Après avoir renvoyé ses domestiques, le chef de clan révéla combien d'argent nous possédions.

En caressant sa barbe jaune, l'émissaire spécial Huang réfléchit quelques instants. « Ce n'est ni trop ni trop peu. Je doublerai cette quantité en achetant votre opium, à condition que vous employiez le quart de ce montant à m'acheter de nouvelles armes pour armer votre peuple. »

Le chef de clan accepta avec joie.

Quand l'émissaire spécial eut savouré un dîner agrémenté d'un divertissement musical, la femme du chef de clan lui envoya de l'opium et une fille pour la nuit. Après quoi, la famille se rassembla. Pour quelle raison ? Pour tenir une réunion. Oui, nous avions aussi des réunions, sauf que nous ne disions pas : bon, il y aura une réunion ce soir ; ou bien : la réunion de ce soir portera sur telle ou telle chose. Ce jour-là, nous décidâmes d'agrandir notre salle du trésor. Des messagers furent dépêchés dans toutes les forteresses de nos vassaux pour faire venir des ouvriers et des tailleurs de pierre. On convoqua aussi les serviteurs de la famille, et le chef de clan ordonna de regrouper les prisonniers des cachots pour ménager de la place pour la manne que nous allions bientôt recevoir. Extraire des prisonniers de trois cachots pour les rassembler dans des cellules déjà occupées n'alla pas sans soulever des protestations. Un homme, qui avait été enfermé pendant plus de vingt ans, était particulièrement mécontent. Il dit que le chef de clan régnant devait être pire que le précédent. Sinon, pourquoi aurait-il dû renoncer à la cellule spacieuse où il avait vécu tant d'années ?

Sa plainte fut promptement retransmise à l'étage.

Le chef de clan but une gorgée de vin et déclara : « Allez lui dire de ne pas être aussi insolent parce qu'il y a séjourné plus longtemps que les autres. Un de ces jours, je l'enverrai dans un endroit où il aura de l'espace en abondance. »

Nous allions bientôt avoir plus d'argent que les autres chefs de clan ne pourraient jamais imaginer. Père allait être plus riche que le chef de clan le plus fortuné de l'histoire. Mais bien évidemment, le prisonnier n'en savait rien. « Ne me dites pas à quoi ressemblera demain, bougonna-t-il. L'aube n'est pas encore levée, et ma situation est déjà pire qu'hier au coucher du soleil. »

Le chef de clan sourit à ces paroles. « Il ne peut pas voir la lumière du jour ? Très bien, faites venir le bourreau pour qu'il envoie ce prisonnier dans cet ultime et vaste espace. »

Il était tard et j'avais les paupières si lourdes que les poutres de la maison n'auraient pu les maintenir ouvertes. Nous avions beau vivre une nuit pleine de fièvre, je ne pouvais m'empêcher de bâiller. Mère me regarda d'un air dépité, mais je n'avais pas envie de m'excuser. Même Dolma ne voulait pas se lever pour me ramener dans ma chambre, mais elle y fut bien obligée. Sentant monter en moi ma crainte des souris, je lui dis de rester près de moi. Elle me pinça : « Pourquoi n'as tu pas eu peur tout à l'heure ? »

« Parce qu'il y avait du monde. J'ai peur seulement quand je suis seul. »

Elle rit malgré elle. Je l'aimais vraiment bien. Surtout l'odeur bovine qui émanait d'entre ses jambes et de sa poitrine. Mais bien sûr, je ne le lui dis pas, parce que cela lui serait monté à la tête. Je lui fis remarquer qu'elle n'avait pas besoin de s'enthousiasmer pour l'argent qui allait bientôt s'entasser dans nos coffres, car elle n'en aurait pas une seule pièce. Cela marcha. Elle resta un long moment debout dans le noir, avant de soupirer et de s'allonger à mes côtés tout habillée.

Quand je me levai le lendemain, le prisonnier qui s'était plaint de sa cellule bondée avait déjà été exécuté.

Chaque fois qu'on exécutait un condamné, notre maison était plongée dans une atmosphère étrange, même si tout le monde avait son air habituel. Par exemple, avant le petit déjeuner, le chef de clan toussait bruyamment et sa femme plaçait une main sur sa poitrine, comme si elle ne pouvait supporter le battement de son cœur, qui risquait de tomber à terre si elle ôtait son bras. Mon frère sifflait toujours avant de manger, et ce matin-là, il ne manqua pas de le faire. Mais je voyais bien qu'ils étaient tous perturbés. Nous ne répugnions pas à tuer les gens, mais après, nous étions toujours mal à l'aise. Il serait faux de dire que le chef de clan aimait tuer, mais parfois, il y était simplement forcé. Les roturiers vivaient avec des choses qui échappaient à leur contrôle, le chef de clan aussi. Si vous ne me croyez pas, dites-moi pourquoi nous gardions un bourreau au domaine si le chef de clan prenait lui-même grand plaisir à tuer ; si cela ne vous convainc pas, vous devriez venir manger avec nous après que l'on ait donné l'ordre d'exécuter un condamné. Vous verriez que nous buvons plus d'eau que d'habitude et que nous mangeons moins. Nous touchons à peine à la viande ; nous en grignotons, tout au plus, une ou deux bouchées symboliques.

J'étais le seul à ne pas perdre l'appétit, et ce matin-là ne faisait pas exception à la règle.

J'étais un mangeur très bruyant. « On dirait quelqu'un qui marche dans la boue », dit Dolma. « Ou plutôt un cochon qui crie », jugea Mère. Ce sur quoi, je fis encore plus de bruit. Voyant Père froncer les sourcils, Mère lui jeta : « Que peut-on attendre d'un idiot, à ton avis ? » Cela le fit taire. Mais un chef de clan pouvait-il garder le silence ? Au bout d'un moment, il s'exclama avec humeur : « Pourquoi ce Han n'est-il pas encore levé ? Les Han se prélassent-ils toujours au lit ? »

Mère, on le sait, était han, et les matins où elle n'avait rien à faire, elle faisait la grasse matinée, sautant le petit déjeuner. Mais elle sourit et dit : « Ne t'énerve pas. Cet argent n'est pas encore à toi. Au lieu de te lever tôt et de tousser à t'en arracher la gorge, pourquoi ne pas rester un peu au lit ? »

Dans des moments comme ça, il aurait été faux de penser que le chef de clan et sa femme étaient en mauvais termes. C'était quand leur conversation dégoulinait de politesse qu'ils ne s'entendaient pas. Ils maugréaient seulement quand cela allait bien entre eux.

Le chef de clan répliqua : « Tu vois, c'est notre langue qui t'a appris à parler. » Il voulait dire par là qu'une langue raffinée permet à quelqu'un de bien s'exprimer, ce qui était le cas de la nôtre.

« Si tu connaissais le chinois, et si ton langage n'était pas aussi simple, dit Mère, je te montrerais ce que peut faire une langue acérée. »

Dolma me chuchota : « Jeune maître, la maîtresse et le maître ont fait tu-sais-quoi cette nuit. »

J'ouvris tout grand la bouche et éclatai de rire.

Mon frère demanda à savoir pourquoi. Je m'esclaffai : « Dolma a dit qu'elle voulait aller faire pipi. »

Mère fulmina : « Qu'est-ce que c'est que ce langage ? »

Je regardai Dolma : « Mais n'aie pas peur, vas-y. »

Dolma, que j'avais bien attrapée, quitta la table en rougissant. Le chef de clan se mit à rire : « Eh bien, on dirait que mon fils idiot a grandi. » Puis, il se tourna vers mon frère. « Va voir si les ouvriers sont arrivés. Du sang a été versé, et pour conjurer le mauvais sort, il faut commencer les travaux aujourd'hui. »

QUATRIÈME PARTIE

12

LES VISITEURS

Les trois cellules vides du dongeon furent converties en deux entrepôts, l'un pour contenir l'argent et l'autre, les armes modernes que l'émissaire spécial avait achetées pour nous au gouvernement provincial.

L'émissaire spécial partit avec un grand chargement d'opium, nous laissant quelques hommes entraîner nos soldats dans un champ assez vaste pour planter huits cents boisseaux d'orge. Les cris des soldats dans le champ de manœuvre faisaient vibrer la terre, et la poussière y tournoya tout l'hiver. Avant notre précédente bataille, nos hommes avaient appris à se mettre en formation de combat et à tirer avec leurs armes ; désormais, ils ressemblaient davantage à de vrais soldats. Le chef de clan fit venir des tailleurs pour leur couper des uniformes : des robes noires ornées de bordures jaunes, bleues et rouges brodées au point de croix, et des ceintures de soie où l'on pouvait glisser des baïonnettes. Les officiers subalternes avaient des galons en peau de phoque, leurs supérieurs, en peau de léopard. L'officier le plus haut gradé était mon frère, Tamding Gonpo ; en tant que commandant, il portait un uniforme bordé d'une peau de tigre. Jamais, depuis le début de l'histoire, un chef de clan n'avait dirigé une armée aussi élégante et bien équipée.

La poussière qui volait sur le champ de manœuvre improvisé ne se posa pas avant la veille du nouvel an.

Lorsque la neige fondit, un nouveau type de visiteurs apparut sur la route.

C'étaient les chefs de clan voisins, suivis de longs cortèges de gardes et de serviteurs.

Dolma me demanda la raison de leur arrivée. Je répondis qu'ils venaient rendre visite à leurs parents. Mais pourquoi, insista-t-elle, ne l'avaient-ils pas fait avant ?

La famille Maichi dut envoyer ses domestiques au-devant d'eux pour les accueillir dans les formes, dérouler ses plus beaux tapis du haut en bas de l'escalier, et des tapis plus grossiers du bas des marches jusqu'au portail, à l'endroit où l'on attachait les chevaux. Les jeunes esclaves de la famille étaient tous là, le dos courbé, pour servir de tabouret aux visiteurs quand ils descendraient de cheval.

Les chefs de clan voyageaient toujours avec un attelage de chevaux, et leurs grelots résonnaient dans l'air clair et froid avant qu'on ne les voie. Les membres de la famille Maichi burent tasse sur tasse de thé au beurre, pour avoir le visage rouge et brillant quand ils apparaîtraient devant leurs hôtes qui, après le froid et les rigueurs du voyage, auraient les traits tirés. De cette façon, les chefs de clan venus de loin perdraient l'avantage psychologique dès le départ.

Au début, nous nous montrâmes très courtois envers nos hôtes, car Père tenait à ce que nous ne fassions pas figure de parvenus. Mais nos visiteurs étaient résolus à nous donner la prééminence car ils venaient en demandeurs, et ils se divisaient globalement en deux sortes.

Les premiers voulaient les graines magiques qui avaient enrichi la famille Maichi.

Les deuxièmes souhaitaient donner leurs filles ou leurs sœurs en mariage aux fils du chef Maichi. De toute évidence, eux aussi convoitaient nos graines magiques.

Mais ils ne réussirent qu'à changer une famille qui avait voulu paraître humble en nobles arrogants et hautains. Nous acceptâmes toutes les demandes en mariage.

Mon frère me dit joyeusement : « Nous pouvons en avoir chacun trois ou quatre ! »

« Chut ! » souffla Père.

Mon frère sourit et partit chercher un endroit où il pourrait jouer avec ses deux objets favoris, les fusils et les femmes, qui lui rendaient bien son amour. Toutes les filles trouvaient que c'était un grand honneur d'être en sa compagnie ; et les fusils aussi. Les gens du pays disaient que les fusils étaient les prolongements des bras du jeune maître, qu'ils étaient ses bras longs, et les pistolets les courts. Par contraste, ils pensaient que je ne savais pas jouer avec les fusils ni apprécier la beauté des femmes.

En ce beau jour d'hiver, la famille Maichi se fit l'ennemie de tous les chefs de clan voisins, car nous ne leur donnâmes aucune graine de pavot.

La nouvelle se répandit en un éclair, de l'est à l'ouest et du nord au sud. Bien que tous les chefs de clan aient reçu leurs fiefs des empereurs de Chine, ils disaient à présent que la famille Maichi s'était ralliée aux Chinois. Du jour au lendemain, les Maichi étaient devenus des traîtres au peuple tibétain.

En fait, les trois membres intelligents de ma famille — Père, Mère et mon frère — plus le fils idiot, avaient débattu pour savoir s'ils devaient consentir des graines à nos voisins. En tant que gens normaux pourvus d'un cerveau normal, les autres étaient contre l'idée d'octroyer une seule graine à quiconque. « Pourquoi pas ? intervins-je. Ce n'est pas de l'argent. » Ils répondirent : « Chut ! Mais qu'entends-tu par là ? » Ce n'était pas ce que j'avais voulu dire, mais ils ne me laissèrent pas finir. Mon idée était que les choses qui poussent dans les champs ne peuvent pas être conservées comme l'argent dans les caves du domaine.

Je parvins à aller jusqu'au bout de ma pensée : « Le vent les dispersera, de toute façon. »

Mais personne ne m'écouta, ou bien ils firent semblant de ne pas avoir saisi la vérité de mes paroles. Dolma me tira par le bras pour me faire taire. Quand elle recommença, je sortis de la pièce avec elle.

« Idiot, murmura-t-elle, personne ne t'écoutera. »

« Les petites graines comme ça peuvent voler jusqu'aux terres des voisins sur les ailes d'un oiseau de passage », dis-je en soulevant sa jupe.

Le lit se mit à trembler et à grincer, au rythme des cris de Dolma : « Idiot, idiot, i-di-ot. »

Je ne savais pas très bien si j'étais un idiot ou pas, mais il était assurément bon de faire l'amour avec Dolma. Après, je me sentis bien mieux et lui dis : « Tu m'as fait de la peine. »

Soudain, elle s'agenouilla devant moi : « Jeune maître, l'orfèvre m'a demandée en mariage. »

Des larmes jaillirent de mes yeux, et je m'entendis bégayer d'une voix étrange : « Je ne veux pas que tu t'en ailles. »

Pendant que les gens normaux se préoccupaient des graines, j'avais la tête blottie entre les seins de Dolma. Elle me dit qu'elle en avait assez de me voir pleurer après m'avoir servi toutes ces années, même si j'étais un idiot. Elle ajouta que je ne voulais pas la laisser partir parce que je n'avais jamais eu d'autre femme, et que je devais prendre une autre servante. Je sanglotais comme un petit garçon, son fils, et répétais : « Je ne veux pas que tu t'en ailles... »

En me caressant la tête, elle m'expliqua qu'elle ne pouvait pas passer le restant de sa vie avec moi, que je ne voudrais plus d'elle quand je connaîtrais mieux les femmes. « J'ai songé à une fille qui serait parfaite pour toi. »

Le lendemain, je déclarai à Mère qu'il était temps que Dolma se marie.

Elle me demanda si cette saleté m'en avait touché un mot. J'avais le cœur gros, mais je répondis avec indifférence, comme mon frère quand il parlait des femmes : « Je veux juste une fille de mon âge. »

Mère se mit à pleurer : « Idiot chéri... Tu connais enfin quelque chose aux femmes. »

13

LES FEMMES

Sangye Dolma avait raison. On me trouva bientôt une nouvelle servante, une fille mince au visage minuscule, aux yeux petits et aux pieds menus. Debout devant moi, avec les bras le long du corps, elle ne sourit ni ne pleura. Je découvris qu'il lui manquait l'odeur de celle qui l'avait précédée auprès de moi, et je le dis à Dolma.

La servante qui allait être bientôt relevée de ses fonctions m'expliqua : « Attends encore un peu. Cela viendra une fois qu'elle aura passé quelque temps avec toi. Cette odeur est donnée par les hommes. »

« Je n'aime pas cette fille », boudai-je.

Mère me dit qu'elle s'appelait Tharna. Après réflexion, j'estimai que même si c'était un nom de fille, il ne convenait pas à celle-là. Heureusement, elle allait être ma servante, pas ma femme, et je n'avais pas besoin d'être aussi difficile. Lorsque je demandai à la fille aux petits pieds et aux mains fines si elle s'appelait vraiment Tharna, elle ouvrit enfin la bouche. Sa voix tremblait de nervosité, mais au moins, elle parla : « Tout le monde dit que mon nom est un peu étrange. Qu'en penses-tu ? »

Elle avait une voix douce, mais j'étais sûr qu'on pouvait l'entendre de loin. Seule une servante stylée possédait une voix pareille. Elle était la fille d'un palefrenier qui, avant de travailler au domaine, avait vécu dans une cabane au plafond bas. Sa mère ayant eu la vue abîmée par la fumée, elle s'était levée toutes les nuits dès l'âge de sept ans pour nourrir les animaux, jusqu'au jour où notre intendant éclopé était venu chez elle. Comme en rêve, elle avait pris un bain dans une source chaude et revêtu des habits neufs pour venir vivre avec moi.

Avant que j'aie eu l'occasion de lui poser d'autres questions, une autre servante l'emmena se baigner et se changer.

Ce qui me donna le temps de voir Dolma.

Mais Dolma avait le cœur ailleurs. Je la voyais s'éloigner de moi.

Assise derrière la balustrade, elle faisait de la broderie en chantant à voix basse. Elle fredonnait une strophe d'un poème narratif, un chant qui ne parlait pas d'amour, mais elle était visiblement d'humeur sentimentale.

Sa chair, mangée par les oiseaux, gezhi, gezhi,
Son sang, bu par la pluie, gudong, gudong,
Ses os, rongés par les ours, gazhi, gazhi,
Ses cheveux, dénoués par le vent, boucle par boucle.

En imitant les sons des oiseaux qui mangeaient, de la pluie qui buvait, des ours qui rongeaient et du vent qui soufflait, son chant était très éloquent et rempli d'émotion ; et pendant qu'elle chantait, le petit marteau de l'orfèvre tapait un joli rythme. La famille Maichi avait tellement d'argent qu'il ne manquerait jamais d'ouvrage, et tout le monde disait que son travail s'améliorait de jour en jour. Le chef de clan aimait cet homme intelligent et habile, et quand il apprit que la servante Dolma allait l'épouser, il déclara : « Elle n'a pas vécu chez nous en vain. Elle a bon goût. Elle a fait un excellent choix. » Mais il fit savoir à l'orfèvre que bien que le maître l'appréciât, il deviendrait un esclave s'il se mariait avec Dolma. Ce à quoi l'orfèvre répliqua : « Quelle différence y a-t-il entre un esclave et un homme libre, puisque de toute façon, je devrai travailler dans ce domaine toute ma vie ? »

Dès qu'ils seraient mariés, Dolma, femme de chambre à l'odeur parfumée, deviendrait une cuisinière au visage barbouillé de suie. Mais elle disait : « Telle est ma destinée. »

Ces quelques jours allaient donc être les meilleurs de la vie de Dolma, celle qui m'avait enseigné les secrets de l'amour. L'épouse du chef de clan lui témoigna alors la gentillesse suprême qu'une femme peut montrer à une autre. Quand Dolma descendit l'escalier en courant, la maîtresse lui dit qu'elle aurait tout le temps d'être avec son mari, mais que le temps d'avant le mariage, une fois passé, ne reviendrait jamais. Elle produisit quelques objets et ajouta : « Ils sont pour toi. Sers-t'en pour te broder quelque chose à ton goût. »

Chaque jour, quand le marteau de l'orfèvre résonnait dans la cour, Dolma allait s'asseoir sur la véranda pour chanter et broder. Le petit marteau éloignait son attention de moi, et elle ne se tournait même pas pour me regarder. Si bien que mon cerveau d'idiot vint à penser que les femmes étaient si inconstantes qu'elles vous oubliaient du jour au lendemain. Derrière moi, ma nouvelle servante, Tharna, jouait de quelque chose avec ses doigts minces et moi, je toussais bruyamment derrière Dolma pendant quelle chantait. Mais elle continuait sans s'interrompre, ni prendre un instant pour me regarder. *Gazhi, gazhi, gudong, gudong*, cela n'avait pas de fin. Elle se retourna seulement un jour où l'orfèvre était absent, et elle rougit en souriant : « Je parie que la nouvelle servante te donne plus de plaisir que moi. »

Je lui dis que je ne l'avais même pas touchée.

Elle lui jeta un regard pénétrant, et comprit que je disais la vérité. Je mentais très souvent, mais cette fois, j'étais sincère et

Dolma se mit à pleurer. « Jeune maître, murmura-t-elle, je vais partir demain. L'orfèvre est allé emprunter un cheval. » Puis, elle acheva : « Veille à penser à moi de temps en temps. »

Je fis oui de la tête.

Le lendemain matin, j'étais encore au pays des rêves quand j'entendis la voix chantante de Dolma, entrecoupée de larmes. En jetant un coup d'œil par la fenêtre, je vis l'orfèvre paré de vêtements neufs, et Dolma pleurer aux pieds de sa maîtresse en lui répétant ce qu'elle m'avait dit la veille. Elle avait les yeux rouges, et la maîtresse lui dit : « Viens me voir si quelqu'un ose te causer des ennuis. » Puis elle se tourna pour déclarer aux domestiques : « Personne ne doit arrêter Dolma si elle monte chez moi ou chez le jeune maître. »

Les serviteurs répondirent d'une seule voix : « Oui, maîtresse. »

Puis l'orfèvre se pencha pour soulever Dolma et la mettre sur son dos, et je les observai quand ils descendirent l'escalier, marche par marche. Deux serviteurs portaient la dot du chef de clan, suivis de deux servantes chargées des cadeaux de la maîtresse. Dolma, à leurs yeux, jouissait d'une faveur extrême.

Après avoir assis sa femme sur le dos du cheval, l'orfèvre sauta en selle. Ils franchirent le portail et galopèrent sur la route, soulevant des nuages de poussière jaune qui se dispersèrent en montant dans le clair ciel d'hiver. Puis ils disparurent à un tournant, aux cris des serviteurs demeurés dans la cour. Je savais ce que signifiaient ces cris : le jeune couple était allé chercher un endroit discret pour faire l'amour au soleil. J'avais entendu dire que les couples très adroits le faisaient à cheval. C'est alors que j'aperçus mes deux petits esclaves parmi les joyeux domestiques. Sonam Tserang faisait beaucoup de bruit, la bouche grande ouverte, et Aryi se tenait à l'écart, près du poteau où son père bourreau faisait son office. Il avait l'air très seul, mais nul ne savait que maintenant que Dolma me quittait, je me sentais tout aussi seul et triste. Je fis signe à Aryi, mais il était si absorbé par la vision du cheval qu'il ne comprit pas que le garçon vêtu de peaux de renard qui l'appelait d'en haut était plus misérable que lui. L'endroit où le cheval avait disparu, un carré de terre sèche entre deux genévriers, avait l'air désert ; et au fond de moi, j'éprouvai la même impression de désolation.

Finalement, le cheval réapparut au galop.

À nouveau, des acclamations s'élevèrent dans la foule.

L'orfèvre aida sa ravissante épouse à mettre pied à terre et la porta dans une petite pièce froide et humide au niveau le plus bas de la maison. Dehors, dans la cour, les serviteurs chantaient en travaillant. L'orfèvre sortit de la pièce pour reprendre son ouvrage, et son marteau émit une série de petits bruits vifs et sonores : *ding-dang ! ding-dang ! ding-ding-dang-dang !*

Derrière moi, la servante Tharna aux membres délicats dit, d'une toute petite voix : « Je veux descendre l'escalier comme ça un jour. Aurai-je l'air aussi belle et digne ? »

Sans attendre de réponse, elle ajouta : « Et le jeune maître sera-t-il aussi triste ? »

Surpris par son astuce, je répondis : « Il ne me plaît pas que tu saches cela. »

Elle pouffa : « Et pourtant, je le sais. »

Je lui demandai si c'était sa mère qui lui avait enseigné ces choses-là.

« Comment une aveugle pourrait-elle me les apprendre ? » Elle ressemblait plus à un maître qui parlait d'une servante qu'à une fille qui parlait de sa mère.

Ce soir-là, on permit aux domestiques d'allumer un feu de joie dans la cour, et ils burent et dansèrent autour des flammes. M'accoudant à la balustrade, je baissai les yeux pour voir Dolma se mêler gaiement à eux. Sous un ciel étincelant, ces gens qui se heurtaient tous les jours à la dureté du monde goûtaient un rare moment de joie. Ils devaient avoir bien chaud, mais moi pas, et la fraîcheur de l'air me faisait frissonner.

Seul le feu qui couvait dans le brasero éclairait ma chambre, et quand je rentrai dans la pièce, je m'approchai pour me réchauffer. Tharna était déjà au lit, les bras nus posés sur la couverture. J'admirai ses dents blanches et son cou mince et lisse, et ses yeux, quand elle les ouvrit, brillèrent comme des pierres précieuses. Finalement, le désir monta en moi comme des flammes jaillissantes et quand je prononçai son nom, mes lèvres et mes dents frémirent.

Elle murmura : « J'ai froid. »

Le corps qui roula dans mes bras était lisse et frais, avec des seins menus, des petites fesses et une taille fine. Avant, je m'étais toujours perdu dans le corps de Dolma, mais maintenant, celui de Tharna était enfoui sous le mien. Je n'avais pas encore quinze ans, mais j'étais déjà un homme. Je lui demandai si elle avait toujours froid ; elle gloussa et me dit qu'elle était toute chaude. C'était vrai ; son corps était soudain devenu brûlant. Quand j'étais avec Dolma, j'avais souvent eu l'impression que j'étais encore au-dehors quand je ne l'étais pas, tandis qu'avec Tharna, je n'arrivais pas à la pénétrer. Chaque fois que j'essayais, la petite saleté poussait un cri effroyable, mais quand je m'écartais, elle s'agrippait à moi. Nous continuâmes cette valse-hésitation jusqu'à ce que les oiseaux sur les montagnes, près des rivières et dans les arbres, se mirent à pépier. L'aube pointait. Alors, Tharna me dit de ne pas m'inquiéter pour elle et je poussai de toutes mes forces. Finalement, je sus qu'elle était une femme. Je remplissais le corps d'une femme ! C'était merveilleux d'être avec une petite femme ! Réellement merveilleux ! Très vite, je me sentis grossir en elle, et le monde s'épanouit. La terre se dilata, projetant de l'eau autour d'elle ; le ciel s'agrandit, repoussant les étoiles aux confins de l'univers. Soudain, *boum !* le monde s'écroula. Le jour s'était levé. Tharna produisit un morceau de soie blanc tacheté de sang et elle l'agita devant moi. Je souris, sachant que c'était moi qui avait fait cela, avant de sombrer dans un sommeil paisible. Je dormis toute la journée. Quand je me réveillai, Mère était assise à mon chevet. Son sourire me dit qu'elle me considérait désormais comme un adulte à part entière, quelqu'un qui savait tout ce qui se passait entre un homme et une femme. J'avais déjà pénétré une femme auparavant, mais à dire vrai, cette fois, j'avais l'impression que c'était pour de bon.

Tendant la main de sous la couverture, je dis : « Donne-moi un peu d'eau. »

Je sentis que ma voix avait changé durant la nuit ; à présent basse et rauque, elle semblait résonner du fond de ma poitrine.

Au lieu de poser la main sur ma tête, comme elle l'avait fait un instant plus tôt, Mère se tourna vers Tharna. « Il est réveillé et demande de l'eau. Peut-être serait-ce mieux de lui donner un verre de vin léger. »

Tharna me l'apporta. En glissant dans ma gorge, le vin produisit une sensation merveilleuse. Mère dit à Tharna : « Désormais, le jeune maître est sous ta responsabilité, et tu devras le servir de ton mieux. Tout le monde dit que c'est un idiot, mais il n'est pas bête, dans un sens. »

Avec un sourire timide, Tharna répondit oui d'une voix faible, mais audible.

La femme du chef de clan sortit un collier de sa poche et le passa autour du cou de la servante. Quand Mère fut partie, je me dis que Tharna allait promettre d'obéir à son ordre et prendre bien soin de moi. Mais elle enfouit sa tête dans ma poitrine et me souffla : « À partir de maintenant, tu dois être bon pour moi. »

Je ne pus que répondre : « D'accord. »

Elle me regarda, les yeux pleins de souhaits inexprimés.

« Je t'ai déjà fait une promesse, m'étonnai-je. Que veux-tu d'autre encore ? »

Elle me demanda : « Suis-je belle ? »

Je ne sus pas quoi dire. Le fait est que je ne savais pas distinguer si une femme était belle ou laide. Si c'est à cela qu'on reconnaît un idiot, alors je l'étais certainement. Je savais seulement si j'éprouvais ou non un désir pour une femme ; je connaissais les courbes du corps féminin, mais j'ignorais ce qui le rendait beau. Je savais néanmoins qu'en tant que jeune maître, je pouvais lui parler quand cela me chantait ou me taire, à ma guise. Alors, je ne dis rien.

Je décidai de me lever pour aller dîner avec ma famille.

Avant le repas, mon frère me donna une petite tape sur la tête et Père m'offrit une grande pierre fine. Me suivant comme une ombre, Tharna, quand je m'assis, se mit à genoux derrière moi.

Notre salle à manger avait la forme d'un rectangle. Le chef de clan et sa femme s'asseyaient à chaque bout de la pièce sur des coussins moelleux, et mon frère et moi prenions place sur les côtés. L'été, le sol était couvert de tapis persans, et l'hiver, de peaux d'ours. Une table basse dorée se tenait devant chacun de nous. Peu après que l'opium eut fait notre fortune, la qualité de notre vaisselle s'améliora ; nous mangions désormais dans des plats en argent, et buvions dans des verres à vin en corail. De plus, nous importâmes une quantité de cire, et des artisans han en firent des bougies. Un candélabre s'élevait devant chaque convive, portant de nombreux cierges qui éclairaient la pièce et suffisaient à la chauffer quand le temps était doux. Les murs, derrière nous, étaient ornés de vitrines qui contenaient la vaisselle et les curiosités : deux téléphones anglais plaqués or, un appareil photographique allemand, et trois radios construites en Amérique. Il y avait même un microscope et des lampes électriques carrées à poignées. Nous avions beaucoup d'objets de cette sorte, et bien que nous ne puissions pas leur trouver un usage, nous les exposions parce que les autres chefs de clan n'en avaient pas ; et quand l'un de ces objets disparaissait d'une étagère, c'était parce qu'un chef de clan avait acquis le même et non parce que le nôtre avait été volé. Plusieurs réveils exposés jusqu'alors dans les vitrines avaient subi ce sort, car nous avions appris qu'après son départ, le missionnaire Charles était allé voir les autres chefs de clan et leur avait offert des cadeaux similaires. Mon frère ordonna aux serviteurs de vider deux obus de canon et de les placer aux endroits qu'avaient occupés les réveils. Les culots des obus, peints et lustrés, étaient assez beaux pour notre goût.

Notre famille s'installa pour dîner.

Bien qu'il n'y eût pas beaucoup de plats, la nourriture était abondante, substantielle et fumante. Les filles de cuisine apportaient les mets et les tendaient à nos servantes qui, à genoux derrière nous, les posaient sur les tables. Ce jour-là, Dolma entra à la fin du repas, portant une grande jatte. Puis, en marchant sur les genoux, elle nous servit l'un après l'autre. Comme c'était son premier jour en cuisine, elle avait préparé un plat de fromage spécial pour les maîtres. Mais ce n'était pas la Dolma que j'avais connue ; son parfum avait disparu et du lin grossier avait remplacé ses habits de soie.

Quand elle vint vers moi, elle me dit : « Pour votre plaisir, jeune maître. » Même sa voix paraissait vieille, ne semblant plus pouvoir exprimer les plaisants sentiments du passé. Hier, Dolma avait été une jeune femme élégamment vêtue, exhalant un parfum charmant ; aujourd'hui, elle était une humble fille de cuisine. Lorsqu'elle nous présenta son plat de fromage, elle était couverte d'odeurs de suie ; et quand elle dit sur un ton effacé : « Pour votre plaisir, jeune maître », je ne répondis pas. J'étais trop triste. En la voyant passer de la lumière à l'obscurité, j'éprouvai pour la première fois le sentiment de voir quelque chose disparaître de ma vie. Auparavant, j'avais toujours pensé que tout était là pour toujours, que lorsqu'une chose se trouvait devant moi, elle le resterait à jamais.

Quand les membres de la famille se curaient les dents ou bâillaient, c'était l'heure du repas pour les serviteurs, et pour Tharna aussi. Elle mâchait si vite en mangeant qu'on aurait cru entendre une petite souris — *ji-ji, ji-ji-ji-ji.* Cette pensée me donna des frissons, et je faillis sauter de mon coussin. Je me retournai pour la regarder ; elle fut si gênée d'être observée qu'elle manqua lâcher sa cuillère.

« N'aie pas peur », la rassurai-je. Elle hocha la tête, mais je vis bien qu'elle ne voulait pas que je la regarde manger. Je désignai la viande : « Prends-en un peu. » Elle saisit un morceau et, cette fois, le mangea sans faire un bruit de souris. Puis, je tendis le doigt vers les haricots bouillis. « Goûte un peu de ceux-là aussi. » Après avoir enfourné quelques haricots, elle eut beau fermer étroitement sa petite bouche, elle ne put s'empêcher de faire son bruit de souris — *ji-ji, ji-ji-j-ji.* J'éclatai de rire et elle fut si troublée qu'elle en laissa vraiment tomber sa cuillère.

J'annonçai d'une voix sonore : « Je n'ai plus peur des souris ! »

Tout le monde me regarda bizarrement, comme si j'avais dit que le ciel avait disparu. Alors, je répétai encore plus fort : « Je — n'ai — plus — peur — des — souris ! »

Ils ne dirent pas un mot.

Je tendis le bras vers Tharna : « Elle mange comme une souris, *ji-ji, zha-zha-zha-zha...* »

Ils gardaient le silence, comme s'ils voulaient me donner honte, et je commençai à me demander si ma peur s'était réellement dissipée. Soudain, Père éclata de rire : « Fils, je sais que tu dis la vérité. » Puis, il se tourna vers sa femme et lui dit quelques mots à voix basse. Tous, pourtant, parvinrent à les entendre : « Sais-tu pourquoi les hommes désirent les femmes ? Parce qu'elles peuvent faire de nous des hommes ! Tu vois, maintenant il est guéri. »

Quand nous fûmes rentrés dans ma chambre, Tharna me demanda : « Pourquoi le jeune maître a-t-il pensé que je ressemblais à une souris ? »

Je répondis : « Ça m'est juste venu comme ça. Tu n'es pas fâchée, n'est-ce pas ? »

Elle m'assura que non. Son père, le palefrenier, lui avait aussi fait cette réflexion. Chaque fois qu'un nouveau cheval du chef Maichi refusait de manger, il l'envoyait le nourrir au milieu de la nuit, disant que l'animal n'aurait pas peur d'une fille qui ressemblait à une souris.

Nous nous mîmes au lit et nous refîmes l'amour. Après quoi, elle pouffa, disant que c'était bon et qu'il était curieux que les autres ne veuillent pas le faire. Je lui demandai de quelles autres elle parlait. Elle répondit que les juments n'aimaient pas faire l'amour, et sa mère non plus. Je voulus lui poser d'autres questions, mais elle s'était déjà endormie, un sourire de contentement sur les lèvres, et j'éteignis la lampe. D'habitude, je m'endormais facilement dans le noir, à n'importe quelle heure. Mais cette nuit-là, ce ne fut pas le cas. Il n'y avait pas de lumière et pourtant, j'entendais sans cesse le vent hurler sur le toit, comme des nuées d'oiseaux volant au-dessus de moi.

Le lendemain matin, Mère remarqua mes yeux cernés. « N'as-tu pas encore bien dormi cette nuit ? »

Je savais ce qu'elle voulait dire, mais je répondis que j'avais eu du mal à trouver le sommeil, pour qu'elle ne fasse pas de reproches à Tharna. Elle me demanda pourquoi. J'affirmai que ce n'était rien, que j'étais seulement énervé par le vent qui soufflait sur le toit.

« Je pensais que c'était autre chose... dit-elle d'une voix songeuse. Mon cher enfant, nous sommes peut-être la famille du chef de clan, mais nous ne pouvons pas empêcher le vent de souffler sur le toit. »

« Mais Dolma ne le savait pas ? » m'exclamai-je.

Elle se mit à rire : « Je savais que ce n'était pas simplement une histoire de vent. Dolma ne savait pas quoi ? »

« Qu'elle devrait porter des guenilles, être couverte de suie et de poussière, et sentir mauvais ? »

« Si, elle le savait. »

« Alors, pourquoi a-t-elle voulu aller à la cuisine ? »

Sa voix se fit plus froide. « Parce que, un jour ou l'autre, il le fallait. En choisissant d'y aller tôt, elle pouvait se trouver un mari. Mais si elle avait trop attendu, il n'y aurait plus eu d'homme pour elle. »

Tandis que nous parlions, l'intendant vint annoncer que ma nourrice était rentrée. Un an auparavant, Dechen Motso était partie en pélerinage dans l'intérieur du Tibet, et à dire la vérité, nous l'avions tous oubliée. Il est imprudent de revenir quelque part où les gens vous ont effacé de leur mémoire. Nous avions parlé d'elle peu après son départ, disant que la vieille mourrait lors de son pélerinage. Juste avant qu'elle ne se mette en route, nous lui avions offert quinze dollars d'argent pour ses frais de voyage. Mais elle n'en avait voulu que cinq, s'entêtant à ne pas en accepter davantage. Elle allait visiter cinq temples, expliqua-t-elle, et il ne lui fallait que cinq dollars, un pour chacun. Elle ajouta que Bouddha s'intéressait au cœur d'une pauvre femme, et pas à son argent. Quant aux frais de voyage, ceux qui voulaient vraiment rendre hommage au Bouddha ne dépensaient pas d'argent en route, même pas les riches. Elle disait la vérité, car nous étions persuadés qu'un tel voyage serait accompli en vain si un pélerin ne mendiait pas ou ne demandait pas l'aumône en chemin. C'était, entre autres, pour cela que les chefs de clan ne pouvaient jamais se résoudre à partir en pélerinage. L'un des chefs Maichi en avait fait un autrefois. Toute sa suite était revenue, lui pas. Les chefs de clan étaient les gens les moins capables de supporter les épreuves.

Nous avions peu à peu oublié ma nourrice, ce qui prouvait que nous ne l'avions jamais beaucoup aimée. Imaginez alors notre surprise quand nous la vîmes rentrer. Non seulement la vieille femme avait réchappé aux rigueurs du voyage à travers les montagnes et les eaux glacées, mais son dos courbé s'était redressé. Même les rides de son visage avaient disparu. Celle qui se tenait devant nous n'était plus une vieillarde, mais une femme mûre au visage éclatant de santé. Elle me fit un baiser sur la joue, et je sentis sur moi un parfum d'époques et d'endroits lointains.

La nourrice avait toujours eu une voix tonitruante, et elle était plus forte que jamais. « Maîtresse, claironna-t-elle, le jeune maître m'a tellement manqué que j'ai failli en mourir de chagrin. »

La maîtresse ne répondit pas.

Dechen Motso continua : « Maîtresse, je suis rentrée. Hier, quand nous approchions de la maison, j'ai calculé que j'étais partie depuis un an et quatorze jours. »

La femme du chef de clan lui suggéra : « Alors, va te reposer. »

Mais elle refusa de l'écouter. En versant quelques larmes, la nourrice reprit : « Je ne peux pas croire que le jeune maître ait sa propre servante. Alors, il est vraiment devenu un homme. »

« En effet, acquiesça la maîtresse, c'est maintenant un adulte, et on n'a plus besoin de s'inquiéter pour lui. »

« Non, objecta Dechen Motso, il faut continuer à se faire du souci. C'est encore un enfant, malgré son âge. » Elle demanda à la maîtresse de faire venir Tharna, pour qu'elle la voie de près.

La vieille femme toucha le visage de ma servante et elle tâta ses os avant de déclarer sans ambages : « Elle est trop maigre pour le jeune maître. »

Le visage de la maîtresse s'assombrit : « Tu as assez parlé. Maintenant, tu peux t'en aller. »

La nourrice, bouche bée, n'arrivait pas à comprendre ce qui se passait. Elle ne savait pas que nous pensions qu'elle était morte et que nous l'avions déjà oubliée. Elle n'aurait pas dû revenir à présent qu'elle était tombée dans l'oubli. Mais comme elle l'ignorait, elle dit : « Je veux saluer le maître et le premier jeune maître. Cela fait un an et quatorze jours que je ne les ai pas vus. »

« Je ne crois pas que ce soit nécessaire », répondit la maîtresse.

« Alors, j'irai voir la petite traînée, Sangye Dolma », insista-t-elle.

Je lui expliquai que Dolma était mariée avec l'orfèvre, Choedak. Apparemment, si le pélerinage avait amélioré sa santé, son caractère n'avait pas changé. « Cette petite saleté essayait toujours de séduire le jeune maître, reprit-elle. Je vois qu'elle a eu ce qu'elle méritait. »

Sur ce, je ne pus me contenir davantage : « Va-t-en, vieille sorcière ! » m'écriai-je.

L'histoire d'un être aussi insignifiant aurait dû s'achever bien avant.

Encore bouillant de rage, je donnai un ordre important pour la première fois de ma vie. J'enjoignis aux domestiques de porter en bas les affaires de la nourrice et de lui interdire de remettre les pieds dans les étages. Quand je l'entendis pleurer dans la cour, j'allai encore plus loin : « Donnez-lui une chambre et des ustensiles de cuisine, pour qu'elle n'ait rien d'autre à faire que se préparer à manger. »

Mon ordre sembla plaire à tout le monde ; autrement, Père, Mère ou mon frère aurait pu l'annuler aisément. Comme elle était désœuvrée, ma nourrice passa ses journées avec les servantes, à leur raconter des anecdotes de son pèlerinage et de mon enfance. Cette nouvelle me poussa à donner un ordre supplémentaire, l'autorisant à parler de son pèlerinage à loisir, mais lui défendant d'évoquer mon enfance. Elle ne put qu'obéir. Je songeai à révoquer mes ordres lorsque je m'aperçus que ses cheveux grisonnaient. Mais je changeai d'avis quand je la vis cracher très souvent sur l'ombre que je projetais du haut de la véranda.

Plus tard, quand elle fut si vieille qu'elle en oublia de cracher, j'avais déjà perdu tout intérêt pour elle. Je n'appris sa mort qu'un an après son décès. Même alors, les gens dirent que la famille Maichi n'avait pas mal agi envers la nourrice du fils idiot.

C'était ce que je pensais, moi aussi.

Je songeais à cela quand je contemplais les étoiles par les nuits claires. J'y pensais dans mon lit lorsque j'écoutais la rivière mugir les soirs de mauvais temps. Mais je cessai progressivement de penser à elle. À la place, je me mis à songer à Wangpo Yeshi, le moine de la nouvelle secte que le chef de clan avait jugé inacceptable. Il avait échangé son âne contre une mule, possédait des soutras qu'il tenait pour de rares trésors, et il vivait dans une grotte.

Lorsque le vent tourna, les branches des saules, au bord de la rivière, verdirent et fleurirent, faisant voler de tous côtés des bouffées de chatons blancs. Le printemps allait arriver à notre insu, plus vite que l'hiver.

14

LES TÊTES

À cause des graines de pavot, tous les autres chefs de clan se mirent à haïr notre famille.

Ils venaient un à un, et partaient les mains vides, mais cela n'empêchait pas les suivants de venir tenter leur chance. Ceux dont le territoire jouxtait le nôtre disaient que nous pouvions nous unir pour devenir plus puissants, les suzerains devant lesquels s'inclineraient les autres chefs de clan. Le chef Maichi répondait qu'il voulait seulement augmenter sa fortune et enrichir son peuple, et n'avait pas l'intention de devenir un suzerain. Les chefs de clan plus lointains disaient que puisque de grands espaces nous séparaient, nous n'avions rien à craindre, même si leur pouvoir venait à augmenter. Ce à quoi le chef Maichi répliquait : « Aucune rivière n'arrête les géants. »

Lorsque vint le printemps, Père déclara : « Personne ne viendra maintenant. »

Mon frère lui rappela : « Il reste un chef de clan qui ne s'est pas encore manifesté. »

Père compta lentement sur ses doigts. Il y avait eu dix-huit chefs de clan, dont celui de notre famille, avant que l'empereur han en élimine trois. Puis, à la suite d'une querelle fraternelle, l'un d'eux avait divisé son territoire en trois. Il y avait eu aussi un chef de clan sans enfants, dont les terres avaient été partagées entre sa femme et son intendant. De sorte que finalement, il en restait toujours dix-huit. Seize d'entre eux s'étaient présentés. Wangpo, qui nous avait fait la guerre récemment, avait été le seul à s'abstenir. Père objecta : « Il n'aura pas l'audace de venir. »

« Oh, que si ! » rétorqua mon frère.

« Il ne serait pas un Tibétain s'il allait trouver un ennemi pour une chose si minime. Tous les chefs de clan le mépriseraient, même ceux qui nous détestent. »

« Bon sang, Père, ce que tu es vieux jeu ! »

« Vieux jeu ? Qu'est-ce que cela veut dire ? »

« Oh, rien... Il n'a pas besoin de venir nous trouver humblement. Il peut recourir à d'autres moyens pour acquérir les graines. »

« Je l'ai vaincu ! tonna Père. Crois-tu qu'il cherchera à me les prendre de force ? Ne lui ai-je pas déjà donné lieu de me craindre ? »

En fait, le chef Maichi savait ce que son fils essayait de lui dire, et il était désespéré, car il voyait déjà ses précieuses graines se répandre dans les champs des autres chefs de clan, en donnant d'innombrables fleurs.

Même moi, je partageais sa souffrance, je sentais l'amertume qu'il avait dans la bouche, et je comprenais sa répugnance à prononcer le mot *voler*. Nous savions tous que les autres chefs de clan nous voleraient des graines, et nous n'avions pas moyen de les en empêcher. À quoi bon alors parler d'une chose qui échappait à notre contrôle, si ce n'était pour remuer le couteau dans la plaie ?

Mon frère, en l'occurrence, fit preuve de la sottise d'un être intelligent. Il trouvait souvent aux choses simples une complexité que les autres ne percevaient pas. Ce jour-là, ce fut exactement ainsi que se conduisit le futur chef Maichi. Il dit avec assurance : « Ils enverront quelqu'un voler nos graines. »

Le mot *voler* était si brutal qu'il frappa Père comme une balle. Mais il parvint à contenir sa colère et lui dit : « As-tu un plan ? »

Il en avait un, en effet. Il voulait que Père récupère toutes les graines qu'il avait données à ses fermiers, et les leur rende à l'époque des semailles. Le chef de clan dit d'un ton sarcastique : « Les semailles approchent à grands pas. Les gens ne penseront-ils pas que je me méfie d'eux si je leur reprends les graines ? De plus, s'ils avaient voulu me voler, ils l'auraient déjà fait depuis longtemps. Je vais te dire, les chefs de clan ont d'autres moyens de les obtenir. Par exemple, en m'offrant leur alliance en échange. »

Le futur chef de clan resta sans voix devant le chef de clan régnant.

Face à cette situation difficile, la femme du chef Maichi affichait un air de satisfaction.

Père ajouta : « Maintenant que nous avons envisagé cette possibilité, nous devons nous y préparer, pour ne pas avoir de regrets plus tard. »

Mère sourit à mon frère. « Va donc t'en occuper. Ton père ne doit pas avoir à se soucier de ce genre de choses. »

Alors, le futur chef de clan accomplit son devoir, sans s'épargner aucun effort.

Sur son ordre, les graines furent rapportées par de rapides coursiers. Comme on ne pouvait savoir combien avaient été cachées ou dérobées par les autres chefs de clan, on ne perdit pas de temps à chercher à l'évaluer. Peu après, en rassemblant les graines de pavot, notre vassal Yingolok surprit un brigand en train d'en chaparder. C'était un homme envoyé par le chef Wangpo. Yingolok dépêcha un messager pour savoir s'il devait nous le livrer. « Évidemment ! rugit mon frère. À quoi bon le demander ? J'en étais sûr. Je savais qu'ils allaient essayer de nous voler. Mais c'est raté. Qu'on fasse venir cet homme et qu'on dise au bourreau de se tenir prêt. Nous verrons à quoi ressemble ce voleur effronté ! »

Aryi père fut convoqué sur le lieu des exécutions dans la cour du domaine.

Dans la partie droite de la cour se trouvaient les pieux d'attache des chevaux ; et à gauche se tenait un poteau, un solide rondin qui, outre sa fonction pratique, était un symbole du pouvoir du chef de clan. Les coupables, pour certains crimes, étaient liés au poteau et mordus par des insectes à la piqûre mortelle, lâchés dans un entonnoir accroché en surplomb. En dessous de l'entonnoir, des pinces de fer, que l'on attachait par derrière, pouvaient se refermer autour du cou des prisonniers. Ajoutés à cela, deux bras, qui s'étendaient horizontalement sous les pinces, donnaient au poteau l'air d'un épouvantail, créant une atmosphère bucolique sur les terres du domaine ; c'étaient en réalité des barres de fer, plantées dans le poteau pour tenir écartés les bras des prisonniers. Quelqu'un avait dit par plaisanterie qu'elles faisaient penser à un condamné qui s'envole vers le ciel. Plus près du sol, deux anneaux de fer servaient à attacher les chevilles, et d'autres instruments entouraient le poteau : de grandes pierres rondes aux reflets métalliques, un bac creusé dans un pin évidé, et un certain nombre d'autres outils. Le tout formait un spectacle extraordinaire, avec le poteau au milieu ; et bien sûr, il y avait Aryi, le bourreau, dont l'absence aurait grandement diminué l'atmosphère.

Ils étaient venus tous les deux — le bourreau en exercice, suivi de son fils.

Avec leurs longues jambes et leurs corps dégingandés, ils marchaient en trébuchant, comme des chèvres ; et leurs cous, projetés en avant, pivotaient comme des daims effarouchés. La famille des bourreaux était née au début de la lignée des Maichi. Il n'y avait jamais eu, au cours des siècles, deux personnes semblables dans la famille Maichi, mais chaque Aryi ressemblait à tous les autres. Ils gagnaient leur vie en administrant des châtiments : flagellations, mutilations, et toutes sortes de mises à mort. Beaucoup de gens faisaient comme si les Aryi n'existaient pas, mais ils étaient là, sous la forme d'un puissant silence.

Ils entrèrent dans la cour, Aryi père avec un sac sur l'épaule, et son fils une sacoche sur le dos. Comme j'avais été chez eux, je savais ce qu'ils contenaient.

Quand il me vit, Aryi fils sourit comme un enfant avant de se courber pour se mettre au travail. Quand les sacs furent ouverts, toutes sortes d'instruments effrayants brillèrent au soleil. Le voleur fut poussé en avant. C'était un homme musclé, imposant, presque aussi haut que le poteau. Le chef Wangpo, apparemment, avait envoyé l'un de ses meilleurs hommes.

Le fouet de cuir dansa dans la main du bourreau. Il s'enroulait comme un serpent avant de frapper une victime, chaque coup arrachant adroitement un tissu ou un carré de peau. Le voleur reçut vingt coups de fouet sur les jambes. Quand le fouet retomba, plus rien ne les recouvrait, ce qui montrait aux gens que ce criminel était un voleur. Il faillit s'effondrer quand il baissa les yeux sur ses jambes, presque indemnes, mais privées de toute trace de vêtement. Il hurla : « Je travaille pour le chef de clan Wangpo ! Je ne suis pas un voleur. J'ai été envoyé par mon maître pour chercher quelque chose. »

Le premier jeune maître de la famille Maichi apparut dans la cour. « Et comment as-tu fait pour chercher ? En criant et en braillant comme ça, ou en furetant partout ? »

La haine du peuple envers l'ennemi était déjà en place, comme l'argent dans la salle du trésor, et elle pouvait être exploitée à tout moment. Les mots étaient à peine sortis de la bouche de mon frère que la foule s'écria : « À mort ! À mort ! »

L'homme soupira : « Dommage... Quel dommage... »

« Tu t'apitoies sur ta mort ? » demanda le futur chef de clan.

« Non, je regrette de n'avoir pas été assez rapide. »

« Cela ne t'aurait pas sauvé. »

L'homme rit. « Comment aurais-je pu espérer m'en tirer après avoir fait une chose pareille ? »

« Tu es un homme digne de ce nom. Si tu as un dernier souhait, je te l'accorderai. »

« Renvoyez ma tête à mon maître pour qu'il sache que je lui ai été fidèle jusqu'au bout. Je ne fermerai pas les yeux avant d'être revenu près de lui. »

« Un serviteur dévoué... Je t'aurais apprécié si tu avais été à mon service. »

Ainsi, l'homme avait pour ultime requête que sa tête soit dépêchée à son maître, parce qu'il voulait le retrouver avant que ses yeux ne s'éteignent à jamais. « Sinon, ce serait humiliant pour un guerrier. »

Le premier jeune maître fit venir un rapide destrier ; et le reste fut simple, très simple. Le bourreau délia le torse du voleur, laissant ses pieds attachés au poteau, ce qui aurait fait tomber à genoux l'homme le plus robuste. Aryi père savait que le futur chef de clan, qui avait de la sympathie pour les braves guerriers, ne voulait pas que cet homme souffre. Alors, il leva son épée et envoya très vite la tête rouler au sol. D'habitude, une tête coupée tombait face contre terre et avalait une bonne bouchée de poussière, mais pas celle-ci ; elle resta face au ciel, avec une lueur dans les yeux et la trace d'un sourire moqueur au coin des lèvres. Je crus y voir un sourire de victoire, mais avant que j'aie pu la regarder de près, la tête fut enveloppée dans un tissu rouge et emportée sur un cheval qui fila comme le vent. Quand même, ce sourire avait quelque chose d'inhabituel et je me posai la question à voix haute. Mon frère railla : « Quelle vérité peut-on attendre d'un cerveau comme le tien ? »

Avant que j'aie pu lui répondre, Mère lui jeta : « Sa cervelle d'idiot a raison de temps à autre. Qui te dit qu'il a tort cette fois ? »

Le premier jeune maître, qui était en général accommodant, répliqua : « Ce n'était que le sourire d'un esclave qui a montré sa loyauté à son maître ! »

Les gens intelligents sont comme ça, débonnaires, mais ils répugnent à céder devant les autres. On peut s'entendre facilement avec eux, mais ils peuvent aussi être extrêmement têtus.

Chose étrange, le chef Wangpo envoya d'autres voleurs sur nos terres, deux cette fois. Nous les traitâmes de la même manière. Quand leurs têtes encore chaudes partirent sur des chevaux, le futur chef de clan observa d'une voix songeuse : « Cela devient un problème... »

Les hommes de Wangpo revinrent. Cette fois, ils étaient trois. Mon frère se mit à rire : « Wangpo se sert des têtes de ses esclaves pour se moquer de nous. Très bien, nous couperons toutes celles qu'il nous offrira. »

Mais nous ne rendîmes pas les trois dernières. Au lieu de cela, nous expédiâmes un messager sur un rapide coursier. Le message était simple : après les civilités d'usage, le chef Maichi félicitait le chef Wangpo pour le courage et la fidélité de ses esclaves. Ce dernier ne répondit pas, mais il envoya des gens chercher les têtes. Quant aux corps, il demanda à ce qu'ils soient bénis par des lamas avant d'être brûlés au bord de la rivière.

Avec tous ces événements spectaculaires, nous remarquâmes à peine l'arrivée du printemps.

Les graines qui avaient été récupérées furent redistribuées, pour être semées sur des étendues encore plus vastes.

15

CURE RATÉE

Ma famille décida que je devais aller inspecter les terres des Maichi.

C'était une expérience obligatoire pour tous les fils des chefs de clan lorsqu'ils atteignaient l'âge adulte.

Père dit que je pouvais emmener qui je voulais, sauf ma petite servante. Tharna pleura toute la nuit, mais je ne pus rien faire. Je choisis mes deux jeunes esclaves, Sonam Tserang et le futur bourreau, Aryi. Père désigna les autres membres de ma suite : l'intendant éclopé et une garde de douze hommes, armés d'une mitrailleuse et de fusils. Il y avait aussi un valet d'écurie, un lama pour prévoir les variations atmosphériques, un cordonnier pour réparer les souliers, un chaman pour détecter les aliments empoisonnés, un musicien et deux chanteurs. C'était tout.

Si je n'avais pas accompli ce voyage, je n'aurais jamais mesuré l'immensité des terres des Maichi ; et si je ne l'avais pas entrepris, je n'aurais jamais su ce que c'était que d'être chef de clan.

Nos vassaux venaient m'accueillir avec leur peuple à chaque halte. Lorsque nous apparaissions dans le lointain, ils chantaient et jouaient du cor. Puis, quand nous approchions, les gens se prosternaient dans la poussière soulevée par mes chevaux, et demeuraient courbés jusqu'à ce que je les aie salués en mettant pied à terre. Mais ils faisaient voler encore plus de poussière quand ils se relevaient en secouant leurs manches. Au début, elle faillit m'étouffer, et des serviteurs accoururent pour me taper sur le dos et me donner de l'eau. Plus tard, j'appris à passer devant les foules avant de les inviter à se lever. Sonam Tserang était mon porteur de fusil, et je dois dire qu'il adorait les armes. Ses yeux s'illuminaient quand il tenait un fusil en main. Lorsque je savourais les mets que l'on m'offrait avec les membres de ma suite, il préférait rester debout derrière moi avec son arme.

Nos vassaux m'accueillaient toujours dans un pré attenant à leurs forteresses, où ils faisaient planter des tentes spécialement pour que j'y reçoive des courbettes, déguste des festins et regarde chanter et danser. Ils profitaient aussi de l'occasion pour me présenter des membres importants de leur entourage : anciens du domaine, intendants, chefs de forteresses moins puissantes, braves guerriers qui s'étaient conduits vaillamment au combat, ou artisans et ouvriers doués de talents ou de savoir-faire particuliers ; et bien sûr, il y avait aussi des jolies filles. Je proférais toujours des tas d'absurdités qu'elles trouvaient invariablement intéressantes, même si moi, j'en étais moins sûr. Je disais tout ce qui me passait par la tête, que ce fût opportun ou pas ; mais l'intendant estropié s'efforça de m'expliquer que je ne devais pas faire cela. Il me dit haut et fort, devant une foule de gens, qu'il était important que les sujets du chef de clan apprennent les bienfaits que ma famille dispensait et les aspirations qu'elle nourrissait. « Tais-toi, lui soufflai-je. Nous vivons peut-être dans la même forteresse, mais tu ne peux savoir ce que je pense. »

Après quoi, je me tournai vers ceux qui étaient à genoux à mes pieds. « Ne faites pas attention à moi. Je suis le célèbre fils idiot du chef de clan. »

Ils répondirent, comme il convenait, par un profond silence.

Sur ce, j'offris à Sonam Tserang de venir manger les plats que nous ne pouvions finir : une cuisse de chèvre, des cruches de vin, et des chapelets de saucisses. Il y avait aussi quelque chose de plus rare, des bonbons enveloppés dans du papier de couleur, importés du pays des Han. Je dis à Aryi d'en mettre de côté. Sonam Tserang, après s'être joyeusement empiffré, rota, puis ramassa son fusil pour monter la garde. Quand, malgré mon conseil, il refusa de se reposer, je dis : « Alors, va t'exercer au tir. Prends Aryi avec toi et fais-le tirer un peu aussi. »

Même dans un exercice aussi simple que le tir au fusil, Sonam Tserang arrivait à s'épuiser, car il ne tirait que sur des cibles vivantes. Aryi ne tarda pas à revenir en disant : « Sonam Tserang est parti chasser dans les montagnes. »

Je lui demandai pourquoi il ne l'avait pas accompagné.

« C'était trop fatigant », dit-il en souriant.

« Tu t'intéresses seulement aux cibles attachées au poteau, hein ? » le taquinai-je.

Il me répondit par un nouveau sourire.

Le soir, nos vassaux m'envoyaient des jolies filles. J'en avais une différente chaque nuit, ce qui n'alla pas sans poser des problèmes d'étiquette. Mais l'intendant parvint à obtenir un traitement semblable en faisant bien comprendre aux gens que le fils du chef Maichi était un idiot. Ils le traitèrent alors comme le vrai représentant du chef de clan, un personnage important investi d'un réel pouvoir. Cela marcha plutôt bien, car il reçut des femmes et d'autres sortes de cadeaux. Trouvant qu'il poussait un peu loin cette histoire d'idiot, je lui glissai un jour : « As-tu peur d'Aryi ? »

Il répondit : « Son père a peur de moi. »

« Peut-être, un jour, sera-ce toi qui le craindras. »

Il voulut m'en faire dire davantage, mais je changeai de sujet, me conduisant vraiment comme un idiot. Somme toute, ce voyage, en plus des agréments qu'il présentait, m'aida aussi à grandir vite. Je savais, à présent, quand je devais surprendre ceux qui me méprisaient en ayant l'air d'être la personne la plus intelligente du monde. Puis, quand je leur avais fait assez peur pour qu'ils me traitent comme un garçon intelligent, j'agissais à nouveau stupidement. Par exemple, je profitais amplement des filles que nos vassaux m'envoyaient toutes les nuits. Mais si quelqu'un disait que le fils du chef de clan devrait être plus discret, l'un de mes serviteurs expliquait que le fils du chef Maichi, celui de la femme han, était bête. En revanche, Sonam Tserang n'était pas dérangé par les bruits qui sortaient de ma tente. Le fusil à l'épaule, il montait la garde au dehors, plus fidèle que jamais.

Aryi me témoignait une égale loyauté. Quand il se promenait dans la région, avec son allure bien reconnaissable, les gens faisaient toujours comme s'il était invisible. Il savait tout ce qui se disait, mais je ne lui demandai jamais de me le rapporter. Lorsque nous voyagions sur les terres de nos vassaux, à travers les vallées, les rivières et les cols des montagnes, et que les chanteurs s'enrouaient quand notre caravane s'étirait sous un soleil torride, Aryi la remontait pour venir chevaucher à mes côtés. Il toussait légèrement avant de me signaler qu'un tel avait dit ceci et un autre cela, toujours d'une manière calme et objective, dépourvue d'émotion. J'exhortais souvent mes deux jeunes esclaves à se lier d'amitié.

Un soir, la fille envoyée par un de nos vassaux parut préoccupée. Elle semblait avoir subi une sorte d'humiliation. Je lui demandai pourquoi elle était malheureuse, mais elle refusa de répondre et je voulus savoir si les gens lui avaient dit que j'étais un idiot. Elle avoua en faisant la moue: « Même si ce n'est que pour une nuit, je veux que l'homme dont je partage le lit éprouve un sentiment pour moi. Mais vous, vous ne le pouvez pas. »

Je lui demandai comment elle savait que j'en étais incapable.

Elle hocha la tête: « Tout le monde dit que vous êtes un idiot. »

Cette nuit-là, je quittai la tente et dis à mes esclaves de coucher avec elle. Assis non loin de là, j'entendis Sonam Tserang gémir et haleter comme un ourson pris au piège. Quand il réapparut, la lune était haute dans le ciel. Puis, je dis à Aryi d'entrer à son tour, et je l'entendis s'ébrouer comme un poisson hors de l'eau.

Au matin, je dis à la fille: « Tu manqueras à ces deux-là. » Elle s'agenouilla devant moi, le front contre mes bottes. « Tu peux dire aux gens que tu as passé la nuit avec le jeune maître », ajoutai-je.

Mais comprenant que ces manières pouvaient déplaire au vassal qui m'accueillait, je décidai de rester sur mes gardes. Lorsque l'on m'apporta à boire et à manger, je fis venir le chaman pour qu'il teste les aliments avec des baguettes d'argent et le vin avec du jade. S'ils avaient été empoisonnés, le jade et les baguettes auraient changé de couleur. Notre vassal en eut manifestement une attaque, car je vis trembloter sa barbe bien soignée. À la fin, incapable de se contrôler, il courut jusqu'à ma table et fourra des morceaux de chaque plat dans sa bouche. Il manqua s'étouffer en cherchant à tout avaler. Après avoir repris son souffle, il jura: « Que le ciel et la lune m'en soient témoins, jamais un chef Maichi n'a douté de ma loyauté. Au lieu de se conduire comme cela, je préférerais que le jeune maître me fasse tuer. »

Je savais que j'avais commis une offense impardonnable, mais mon inquiétude s'évanouit quand je me rappelai que je n'étais qu'un idiot.

L'intendant éclopé murmura : « Je ne dirai rien sur la façon dont vous traitez les autres vassaux de votre père, mais vous ne devez pas faire cela au chef Songpa. »

« Alors, pourquoi as-tu emmené un chaman pour tester les plats ? » demandai-je.

L'intendant se tourna vers notre vassal. « C'est de ma faute. Je n'ai pas bien expliqué les choses au jeune maître. »

Le chef Songpa ne mangea plus une bouchée de tout le repas. Il ne pouvait tout simplement pas croire que mes actes étaient ceux d'un idiot. Quand le thé fut servi, l'intendant s'assit près de lui. Ils me regardaient constamment, et je savais ce qu'ils disaient :

« Le jeune maître est un idiot, conçu par une femme han et le maître un soir d'ivresse. »

« Qui me dit qu'il n'a pas une personne intelligente auprès de lui pour l'aider à susciter des conflits ? »

L'intendant éclata de rire. « Mais de quoi parlez-vous ? Lui, aidé par une personne intelligente ? C'est risible. Regardez ces deux gars derrière lui, celui qui a l'air d'un cadavre et l'autre qui porte un fusil. Voilà ses fidèles serviteurs. Vous ont-ils l'air malin ? »

J'étais en train de me dire que je n'avais pas de raison de ne pas aimer le chef Songpa, puisqu'il était un partisan des Maichi ; donc, pour lui faire plaisir, j'annonçai haut et fort que nous resterions un jour de plus sur ses terres, pour compenser la peine que je lui avais causée. Sa vieille tête rayonna, et je fus heureux d'avoir pris une décision qui plaisait à mon hôte.

Mais son euphorie se changea en ébahissement quand je dis : « Demain, nous ferons une partie de chasse. » Toutes les personnes présentes se mirent à jacasser, bourdonnant comme un essaim de frelons effarouchés.

Aryi me chuchota : « Jeune maître, normalement, on ne fait pas de parties de chasse au printemps. »

Alors, je me souvins. Bon sang ! C'était la saison où les bêtes mettaient leurs petits au monde ! Si l'on tuait une femelle, on risquait de tuer aussi toute sa portée. Voilà pourquoi la chasse était interdite à cette époque de l'année. J'avais oublié cette règle essentielle. D'habitude, quand les gens me traitaient comme un idiot, je jouissais du plaisir de les avoir bernés. Cette fois-ci, je savais que j'étais vraiment un imbécile, mais je ne pouvais pas revenir sur ma décision, car être considéré comme un idiot n'était rien à côté de ce qu'on aurait alors pensé de moi.

Dès que la partie de chasse commença, je vis bien que tout le monde s'efforçait de me ménager; avec une quantité d'hommes et de chiens, nous encerclâmes un tout petit ravin. Nous eûmes beau débusquer tout un tas de gibier, aucune bête ne tomba, malgré une pluie de balles; et en dépit de ma gêne, je fus bien obligé de tirer. Après avoir abattu deux chevreuils, je me retournai et tirai dans les buissons. La partie de chasse s'acheva à la hâte, et j'ordonnai que les chevreuils soient donnés en pâture aux chiens.

Je ne pris pas plaisir au trajet du retour.

Le chef Songpa chevauchait à mes côtés, à présent convaincu que j'étais un peu dérangé. C'était un brave homme, et il quêta mon indulgence. « Comment un vieillard comme moi a-t-il pu vous traiter ainsi? S'il vous plaît, jeune maître, ne m'en gardez pas rancune. »

J'avais envie de dire que je n'étais qu'un idiot, mais touché par sa sincérité, je ravalai mes paroles. Au lieu de cela, je répondis: « Je ne suis pas toujours comme ça. »

Mon honnêteté le poussa à répondre: « Je sais, je sais. » Il avait un remède qu'il voulait me donner, et il me pria de l'accepter. J'acquiesçai.

Alors, il me tendit des pilules colorées que lui avait offertes un moine itinérant. Elles avaient été composées à base de lumière et de vent. C'était, pour le moins, une étrange recette. Après avoir quitté les terres du chef Songpa, nous voyageâmes un jour entier sous un soleil de plomb, jusqu'au moment où ma tête se mit à bourdonner comme une ruche. Vaguement seul et en proie à l'ennui, je jetai, par curiosité, une pilule dans ma bouche, pensant que la lumière qu'elle contenait me percerait comme une lance et que le vent s'élèverait dans mon estomac pour m'envoyer au ciel. Mais au lieu de cela, ma bouche s'emplit d'un goût étrange, et j'eus la sensation que des poissons faisaient des ronds dans mon ventre. Sur ce, je vomis plusieurs fois, jusqu'à ce que je sente le goût amer de ma bile. En me frottant le dos, mon intendant me dit : « Se peut-il que vous ayez eu raison de vous méfier de lui ? A-t-il vraiment tenté d'empoisonner le jeune maître ? »

« Que gagnerait-il à empoisonner un idiot et un éclopé ? » répliquai-je, en jetant malgré tout les pilules sur la route.

16

LES OREILLES EN FLEURS

À la fin du printemps, nous n'avions pas inspecté la moitié des terres du chef de clan.

Quand l'été arriva, nous atteignions la frontière sud, et nous nous apprêtions à remonter vers le nord. Alors, l'intendant m'annonça que l'inspection ne s'achèverait pas avant l'automne.

Devant nous s'étendait la frontière sud, où les terres des Maichi bordaient celles de Wangpo. Ce fut là que je reçus un message de mon père, m'enjoignant de rester un peu plus longtemps à la frontière. Son intention était claire : il voulait que le chef Wangpo nous attaque, petite troupe à l'allure inoffensive menée par un estropié et un idiot. Mais Wangpo n'était pas stupide. Il ne voulait pas provoquer le puissant chef Maichi et lui donner ainsi un prétexte pour l'écraser. Nous avions franchi à dessein la frontière de ses terres, mais ses hommes se contentaient de suivre nos mouvements sans se montrer.

Par un matin de pluie, l'intendant éclopé me dit : « Nous ne sortirons pas aujourd'hui, car ils n'oseront rien entreprendre. Profitons-en pour nous reposer. Demain, nous irons vers le nord. »

Pendant que l'averse tombait, le valet d'écurie ferra les chevaux et les gardes nettoyèrent leurs fusils. Deux chanteurs fredonnaient à tour de rôle, l'un sur un ton aigu, l'autre d'une voix plus basse. Dépliant une feuille de papier, l'intendant écrivit une longue lettre au chef Maichi pour lui rendre compte de la situation à la frontière, pendant que je restais au lit à écouter la pluie tambouriner sur la tente.

Les tireurs du chef Wangpo étaient dissimulés entre les arbres, leurs viseurs pointés sur nous. Avoir un fusil braqué sur soi est un peu comme être piqué par un insecte — c'est une sensation irritante, légèrement douloureuse. Mais ils n'osèrent pas ouvrir le feu, et nous savions exactement où ils étaient cachés. Notre mitrailleuse était chargée et prête à tirer ; au moindre geste, une grêle de balles s'abattrait sur eux. J'arrivais malgré tout à contempler le paysage. Le meilleur moment pour admirer les montagnes est celui où le ciel est dégagé après la pluie. Ce n'est qu'à cet instant que les choses revêtent les couleurs les plus vives, baignées dans une lumière exquise. Nous étions passés par ici à de nombreuses reprises, et à chaque fois, j'avais vu des fleurs éclatantes sous les pins au bord de la route. Mais aujourd'hui, elles avaient l'air particulièrement jolies, si bien que je les désignai à l'intendant. « Mais ce sont nos fleurs de pavot ! » s'exclama-t-il.

C'est exactement ce qu'il dit : « Nos fleurs de pavot... »

Il apparut aussitôt que c'étaient bien les fleurs qui avaient enrichi la famille Maichi. Il y en avait trois plants, très hauts sous le soleil, couronnés de fleurs chatoyantes. Alors, l'intendant déploya nos forces, et nous nous approchâmes. Les tireurs à l'affût firent feu immédiatement. Il y eut quatre coups retentissants, comme si quelqu'un tapait sur un gong fêlé. Les tireurs avaient dû trembler de peur, car ils ne firent parmi nous qu'un mort et un blessé. Le chaman qui testait les aliments tomba face contre terre, en s'agrippant à une touffe d'herbe. Un des chanteurs s'affaissa, en se tenant l'épaule, du sang coulant entre ses doigts. Le silence régna quelque temps avant la riposte de nos hommes. Puis, le feu de la mitrailleuse résonna comme la grêle. Après quoi, un silence de mort retomba dans les bois, seulement interrompu par le bruit des feuilles brisées qui voletaient vers le sol. Les quatre tireurs ennemis gisaient morts sous les arbres, recroquevillés comme s'ils avaient peur du froid.

Je ne me rappelle pas pourquoi, mais au lieu d'arracher simplement les pavots, j'ordonnai à mes hommes de creuser la terre avec leurs baïonnettes. Les mots manquent pour décrire ce que nous y trouvâmes. Sous les plants de pavots, nous vîmes trois boîtes en bois, dans lesquelles reposaient trois têtes en décomposition. Les plantes poussaient dans leurs oreilles. Si vous vous rappelez, nous avions décapité les voleurs de pavots et rendu peu après leurs têtes au chef Wangpo. Eh bien, les voleurs avaient enfoui les graines dans leurs oreilles avant de se faire prendre ; le chef Wangpo les avait récupérées dans les têtes des hommes qui avaient sacrifié leur vie pour lui.

Et il avait immortalisé ces héros par des fleurs qui plongeaient leurs racines dans leurs crânes.

Renonçant à notre voyage dans le nord, nous nous hâtâmes de revenir au domaine ; et nous nous accordâmes à dire, en chemin, que la nouvelle allait étonner tout le monde.

Mais leur surprise, surtout celle de mon frère, dépassa de très loin ce que nous attendions.

Cet homme intelligent bondit de sa chaise en s'écriant : « Des fleurs qui poussent dans les oreilles des morts ? Comment cela se peut-il ? »

Jusqu'alors, il m'avait toujours traité avec gentillesse. En un mot, aucun frère, dans l'histoire de la famille Maichi, n'avait jamais été aussi bon envers son cadet. Mais il en alla autrement ce jour-là. Il pointa sur moi un doigt méprisant et déclara : « Que peut donc savoir un idiot comme toi ? » Puis il se précipita vers l'intendant en hurlant : « Vous avez fait tous deux un mauvais rêve ! »

Au fond de moi, je ne pus m'empêcher de le plaindre. Il était l'être le plus intelligent du monde, sa seule faiblesse étant de craindre que l'on pût parfois en douter. Bien qu'il eût l'air d'habitude assez blasé, il n'était pas pour autant un homme indifférent : il cachait sous cette attitude une vraie compréhension des choses et une aptitude à résoudre les problèmes sans trop d'efforts. En voyant son expression peinée, je regrettai sincèrement de n'avoir pas fait un mauvais rêve, et de ne pas m'être réveillé à la frontière sud, avec la pluie tombant autour de moi.

Mais c'était vraiment vrai.

Je frappai dans mes mains. Sonam Tserang entra et ouvrit les paquets qu'il portait.

La femme du chef de clan se couvrit aussitôt le nez avec un mouchoir de soie. Tharna n'osa pas faire cela, mais j'entendis son haut-le-cœur quand une odeur pestilentielle se répandit dans la pièce. Chacun s'approcha lentement des têtes en décomposition, et mon frère tira sur les feuilles pour prouver qu'on avait planté les pavots dans leurs oreilles. Ce faisant, il souleva une tête pourrissante et secoua la plante. Un cri de surprise jaillit de la bouche de la femme du chef de clan. La tête se désintégra sous nos yeux et s'effondra en miettes. Nous suivions à présent la trace des racines dans les conduits auditifs, où les vrilles poussaient et se propageaient dans la substance grise.

Se tournant vers mon frère, le chef Maichi observa : « Il semble qu'elles ont poussé toutes seules et que personne ne les a plantées. »

Mon frère allongea le cou en disant, avec un désarroi évident : « Je le pense aussi. »

Le lama Monpa, qui s'était tu jusqu'alors, prit la parole. Nous l'appelions « lama » seulement parce qu'il aimait qu'on lui donnât ce titre, car c'était en réalité un chaman versé dans l'astrologie et les incantations. Il demanda dans quelle direction les têtes avaient été ensevelies. Je répondis le nord, en direction de nos terres. Puis il voulut savoir si elles avaient été inhumées sous des arbres. J'acquiesçai. « C'est bien ça, nous dit-il. Notre ennemi n'a pas seulement volé nos graines, il nous a également maudits en nous jetant le pire des maléfices. » Il se tourna vers mon frère. « Ne me regardez pas comme ça, premier jeune maître. C'est la famille Maichi qui me fait vivre, alors je dois dire tout ce que je sais. »

La femme du chef de clan l'exhorta : « N'ayez pas peur, lama. Dites-nous tout. »

« Quel genre de sort ont-ils jeté sur nous ? » demanda le chef Maichi.

Le lama Monpa reprit : « Je ne peux rien dire avant d'avoir vu ce qui était placé auprès des têtes. Le deuxième jeune maître a-t-il tout rapporté ? »

Nous y avions veillé, bien sûr.

Le lama Monpa parfuma la pièce avec de l'encens *Nuage blanc* avant d'aller examiner tous nos paquets. Mon frère sortit avec lui. Alors, le chef de clan demanda à l'intendant comment nous avions découvert les têtes. Ce dernier lui fit une description vivante, en insistant longuement sur le rôle du deuxième jeune maître. Le chef de clan jeta un coup d'œil à Mère, puis me regarda bizarrement. Sur quoi, il soupira et je compris qu'il se disait : « Et puis zut, à la fin, c'est toujours un idiot. » Il m'annonça toutefois : « Tu inspecteras le nord, l'an prochain. Je te donnerai une suite plus importante. »

« Alors, tu ne remercies pas ton père ? » lança Mère.

Je demeurai sans voix.

Le lama Monpa revint pour nous communiquer son interprétation : « Le chef Wangpo a jeté un mauvais sort à vos pavots. Il veut les détruire en faisant pleuvoir sur eux des grêlons gros comme des œufs à la saison de leur floraison. »

Le chef de clan poussa un long soupir. « Très bien. Si c'est la guerre qu'il veut, il l'aura. Sur-le-champ. »

Ils se plongèrent dans une longue discussion, et je ne tardai pas à m'endormir.

L'aube pointait lorsque je m'éveillai. Quelqu'un m'avait enveloppé dans une couverture. Je fis signe au lama Monpa, car je me rappelai quelque chose. Il me demanda dans un sourire : « Qu'a vu le jeune maître ? »

Je lui parlai des pilules que m'avait données le chef Songpa, celles dont je m'étais débarrassé. Il s'écria aussitôt : « De quelle sorte de pilules s'agit-il ? Qui, de nos jours, possède le talent de créer des pilules de lumière et de vent ? Jeune maître, les avez-vous jetées sur la route sans en avoir goûté une avant ? »

« Non, non. »

« Alors, vous avez vomi, et vous avez eu une sensation étrange, comme si des vers rampaient hors de votre estomac, n'est-ce pas ? »

« Pas des vers, précisa l'intendant. Le jeune maître a dit que c'étaient des poissons. »

En tapant du pied, le lama affirma : « Mais c'est ça ! C'est bien ça ! Vous auriez été guéri si vous aviez vomi tout ce que vous aviez dans l'estomac. » C'était, après tout, un lama, et il avait son mot à dire sur tout. « Parfait, reprit-il. Cela n'a pas marché pour vous, mais nous ne devrions pas avoir de mal à triompher du chef Wangpo. »

Je demandai à Père : « Cela veut dire que c'est la guerre ? »

Il opina.

« Nommons-la la Guerre des Pavots », proposai-je.

Ils m'accordèrent à peine un regard. Dommage qu'il n'y ait eu personne pour écrire mes propos.

À l'époque où le premier chef Maichi était venu au pouvoir, un historien avait consigné tous ses actes et ses paroles. C'est ainsi que nous savions tout ce qu'avaient fait les trois premières générations des Maichi, ce qu'elles avaient mangé et ce qu'elles avaient dit. Puis, il y avait eu un homme qui avait consigné des faits un peu gênants, et le quatrième chef du clan Maichi l'avait fait mettre à mort. À dater de ce jour, nous n'eûmes plus d'historien, de sorte que nous ignorions ce qu'avaient pu faire nos autres ancêtres. La lignée des historiens était née en même temps que celle des bourreaux ; le bourreau existait encore, l'historien avait disparu. Quelquefois, je me disais dans ma tête d'idiot que j'aurais un historien si je devenais chef de clan. Ce serait sûrement intéressant de lire les annales de temps en temps pour voir ce que j'aurais fait et dit. J'annonçai même un jour à Sonam Tserang : « Plus tard, tu seras mon historien. »

Mon esclave s'écria aussitôt : « Alors, je ferai échange avec Aryi. Il pourra être votre historien et moi, je serai le bourreau. »

Si nous avions eu un historien ce jour-là, il aurait été derrière moi, léchant le bout de son crayon avant d'écrire ce nom terrible : la Guerre des Pavots...

17

LA GUERRE DES PAVOTS

« De toute façon, déclara Mère, il ne faut pas trop s'inquiéter, car les graines des plantes finissent toujours par s'envoler. Même si on ne nous les dérobe pas, le vent les poussera au-delà des frontières, ou bien, les oiseaux les emporteront. Ce n'est qu'une question de temps. »

Père lui demanda si elle pensait que nous devions assister à cela sans rien faire.

Mère fit observer que nous pouvions en tirer prétexte pour attaquer l'ennemi, mais qu'il ne servait à rien de se tourmenter. Elle dit aussi que nous devrions demander l'appui de l'émissaire spécial Huang si nous décidions d'en faire une cause de guerre.

Pour une fois, Père ne trouva rien à redire à son idée.

Ce fut aussi la première fois qu'une lettre de la famille Maichi fut écrite par la maîtresse, et en chinois de surcroît. Au moment où elle s'apprêtait à la sceller, mon frère, qui était chargé de la remettre, dit : « Ce ne sera pas nécessaire. Je ne sais pas lire la langue des Han. »

« Je ne craignais pas que tu la lises, répondit Mère avec cordialité. Je voulais simplement lui montrer que les Maichi connaissent parfaitement l'étiquette épistolaire. »

Avant le retour de mon frère, nous apprîmes de source sûre que de nombreux chamans travaillant pour le chef Wangpo se massaient à la frontière sud pour jeter des mauvais sorts à notre famille.

Une guerre extraordinaire allait bientôt éclater.

Nos chamans érigèrent un autel sur une petite colline, près de la maison du bourreau. Conduits par le lama Monpa, ils revêtirent des habits de couleurs vives et coiffèrent de curieux chapeaux, apportant de nombreux instruments rituels et objets sacrificiels pour les dieux et les esprits. Il y avait là toutes les armes employées à travers l'histoire, depuis les couteaux en silex, les haches et les flèches à pointe de pierre, jusqu'aux catapultes et aux mousquets. Les seuls engins qui manquaient étaient nos mitrailleuses et nos fusils. Le lama Monpa m'expliqua que les esprits qu'il convoquait ne sauraient pas se servir de ces armes modernes ; et tout en me parlant, il gardait un œil sur le ciel. La journée était belle et de légers nuages flottaient dans un ciel bleu comme la mer. Les lamas les scrutaient sans cesse de peur qu'ils ne changent brusquement de couleur. Ces nuages blancs étaient de bon augure, mais les lamas du côté ennemi faisaient tout ce qui était en leur pouvoir pour leur insuffler des coups de tonnerre, y introduire de longs éclairs et une avalanche de grêlons.

Un jour, des nuages en tous points semblables à cela s'élevèrent dans le sud et se mirent à flotter vers nous.

Le combat des chamans était plus acharné qu'une bataille au couteau et au fusil.

Dès que les nuages noirs apparurent dans le ciel, le lama Monpa coiffa un immense casque de guerrier. On aurait dit un personnage sorti d'une pièce de théâtre. Il portait toutes sortes de drapeaux rituels, et il en choisit un pour faire des signaux, qui déclenchèrent de multiples instruments sonores : des tubes en peau de serpent, des cloches, des tambours et des *suonas*. Tous résonnaient sur la colline. Les nuages noirs s'arrêtèrent au-dessus de nous, et ils se déchaînèrent à grand bruit. Ils étaient noirs en leur centre, colorés sur les bords par les mauvais sorts, et le tonnerre grondait au-dessus de nos têtes. Finalement, leur noirceur fut dissipée par les incantations de nos chamans, les offrandes sacrificielles déposées sur l'autel, et par nos armes qui, même si elles pouvaient paraître des jouets, étaient des amulettes puissantes contre les démons et les esprits. Les pavots des Maichi, le domaine et les hommes étaient à nouveau baignés par un soleil éclatant. Brandissant une épée extraordinaire, le lama Monpa, suant et haletant, dit à mon père que la grêle des nuages s'était changée en pluie, et qu'il attendait son ordre pour la projeter vers la terre. À voir la tension sur son visage, on aurait dit qu'il contenait la pluie avec son épée.

Avec un regard grave, le chef Maichi lui dit : « Allez-y, si vous me promettez que ce n'est que de la pluie. »

En poussant un long sifflement, le lama Monpa rengaina son épée, et le bruit qui régnait sur la colline s'arrêta.

Un grand vent s'éleva, mais les nuages noirs cessèrent de s'agiter comme un estomac torturé. Puis ils se dispersèrent, avant de déverser un torrent de pluie. Assis au soleil, nous regardâmes l'averse tomber non loin de nous. Le lama Monpa, qui s'était effondré sur le sol, fut soulagé de son casque et porté sous la tente. Je me précipitai pour voir cet objet imposant, qui pesait plus de treize kilos. Je m'étonnai que le lama ait été assez fort pour courir en tous sens lesté d'un tel poids, tout en agitant son épée pour exhiber ses pouvoirs magiques.

Le chef de clan entra alors dans la tente du lama, où les jeunes et futurs chamans épongeaient le front en sueur du chaman en place. « Je comprends que vous transpiriez, observa Père. Mon fils ne se doutait pas que votre casque était si lourd. »

Le lama Monpa était encore si faible qu'il chuchota d'une voix rauque : « J'ai oublié son poids à l'arrivée des dieux que j'avais appelés. »

Alors, les moines du Bouddha vivant Jeeka — ceux qui n'avaient pas de pouvoirs magiques, mais n'avaient pas cessé de réciter des soutras — se mirent à psalmodier d'une voix plus forte. Je trouvai cela inutile, car la grêle s'était déjà changée en pluie. Le lama

Monpa ajouta : « Je parie que les gens du chef Wangpo récitent également des soutras, en croyant qu'ils ont réussi. »

Le chef Maichi répliqua : « Mais nous avons gagné. »

Le lama le mit en garde : « Ce n'était que la première bataille. » Sur quoi, pour garantir le pouvoir de sa magie, il nous enjoignit de ne pas quitter la montagne et d'éviter les femmes et autres choses impures.

La deuxième bataille commença lorsque nous envoyâmes, nous aussi, de la grêle à l'ennemi.

La magie était spectaculaire, mais j'en avais assez — le ciel était aussi clair que s'il avait été lavé, et je ne voyais pas de changements météorologiques. Trois jours plus tard, nous reçûmes un rapport annonçant que des grêlons de la taille d'œufs de poulet avaient pilonné les terres du chef Wangpo, écrasant ses récoltes et créant une inondation qui avait balayé ses vergers. Wangpo, dont les terres se trouvaient au sud, n'avait pas de pâturages ; mais il était fier de ses vergers où poussaient des arbres innombrables. Son opposition à la famille Maichi venait de lui coûter tous ses arbres fruitiers. Mais nous ignorions ce qui était arrivé à ses pavots, car aucun de nous ne savait où et combien il en avait planté. Peut-être avaient-ils complètement disparu de ses terres.

Père annonça à la cantonade que nous attaquerions le chef de clan Wangpo dès que mon frère serait rentré du pays des Han.

Alors que nous savourions un bon repas au sommet de la colline, un tintement de grelots résonna dans le vent. « Devinez qui vient ? » demanda le chef de clan. Nous nous creusâmes la tête, sans succès. Après avoir jeté des cailloux blancs et noirs sur un échiquier devant lui, le lama Monpa soupira. Il dit qu'il ne connaissait pas l'identité du nouvel arrivant, mais qu'il était sûr qu'il passait par des temps difficiles, car la pierre de sa naissance était tombée à un endroit néfaste. Lorsque nous sortîmes de la tente, nous vîmes une tête s'élever du bas de la colline, suivie des oreilles pointues d'une mule. Cela faisait longtemps que nous ne l'avions pas vu ; les gens disaient qu'il était devenu fou.

Il monta droit vers nous. Il était maigre et pâle. On apercevait les bords usés de ses soutras sur le dos de sa mule.

Le chef Maichi souleva son chapeau à son approche.

Mais il lui rendit son salut en disant : « Je ne veux pas parler aujourd'hui au chef de clan, sauf pour lui dire que j'espère qu'il ne se mêlera pas des affaires internes de notre foi bouddhique. »

Le chef de clan sourit : « Comme vous voudrez, maître. »

Bien entendu, il ajouta : « Le maître ne va-t-il plus prêcher la meilleure religion du monde ? »

« Non. » Le jeune moine secoua la tête : « Je ne peux pas reprocher à un chef de clan barbare de refuser la douce rosée sage et éclairée, car ce sont des hommes en soutane qui ont ruiné notre religion. »

Après quoi, il s'avança vers le Bouddha vivant Jeeka et, en découvrant son bras droit, il se coiffa d'un chapeau jaune. C'était un geste que nous connaissions bien, une invitation à un débat spirituel. Dans notre histoire religieuse, de nombreux moines s'étaient acquis le soutien des puissants en gagnant ces débats quand ils avaient quitté l'Inde pour venir au Tibet. Le débat qui suivit dura un long moment, jusqu'à ce que le visage du Bouddha vivant devînt rouge comme un foie de vache. Bien qu'il eût apparemment perdu, ses disciples le déclarèrent tous vainqueur. Ils accusèrent aussi l'arrogant nouveau venu de s'attaquer au chef Maichi en affirmant que le monde n'avait pas besoin de chefs de clan. Il disait que Lhassa devait être le seul centre pour les Tibétains aux cheveux noirs, et qu'il ne devrait pas y avoir de suzerains barbares qui étaient si bien avec les gens de l'est.

Le chef Maichi, qui avait écouté tout du long, déclara : « Le malheur s'abattra sur toi, qui es venu de la ville sainte. »

L'homme leva au ciel des yeux remplis de larmes, comme s'il pouvait y voir l'ombre de son infortune. Il refusa de répondre. « Vous pouvez me tuer, dit-il finalement, mais je veux que vous sachiez que j'ai remporté ce débat. »

Lorsqu'on ligota Wangpo Yeshi, le moine de la nouvelle secte, le Bouddha vivant Jeeka parut triste, mais ce n'était qu'un petit frisson de conscience. Plus tard, le chef Maichi répéta à plusieurs reprises qu'il aurait relâché Wangpo Yeshi si le Bouddha vivant avait intercédé pour lui. Nul ne savait si c'était vrai. Mais ce jour-là, le Bouddha vivant Jeeka, même s'il éprouvait de la pitié pour son adversaire, demeura muet. Ce fut le jour où je cessai d'aimer le Bouddha vivant qui, à mes yeux, n'en était pas vraiment un. Quand un Bouddha vivant cesse d'être un Bouddha vivant, il n'est plus rien. Monpa n'était pas réellement un lama, mais un puissant chaman, qui aimait que les gens lui attribuent ce titre. Il dit, quant à lui, au chef Maichi : « Ce n'est pas une bonne idée de tuer quelqu'un en ce moment, surtout un homme qui porte soutane. »

Père ordonna par conséquent de faire jeter au cachot celui qui prônait la suppression des chefs de clan.

Nous, nous restâmes sur la colline.

Le lama Monpa pratiqua des divinations, qui montrèrent toutes que durant la bataille finale, le chef Wangpo s'en prendrait à un membre de notre famille. Le maléfice opérerait en offrant du sang menstruel en sacrifice à tous les esprits mauvais qui n'avaient pu renaître à cause de leurs méfaits. Père et le lama Monpa allèrent même jusqu'à décider que si nous ne pouvions soutenir cette attaque, il faudrait sacrifier un membre de la famille. Je me dis que ce ne pourrait être que moi, car sacrifier un idiot serait un moindre mal. Cette nuit-là, je souffris de migraines, ce qui me poussa à croire que le parti ennemi avait commencé ses œuvres magiques. Je déclarai à Père, qui était venu à mon chevet : « Ils ont trouvé la bonne personne, car c'est moi qui ai découvert leurs noirs desseins. Ils se seraient concentrés sur moi, même si tu n'avais pas été amené à me sacrifier. »

En prenant délicatement mes mains glacées, Père répondit : « C'est une bonne chose que ta mère ne soit pas là, car elle souffrirait le martyre. »

Sur ce, le lama Monpa s'affaira fébrilement à m'asperger d'eau pure, bénie par des incantations. Il m'expliqua que c'était un bouclier de cristal pour empêcher les démons d'entrer dans mon corps, et dans la deuxième moitié de la nuit, les mystérieux auteurs de mes affreuses migraines s'éloignèrent au clair de lune.

Le lama Monpa annonça : « Je suis heureux de dire que je n'ai pas exercé ma magie en vain. Le jeune maître va pouvoir jouir d'une bonne nuit de sommeil. »

Mais je n'arrivai pas à dormir. Allongé sous la tente, je vis une lune croissante s'élever dans le ciel, jusqu'à ce qu'elle atteigne la brillante Vénus. Soudain, je vis mon avenir. Ce n'était pas très clair, mais je crus que cette vision troublée me laissait présager une bonne destinée. Alors, je m'assoupis. Quand je me réveillai, j'avais tout oublié.

Lorsque je me levai, je baissai les yeux sur le domaine, paré de la lumière du matin. Je vis un ruban d'argent couler vers le portail, et bifurquer soudain à l'endroit où le lit de la rivière était formé de roches rouges. Je vis aussi des gens restés en bas qui allaient et venaient tranquillement sur les vérandas. Tout avait l'air normal, mais je sentais qu'il allait se produire quelque chose.

Je ne voulus révéler cela à personne. J'avais été le premier à découvrir nos pavots sur une terre ennemie, et cela m'avait presque coûté la vie. Je rentrai dans ma tente et je me recouchai. Mais je n'arrivai pas à trouver le sommeil. Après tout ce qui s'était passé, j'avais un peu grandi. La lumière faisait peu à peu des percées dans mon esprit. Je me levai à nouveau et ressortis dans l'herbe, où mes pieds furent bientôt mouillés par la rosée. Je vis la mule de Wangpo Yeshi paître non loin de là. On avait décidé de la tuer pour l'offrir en sacrifice. Je m'approchai pour la détacher, puis je lui donnai une petite tape sur la croupe. Elle gravit calmement la montagne, en s'arrêtant quelquefois pour brouter. J'annonçai à tout le monde que c'était une mule libérée.

Père me demanda lequel des deux je préférais, la mule ou bien son maître.

Il n'était pas facile de répondre à une question pareille, et je plissai les yeux pour admirer les collines vert émeraude baignées de soleil. Si j'aimais mieux la mule, c'était parce que c'était un animal docile. Je ne pouvais trouver une seule raison d'apprécier le lama, qui ne s'était jamais montré aimable, mais je l'aimais quand même.

Père reprit : « Si tu aimes vraiment la mule, et si tu veux épargner sa vie, tu dois demander au Bouddha vivant de réciter un soutra pour elle. Tu dois aussi lui attacher une amulette enveloppée dans un tissu rouge pour qu'elle soit pleinement considérée comme un animal "libéré". »

« Même une mule, sans parler du lama, ne voudrait pas que le Bouddha vivant Jeeka récite des soutras pour elle », répondis-je. Ce matin-là, j'annonçai d'une voix forte à tous ceux qui se trouvaient sur la colline : « Ne savez-vous pas que cette mule et son maître font peu de cas du Bouddha vivant Jeeka ? »

Père, qui était d'une bonne humeur étonnante, proposa : « Si tu aimes tellement ce lama, je le relâcherai. »

« Il a envie de lire, déclarai-je. Rends-lui tous ses soutras. »

« Aucun prisonnier ne veut lire. »

« Lui, si. »

À ce moment-là, en effet, j'imaginais le lama tristement désœuvré dans sa cellule.

« Très bien, répondit Père. J'enverrai quelqu'un voir s'il désire vraiment lire. »

Il s'avéra que Wangpo Yeshi en avait désespérément envie. Le prisonnier envoya un message de remerciement au jeune maître, qui pouvait deviner ses pensées.

Pendant tout le reste de la journée, Père me regarda d'un air songeur.

Le lama Monpa déclara que l'ennemi avait échoué dans le combat des intempéries, mais qu'il n'était pas prêt à se rendre et qu'on pouvait s'attendre à ce qu'il nous attaque. Il nous redemanda à plusieurs reprises de rester purs. Il entendait par là que Père et moi restions impérativement sur la montagne et nous abstenions de tout contact avec les femmes. Pour nous, ce n'était pas un problème, mais mon frère, s'il avait été là, lui aurait donné du fil à retordre. Pour lui, l'idée d'éviter les femmes ne fût-ce que quelques jours était inconcevable. Le monde, malgré toute sa splendeur, lui aurait paru sans couleur. Fort heureusement, il était parti chez les Han. Le lama Monpa était de mon avis. « Je sais manier la pluie et la grêle, convint-il, mais ma magie ne va pas jusqu'à manipuler les gens. Par chance, le premier jeune maître est absent. Cela rend les choses plus faciles. »

Mais je pressentais déjà un malheur, et j'en fis part au lama, qui me répondit qu'il avait une impression semblable. Nous fîmes le tour du campement : tout allait bien pour les choses et les hommes importants, et aussi pour les petites gens.

Je suggérai : « Le domaine, au bas de la montagne... »

La maison, du haut des sommets, paraissait forte et imprenable, mais j'étais taraudé par la crainte qu'il s'y était passé quelque chose de grave.

Le lama Monpa fit une série de gestes étranges avec ses doigts et soudain, il eut l'air perplexe. « Oui, dit-il, il est arrivé quelque chose, mais je ne sais pas à qui. Ce peut être à la femme du chef de clan, mais pas à votre mère. »

« Ne serait-ce pas à Yangzom, l'ancienne femme du chef Tratra ? »

« J'attendais que vous le disiez, soupira-t-il. Je ne savais comment l'appeler. »

« Vous vouliez que je le dise parce que je suis un idiot, n'est-ce pas ? »

« Je suppose... »

Il se trouva qu'en effet, il était arrivé quelque chose à la troisième maîtresse, Yangzom.

Quand elle avait appris qu'elle était enceinte du chef de clan, elle avait gardé la chambre et dit à Père de passer toutes ses nuits avec la deuxième maîtresse. Bizarrement, elle avait agi en l'occurrence comme des chiens de meute qui livrent leur proie aux chasseurs. Je ne l'avais pas vue depuis, mais je savais qu'elle était là, car je voyais des serviteurs vider son pot de chambre et lui porter son repas le matin sur un plateau d'argent. Elle vivait des temps difficiles, car elle était persuadée que quelqu'un voulait nuire à son enfant. Mais à en juger par ce qu'on lui servait et par ce qui sortait de sa chambre, son appétit se portait bien. Peut-être, à force de vouloir protéger son bébé, avait-elle pensé que son ventre était le seul endroit où il serait en sécurité, car il y était resté plus longtemps que la normale. Mais, la nuit précédente, alors que nous dormions sur la montagne, le chaman du chef Wangpo avait trouvé le défaut de notre cuirasse. Yangzom avait perdu son emprise sur son bébé ; mort-né, il était, paraît-il, tout noir, comme s'il avait été empoisonné.

Ce fut le seul prix que la famille Maichi paya dans cette guerre singulière.

Le bébé mourut à l'aube, et dès l'après-midi, il ne resta plus rien au sommet de la colline, comme si elle avait été balayée par une tornade. Comme c'était le fils du chef de clan, il fut porté au temple, où le Bouddha vivant Jeeka psalmodia des soutras pour lui. Trois jours plus tard, ses funérailles furent célébrées au bord de la rivière.

Alors, Yangzom apparut devant nous, la tête couverte d'un foulard de couleur vive.

Tout le monde dit qu'elle était plus jolie qu'avant, mais qu'elle avait perdu sa démarche irréelle du temps où Père et elle avaient été amoureux fous. Vêtue d'une jupe longue, elle monta l'escalier et vint s'agenouiller devant la deuxième maîtresse. « Je suis venue vous présenter mes respects. »

« Levez-vous, je vous prie, répondit Mère. Vous êtes désormais guérie, et vous et moi avons tout le temps de parler. »

Yangzom cogna sa tête sur le sol. « Sœur aînée... »

En l'aidant à se relever, Mère répéta : « Vous êtes guérie... »

Yangzom répondit : « C'était comme dans un rêve, mais bien plus épuisant. »

Finalement, elle était vraiment devenue la femme du chef de clan. Ce soir-là, la deuxième maîtresse demanda à Père de coucher avec sa troisième femme. Mais il dit simplement : « Cela ne m'amuse plus, depuis que le feu de la passion s'est éteint. »

Plus tard, Mère chuchota à Yangzom : « Nous ne voulons pas qu'il s'enflamme à nouveau comme cela. »

En rougissant comme une fiancée, Yangzom ne répondit pas.

Mère ajouta : « Car s'il s'embrase une nouvelle fois, ce ne sera ni pour vous ni pour moi. »

CINQUIÈME PARTIE

18

LA LANGUE

Je jouais aux échecs dans la cour devant la maison.

C'était un jeu simple à six pions. Il suffisait de casser une branche et de tracer des carrés dans la poussière, puis de trouver six petites pierres. Les règles sont faciles. Lorsque l'on a deux pions sur une ligne droite, et que votre adversaire n'en a qu'un, on avale le sien. Le gagnant est celui qui avale les six pions. C'est aussi simple que lorsque deux fourmis avalent une de leurs congénères, ou lorsque deux personnes en tuent une troisième, mais c'est une vérité très ancienne, qui fonctionne dans les guerres entre chefs de clan. Avant de prendre les armes, nous nous demandions toujours combien d'hommes l'ennemi avait déployés. Si leur nombre était inférieur au nôtre, nous les attaquions et nous les battions. Mais s'ils étaient plus nombreux, nous attendions que notre nombre l'emporte pour les assaillir et les vaincre. Mais à l'époque où j'ai appris ce jeu, cette stratégie avait perdu son effet. Pendant la deuxième phase de la Guerre des Pavots, la famille Maichi s'était servie d'armes de pointe, mais d'un minimum de soldats, pour créer un tourbillon de feu qui avait presque ravagé le territoire du chef Wangpo. Les rares pavots issus des graines volées par ses hommes avaient été réduits en cendres, qui s'étaient éparpillées dans le ciel.

Un nouveau printemps arriva.

Mais voyons, peut-être n'était-ce pas le printemps suivant, mais bien des printemps plus tard. Le temps était la seule chose que la famille du chef de clan avait en plus grande quantité que l'argent.

Nous en avions énormément, peut-être trop. Nous nous réveillions le matin, et passions la journée à attendre la nuit ; dès que nous plantions des graines, nous étions impatients de voir la récolte. Nos terres étaient si vastes que le temps lui-même semblait ne pas avoir de fin.

Eh oui, notre vaste territoire nous donnait l'impression que le temps n'aurait jamais de fin ; et ces vastes étendues, ajoutées à ce temps infini, nous donnaient le sentiment que l'empire des Maichi était inébranlable et éternel.

Oui, toute chose était irréelle. De loin, tout ressemblait à un paysage de rêve.

Allons, revenons à ce matin de printemps. Le soleil était déjà haut dans le ciel et l'air était imprégné d'une odeur de pluie. Mouillés par la rosée d'avant l'aube, les montagnes enneigées, les arbres et les champs, chatoyaient et offraient un spectacle vif et rafraîchissant.

J'étais obsédé depuis longtemps par le jeu d'échecs à six pions, car j'avais des difficultés à le maîtriser.

D'habitude, je me levais tôt et sortais dans la cour après le petit déjeuner, pour aller m'asseoir sous un noyer, juste après le portail. Après avoir regardé un moment le soleil s'élever au-dessus des montagnes, je ramassais une branche et je traçais un échiquier sur la terre humide. Tandis que les serviteurs passaient, affairés à leur travail, je songeais à nos batailles avec le chef Wangpo et à tout ce qui s'était passé pendant la Guerre des Pavots. Personne ne venait me proposer : « Une partie, jeune maître ? » Tous ces hommes étaient résignés à leur sort. On le voyait à leur regard morne, à la façon dont ils détournaient les yeux. En général, je jouais avec mes jeunes serviteurs. Sonam Tserang aimait à travailler la nuit, pour ne pas avoir à se lever de bonne heure ; un lever de soleil n'avait aucun charme pour lui. Il venait me voir sans prendre la peine de se laver, l'odeur âcre des chambres des serviteurs encore collée à la peau. Aryi, notre futur bourreau, était exactement l'inverse. Il se levait tôt et, après le petit déjeuner, il s'asseyait sur la colline près de sa maison, pour contempler le lever du soleil.

Mais ce matin-là, les choses ne se passèrent pas comme ça.

Lorsque j'eus fini de tracer l'échiquier, je ne vis pas mes deux esclaves. Mais Choedak, le mari de Dolma, passa alors devant moi. Au bout de quelques mètres, il se retourna et s'approcha. « Que diriez-vous d'une partie, jeune maître ? »

Je vidai le sac qui contenait les pions et dis : « Tu joueras avec les blancs. C'est la couleur de l'argent et tu es, après tout, un orfèvre. » Puis je lui proposai de commencer.

Il déplaça un pion, mais sans occuper l'espace clé du carré central. Je me précipitai et, après avoir poussé un pion à droite, puis à gauche, je gagnai rapidement la partie. Alors que nous redisposions les pions pour la suivante, il me dit brusquement : « Ma femme pense à vous tout le temps. »

Je ne dis pas un mot. J'étais le jeune maître, et il était normal qu'elle pense à moi. Mais ce n'était évidemment pas la seule raison de mon silence.

Il reprit : « Dolma ne le dit jamais, mais je sais que vous lui manquez. Elle vous voit même en rêve. »

Je ne fis pas de commentaire, mais je lui dis de bien traiter sa femme, car elle avait tout appris des maîtres et de la maîtresse. S'il ne le faisait pas, notre famille en perdrait la face. J'ajoutai : « Je pense que vous devriez avoir un bébé. »

Il répondit en rougissant : « Elle m'a demandé de venir vous parler. Elle voulait que vous sachiez que nous *allons* en avoir un. »

J'ignorais pourquoi je devais le savoir, puisque je ne pouvais pas être le père de l'enfant. Ne sachant quoi répondre, je lui dis simplement : « Va dire à Dolma que je veux qu'elle ait des jumeaux. » J'expliquai à l'orfèvre que si elle avait deux garçons, j'offrirais dix onces d'argent pour qu'il leur confectionne des chaînes de longévité ; et je demanderais au lama Monpa de bénir ces bijoux.

Il murmura : « Le jeune maître est vraiment bon. Ce n'est pas étonnant qu'il manque tant à Dolma. »

« Tu peux t'en aller à présent », répondis-je.

Juste à ce moment-là, Aryi, notre futur bourreau, descendit la colline et s'approcha derrière l'orfèvre, qui buta contre lui en se levant ; Choedak pâlit à sa vue.

Dans notre pays, le chef de clan donnait des ordres et le bourreau les appliquait. Certains perdaient un œil, d'autres un bras, et d'autres encore la vie. Mais au lieu d'en vouloir au chef de clan, la plupart des gens nourrissaient une haine contre le bourreau, que chacun redoutait. L'orfèvre n'avait jamais été aussi près d'un bourreau, et cette rencontre le rendit blême. Il se tourna nerveusement vers moi, en me demandant du regard : « Ai-je fait quelque chose de mal pour que vous fassiez venir le bourreau ? »

Sa réaction m'amusa, et je dis : « Tu as peur. Pourquoi cela ? Il ne faut pas. »

Choedak ne voulut pas le reconnaître : « Je n'ai pas peur. Je n'ai rien fait de mal. »

« Non, mais tu es effrayé quand même. »

Le visage dénué d'émotion, Aryi déclara d'une voix calme : « En fait, ce sont les règles du chef de clan que tu crains, et pas moi. »

Cela fit rire l'orfèvre, mais il resta livide. « Tu as probablement raison », admit-il.

« Très bien, dis-je, tu peux disposer maintenant. »

Il partit.

Je me mis à jouer avec Aryi. Il jouait âprement, sans céder d'un pouce, et je perdis très vite plusieurs parties de suite. Quand le soleil s'éleva au-dessus de nos têtes, j'avais le front perlant de sueur. « Bon sang, Aryi ! m'écriai-je. Tu es juste un esclave, alors pourquoi tiens-tu autant à me battre ? »

Je devais reconnaître qu'Aryi était assez intelligent. Il releva la tête, et me regarda droit dans les yeux pour voir si j'étais vraiment en colère. Mais ce jour-là, mon humeur était aussi belle que le temps. « Tu es le maître, répondit-il, et je dois obéir à tes ordres. Cela implique-t-il que je doive perdre aux échecs ? »

Je disposai les pions pour une autre partie. « Allons. Viens me battre à nouveau. »

« Demain, on va punir quelqu'un », m'annonça-t-il.

Cela me prit au dépourvu. D'habitude, je savais tout ce qui se passait sur nos terres, qui avait enfreint quelles règles et quel serait le châtiment. Mais comme je n'avais pas entendu parler de ce condamné, je dis : « Allez, jouons. Il y a trop de gens sur nos terres pour que tu les tues tous. »

« Je sais que tu aimes cet homme, insista Aryi. Alors, j'espère que tu ne nous haïras pas, mon père et moi, parce que nous devons le punir. Tous les autres nous détestent. »

À présent, je savais qui allait être puni.

« Veux-tu aller le voir, jeune maître ? »

Je savais que je ne pouvais pas haïr ce pâle jeune homme qui parlait d'une voix monotone. C'était la famille Maichi qui l'avait rendu ainsi. « Personne n'a le droit d'entrer sans permission dans les cachots », répondis-je.

Il me montra une latte de bois, ornée d'une tête de tigre en ébène gravée au fer rouge. C'était le passe des cellules. Avant d'infliger un châtiment, le bourreau s'y rendait toujours pour constater l'état physique et mental du prisonnier, afin de pouvoir être sûr de ses gestes. Il préférait faire du beau travail, à moins, bien entendu, que le chef de clan veuille que le condamné souffre.

Nous allâmes au cachot, où celui qui voulait répandre sa secte sur nos terres lisait près de la fenêtre. Quand un garde nous ouvrit sa porte, je crus qu'il allait nous ignorer en feignant d'être plongé dans sa lecture. C'est ce que font généralement les hommes de peu de science.

Mais pas Wangpo Yeshi, qui écarta son livre dès que j'entrai. « Regardez-moi qui vient », dit-il avec calme, un petit sourire sarcastique au coin des lèvres.

« Le lama lisait-il des soutras ? » demandai-je.

« Non, un livre d'histoire. » Le Bouddha vivant Jeeka lui avait donné un volume très ancien, écrit par un lama fou. C'était apparemment un texte passionnant. Il reprit : « Votre Bouddha vivant m'a dit de mourir en paix, parce qu'il empêchera mon esprit de se faire le garde du temple de votre famille. »

Je ne l'écoutais pas vraiment, car mon attention avait été distraite par le bruit de l'eau qui jaillissait dans la rivière, sous la fenêtre. C'était un bruit que j'aimais. Le jeune lama me fixa un long moment en silence. « Avant que ma tête prenne congé de mon corps, dit-il finalement, j'aimerais profiter de l'occasion pour remercier le jeune maître. »

Il savait que c'était moi qui lui avais fait envoyer les soutras, et qui avais libéré sa mule. Mais au lieu de me rebattre les oreilles de remerciements — ou d'invectives contre les autres —, il me tendit une petite brochure en affirmant que rien de ce qu'elle contenait n'était inacceptable pour ma famille. Ce n'étaient que les enseignements de Bouddha que toutes les sectes devaient suivre. Lorsque je tins cette brochure dans ma main, je sentis quelque chose brûler dans mon cœur. J'avais entendu dire que ce genre d'écrits étaient pleins de sagesse et d'idées généreuses, et je demandai à l'homme qui allait être exécuté si celui-là contenait de telles pensées.

« Oui », me répondit-il.

Je voulus savoir si les membres des autres sectes, comme celle du Bouddha vivant Jeeka, lisaient aussi ce livre. Sa réponse affirmative me laissa encore plus perplexe. « Alors, pourquoi vous haïssez-vous les uns les autres ? » m'étonnai-je.

J'avais dû toucher au cœur du sujet, car il demeura longtemps sans rien dire. Alors, je tournai à nouveau mon attention vers l'eau qui courait au-dessous de la corniche. Le moine soupira. « Tout le monde dit que le jeune maître est un idiot, mais je sais que vous êtes intelligent. Et vous l'êtes parce que vous êtes bête. » Il ajouta : « Pardonnez, s'il vous plaît, ce manque de respect à un homme qui va mourir. »

Je voulus lui dire que je lui pardonnais, mais je sentis que cela n'avait pas grand sens et ne répondis rien, me souvenant qu'il allait bientôt périr. Le bruit de l'eau grondait à nouveau dans ma tête, mais je parvins pourtant à graver ses mots dans ma mémoire. Il disait quelque chose comme : Le fait d'avoir échoué à répandre sa croyance chez nous l'avait poussé à méditer bien des sujets durant l'hiver. Ce n'étaient pas des questions auxquelles doivent réfléchir les moines, mais il n'avait pas pu s'en empêcher. À la fin, il ne nourrissait plus de haine contre les autres sectes, bien qu'il eût toujours à affronter leur haine à son égard. Finalement, il demanda : « Au lieu de nous enseigner l'amour, pourquoi la religion doit-elle nous apprendre la haine ? »

De retour dans la cour, je dois dire que je me sentis beaucoup mieux que dans la prison, où les longs couloirs et les escaliers en spirale étaient insupportablement humides et froids.

Aryi m'annonça : « Demain, ce sera moi qui ferai le travail. »

« Ce sera la première fois. As-tu peur ? »

Il secoua la tête et son pâle visage rougit comme celui d'une petite fille. « Quand on est un bourreau, ces choses-là ne vous effraient pas. On les craint uniquement quand on n'est pas bourreau. »

C'était très intelligent, très philosophique, digne de demeurer dans les annales de la pensée. En un court laps de temps, j'avais entendu deux maximes intéressantes, l'une dans le cachot — « Au lieu de nous enseigner l'amour, pourquoi la religion doit-elle nous enseigner la haine ? » —, l'autre dans la bouche d'Aryi. Elles étaient toutes deux pénétrantes, et méritaient de rester dans l'histoire. Mais il y a tant de pensées intelligentes qui ont été balayées au fil des siècles comme la poussière et la fumée.

À table, ce soir-là, après qu'on eut allumé les bougies et avant qu'on ait apporté les plats, je saisis l'occasion de parler à mon père. « Allons-nous exécuter quelqu'un demain ? »

Cela dut le choquer, car il rota bruyamment. Il faisait cela seulement quand il avait trop mangé ou qu'il était surpris.

« Je sais que tu aimes cet homme, me dit-il. C'est pour cela que je ne t'ai pas parlé de son exécution. » Puis il ajouta : « Je suis prêt à commuer sa peine si tu plaides sa cause. »

Le dîner fut servi, et je ne répondis pas.

En entrée, nous eûmes de la purée de pommes de terre au lard, et comme plat principal, des escalopes d'agneaux, avec des gâteaux d'orge au miel nommés *tsampas*.

Les mets étaient disposés devant nous en petites collines, dans lesquelles nous taillions lentement au cours du repas. Quand vint le tour de Tharna, elle toucha à peine aux plats. Plus tard, dans la nuit, je lui dis : « Tu devrais manger davantage, sinon on ne verra plus tes hanches. »

Elle se mit à pleurer, en sanglotant et en disant que je ne l'aimais plus.

« Je parlais seulement de tes hanches, répondis-je. Je me demande comment tu l'aurais pris si j'avais parlé de tes seins. »

En entendant cela, elle pleura encore plus fort, ce qui fit venir ma mère. Après avoir assené à Tharna une claque sonore, ce qui lui cloua le bec, la maîtresse me dit de dormir et lui ordonna de s'agenouiller près de mon lit. Nous faisions généralement peu de cas de ce genre de filles et le fait qu'elles soient malheureuses ou non ne nous dérangeait pas. Si elle voulait pleurer, libre à elle, car elle s'arrêterait dès qu'elle aurait compris que c'était inutile. Mais Mère venait d'une race qui faisait grand cas des femmes.

Je m'endormis pendant qu'elle grondait Tharna. Mais pris par un rêve angoissant, je transpirai abondamment. Je levais une épée contre Wangpo Yeshi, qui était attaché au poteau d'exécution. Je me réveillai en hurlant, pour découvrir que Tharna était encore à genoux sur le sol. Je lui demandai pourquoi elle ne s'était pas couchée. Elle répondit que la maîtresse lui avait interdit de dormir jusqu'à ce que je me sois réveillé et lui aie pardonné. Ce que je fis. Lorsqu'elle se mit au lit, elle avait le corps glacé. Jamais chaude au départ, elle était aussi froide qu'une pierre de la rivière ; et naturellement, je la réchauffai rapidement.

Quand je me réveillai le lendemain matin, la pensée que nous allions tuer Wangpo Yeshi me revint. Soudain, je regrettai de ne pas avoir plaidé sa cause la veille au soir, quand cela aurait pu changer les choses. Mais il était trop tard.

Les longues plaintes d'une corne de bœuf résonnèrent dans le domaine.

Des gens affluaient vers la place, venus des forteresses dispersées dans la vallée. Ils menaient des vies mornes et dures et pour eux, une exécution était une distraction bienvenue. Le chef Maichi, quant à lui, avait besoin que son peuple comprenne et accepte la mise à mort ; chaque exécution était une forme d'éducation. Les gens eurent tôt fait de remplir la place. Ils parlaient avec animation, toussant et crachant de tous côtés.

Bientôt, on sortit le prisonnier pour l'attacher au poteau.

Wangpo Yeshi déclara au chef Maichi : « Je ne veux pas que votre Bouddha vivant prie pour moi. »

Le chef de clan répondit : « Alors, tu pourras le faire toi-même. Mais je ne veux pas vraiment te tuer. »

L'intendant ajouta : « Pourquoi as-tu critiqué la religion que nous suivons depuis des générations ? »

Sur ce, le jeune maître, qui était rentré de chez les Han, annonça la décision du chef de clan : « Tu nourris dans ta tête des idées insensées, mais nous avons jugé que seule ta langue était responsable des bêtises que tu as débitées. »

Cet homme, qui était venu ici pour nous convaincre de la grandeur de ses enseignements, allait pitoyablement perdre sa langue. Il avait attendu calmement son exécution, mais quand il apprit le nouveau verdict, son front se couvrit de sueur. Des gouttes luisantes tombèrent aussi du nez du jeune bourreau, car c'était le premier châtiment qu'il infligeait. Aucun bruit ne s'éleva de la foule quand Aryi sortit ses couteaux de son sac de cuir. Ils étaient courts et courbes comme une bouche humaine. Les bouches des hommes présentent toutes sortes de tailles, et il en allait de même pour les couteaux du bourreau. Aryi fils approcha un à un ses couteaux de la bouche du condamné pour voir celui qui conviendrait le mieux. Il régnait un tel silence dans la cour que chacun entendit le lama s'écrier : « Mais que faisais-tu quand tu es venu hier dans ma cellule ? Pourquoi n'as-tu pas cherché alors à trouver le bon couteau ? »

Je pensai qu'Aryi fils aurait peur, car c'était, après tout, la première fois qu'il officiait. Il avait le visage un peu rouge, mais il n'éprouvait aucune appréhension. « Je l'ai fait, mais c'était pour ton cou. À présent, notre maître bienveillant veut seulement ta langue. »

« Tu ferais bien de tenir ta main à l'écart de ma bouche, car je ne garantis pas que je ne te mordrai pas. »

« Il ne sert à rien de me haïr. »

Wangpo Yeshi soupira. « Tu as raison. Je ne devrais pas avoir autant de haine dans le cœur. »

À cet instant, Aryi père s'approcha derrière le poteau et serra une corde autour du cou du prisonnier, forçant Wangpo Yeshi à tirer la langue. Son corps se raidit et ses yeux sortirent de leurs orbites. Aryi fils n'était pas moins habile au couteau que son père. Une lame jaillit en un éclair, et la langue bondit comme une souris effrayée entre la bouche du prisonnier et la main du bourreau. Elle parut sauter en l'air, mais elle ne tarda pas à retomber. Manifestement, les organes de chair et de sang ne peuvent pas voler comme les esprits. Pendant que la langue tombait, les gens entendirent le hurlement de Wangpo Yeshi. Puis, elle heurta le sol, la poussière la recouvrit, et elle perdit son éclat et sa vivacité. Dès qu'on lui eut coupé la langue, les cris du condamné, assourdis, furent incompréhensibles. Les gens disent que les Tibétains aux cheveux noirs descendent d'un homme qui n'a pas pu résister aux séductions de la démone Nara. Peut-être le premier cri de leur premier enfant était-il étouffé comme cela, car il criait sa colère à un monde chaotique.

Aryi fils posa son couteau et sortit un petit sachet de poudre, dont il parsema la bouche de Wangpo Yeshi, toujours attaché au poteau. Cela stoppa l'hémorragie. Aryi père délia la corde, et le prisonnier glissa à terre en crachant des caillots de sang. Aryi fils lui présenta sa langue, comme pour lui demander s'il voulait la garder en souvenir, mais avec un air de profonde souffrance, Wangpo Yeshi secoua lentement la tête. Alors, d'une chiquenaude, Aryi fils l'envoya voler au loin. Des cris de surprise éclatèrent dans la foule lorsqu'un chien bondit pour l'attraper. Mais au lieu de saisir la pièce de viande, il glapit comme s'il avait reçu un coup de feu et tomba lourdement sur le sol. Les gens étaient stupéfaits ; même Wangpo Yeshi regarda, ébahi, gémir le pauvre chien blessé par une langue. Il se tâta la bouche, et en sortit une poignée de sang coagulé, ce qui prouva que son corps était aussi vulnérable à la violence que les autres. En geignant misérablement, le chien cracha la langue et s'enfuit, la queue entre les jambes. Les assistants proches de la langue s'écartèrent d'un bond lorsque le prisonnier, incapable de supporter le traumatisme plus longtemps, pencha la tête et s'évanouit.

Le spectacle était terminé.

Les gens se dispersèrent lentement, s'en retournant d'où ils étaient venus.

19

LES LIVRES

Avant de le relâcher, on renvoya le prisonnier guérir dans sa cellule.

Ce fut ainsi que la famille Maichi eut un nouvel esclave. D'après les lois du chef de clan, qui n'étaient pas si compliquées, un condamné épargné devenait l'esclave de la famille. Au lieu de nous voir embrasser la croyance dont il clamait l'omnipotence, Wangpo Yeshi appartenait désormais à des gens qu'il considérait comme des sauvages.

Chaque jour, Aryi fils allait soigner la blessure de sa première victime.

J'attendis deux semaines pour descendre au cachot.

Le matin était le seul moment où un rayon de soleil filtrait dans sa cellule ; et lorsque nous entrâmes, il fixait le petit coin de ciel qu'il pouvait voir de sa fenêtre. Quand il se retourna au son de la porte, il m'adressa un franc sourire. Il était difficile pour lui de sourire vraiment, car cela le faisait visiblement souffrir.

Je levai la main. « Cela n'est pas la peine. »

C'était la première fois de ma vie que je levais la main en parlant, comme mon père et mon frère. Je découvris très vite les avantages de ce geste : il soulageait ma peur et donnait à mes mains une sensation de pouvoir infini.

À nouveau, Wangpo Yeshi me sourit.

Mû par un sentiment de sympathie, je dis : « Y a-t-il quelque chose qui te ferait plaisir ? »

Il me jeta un regard qui signifiait : « Que puis-je donc vouloir dans mon état ? » Ou bien, peut-être aussi : « J'aimerais parler. Ça vous va ? »

Mais comme je lui avais proposé de lui donner quelque chose, je devais tenir parole. « Je t'enverrai des livres demain. Tu aimes lire, n'est-ce pas ? »

Pour toute réponse, il se laissa glisser le long du mur de pierre. Mon allusion aux livres avait dû toucher un point sensible, car sa tête s'affaissa entre ses épaules. Alors que nous partions, Aryi se tourna vers lui : « Le jeune maître essayait de t'être agréable. Tu devrais lui dire au revoir. Peut-être n'es-tu pas à même de parler, mais tu peux au moins te servir de tes yeux, n'est-ce pas ? »

Il ne releva pas la tête. Elle avait dû être accablée par une chose très lourde. Étaient-ce les livres qu'il avait lus avant ? J'étais navré pour lui.

J'avais beau être le fils du chef de clan, j'eus bien du mal à lui trouver des livres.

Premièrement, je ne pouvais pas les chercher ouvertement. Tout le monde savait que le chef de clan avait deux fils, dont l'un, intelligent, avait besoin de lire, car il succéderait un jour à son père. Quant au fils imbécile, il connaissait à peine quatre ou cinq lettres de l'aphabet. Quand je dis à l'intendant de me trouver des soutras, il crut que c'était une plaisanterie. Il était hors de question de retirer des livres de la salle des soutras ; et pour autant que je sache, dans notre vaste domaine, la chambre du chef de clan était le seul endroit où l'on pouvait en trouver d'autres. Pour être plus précis, ce n'étaient pas des livres au sens habituel du terme, mais les annales des trois premiers chefs Maichi, rédigées à l'époque où ma famille avait encore un historien. Je vous ai déjà dit que l'un des historiens avait commis l'erreur de consigner des faits gênants, si bien que l'on ne pouvait plus trouver aucun serviteur de cette sorte sous le soleil du chef de clan. Je savais que mon père avait rangé ces annales dans le placard de sa chambre, et qu'il avait cessé d'y dormir peu après s'être guéri de son amour fou pour Yangzom. Même quand ma mère lui disait d'y aller de temps en temps, il y passait une nuit, puis revenait auprès d'elle.

Au moment où j'entrai, Yangzom, assise dans le noir, était en train de chanter. Je ne savais comment lui parler ; nous n'avions pas eu une seule conversation privée depuis qu'elle s'était installée dans la maison Maichi.

Je lui demandai platement : « Tu chantes ? »

« Oui, c'est un chant très populaire dans ma ville natale. »

Je remarquai alors qu'elle avait une intonation différente de la nôtre. Elle parlait avec un léger accent du sud, un peu inarticulé, auquel les hommes du nord semblaient donner un sens particulier.

« J'ai été dans le sud pendant une partie des combats, dis-je. Tu parles comme eux. »

« Qui, *eux ?* »

« Oh, le chef Wangpo et son peuple. »

Elle m'expliqua que sa ville natale se trouvait plus au sud. Après quoi, nous ne trouvâmes plus grand-chose à dire. Je regardais fixement le placard ; elle baissait les yeux sur ses mains. Je savais ce que je cherchais. Les livres étaient enveloppés dans de la soie jaune, coincés entre des choses importantes et des bricoles insignifiantes. Mais je n'osai pas m'approcher, ouvrir la porte du placard, et y prendre cavalièrement l'histoire des débuts de ma famille. La pièce était imprégnée d'une odeur de poussière. « Hum, fis-je, cette chambre aurait bien besoin d'être nettoyée. »

« Les serviteurs viennent tous les jours, mais ils ne font pas du bon travail », répondit-elle.

Le silence retomba.

Je fixai à nouveau le placard ; elle se remit à regarder ses mains.

Sur ce, elle éclata de rire. « Le jeune maître est venu chercher quelque chose, n'est-ce pas ? »

« Je n'ai pas dit cela. Comment le sais-tu ? »

Elle rit à nouveau. « Parfois, tu as l'air plus intelligent que les autres, mais en ce moment, tu te conduis vraiment comme un idiot. Comment une femme intelligente comme ta mère a-t-elle pu avoir un fils comme toi ? »

Je ne savais pas si ce que je faisais tenait de l'intelligence ou de l'idiotie. Mais j'inventai une histoire, disant qu'il y a longtemps, j'avais oublié quelque chose dans cette chambre. « Un idiot est-il aussi capable de mensonge ? » demanda-t-elle. Quand elle me pria de lui montrer ce que je voulais, je refusai. Alors, elle s'approcha du placard et en sortit le paquet jaune. Puis, en s'asseyant en face de moi, elle souffla involontairement de la poussière sur mon visage et je ne pus ouvrir les yeux pendant quelques instants. « Oh, mais qu'ai-je fait ? s'exclama-t-elle. Voilà que j'ai presque aveuglé le jeune maître. » Elle se pencha en avant pour lécher la poussière sur mes paupières, et je compris à ce simple geste pourquoi mon père avait été aussi amoureux d'elle. Un subtil parfum d'orchidée flottait autour de la jeune femme, et je tendis les bras pour l'enlacer. Elle m'arrêta. « Rappelle-toi que tu es mon fils. »

« Mais non, dis-je, avant d'ajouter : Tu as une odeur de fleurs. »

« C'est elle qui m'a entraînée dans tout cela. » Elle m'expliqua qu'elle était née ainsi.

« Va-t'en, à présent, me dit-elle en plaçant le paquet dans mes mains. Il ne faut pas que l'on te voie. Et ne me dis pas que ce n'est pas l'histoire de ta famille qu'il y a dans ce paquet. »

Le parfum se dissipa dès que j'eus franchi la porte. Quand je ressortis au soleil, la merveilleuse sensation de sa langue sur ma peau s'évanouit elle aussi.

Aryi et moi allâmes porter les livres au cachot.

Wangpo Yeshi était assis sous la petite fenêtre, la tête entre les mains. Bizarrement, ses cheveux avaient beaucoup poussé durant la nuit. Quand Aryi produisit son sachet de poudre, Wangpo Yeshi ouvrit bruyamment la bouche pour nous montrer que la croûte de sang était tombée. Sa blessure avait guéri et sa langue avait repris sa forme. Bien que partielle, c'était bel et bien une langue. Aryi sourit en rangeant son remède dans son sac, avant d'en sortir un petit flacon de miel. Avec une minuscule cuillère, il en versa un peu sur la langue de Wangpo Yeshi, qui nous regarda avec une expression de joie.

Ayi dit : « Tu vois, il a retrouvé le goût. Sa blessure est guérie. »

« Peut-il parler ? »

« Non », répondit Aryi.

« Alors, ne me dis pas que sa langue est guérie. Si on peut appeler cette chose une langue, je dirai à ton père de te couper la tienne, car un bourreau n'a pas besoin de parler. »

En baissant les yeux sur le sol, Aryi s'écarta docilement en silence.

Je pris les livres et les plaçai devant Wangpo Yeshi.

Son air de joie disparut quand il les regarda en fronçant les sourcils.

« Ouvre-les et regarde. »

Il voulut dire quelque chose, mais il prit soudain conscience qu'il n'avait pas ce dont il avait besoin pour cela et secoua la tête avec tristesse.

« Ouvre-les, insistai-je. Ce n'est pas ce que tu crois. »

Il leva les yeux et me regarda d'un air dubitatif.

« Ce ne sont pas les livres qui t'ont causé des ennuis. C'est l'histoire de la famille Maichi. »

Manifestement, il n'éprouvait aucune aversion pour les livres, car ses yeux brillèrent aussitôt et il tendit les mains vers le paquet. Je vis alors qu'il avait les doigts agiles. La soie jaune contenait des rouleaux de papier manuscrits. Les gens disaient qu'autrefois, la famille Maichi avait fait pousser du chanvre pour pouvoir fabriquer du papier. La fabrication du papier avait, paraît-il, la même origine que l'opium qui avait fait notre fortune — le pays des Han.

Le lendemain, quand Aryi revint du cachot, il me transmit une requête de Wangpo Yeshi, qui voulait du papier et un pinceau. Je veillai à ce qu'ils lui soient portés, et le jour suivant, je fus surpris de voir Aryi monter une lettre de sa cellule. Wangpo Yeshi voulait que je la remette au chef de clan. Le fait de ne pas savoir ce qu'il avait écrit me mit mal à l'aise.

« On m'a dit que tu aimais descendre au cachot, me dit Père quand je lui tendis la lettre. Est-ce pour cela que tu y vas ? »

Ne sachant quoi répondre, je souris bêtement. Un air stupide est très utile quand on n'a rien à dire.

« Assieds-toi, petit imbécile, me dit Père. Je venais juste de dire à quelqu'un que tu n'étais pas un idiot, mais tu en as vraiment l'air à présent. »

Tandis qu'il lisait la lettre, le visage du chef de clan changea plusieurs fois de couleur, comme un ciel d'été. Il ne dit pas un mot avant de l'avoir achevée, et je n'osai pas demander ce qu'elle contenait. De nombreux jours passèrent avant qu'il donnât ordre de faire venir Wangpo Yeshi. En voyant les cheveux qui avaient poussé sur la tête du moine, le chef du clan lui dit : « Es-tu toujours l'homme qui voulait répandre sa secte sur mes terres ? »

Wangpo Yeshi ne répondit pas — il ne le pouvait pas.

Le chef de clan reprit : « Parfois, je me dis qu'il peut y avoir quelque chose de bon dans les enseignements de cet homme. Mais s'ils sont trop bons, comment puis-je gouverner ce pays ? Chez moi, les choses ne se passent pas comme dans l'intérieur du Tibet, où les hommes en soutanes régissent chaque chose. On ne peut pas faire cela ici. Dis-moi, si tu étais chef de clan, aimerais-tu être comme moi ? »

Wangpo Yeshi se mit à rire. Avec sa langue diminuée, on aurait dit qu'on l'étranglait quand il riait.

« Bon sang ! s'exclama le chef de clan. Tu n'as pas de langue, j'oubliais. » Il envoya chercher du papier et un pinceau et les plaça devant le lama. Leur discussion commença alors dans les formes.

Père déclara : « Tu es mon esclave à présent. »

Le moine écrivit : « Avez-vous jamais eu un esclave si savant ? »

Le chef de clan répondit : « Non, pas plus que le chef de clan précédent. Mais j'en ai un désormais. Jusqu'alors, aucun Maichi n'était assez puissant. Je suis le plus grand des Maichi. »

Wangpo Yeshi écrivit : « Je préférerais mourir plutôt que d'être un esclave. »

Père répliqua : « Je ne te laisserai pas mourir. Je te garderai au cachot pour toujours. »

Wangpo Yeshi rétorqua : « Ce serait mieux que d'être un esclave. »

Le chef de clan se mit à rire : « Quel homme ! Mais dis-moi, d'où tiens-tu les idées qu'il y a dans ta lettre ? »

En fait, dans ce courrier, le moine avait seulement formulé un souhait : il disait qu'il aimerait être notre historien, pour renouer avec une tradition interrompue depuis longtemps. Or, à cette époque, le chef Maichi pensait qu'il devrait laisser autre chose que de l'argent aux générations futures, afin de rester dans les mémoires comme le plus puissant Maichi de l'histoire. « Pourquoi, demanda-t-il, veux-tu relater l'histoire de notre famille ? »

« Parce que les chefs de clan disparaîtront bientôt de la surface de la terre. » Le moine reprit : « Lorsque ce jour viendra, ni vos voisins de l'est ni vos voisins de l'ouest ne toléreront l'existence de suzerains locaux. De toute évidence, vous avez déjà mis vous-mêmes le feu aux poudres. »

« Comment cela ? » s'enquit le chef de clan.

Il répondit : « En faisant pousser des pavots. »

Père lui demanda : « Veux-tu dire par là que je dois m'en débarrasser ? »

Il griffonna : « Cela ne sera pas nécessaire. Tout est déjà écrit. Les pavots ne feront que hâter le cours des choses. »

À la fin, Père accorda à Wangpo Yeshi le droit de reprendre l'historiographie de la famille Maichi. Mais le statut de l'historien donna lieu à un nouveau débat. Finalement, le chef de clan lui dit que s'il n'acceptait pas d'être un esclave, il le ferait mourir, comme il en avait formulé le souhait.

L'homme privé de langue reposa son pinceau et céda.

Mais quand le chef Maichi lui dit de s'incliner devant son maître, il écrivit : « Si c'est seulement pour cette fois. »

« Une fois par an, à cette époque. »

Alors, l'homme dépourvu de langue montra qu'il possédait vraiment la prévoyance d'un historien, car il s'enquit : « Et après votre mort ? »

Le chef de clan se mit à rire. « Ne saurai-je pas te tuer avant ? »

Le moine repéta sa question.

Le chef de clan désigna mon frère. « Demande-le donc à mon fils, car c'est lui qui sera alors ton maître. »

Mon frère lui assura : « Tu n'auras pas à t'incliner devant moi quand ce moment viendra. »

Sur ce, Wangpo Yeshi s'approcha de moi. Je savais qu'il allait me poser la même question. Il voulait que je lui promette que je n'exigerais pas qu'il se prosterne devant moi si je devenais chef de clan.

« Ne me le demande pas, coupai-je. Tout le monde dit que je suis un idiot et que je n'accéderai jamais à ce rang. »

Mais il resta inébranlable. « Tu es vraiment un idiot, dit mon frère. Contente-toi de le lui promettre. »

« D'accord, répondis-je. Si je deviens chef de clan un jour, je ferai de toi un homme libre. »

Cela ne plut pas à mon frère, mais je lui dis : « De toute façon, ce n'est pas pour de bon. Alors, qu'importe la promesse que je lui ai faite ? »

Sur ce, Wangpo Yeshi s'agenouilla et se prosterna enfin devant le chef Maichi.

Voilà le premier ordre que Père donna à son nouvel esclave : « Inscris ce qui s'est passé ici aujourd'hui. »

20

DE QUOI DEVRAIS-JE AVOIR PEUR ?

Ce fut l'époque où les Maichi livrèrent de nombreuses guerres pour préserver leur monopole des pavots.

Nos armes modernes ne rencontraient pas de résistance, mais nous ne pouvions pas toujours empêcher les autres chefs de clan de mettre la main sur les plantes qui nous avaient rendus riches et puissants. En quelques années à peine, les pavots se répandirent comme une traînée de poudre dans tous leurs territoires. Confronté à l'inévitable, je n'étais pas le seul à penser que ces guerres n'avaient servi à rien ; Père et mon frère partageaient ce sentiment.

Quand on demandait aux chefs de clan comment ils avaient obtenu leurs graines de pavot, ils disaient invariablement qu'elles avaient été apportées par les oiseaux ou par le vent.

À cette époque, le Han avec qui nous avions affaire n'était plus l'émissaire spécial Huang, mais un homme nommé Jiang, un commandant de régiment dans l'armée de défense unie.

L'émissaire spécial Huang, qui s'était opposé à ce que l'armée de défense unie aide l'armée centrale à lutter contre l'armée rouge, avait été rétrogradé, mais avec une apparente promotion à un poste de législateur provincial. Cette fonction, toutefois, ne conférait pas de vrai pouvoir. Comme il avait porté chance à la famille Maichi, nous avions tous été désolés pour lui en apprenant son revers de fortune.

Jiang, bien qu'assez petit, était plutôt robuste. Il portait deux pistolets à la ceinture et raffolait de bon vin et de viande grasse.

Le chef Maichi lui dit : « Écrivez-vous de la poésie ? »

Jiang avait une voix tonitruante : « Je n'écris jamais de poèmes ! Même quand j'ai bâfré et n'ai rien d'autre à faire, je ne ponds quand même pas ce genre de bêtises ! »

« Très bien... »

Jiang n'avait pas fini. « Vous vous moqueriez de moi si j'écrivais de la poésie ; et dans ces conditions, comment pourrais-je être votre ami ? »

Aussitôt, mon père et mon frère protestèrent : « Nous sommes les amis de Jiang ! Jiang est notre ami ! »

Père et son fils aîné préféraient traiter avec ce nouvel envoyé plutôt qu'avec l'émissaire spécial Huang ; ils ne pouvaient savoir que Jiang était non seulement l'ennemi de Huang, mais également le nôtre. Huang avait voulu rendre un chef de clan puissant pour qu'il puisse contrôler les autres ; mais Jiang voulait que tous les chefs de clan plantent des pavots, pour pouvoir leur fournir de l'argent et des mitrailleuses dont ils useraient ensuite pour se détruire mutuellement. Ce fut peu après son arrivée que les pavots se propagèrent sur les terres de tous les chefs de clan. Cette année-là, le prix de l'opium chuta de plus de cinquante pour cent. Plus il s'effondrait, plus les chefs de clan avaient besoin de terres pour planter encore plus de pavots. Deux ou trois ans plus tard, après la récolte d'automne, ils découvrirent qu'ils n'avaient plus assez de céréales pour l'année à venir. Pour la première fois depuis des décennies, ils furent confrontés à un désastre : leur peuple était menacé par la famine. Comme la famille Maichi avait beaucoup d'argent, elle échangea son opium bon marché contre des céréales han. Mais les Chinois rouges se battaient alors contre les Chinois blancs, ce qui rendait les céréales coûteuses, et leur transport fort cher.

Lorsque vint le printemps, la famille Maichi envoya des éclaireurs au-delà de ses frontières, pour voir ce que plantaient les autres chefs de clan.

Le printemps commença d'abord dans le sud, où les chefs de clan poursuivirent leurs plantations de pavots. Le chef Maichi sourit en l'apprenant, mais il n'arriva pas à décider que planter cette année : davantage de pavots ou plus de céréales ? seulement des céréales, ou juste des pavots ? Ce n'était pas une décision facile. Les terres des Maichi se trouvant au centre du pays, le printemps y arrivait plus tard que dans le sud, mais aussi plus tôt que dans le nord. Attendre de connaître les choix de nos voisins fut un réel supplice. Au cours de cette période, nous étions plus énervés qu'à n'importe quelle phase de la Guerre des Pavots, car alors, nous n'avions jamais douté de notre victoire. Mais tout était différent à présent. Si nous attendions trop longtemps des nouvelles du nord, nous manquerions la période des semailles. Ce qui nous obligerait à récolter de l'orge pendant la saison des pluies, et nos grains mûriraient au cours d'une vague de gel. Autrement dit, nous n'aurions pas de céréales, ce qui serait pire que de ne planter que des pavots comme les autres chefs de clan.

Nos voisins du nord n'étaient pas non plus des imbéciles ; ils attendaient de voir ce que planteraient les Maichi. Vint le jour où nous ne pûmes attendre plus longtemps, et mon frère suggéra que nous plantions des pavots. Sans montrer ce qu'il en pensait, Père tourna son regard vers moi. À un moment donné — je ne saurais dire quand —, il s'était mis à rechercher mon avis pour les choses importantes.

Tharna se tenait à côté de moi. « Que dis-tu ? » lui murmurai-je.

« Des pavots. »

Mon frère, qui avait entendu, me jeta : « Tu n'es pas assez stupide pour demander l'avis de ta servante, n'est-ce pas ? »

« Elle dit la même chose que toi », rétorquai-je.

J'ignore quand mon frère avait cessé de m'aimer comme avant, mais il dit en grinçant des dents : « Idiot ! C'est cette femme de rien qui a répété mes paroles. »

Cela m'irrita à tel point que je criai à Père : « Des céréales, rien que des céréales ! »

Je voulais que mon frère sache que tout le monde ne faisait pas toujours comme lui. À ma grande surprise, Père renchérit : « C'est ce que je pensais. »

« Hé ! Hé ! » m'esclaffai-je, extrêmement content de moi.

Mon frère quitta la pièce avec colère.

Le fait que Père ait décidé de planter des céréales n'apaisa pas son inquiétude. Si j'avais été chef de clan à cet instant, je me serais effondré en gémissant. Le problème, à présent, était que nos voisins du nord allaient faire de même, et que le prix de l'opium allait monter en flèche. Les chefs de clan du sud, y compris le chef Wangpo, allaient se tordre de rire en apprenant leur bonne fortune. Mais ce qui préoccupait le plus mon père était que son héritier puisse le mépriser pour avoir accepté le conseil d'un idiot. Il monta chez sa deuxième femme, qui était allongée sur son divan d'opium, et lui dit : « Ton fils m'inquiète. »

« Il a raison, répondit-elle, comme j'avais raison quand je t'ai dit d'accepter les graines de pavot de l'émissaire Huang. » Sa servante me rapporta qu'elle avait ajouté : « C'est ton fils aîné qui devrait te préoccuper. »

Plus tard, j'allai trouver mon père. « Ne te fais pas de soucis, lui dis-je. Si les chefs de clan du nord n'ont pas encore commencé à planter, ce n'est pas parce qu'ils sont intelligents, mais à cause du temps. L'hiver qui vient suit de près le dernier. »

Je tenais cette information de notre historien, Wangpo Yeshi.

Père me dit simplement : « Je vois que tu as des amis fidèles. Nous avons beau être la famille du chef Maichi, souverain de toutes les terres qui bordent la rivière, nous avons quand même besoin d'amis — de toutes sortes d'amis ; et tu as des amis très divers. »

« Mon frère dit qu'ils ne sont que des esclaves et il se moque de moi. »

Père m'expliqua qu'il ne pouvait pas y avoir d'amitié entre les chefs de clan et qu'il était bon d'avoir quelques amis esclaves. C'était la première fois que le chef Maichi parlait aussi sérieusement à son fils idiot, la première fois qu'il posait la main sur mon épaule et non pas sur ma tête.

La nouvelle que nous reçûmes dans l'après-midi vint confirmer ce que j'avais prédit.

Une forte vague de gel avait empêché les chefs de clan du nord de planter des céréales à temps, de sorte qu'ils avaient été forcés de semer des pavots, qui mûrissaient plus vite. Tous les membres de la famille Maichi furent ravis de l'apprendre, tous sauf deux. L'un était la troisième maîtresse Yangzom, qui semblait ne jamais se soucier des intérêts de la famille ; et l'autre était mon frère, ce qui étonna tout le monde, car il avait toujours beaucoup œuvré pour la victoire des Maichi. Cette nouvelle lui déplut profondément, car elle montrait qu'il n'était pas aussi intelligent que son frère idiot quand il s'agissait de faire des projets et de réfléchir à une question à fond. Ce n'était pas la première fois qu'une telle chose se produisait, et c'était pour cela qu'il était piqué au vif. Un jour, j'essayai de lui dire que c'était à cause de Tharna que je m'étais prononcé en faveur des céréales. « Tu as raison, lui dis-je, elle est assez stupide. Elle voulait que j'opte pour les pavots, mais comme je savais qu'elle était bête, j'ai pris le contre-pied. » Mais cela ne fit qu'augmenter sa colère. Ce n'était pas mon intention, et je ne peux attribuer sa rage qu'à une fièvre cérébrale ou à une maladie semblable.

Je commençais à ne plus me contrôler.

La bonne nouvelle du nord l'avait rendu furieux. Jusqu'alors, quand il commettait des erreurs de jugement, je les tenais pour ces méprises que font de temps en temps les gens intelligents, avant de reprendre joyeusement ma condition d'idiot. Mais pas cette fois. J'allai le trouver, lui mon frère bien-aimé, sachant confusément que j'avais tort de lui dire ce que j'avais en tête. Mais je le fis quand même : « Ne te tracasse pas. Si tu te tourmentes pour une nouvelle qui est bonne pour la famille, alors, les gens diront que tu n'es pas un vrai Maichi. »

Il m'assena une claque qui me fit tomber par terre. C'est ce jour-là que je découvris que je percevais peu la douleur, ou bien, que j'ignorais tout simplement ce que c'était. J'avais déjà eu mal en tombant, ou bien lorsque Dolma ou même, plus récemment, Tharna m'avait pincé. Mais personne ne m'avait jamais frappé. Ou plutôt, personne ne m'avait frappé avec hostilité. Non, en fait, voilà ce que je veux dire : je me rendis compte que je n'avais pas mal quand quelqu'un me frappait avec de la haine dans le cœur.

Je passai le reste de la journée à chercher à le prouver.

D'abord, je me tournai vers Père.

« Pourquoi ? me demanda-t-il. Pourquoi devrais-je te frapper ? De plus, comment pourrais-je détester mon propre fils ? »

Je ne réussis pas à trouver une seule personne qui voulût me frapper ; et je devins à nouveau la risée de tout le monde, juste au moment où je commençais à montrer qu'il m'arrivait parfois d'être intelligent. Je montais et descendais l'escalier en cherchant quelqu'un, n'importe qui, qui acceptât de me frapper. Père n'avait pas voulu, Mère non plus. Wangpo Yeshi, l'historien, me sourit en secouant la tête. Il écrivit quelques mots, que je demandai au lama Monpa de me lire : « J'ai déjà perdu ma langue. Je n'ai pas l'intention de perdre aussi mes mains. De plus, je ne suis pas le bourreau de votre famille. »

Ses paroles me donnèrent un éclair de génie. J'allai voir Aryi fils et le priai, puis lui ordonnai de lever son fouet sur moi. Mais le vieux bourreau se rua aussitôt pour le frapper. Je crus que le pitoyable cri qui suivit avait jailli de ma bouche, mais je vis mon ami rouler par terre en se tenant la tête. Sur quoi, les gardes de la famille entrèrent à grand fracas. Mon père les avait chargés de me protéger, et ils s'étaient précipités pour voir quel esclave avait osé se rebeller contre l'autorité et porter atteinte aux puissants.

Sonam Tserang, qui avait toujours obéi à chacun de mes ordres, n'osa pourtant pas se plier à ma demande. Je fus donc obligé d'aller revoir mon frère. En tremblant de rage, il leva le fouet que je mis de force dans sa main.

« Sers-t-en pour passer ta colère sur moi, déclarai-je. Mère dit que de toute façon, je devrai vivre plus tard sous ta domination. »

Il jeta le fouet à terre et s'arracha les cheveux. « Va-t'en, petit salaud ! hurla-t-il. Espèce de faux idiot ! »

Ce soir-là, ma curiosité toujours insatisfaite, j'allai me promener dans le verger.

Une source, au milieu des arbres fruitiers, fournissait toute l'eau du domaine. De l'aube au crépuscule, les servantes allaient et venaient avec des baquets. Ce fut là que je rencontrai mon ancienne servante, Dolma. Lorsqu'elle m'eut souhaité le bonsoir avec respect, je lui dis de poser son seau et de s'asseoir près de moi. Ses mains avaient perdu leur parfum, ce n'étaient plus les mains douces et lisses que j'avais connues jadis. Quand elle se mit à sangloter, j'eus envie de l'enlacer, mais elle dit : « Je ne le mérite pas. Je ne ferais que te souiller. »

Je demandai : « As-tu eu ton bébé ? »

Ses sanglots redoublèrent, car l'enfant était mort peu après sa naissance. Tandis qu'elle pleurait à la pâle lueur de la lune, parmi les fleurs aux senteurs délicates, son corps émettait une odeur d'eau de vaisselle.

L'orfèvre sortit de derrière les buissons.

Surprise, sa femme lui demanda pourquoi il était là. Il répondit qu'il s'inquiétait parce qu'elle mettait trop de temps à rentrer. Il se tourna pour me faire face. Sachant qu'il me haïssait, je lui tendis le fouet. Un peu plus tôt dans la journée, alors que je cherchais quelqu'un pour me frapper, tout le monde avait dit que l'idiot avait dépassé les limites de l'imbécillité, qu'il était devenu complètement fou. Comme l'orfèvre travaillait dans la cour, il avait entendu ces propos.

« Le jeune maître est-il vraiment fou ? » demanda-t-il.

« Qu'en penses-tu ? »

Il ricana, puis s'inclina avant de lâcher le fouet sur moi ; le fouet siffla comme le vent. Je sentis exactement l'endroit où il me cingla, mais n'éprouvai aucune souffrance. Cet homme, j'en étais sûr, me frappait avec de la haine dans le cœur. Au clair de lune, au milieu du parfum des fleurs, le fouet dansant arracha les feuilles des arbres et j'éclatai de rire. L'orfèvre, le souffle coupé, laissa tomber le fouet. « Ma femme vous a appartenu jadis. Je vous appartiens aussi désormais. Je suis votre bétail. »

« Allez, dis-je, partez, tous les deux ; et soyez heureux ensemble. »

Ils disparurent. En regardant la lune flotter derrière les nuages, j'éprouvai une sensation de vide. Ce n'était pas la faute de la lune, c'était celle de mon frère. En tant que jeune maître, je n'avais rien à redouter, ni la faim, ni le froid, pas même... En tout cas, les peurs qui tourmentaient les gens du peuple m'étaient épargnées. Personne n'avait jamais levé la main sur moi. Même quand je faisais quelque chose de grave, on haussait les épaules : C'est juste un pauvre idiot, que peut-il donc savoir ? Mais la peur fait partie de la vie, elle est naturelle aux humains. Ce jour-là, toutefois, je ne la ressentais plus. Elle avait disparu sans laisser de traces, et cela me rendait perplexe.

Cette perplexité manqua de faire de moi un véritable idiot.

Je demandai à Tharna : « De quoi devrais-je avoir peur ? »

Elle me regarda, l'air encore plus perplexe : « N'est-ce pas un avantage de n'avoir peur de rien ? »

Mais je répétai : « De quoi devrais-je avoir peur ? »

Elle pouffa : « Voilà que le jeune maître redevient un idiot. »

Je me dis qu'elle voulait dire par là : le jeune maître n'est pas toujours stupide, il l'est seulement quand quelque chose le gêne. Alors, je lui fis l'amour. Au début, je me figurai qu'elle était un oiseau qui me portait toujours plus haut. Puis, je la vis comme un cheval qui me hissait à la lisière du ciel. Finalement, l'odeur de ses fesses me donna envie de dormir, et c'est là que je fis un vrai rêve pour la première fois.

Cela ne veut pas dire qu'avant, mon cerveau n'avait pas été actif au cours de mon sommeil. Non, si cela avait été le cas, j'aurais été bien avisé de me gifler. J'entends par là que je n'étais jamais entré dans un vrai monde de rêve, que je n'avais jamais fait un rêve entier... jusqu'alors.

À cette époque, je rêvais souvent que je tombais, et c'était fascinant. Je ne cessais de tomber, toujours plus bas, sans m'arrêter. Puis, un vent soufflait dans le vide et je m'envolais. Dans la vie, j'étais déjà tombé de haut : de mon lit quand j'étais petit et plus tard, du dos des chevaux. Mais cela ne pouvait se comparer à la chute de mes rêves. Dans la vie, je n'avais pas le temps de réfléchir à quoi que ce soit avant d'atterrir. Ma tête bourdonnait sous le choc et je me mordais la langue. Dans les rêves, tout était différent. Quand je commençais à tomber, ma première pensée était : je tombe. Mais j'avais beau le répéter, je n'atteignais jamais le fond et je me sentais flotter dans le vide balayé par le vent. Le seul problème était que je tombais sur le côté et que je ne pouvais jamais me redresser. Je ne pouvais rien y faire. Quelquefois, je forçais mon corps à tourner, mais alors, je voyais la terre hurler en se ruant sur moi. Comme les gens ont seulement peur des choses réelles, je me disais : si je me réveille en hurlant, mon rêve doit être bien réel. C'est alors qu'une main de femme m'apaisait.

Cette pensée me réconfortait, car j'avais enfin trouvé quelque chose à redouter, et c'est ce qui rend la vie intéressante. Savez-vous ce que je craignais ?

J'avais peur de me réveiller d'un rêve où j'avais la sensation de voler, mais où, en réalité, je tombais. Si l'on doit avoir peur pour se sentir vraiment en vie, c'était cela qui m'effrayait.

21

L'INTELLIGENT ET L'IDIOT

Cet automne, nous eûmes une moisson d'orge exceptionnelle, et une très bonne récolte de maïs, plus tard dans la saison.

Jusqu'alors, le premier jeune maître n'avait cessé de dire : « Vous verrez, nous avons planté si tard que le gel viendra avant que le maïs soit mûr. »

C'était ce qui inquiétait le chef Maichi. Le fait d'avoir attendu la décision des chefs du nord avait retardé les plantations de dix jours.

Mais je lui dis en confidence que la prédiction de mon frère ne se réaliserait pas.

Père me chuchota : « On aurait dit qu'il maudissait sa propre famille. »

La chance était avec le chef Maichi au cours de ces années. L'automne fut plus chaud qu'à l'accoutumée, de sorte que le gel arriva plus tard. Nous vîmes mûrir le maïs. Le peuple disait qu'un peu de gel lui était salutaire, car il en adoucit le goût. Pour des gens qui ont peu de choses pour agrémenter leurs repas, il était important que le maïs ait cette douceur. Ils pouvaient ainsi avoir le sentiment que la vie n'était pas si mauvaise et que le chef de clan était toujours digne de leur soutien.

Mon père dit au lama Monpa d'user de sa magie pour faire venir le gel, mais celui-ci répondit que le maïs des montagnes n'était pas assez mûr ; de fait, dès que le maïs des hauteurs arriva à maturation, les étoiles scintillèrent dans le ciel clair et le gel arriva avant l'aube. La vague de froid durcit la terre, produisant des paillettes glacées qui crissaient sous nos pieds.

Nous avions déjà engrangé des céréales et n'avions guère de place pour cette belle récolte. Les routes qui menaient au domaine étaient couvertes de porteurs courbés sous des sacs de grains. Notre intendant éclopé reprit son poste dans la cour et fit peser les céréales avant de porter leur quantité dans son livre de comptes. Soudain, les serviteurs applaudirent : les poutres d'un entrepôt avaient cédé sous le poids des sacs et les grains de maïs doré tombaient en cascade sur le sol.

« D'ici peu, déclara mon frère, le domaine sera submergé par le maïs. » Je ne sais pas pourquoi, mais il parlait plus souvent sur ce ton ces derniers temps. Jusqu'alors, nous pensions qu'il usait seulement de ces manières cavalières avec les filles.

Père dit : « Peut-être mes fils pourront-ils trouver une solution ingénieuse à ce problème. »

Mon frère répondit par un grognement.

Le chef Maichi se tourna vers moi : « Ne te crois pas obligé de te taire parce que tu penses que tu es un idiot ou que les gens le disent. »

Je fis alors une suggestion étonnante, et pourtant simple, disant que nous pouvions exonérer les gens d'impôts pendant un an. Dès que ces mots furent sortis de ma bouche, je vis s'illuminer les yeux de l'historien, et Mère me regarder avec une vive inquiétude. Père ne dit rien pendant un long moment ; j'avais le cœur serré.

Jouant avec l'anneau de corail qu'il portait à son doigt, Père dit finalement : « Ne veux-tu pas que la famille Maichi augmente sa puissance ? »

« La tienne devrait suffire à n'importe quel chef de clan. Un chef de clan n'est qu'un chef de clan ; il ne peut pas être roi. »

En voyant l'historien inscrire mes paroles, je sus que je n'avais rien dit de mal. La famille Maichi était devenue très puissante en gagnant de nombreuses guerres contre les autres chefs de clan. Si cela continuait, il ne resterait bientôt plus qu'un chef de clan au monde, ce qui ne pourrait échapper à l'attention de Lhassa ou de Nankin, qui verraient cela d'un mauvais œil. Mais dans les vallées au-dessous des montagnes enneigées, on ne devait pas non plus être trop faible, car sinon, les voisins se mettaient à vous dévorer. Une bouchée par ci, une bouchée par là, et très vite, on n'était plus qu'un squelette. Après quoi, comme dit l'un de nos proverbes, on ne pouvait même plus trouver sa bouche pour boire de l'eau. La famille Maichi devait donc être assez puissante pour que les autres chefs de clan la haïssent, mais ne puissent rien contre elle. Mon frère, toutefois, ne semblait pas s'en rendre compte, alors qu'il aurait dû savoir qu'à travers l'histoire, aucun chef de clan n'avait jamais réussi à hériter de son titre par la guerre. Dans ma famille, il était le seul à vouloir guerroyer sans cesse, car c'était le seul moyen qu'il avait de montrer qu'il était le digne héritier du chef de clan. « Pour empêcher les autres chefs de clan de devenir trop puissants, disait-il, on devrait les assujettir, et il n'y aurait plus de problèmes. »

« Il est facile de les soumettre, répondait mon père. Mais si on ne peut pas les assimiler, on est foutus. »

Il y avait eu un jour un chef de clan qui avait tenté d'assujettir tous ses voisins. Un empereur han avait envoyé une armée pour l'écraser, et à la fin, il avait même perdu ses propres terres. Le manque de routes pour gagner le pays des Han avait fait oublier à certains chefs de clan d'où ils tenaient leurs titres, et quand leurs esprits s'échauffaient, ils oubliaient la réalité. Le territoire des Han, naguère régi par un empereur et maintenant par un président, n'était pas simplement un pays producteur de thé, de soie et de porcelaine. Mon frère était allé là-bas, mais il semblait ignorer que nos terres faisaient partie d'une région de défense unie contrôlée par un commandant de l'armée. Il oubliait même d'où venaient nos armes modernes.

Par chance, Père avait une meilleure compréhension du monde où nous vivions. C'étaient ses deux fils qui le déroutaient. Celui qui était intelligent aimait les femmes et la guerre. Obsédé par le pouvoir, il manquait de jugement dans les choses importantes ; et l'idiot conçu dans la passion d'une nuit d'ivresse semblait plus intelligent que tout le monde. Avant même que les autres chefs de clan aient commencé à se soucier de leurs héritiers, Père avait déjà le front ridé par l'inquiétude. Les gens disaient toujours que c'était merveilleux d'être chef de clan, mais ils le pensaient, à mes yeux, parce qu'ils ne savaient pas à quel point ce pouvait être difficile. Pour moi, il valait mieux être membre d'un clan que d'être son dirigeant ; et il valait encore mieux être l'idiot de la famille.

Tenez, moi, par exemple. Parfois, je donnais mon avis sur les affaires courantes. Quand j'avais tort, c'était comme si je n'avais rien dit. Mais quand j'avais raison, les gens me traitaient avec respect. Jusqu'alors, je ne m'étais jamais trompé sur les choses importantes. Même la femme du chef de clan me disait : « Fils, je ne devrais pas fumer tant d'opium. Je devrais plutôt rester éveillée pour t'aider avec tes idées. »

Je préférais qu'elle restât avec son opium si c'était ce qu'elle avait en tête. Nous en avions beaucoup, couleur de bouse de vache.

Mais je savais que je la blesserais si je le lui disais. Elle répétait tout le temps : « Tu me perces le cœur. » Père lui avait dit un jour : « Ton cœur n'est pas entre les mains des autres. On ne peut pas le percer à loisir. » Mon frère disait que les femmes aimaient dire ce genre de choses. Le fait d'avoir couché avec beaucoup de femmes lui donnait l'impression de les comprendre ; et après avoir été une ou deux fois chez les Han, il commença à affirmer : « Les Han aiment dire telle ou telle chose », comme s'il les connaissait bien.

Finalement, le chef de clan suivit mon conseil et dispensa son peuple d'impôts pendant un an. Les gens étaient si contents qu'ils se cotisèrent pour engager une troupe de théâtre au domaine, qui donna quatre ou cinq jours de représentations. Le premier jeune maître, qui était un homme de talent, se mêla aux membres de la troupe, donnant ainsi libre cours à sa passion pour la comédie.

Une autre décision importante fut prise en son absence.

Père déclara : « Tous ceux qui veulent assister à la pièce sont libres de le faire. »

Puis il dit : « Laissons les serfs aller voir le spectacle. Il y a une chose dont je veux vous parler. »

Ce « vous » s'adressait à Mère, à moi, et à l'intendant estropié. Tandis que l'air résonnait du son des tambours et des gongs, le chef de clan nous fit part de sa décision, que nous trouvâmes tous excellente.

Puis, vint la fin des représentations.

Père dit à mon frère de partir à la frontière sud pour accomplir la décision qu'il avait prise en son absence. Il voulait qu'il choisisse un endroit sur la voie principale pour ériger un bâtiment ; celui-ci devait faire face à l'eau et être de plain-pied, pour les chevaux. Mon frère demanda à quoi servirait cet édifice. Père dit que s'il ne le savait pas encore, il le saurait quand il serait fini.

« Penses-y un peu en le construisant, lui conseilla-t-il. Sinon, comment pourras-tu maintenir l'empire de la famille ? »

Mon frère avait visiblement minci quand il revint pour annoncer l'achèvement de l'édifice. Il expliqua à Père qu'il s'était montré extrêmement responsable et que le bâtiment était splendide. Le chef Maichi l'interrompit : « Je sais tout cela. Je sais que tu as choisi un très bon emplacement et que tu n'as pas passé ton temps avec les femmes. Je suis content de toi, mais dis-moi si tu as trouvé une réponse. »

Celle qu'il lui donna me fit crier intérieurement : Oh non, premier jeune maître !

Mon frère dit : « Je savais que la guerre était hors de question, car le gouvernement républicain ne nous permettrait pas d'annexer les terres des autres chefs de clan. Il faut donc que nous en fassions nos amis. Ce bâtiment sera le palais de la frontière des Maichi, où nous pourrons inviter nos voisins pour la saison de la chasse. »

Père, qui redoutait une réponse erronée, voyait sa crainte confirmée. Mais il n'y pouvait rien. Il ne put que dire à son fils : « Je veux maintenant que tu ailles dans le nord pour construire un autre édifice. Pendant que tu le feras, demande-toi sans cesse à quoi il servira. »

Mon frère veilla jusqu'à minuit en jouant de la flûte. Le lendemain matin, à l'aube, il était déjà parti. Mon pauvre frère. J'aurais voulu lui révéler l'usage du bâtiment, mais il avait pris la route avant que j'en aie eu le temps. Dans notre famille, c'était moi qui aurait dû aimer les choses qu'il adorait, et lui qui aurait dû passer son temps à observer les actes et les paroles du chef Maichi. Au temps des chefs de clan, personne ne songeait à enseigner vraiment l'art de gouverner, même si les leçons étaient ardues et que seuls les héritiers très doués étaient dispensés de les étudier avec assiduité. Mon frère croyait être de ceux-là, mais ce n'était pas le cas. Les talents guerriers étaient une chose, comme l'art de conquérir les femmes. Mais il était bien différent d'être un chef de clan, un bon dirigeant.

À nouveau, le temps de son retour approcha, et Père attendit son arrivée avec impatience. Tous les jours, il montait sur la plateforme de la véranda pour scruter la route du nord, qui scintillait sous le soleil d'hiver. Elle était bordée de bouleaux aux branches dénudées, et Père devait se sentir aussi nu que les arbres.

Un jour, il se leva très tôt, car le lama Monpa avait prédit la veille que des visiteurs allaient arriver par cette route.

Le chef de clan supposa : « Ce doit être mon fils. »

« C'est un membre de la famille, répondit le lama, mais il ne semble pas que ce soit le premier jeune maître. »

22

LA DAME ANGLAISE

Mon oncle et Sœur aînée étaient là !

Elle était revenue d'Angleterre, et lui de Calcutta. Elle était d'abord allée en Inde pour le rejoindre, et faire avec lui le voyage au Tibet.

En descendant de cheval, ils montèrent l'escalier pour faire un brin de toilette avant de se restaurer. Je n'eus pas l'occasion de leur parler, mais je pus les voir à loisir. J'aimai aussitôt le visage de mon oncle ; il était pareil à celui de mon père, mais plus rond, plus charnu, plus porté à sourire. Il n'avait pas l'air de quelqu'un qui devait gagner tout le temps, et cela faisait de lui un homme intelligent. La vérité, c'est que j'étais un idiot, mais que j'aimais les gens intelligents ; et qui étaient ces gens ? Ils n'étaient pas nombreux, moins que les doigts d'une main. C'étaient le chef Maichi, l'émissaire spécial Huang, l'historien privé de langue, et à présent mon oncle, le frère cadet de Père. Voyez, il ne me faut que quatre doigts pour les compter. Je ne pourrais trouver personne pour le cinquième, mon petit doigt. Alors, je le laisse obstinément pointé droit vers le haut.

Mon oncle remarqua : « Le petit est en train de jouer avec ses doigts. » Puis il me fit signe d'approcher et passa une bague ornée d'une gemme à mon petit doigt tout droit.

Mère dit : « C'est trop beau, beaucoup trop beau pour lui. Il la jettera comme une pierre ordinaire. »

Oncle sourit. « Les gemmes sont des pierres, elles aussi. Peu importe qu'il la perde. » Puis il se pencha et dit : « Tu ne jetterais pas un cadeau de moi, n'est-ce pas ? »

« Je ne sais pas. Ils disent tous que je suis un idiot. »

« Comment se fait-il que ça ne se voie pas ? »

« Laisse-lui le temps », conseilla Père.

Sur ce, ma sœur me parla à son tour. « Viens par ici », dit-elle.

Je ne la compris pas tout de suite, et je crus que je redevenais stupide. Mais non. Elle avait juste la langue un peu raide quand elle essayait de parler dans sa langue maternelle ; elle savait ce qu'elle voulait dire, mais sa langue ne voulait pas lui obéir. « Viens par ici », marmonna-t-elle à nouveau.

Je ne savais pas très bien ce qu'elle disait, mais je compris ce qu'elle voulait, car elle tendit la main. Elle avait toujours eu l'air affectueuse dans ses lettres. Par exemple, nous apprîmes qu'elle s'inquiétait de moi : « Comment va mon petit frère, celui que je ne connais pas encore ? Est-il mignon ? » ou bien : « Ne me dites pas qu'il est idiot. Mais bien sûr, s'il l'est vraiment, ce n'est pas grave. Les neurologues, ici en Angleterre, devraient pouvoir le guérir. » Mère avait dit : « La jeune maîtresse est une personne merveilleuse. Tu vois, elle veut que tu ailles lui rendre visite en Angleterre » ; et voilà que la personne merveilleuse était de retour. Elle bredouilla quelque chose et tendit une nouvelle fois la main vers moi. Je m'approchai, mais au lieu de me prendre la mienne, comme l'avait fait mon oncle, elle m'arrêta d'un regard froid. Il faisait très chaud dans la pièce, mais elle avait gardé ses gants blancs. Oncle, qui avait compris ce qu'elle voulait, me dit de toucher le dos de sa main avec mes lèvres. Après quoi, elle sourit en sortant trois billets colorés de son sac et en les déployant en éventail avant de me les donner. Oncle m'apprit à dire : « *Merci, madame.* »

« Est-ce que *madame* veut dire "sœur aînée" en anglais ? » demandai-je.

« Non, cela veut dire "maîtresse". »

Il se trouvait que ma sœur avait épousé un noble anglais, ce qui faisait d'elle désormais une maîtresse, une madame, pas ma sœur.

La *madame* m'avait offert de l'argent étranger tout neuf, qu'elle avait recueilli au cours de son voyage. Je me demandai pourquoi elle ne m'avait pas plutôt donné des pièces d'or. Ne disait-on pas qu'il y en avait de très belles en Angleterre ? C'était sans doute parce qu'elle ne m'aimait pas vraiment. Je ne l'aimais pas non plus. J'avais toujours eu envie de la connaître, car j'avais vu beaucoup de photos d'elle. Rien qu'à les regarder, je me sentais enveloppé par le parfum qui flottait de la maison vers les terres des Maichi. Mais elle était là à présent, émettant une odeur bien différente. Nous disions souvent que les Han n'avaient pas beaucoup d'odeur corporelle et quand ils en avaient, c'était celle de l'eau, qui était presque inodore. Les Anglais avaient une odeur corporelle, semblable à l'odeur de chèvre que nous portions, et les gens qui ne la cachaient pas étaient des barbares, comme nous. En revanche, les gens civilisés, comme les Anglais, ou comme ma sœur revenue d'Angleterre, cherchaient à la masquer par d'autres senteurs. Après m'avoir donné de l'argent, elle me toucha le front avec ses lèvres, dégageant une odeur forte, mélangée, qui me donna la nausée. Voyez ce que l'Angleterre faisait à nos femmes.

Elle donna à mon père un chapeau de feutre, qui était haut et raide, comme un seau à l'envers. Mère reçut des perles colorées et brillantes, qu'elle savait sans valeur. Elle pouvait échanger sa plus petite bague contre des centaines de colliers semblables.

Oncle nous distribua ses cadeaux plus tard, en les portant à chacun dans sa chambre. Outre l'anneau qu'il avait passé à mon doigt, il m'offrit un vrai cadeau, une dague indienne cloutée de pierres précieuses. « Tu me pardonneras de te donner moins de choses qu'aux autres », dit-il. « C'est là le sort des plus jeunes maîtres. » Puis, il ajouta : « Dis-moi, mon garçon, cela te plaît d'avoir un oncle ? »

« Je n'aime pas la sœur aînée. »

« Et ton frère ? »

« Il m'aimait avant, mais plus maintenant. »

Ils n'étaient pas revenus simplement pour nous voir.

Au cours de leur absence, le gouvernement républicain et les communistes s'étaient unis pour combattre les Japonais dans le pays des Han. Dès lors, le gouvernement central avait quitté Pékin, une ville que nos ancêtres avaient visitée, pour Nankin, que nous ne connaissions pas du tout. Le Panchen Lama s'était aussi installé à Nankin, et par conséquent, nous croyions que le gouvernement républicain était bon. Sinon, le grand Bouddha vivant n'aurait pas élu domicile dans cette ville. Les voyages d'affaires de mon oncle, en Inde et au Tibet, le conduisaient souvent à Shigatse et à Tashilhunpo, le monastère du grand Panchen Lama, de sorte qu'il avait des relations jusqu'à Nankin. Il avait même fait don d'un avion au gouvernement républicain, pour lutter contre les Japonais. Plus tard, le gouvernement républicain avait perdu Nankin, et l'avion payé par mon oncle, et un pilote russe, s'étaient abîmés dans le plus grand fleuve du monde. Ce fut ainsi que mon oncle le dit :

« Mon avion et le Russe sont tombés dans le plus grand fleuve du monde. »

Quand le Panchen Lama avait voulu rentrer au Tibet, mon oncle était allé l'accueillir avec de l'argent et des vivres, et il avait saisi l'occasion pour aller voir sa famille. On voyait bien que si Père abdiquait, mon oncle ne voudrait pas devenir le chef du clan Maichi. Mais bien entendu, il donnait toujours son avis sur les affaires de la famille.

Premièrement, il dit que nous devrions sortir du bourbier de la guerre et cesser de cultiver de l'opium.

Deuxièmement, bien que la famille Maichi fût plus forte que jamais, il ne fallait pas qu'elle ait l'air trop puissante. Le monde avait changé, et les chefs de clan ne tiendraient pas longtemps sur cette terre. Un jour, le Pays des Neiges, à l'ouest, s'alignerait sur l'Angleterre, et les chefs de clan de l'est se rendraient au gouvernement han.

Troisièmement, la meilleure stratégie à adopter consistait à créer un marché à la frontière. Si les futurs Maichi devaient survivre, leur fortune reposerait sur ces sortes d'échanges.

Quatrièmement, il avait ramené sa nièce pour qu'elle reçoive sa dot.

« Mais je te l'ai confiée ! s'exclama Père. Ne lui en as-tu pas donné une ? »

« Pour ce qui est de sa dot, elle préfère avoir deux “papas” fortunés. »

« Regarde ce que tu en as fait. »

Mon oncle répondit par un sourire.

Personne dans la famille n'appréciait la façon dont Sœur se comportait. Quand elle demanda à occuper son ancienne chambre, l'intendant lui dit qu'elle avait été nettoyée tous les jours et qu'elle était dans l'état où elle l'avait laissée. Mais elle fit la grimace, et l'aspergea de parfum.

Puis, elle dit à Père : « Que quelqu'un m'apporte une radio. »

Père maugréa, mais il s'exécuta. Mon oncle fut surpris qu'elle ait pensé à se munir de piles. Peu après, d'étranges crachotements s'échappèrent de sa chambre ; elle avait beau s'escrimer, c'était tout ce qu'elle arrivait à obtenir.

« Ne te donne pas cette peine, dit mon oncle. Aucune chaîne de radio n'a jamais émis jusqu'ici. »

« Alors, je n'aurai rien à raconter à mon retour à Londres, répliqua-t-elle. Comment ai-je pu naître dans un pays aussi barbare ? »

Cela fit enrager le chef de clan. « N'es-tu pas revenue pour ta dot ? hurla-t-il. Eh bien, quand tu l'auras, tu pourras retourner dans ta fichue Angleterre ! »

Dès que mon frère apprit la visite de sa sœur, il se hâta de revenir de la frontière. Bizarrement, il était le seul membre de la famille qui parût l'aimer sincèrement. Il se conduisait comme si la dame anglaise était sa seule vraie parente. Mais sa chère sœur lui dit : « J'ai appris que tu courais les filles de village. Ce n'est pas digne d'un noble. Tu devrais passer plus de temps avec les filles des autres chefs de clan. » Il ne sut que dire. Elle ne se rendait visiblement pas compte que les filles des autres chefs de clan vivaient toutes dans des lieux qu'il aurait mis plusieurs jours à atteindre, et pas dans un endroit où il pouvait aller flâner à sa guise un soir de lune.

Il se tourna vers moi, et dit avec colère : « La famille Maichi n'est qu'une bande d'excentriques. »

Je m'apprêtai à renchérir, mais je changeai d'avis quand je me rendis compte que j'en faisais partie.

Ma sœur tira de son voyage des pierres précieuses et assez d'argent pour charger deux bêtes de somme. De peur qu'il pût arriver quelque chose à sa dot, elle ordonna à des esclaves de la monter de la cave jusqu'à sa chambre au quatrième étage.

Père demanda à mon oncle : « Pourquoi est-elle aussi inquiète ? Mène-t-elle une vie dure en Angleterre ? »

« Tu ne saurais imaginer l'aisance dans laquelle elle vit, répondit mon oncle. Mais elle sait qu'elle ne reviendra pas, et c'est pour cela qu'elle veut autant d'argent. Elle apprécie tellement sa vie aisée qu'elle veut continuer à la mener. »

« Je ne l'aime vraiment pas, dit mon père à ma mère. Elle était si gentille quand elle était petite... Je devrais peut-être lui donner un peu d'or... »

« Mais bien sûr, répondit la deuxième maîtresse. Après avoir fait pousser de l'opium pendant toutes ces années, le chef Maichi se croit l'homme le plus riche du monde. »

« Elle ressemble tellement à sa mère... », reprit-il.

« Quand elle aura eu son or, coupa-t-elle, plus tôt elle partira, et mieux cela vaudra. »

« Tu ne dois pas avoir mauvaise conscience, intervint mon oncle. Je lui ai déjà donné bien plus que toi. »

Après avoir reçu son or, Sœur déclara : « Il est temps que je m'en aille. Je dois vraiment songer à rentrer. »

Mère dit : « La madame ne veut-elle pas rester encore quelque temps ? »

« Non, répondit-elle. Les hommes se font toujours des idées quand ils sont éloignés trop longtemps de leurs femmes. Même les Anglais. »

Avant de partir, ma sœur fit une promenade avec mon frère, tandis que j'allais faire un tour avec mon oncle. La visite de ma sœur, si brève fût-elle, nous avait donné quelques habitudes occidentales. Mon frère se conduisait avec elle de façon étrange. Il croyait devoir faire semblant de l'apprécier, alors que personne d'autre ne l'aimait. J'ignorais de quoi ils parlaient, et je ne voulais pas le savoir. Mais je passai un moment formidable avec mon oncle.

« Tu vas me manquer », m'avoua-t-il.

Je lui demandai à nouveau : « Suis-je vraiment un idiot ? »

Il me regarda un instant avant de répondre : « Tu es un garçon très spécial. »

« Spécial ? »

« Cela veut dire que tu es différent des autres. »

« Je n'aime pas ma sœur. »

« Ne te fais pas de soucis pour ça, me dit-il. Elle ne reviendra jamais. »

« Et vous ? »

« Vais-je devenir un Indien ? un Anglais ? Non, je reviendrai mourir dans ce pays. Je veux que mes yeux se ferment à jamais au Tibet. »

Ils partirent le lendemain. Ma sœur avait mis une robe blanche comme en portent les Anglaises, et un chapeau dont la voilette noire lui couvrait le visage. Elle ne la souleva même pas au moment des adieux. Elle allait quitter à jamais sa famille et sa patrie, mais Père s'inquiétait toujours pour son avenir. Il dit à mon oncle : « L'argent a-t-il une valeur en Angleterre ? Une valeur monétaire ? »

« Oui, répondit son frère, c'est une monnaie là-bas aussi. »

Ma sœur parlait sans cesse à mon oncle de ce qu'ils avaient vu en chemin, et je l'entendis s'enquérir plusieurs fois : « Allons-nous vraiment voyager dans des chaises à porteurs ? »

« Oui, si tu le désires », répondit-il.

« J'ai du mal à croire que les Han, avec leurs habits noirs, marchent vraiment avec une petite maison sur les épaules. »

« C'est vrai, assura mon frère. J'en ai pris une un jour. »

« Ce n'est pas cela qui m'inquiète, dit mon oncle, mais plutôt les bandits. »

« J'ai entendu dire que les Chinois avaient peur des Anglais, dit ma sœur. J'ai un passeport anglais. »

Tout en parlant, nous étions arrivés dans la vallée, où nous nous arrêtâmes pour les regarder descendre la montagne. Elle ne se retourna pas une fois, mais mon oncle nous fit de nombreux signes avec son chapeau.

Après leur départ, mon frère commença à mieux me traiter. Il me dit que lorsqu'il deviendrait chef de clan, il me donnerait beaucoup de filles.

Je partis d'un rire stupide.

Il ajouta, en me tapotant la tête : « À condition que tu m'écoutes. Regarde ta Tharna. Elle a des petits seins et pas de hanches. Je te donnerai des femmes avec des gros seins et des hanches larges. »

« Attendons que tu sois chef de clan. »

« Ça, ce sont des vraies femmes. Je t'en donnerai autant que tu voudras. »

« Attends donc d'être chef de clan... »

« Je veux que tu saches ce que c'est qu'une vraie femme. »

Je commençais à m'impatienter : « Mon cher frère, tu le feras *si* tu deviens chef de clan. »

Tout à coup, son expression changea et il cessa de parler.

Mais je continuai : « Combien de femmes vas-tu me donner ? »

« Fiche le camp d'ici. Tu n'es pas un idiot. »

« Tu ne peux pas dire ça. »

Juste à ce moment-là, le chef de clan arriva pour demander pourquoi ses fils se disputaient.

« Il dit que je ne suis pas idiot. »

« Si tu ne l'es pas, je ne vois pas qui peut l'être », répondit mon père.

Le futur chef de clan s'écria : « Cette femme han lui a appris à se faire passer pour un idiot ! »

Le chef de clan soupira, et lui dit gentiment : « Comme si cela ne suffisait pas d'avoir un frère idiot. Est-ce que tu le deviens, toi aussi ? »

Mon frère baissa la tête et sortit précipitamment.

Le visage de mon père s'assombrit, mais il retrouva son sourire quand j'eus dit des bêtises. « J'aimerais sincèrement que tu ne sois pas idiot, murmura-t-il. Pourtant, tu l'es quand même. » Puis il tendit la main pour me frotter la tête. Je sentis quelque chose remuer au fond de moi. Un rayon de lumière brilla un court instant sur ce point très profond, très sombre, mais il s'éteignit dès que je cherchai à l'observer de près.

SIXIÈME PARTIE

23

LA FORTERESSE

Sept ou huit routes partaient des terres des Maichi pour gagner celles des autres chefs de clan; autrement dit, toutes les routes menaient au domaine des Maichi.

Le printemps venait d'arriver, et avant que la neige ait fondu sur le col de la montagne, des gens apparurent sur les routes pour chercher à manger, comme ils étaient venus chercher des graines de pavot quelques années plus tôt.

Père demanda à mon frère et moi si nous devions leur vendre des céréales.

« Oui, s'ils payent le double du prix », répondit impatiemment mon frère.

Père me jeta un coup d'œil, mais je choisis de me taire. Mère me pinça et me souffla à l'oreille: « Pas le double, le double du double. »

Mais je ne pus que bredouiller: « La maîtresse m'a pincé. »

Mon frère observa Mère, Père me dévisagea. Leur regard sévère ne me gêna pas, mais au bout d'un moment, Mère détourna les yeux.

Le premier jeune maître voulut dire quelque chose à la femme du chef de clan, mais avant qu'il ait trouvé les mots, Père répéta: « Le double? Tu as dit le double? Même leur faire payer le double du double reviendrait à leur en faire cadeau. J'attendrai qu'ils acceptent d'en cracher dix fois le prix. Voilà ce qu'ils obtiendront pour m'avoir disputé les pavots. »

Mon frère, qui s'était à nouveau trompé, était aussi gêné qu'exaspéré. Il leva brusquement la tête : « Dix fois ? Tu penses que tu peux faire cela ? Impossible. Les céréales ne sont que de la nourriture, pas de l'or ou de l'argent. »

En caressant sa barbe grise, le chef de clan prit une boucle dans sa main et l'examina en soupirant : « Le double ou bien dix fois, pour moi, cela ne veut rien dire. Écoute, je me fais vieux, et la seule chose que je désire, c'est que mon successeur soit encore plus fort que moi. » Il se tut un instant avant d'annoncer sa décision : « Très bien, laissons cela pour l'instant. Je veux que ton frère et toi partiez pour les frontières. Emmenez beaucoup de chevaux et de soldats. » Père souligna qu'il prenait cette décision pour les futurs chefs du clan Maichi.

Il se tourna vers son fils idiot : « Sais-tu pourquoi je tiens à ce que vous partiez tous les deux ? »

« Tu veux que je commande des soldats. »

Il éleva la voix. « Je te demande pourquoi. »

Je réfléchis un peu. « Pour que je rivalise avec mon frère. »

Il dit à sa femme : « Gifle ton fils. Il n'a rien compris. »

Alors, la femme de clan m'assena, non pas une gifle symbolique, mais une bonne claque. Mon frère, lui, aurait pu répondre à une telle question, mais le chef de clan ne la lui posa pas. Je ne pouvais quand même pas réagir sans cesse comme un idiot, n'est-ce pas ? J'avais envie d'être intelligent quelquefois. Le chef Maichi avait clairement voulu que ses fils soient en compétition, pour savoir si son fils idiot était plus à même de devenir chef de clan que son frère. J'avais percé son intention, et je le dis effrontément.

Mais les mots étaient à peine sortis de ma bouche que Mère se tourna vers le chef Maichi et dit : « Ton fils cadet est vraiment un idiot », et elle me gifla de nouveau.

« Maîtresse, dit mon frère, à quoi bon ? Vous aurez beau le frapper, il restera toujours un imbécile. »

Mère s'approcha de la fenêtre pour regarder dehors, pendant que je souriais bêtement en fixant le front intelligent de mon frère.

Il éclata de rire, sans raison apparente. C'était plus fort que lui. Il pouvait vraiment être idiot par moments. Père l'avait envoyé dans le sud, puis dans le nord, pour qu'il construise des bâtiments. Il avait fait ce qu'on lui avait dit de faire, mais n'avait pas réussi à deviner leur usage. Ce fut seulement après avoir vu nos vastes récoltes qu'il avait compris que c'étaient des greniers à grain.

Quand les autres chefs de clan vinrent pour acheter nos céréales, le chef Maichi leur dit : « Je vous avais prévenus qu'il ne fallait pas planter de l'opium, mais vous n'avez pas voulu m'écouter. Nous-mêmes n'avons pas encore pu remplir nos propres greniers à grain ; et comme nous allons semer des pavots l'an prochain, nous devons économiser nos céréales. »

Ils partirent les mains vides, emportant avec eux leur rancune contre la riche famille Maichi.

Bien des années avaient passé depuis la dernière fois où les terres des chefs de clan avaient été éprouvées par la famine, et nul ne pouvait croire à l'éventualité d'une disette dans des conditions météorologiques aussi bonnes.

Après le départ des chefs de clan, les routes qui menaient à notre territoire se couvrirent de gens affamés. Mais nous leur disions : « Tous les chefs de clan doivent protéger leur peuple. Les céréales des Maichi sont réservées au peuple des Maichi. » Après avoir reçu un plat de gruau, ils regagnaient leurs terres frappées par la famine, le cœur rempli de haine envers leurs chefs de clan.

Il était temps que je parte dans le nord.

Outre mes domestiques et mes troupes d'élite, je décidai d'emmener une cuisinière. Inutile de dire que je choisis mon ancienne servante, Dolma. J'aurais voulu aussi prendre l'historien privé de langue mais mon père refusa. « Je l'enverrai dès que ton frère ou toi vous en serez montrés dignes. »

« Et si nous le sommes tous deux ? demandai-je. Nous n'avons qu'un seul historien. »

« C'est facile. J'attraperai un autre savant arrogant et lui ferai couper la langue. (Père soupira.) Ce que je crains, c'est qu'aucun de vous n'en soit digne. »

Je demandai à Sonam Tserang de venir avec moi à la cuisine, où j'annonçai ma décision à Dolma. Elle fut si étonnée qu'elle resta bouche bée. Tortillant son tablier graisseux devant une grande bouilloire de cuivre, elle bégaya : « Mais, jeune maître... mais, jeune maître... »

Quand nous sortîmes de la cuisine, nous aperçûmes dans la cour son orfèvre de mari. Sonam Tserang lui apprit que sa femme m'accompagnerait dans mon voyage. Le visage de l'orfèvre pâlit avant même que Sonam ait fini, et il se cogna par mégarde la main avec son marteau. Il leva brièvement son regard vers moi, mais il baissa la tête quand nos yeux se croisèrent.

Après quoi, Sonam Tserang et moi gagnâmes la maison du bourreau.

Aryi père se prosterna dès que nous entrâmes dans sa cour. Son fils, en revanche, resta les bras le long du corps, en souriant timidement. Je lui dis de préparer ses instruments pour pouvoir m'accompagner à la frontière. Il rougit, ce qui montrait qu'il était ravi. Il ne pouvait pas attendre de prendre la suite de son père, comme le fils du chef de clan était impatient de devenir un jour chef de clan. Le bourreau rougit lui aussi, parce qu'il ne voulait pas que son fils commence à manier ses couteaux aussi tôt. Je levai la main pour lui faire signe de se taire, et lui dis :

« As-tu une autre série d'instruments ? »

« J'en ai préparé une pour mon fils le jour de sa naissance. Mais, mais... »

« Mais quoi ? »

« Mais votre frère, le futur chef du clan Maichi, ne sera pas content de moi. »

Je me retournai sans un mot et sortis de la cour du bourreau.

Mais le jour du départ, Aryi apparut avec tous ses outils.

Père demanda aussi à l'intendant de m'accompagner.

Mon frère était assez intelligent pour ne pas avoir besoin d'emmener autant de domestiques. Il disait souvent que le domaine des Maichi aurait de nombreuses pièces vides quand il deviendrait chef de clan. Il voulait dire par là que beaucoup de gens perdraient leur emploi et leur position sous son règne. Il limita son escorte à une escouade de soldats et à un brasseur de bière. Il pensait qu'il était normal que j'emmène l'intendant, une cuisinière qui avait couché avec moi et le futur bourreau, parce que j'étais un idiot. Lorsqu'il apprit que j'avais aussi voulu emmener Tharna, il se moqua de moi. « Quand il y a une foule, il y a des femmes. Pourquoi emmener cette fille ? Vois-tu une seule femme dans ma suite ? »

Je répondis bêtement : « Mais c'est ma femme de chambre... » et il partit d'un rire tonitruant.

Alors, je dis à Tharna : « Très bien, assez pleuré. Tu m'attendras ici. »

Sur la route de la frontière, nous nous retrouvâmes entourés par des gens affamés qui avaient été refoulés au domaine. Quand nous eûmes fini de manger, je dis aux serviteurs de leur donner les restes. Après quoi, tous s'écrièrent que le deuxième jeune maître de la famille Maichi était un homme bon et généreux.

L'intendant éclopé me dit : « Ces gens ne mettront pas longtemps à nous suivre comme une bande de loups voraces. »

« Vraiment ? Ils feraient ça ? »

Il secoua la tête. « Pourquoi se fait-il que je ne puisse voir aucun avenir pour aucun des jeunes maîtres ? »

« Ah bon ? Vraiment ? »

« Mais une chose est sûre, c'est que nous réussirons mieux que votre frère aîné, car je ferai tout pour vous aider. »

Sonam Tserang, qui marchait devant mon cheval, renchérit : « Nous ferons de notre mieux, nous aussi, pour aider le jeune maître. »

Le fouet de l'intendant atterrit sur son dos, ce qui me fit rire si fort que je faillis tomber de cheval.

« Jeune maître, dit l'intendant, vous traitez trop bien les domestiques. Ce n'est pas bon. Un chef de clan ne ferait jamais ça. »

« Pourquoi devrais-je me conduire comme un chef de clan, puisque je n'accéderai jamais à ce rang ? »

« Si c'était vrai, le chef Maichi ne vous aurait pas envoyé à la frontière nord. » Comme je ne répondais pas, il talonna sa monture pour venir chevaucher à ma hauteur et me glissa : « Jeune maître, vous avez raison d'être prudent, mais vous devriez me dire ce que vous avez en tête. Pour pouvoir vous aider, j'ai besoin de savoir ce que vous pensez. »

Sur ce, je cravachai la croupe de son cheval ; l'animal se cabra et manqua de désarçonner le fidèle intendant. Je le cravachai à nouveau, et il partit comme une flèche en soulevant des volutes de poussière. Quant à moi, je ralentis jusqu'à ce que les domestiques m'aient rattrapé. Pendant ce temps, mon ancienne servante, Dolma, m'évitait. Le visage barbouillé de suie, elle portait une bouilloire et un petit fagot sur son dos. En un mot, elle n'était plus la Dolma qui m'avait enseigné les secrets de l'amour. Son aspect me remplit de peine, car je mesurai, à sa vue, la nature éphémère des choses. J'ordonnai à un serviteur de lui porter son wok et lui dis d'aller se laver le visage dans le ruisseau. Après quoi, elle marcha devant moi d'un bon pas. Je n'ouvrais pas la bouche, elle non plus. Je ne pouvais pas lui dire ce que je pensais. Comme je ne voulais plus coucher avec Dolma, qu'attendais-je exactement d'elle ? Ma cervelle d'idiot se refusait à me l'indiquer. Je vis ses épaules commencer à trembler. Elle pleurait.

« Regrettes-tu d'avoir épousé l'orfèvre ? » demandai-je.

Elle hocha la tête, puis la secoua.

« N'aie pas peur... »

Sa réponse me prit au dépourvu. « Jeune maître, déclara-t-elle, certains disent que vous serez le prochain chef de clan, et pour moi, le plus tôt sera le mieux. »

Sa tristesse me toucha. Dolma voulait que je devienne chef de clan pour que je l'affranchisse de son statut d'esclave. À ce moment-là, je me dis sincèrement qu'il fallait que ce soit moi qui accède à ce rang.

« Tu n'as jamais été à la frontière, lui dis-je, alors, profite de ce voyage, et après, tu pourras retourner auprès de ton orfèvre. »

Elle s'agenouilla sur la route et, en se prosternant devant moi, elle macula son front de poussière. Voyez comme il est vain de vouloir raviver les souvenirs du passé : cette femme avait été si soignée quand elle était à mon service... J'éperonnai mon cheval, et ses sabots soulevèrent un grand nuage de poussière qui enveloppa tout le monde derrière moi.

Le printemps était de plus en plus éclatant. À mesure que nous progressions dans notre voyage, c'était comme si nous marchions vers le cœur de la saison. Lorsque nous atteignîmes la frontière, nous vîmes les azalées fleurir autour de nous. Le nombre des gens affamés augmentait. Leurs visages commençaient à prendre la teinte de l'herbe et du vert émeraude des torrents déchaînés.

Mon frère avait construit un grenier à grain formidable. J'entends par là que c'était une forteresse imprenable.

Je dois vous dire, bien sûr, qu'il n'avait pas fait preuve de créativité. Je sais qu'on a du mal à croire qu'un futur chef de clan aussi intelligent, qui plaisait tant aux filles, n'était pas un homme créatif.

Mais quand, à l'approche de la frontière, sa réalisation architecturale s'éleva devant nos yeux, l'intendant s'exclama : « Regardez ! On dirait le domaine des Maichi ! »

C'était une réplique presque parfaite.

Un bâtiment de trois étages entourait une cour en terre battue, sur laquelle donnaient des portes et des fenêtres ; des meurtrières, qui servaient aussi de croisées, s'ouvraient vers la vallée. Le rez-de chaussée était occupé par un entrepôt, et les deux étages supérieurs par des appartements, qui pouvaient être convertis en positions défensives pour tirer sur les assaillants. On pouvait même tirer de son lit. Dommage pour mon frère. S'il était né avant que l'on ait fixé les frontières des chefs de clan, il aurait sûrement été un vrai héros. Mais j'avais compris que notre père ne l'avait pas envoyé à la frontière pour construire un autre domaine.

Père se faisait vieux et il se plaignait souvent que le monde avait changé. Mais ces derniers temps, au lieu d'user d'un ton affirmatif, il demandait en général d'un air perplexe : « Le monde a-t-il vraiment changé ? »

Mon frère, incapable de comprendre la peine que lui causait cette perplexité, disait avec désinvolture : « Le monde doit évoluer, mais la famille Maichi est si forte qu'il peut changer ou non, peu importe. »

Père savait qu'un chef de clan qui ne pouvait s'adapter à ces transformations courait au désastre, même s'il jouissait d'une puissance sans précédent. Alors, il se tourna vers son fils idiot ; et quand je perçus la douleur cachée dans son cœur, le même air de souffrance se peignit sur mon visage. Voyant son chagrin reflété dans les yeux de son fils stupide, le chef de clan sentit qu'il ne faisait qu'un avec lui.

Quand il disait que le monde avait changé, cela signifiait que bien des choses devaient se transformer chez nous en conséquence. Jadis, nos ancêtres avaient construit une forteresse solide au centre de nos terres. Mais cela ne voulait pas dire que nous devions faire de même à la frontière. Nous nous battions toujours, bien sûr, avec les autres chefs de clan, mais nous avions déjà gagné des combats avec des armes de guerre. Au cours de ce printemps, nous allions livrer une bataille avec de l'orge, et nous n'avions pas besoin de forteresse pour cela.

Pour lors, cependant, nous devions nous installer dans celle qu'avait bâtie mon frère.

C'était une année de famine, mais nous marchions, parlions et rêvions sur des monceaux de grains. Notre entrepôt était rempli d'immenses réserves d'orge et de maïs. Leur parfum montait vers nous et pénétrait nos rêves. Dehors, dans la douceur du printemps, des gens affamés au visage verdâtre erraient dans les champs ; beaucoup d'entre eux ne pouvaient espérer manger un seul repas avant de mourir, alors que nous dormions sur des montagnes de nourriture. Les serviteurs le savaient, et ils étaient fiers d'être les esclaves de notre famille.

24

L'ORGE

Il est temps que je parle de nos voisins.

Le chef Lha Shopa avait été extrêmement puissant il y a cent ans. Mais les chefs de clan puissants faisaient tous un mauvaise usage de leur pouvoir et abusaient de leurs voisins plus faibles. La famille Lha Shopa avait jadis forcé un chef Maichi à épouser sa fille, et son chef était ainsi l'oncle du chef Maichi. Mais plus tard, lorsque notre voisine, Rongong, avait vaincu l'actuel chef de clan Lha Shopa, la famille Maichi en avait profité pour lui donner une nièce en mariage, et mon père était devenu à son tour l'oncle de Lha Shopa.

J'espérais que nos parents se montreraient peu après notre arrivée à la frontière.

Mais la famille Lha Shopa me déçut.

Chaque jour, des gens affamés tournaient en un cercle vertigineux autour de notre forteresse. Il aurait été absurde de penser qu'ils pourraient nous arracher notre bastion, mais c'était néanmoins une vision agaçante. Un groupe venait tourner autour de nous pendant deux jours, suivi d'un autre groupe qui arrivait à tenir trois jours ; cela n'avait pas de fin. Entre-temps, notre ex-oncle et actuel neveu ne s'était toujours pas montré. Les membres de son peuple tombaient comme des mouches ; ils tournaient autour de nous jusqu'à épuisement, avant de s'effondrer pour mourir. Peut-être le chef de clan Lha Shopa cherchait-il à éveiller ma compassion. Mais s'il croyait y parvenir, il n'était pas un chef de clan, car aucun chef de clan n'aurait placé le moindre espoir dans la bonté d'autrui. Seuls les roturiers étaient aussi naïfs.

Nous approchions du milieu du printemps. Un jour, je fis venir la cuisinière, Dolma, et lui dis de prendre dix serviteurs pour installer des chaudrons dans la cour et y faire griller de l'orge. Les feux prirent très vite et des langues de flammes léchèrent la base des chaudrons en faisant crépiter les grains d'orge.

Notre intendant m'adressa un regard perplexe. « Je ne fais pas cela juste pour entendre le crépitement », expliquai-je.

« Bien sûr que non, répondit-il. Si c'est ce que vous aviez en tête, vous auriez pu les chasser en faisant tonner la mitraille. »

C'était un homme intelligent. Il fronça le nez, et déclara : « Cela sent délicieusement bon. » Puis, il comprit et se frappa le front. « Jeune maître, l'odeur ne va-t-elle pas tuer tous ces gens ? »

Il me prit par la main et me fit gravir une des tours de guet qui flanquaient les angles de la forteresse. L'édifice avait cinq étages, ce qui permettait de voir au loin. Les gens affamés continuaient à tourner, ce qui signifiait qu'ils n'avaient pas encore senti l'odeur de l'orge.

« C'est vous qui avez eu cette idée, me dit l'intendant. Alors, ne soyez pas impatient. »

« Je le *suis*, un peu », avouai-je.

De l'endroit où elle surveillait les opérations, Dolma leva les yeux vers nous. Je lus dans son regard que la vue de cette orge qui brûlait la peinait. J'agitai la main, et je vis qu'elle avait compris pourquoi je la sacrifiais. Sur quoi, elle fit signe aux domestiques de rajouter du grain dans les chaudrons fumants. À cet instant, elle n'avait plus l'air d'une humble cuisinière, mais elle n'avait pas vraiment retrouvé l'aspect de la femme avec qui j'avais couché.

Le feu est une chose merveilleuse ; non seulement il brûle les grains d'orge, mais il décuple, voire centuple leur arôme, qu'il exhale avant que les grains ne meurent. Une odeur appétissante s'élevait de la forteresse et déferlait vers les champs. Les affamés levaient la tête, tendant avidement leurs narines vers le ciel et titubant comme des ivrognes. Quelqu'un a-t-il jamais vu des centaines et des milliers d'ivrognes, hommes et femmes, jeunes et vieux ? J'en doute. Je fus touché par la vue de tous ces gens qui levaient les yeux en même temps. Ils chancelaient parce qu'ils regardaient le ciel au lieu de la terre sous leurs pieds. À la fin, ils ralentirent et se mirent à tourner en cercles. Puis ils s'arrêtèrent et s'écroulèrent.

Les gens affamés s'évanouirent, écrasés par le parfum de l'orge.

Je venais de voir de mes yeux que l'orge était plus puissante que les fusils ; et je compris pourquoi mon père croyait qu'il allait coûter dix fois plus cher.

J'ordonnai que l'on ouvrît le portail de la forteresse.

Je ne sais où mon frère avait trouvé les artistes qui avaient construit une telle porte — solide et inattaquable dès qu'elle était close, mais facile à ouvrir. Des roues grondèrent comme le tonnerre quand on en écarta les deux battants. Les domestiques sortirent en masse et placèrent une poignée d'orge parfumée devant tous les gens évanouis. Le soleil se couchait derrière la montagne quand ils eurent terminé. Les affamés reprirent conscience lorsque les brises du soir se mirent à souffler, pour découvrir devant eux les grains d'orge, qui paraissaient tombés du ciel. Cette petite portion de nourriture leur donna la force de se relever. Dans la lumière déclinante, je les vis traverser un à un une rivière à gué, franchir une colline basse, puis disparaître de ma vue.

L'intendant toussa derrière moi, mais je n'étais pas assez bête pour croire qu'il avait attrapé un rhume. « As-tu quelque chose à dire ? » m'enquis-je.

« Si j'étais avec le premier jeune maître, et non pas avec vous, je ne dirais pas ce que je pense. »

Je savais qu'il disait la vérité, mais je demandai : « Est-ce parce que je suis idiot ? »

Il haussa les épaules. « Je veux être franc avec vous. Vous êtes peut-être un idiot, ou bien la personne la plus intelligente du monde. Mais quoi qu'il en soit, je vous suivrai. »

Je voulais l'entendre dire que le jeune maître était intelligent, mais il me déçut. J'étais donc vraiment un idiot. Mais sa déclaration de loyauté me consola. « Très bien, fis-je, écoutons ce que tu as à dire. »

« Demain ou après-demain, au plus tard, nos hôtes seront là. »

« Alors, prépare une réception. »

« La meilleure manière de le faire serait de leur donner à croire que nous n'avons rien préparé. »

Je souris.

À présent que nous attendions le chef Lha Shopa, je partis chasser dans la montagne avec ma suite, et assez d'armes de pointe pour effrayer les autres chefs de clan. Ce jour-là, notre parent, Lha Shopa, s'approcha de la frontière au bruit d'un feu nourri. Debout sur la montagne, nous tirions en l'air tout en le regardant, lui et ses gens, avancer vers la forteresse. Ils franchirent le portail, mais nous n'avions pas de raison de nous dépêcher de rentrer. Je dis à mes domestiques d'allumer un feu et de faire griller des lapins pour le déjeuner.

J'allai même jusqu'à faire un somme dans le champ d'azalées en fleurs. Imitant les chasseurs chevronnés, je baissai mon chapeau sur mon visage pour me protéger du soleil. Au début, je fis semblant de dormir, mais je ne tardai pas à m'assoupir. Mes serviteurs attendirent mon réveil pour manger les lapins. Nous nous gorgeâmes de viande grillée et après, personne n'eut envie de se lever. Nous répugnâmes encore plus à partir lorsque des paysans d'un pré voisin nous offrirent du yaourt.

C'était la meilleure saison pour les hommes qui ont l'estomac plein.

Une brise légère soufflait sur l'herbe et autour de nous, des boutons de fraises d'un blanc brillant faisaient ressortir l'éclat des pissenlits du champ. Puis, vinrent les chants des coucous, perchés sur des arbres si verts qu'ils semblaient trempés d'humidité. Les coucous chantaient, chantaient... toujours plus fort et plus longtemps. Mes serviteurs, allongés dans l'herbe, se mirent à imiter leur chant. À ce moment-là, notre situation n'aurait guère pu être meilleure. Au pied de la colline, des hommes, les yeux écarquillés, regardaient notre grenier à grain plein à craquer. Pendant ce temps, nous flânions très haut au-dessus de leurs têtes, tuant des lapins avec des armes puissantes qui n'avaient encore jamais servi au combat. Nous savourions leur chair et le yaourt, et paressions dans l'herbe en écoutant le chant des coucous.

C'était merveilleux...

« C'est merveilleux ! » m'écriai-je.

Les autres, conduits par l'intendant, s'agenouillèrent devant moi.

Croyant que j'étais un homme jouissant d'une bonne fortune extrême, ils s'inclinaient pour me montrer qu'ils me seraient désormais fidèles. Je leur fis signe de se lever, ce qui signifiait que j'acceptais leur loyauté. Leur marque de respect n'était pas un simple geste ; c'était un rituel, et cela changeait tout. Mais comme je ne voulais pas souligner ce changement, je dis en agitant la main : « Rentrons. »

En poussant des acclamations, ils sautèrent sur leurs chevaux et galopèrent au bas de la colline.

J'étais sûr que nos hôtes observaient notre cortège imposant.

En rentrant dans la forteresse, je vis que Dolma s'était débrouillée à la perfection.

Elle avait placé un tas de nourriture devant chacun de nos invités, tellement qu'ils n'auraient pu tout manger s'ils avaient eu trois estomacs à faire éclater. Ils n'avaient pas non plus hésité à se gaver. Leur regard stupide était visiblement celui de ceux qui se sont empiffrés au point de ne plus pouvoir avaler une seule bouchée.

Dolma me glissa : « Ils n'auront plus faim pendant trois jours. »

« Bon travail », répondis-je.

Elle rougit. Je voulus répéter que je la libérerais un jour, mais je craignais de ne pas pouvoir tenir ma promesse. L'intendant, derrière moi, s'approcha de nos hôtes. Voyant que je la regardais, Dolma se mit à rayonner. Après avoir grillé l'orge et traité parfaitement nos invités, elle semblait avoir retrouvé sa confiance passée. « Jeune maître, me dit-elle, ne me regarde pas comme avant. Je ne suis plus cette Dolma. (Elle pouffa.) Je suis une vieille femme à présent. »

Les femmes peuvent aussi avoir l'air bête quand elles rient. Peut-être, pensai-je, devrais-je lui dire quelque chose, mais quoi ? Je ne coucherais plus jamais avec elle, mais je ne pouvais pas simplement lui dire qu'en accueillant nos hôtes de la sorte, elle avait été au-devant de mes désirs. Tandis que j'étais en proie à ce dilemme, l'intendant vint vers moi avec un gros homme qui marchait en traînant les pieds et raclait bruyamment le sol avec ses bottes.

Dolma me chuchota : « C'est le chef de clan Lha Shopa. »

J'avais entendu dire que Lha Shopa avait la quarantaine, mais il paraissait bien plus vieux que mon père. Peut-être était-ce parce qu'il était si gras ; le simple fait de traverser la pièce l'essoufflait, et il ne cessait de s'essuyer le visage avec une serviette. La vue d'une personne aussi replète qui haletait après deux ou trois pas m'amusa.

Je ne pus m'empêcher de rire.

En croisant le regard de l'intendant, je sus que j'avais ri exactement au bon moment, car je n'aurais plus, à présent, à saluer cet homme que je n'avais pas invité.

Lha Shopa me parla de sa voix gutturale : « Est-ce mon neveu qui rit ? »

Il n'avait pas oublié notre ancien lien de parenté. Malgré ses difficultés à se mouvoir, il parvint à s'approcher rapidement de moi. Il me prit par les épaules et me secoua, comme s'il voulait me réveiller. Puis, d'une voix étranglée par les larmes, il dit : « Cher neveu Maichi, je suis votre oncle Lha Shopa. »

Au lieu de lui répondre, je me tournai pour admirer le coucher de soleil.

Le soleil couchant ne m'intéressait pas vraiment ; je voulais simplement détourner mon regard de cet homme. J'étais ainsi : je levais les yeux vers le ciel chaque fois qu'il y avait une chose que je ne voulais pas voir.

Lha Shopa se tourna vers l'intendant : « Mon Dieu, ce qu'on dit de mon neveu est donc vrai ! »

« Vous en êtes sûr ? » répondit l'intendant.

Le chef de clan me demanda : « Mon pauvre neveu, vous ne me reconnaissez pas ? Je suis votre oncle Lha Shopa. »

Il avait dû penser que son neveu idiot n'oserait pas parler à une personne qu'il ne connaissait pas, mais je le pris au dépourvu en disant : « Nous avons fait griller beaucoup d'orge... »

Il en laissa tomber sa serviette.

« Les sujets de Lha Shopa n'avaient rien à manger, poursuivis-je, alors, je leur ai donné un peu d'orge grillée et ils ont pu rentrer chez eux. Si je ne l'avais pas fait, tous ces gens seraient morts avant la prochaine récolte. »

Le puissant arôme de l'orge grillée persistait au-dessus de la forteresse, attirant des oiseaux venus de tous côtés. La nuit commençait à tomber, et ils pépiaient joyeusement en planant dans les pâles rayons du soleil qui annonçaient la fin du jour.

Je quittai la pièce et montai dans ma chambre.

D'en haut, j'entendis l'intendant souhaiter une bonne nuit à Lha Shopa. Le chef de clan, qui avait cru pouvoir manœuvrer aisément l'idiot de ma famille, balbutia : « Mais... mais... nous n'avons même pas fini de parler... »

L'intendant répondit : « Le jeune maître n'a-t-il pas abordé la question des céréales ? Il savait que vous n'étiez pas venu pour une visite de famille. Levez-vous tôt demain et attendez-le. »

J'ordonnai à mes jeunes serviteurs : « Allez dire à Dolma de se lever tôt demain matin pour aller nourrir les oiseaux. »

Puis, je me couchai et m'endormis très vite.

Le jour suivant, je fus réveillé par des myriades d'oiseaux. Jamais je n'en avais entendu autant dans ma vie entière.

Pour être franc, il y avait vraiment quelque chose qui n'allait pas dans ma tête. Ces derniers temps, je me réveillais souvent le matin sans savoir qui j'étais. En ouvrant les yeux sur le plafond, dont les motifs couraient comme les ondes dans l'eau, et en voyant les grains de poussière flotter dans les rais de soleil qui ruisselaient par la fenêtre, je me disais : « Où suis-je ? » Puis je sentais un goût aigre dans ma bouche, relent du dîner de la veille. Je répondais à ma question moi-même : « Je suis dans tel ou tel endroit », et quand j'avais tiré cela au clair, il était temps que je me lève. Je n'avais jamais craint que l'on me traitât d'idiot, mais je tenais absolument à cacher ce deuxième problème. Alors, je m'efforçais de m'interroger en silence, même si les mots s'échappaient quelquefois de ma bouche.

Je n'avais jamais connu cela par le passé. Dès que je me réveillais, j'avais toujours su exactement où j'étais, dans quel lit et sous quel toit. Mais je ne m'étais pas encore montré intelligent dans bien des domaines, de sorte que le problème ne s'était jamais posé, pas une fois. Je supposais qu'au lieu de diminuer, mon idiotie s'était simplement déplacée ; c'est-à-dire que j'étais bête pour certaines choses, et pas pour d'autres.

Je ne voulais pas que les gens sachent que j'étais devenu intelligent pour certaines choses, et je ne voulais surtout pas qu'ils sachent dans quels domaines j'étais resté idiot. Mais les choses avaient empiré récemment. La plupart du temps, je devais me poser une question, et parfois deux, avant d'avoir les idées tout à fait claires.

La deuxième question était : « Qui suis-je ? » et elle était un vrai supplice pour un homme qui s'était perdu dans un rêve.

Par chance, ce matin-là, seule la première question s'imposa.

Je me répondis à voix basse : « Tu es à la frontière nord des terres des Maichi. »

Le soleil était haut dans le ciel quand je mis le pied dehors. Le chef Lha Shopa et sa suite étaient au rez-de-chaussée, et attendaient mon arrivée. Dolma, dans la cour, surveillait les domestiques qui faisaient griller une quantité d'orge aromatique. Des volées d'oiseaux tournaient autour de nous. J'appelai Dolma, qui s'arrêta et me fit monter un grand tamis plein d'orge. Les serviteurs attendaient, les mains remplies de grains, et dès que je lançai les miens vers les oiseaux, ils m'imitèrent. Aussitôt, la cour fut envahie par toutes sortes d'oiseaux. Puis, Dolma ouvrit le lourd portail et, suivie des serviteurs qui l'assistaient, elle sortit en jetant des poignées d'orge devant elle.

Cette vision stupéfia nos hôtes.

« Les oiseaux meurent de faim sur les terres du chef Lha Shopa, alors donne-leur encore plus de grain », dis-je à Aryi en lui tendant le tamis. D'ordinaire pâle comme la mort, il rougit en courant au bas de l'escalier et se mit à lancer l'orge dans la cour par poignées.

Sur ce, j'invitai nos hôtes à partager mon petit déjeuner.

Déjà, le chef Lha Shopa ne m'appelait plus son neveu. Il avait fini par comprendre. « Nous sommes parents, me dit-il. Le chef de clan Maichi est l'oncle de Lha Shopa. »

J'éclatai de rire, ce qui lui fit plaisir.

Il était temps de parler des céréales.

Mais dès que nous abordâmes le sujet, le deuxième jeune maître de la famille Maichi redevint un imbécile. « Le grenier à grains des Maichi ne contient pas de l'orge, dis-je bêtement, mais de l'argent qui pèse le même poids que l'orge. »

Lha Shopa cessa de souffler comme une forge. « Vous dites que les céréales sont aussi précieuses que l'argent ? »

« Peut-être. »

Il lança d'un ton péremptoire : « Aucune céréale au monde n'a une valeur pareille. Personne n'achètera votre orge. »

« La famille Maichi en vendra chaque grain, répliquai-je. C'est précisément pour faciliter les choses aux acheteurs que le grand chef Maichi, dans sa grande prévoyance, a bâti ce grenier à vos portes. Ainsi, les affamés n'auront pas à marcher trop loin pour trouver à manger. »

Le chef Lha Shopa essaya patiemment de raisonner l'idiot : « L'orge n'est que du grain. Ce n'est pas de l'argent. Tôt ou tard, elle pourrira, et il ne servira à rien de garder autant d'orge pourrie. »

« Alors, nous la laisserons pourrir, et votre peuple mourra de faim. »

Ce fut à ce moment-là que sa patience céda. « Au pire, quelques-uns de nos serfs connaîtront la disette. Mais la famille du chef de clan ne mourra pas de faim, c'est certain. »

Je ne répondis pas.

Cherchant à me provoquer, Lha Shopa ajouta : « Vous verrez. L'orge pousse déjà dans les champs et nous pourrons la récolter dans trois mois. »

L'intendant insinua : « Espérons que votre peuple ne mourra pas de faim d'ici là. »

« Le chef Lha Shopa a-t-il invité un chaman à changer les pavots en orge ? » demandai-je.

Il transpirait tellement qu'il faillit se noyer dans sa sueur.

Avant de le raccompagner à la frontière, nous traitâmes grandement le chef de clan Lha Shopa. Au moment de prendre congé, nous prîmes soin de ne pas poser le pied sur ses terres, car je lui avais promis que notre peuple ne franchirait jamais la frontière. Sur ce, je dis au chef Lha Shopa, qui était mon oncle, mais aussi mon neveu : « Vous reviendrez. »

Il ouvrit la bouche, mais n'arriva pas à jeter le gant. C'est vrai, il n'osa pas me dire : « Jamais. »

Il souffla encore une ou deux fois comme un phoque, puis il descendit la montagne sans un mot.

Nous l'observâmes jusqu'à ce qu'il ait disparu de l'autre côté de la frontière avec sa suite, dans les montagnes bleues.

25

LA FEMME CHEF DE CLAN

La chef de clan Rongong arriva quelques jours après le départ de Lha Shopa.

Rongong était aussi une voisine du nord, dont le territoire s'étendait à l'ouest des terres de Lha Shopa.

Le simple fait de mentionner la chef Rongong me pousse à évoquer un phénomène curieux. Nous savions que les chefs de clan étaient, jusqu'à un certain point, des empereurs, des monarques locaux. Ils étaient tous au moins bigames, mais aucun d'eux n'avait beaucoup d'enfants. La plupart épousaient une femme après l'autre, sans donner naissance à un héritier mâle. Chaque chef de clan connaissait fatalement ce problème, et la famille Rongong ne faisait pas exception à la règle. Pendant des générations, les chefs Rongong avaient eu beau épouser de nombreuses femmes et s'évertuer à copuler, chacun n'avait pu engendrer qu'un seul fils. Pour remédier à la situation, ils avaient fait le voyage à Lhassa au nord et au mont Emei à l'est, en vain. Finalement, même ce fils unique leur avait été refusé.

Voilà comment une femme intelligente et intrépide devint le chef de la famille.

Au départ, la femme chef de clan devait être un personnage transitoire. Son premier devoir, après avoir reçu le pouvoir, consistait à se trouver un mari pour avoir un fils qui reprenne le titre. À l'époque, aucun chef de clan doté d'au moins deux fils ne voulait rater une telle occasion.

Mais dès qu'une femme accéda au rang de chef de clan, ni elle, ni aucune de celles qui lui succédèrent n'arriva à donner naissance à un fils. On m'apprit que celle qui vint me voir était la quatrième. Elle était, paraît-il, une amante si fougueuse que son premier mari était mort en trois ans. Le mari suivant avait tenu plus longtemps, huit ans, suffisamment pour lui donner une fille. Après quoi, elle décida de ne pas se remarier, ce qui déclencha une tempête de protestations chez les autres chefs de clan, qui se récrièrent qu'une femme ne pouvait pas diriger définitivement cette famille. Menaçant d'attaquer ses terres, ils la forcèrent à épouser un homme de leur choix. Son nouveau mari était un étalon doté d'une santé de fer.

« Maintenant, elle va enfin avoir un fils », disaient-ils.

Puis, ils apprirent que cet homme était mort.

J'avais entendu dire que la femme chef de clan prenait désormais pour amants ses vassaux les plus puissants, des officiers de son armée, et même des lamas. Elle menait la vie insouciante d'un empereur, ce qui faisait d'elle, à mes yeux, une femme intelligente. Mais elle avait, elle aussi, renoncé aux céréales en faveur des pavots, ce qui avait plongé son peuple dans la famine à une époque qui ne connaissait pas de catastrophes naturelles.

Elle arriva au moment où je n'en pouvais plus d'attendre.

Dès qu'elle apparut à l'horizon, mes serviteurs l'aperçurent avec sa suite.

Je passai tout l'après-midi dans la tour de guet, mais le cortège s'arrêta avant d'atteindre la forteresse. Les cavalières mirent pied à terre au bord d'un ruisseau qui serpentait entre les arbres, assez près pour que je puisse les voir, mais trop loin pour satisfaire mon puissant désir de rencontrer la femme chef de clan. Puis, elles dessellèrent leurs chevaux pour qu'ils puissent brouter librement. Après quoi, une fumée bleu sombre monta en volutes dans le ciel au-dessus d'elles ; et je vis qu'elles allaient manger avant de franchir la frontière.

Je dis à l'intendant : « Qui dit qu'une femme chef de clan n'est pas l'égale d'un homme ? »

« Je doute qu'elles aient apporté assez de provisions pour tenir tout l'hiver », répondit-il.

Il avait raison, et j'allai manger à mon tour. Après le dîner, la route demeura vide. Je ne pus m'empêcher de remonter à la tour de guet, d'où je vis qu'elles avaient planté des tentes en cercle dans une prairie, où elles avaient clairement l'intention de passer la nuit. Contrarié, je dis à l'intendant : « Ne leur donne pas un seul grain d'orge. »

Il rit : « Le jeune maître avait-il vraiment l'intention de leur en donner ? »

Je savais que je ne dormirais pas bien cette nuit, et je demandai une femme.

« Nous n'avons pas emmené de jolies filles », me dit Sonam Tserang.

« Je veux une femme », insistai-je.

Alors, ils conçurent un plan. Lorsque j'eus éteint la lumière et me fus mis au lit, ils m'envoyèrent une fille qu'ils ne trouvaient pas assez belle. Mais c'était une vraie lionne. Elle bondit sur moi en hurlant et, tout en appréciant ce plaisir épicé, je me demandai si la femme chef de clan était pareille au lit. Je songeai à allumer une lampe pour voir si cette femme ardente, qui s'ébrouait comme une jument, ressemblait quelque peu à la femme chef de clan, qui, disait-on, possédait des qualités masculines. Mais je ne me réveillai qu'au matin, lorsque le soleil darda ses rayons sur mon lit. Avant que je puisse me poser ma question quotidienne, Aryi entra comme une tornade.

« Elles sont là ! » m'annonça-t-il, en poussant un cri de joie. « Jeune maître, elles sont là. »

J'avais entendu des gens courir dans l'escalier, ce qui prouvait que je n'étais pas le seul à attendre fébrilement l'arrivée de la femme chef de clan. Après m'être lavé et habillé, je sortis juste à temps pour voir arriver quatre femmes, montées sur deux chevaux noirs, un blanc et un roux.

La cavalière à la monture rousse devait être la femme chef de clan. Son allure un peu masculine ne la rendait que plus belle, plus souveraine. Elle fut la première à sauter à terre, suivie de ses dames d'honneur, dont l'habit rouge tranchait sur la robe de leurs chevaux noirs. L'une d'elles saisit les rênes du cheval blanc, l'autre s'agenouilla à terre pendant que la jeune fille qui montait le coursier immaculé levait son voile.

« Oh, mon Dieu ! » m'entendis-je m'exclamer.

Mon Dieu ! La fille au cheval blanc était splendide !

Jusqu'alors, j'avais ignoré ce qu'était la vraie beauté, mais désormais, je le savais.

Je faillis trébucher sur le sol de la véranda et, s'il n'y avait pas eu la balustrade, je me serais écroulé aux pieds de cette beauté pareille à une fée. L'intendant me sourit et dit : « Jeune maître, reprenez-vous. Cette fille a le pouvoir de décupler l'intelligence d'un homme ou d'en faire un parfait crétin. »

Mes pieds me portèrent au bas de l'escalier, marche par marche, mais je ne les sentis pas, car mes yeux étaient fixés sur l'éblouissante beauté qui posait les siens sur le dos de sa suivante.

J'ignore comment j'arrivai au bas des marches. Je voulus m'approcher de la fille, mais sa mère, la femme chef de clan, me boucha la vue en s'avançant vers moi. J'avais complètement oublié qu'elle était la célèbre chef Rongong.

« Vous me bloquez le passage, lui dis-je. Je ne peux pas voir cette jolie fille. »

Derrière moi, l'intendant toussa, me ramenant à la réalité. Sachant que j'étais le fils idiot du chef Maichi et de sa femme han, la chef de clan sourit en ôtant le fusil qu'elle portait en bandoulière et le tendit à une de ses suivantes. Puis elle me fit un modeste salut.

« Le deuxième jeune maître est bien tel que je l'avais imaginé », répondit-elle.

Ce n'était peut-être pas le cérémonial qui convenait entre deux chefs de clan, mais cela me plut. Son attitude était si détendue qu'elle m'apparut comme le parfait prélude à une entrevue entre dirigeants.

Je souris. « Tout le monde dit que la femme chef de clan a des manières d'homme, mais je la trouve très féminine. »

« La famille Maichi fait-elle toujours attendre ses hôtes dans la cour ? » demanda-t-elle.

Alors, l'intendant s'écria : « Préparez-vous à accueillir nos invités ! »

Un long tapis rouge fut déroulé au bas des marches, avec une telle précision qu'il s'arrêta juste à ses pieds. Depuis notre ascension au pouvoir, nous avions reçu un flot constant de visiteurs, et nos domestiques avaient eu amplement l'occasion de parfaire le rituel d'accueil.

« Montons », dis-je.

Nous gravîmes l'escalier en marchant sur le tapis rouge. J'essayai de traîner derrière la chef Rongong pour mieux apercevoir sa fille, mais ses suivantes me prirent par les bras en disant : « Faites attention, jeune maître », et elles me poussèrent à côté de leur maîtresse.

Dès qu'on servit le vin, l'intendant déclara : « Le jeune maître était inquiet que vous ayez passé la nuit dehors après avoir atteint nos terres. »

La chef de clan répondit dans un sourire : « Le jeune maître n'a pas l'air du genre à se faire du souci. »

Sa suffisance me déplut, mais je dis sans broncher : « Les Maichi aiment que leurs invités se sentent à l'aise. »

Elle sourit. « Ma famille est régie par des femmes, et les femmes préfèrent soigner leur apparence avant de voir les gens. Ma fille et ses suivantes voulaient être aussi présentables que possible. »

Ce fut la première fois que sa fille me sourit. Ce n'était pas le sourire doucereux d'une femme qui venait demander de l'aide, mais celui d'une fille qui connaissait l'étendue de sa beauté. De son côté, sa mère arborait un sourire satisfait, visiblement fière d'être la seule femme chef de clan du monde. Leur attitude montrait qu'elles pensaient avoir affaire à un jeune homme un peu simplet.

Je dis à l'intendant d'une voix forte : « Prions nos invitées de rentrer dans le vif du sujet. »

« Oui, renchérit-il, abordons la question la plus urgente. »

Mais la chef Rongong continuait à se conduire comme si elle n'était pas venue en quémandeuse. « Ma fille... »

Je la coupai. « Parlons de l'orge, s'il vous plaît. »

Sa peau sombre vira au rouge. « Laissez-moi vous présenter ma fille. »

« Quand je me suis présenté il y a quelques instants, répondis-je, vous n'avez pas mentionné votre fille. Le temps des salutations est passé, à présent. Vous pouvez discuter de l'orge avec mon intendant. »

Je me levai et quittai la table avec mes deux serviteurs. La chef de clan allait regretter de m'avoir traité à la légère. Elle avait commis l'erreur commune aux gens intelligents : sous-estimer un idiot ; et en l'occurrence, sous-estimer l'idiot des Maichi revenait à sous-estimer la valeur de l'orge. En sortant de la pièce, j'entendis l'intendant murmurer à la chef Rongong : « Le jeune maître est de bonne humeur aujourd'hui. Il a ordonné aux domestiques de dérouler le tapis rouge pour vous accueillir et m'a dit immédiatement de discuter de l'orge avec vous. Quand le chef Lha Shopa était là, il a dû attendre trois jours avant même d'en parler, et il lui en a fallu trois de plus pour comprendre qu'il ne pouvait pas l'acheter au prix habituel. »

En gagnant mes appartements, je confiai à mes serviteurs: « C'est un intendant formidable. »

Voyant qu'ils ne comprenaient pas le sens de mes paroles, je me tournai vers Aryi: « Seras-tu un formidable bourreau pour moi ? »

Gêné, comme toujours, à l'idée d'avoir à tuer, il hésita. Mais avant qu'il ait pu me répondre, Sonam Tserang intervint: « Je serai un formidable commandant de votre armée, le meilleur. »

« Tu es un esclave de la famille, lui dis-je. Aucun esclave des Maichi n'a jamais commandé nos troupes. »

Mais il ne se laissa pas décourager. « Je vous ferai remporter de très belles victoires et je demanderai au chef de clan de m'affranchir. Puis je me ferai l'artisan de vos plus grands triomphes pour pouvoir mériter ce grade. »

C'était la même vieille question qui revenait sur le tapis: qui allait devenir chef de clan, le souverain détenteur du pouvoir de vie et de mort ?

« Avec moi, aucun de vous n'obtiendra rien du tout », répondis-je.

Ils rirent, et je ris avec eux. Après quelques instants, Sonam Tserang me dit: « Jeune maître, cette fille est vraiment très belle. »

Oui, elle avait ce genre de beauté que l'on ne voit qu'une fois tous les quatre ou cinq siècles. Je regrettai un peu de ne pas avoir laissé sa mère me la présenter. Mais puisque j'étais parti, je ne pouvais quand même pas revenir les trouver sans vergogne.

Sur ce, l'intendant entra et s'approcha. « La chef de clan a tenté de vous influencer en se servant de sa fille. C'était sa stratégie, mais vous ne vous y êtes pas laissé prendre. J'avais raison, vous n'êtes pas un homme ordinaire, et je ferai tout ce que vous me demanderez de faire. »

« Mais je regrette déjà d'être parti, lui dis-je en gémissant. Sa beauté m'a hanté dès que je suis sorti de la pièce. »

« Évidemment, répondit-il. Vous seriez un idiot, comme disent les gens, si vous n'aviez pas été enchanté par une fille aussi belle. »

Je ne sus que bredouiller: « Je me forcerai à rester dans ma chambre quand vous négocierez avec elles. »

En voyant mon air pitoyable, il commença: « Jeune maître, votre père ne sera pas contrarié si vous faites une ou deux erreurs... »

« Tu peux disposer », le coupai-je.

Il sortit et m'envoya une jeune servante pour partager mon lit. Mais si je devais comparer la fille de la chef Rongong à une fleur, celle-ci n'avait même pas le charme d'une feuille. Je la renvoyai. Il m'en donna une autre. Il voulait qu'une femme chasse de mon esprit la jeune beauté que je trouvais si enivrante. Mais cela ne marcha pas. Personne ne pouvait remplacer cette fille. De plus, je ne voulais pas l'emmener directement au lit, mais seulement lui parler. Je me disais que tout se mettrait en ordre dans ma tête si je pouvais échanger quelques mots avec elle. Alors, le deuxième jeune maître de la famille Maichi ne serait plus un idiot incurable.

26

DOLMA

Les efforts que l'intendant déploya pour moi cette nuit-là n'arrivèrent qu'à me mettre en colère. Il envoya même des gens dans la campagne pour y chercher des filles. Il était près de minuit lorsque je m'endormis, ayant enfin réussi à chasser de mon esprit l'image de la fille Rongong. Mais je fus réveillé par le bruit d'un cheval au galop. Sonam Tserang et Aryi se tenaient près de mon lit. Furieux, j'ordonnai à Aryi : « Va tuer ce cavalier et arrache les sabots de son cheval. »

Sonam Tserang se mit à rire. « Vous ne pouvez pas faire cela. L'intendant l'a envoyé vous chercher une fille pour la nuit. »

Une fille entra et s'approcha de moi. Je regardai son bas-ventre, sans même avoir envie de lever les yeux vers elle. « Emmenez-la. Celui qui la voudra pourra jouir de sa compagnie. »

Quand mes deux serviteurs sortirent avec la fille, un vent léger m'apporta le parfum de l'herbe. Je la rappelai, toujours sans regarder son visage, et pressai mon nez sur son ventre. C'était bien d'elle qu'émanait cette fraîche senteur. « Viens-tu des pâturages ? » lui dis-je.

« Oui, jeune maître », répondit-elle. Sa bouche avait l'arôme des petites fleurs des prés. Je dis à mes serviteurs de sortir et je la gardai pour parler avec elle. Après leur départ, j'avouai : « Je ne suis pas en forme. »

Elle sourit.

Beaucoup de filles auraient versé des larmes à un moment pareil. Pourtant, même si elles éprouvaient du plaisir au lit, elles avaient toutes tendance à jouer les timides.

Je lui dis : « Tu me plais, fille des pâturages. »

« Mais le jeune maître ne m'a pas encore vue... »

« Éteins donc cette lampe et parle-moi des pâturages. »

Quand nous fûmes dans le noir, je me plongeai dans l'odeur de l'herbe et le parfum subtil des fleurs de la prairie.

Le lendemain, je dis à l'intendant de tenir compagnie à nos hôtes pendant que j'allais dans les prés avec la fille de la nuit.

Les gens des pâturages me dressèrent une jolie tente auprès d'une source chaude. Tout en me trempant dans l'eau, je levai les yeux vers les nuages, oubliant complètement la fille de la chef Rongong. Après m'avoir préparé à manger, la fille s'approcha de la source, où j'étais assis nu.

« Venez manger quelque chose, jeune maître. Je n'arrive plus à écarter les moucherons. »

C'était une fille naturelle et solide. Quelques années plus tôt, j'avais eu une servante qui se nommait Dolma. Je n'avais jamais imaginé qu'une autre Dolma fût cachée dans ce pré, une fille qui avait le parfum de l'herbe et des fleurs. « Tu t'appelles Dolma ? » lui demandai-je.

« Non, me répondit-elle, mon nom n'est pas Dolma. »

« Dolma ! » Bien des années auparavant, dès que je me réveillais le matin, je pouvais prendre la main d'une fille nommée Dolma. J'appelai alors la cuisinière, Sangye Dolma, qui s'activait à préparer un repas pour ma suite. « Dolma, il y a quelqu'un ici qui a le même nom que toi. »

La fille des pâturages la regarda et comprit. « Je ne veux pas devenir cuisinière au domaine, dit-elle. Je veux rester ici. J'appartiens à ce pays. »

« Je te promets que tu ne seras pas cuisinière, lui dis-je. Tu resteras ici et tu épouseras l'homme que tu aimes. Mais pour l'instant, tu t'appelles Dolma. »

Elle se déshabilla et s'allongea sur le lit de sable de la source chaude. « L'eau a dissipé ton parfum », remarquai-je.

En roulant dans mes bras, elle se mit à pleurer : « Quoi qu'il doive se passer, je veux que ce soit rapide. »

Je la chevauchai et criai : « Dolma, Dolma ! », ce qui nous excita l'un et l'autre. Elle savait que j'appelais deux femmes en clamant ce prénom. Même son corps ressemblait à celui de Dolma. J'étais un adulte à présent, et je n'étais plus perdu dans le corps d'une fille robuste ; c'était plutôt comme si je montais un coursier vif et puissant. Les cavaliers sur les chevaux au galop poussent toujours des cris de joie, alors je m'écriai, tandis que son corps tremblait comme les ondes de l'eau. En m'entendant crier ainsi, Dolma, pensant que je l'appelais, se précita vers la source. Elle vit son moi plus jeune qui me faisait l'amour. Moi, je criais toujours : « Dolma ! Dolma ! » Le cheval courut jusqu'au bout de sa course, je m'envolai de la selle et tombai sur le sol. Un long moment passa avant que je m'éveille parmi le bourdonnement des abeilles. « Que fais-tu là ? » demandai-je.

« Jeune maître, répondit-elle, je vous ai entendu appeler mon nom. J'ai cru que vous vouliez quelque chose, alors, je suis venue en courant et j'ai vu... »

Je m'habillai sans lui dire de se relever, et me tournai vers la Dolma que je venais de posséder : « Elle était comme toi avant. »

C'était vrai. Ses seins, ses cuisses, ses hanches et l'odeur de son sexe étaient exactement les mêmes que ceux de la Dolma d'autrefois.

Je me tournai vers la Dolma vieillissante. « Elle est exactement comme toi quand tu étais plus jeune. »

La cuisinière était toujours à genoux et pleurait : « Maître, je ne l'ai pas fait exprès. »

« Quelle importance ? » dis-je en riant.

« Conformément au code pénal, répondit-elle, on doit m'arracher les yeux. Je ne veux pas être aveugle. J'aime mieux que vous disiez à Aryi de me tuer. »

Je dis à celle qui m'avait initiée aux secrets de l'amour : « Lève-toi et prends un bain. »

Elle répondit : « Je me ferai très propre, pour mourir dignement. »

La cuisinière s'apprêtait vraiment à mourir.

Elle chanta dans la source chaude, des chansons de l'époque où elle était avec moi. Sa voix était si forte qu'elle perçait les nuages. À la voir allongée dans l'eau avec ses longs cheveux, ses seins toujours fermes semblaient flotter à la surface. Elle chantait comme si elle était ivre ou hébétée. Avant d'entrer dans le ruisseau, elle avait parsemé la berge de pétales de fleurs, et je vis renaître la Dolma d'autrefois, celle qui n'était pas encore une cuisinière ni l'épouse de l'orfèvre. Elle me lança un sourire étincelant.

« Ne t'inquiète pas, lui dis-je. Je te pardonne. Je ne te ferai pas mettre à mort. »

Le sourire éclatant disparut et elle sortit nue de la source. Couvrant son entrejambe, elle s'assit sur le sol et se mit à pleurer. Je savais que j'avais fait une chose stupide. Je devais lui pardonner, bien sûr, mais j'aurais dû attendre qu'elle se soit baignée et qu'elle ait fini de chanter. Ce n'était qu'en croyant qu'elle allait mourir, et en l'absence de son mari, qu'elle pouvait évoquer le passé et revivre brièvement ses doux moments. Mais j'avais bêtement gâché le seul intermède sentimental de la vie de la cuisinière. J'aurais dû attendre qu'elle soit revenue à la réalité pour lui dire : « Je te pardonne. »

De cette manière, elle aurait pu penser que le jeune maître n'avait pas oublié leur passé et qu'elle ne l'avait pas servi en vain. Mais à présent, elle était sortie de l'eau, en larmes, et s'écriait : « Je vous déteste ! C'est pire que la mort. »

Sidéré, je restai immobile sans savoir quoi faire de mes mains.

« Laissez-moi mourir ! »

« Non, lui dis-je, non. »

Elle prit une poignée de terre et s'en barbouilla le visage. Je la regardai, le cœur serré, se changer à nouveau en cuisinière. Ses seins avaient été fermes dans l'eau, mais maintenant ils étaient flasques et me rappelaient, je ne sais comment, les mains de l'orfèvre. C'était elle qui avait tort à présent. Elle aurait dû se rhabiller après avoir pleuré. Au lieu de cela, elle avait hurlé : « Laissez-moi mourir ! »

Je m'éloignai tandis que la jeune Dolma disait à la Dolma plus âgée : « Vous n'auriez pas dû faire cela. Le jeune maître a tant de choses à penser. Comment pouvez-vous lui faire de la peine ? »

La cuisinière sembla reprendre ses esprits, car elle cessa de pleurer. Mais c'était terminé. Notre relation et mon intérêt pour elle se brisèrent ce jour-là comme les cordes d'un luth. Dans la vie, nous devons quelquefois nous couper des choses et des gens. Très bien, Dolma ma servante, je ne m'inquiéterai plus pour toi. Redeviens une cuisinière, retourne à ta vie de femme d'orfèvre. Plongé dans ces pensées, je me dirigeai vers la bordure du pré, suivi, à distance, par mes deux jeunes esclaves et la Dolma des pâturages. Soudain pris de fatigue, je m'allongeai pour regarder flotter les nuages. Puis, je me levai et fis demi-tour. Le pré était grand, mais je marchai droit vers eux. Sonam Tserang, pour ne pas s'être écarté de mon chemin à temps, reçut une claque vive et sonore. « Il n'y a pas de mal, dit-il à Dolma. Tout va bien, maintenant. Il est content. »

Je m'arrêtai et me retournai. « Je serais plus content si je te donnais encore une gifle ! »

Mes deux serviteurs coururent vers moi et s'accroupirent, l'un à ma droite, l'autre à ma gauche, puis me hissèrent sur leurs épaules pour me ramener au camp. Tout le monde sortit des tentes pour m'accueillir. Notre légende raconte que lorsque le premier roi du Pays des Neiges était descendu dans le monde des humains, il avait été porté ainsi jusqu'à son trône. Une foule de gens s'agenouilla devant moi. Je ne savais pas, alors, que celui qui s'était servi d'épaules humaines comme chaise à porteurs était notre premier roi ; et quand je vis tant de gens à genoux devant moi, je me dis que mon père ou quelqu'un de plus important encore était arrivé. Je me retournai, mais je ne vis qu'une route d'un jaune brunâtre traverser la prairie émeraude. Des nuages planaient au bout de la route, à l'endroit où la terre rejoignait le ciel.

Le vent se leva, et des vagues déferlèrent dans l'océan des hautes herbes.

SEPTIÈME PARTIE

27

LE DESTIN ET L'AMOUR

Suivie de sa superbe fille, la chef Rongong alla dans la prairie.

J'étais alors en plein rêve, un rêve très bruyant. C'était comme si les fleurs poussant à profusion au bord de l'eau faisaient un grand vacarme. Je faillis me réveiller une ou deux fois, mais j'entendis quelqu'un dire à voix basse : « Laissons-le dormir. C'est épuisant d'être le jeune maître d'un puissant chef de clan. »

Je me dis confusément : « Ce serait encore plus épuisant d'être ce chef de clan. »

Vers minuit, je me réveillai et j'entendis un vent fort qui sifflait au dehors. Encore trop endormi pour ouvrir les yeux, je dis : « Est-ce le vent ? »

« Non, c'est l'eau qui gronde. »

« On dit que si l'eau rugit pendant la nuit, il fera beau le jour suivant. »

« C'est vrai. Le jeune maître est très intelligent », dit une voix étrange.

Je m'assoupis à nouveau et dormis très bien cette nuit, si bien que le matin suivant, je ne voulus pas ouvrir les yeux trop vite. Comme je me sentais souvent perdu à mon réveil, je savais que la vive lumière du matin assécherait mon cerveau si j'ouvrais les yeux avant d'y être prêt. Je serais comme une carafe à vin qui ne contiendrait que du vide. Donc, ce matin-là, je remuai un peu, tâtant chaque partie de mon corps avant d'inviter mon cerveau à répondre aux questions : Où suis-je ? Qui suis-je ?

J'étais le deuxième jeune maître de la famille Maichi, celui qui n'allait pas très bien dans sa tête.

Sur ce, une main parfumée me toucha avec précaution et une voix me dit : « Le jeune maître est-il réveillé ? »

« Oui », répondis-je malgré moi.

« Le jeune maître est réveillé ! » répéta la voix.

Je perçus deux ou trois autres formes parfumées qui s'approchaient de moi. L'une d'elles dit sévèrement : « Alors, ouvrez les yeux. »

D'habitude, en levant les paupières, je fixais un point dans l'espace avant de cerner l'endroit où j'étais, ce qui me permettait de ne pas me sentir perdu. Il y avait eu des fois où je m'étais réveillé avant d'y être prêt, et pendant le reste de la journée, je n'avais pas du tout su où j'étais. C'est ce qui se passa ce jour-là. Les gens, autour de moi, se mirent à rire avant que j'aie eu le temps de poser ma grande question et de découvrir où je pouvais être dans le monde. Une voix déclara : « Chacun dit que le deuxième jeune maître de la famille Maichi est un idiot, mais il a bien su trouver un bel endroit pour se reposer. »

Une main tomba sur mon épaule et la secoua. « Levez-vous. Il faut que je vous parle de quelque chose. »

Sans attendre que je me sois mis sur mon séant, d'autres mains me tirèrent de sous ma couverture. Soudain, parmi les rires moqueurs des femmes, je me retrouvai à moitié nu avec cette chose fièrement dressée entre mes jambes. Les mains se tendirent et eurent tôt fait de me vêtir. Je ne pouvais vraiment pas me rappeler où j'étais. Je reconnus la disposition des objets sous la tente, mais le siège d'honneur était occupé par la femme chef de clan. Tandis que des mains me tiraient jusqu'à elle, je criai : « Où suis-je ? »

Elle éclata de rire et dit, non pas à moi, mais aux servantes qui m'avaient poussé vers elle : « Si je me réveillais entourée d'inconnus, je ne saurais pas où je suis non plus. »

Elles pouffèrent. Je ne pouvais empêcher ces femmes de glousser à un moment que je trouvais moi-même bizarre.

« Riez si cela vous plaît, repartis-je. Mais je ne sais toujours pas où je suis. »

Au lieu de répondre à ma question, la chef de clan me dit : « Ne me reconnaissez-vous pas ? »

Comment aurais-je pu ne pas la reconnaître ? Mais je secouai la tête.

En grinçant des dents, elle leva sa cravache d'un coup sec, perçant un trou dans le toit de la tente.

« Où sont mes gens ? » dis-je.

« Vos gens ? »

« Oui, Aryi, Dolma et Sonam Tserang. »

« Dolma ? Est-ce la fille qui partageait votre lit ? »

J'acquiesçai. « Elle a le même nom que ma cuisinière. »

Cela la fit rire. « Regardez donc les filles qui m'entourent. »

Elles étaient toutes très belles. « Sont-elles pour moi ? » demandai-je.

« Peut-être, si vous faites ce que je dis. Mais tout d'abord, mangeons. »

Je découvris qu'aucune des filles qui servaient les plats n'était à moi. Après quelques bouchées, je compris que le repas n'avait pas été préparé par Dolma. Alors, pendant que la chef Rongong était occupée à manger, je me creusai la tête pour savoir où j'étais et où mes serviteurs étaient allés. Mais n'y parvenant pas, je me pris la tête dans les mains et, perdant l'équilibre, j'atterris dans les bras d'une fille. La chef de clan ne sembla nullement contrariée.

« Nous nous entendrons très bien si vous restez comme ça », dit-elle.

En me tenant toujours le front, je dis à la fille : « Ma tête va exploser. »

Elle me massa les tempes de ses mains parfumées.

Quand la femme chef de clan eut fini de manger, elle s'enquit : « Pouvez-vous vous asseoir maintenant ? »

Je me redressai sur-le-champ.

« Parfait. À présent, parlons affaires. Vous savez que vous êtes mon prisonnier, n'est-ce pas ? »

« Non, je ne le sais pas. »

« Comment ça ? »

« Où suis-je ? »

« Cessez de vous conduire comme un idiot. On dit que vous êtes stupide, mais je ne le crois pas. Maintenant, je veux savoir : les rumeurs sont-elles fausses, ou n'êtes-vous pas vraiment le deuxième jeune maître de la famille Maichi ? »

Avec toute la sincérité dont j'étais capable, je lui dis que je ne pourrais pas me rappeler quoi que ce soit si elle ne me disait pas où j'étais.

« Très bien, répondit-elle. N'avez-vous pas cherché à m'éviter en allant à la source chaude ? »

En me frappant le front, je sentis mes idées s'éclaircir aussitôt, et tout se remit en place. « Je me suis endormi hier soir », répondis-je.

Elle ricana. « Qu'est-ce que c'est que ces bêtises ? Vous vous êtes endormi hier soir, et vous vous êtes réveillé ce matin. »

À mesure que la conversation progressait, je compris que la chef de clan m'avait enlevé. Elle n'avait rien tiré de l'intendant, qui lui avait dit ne pas avoir d'autorité sur les céréales de ma famille.

« Allons nous promener », suggéra-t-elle.

« D'accord, répondis-je, allons faire quelques pas. »

Des femmes en armes gardaient mes serviteurs. Voyez, c'était la différence entre les maîtres et les esclaves. Même dans ces circonstances, le jeune maître se trouvait en compagnie de jolies femmes. À l'expression de leurs visages quand je passai devant eux, je vis que mes pauvres serviteurs avaient le ventre creux.

« Ils ont faim », me plaignis-je à la femme chef de clan.

« Mon peuple est plus affamé qu'eux. »

« Donnez-leur quelque chose à manger. »

« Lorsque nous aurons fini de parler. »

« Si vous ne les nourrissez pas, je refuserai de discuter. »

« Voyez-vous ça ! s'exclama-t-elle. Voilà que me je dispute avec un idiot. »

Elle dit cependant à ses femmes de leur apporter à manger, et mes gens me regardèrent avec la gratitude qu'ont les chiens pour leur maître. Après avoir flâné dans la prairie, nous retournâmes sous la tente. L'entendant toussoter, je sus que nous allions parler affaires et je pris la parole en premier : « Quand partons-nous ? »

Surprise, elle me demanda où nous allions.

« Au cachot des Rongong. »

Elle éclata de rire. « Mon Dieu ! Vous avez peur. Pourquoi ferais-je une chose pareille ? Je veux seulement avoir des céréales. Voyez, à cause de ma stupidité, mon peuple meurt de faim. Vous devez me prêter un peu d'orge. C'est tout ce pour quoi je suis venue, mais vous avez préféré m'éviter. »

Le soleil tapait au-dessus de nos têtes, rendant la tente chaude et étouffante. Je me sentais mal à l'aise, mais elle l'était visiblement plus que moi. Je lui fis observer que dès son arrivée, le chef Lha Shopa avait parlé des céréales, mais qu'elle n'en avait pas dit un mot jusqu'à présent. « Pour autant que je sache, vous êtes venue me présenter des jolies filles. »

Elle m'interrompit. « Mais Lha Shopa est parti les mains vides... »

« Nous avons eu un différend. Il disait qu'il était mon oncle et moi, que j'étais le sien. Cela a dégénéré en dispute. »

Elle rit. « Oui, il est bien du genre à se rappeler chaque lien de parenté, en remontant très loin dans le passé. »

« Mais il n'a pas apporté d'argent. Père dit que nos céréales valent dix fois leur prix habituel. »

« Dix fois ? s'écria-t-elle. Écoutez, je veux juste vous en emprunter, c'est tout. Vous n'aurez pas une once d'argent, m'entendez-vous ! »

Je souris. « On étouffe ici. Il faut que je sorte. »

Que cela lui plût ou non, elle se leva et me suivit. Je me mis à flâner parmi les tentes. Je la traitais en fait comme une de mes servantes. Quand elle en eut assez de marcher, elle se plaignit : « Je n'ai jamais autant piétiné avec un idiot. Je suis fatiguée. Ça suffit. »

Comme nous venions d'atteindre la source chaude, je me dévêtis, entrai dans l'eau et me mis à flotter. Elle me tourna le dos, comme si elle n'avait jamais vu un homme entièrement nu. « Avez-vous apporté beaucoup d'argent ? » lui dis-je d'une voix nonchalante.

« Est-ce ainsi que vous discutez des affaires sérieuses ? »

« Père dit que nous ne pouvons pas vendre l'orge à moins de dix fois son prix habituel. Comme il savait que vous n'aviez planté que de l'opium, il a construit notre grenier à grain près de vos terres. Vous ne seriez pas là s'il ne l'avait pas fait. »

Elle se tourna vers moi avec un air désespéré. Après avoir renvoyé ses servantes, elle me dit en pleurant : « Je suis venue vous emprunter à manger. Je n'ai pas beaucoup d'argent, je dis la vérité.

Pourquoi me traitez-vous de la sorte ? Chacun sait que la famille Rongong est régie par des femmes, et c'est pour ça que personne ne refuse jamais nos requêtes. Pourquoi repoussez-vous une pauvre femme ? »

« Personne au monde n'abuse d'un idiot. Pourquoi devrait-il en aller autrement pour une femme ? »

« Je suis vieille. J'ai besoin d'aide. »

Sur ce, elle appela deux servantes et me demanda si elles étaient assez jolies. J'acquiesçai. Mais quand elle leur dit de me rejoindre dans l'eau, je secouai la tête. « Mon Dieu ! s'exclama-t-elle. Mais que voulez-vous d'autre ? Il ne me reste rien. »

Je souris bêtement. « Oh, que si. Vous avez une fille, n'est-ce pas ? »

Elle poussa un cri de chagrin. « Mais vous êtes un idiot ! »

Sur ce, sans ajouter un mot, je pris une inspiration profonde et enfouis ma tête dans l'eau. C'était un jeu auquel j'avais joué chaque été depuis ma tendre enfance. Je pouvais rester très longtemps sous l'eau. Je refis surface après avoir longuement retenu mon souffle, mais elle feignit de ne pas le voir. Alors, je continuai, plongeant et émergeant tour à tour, en m'ébrouant comme un cheval après un long trajet. L'eau était douce et satinée et pendant que je m'ébattais, je dégageais une forte odeur de soufre que les gens, sur la berge, ne pouvaient supporter. Je m'amusais tellement que j'oubliais de quoi nous avions parlé. Les femmes n'étaient que des femmes ; elles ne pouvaient quand même pas se comparer à l'eau. Si l'historien avait été présent, je lui aurais dit de consigner mes sentiments. Mais au lieu de cela, je devrais attendre de rentrer à la maison — si je m'en rappelais assez longtemps. Je lui dirais d'écrire : par un certain jour de telle ou telle année, le deuxième jeune maître a éprouvé tel et tel sentiment. J'étais certain que l'homme privé de langue pourrait donner à mes sentiments bien plus de sens que moi. Mais peut-être me demanderait-il avec un sourire sarcastique : « En quoi ont-ils du sens ? » Mais je lui ordonnerais quand même d'en prendre note. C'était ce que je me demandais en plongeant et en jaillissant hors de l'eau, ce qui faisait battre mes tympans dans un bruit de tonnerre.

La chef de clan, à bout de patience, arracha son collier de perles et me le jeta à la figure. Mon front enfla aussitôt. « Si le chef

Maichi savait que vous avez frappé son fils idiot, lui dis-je en me redressant, vous ne pourriez pas nous acheter un seul grain d'orge, même si vous le payiez dix fois son prix.»

Comprenant brusquement la gravité de son geste, elle gémit: «Jeune maître, sortez de l'eau, je vous en prie. Allons voir ma fille!»

Mon Dieu! J'allais rencontrer la plus belle fille du monde!

Mon cœur battait si fort que des douleurs aiguës me transperçaient les côtes, des douleurs qui me remplissaient de bonheur.

Lorsque nous eûmes atteint une tente écartée, son visage devint sombre. «Êtes-vous sûr, jeune maître? Êtes-vous sûr de vouloir vraiment voir ma fille?»

«Pourquoi pas?»

«Les hommes sont tous les mêmes, qu'ils soient intelligents ou bêtes.» Elle me dévisagea longuement. «De grands malheurs s'abattent sur les gens qui obtiennent ce dont ils ne sont pas dignes. Tharna ne devrait pas appartenir à un homme ordinaire.»

«Tharna?»

«Oui, c'est le nom de ma fille.»

Mon Dieu! Ce nom m'embrasa aussitôt. J'avais déjà rencontré une Dolma qui était plus merveilleuse que celle d'autrefois, et il y avait là une fille qui portait le même nom que ma servante. Sans attendre qu'on m'ait soulevé le rabat de la tente, je me précipitai, pour me retrouver prisonnier de l'étoffe moelleuse. Plus je me débattais, plus elle se resserrait. Enfin, je me libérai. Haletant, cramponné au rabat déchiré, j'apparus comme un idiot devant Tharna. Dès lors, la flamme qui brûlait mes yeux et mon cœur avait même embrasé mes ongles. C'était comme si un cri poussé le jour de la création avait parcouru tout ce temps avant d'obtenir une réponse ici, à cet instant, de la bouche d'une beauté sublime. Assise devant moi tout au fond de la tente, son visage s'éclairait d'un sourire éclatant, ses dents étincelant sous ses lèvres. Les habits qu'elle portait n'étaient pas destinés à couvrir son corps, mais à suggérer, à enflammer l'imagination.

Je m'écriai, incapable de me contrôler: «C'est vous! C'est bien vous!» Le premier cri, sonore, me remplit de joie. Mais lorsque le deuxième cri sortit de ma bouche, mes jambes cédèrent sous moi et je faillis tomber. Je ne sais comment je parvins à me ressaisir.

L'idiot des Maichi était étourdi par une telle beauté.

Tharna regarda sa mère, surprise par mon entrée. « Ah-ma, est-ce celui que tu es allée trouver ? »

La chef de clan hocha gravement la tête. « Il est venu pour te voir, ma chère fille. »

Tharna répondit dans un murmure : « Je vois... »

Puis elle ferma les yeux, ce qui aurait dû éveiller ma compassion. J'étais un homme bon, mais c'était le destin de Tharna de connaître son mari ce jour-là. Quand ses longs cils courbés comme des arcs-en-ciel se mirent à voleter, je perdis toute force.

Sentant que mes os eux-mêmes s'enflammaient, je m'écriai : « Tharna ! »

Une larme roula du bord de sa paupière. Mais son sourire revint quand elle ouvrit les yeux. « Je vois que tu connais mon nom, déclara-t-elle. Maintenant, dis-moi le tien. »

« Tharna, je suis l'idiot de la famille Maichi. »

Je l'entendais rire. Je la voyais rire !

« Mais tu es un idiot honnête », observa-t-elle.

« Oui, dis-je, c'est vrai. »

En posant sa main, si douce et pourtant si froide, sur la mienne, elle demanda : « As-tu accepté ? »

« Accepté quoi ? »

« De prêter des grains à ma mère. »

« Oui. »

Ma tête, à cet instant, gargouillait comme de l'eau bouillante. Comment aurais-je su distinguer le non du oui ? Sa main était froide comme le jade. Quand elle eut reçu la réponse qu'elle attendait, elle posa son autre main sur la mienne. Celle-ci était brûlante, comme le feu. Elle sourit avant de se retourner vers sa mère. « Ah-ma, peux-tu nous laisser, s'il te plaît ? »

La chef de clan sortit avec ses suivantes.

Désormais, il n'y avait plus que nous deux sous la tente.

Sur le sol, entre les tapis, pointaient de minuscules fleurs jaunes. Comme je n'osais la regarder, je gardai un œil sur les fleurs, et l'autre sur nos mains nouées.

Soudain, elle s'écria en pleurant : « Tu ne me mérites pas ! Tu n'es pas digne de moi ! »

Je ne l'ignorais pas, c'était pour cette raison que j'avais du mal à la regarder dans les yeux.

Mais elle ne versa que quelques larmes avant de s'appuyer contre moi en disant : « Je ne tomberai pas amoureuse de toi. Tu ne peux pas conquérir mon cœur, et tu ne peux pas mériter ma fidélité. Mais je suis à toi désormais, alors prends-moi dans tes bras. »

Ses paroles me remplirent à la fois de douleur et d'extase. Je l'étreignis avec force, comme si je serrais mon destin dans mes bras. Et je compris alors que, même vu par un idiot, ce monde n'est pas parfait. Il en va toujours de même : quand on ne veut pas une chose, elle est complète et pure. Mais quand on la tient dans sa main, on découvre qu'on ne la possède qu'à moitié. Pourtant, j'étais enchanté d'enlacer cette beauté, de contempler ses yeux, mes lèvres au bord des siennes. J'étais l'homme le plus heureux du monde. « Tu vois, fis-je, tu m'as changé en idiot. Je ne sais pas quoi dire. »

Elle me surprit en éclatant de rire. « Te changer en idiot ? N'es-tu pas déjà un idiot notoire ? » D'une main, elle arrêta mes lèvres, qui se tendaient vers les siennes, et marmonna : « Qui sait ? Tu es peut-être un homme fascinant, après tout. »

Puis, elle me permit de l'embrasser. Mais quand je voulus toucher ses seins, elle se leva et lissa ses vêtements. « Viens, dit-elle. Allons chercher les céréales. »

Dès lors, non seulement mon âme, mais mon sang et ma moelle, brûlaient d'amour. Hébété, je sortis avec elle. À présent, il y a quelque chose entre nous, me disais-je, mais je ne savais trop quoi.

Lorsque la chef de clan eut libéré mes serviteurs, nous regagnâmes notre forteresse. Tharna et moi chevauchions côte à côte à l'avant du cortège, suivis par la chef Rongong, ses suivantes et mes deux jeunes esclaves.

Quand l'intendant nous vit, il resta bouche bée.

Je lui ordonnai d'ouvrir les granges ; il fut encore plus médusé. M'entraînant à l'écart, il dit : « Mais, jeune maître, vous devez vous rappeler les ordres de votre père. »

« Ouvre-les. »

Des lueurs de folie avaient dû jaillir dans mes yeux, car l'intendant, qui croyait que sa loyauté au maître lui donnait parfois le droit d'insister, n'ajouta pas un mot. Il détacha la clef qu'il portait à sa taille et la lança à Sonam Tserang. Quand je me retournai, je l'entendis grommeler que je n'étais, tout compte fait, pas différent de mon intelligent de frère, qui pouvait perdre l'esprit à cause d'une femme. Mais le vieil intendant était un homme bon. En regardant Sonam Tserang descendre l'escalier pour ouvrir le grenier à grain, puis charger des sacs d'orge sur le bât des chevaux des Rongong, il me dit : « Pauvre jeune maître, vous n'avez pas idée de ce que vous avez fait, n'est-ce pas ? »

« J'ai gagné la plus belle fille du monde. »

« Elles ne s'attendaient pas à avoir autant d'orge. Voyez, elles n'avaient pas emmené assez de bêtes de somme. »

Elles durent, en effet, bâter des chevaux de selle pour en charger une partie ; et même alors, elles n'arrivèrent pas à transporter un quart du contenu d'une seule de nos granges. Nous en avions vingt-cinq, toutes pleines à craquer.

La chef Rongong s'approcha pour me dire que sa fille rentrait dans ses terres avec elle. Elle attendrait là-bas la demande en mariage que lui ferait porter mon père. Elle ajouta : « Vous feriez mieux de nous l'adresser au plus tôt. »

Autrement dit, avant qu'elle ne nous envoie davantage de chevaux pour transporter encore plus de céréales.

Leur caravane s'enfonça dans le lointain, et je vis Tharna disparaître sous les nuages.

« Pourquoi cette belle fille s'en va-t-elle, elle aussi ? » demanda l'intendant.

Son regard inquisiteur me révéla ce qu'il pensait. Il croyait que j'étais tombé dans un piège tendu par la chef de clan, et je commençai à regretter d'avoir laissé partir Tharna. Et si elle ne revenait pas ? À quoi auraient servi ces fichues céréales ? À rien, rien du tout. Un sentiment de vide m'étreignit cette nuit tandis qu'allongé dans mon lit, j'écoutais le vent souffler. Voilà que je perdais le sommeil à cause d'une femme.

Mon cœur — à présent, je sentais ton existence. Tu étais plein de désir, mais aussi plein de tourments.

28

FIANÇAILLES

Le chef Maichi vint inspecter la frontière nord.

Il avait déjà été dans le sud, où mon frère avait eu une prise de bec avec notre ennemi juré, le chef Wangpo, qui avait recommencé à faire des siennes. Il avait lancé une attaque surprise pour nous voler de l'orge et du maïs, mais il avait été repoussé dans une embuscade. Mon frère ne perdait jamais une bataille. Mais durant les combats, le chef Wangpo avait perdu un fils et il s'était cassé un bras en tombant de cheval.

« Ton frère s'en sort très bien, me dit mon père. Et toi ? »

Les mots étaient à peine sortis de sa bouche que l'intendant s'inclina.

Le chef Maichi lui dit : « Il semble que vous n'ayez pas de bonnes nouvelles à m'annoncer. »

Alors, l'intendant lui raconta que le chef Lha Shopa nous avait quittés les mains vides, mais que la chef Rongong avait obtenu aisément les céréales qu'elle convoitait. De sombres nuages se massèrent sur le visage de Père. Il me regarda avec colère avant de lui répondre : « Vous n'avez rien fait de mal. Vous pouvez disposer. »

L'intendant se retira.

Après quoi, Père me dévisagea longuement. Depuis que nous avions un historien muet, chacun avait appris à parler avec les yeux. Le chef Maichi soupira, crachant tout ce qui lui pesait. Ce qu'avait fait le deuxième jeune maître prouvait que quelque chose n'allait pas du tout dans sa tête. En tant que chef de clan, il n'avait plus à s'inquiéter de décider lequel de ses fils allait lui succéder. Quand l'intendant fut sorti, je dis à Père : « Mère ne pourra plus rien dire maintenant. »

Choqué par cette remarque, il se tut un moment avant de murmurer : « Je ne sais vraiment pas ce qui ne va pas chez toi... »

« Je sais que je ne serai jamais chef de clan. »

Père n'avait pas prévu de me blâmer pour avoir donné nos céréales. « Parle-moi de la fille de Rongong », dit-il.

« Je l'aime. Je t'en prie, envoie-lui au plus vite une demande en mariage. »

« En vérité, tu as de la chance. Tu ne peux pas être le chef du clan Maichi, mais tu seras plus tard celui du clan Rongong. Comme ils n'ont pas de fils, tu obtiendras ce titre en devenant leur gendre. » Il sourit. « Bien entendu, il faudra que tu sois un peu plus intelligent. »

J'ignorais si j'avais assez de cervelle pour ça, mais je savais que j'étais trop amoureux pour oublier Tharna.

Mon cher père ajouta : « Dis-moi, qu'est-ce que l'amour ? »

« Ce sont des os qui se remplissent de bulles. »

C'était une réponse idiote, mais Père, qui était malin, me comprit. Il rit. « Pauvre petit idiot. Un jour, les bulles éclateront. »

« D'autres les remplaceront. »

« Très bien, fils. Si la chef Rongong veut vraiment te donner sa fille, elle pourra avoir plus de céréales. Je vais envoyer un messager sur l'heure. »

La demande en mariage allait bientôt partir !

Puis il me demanda : « Les suivantes des Rongong sont-elles plus belles que les nôtres ? »

Je répondis par un oui catégorique.

« La chef de clan aurait-elle pu en substituer une à sa fille ? »

« J'aime Tharna, qu'elle soit ou non la fille de la chef de clan. »

Alors, Père changea aussitôt ses ordres. Au lieu de porter une demande en mariage, le messager devait s'assurer que Tharna était bien la fille de la chef Rongong. Tout le monde se mit à dire que j'étais tombé dans un piège, que je m'étais épris d'une dame de compagnie. Je m'en fichais. J'aimais Tharna, et cela seul comptait. Sa beauté était bien réelle, et peu importait qu'elle soit la fille de la chef Rongong ou une simple suivante. Chaque jour, je montais en haut d'une tour pour guetter le retour du messager. Debout seul face au vent, je savais que je n'avais plus aucun espoir de devenir le chef du clan Maichi. Mais le ciel était vide, il n'y avait rien en vue. Aussi loin que je pouvais porter mon regard, la terre ressemblait à un grand tapis vert. Au sud s'élevaient de hautes montagnes et au nord, s'étendait une vaste prairie, parcourue par des gens affamés, les sujets de Lha Shopa et de Rongong. Après l'arrivée de Père, personne ne leur donna à manger, mais ils continuèrent à tourner autour de la forteresse. Quand ils n'en pouvaient plus, ils allaient se gorger d'eau à la rivière, puis revenaient errer dans les champs comme des spectres.

Un jour, un éclair zébra le ciel et le tonnerre gronda. J'étais au sommet de la tour, vacillant sous la force du vent, quand soudain, la foudre tomba. J'aperçus alors une chose indescriptible, et je criai à Père en bas qu'une grande chose allait se produire, et que je voulais voir ce que c'était. Mes deux jeunes esclaves l'aidèrent à gravir la haute tour, et il hurla dans les oreilles de son fils idiot : « Mais de quelle grande chose parles-tu ? Si tu étais frappé par la foudre, ça, ce serait quelque chose de grand ! »

Le vent emporta ses paroles. Je dus tourner la tête pour les saisir au vol.

Mais quelque chose allait vraiment se passer. Je sentais mon cœur cogner contre mes côtes. Je lançai à mon père : « Tu aurais dû amener l'historien. Il devrait être ici à un moment pareil. »

La foudre frappa une autre tour de guet, créant une boule de feu qui fracassa le bâtiment de bois. Il se mua en un tas de poussière trempé, couvert de rondins calcinés sur lesquels gisait une sentinelle.

On tenta de me traîner au bas de la tour, et je me débattis. Le chef Maichi bouillait de colère. « Est-ce là le grand événement dont tu parlais ? Veux-tu que je meure avec toi sur cette tour ? »

Il me gifla. Comme cela me fit mal, je sus que Père m'aimait. Je n'aurais pas ressenti la douleur si j'avais été frappé par quelqu'un qui me haïssait. En fait, cela me fit si mal que je tombai par terre. Heureusement, l'intendant contint le furieux chef de clan. Un torrent de pluie s'abattit quand le tonnerre cessa ; non, en fait, il ne cessa pas. Il roula vers l'horizon comme une roue gigantesque. Je voulus me coucher par terre pour me noyer dans mes larmes. Mais soudain, je vis tout le monde dresser l'oreille, et j'entendis moi-même un martèlement de sabots. Il devait y avoir vingt ou trente chevaux. Père me jeta un coup d'œil, et je sus que ma prémonition s'était réalisée. Il ordonna à ses hommes de prendre les armes, mais je bondis en poussant un cri de joie : « Tharna est revenue ! »

Le portail vibra, ébranlé par des coups violents.

On ouvrit les battants, et la femme chef de clan entra en trombe avec sa suite. Quand j'arrivai en bas, tout le monde, sauf Tharna, avait mis pied à terre. Elles étaient toutes trempées, comme si elles venaient d'être arrachées aux eaux de la rivière. Mais je n'avais d'yeux que pour Tharna, toujours ruisselante sur son cheval, comme si elle était la déesse de la pluie.

Je la pris dans mes bras et la portai dans la maison.

Ses mains nouées autour de mon cou, elle pesait contre moi de tout son poids. Elle avait si froid que mon corps ne suffisait pas à la réchauffer ; il lui fallait un feu et une coupe de vin.

Nous n'avions pas assez d'habits de femme pour que tous les membres de sa suite puissent se changer.

La chef Rongong, pâle comme la mort, parvint à dire à Père d'un ton badin : « Mais comment cela ? Je croyais que vous étiez immensément riche. »

Père sourit avant de conduire les hommes hors de la pièce. Puis il ferma la porte et lui dit d'une voix forte : « Séchez vos vêtements. Nous parlerons après. »

La rencontre entre deux chefs de clan s'accompagnait toujours de rituels complexes, pour les rendre pleinement conscients de la distance qui les séparait. Mais cette pluie providentielle nous avait ramené la chef de clan trempée, et donc, moins arrogante. Cette fois-ci, l'entrevue entre les chefs de clan fut des plus détendues. Elle dedans, lui dehors, ils plaisantèrent à travers la fenêtre comme on le fait en pareil cas. Moi, je ne disais rien. Sous le crépitement de la pluie, j'entendais les femmes rire entre elles en ôtant leurs vêtements mouillés. Je savais que Tharna s'était déshabillée, et j'étais sûr qu'elle était à présent assise sur une peau d'ours, le corps caressé par la chaleur du feu. Mais à ma grande consternation, j'avais l'esprit si embrumé que je n'arrivais pas à imaginer à quoi une telle beauté pouvait ressembler nue. Père me tapota la tête, et nous entrâmes dans une autre pièce chauffée.

Levant les yeux vers le ciel où le soir tombait, le chef de clan me dit : « Tu t'es bien débrouillé. »

J'échangeai des regards avec l'intendant, sans savoir à quoi faisait allusion le chef de clan.

Père détourna les yeux du ciel gorgé de pluie, et répéta comme pour lui-même : « Tu t'es bien débrouillé. Je suis sûr que tu auras la belle fille de tes désirs. »

L'intendant suggéra : « Je crois que le maître veut en dire plus, n'est-ce pas ? »

« Oui, répondit le chef Maichi, c'est vrai. Il leur est arrivé quelque chose en chemin. Je ne sais quoi au juste. Ce qui importe, c'est que la femme chef de clan doit compter sur notre aide. Mais je me demande ce que c'est. »

L'intendant ouvrit la bouche, mais en voyant Père mettre un doigt sur ses lèvres, il dit simplement : « Le jeune maître sait de quoi il s'agit, et je ne serais pas étonné qu'il ait combiné cette intrigue. »

Entre-temps, j'essayais d'imaginer le corps nu de Tharna. Père me jeta un regard interrogateur, et je vis qu'il voulait que je dise quelque chose. Alors, je déclarai sans réfléchir : « Lorsque la chef de clan est venue ces jours-ci, elle a changé de tenue par trois fois. Mais aujourd'hui, elle est obligée d'ôter ses habits et de les faire sécher près du feu. Qui donc a pris leurs vêtements ? » Je trouvais cela mystérieux, mais Père et l'intendant pensèrent que je leur donnais un indice.

« Oui, renchérit Père, elles ont été dévalisées. Est-ce ce que tu essayais de nous suggérer ? »

L'intendant ajouta : « Elles ont assez de gardes et de fusils pour repousser les simples bandits. Mais oui ! Oui ! C'est Lha Shopa ! »

« Il est allé trop loin cette fois. » Père posa la main sur mon épaule. « Ton orge nous a rapporté plus de dix fois son prix. »

Pour être franc, je ne comprenais pas très bien ce qu'ils voulaient dire. Père frappa dans ses mains pour qu'on apporte à boire et nous bûmes chacun une grande coupe de vin. Sur quoi, Père jeta en riant la sienne par la fenêtre et elle se brisa sur le sol. Le vin mit aussitôt mon corps en feu.

À un moment donné, la pluie finit par s'arrêter, et les derniers rayons du soleil embrasèrent le ciel. Je me dis que je devais me rappeler ce jour et le somptueux coucher de soleil qui avait suivi la pluie torrentielle.

L'haleine encore chargée de vin, Père et moi allâmes rejoindre les femmes. Le vent, le feu, les habits chauds et secs et un repas délicieux avaient dissipé l'affolement de la chef de clan. Elle avait voulu recréer une distance entre nous, cherchant à rétablir un décorum pour retrouver un sentiment de sécurité, mais sa tentative avait échoué. Elle voulut reprendre le rituel des salutations, mais Père l'arrêta : « C'est inutile. Nous avons déjà eu notre première entrevue. Mais je vois que vos cheveux ne sont pas encore secs. Allez donc vous asseoir près du feu. »

Malgré elle, avec un sourire doucereux, elle alla s'asseoir près des flammes, incapable, à présent, de prendre ses grands airs de chef de clan. Le chef Maichi, ravi de sa tactique, profita aussitôt de son avantage. « Lha Shopa a terni sa réputation. Comment a-t-il pu vous dépouiller sans vous laisser de vêtements de rechange ? »

Sa remarque atteignit visiblement son but, car la femme chef de clan apparut stupéfaite. Après avoir quitté notre forteresse, elle avait bel et bien été dévalisée par le chef Lha Shopa, qui lui avait volé toute l'orge que je lui avais donnée. Rongong essayait de rester stoïque, mais comme elle était femme, elle ne put empêcher ses yeux de s'emplir de larmes.

« Ne vous inquiétez pas, dit Père. La famille Maichi va arranger cela. »

Elle détourna la tête pour sécher ses pleurs, ce qui porta un nouveau coup à son prestige. Et je n'avais même pas mentionné mon enlèvement. Si je l'avais fait, elle aurait vraiment été en fâcheuse posture. Sur ce, Tharna quitta la pièce en me lançant un long regard.

Je lui emboîtai le pas, poursuivi par des rires étouffés.

L'air du soir, lavé par la pluie, était clair et frais. La lune s'était levée, et faisait miroiter la rivière. Ses rayons argentés illuminèrent mon cœur et tout l'amour qui l'emplissait. Tharna m'embrassa.

Sidéré par son baiser, je ne sus que dire : « Comme la lune est belle ! »

Son sourire était pareil au froid clair de lune. « Nous avons à peine le temps pour les choses importantes, et tu ne peux parler que de la lune. »

« Comme la rivière chatoie ! »

Elle baissa la voix. « Essaierais-tu de m'irriter ? »

« Mon père va présenter une demande en mariage à ta mère. » J'avais envie de l'embrasser, mais elle avança la main pour me fermer la bouche, tout en laissant mes jambes et ma poitrine toucher son corps.

« Tu ne le diras pas à ton père, n'est-ce pas ? » me pria-t-elle. Je savais ce qu'elle voulait dire. « La seule chose que je lui ai dite, répondis-je, c'était que je vous avais retrouvées dans la prairie. »

Elle tomba dans mes bras. Je voulus l'emmener dans ma chambre, mais elle demanda à retourner auprès de sa mère. Alors, je l'étreignis longuement au clair de lune.

Des larmes brillèrent dans les yeux de Tharna quand elle me raconta comment elles avaient été attaquées, et mon cœur se remplit de peine et de colère. « Ont-ils fait quelque chose aux femmes ? » demandai-je.

Elle savait que je voulais savoir si elle avait été violée. En se couvrant le visage, elle murmura qu'elle s'était enfuie avec sa mère sous la protection de leurs gardes. Je n'avais jamais songé à la nécessité d'épouser une vierge, car cela ne faisait pas partie de notre éducation. Mais je l'avais quand même interrogée là-dessus. Après m'avoir donné sa réponse, elle trouva elle aussi que c'était une question bizarre. « Pourquoi me le demandes-tu ? »

« Je ne sais pas. »

Le vol qu'elles avaient subi n'avait rien à voir avec moi, mais l'intendant et Père croyaient que j'avais tendu un piège à la chef Rongong en lui donnant des céréales. Lorsque le chef Maichi demanda à l'intendant qui avait eu l'idée de les lui céder, il répondit que c'était son fils. Alors, Père me pressa de dire ce que nous devions faire. Tout ce qu'il faudra, déclarai-je d'une voix forte, parce que j'étais contrarié. En effet, bien que le protocole me permît d'être avec la belle Tharna, je ne pouvais coucher avec elle comme avec une suivante. Il me fallait attendre que nous soyons mariés. C'était pour cela que je dis avec impatience, tout ce qu'il faudra.

Père battit des mains en partant d'un gros rire.

Les deux chefs de clan célébrèrent nos fiançailles à la frontière. L'usage voulait que les enfants des chefs de clan observent des rites fastueux, mais comme nous vivions des temps exceptionnels, dans un lieu qui l'était davantage encore, tout cela fut simplifié. En fait, la cérémonie de mes fiançailles fut simplement marquée par un festin grandiose. Nous banquetâmes durant des heures, en consommant de nombreux mets exquis. Dolma, qui était responsable de la cuisine, posa un plat de sa confection devant les fiancés. « Tous mes compliments, jeune maître », me dit-elle à voix basse.

Quand le repas s'acheva, je fus séparé de Tharna. Nous ne devions pas nous revoir avant la cérémonie de mariage. Au moment de nous quitter, nous échangeâmes des objets personnels : bagues, colliers, et ornements de jade. Cette nuit-là, je n'arrivai pas à dormir, car je ne cessais de penser à elle. Soudain, j'entendis des pas légers qui montaient l'escalier, venus d'une chambre d'amis à l'étage en dessous. Peu après, une sorte de halètement bestial s'éleva de la chambre de Père, qui était voisine de la mienne. Puis, je l'entendis qui disait : « Ce n'est pas très souvent que des chefs de clan font cela. »

La chef Rongong se mit à rire : « Vous n'êtes pas si vieux. »

« Je me débrouille. »

« Mais pas si jeune non plus. »

Bien que l'intendant ait attribué une chambre à chacune des deux femmes, la chef de clan avait choisi de partager la sienne avec sa fille. Maintenant que les chefs de clan se donnaient du bon temps, l'occasion était trop belle. Alors, en descendant l'escalier à tâtons, je gagnai la chambre d'amis. Mais Tharna avait disparu. En fait, après le banquet des fiançailles, elle était retournée chez elle, escortée par des gardes des Maichi armés de mitrailleuses pour protéger un nouveau convoi de céréales. Si les hommes de Lha Shopa se montraient cette fois-ci, ils en paieraient chèrement le prix.

Je demandai à Père ce qui s'était passé.

« N'as-tu pas dit que nous devions faire tout ce qu'il faudrait ? » répondit-il sur un ton irascible. C'était fascinant, réellement fascinant. On aurait dit que j'étais devenu le chef de clan et lui, le fils idiot.

« Très bien, dis-je, parfait. »

Il m'expliqua qu'il avait gardé la chef Rongong au fort pour mystifier les hommes de Lha Shopa. Mais, ajouta-t-il, comment le sauraient-ils si elle ne quittait pas la forteresse ? Sachant qu'il aimait les grands espaces, je suggérai : « Ils la verront si vous vous montrez dans la campagne. »

Alors, les deux chefs de clan sortirent avec leurs gardes. Je ne savais pas très bien si Père avait conçu un plan ou s'il allait seulement folâtrer dans la nature avec la femme chef de clan. Je montai à la tour de guet pour le découvrir. Il avait plu pendant la nuit, et à présent, le ciel était si clair que je pouvais voir à des kilomètres à la ronde. Les serfs affamés avaient beau savoir qu'ils devaient se tourner vers leurs chefs de clan pour avoir de quoi manger, ils ne cessaient de revenir vers notre domaine, sachant que nous avions de l'orge en abondance ; dès lors, ceux qui avaient perdu espoir pouvaient à peine marcher ; mais aucun n'était mort au pied de notre fort, pas encore. Je n'aurais pu le supporter. Ils venaient simplement voir l'endroit qui renfermait une profusion de céréales, puis ils s'en retournaient chez eux. Comme des pèlerins visitant un lieu sacré, ils bravaient les épreuves à seule fin de poser les yeux sur un lieu paradisiaque, avant de revenir dans leurs terres de poussière, où les hommes mouraient de faim. Comparés à eux, les sujets des Maichi étaient le peuple élu du ciel, les enfants chéris de Bouddha.

Au loin, des oiseaux de proie tournaient au-dessus des montagnes bleues, où bien des gens devaient avoir péri.

Je connaissais cette vallée comme le dos de ma main : c'était la saison où les ruisseaux étaient gorgés d'eau et où les merisiers étaient en fleurs. Les affamés, en chemin, s'éteignaient sous les arbres, et je me demandais si le parfum des fleurs pouvait les guider vers le ciel. Comme leurs maîtres ne pouvaient les aider à le gagner, ils feraient peut-être mieux de demander l'aide des fleurs.

Je vis Père et sa compagne chevaucher au milieu des foules hébétées. Ils s'arrêtèrent près d'une rivière, qui leur renvoya leur reflet. Mais ils ne le virent pas, car ils avaient les yeux tournés vers le lointain.

Chaque jour, ils prenaient le même chemin.

Et chaque jour, je montais à la tour de guet pour les suivre des yeux. Je me surpris à désirer qu'ils continuent leur route jusqu'aux montagnes bleues de Lha Shopa, pour qu'ils s'y fassent tuer. Je ne pouvais m'ôter de l'idée que les hommes de ce dernier les massacreraient dès qu'ils pénétreraient dans la vallée. Au début, cette idée m'amusa, mais quand elle persista, je commençai à me sentir coupable. Le fait qu'Aryi me suivait en silence comme un chien ne faisait qu'augmenter ma culpabilité.

Si bien qu'un jour, je dis à Père : « Cesse d'aller là-bas. »

Il se retourna et regarda triomphalement la chef Rongong, la femme qui partageait son lit depuis de nombreuses nuits. Son regard signifiait : J'avais raison pour mon fils.

Ils avaient déjà décidé de ne plus y aller.

Pendant des années, la chance avait accompagné toute la famille Maichi. À présent, je venais de dire une chose qui reflétait la pensée de mon père. Je souris sans rien dire. Le sourire d'un idiot est toujours mystérieux et profond.

29

C'EST ARRIVÉ

Cette nuit-là, je dormis comme une souche. Ces derniers temps, je songeais sans cesse à Tharna, au point que je n'arrivais pas à trouver le sommeil. Mais pas cette nuit. Dès le matin, son image était la première à me venir à l'esprit. Mais ce matin-là, avant que j'aie eu le temps de penser à elle, j'entendis des gens crier et des chevaux hennir dans la cour.

C'étaient des bêtes de somme venues pour transporter du grain dans la famille Rongong. La chef de clan partit peu après avec elles. Père, épuisé, monta faire un somme dans sa chambre. Mais avant de se coucher, il me dit : « Réveille-moi quand cela arrivera. »

Je ne lui demandai pas ce qui allait se passer. Pour moi, mieux valait attendre en silence. À la frontière sud, mon frère remportait victoire sur victoire, usant de nos céréales pour attirer les peuples des autres chefs de clan et les assujettir. Le jour où Père mourrait, il contrôlerait un grand nombre d'hommes et de terres. Mais pendant que mon frère conquérait le sud, nous, nous donnions des quantités d'orge à la femme chef de clan. « Ces deux-là ont été dupés par les femmes Rongong, disait-il. Un de ces jours, la chef de clan siégera dans notre domaine et y fera la loi. »

À ses yeux, Père et moi étions tous deux stupides.

Très vite, nous eûmes vent de cette réflexion par le biais de ses proches, mais Père ne dit rien avant d'être seul avec moi. Puis, il me demanda : « Ton frère est-il intelligent, ou juste un homme qui feint de l'être ? »

Je ne répondis pas.

Pour être franc, je ne voyais pas la différence. Si quelqu'un se savait intelligent, il voulait naturellement que tout le monde le sache. La question de Père me rappela celle qu'il m'avait posée si souvent : Es-tu idiot, ou bien quelqu'un qui feint de l'être ? « Ton frère ne pourrait jamais croire que tu t'en es mieux sorti que lui, reprit-il. Mais tu as raison, nous devons faire tout ce qu'il faudra. Je vais dormir un peu. Réveille-moi quand cela arrivera. »

Comme je ne savais pas ce qui allait se produire, je tournai un regard vide vers les vastes espaces au-dehors.

Rien n'avait changé dans les prés, ni dans les alentours. C'était comme si l'été s'était installé à jamais sur la terre. Je bâillai longuement, aussitôt imité par mes jeunes serviteurs. J'aurais dû leur botter les fesses, mais je ne voulais pas me donner cette peine. J'étais trop occupé à me demander ce qui allait se passer. Comme je n'y arrivais pas, je me contentai de faire comme mon père. « Cessez de bâiller ! leur criai-je. Et appelez-moi quand cela arrivera. »

« Oui, jeune maître. »

« Qu'est-ce qui va arriver ? »

« Quelque chose, jeune maître. »

Ils ne le savaient pas non plus. Les idées commencèrent à s'embrouiller dans ma tête. Je crus discerner quelque chose, mais ce n'était pas clair. Plus tard, en ouvrant les yeux, je compris que je m'étais endormi, debout contre la balustrade de la véranda. Dès que je m'éveillai, le bleu du ciel vira au gris. Les nuages effrangés, talonnés par le vent, couraient plus vite qu'un serpent filant sur un mur. Il était passé midi, et j'avais dû dormir des heures.

« Est-ce arrivé ? » demandai-je.

Mais mes deux serviteurs étaient partis depuis longtemps.

Je m'affolai un peu quand personne ne me répondit. Puis j'entendis derrière moi un bruit de pas, et je sus que c'était mon père, le chef de clan.

« Tu es vraiment un bienheureux, me dit-il quand il fut près de moi. Je n'ai pas pu fermer l'œil dans mon lit et toi, tu peux dormir debout. »

C'était à mon tour de lui demander : « Est-ce arrivé ? »

Il secoua la tête, perplexe. « Je ne comprends pas, car ils ne sont pas loin d'ici. Ils devraient déjà être là. »

Il me désigna les montagnes au loin, où tant de gens étaient morts de faim.

Comprenant finalement ce qui allait se passer, je poussai un nouveau bâillement. « Va donc dormir un peu, dit mon père. Je te réveillerai quand cela arrivera. »

Je rentrai m'allonger. J'avais l'habitude d'enfouir ma tête sous la couverture quand j'allais me coucher, mais une fois endormi, je ne cherchais pas à la garder couverte. De toute façon, à ce moment-là, je n'y pouvais plus rien. Mais à peine m'étais-je glissé dans l'obscurité de la couverture qu'une détonation retentit. Le bruit était pareil à une vive lueur, qui illuminait tout. Je repoussai la couverture et sortis de la chambre en hurlant : « C'est arrivé, c'est arrivé ! »

Le fort, à cet instant, baignait dans la lumière de fin d'après-midi. Les gens, inoccupés, paressaient au soleil, comme s'ils voulaient tirer les dernières gouttes de plaisir de la vie. Mes jeunes serviteurs jouaient aux échecs à six pions. Ils étaient les deux seules personnes au monde qui, quoi que je fasse, ne se montraient jamais surpris. Aryi ne leva même pas les yeux quand je criai, et Sonam Tserang me lança un sourire bête avant de retourner à son jeu.

Mais ce qui me laissa pantois fut de voir Père et l'intendant assis sur le sol en tailleur, également plongés dans une partie d'échecs. Le soleil dardait ses derniers rayons sur eux. Mais je criai en vain. Je crois qu'ils feignaient de ne pas m'entendre, pour ne pas me mettre dans l'embarras. Ils savaient tous qu'une chose allait arriver ce jour-là, et ils la guettaient. À un moment pareil, toutes ces oreilles dressées auraient dû m'entendre, même si au lieu de crier, j'avais chuchoté : « C'est arrivé... »

Mon image avait changé aux yeux de Père. L'idiot était devenu une personne douée d'une intelligence supérieure, mais qui se conduisait comme un empoté. Mais avec mon cri stupide, toute cette belle image s'effondra. Les serviteurs levèrent les yeux vers moi pour voir d'où provenait cette voix, mettant leurs mains en visière pour se protéger du soleil. Ni Père ni l'intendant ne cilla.

Mon cri s'évanouit dans le soleil de l'après-midi, qui illuminait tout ce que l'œil pouvait voir.

J'étais désespérant. Un idiot incurable. Eh bien, si c'était comme ça, j'allais vraiment me conduire comme un imbécile. Le monde entier — chef de clan, intendant, serviteurs, hommes et femmes de la terre — pouvait bien me cracher au visage et rire derrière mon dos. Ils pouvaient me dire : « Ah ! ah, l'idiot ! Espèce d'idiot ! »

Qu'ils aillent tous se faire voir ! L'idiot va se mettre à chanter. Et je m'exécutai, sur l'air de la ballade « Le roi Bende est mort ».

C'est arrivé, c'est arrivé.
Mais pas ce qui était prévu.
C'est l'imprévu qui est survenu.
C'est arrivé.
C'est arrivé.

Tout en chantant, j'allais et venais sur la véranda. Je donnais des coups de pied dans la balustrade comme si je les narguais tous, mais je cherchais en vérité à masquer ma colère contre moi. À ce train-là, l'idiot de la famille Maichi allait bientôt pleurer sur sa stupidité.

Mais, attendez, laissez-moi ravaler mes larmes.

Pourquoi ? Parce que cela arrivait pendant que je chantais. Moi-même, j'étais tellement désespéré que je n'avais pas conscience que cela se passait. Je chantais à tue-tête, alors que sous mes yeux, les gens jetaient en l'air les pions de leurs jeux d'échecs, et que les serviteurs couraient de tous côtés. Pendant que ma bouche était occupée à chanter, mes yeux étaient fixés sur cette scène de chaos. Peut-être, me disais-je, ces gens-là craignent-ils que je saute dans le vide par tristesse. Père courut vers moi en me désignant la vallée au loin. Alors, je les entendis moi aussi — des coups de fusils, dans la direction qu'il m'indiquait.

Je cessai de chanter.

Le chef de clan cria à l'intendant : « Il le savait. Il le savait avant nous tous. C'est l'idiot le plus intelligent du monde. »

Longue vie à la famille Maichi ! s'écria l'intendant à son tour. Cet homme est un prophète. »

Ils se précipitaient vers moi en criant. Mais je n'avais rien à leur dire. Peut-être avais-je épuisé mon énergie en chantant. « Je suis fatigué, déclarai-je. Je vais retourner me coucher. »

Ils me suivirent dans ma chambre, tandis qu'une fusillade acharnée continuait dans la vallée. Seules les armes des Maichi pouvaient produire des bruits si joyeux et sonores. Quand je me mis au lit, l'intendant éclopé me dit : « Dormez bien, jeune maître. Il n'y a rien que les armes des Maichi ne puissent maîtriser. »

« Tu peux disposer, répondis-je. Tu t'occuperas de tout. »

Ils quittèrent la pièce.

Le chef Maichi avait dit à ses hommes de guetter Lha Shopa quand il reviendrait voler la chef Rongong. À présent que sa stratégie fonctionnait, le sommeil me gagnait. Je ne voulais pas savoir à quoi ressemblerait le monde à mon réveil.

J'avais... juste envie... de... dormir...

Nos deux chefs de clan voisins se battaient pour de l'orge.

Dans notre pays, à chaque fois qu'une bataille éclatait entre deux chefs de clan, il y en avait toujours d'autres qui, ne voulant pas rester sans rien faire, jouaient les médiateurs en faisant la navette entre les camps.

Cette fois-ci, les Maichi étaient tenus pour les instigateurs d'une guerre des céréales entre les deux chefs du nord. Quand nous vîmes arriver ceux qui s'étaient proclamés médiateurs, Père leur dit sans ménagement : « Je vous conseille de vous taire, car je sais que vous convoitez aussi mon orge. »

L'idiot des Maichi intervint : « Si vous aviez planté des céréales et non ce maudit opium, vous seriez libre de parler à votre guise. »

Que pouvaient-ils dire ? Rien, et ils le savaient.

L'intendant, en revanche, fit préparer un somptueux festin pour nos hôtes.

Après avoir renvoyé les médiateurs, Père s'apprêta à rentrer chez lui. Mais avant de partir, il dit : « Laissons-les se battre. »

Son intention était parfaitement claire, nul ne pouvait s'y tromper.

« Très bien, renchéris-je, qu'ils se battent. »

Père me donna une petite tape sur l'épaule et prit la route avec ses gardes.

Ils s'étaient déjà un peu éloignés lorsque les chevaux se mirent à trotter. Soudain, Père tira sur les rênes de sa monture, qui se dressa sur ses pattes de derrière, et il se retourna pour me crier : « Fais tout ce qu'il faudra ! »

« Pourquoi ai-je l'impression d'avoir déjà entendu cela ? » demandai-je.

« C'est vous qui le lui avez dit », répondit Sonam Tserang.

Je demandai à l'intendant : « Ai-je vraiment dit ça ? »

« Je le crois. »

Il était toujours évasif quand nous évoquions mes rapports avec mon père. Je ne pouvais l'en blâmer. Il avait tant fait pour moi. Comme Père et moi pensions que nous devions faire tout ce qui était nécessaire, je lui ordonnai de nourrir les chevaux et les sujets des Rongong, pour qu'ils puissent lancer une attaque surprise contre le peuple affamé de Lha Shopa. J'envoyai aussi à la femme chef de clan des mitrailleurs et des lanceurs de grenade, ce qui signifiait que j'avais décidé du vainqueur de la bataille avant même qu'elle ait commencé.

30

DE NOUVEAUX SUJETS

La femme chef de clan devait la remporter. C'était ce qu'il fallait, et je veillai à assurer sa victoire.

Je me livrai ensuite à d'autres préparatifs. J'ai déjà mentionné que mon frère n'aurait pas dû bâtir un fort à la frontière. Le domaine des Maichi était une forteresse, mais il avait été construit à une époque où nous étions constamment assaillis et où il n'y avait ni mitrailleuses, ni canons, ni grenades. Mais à présent, les temps avaient changé, et la famille Maichi ne vivait plus toujours dans la crainte des attaques. Désormais, c'était au tour des autres familles de nous redouter. Tout ce que j'avais à faire, c'était d'intervenir dans les batailles des autres, et je pouvais en arrêter l'issue à l'avance. Il va de soi que nos voisins du nord ne pouvaient pas savoir qu'ils se livraient une guerre dont le dénouement était déjà fixé.

Cela ne me demandait aucun effort ; je n'avais qu'à attendre que la femme chef de clan m'envoie ses gens pour que je charge leurs chevaux de céréales et de munitions pour les mitrailleuses. Ces bonnes perspectives me mettaient d'excellente humeur. En de telles circonstances, même un idiot était plus intelligent que de coutume, chacune de ses actions était un coup de génie.

Très bien. Parlons à présent de ce que je projetais.

Je dis à Dolma d'installer cinq chaudrons au bord de la rivière, d'y verser un peu d'orge, additionnée de sel et de beurre, et de la faire griller à haute température pour répandre son arôme appétissant très loin sous le ciel clair. J'envoyais de la sorte un signal aux affamés. En une demi-journée, les victimes de la disette reprirent le chemin de la forteresse. Arrivées au ruisseau voisin, elles s'allongèrent par terre, comme si elles se contentaient de humer le parfum de l'orge. Dolma agita sa louche et s'écria : « Levez-vous. Tous ceux qui resteront couchés n'en auront pas. »

Les gens se mirent debout et franchirent le ruisseau comme des somnambules.

Chacun reçut une grande louche d'orge grillée.

Dolma avait goûté au pouvoir. Je crois qu'elle aimait ça ; sinon, elle n'aurait pas continué à brandir la louche charitable, même recrue de fatigue et trempée de sueur. Si elle était restée au domaine, elle n'aurait jamais éprouvé un sentiment aussi merveilleux. Ce n'était qu'avec moi qu'elle pouvait agiter sa louche avec autant de style, devant une foule de gens affamés scrutant sa main d'un œil avide.

« Une louche par personne, ni plus, ni moins, criait-elle à pleins poumons. Ceux qui veulent un autre repas n'auront qu'à travailler pour notre bon et généreux maître. »

Les sujets de Lha Shopa, après avoir mangé l'orge grillée, s'apprêtaient à venir travailler pour moi.

Suivant mes instructions, l'intendant leur demanda d'abattre un mur de notre fort carré.

Je voulais démolir la rangée de pièces qui faisaient face à l'est, pour que le soleil du matin puisse darder sur nous ses rayons sans entrave. Ainsi, le bâtiment, avec sa cour ouverte, communiquerait avec les vastes champs. L'intendant éclopé demanda s'il devait rebâtir un mur ailleurs avec les gravats, mais je lui dis que ce ne serait pas nécessaire. Je croyais avoir lu l'avenir, où il n'importait pas que nous ayons ou non un mur près du portail.

« Ne vois-tu pas ce qu'il y a dans le futur ? » lui dis-je.

« Si », répondit-il.

« Très bien, alors dis-moi ce qu'il nous réserve. »

« Nous allons utiliser nos mitrailleuses comme une charge de cavalerie, pour repousser directement nos assaillants. »

Cela me fit rire. Oui, les mitrailleuses pouvaient écraser aisément les attaquants qui s'aviseraient de fondre sur nous, tels des agneaux à l'abattoir. Mais ce n'était pas ce que j'avais en tête. L'opium avait enrichi le chef Maichi et lui avait permis d'acheter des mitrailleuses, mais il avait causé des ravages chez les autres chefs de clan. Tout était une question d'opportunité. Alors, pourquoi nous enfermer ?

Il fallut seulement quatre ou cinq jours pour démolir un pan du fort, qui était maintenant devenu un château, un édifice splendide.

Dolma me demanda si elle devait continuer à cuisiner. Je lui dis de persister encore un peu, le temps que les victimes de la famine traînent les pierres et les blocs d'adobe jusqu'au ruisseau. L'argile trempée dans l'eau se désagrégea avec lenteur, rendant le ruisseau boueux pendant des jours. Après quoi, la boue se dissipa et l'on ne vit plus que les roches qui brillaient dans l'eau. Celles qui descendaient au fond du lit créaient des jets qui venaient rider la surface. Oui, avec ces pierres, le ruisseau ressemblait davantage à une rivière.

Ce jour-là, je me dis que son eau devait être redevenue claire.

Mais quand je voulus gagner la berge, une vision stupéfiante m'arrêta.

Les gens qui avaient abattu le mur peuplaient la cour qui faisait face aux champs. À la fin du travail de démolition, Dolma avait cessé de nourrir les victimes de la famine, et elles avaient quitté la région. Je croyais que ces gens ne reviendraient pas. Mais non, ils étaient simplement rentrés chez eux pour aller chercher leurs familles ; et maintenant, non seulement ils remplissaient la cour, mais ils se répandaient dans la prairie jusqu'à la rivière.

Dès que j'apparus, ils s'inclinèrent.

Je n'avais jamais vu autant d'hommes réunis. Ils restaient muets et immobiles, mais une foule aussi grande exerçait une énorme pression par sa seule présence.

L'intendant me demanda ce que nous devions faire.

Je lui dis que je n'en avais aucune idée.

Alors, ils restèrent là, tel un océan de têtes noires. Quand ils ne me voyaient pas, ils se tenaient assis ou debout, sans rien faire ; et quand je faisais une apparition, ils tombaient à genoux. À présent, je regrettais d'avoir fait détruire le mur.

Un jour avait passé, et le deuxième était presque achevé, mais ils étaient toujours là, de plus en plus affamés ; et quand leur faim devint insupportable, ils descendirent boire au ruisseau. C'est ce que font les vaches et les chevaux — ils plongent la tête dans l'eau et boivent à en perdre le souffle, jusqu'à ce que leur ventre gonfle et que l'eau clapote dans leur panse. Maintenant, tous ces gens buvaient comme des vaches et des chevaux. Même dans mes rêves, je les entendais chercher leur respiration en hoquetant, et j'entendais l'eau clapoter dans leur ventre. Je savais qu'ils ne faisaient pas exprès de déranger un homme ausi bon que moi ; si cela avait été le cas, ils n'auraient pas, en marchant, noué leurs bras autour de leur estomac.

Le troisième jour, quand ils descendirent au ruisseau, certains d'entre eux tombèrent dans l'eau. Incapables de se relever, ils se noyèrent dans les bas-fonds. Il fallut moins d'une journée pour qu'ils enflent comme des sacs et soient emportés par le courant. Les gens qui n'allaient pas boire au ruisseau mouraient également ; on les ramassait pour les jeter dans la rivière, où ils dérivaient en flottant jusqu'à l'entrée du paradis.

Voyez comme les sujets de Lha Shopa étaient bien élevés ; même en proie à la misère la plus noire, ils ne protestaient pas, plaçant leur ultime espoir dans un homme qui n'était même pas leur maître.

J'étais cet homme plein de bonté.

Au cours de ces trois jours, aucun grain d'orge n'avait glissé entre mes doigts, mais les gens ne se plaignaient pas. Comment le pouvaient-ils, puisque je n'étais pas leur maître ? Quand ils étaient venus pour la première fois, j'avais souvent entendu le bourdonnement de leurs prières muettes, mais cela avait cessé. À présent, ils se contentaient de mourir, un par un. Ils expiraient près du ruisseau et le soleil les desséchait, puis ils enflaient comme des sacs et l'eau les portait jusqu'au seuil du paradis.

Le troisième soir commencèrent les cauchemars. Le lendemain, avant même d'avoir ouvert les yeux, je savais que ces gens étaient toujours là. Aucun n'était parti. Le calme qui enveloppait une telle foule n'avait vraiment rien de serein ; il exsudait une pression terrible.

« Je n'en peux plus ! hurlai-je. Je ne peux plus le supporter. »

Comme je n'avais jamais sauté un repas de ma vie, la force de mon cri projeta mes paroles très loin dans le matin brumeux. Les victimes de la famine levèrent la tête, tandis que le soleil émergeait de l'horizon et dissipait la brume. Oui, j'étais vaincu par leur patience et par leur désespoir, plus puissant à lui seul que toutes les forces du monde. Trop faible pour sortir du lit, j'ordonnai aux serviteurs en gémissant : « Cuisinez quelque chose, donnez-leur à manger. Faites-les parler, faites-les pleurer, laissez-les faire tout ce qu'ils veulent. »

Dolma et l'intendant, Aryi et Sonam Tserang avaient déjà fait ces préparatifs sans m'en parler. Ils n'attendaient que mon ordre pour allumer le feu sous les chaudrons.

Aussitôt, tous mes gens applaudirent, mais les affamés n'émirent pas un son. Même quand on leur apporta à manger, ils gardèrent le silence. Je ne pouvais dire si j'aimais ces sujets ou si j'en avais peur.

Alors, je m'écriai : « Dites-leur qu'ils n'auront droit qu'à un seul repas. Après avoir mangé, ils auront retrouvé assez de force pour s'en retourner d'où ils viennent. »

Les serveurs leur transmirent mes paroles.

Des larmes coulaient sur les joues de Dolma quand elle les exhorta : « Ne tourmentez pas notre bon maître, rentrez chez vous. Allez rejoindre les vôtres. Le ciel n'a-t-il pas donné un maître à chacun de nous ? »

Mais leurs maîtres, entre-temps, traversaient eux aussi une période difficile.

Le peuple de la chef Rongong, depuis qu'il avait été nourri, s'était mis à critiquer le peuple de Lha Shopa. On pouvait dire que dans le nord, j'avais trouvé des gens prêts à se battre pour la famille Maichi. Mon frère, qui était plus capable que moi, lança ses troupes contre l'ennemi dans les montagnes du sud, qui étaient plus accidentées qu'ici.

Un nombre croissant de gens pensaient que malgré son intelligence, la chance était toujours du côté de son frère idiot. Je le pensais aussi. La bonne fortune me suivait comme une ombre. Une ou deux fois, sentant cette chose mystérieuse près de moi, je me retournai et tapai du pied. Mais c'était juste une ombre, pas un chien qu'on pouvait effrayer. On ne peut pas chasser son ombre.

Aryi me demanda qui je voulais apeurer en tapant ainsi du pied.

« Une ombre », répondis-je.

Il sourit et me dit : « Non, pas une ombre. » Alors, le visage blême de mon futur bourreau se mit à rayonner, et je sus ce qu'il voulait dire. À cause de son métier, il s'intéressait beaucoup à l'au-delà ; et il ne manqua pas de m'affirmer, tout excité : « On ne peut pas faire fuir les fantômes en tapant du pied. Il faut cracher sur eux. »

Joignant le geste à la parole, il me montra comment m'y prendre. « Comme ça. » Je ne pouvais pas laisser un bourreau cracher comme cela. Si la bonne fortune me suivait vraiment jour et nuit, son exorcisme n'allait-il pas la faire fuir ? Alors, je le giflai. « Je te laisserais me fermer la bouche avec un fer rouge si moi, je crachais derrière moi. Comment un esclave comme toi peut-il s'en donner le droit ? »

Son visage radieux se ferma.

J'ordonnai : « Va donc manier la louche en bas avec les autres. »

Ce jour-là, même le plus pauvre de mes serviteurs goûta le doux plaisir de la charité. Dans ce monde, ce sont les gens qui donnent aux autres qui sont les bienheureux. Alors, je veillai à ce que chacun puisse offrir à manger et sentir à quel point il était merveilleux de donner. Je pouvais entendre leurs cris silencieux : Longue vie au deuxième jeune maître !

Mais même après avoir mangé, la foule continuait à occuper le champ.

« Il est temps d'en finir », criai-je à l'intendant qui s'approchait dans un sourire, traînant son pied boiteux. « Renvoie-les. Dis-leur de partir. »

Il avait attendu que la dernière personne ait avalé goulûment l'ultime bouchée de gruau pour monter l'escalier. Mon cri flottait encore dans l'air quand il me répondit : « Maintenant, ils vont partir. Ils me l'ont promis. »

Juste à ce moment-là, la foule s'ébranla. Bien que chacun se tût, les pieds avaient retrouvé suffisamment de force pour faire parler le sol ; et le son combiné de tous ces pas feutrés, mais innombrables, fit légèrement trembler la terre. Ce départ fut suivi par un tourbillon de poussière. Quand elle se dissipa, les gens avaient déjà traversé le ruisseau.

Un long soupir de soulagement s'échappa de ma bouche. Mais soudain, ils s'arrêtèrent sur la berge, et les hommes se séparèrent des femmes et des enfants. Mais que faisaient-ils? Voulaient-ils nous attaquer à présent qu'ils avaient le ventre plein? Si oui, j'espérais qu'ils le feraient sur-le-champ, parce que je n'avais vraiment rien à faire entre le crépuscule et mon coucher. S'ils tentaient un assaut, nous ouvririons le feu, et tout serait fini avant que je me mette au lit. Ainsi, une situation sans précédent dans l'histoire des chefs de clan serait résolue rapidement. Pourtant, il devait bien y avoir un chef de clan qui s'était heurté une fois à un pareil problème!

Les hommes s'assirent et restèrent longtemps sans bouger, puis un différend éclata parmi eux. Aveuglé par le soleil, je ne pouvais voir que le centre du trouble, comme un petit remous qui disparut aussitôt. Quelques hommes sortirent de la foule et retraversèrent le ruisseau pour revenir vers nous. Derrière eux, les autres se levèrent pour mieux voir.

Ils mirent un certain temps à traverser le vaste champ.

Arrivés devant moi, ils se prosternèrent. Ils avaient tué les chefs des forteresses qui étaient restés fidèles à Lha Shopa et ils m'avaient apporté leurs têtes. En fixant ces restes qui gisaient à mes pieds, je demandai: «Pourquoi faites-vous cela?»

Ils dirent que le chef Lha Shopa avait perdu la bienveillance, la noblesse et l'intelligence nécessaires à l'appréciation d'une situation, toutes qualités dont avaient été pourvus ses prédécesseurs. Alors, ses sujets l'abandonnaient. Désormais, le chef Maichi allait gouverner des terres encore plus vastes, avec des sujets bien plus nombreux. C'était le destin; et c'était aussi le vœu du peuple.

Je fis venir Aryi et le présentai à ces hommes, qui avaient choisi de faire allégeance à notre famille. Tous les chefs de clan n'avaient pas de bourreau, et quand ils en avaient, les leurs n'étaient pas issus d'une aussi longue lignée. Tous regardèrent avec curiosité ce jeune homme au teint pâle et au corps dégingandé.

«Quel est celui qui a pris l'initiative de tuer vos maîtres?» demandai-je.

Ils s'inclinèrent à nouveau devant moi. Intelligents et braves, ils assumaient ensemble la responsabilité de cet acte. Comme je les aimais déjà, je leur dis: «Debout. Je ne tuerai aucun de vous. Vous êtes si nombreux que mon bourreau ne saurait par qui commencer.»

Ils éclatèrent de rire.

C'est ainsi que des milliers de sujets de Lha Shopa vinrent se soumettre à la famille Maichi.

Les gens disaient que les terres de Lha Shopa étaient comme un grand arbre, formé de nombreuses crêtes de montagne. Une rivière qui ne cessait d'enfler et de grossir en érodait les pentes pour créer une vallée toujours plus large, qui en était le tronc. Ses racines étaient l'embouchure de la rivière, qui grondait comme le tonnerre, et ses branches, les crêtes des montagnes créées par les affluents en amont. Cette nuit-là, l'intendant m'apporta une carte, que j'étudiai longuement à la lueur d'une lampe, avant de discerner parmi les lignes sinueuses la vague forme d'un arbre. Je venais de trancher deux de ses plus épaisses branches. Les hommes qui avaient déserté Lha Shopa devinrent mes vassaux. Ils me demandèrent de leur attribuer un nouveau chef, mais je répondis que je ne leur donnerais que de l'orge.

« Vous serez vos propres chefs, déclarai-je. Après quoi, je deviendrai le vôtre. »

Le lendemain, je fus très occupé. Je distribuai suffisamment de céréales pour nourrir tous ces gens pendant un an, et leur donnai des graines pour les années suivantes. Mais au lieu de partir cette nuit-là, ils allumèrent des feux de joie près du ruisseau. Ces hommes qui avaient vu la mort en face révélaient à présent une passion incroyable. Quand je leur fis signe de loin, leurs hourras grondèrent entre le ciel et la terre comme un orage ; et quand je descendis parmi eux, ils se prosternèrent en soulevant tellement de poussière que je me mis à tousser. Je n'arrivais toujours pas à croire que ces milliers de gens étaient devenus miens aussi vite. Vraiment, je ne le pouvais pas. Quand la poussière tourbillonna, mes deux esclaves vinrent se ranger à mes côtés, de peur que l'on puisse m'agresser. Mais je les écartai ; ce n'était pas la peine. Ces hommes ne se retourneraient pas contre nous, pour la simple raison qu'ils faisaient désormais partie de la famille Maichi. J'avais de la chance, car le ciel et les dieux du destin veillaient sur moi, et nul ne pouvait me nuire.

J'essayai de parler, mais je continuais à tousser, étouffé par la poussière ; ces gens-là n'étaient pas destinés à entendre la voix de leur nouveau maître. Alors, je me contentai de leur faire signe de se lever. Tous, jeunes et vieux, avaient le front maculé de poussière.

Ils avaient abandonné leur maître, mais cela n'impliquait en rien qu'ils ne voulaient pas de souverain. Cette idée ne leur aurait jamais traversé l'esprit. Même si quelqu'un avait tenté de la leur imposer, ils auraient froncé les sourcils et l'auraient repoussée sans effort. Voyez leurs visages autour du feu de joie : quand ils me regardaient, leurs yeux étaient vifs et radieux, comme s'ils assistaient à l'apparition d'un dieu. Quand je pris congé d'eux, c'était comme s'ils voyaient une divinité rentrer au paradis.

Ils partirent au matin, et après leur départ, les berges du ruisseau parurent encore plus vastes. Quand le calme revint après ces jours de fièvre, j'éprouvai un sentiment de vide. Je pressentis également un problème, mais je choisis de ne pas l'évoquer ; comme les autres, tôt ou tard, devinaient toujours les problèmes qui me tourmentaient, il valait toujours mieux les laisser en parler en premier.

En effet, au petit déjeuner, l'intendant me déclara : « J'espère que ces gens-là n'ont pas été envoyés par le chef Lha Shopa pour nous soutirer nos céréales par la ruse. Dans ce cas, le premier jeune maître pourrait bien rire à nos dépens. »

Sonam Tserang lui jeta : « Si vous n'avez pas confiance en le deuxième jeune maître, allez donc servir l'héritier des Maichi. Nous n'aurons aucun mal à vous remplacer. »

« Mais pour qui te prends-tu ? Qui t'a donné le droit de me parler comme ça ? » L'intendant leva la main, mais mon regard l'arrêta. Sonam Tserang, triomphant, lui lança un sourire narquois.

Sur ce, l'intendant se tourna vers Aryi. « Donne-lui deux bonnes claques. »

Aryi gifla par deux fois son ami, mais visiblement pas assez fort. Alors, l'intendant fut contraint de châtier le bourreau. Oui, les bourreaux punissent les autres quand ils commettent des fautes, mais quand les bourreaux eux-mêmes sont dans leur tort, ils sont punis par les plus puissants qu'eux. L'intendant le gifla si violemment qu'il en eut la main endolorie. À nouveau, Sonam Tserang sourit. Je l'imitai un court instant, puis j'ordonnai à Aryi : « Frappe-le. »

Cette fois-ci, le bourreau y mit toute son énergie. Il avait beau paraître frêle, sa gifle fit tomber le musclé Sonam Tserang. Tout le monde éclata de rire. Passé ce moment d'hilarité, je dis à l'intendant d'écrire à Père que ses terres s'étaient agrandies à la frontière nord, et qu'il avait acquis des milliers de sujets. L'intendant voulait que j'attende un peu avant de faire partir cette lettre, mais sachant que j'avais eu raison jusqu'alors, il se rangea à mon idée.

La situation, dans le nord, paraissait excellente, car avec mon appui, la femme chef de clan avait mis l'armée de Lha Shopa en déroute.

« Que pourrait encore faire le chef Lha Shopa ? » demandai-je à l'intendant.

« Lha Shopa ? Je pense qu'il devra revenir ici. » Je ris en repensant au gros Lha Shopa, à son front en sueur et à sa démarche lourde.

HUITIÈME PARTIE

31

LE MARCHÉ DE LA FRONTIÈRE

Le chef Lha Shopa revint.

Il crut s'être trompé d'endroit quand il vit une belle demeure ouverte à tout venant au lieu d'une forteresse retranchée.

Cette fois-ci, il s'abstint prudemment de se dire mon oncle.

Bien que j'aie fait abattre le portail, il s'arrêta à l'emplacement de l'ancienne entrée pour dégringoler de son cheval. Par ces mots, je n'entends pas lui faire insulte, car Lha Shopa était si gras qu'il ne pouvait lever la jambe pour mettre pied à terre. La seule règle importante, pour monter et descendre de cheval avec style, consiste à lever la jambe à la bonne hauteur. Mais l'obésité venant, cet ancien cavalier émérite avait perdu son agilité et sa vigueur ; il devait à présent basculer d'un côté, soulever l'arrière de sa selle et, aidé par la gravité, tomber dans les bras de ses esclaves.

Il s'avança vers moi avec une peine visible. Même de loin, j'entendis son halètement. Il avait dû attraper un rhume, car il m'annonça d'une voix rauque : « Très intelligent et bienveillant jeune maître de la famille Maichi, votre neveu Lha Shopa vient vous rendre visite. »

« J'ai dit à mon peuple que Lha Shopa nous apporterait des cadeaux magnifiques. »

« Oui, oui. C'est vrai... »

Ses mains tremblèrent quand il retira des papiers de sa chemise pour me les fourrer dans les mains. Je dis à l'intendant de les déplier pour me les montrer. C'était un ensemble de vieux documents, assortis de quelques sceaux de bronze. Comme ses sujets l'avaient abandonné, il se voyait contraint de me remettre les sceaux et les titres de propriété de ses forteresses, montrant ainsi qu'il acceptait la nouvelle réalité. Ces sceaux et ces papiers, tous conférés par des empereurs de dynasties passées, prouvaient que j'en étais désormais le possesseur.

Je voulus dire une chose mais je me retins, sachant que quelqu'un d'autre allait le faire pour moi. En effet, l'intendant déclara : « Notre jeune maître a dit que tous ceux qui voulaient notre orge devaient la payer dix fois son prix habituel, mais vous ne l'avez pas écouté. Maintenant, vous allez la payer encore plus cher. »

Lha Shopa acquiesça sans réserve. « Pouvons-nous avoir l'orge à présent ? » demanda-t-il, ajoutant que le dos de ses chevaux croulait sous le poids de son argent.

« Je n'en veux pas autant, répondis-je. Je vous vendrai mon orge au prix habituel. »

Il s'était, bien évidemment, attendu à ce que je refuse. Mais quand je n'en fis rien, l'homme, désespéré, faillit presque en pleurer. « Mon Dieu ! sanglota-t-il. La famille Maichi a quasiment ruiné son neveu Lha Shopa. »

« Une leçon ne fait de mal à personne. »

Dans la logique des vainqueurs, la famille Maichi avait payé un prix encore plus élevé.

N'est-ce pas la vérité ? Aurions-nous eu à subir tellement de conflits s'ils n'avaient pas tenu à planter des pavots comme nous ? En songeant à cela, je sentis la colère monter en moi. « Nous faisons payer à tous le même prix pour notre orge », repris-je. « Trois fois le prix habituel. Cela vaut aussi pour vous. »

« Mais vous venez de dire que vous vouliez juste... »

Il s'arrêta quand il vit mon regard glacé et esquissa un sourire lamentable : « Je me tais ! Je risque d'être encore en plus mauvaise posture si mon oncle Maichi change à nouveau d'avis. »

« À présent que nous sommes d'accord là-dessus, conclut l'intendant, vous pouvez monter dans la chambre d'amis. Nous vous avons préparé à manger et à boire. »

Le lendemain matin, les bêtes de somme de Lha Shopa furent chargées de sacs d'orge, mais je ne lui en fis pas vraiment payer trois fois le prix.

Il me dit en partant : « Vous avez donné à manger à mon peuple. Épargnez-moi aussi d'être attaqué. »

Je savais ce qu'il voulait dire, mais en guise de réponse, je cravachai la croupe de son cheval, qui partit en trombe avec son maître. Sur quoi, je lui criai de ne pas hésiter à revenir m'acheter de l'orge. Car ce que la famille Maichi avait bâti à la frontière n'était pas un fort, mais un marché.

Oui, enfin, je peux le dire. Les grands espaces qui bordaient la rivière seraient un endroit idéal pour les tentes et les étals des marchands.

L'intendant me glissa : « Nous allons bientôt entendre parler de la femme chef de clan. »

Je lui demandai alors de lui écrire, pour lui dire que nous attendions de ses nouvelles.

Mais elle ne répondit pas tout de suite, car son peuple n'avait plus faim et elle avait vaincu le chef Lha Shopa. Enfin, nous reçûmes une lettre disant qu'elle n'avait pas encore réuni la dot de sa fille et était par ailleurs absorbée par les tâches viriles du commandement de son armée. Elle alla même jusqu'à ajouter : « Mon futur gendre pourrait-il me dire si la chef Rongong doit se trouver un homme pour faire un travail de femme ? Rassembler, par exemple, une dot pour sa fille ? »

Après avoir mangé l'orge des Maichi et gagné une bataille mineure grâce à nos mitrailleuses, la femme chef de clan se conduisait comme une jument en chaleur.

C'était une femme assez capable, mais peu intelligente, et elle aurait dû se rendre compte que le monde changeait. Chaque fois que des choses nouvelles apparaissaient, les anciennes règles devaient évoluer. Mais la plupart des gens ne pouvaient le comprendre, et cela me peinait. Elle, malheureusement, faisait partie de ceux qui éveillaient ma compassion. Par contre, elle avait dit exactement ce que j'espérais d'elle. Quand Tharna avait été là, l'amour qu'elle m'inspirait m'avait fait perdre la tête. Mais je découvris peu à peu que je ne pouvais même pas me rappeler à quoi elle ressemblait. Ce qui signifiait que l'arme la plus puissante de la femme chef de clan avait perdu son pouvoir. J'étais très satisfait.

Il me fallut seulement deux jours pour faire revenir tous les mitrailleurs et les lanceurs de grenade que je lui avais prêtés. Elle envoya des gens pour chercher à les récupérer, mais ils s'effondrèrent au bruit caquetant des mitrailleuses. Il est dur pour un homme arrogant de comprendre ses erreurs, encore plus quand cet homme arrogant est une femme.

Elle ne savait pas que j'avais vendu de l'orge au chef Lha Shopa.

À chaque fois que le long cortège des chevaux de mon neveu atteignait un moulin, ses hommes déchargeaient des sacs d'orge ; et quand ils atteignirent le centre de ses terres, il ne restait plus rien. Alors, ils rebroussèrent chemin vers la frontière. Se rappelant que j'avais parlé d'y créer un marché, Lha Shopa fit dresser plusieurs tentes au bord de la rivière, pour échanger des articles de son pays contre nos céréales.

Après s'être rempli la panse avec notre orge, les soldats de Lha Shopa avaient retrouvé le moral, et il était imprudent de les attaquer sans mitrailleuses. L'armée de Rongong, qui n'était plus habituée à guerroyer sans ces armes précieuses, battit vite en retraite, perdant tout le terrain qu'elle avait précédemment gagné.

Au lieu de retourner dans son pays, le chef Lha Shopa s'installa près du marché de la frontière, où il m'invita souvent à venir boire sous sa tente, au bord de la rivière. Par les jours de temps clair, il était agréable de s'asseoir sur la berge le long des vastes champs.

Lha Shopa et moi ne tardâmes pas à parler affaires.

Il payait ce qu'il achetait non seulement avec de l'argent, mais aussi avec des herbes médicinales, des fourrures, et même des chevaux. L'intendant me dit que les Han achetaient ces choses-là fort cher. Alors, il réunit un grand attelage de chevaux, y chargea toutes ces marchandises et alla les vendre dans l'est aux Chinois han. Après quoi, il leur racheta des céréales. Très vite, un marché prospère se développa à la frontière. De plus en plus de chefs de clan venaient planter des tentes au bord de la rivière, apportant toutes sortes de bonnes choses à échanger contre de l'orge. Mais bien que la famille Maichi en eût beaucoup à vendre, il y avait une limite à tout. Nous étions proches du pays des Han, ce qui rendait les choses difficiles quand les cours han étaient puissantes. C'était pour cette raison, notamment, que le chef de clan Maichi n'avait jamais pu être omnipotent. Mais les Han avaient subi une révolution, puis une guerre, et avec l'arrivée des graines de pavot, la chance avait tourné pour la famille Maichi. L'opium avait enrichi notre famille et appauvri les autres chefs de clan. À présent, nous envoyions au pays des Han ce que nous échangions contre notre orge, puis nous y achetions des céréales que nous vendions contre d'autres articles à la frontière. Un seul aller-retour suffisait à décupler notre fortune. L'intendant fit un savant calcul : même lorsque la famine aurait cessé et que les céréales seraient revenues à leur cours normal, nous pourrions encore doubler ou tripler notre richesse en vendant autre chose que de l'orge.

C'était la première fois, dans l'histoire des chefs de clan, que l'on transformait une forteresse défensive en marché ; et à chaque fois que j'y réfléchissais, je me rappelais notre historien muet qui, s'il avait été là, aurait sûrement compris le sens d'une telle nouveauté. Là-bas, les gens qui m'entouraient disaient qu'on n'avait encore jamais vu une chose pareille. C'était tout ce qu'ils trouvaient à dire. Je suis certain que l'historien aurait eu des pensées bien plus profondes sur le sujet.

32

DES NOUVELLES DU SUD

J'étais inquiet.

À quoi en étions-nous arrivés si une personne comme moi disait aux gens ce qu'ils avaient à faire ? Nous vivions dans un monde étrange. Pourtant, je n'étais pas persuadé que son étrangeté était limitée au fait qu'un idiot pensait pour tous les autres. En revanche, je ne saurais dire exactement ce qui rendait ce monde si singulier. Je passais des nuits à méditer cela, au point d'en oublier la femme qui dormait près de moi. Elle m'avait été envoyée par les récents transfuges du chef Lha Shopa. J'étais tellement préoccupé par une question qui n'était pas vraiment de mon ressort que je ne lui avais même pas demandé son nom pendant les quelques nuits où elle avait partagé mon lit. Ce n'est pas que je ne voulais pas le faire ; c'était seulement que je n'y avais pas pensé. Par chance, elle avait un bon naturel et ne se plaignait pas. Elle était venue payer une dette pour les hommes que j'avais sauvés au seuil de la mort.

Mais je ne la désirais pas, car j'étais absorbé par des questions sur la marche du monde.

Finalement, un matin, le désir monta en moi. Comme je l'ai déjà dit, je me sentais presque toujours perdu à mon réveil et je devais me demander où — et qui — j'étais. Mais pas ce matin-là. Oubliant ces questions, je réveillai la fille et lui demandai : « Qui es-tu ? »

Elle se retourna lentement et, en voyant ses yeux ensommeillés, je me dis qu'elle ne savait pas non plus qui elle était à cet instant. Mais dès qu'elle s'éveilla, son visage s'empourpra, prenant la même teinte que les pointes de ses seins. Je le lui dis en souriant, ce qui la fit rougir plus encore. Elle tendit la main pour m'enlacer, pressant son corps solide contre le mien.

« Sais-tu qui je suis ? » demandai-je.

« On dit que vous êtes un idiot gentil, un idiot intelligent. Je veux dire... si vous êtes vraiment un idiot. »

Voyez, tout le monde s'était fait une opinion de moi. « Oublie ce qu'on raconte, insistai-je, dis ce que tu penses, toi. »

Elle rit. « Je pense que vous êtes un idiot qui n'aime pas les filles. »

Cela ne fit qu'augmenter mon désir. Elle se débattit et gémit comme une petite vache, me couvrant le visage de ses seins qui sentaient fort le lait. Mais elle refusa d'ouvrir cet endroit sombre et moite où je voulais vraiment entrer. Son corps m'enveloppa de sa peau douce, mais elle tenait ses jambes serrées, m'empêchant de la pénétrer. Quand elle céda enfin, j'explosai aussitôt.

Elle sourit. « On dirait qu'il y a longtemps que vous n'avez pas eu de femme. »

Cela faisait longtemps, en effet.

Je me dis que mon frère, qui se battait toujours dans le sud, ne resterait jamais si longtemps sans une femme. Si quelqu'un lui avait dit que j'avais dormi plusieurs nuits avec une fille sans la toucher, il aurait dit en s'esclaffant : « Quel idiot ! »

Mais c'était la seule chose dont il aurait pu rire. Enfin, j'appris qu'il avait été vaincu. Il semblait avoir gagné presque une bataille par jour, mais en réalité, les troupes ennemies évitaient ces combats qu'elles savaient perdus d'avance. Alors, il s'était enfoncé dans les terres de Wangpo sans avoir vraiment pu montrer sa valeur guerrière. Où qu'il aille, il ne vit pas de vaches et de moutons, encore moins des hommes. Et bien sûr, ni argent, ni or, ni autres trésors. Même avec ses armes sophistiquées, le premier jeune maître et futur chef du clan Maichi ne trouva personne à tuer. La plupart des gens qu'il croisait étaient déjà morts de faim, et les vivants étaient trop faibles pour lutter contre leur sort. En guise de trophées, ses soldats coupèrent des oreilles de cadavres, et sa réputation de cruauté commença à se répandre.

Mon frère s'était engagé trop profondément dans le territoire ennemi. Il ne voyait jamais les forces de Wangpo pendant qu'il progressait, mais elles tiraient sur lui dès qu'elles le pouvaient. Un homme par ci, un fusil par là, et en quelques mois, il avait équipé l'ennemi avec les armes des Maichi. C'est ainsi que le chef Wangpo, usant des armes livrées par mon frère, avait pris la forteresse mal gardée de la frontière sud ; et quand mon frère la regagna tant bien que mal, on avait volé plus de la moitié des céréales. Il voulut lancer une nouvelle attaque contre Wangpo, mais Père l'arrêta.

« Tu lui as donné des fusils et du grain, lui dit le chef Maichi, deux choses dont il avait désespérément besoin. Il sera toujours temps de l'attaquer quand tu sauras ce qui peut encore lui manquer. »

Mon frère tomba malade, et Père l'exhorta à se reposer.

Alors, il resta à la forteresse de la frontière pour se remettre, en attendant que le chef Wangpo livre un nouvel assaut. Cette fois, il s'apprêtait à lui assener un coup mortel.

Mais le nouveau chef Wangpo, qui venait de succéder à son père, prit le chemin le plus long, passant par mon marché pour y faire des affaires.

Voyez, c'était à cause de moi que la paix était revenue dans notre vaste pays. Les gens me connaissaient même dans les terres lointaines que l'influence d'un chef de clan n'avait jamais atteintes. En très peu de temps, j'avais donné un sens nouveau et bien plus large au mot *idiot*. À cause de moi, les termes *idiot, sort, destin* et *bonne fortune* étaient tous devenus synonymes.

Les chefs Lha Shopa et Rongong ne se livraient plus que de petites escarmouches, et celles-là aussi ne tarderaient pas à cesser. Je n'avais pas prévu de jeter de l'eau sur le feu guerrier des Rongong, mais c'est pourtant ce que je fis. J'avais toujours traité la chef de clan comme une belle-mère, mais elle ne semblait pas disposée à me prendre pour gendre. Désormais incapable de soutenir la moindre attaque sans mon appui, elle écrivit à son futur beau-fils pour lui demander son aide. Quand l'intendant me lut sa lettre, je ne dis pas un mot, et il répondit à ma place : « Quelque chose ne va pas très bien dans la tête de notre jeune maître, et il ne sait plus pourquoi il doit devenir votre gendre. »

Un autre courrier arriva, teinté d'amertume cette fois, déclarant que son futur beau-fils serait aussi le futur chef du clan Rongong.

L'intendant sourit, mais pas moi. Comme je trouvais le temps long, j'avais recommencé à penser à Tharna. L'intendant envoya alors une nouvelle lettre, où il rapportait que son maître ne pouvait se rappeler les traits de sa fiancée.

À une époque aussi singulière, un idiot était vraiment à même de décider du sort de bien des gens intelligents. Ne pouvant plus exiger l'observance du protocole, la chef Rongong m'envoya sa fille sans attendre un mariage officiel.

Tharna arriva un matin ; et quand Sonam Tserang vint l'annoncer, j'étais au lit avec la fille dont le visage, en rougissant, prenait la même teinte que ses pointes de seins. Je ne dis pas que nous faisions quoi que ce soit. Non, nous avions déjà fait suffisamment cela pendant la nuit. Mais comme à mon habitude, je me réveillai tard, et encore, seulement parce que Sonam Tserang toussa discrètement à mon chevet. J'ouvris un œil et vis bouger ses lèvres, mais je ne saisis pas ce qu'il disait à propos de Tharna. « Très bien..., dis-je d'une voix ensommeillée, parfait... »

Le moment aurait été mal choisi pour que Tharna entre dans ma chambre. Par chance, lorsque Sonam Tserang lui porta ma réponse idiote, l'intendant l'avait déjà introduite dans une autre pièce. Je secouai la fille à mes côtés, qui bougea, soupira... et se rendormit aussitôt. L'appréhension me gagnait. Heureusement, elle se réveilla peu après, comme si elle s'était retournée, non pour se rendormir, mais pour sortir du sommeil en douceur. « Où suis-je ? » murmura-t-elle en pouffant.

Je répondis, puis demandai : « Qui suis-je ? »

Elle me le rappela.

Juste à ce moment-là, Sonam Tserang entra et dit avec un regard sombre : « Votre fiancée s'impatiente. »

« Qui ça ? »

« Tharna ! »

Je sautai aussitôt du lit et faillis jaillir nu de la chambre. Sonam Tserang réprima un sourire, mais pas la fille, qui gloussa en s'agenouillant sur le lit pour m'habiller, sans songer à voiler sa propre nudité. Son rire se changea en sanglots, et de grosses larmes roulèrent sur sa poitrine.

Elle cessa de pleurer quand je lui dis que Tharna, ma future femme, était la fille de la chef Rongong.

J'ajoutai que les larmes qui pendaient de ses seins étaient comme des gouttes de rosée suspendues à des pommes. Elle rit entre ses larmes.

Dès l'instant où je vis Tharna, sa beauté me frappa comme une balle. Mes veines et ma peau, mes yeux et mon cœur, étaient tous lacérés par la force de son pouvoir. Il ne fallait jamais grand-chose pour me rechanger en idiot — d'habitude, la vue d'une belle fille suffisait.

Quand un homme devient stupide, la peau de son visage se tend. Observez son sourire, et vous saurez si c'est un idiot ou pas. Lorsqu'un idiot sourit, ses muscles faciaux n'obéissent pas aux ordres de son cerveau, et c'est pour cela qu'un idiot souriant a l'air d'un homme mort dans une tempête de neige. On peut voir toutes ses dents, mais pas le moindre éclat.

Ce fut Tharna qui parla la première. « Je parie que tu ne m'attendais pas si tôt. »

Je secouai la tête, et dès que j'ouvris la bouche, mes muscles faciaux se relâchèrent et je rassemblai mes esprits.

Mais je ne savais toujours pas quoi faire. Jusqu'alors, je pouvais coucher avec n'importe quelle femme en l'envoyant chercher. Même si j'éprouvais des sentiments pour elle — des émotions, pour ainsi dire, nobles comme les montagnes et fortes comme les courants —, cela me gênait de les révéler avant d'avoir couché avec elle plusieurs fois. Mais cela ne marcherait pas avec Tharna, qui allait être bientôt ma femme. Alors, que devais-je faire ? Heureusement, j'avais un intendant qui avait bien réfléchi aux choses pour moi. Il murmura : « Jeune maître, faites entrer les serviteurs... »

Comme je lui faisais pleinement confiance, je fis un geste solennel, et aussitôt, un groupe de serviteurs entra et plaça une pile de joyaux devant Tharna. Maintenant que j'étais devenu un homme d'affaires, je pouvais me procurer des bijoux aisément. Je fis un nouveau geste, et un flot de domestiques apparut sur-le-champ. Ils posèrent devant ma fiancée toutes sortes d'objets précieux, venus des terres des autres chefs de clan et du pays des Han. Je ne cessai pas d'agiter la main ce matin-là. Bien que Tharna s'efforçât de rester calme, je me dis qu'elle finirait bien par montrer sa stupeur. Mais elle pouffa de rire et se borna à dire : « Je ne pourrais vraiment pas utiliser tout cela, même si je vivais très vieille. Maintenant, j'ai faim ! »

Alors, mes serviteurs se mirent à courir entre la chambre d'amis et la cuisine. J'avais un excellent intendant. Il avait fait en sorte que ces splendides cadeaux soient prêts pour l'arrivée de Tharna. J'avais aussi la meilleure cuisinière du monde ; elle avait préparé un somptueux banquet pour mon invitée. À nouveau, Tharna pouffa : « Je ne peux plus avaler une seule miette. J'ai le ventre plein rien qu'à regarder tous ces plats. »

Je fis un autre geste, cette fois pour demander aux domestiques de desservir la table. Soudain, l'idée me vint que si je bougeais à nouveau la main, ils allaient emporter les bijoux comme ils avaient enlevé les plats. J'étais toujours plongé dans mes pensées quand ma main s'éleva dans l'air et s'agita, ce qui fit sortir tout le monde. Seules les deux suivantes qui avaient escorté Tharna demeurèrent debout derrière elle.

Tharna se retourna et dit : « Retirez-vous aussi. »

Il ne restait plus que nous dans la pièce. Je ne savais que dire et, apparemment, elle non plus. La chambre étincelait, illuminée par le soleil et par les joyaux empilés à ses pieds.

Tharna soupira. « Assieds-toi. »

Je pris place à ses côtés.

Elle soupira à nouveau, déchirant mon cœur en lambeaux. Elle m'aurait tué si elle avait continué à soupirer comme ça. Par chance, elle le fit seulement deux fois avant de se pencher pour tomber dans mes bras. Nos lèvres se touchèrent, et ce fut à mon tour de soupirer, comme un marin qui a rejoint son port après un long voyage.

Bien qu'elle eût les lèvres glacées, ce baiser me délia la langue. « Tes lèvres sont froides comme la glace. J'en ai la peau gelée. »

« Tu dois sauver ma mère, commença-t-elle. Tu as promis que tu le ferais. Renvoie-lui tes mitrailleurs, s'il te plaît. »

« S'il n'y avait pas eu cela, tu ne serais pas venue, n'est-ce pas ? »

Elle réfléchit un peu avant de hocher la tête, et des larmes brillèrent au coin de ses paupières.

Mon cœur fut soudain écrasé de chagrin. Je sortis sur la véranda pour contempler les montagnes. Le soleil venait de se lever et sa lumière, encore voilée, reflétait la tristesse de mon cœur. La douleur de ne pas obtenir ce que l'on désire n'est rien comparée à celle d'avoir ce que l'on aime. L'intendant, qui se tenait debout derrière la porte, s'attrista en voyant mon air affligé ; et quand il s'approcha de moi, je compris qu'il voulait me demander si Tharna m'avait dit oui. « Reste où tu es, lui dis-je. Je veux admirer seul les montagnes de l'aube. »

La splendide Tharna m'avait profondément blessé.

Le soleil se leva, dissipant l'écran de ses rayons obliques pour révéler les montagnes. Derrière moi, la pièce était plongée dans le silence, comme si une jolie fille n'y était pas assise devant une pile de joyaux. J'étais sorti de ma propre initiative, et maintenant, il fallait que je rentre sans y avoir été invité.

Le soleil qui ruisselait par la fenêtre faisait étinceler les bijoux, dont l'éclat se reflétait sur Tharna et la rendait encore plus belle. Ne voulant pas gâcher une telle vision, je lui dis : « Pourquoi ne demandes-tu pas à tes suivantes de ranger toutes ces choses ? »

Ses suivantes entrèrent et déclarèrent : « Nous ne savons pas où les mettre, nous ne sommes pas chez nous. »

Alors, je dis à mes serviteurs de chercher deux grandes malles. Puis, en frappant ma botte d'un coup de cravache, j'annonçai à Tharna : « Allons voir le chef Lha Shopa pour secourir ta mère. »

Tout en descendant l'escalier, je continuai à cravacher ma botte sans oser regarder ma fiancée. Au moment de nous mettre en selle, Sonam Tserang observa : « Jeune maître, vous avez entaillé le cuir de votre botte. »

L'intendant le remercia d'une gifle : « Le jeune maître est d'humeur mélancolique. Qu'est-ce que cela peut faire s'il abîme ses bottes ? Donne-lui une paire neuve. »

L'ordre de l'intendant fut transmis de bouche en bouche et, quand il atteignit le cordonnier, l'homme se précipita hors de son atelier avec des bottes neuves, en souriant avec servilité. Depuis que j'avais ouvert le marché de la frontière, ses affaires avaient prospéré. Ses bottes n'étaient peut-être pas les plus belles du pays, mais elles étaient solides. Comme les négociants faisaient un long voyage pour venir jusqu'ici, c'était exactement ce qu'il leur fallait. Par contre, les semelles de ses propres bottes étaient si décousues qu'elles claquaient sous ses pieds.

En s'agenouillant près de mon cheval, il ôta ma botte droite et la remplaça par une neuve. Puis il fit de même pour la gauche.

« Regarde tes pieds, lui dis-je. Comment se fait-il qu'un cordonnier porte des bottes usées ? Veux-tu me faire perdre la face devant les étrangers ? »

Il me répondit par un rire, en essuyant ses grosses mains sur son tablier de cuir. En fait, il se trouvait qu'un voyageur pressé lui avait demandé une paire de bottes la veille. Il lui avait donné les siennes et portait à présent celles laissées par l'homme.

Je lui donnai un petit coup de cravache et lui cédai la paire abîmée qu'il avait ôtée de mes pieds.

Sur quoi, nous traversâmes la rivière à cheval pour nous rendre à la tente du chef Lha Shopa.

Il sortit avant même que j'aie eu le temps d'en soulever le rabat. Il était si dodu et si abondamment vêtu qu'on aurait dit qu'il venait de rouler hors de la tente. La vue de Tharna lui coupa le souffle.

Je vous jure, ce gros porc n'avait encore jamais vu une telle beauté, pas même dans ses rêves.

Tharna, habituée à l'effet qu'elle faisait sur les autres, se mit à rire bêtement. Mon Dieu ! En plus d'un visage magnifique, elle avait une voix ravissante !

Son rire agaça le chef Lha Shopa. Il me dit, les joues virant à l'écarlate : « Une fille aussi belle serait un démon si elle n'était pas une fée. »

« C'est la future chef du clan Rongong », répondis-je.

Il en perdit le souffle pour la deuxième fois.

Avec la poignée de ma cravache, j'agaçai légèrement la taille de ma fiancée. « Tharna, lui dis-je, salue le chef Lha Shopa... »

Surprise en plein rire, elle faillit s'étouffer. Elle laissa échapper un renvoi sonore : « Euh... »

Le chef Lha Shopa me chuchota : « Dites-moi, est-elle un démon ou une fée ? »

Quand chacun eut pris place sur les nombreux tapis qui couvraient le sol de la tente, je répondis : « Ni l'un ni l'autre. Tharna est ma fiancée. »

Il éclata de rire. « Vous êtes vraiment destiné à être chef de clan. Comme la famille Maichi ne vous donne pas ce rang, voilà que les Rongong vous offrent la place. »

Je ris à mon tour. « Mais Tharna dit que vos hommes vont envahir ses terres. Où irai-je s'ils le font ? Deviendrai-je également le chef du clan Shopa ? »

À présent, il comprit. Les terres des Rongong étaient comme une viande grasse, dans laquelle il avait mordu à belles dents ; et maintenant, il devait ouvrir la bouche pour cracher le morceau qu'il venait de croquer. Je souris. « Vous êtes déjà assez gros et vous ne devriez pas manger trop. Sinon, votre estomac va éclater. »

Il hocha la tête en rougissant. « Très bien, je dirai à mes soldats de se retirer. »

Voyez-vous ça ! Depuis que j'avais créé ce marché et en avais pris le contrôle, mes paroles avaient pris énormément de poids.

« Maintenant que je vous ai fait cette promesse, dit Lha Shopa, buvez une coupe de vin avec moi. »

« Non, merci, répondis-je. Un bol de thé me suffira. »

Tandis que nous buvions, Lha Shopa dit à Tharna : « Savez-vous qui gagne le plus dans cette affaire ? Ni vous ni moi. C'est lui. »

Je faillis lui répondre, mais j'avais la bouche pleine de thé chaud. Quand je l'eus avalé, je n'avais plus envie de parler.

Après avoir quitté la tente, Tharna me surprit en disant : « Ce gros porc est-il vraiment le chef Lha Shopa ? »

En éclatant de rire, je cravachai la croupe de mon cheval, qui m'emporta à toute allure en haut d'une colline. Chaque fois que je lui donnais un coup de cravache, il gravissait une pente, et je trouvais cela fascinant. Je n'avais jamais vu d'autre cheval qui prenne le galop jusqu'à ce qu'il ait gravi la plus haute colline à la ronde. La rivière, les champs et le marché que j'avais créé se déployaient autour de moi. Tharna, qui avait elle aussi un excellent cheval, me suivit sur la pente, et son rire flotta vers moi comme un roucoulement de tourterelle.

C'était un rire joyeux, qui montrait que je pouvais rendre heureuse la femme que j'aimais.

Elle galopa derrière moi en riant, et je vis tournoyer le pompon rouge qui ornait sa cravache. Je lui criai : « Es-tu vraiment la chef Rongong ? »

Dans un éclat de rire, elle me cria en retour : « Non ! »

Au même moment, je me dressai sur mon cheval en me penchant vers le sien. Un hurlement de terreur s'échappa de sa bouche quand je tendis la main et l'arrachai à sa monture. Elle serra ses bras autour de moi, son cheval se déroba sous elle, et nous restâmes suspendus quelques secondes dans l'air. J'eus juste le temps de me retourner pour heurter le sol en premier, suivi par ma belle Tharna. Ses yeux et ses dents brillèrent pendant la chute.

Mon dieu, que l'herbe d'été était douce et moelleuse !

Nos lèvres s'unirent dès qu'elle nous accueillit. À présent, nous aspirions tous deux à ce baiser. En fermant les yeux, je sentis nos lèvres allumer une flamme ardente, faisant monter en nous des gémissements de plaisir.

Au bout d'un long moment, nous relâchâmes notre étreinte, restant couchés dans l'herbe pour contempler les nuages blancs.

Tharna murmura : « Je ne t'aimais pas avant. Mais je suis tombée amoureuse de toi en te voyant filer vers le haut de la colline. » Elle m'embrassa une nouvelle fois.

Allongé sur la pente sous la brise, et les yeux tournés vers un ciel frangé de nuages, j'avais l'impression d'être aspiré par un tourbillon de la mer.

J'avouai à Tharna à quel point je l'aimais.

Elle posa sur mes yeux des pétales soyeux, comme si elle me couvrait d'un fin duvet, et me dit : « Tous les gens qui me voient tombent amoureux de moi. »

« Mais je ne suis qu'un idiot. »

« Se peut-il qu'il y ait vraiment un idiot comme toi au monde ? Tu es étrange, et cela me fait peur. »

33

QUERELLE DE FAMILLE

La famine n'était pas encore terminée.

Même si les chefs de clan croyaient tous que leur terre était le centre du monde, jouissant des faveurs spéciales des dieux, ils avaient également leur part des désastres dont souffraient les autres pays : inondations, incendies, guerres, peste et disette — toutes ces calamités étaient inévitables ; il n'y avait pas de dispenses spéciales ; et voilà qu'à présent, ils étaient touchés par une famine en l'absence de toute catastrophe naturelle. C'était comme si un mystérieux pouvoir repoussait leurs territoires en marge du monde.

Tous les gens croyaient que la famine s'achèverait à l'automne.

Mais cette idée était fondée sur l'expérience passée, qui leur avait appris que des plantes nutritives sortiraient alors du sol, comme le maïs, l'orge, les fèves et les pois. Ceux qui n'étaient pas morts de faim durant l'été pensaient que leurs vies avaient été épargnées. Mais le problème était que la plupart des chefs de clan n'avaient planté que des pavots cette année, qui dansaient à perte de vue dans le vent. Quelques chefs de clan, entre autres Lha Shopa, étaient revenus à la raison et en avaient détruit les bourgeons. Bien qu'il fût déjà trop tard pour planter autre chose que des aliments pour bétail et quelques haricots, ils pouvaient au moins compter sur une récolte qui pourrait rassurer leur peuple.

Je demandai à Lha Shopa si, comme le disait la rumeur, il avait vraiment pleuré en arrachant ses pavots.

Au lieu de me répondre directement, il dit que certains chefs de clan s'étaient moqués de lui quand il les avait déracinés. Mais à présent que le gouvernement républicain interdisait l'opium et faisait la guerre au Japon, c'était à leur tour de verser des larmes sur une culture de moins en moins rentable.

La famille Maichi jouissait d'une autre récolte abondante, et le maïs et l'orge s'entassaient dans ses granges. Les sujets des Maichi avaient de la chance, même s'ils ne savaient pas d'où provenait leur bonne fortune. Le ciel était plus bleu que jamais ; la rivière coulait toujours à travers la vallée, courant vers le sud-est en lançant des jets d'eau vers le ciel.

J'avais envie de revoir ma famille. Comme j'étais désœuvré, le temps me semblait long. L'intendant s'occupait de tout et quand il avait trop à faire, Dolma le secondait.

« Sangye Dolma est une femme très capable », me dit-il un jour.

« Tu es toi-même très compétent, répondis-je, mais bien sûr, tu es un homme. »

Peu après, il me glissa : « Sangye Dolma est une très bonne personne. »

« Toi aussi », repartis-je.

Il me laissait entendre qu'il voulait être son amant. C'était normal, il voulait coucher avec une cuisinière qui, après avoir été longtemps séparée de son mari, voulait elle aussi coucher avec lui. En observant Dolma, j'avais vu que l'orfèvre ne lui manquait pas autant qu'à son arrivée à la frontière.

L'intendant ajouta : « Je me fais vieux. Mes jambes ne me portent plus comme avant. »

Il disait cela comme s'il n'était pas estropié, comme si ses jambes avaient toujours été en bonne santé.

Mais je savais ce qu'il voulait dire. « Alors, prends-toi une assistante. »

« J'en ai déjà trouvé une. »

« Eh bien, dis-lui de faire du bon travail. »

C'est ainsi que Dolma fut promue à la fonction d'assistante. Après avoir rempli sa charge pendant plus de vingt ans, l'intendant affichait désormais son autorité. Et ce, en portant, entre autres, en sautoir un flacon de tabac à priser. Chaque fois qu'il réfléchissait à une chose, ou qu'il avait donné des ordres aux domestiques, il prenait une pincée de tabac et l'inhalait avec vigueur. Sur quoi, les joues en feu, il poussait un éternuement sonore ; il avait exactement l'air que devait avoir un intendant. Quand je lui en fis la remarque, il tapota doucement son flacon avec ses doigts. Puis, en portant sans un mot son ongle à sa narine, il aspira bruyamment le tabac qu'il contenait. En retenant son souffle avant de lâcher un gros éternuement, il trouvait un prétexte pour ne pas me répondre.

À la frontière nord, notre orge se vendait dix fois son prix. Mais surtout, j'avais agrandi les terres des Maichi ; et, chose plus importante encore, j'avais épousé la plus belle femme du monde, avec l'assurance de prendre la tête du clan Rongong au décès de ma belle-mère. Bien entendu, ma position n'était pas sans danger, car tous les hommes qui avaient espéré accéder à ce titre étaient morts.

Mais cela ne m'effrayait pas.

Je m'ouvris de ce sentiment à Tharna.

« Tu n'as vraiment pas peur ? » s'étonna-t-elle.

« La seule chose que je crains, c'est de ne pas t'avoir. »

« Mais je suis à toi, maintenant. »

C'était vrai, si le fait d'avoir une femme voulait dire s'allonger sur une fille, prendre ses seins dans ses mains, plonger en elle et faire couler son sang. Mais posséder une femme, et envisager un avenir avec elle, ne se réduisait pas qu'à cela. Tharna me fit comprendre l'essence de la féminité et le sens du mot avenir.

« Tu m'as froissé, lui dis-je, tu m'as blessé. »

« Je ne serais pas vivante si je ne pouvais pas faire cela à un homme. »

Il me vint alors une mauvaise pensée. Je serais tranquille si elle n'existait plus dans ce monde. « Quand tu seras morte, tu vivras toujours dans mon cœur. »

Allongée dans mes bras, elle me rétorqua : « Idiot, à quoi me servira de vivre dans ton cœur ? » Elle se mit à pleurer. « Il ne te suffit pas que je vive dans tes yeux ? Tu veux aussi que je vive dans ton cœur ? »

« Allons faire un tour », proposai-je.

J'étais amoureux de Tharna, mais il m'arrivait souvent d'être mal à l'aise avec elle ; et dans ces moments-là, je suggérais une promenade. La plupart du temps, elle préférait rester à l'intérieur, me donnant un prétexte pour aller flâner seul. Je pouvais aller voir ce que faisaient l'intendant et Dolma, ou ce que fabriquait Lha Shopa, quelle nouvelle boutique s'était ouverte au marché, ou qui venait vendre ses produits ce jour-là.

Le chef Maichi avait fermé le fort de la frontière sud et m'avait envoyé ses céréales. Elles disparurent lentement aux quatre vents, remplacées par des richesses venues de toutes parts.

Mais ce jour-là, Tharna me répondit : « D'accord, si tu veux, allons faire un tour. » Nous descendîmes l'escalier. Toutes les jolies femmes sont comme ça, passant des larmes au sourire d'un instant à l'autre.

Mes deux jeunes esclaves nous avaient préparé nos chevaux.

Nous les sellâmes, suivis par Aryi et par Sonam Tserang. « Ces deux-là sont tes ombres, dit Tharna. Rien qu'à les regarder, les gens savent qui tu es. »

« Ils sont les serviteurs les plus fidèles du monde. »

« Mais ils ne sont pas présentables. »

Vous voyez, les gens qui se croient intelligents, beaux et respectables se préoccupent seulement des apparences, pas de la loyauté. Le même jour, Tharna, qui était à présent ma femme, même si nous n'avions pas eu de cérémonie de mariage, me lança méchamment : « Ton intendant est un infirme et il a une cuisinière pour maîtresse. N'as-tu pas une seule personne présentable autour de toi ? »

« Je t'ai. Cela me suffit. »

Nous avions pris l'habitude de nous parler comme cela. C'était le ton de nos conversations, et nous ne nous souciions pas beaucoup de ce que nous disions. Du moins, la plupart du temps. Je savais exactement quoi faire quand nous étions au lit, mais je ne savais pas vraiment comment m'y prendre, une fois habillé et sorti de la chambre. Comme elle était intelligente, elle aurait dû prendre l'initiative. Mais je voyais bien qu'elle ne savait pas non plus comment s'y prendre avec moi. Devait-elle me montrer le respect que la plupart des femmes témoignent à leurs maris ? Mais j'étais un idiot. Alors, devait-elle plutôt me traiter comme tel ? Mais j'étais son époux, pas n'importe quel idiot. J'étais peut-être bête, mais je savais qu'un homme ne devait pas simplement se soumettre à sa femme. De plus, je compris que je n'avais pas à lui obéir quand je me rappelai qu'elle était entrée dans mon lit sans mariage officiel. C'était cette situation qui nous poussait à hausser le ton quand nous étions vêtus et sortis de la chambre. Œil pour œil, dent pour dent.

On ne peut pas passer sa vie à être constamment blessé par une femme.

Nous arrivâmes au bord du ruisseau, dont l'eau claire nous renvoya notre image. Comme nos chevaux étaient nobles ! Et comme leurs cavaliers étaient jeunes et beaux !

Ce jour-là, en me mirant dans l'eau, je me regardai longuement pour la première fois. S'il n'y avait pas eu cette chose qui n'allait pas dans sa tête, le deuxième jeune maître de la famille Maichi aurait été considéré comme un joli jeune homme, aux cheveux noirs ondulés, au front puissant et large, et au nez ferme et droit. Cela aurait été encore mieux s'il avait eu les yeux brillants, et non ternes et vitreux, comme ceux d'un somnambule. Mais j'étais pourtant satisfait de ce que je voyais.

Je me tournai vers Tharna et lui dis de but en blanc : « Tu ne m'aimes pas, alors va-t'en. Va donc trouver l'homme de tes rêves. Je ne dirai pas à ta mère de me rendre les céréales. »

Ébahie, elle baissa les yeux sur mon reflet en se mordant la lèvre. Je criai : « Hue ! » et mon cheval entra dans l'eau, fracassant les reflets de l'homme et de la femme.

Tharna, je parie que personne ne t'avait encore jamais parlé comme cela.

Je franchis la rivière. Tharna, toujours abasourdie, glissa au bas de son cheval et s'assit sur la berge.

Elle m'avait dérouté, elle aussi. Ne sachant où aller, je laissai mon cheval me porter vers le marché.

Les premières tentes disparaissaient, remplacées peu à peu par des maisons au toit plat, où s'entassaient toutes sortes d'objets, venus des territoires des divers chefs de clan. Une longue rue étroite s'était formée entre les étals. L'herbe, foulée par les hommes et les chevaux, s'était rapidement flétrie, et le sol se changeait en boue les jours de pluie. Mais par les belles journées comme celle-ci, la poussière et les bruits emplissaient l'air. Quel spectacle, et dire que j'étais la cause de tout cela ! Quand j'apparaissais dans la rue, les gens interrompaient leurs transactions, les marchandages se figeaient sur les langues, les signes s'arrêtaient sur les doigts réfugiés dans le secret des manches. En regardant le créateur du premier marché permanent sur les terres d'un chef de clan, ils se demandaient comment un idiot avait pu faire un acte aussi novateur. Je chevauchai sans but au milieu des bruits, de la poussière, des boutiques et des marchandises, accablé par un sentiment de désolation. Mon cœur, toujours rempli, était devenu vide. Assis devant un étal, le chef Lha Shopa me regardait sans un mot. Après m'avoir vu descendre et remonter la rue une bonne douzaine de fois, il se leva, s'approcha et empoigna la bride de mon cheval.

Il jeta un coup d'œil derrière moi. « Le jeune maître a-t-il engagé un nouveau serviteur ? » demanda-t-il.

« Peut-être cet homme veut-il entrer à mon service », répondis-je.

Quelqu'un m'avait emboîté le pas à mon entrée dans le marché, me suivant comme une ombre. Je sentais sa présence, mais je n'avais pas bien vu son visage. C'était clairement l'allure d'un homme préparant sa vengeance. Il me faisait savoir que l'ennemi des Maichi était là. Il avait dû penser que j'avais quitté à dessein Tharna pour attendre son arrivée. Dans le passé, l'idée qu'un ennemi de mon père ou d'un autre membre de la famille puisse se venger sur moi m'avait toujours fait peur. Mais à présent qu'il était là, je n'éprouvai aucune crainte.

Je demandai au chef Lha Shopa comment allaient ses affaires. Pas mal, répondit-il. Je pivotai, espérant distinguer la figure de l'homme, mais je n'aperçus qu'un chapeau à larges bords et deux épées, une longue à double tranchant au côté gauche et une large à un seul tranchant au côté droit.

Lha Shopa sourit, ses yeux s'enfonçant dans les plis de son visage. « Le jeune maître a-t-il des ennemis ? » s'enquit-il.

« Seulement si vous me haïssez. »

« Alors, c'est pour votre père qu'on veut vous faire payer. »

« Ou pour mon frère, qui sait ? »

Soudain, il leva son menton charnu, et deux colosses surgirent auprès de lui. « Voulez-vous qu'ils l'attrapent ? » demanda-t-il.

Je réfléchis un peu, et secouai la tête.

Une sensation de froid me caressa la nuque, comme si une lame s'appuyait sur ma peau. J'éperonnai mon cheval et sortis du marché, puis je regagnai la rivière sans m'arrêter. Une fois dans l'eau, je regardai derrière moi. Il s'était rapproché. Il n'était pas très grand, et je savais qu'il ne pouvait pas atteindre mon cou depuis la berge. Quand il fut assez près, je lui criai : « Je suis trop haut pour toi. Veux-tu que je mette pied à terre ? »

Les mots étaient à peine sortis de ma bouche qu'il sauta en arrière, dégaina ses épées et les fit tournoyer jusqu'à ce que leur éclat masque son corps. Son chapeau s'était envolé, et je voyais maintenant à qui j'avais affaire.

« Lève-toi, lui dis-je. Je connaissais ton père. »

C'était le fils de Dorjee Tsering, l'intendant qui avait tué le chef Tratra pour la famille Maichi, et qui avait reçu la mort en récompense.

Il se mit debout aussitôt, mais ne dit pas un mot.

« Dorjee Tsering n'avait-il pas deux fils ? » demandai-je.

Il s'approcha de mon cheval, ses épées à la main. Un cri s'éleva de l'autre rive. C'était Tharna. Quand je me tournai vers elle, le vengeur s'avança. Sur la pointe des pieds, il parvint à presser l'épée à double tranchant contre ma gorge. La sensation de froid était rassurante. Il fallait que je voie de près le visage de mon agresseur. S'il allait me tuer, il devait me laisser le regarder, sinon il ne serait pas un bon meurtrier. Mais il me força à fixer le ciel en relevant la pointe de son épée. Peut-être croyait-il que je ne l'avais encore jamais vu. Les yeux tournés vers les nuages, j'attendais qu'il me parle. Il était temps, pensai-je, qu'il dise quelque chose. Mais il ne le fit pas. Quelle sorte de tueur était-ce pour garder le silence ? Je sentis une brûlure à la base de mon cou, comme si la pointe de son épée s'était changée en flamme. Je me dis que j'allais mourir, mais il ne faisait toujours pas un geste pour me forcer à descendre de cheval.

Un rire s'échappa de ma gorge. « Laisse-moi mettre pied à terre, dis-je. C'est vraiment inconfortable. »

Il prit finalement la parole. « Fichus aristocrates ! À l'heure de votre mort, vous pensez encore à votre confort. »

J'avais enfin entendu sa voix. « Quelle voix grave, observai-je. C'est bien celle d'un tueur. »

« C'est la mienne. »

Cette fois, elle n'était plus si basse. Ce devait être sa vraie voix. C'était la haine qui l'avait rendue si tendue et si grave. Apparemment, il ne devait pas me haïr assez, car elle s'était détendue au bout de quelques mots.

« Quel est ton nom ? »

« Dorjee Norpu. Mon père s'appelait Dorjee Tsering. Il a été tué comme un chien par le chef de clan Maichi. Ma mère est morte brûlée vive. »

« J'aimerais voir si tu ressembles à Dorjee Tsering. »

Il me laissa descendre de cheval, mais dès que mes pieds touchèrent le sol, il pressa à nouveau son épée sur mon cou. Je pus alors voir son visage. Il ne ressemblait pas à son père ni à un meurtrier. Un simple coup d'épée aurait pu tout régler : personne n'aurait plus eu à s'inquiéter de moi, et personne n'aurait eu à me haïr. Mon frère n'aurait pas eu à se défier de moi, et Tharna n'aurait plus eu à s'apitoyer sur elle-même pour être tombée dans les mains d'un idiot.

Mais il retira son épée. « Pourquoi devrais-je vous tuer ? C'est votre père et votre frère que je veux voir périr. À l'époque, vous étiez seulement un enfant. De plus, je ruinerais ma réputation si je tuais un idiot. »

« Alors, pourquoi es-tu là ? »

« Pour vous dire de les prévenir que leur ennemi est de retour. »

« Va le leur dire toi-même. Je ne le ferai pas pour toi. »

Il disparut avant que j'aie pu ajouter un mot.

Ce fut alors que mon esprit commença à vagabonder. Je regardai le ciel : les nuages, le vent et les oiseaux y planaient comme avant ; puis, je baissai les yeux : le sol, le tapis d'herbe, les fleurs dans les touffes d'herbe et mes pieds parmi elles, étaient bien réels. Des nuées d'insectes grouillaient de tous côtés. En tournant les yeux vers la rivière, je vis Tharna marcher dans des éclaboussures. Je me dis : Tharna patauge dans l'eau. Puis, elle sortit du clapotis et elle courut vers moi. « Idiot, me cria-t-elle. Tu es couvert de sang ! »

Je ne le voyais pas. Je ne voyais que les rides s'estomper à la surface de l'eau. Elle s'approcha, et me prit la main pour me la montrer : « Regarde. »

En effet, il y avait un peu de sang sur ma main, mais elle exagérait. Cela ne valait pas la peine de s'énerver comme ça.

« À qui est ce sang ? » demandai-je.

« Mais à toi ! » glapit-elle.

« À qui est cette main ? »

« C'est la tienne ! » Elle me hurlait au visage. « Il t'a presque tué ! »

Oui, c'était bien ma main. Il avait failli me tuer, et non pas le contraire. Alors, comment pouvais-je avoir du sang sur les doigts ? Quand je laissai retomber mon bras, un filet de sang jaillit de ma manche. J'ôtai ma veste et, en suivant sa trace, je compris d'où il provenait. Il coulait de mon cou. Dorjee Norpu, l'ennemi des

Maichi, m'avait blessé en ôtant son épée. Je me lavai la main et la gorge dans l'eau, et l'écoulement cessa.

Ce qui m'ennuya, c'est que le sang ne changea en rien la couleur de l'eau.

Tharna était bouleversée et ne savait que faire.

Elle prit ma tête dans ses mains et l'attira vers elle. J'arrivai à trouver un espace pour respirer en relevant mon nez entre ses seins arqués. Elle me serra un long moment avant de me libérer.

« Pourquoi cet homme voulait-il te tuer ? »

« Tu pleures, dis-je. C'est donc que tu m'aimes. »

« Je ne sais si je t'aime ou pas, répondit-elle. Mais je sais que ma mère n'a pas cultivé d'orge et que je suis devenue la femme d'un idiot. »

Elle prit une profonde inspiration, étreignant mon visage comme celui d'un enfant. « Cet homme est-il venu aussi chercher du grain ? »

Je fis non de la tête.

Elle ajouta, comme si elle cajolait cet enfant : « Dis-moi... »

« Non. »

« Raconte-moi. »

« Tu vas m'expliquer ! » Elle éleva la voix pour m'effrayer.

Elle me traitait vraiment comme un idiot. Elle m'avait épousé à cause des céréales et elle ne m'aimait pas vraiment. Mais peu importait, parce qu'elle était belle et parce que j'étais amoureux d'elle. Mais je ne pouvais quand même pas la laisser me traiter comme cela. Si même un assassin ne pouvait pas me nuire, qu'aurait-elle pu me faire ? Sur ce, je giflai ma jolie femme — violemment. Elle poussa un cri perçant et me regarda, choquée. Que devais-je faire à présent ?

Par chance, mes serviteurs avaient vu de loin que l'on essayait de me tuer et ils étaient accourus aussi vite qu'ils pouvaient. Mais au lieu de se heurter à un ennemi près du ruisseau, ils arrivèrent à temps pour me voir frapper ma femme. L'intendant m'empêcha de continuer. Il fut le seul à comprendre ce qui s'était passé. Il me dit : « Il est venu ? »

Je fis oui de la tête.

Tous se précipitèrent vers la rue fraîchement pavée, et ils l'arpentèrent en courant et en hurlant. Mais comme ils n'avaient pas vu le tueur, ils revinrent les mains vides. J'aperçus un homme qui ressemblait à mon agresseur, mais en plus grand et en plus mince. Quelque temps plus tôt, il avait ouvert une auberge dans la rue. Un filet de vapeur s'élevait du samovar qui fumait devant sa porte du matin au soir. Dedans, de la viande cuisait dans un gros chaudron et de grandes cuves de vin s'alignaient contre le mur.

C'était — cela mérite d'être mentionné — la première auberge sur les terres des Maichi. J'ai entendu dire un jour que l'histoire était formée de beaucoup de « premières fois ». Avant l'arrivée de l'aubergiste, nous devions emporter des provisions au cours de nos voyages. Si le trajet était long, nous prenions aussi un wok pour préparer le thé du matin et la soupe aux nouilles du soir. Cet homme ne travaillait pas beaucoup, car il servait juste un peu de thé, de vin et de viande.

Pendant que mes serviteurs arpentaient la rue du marché, j'entrai et je m'assis dans son auberge. Il me versa une coupe de vin et la plaça devant moi. Je lui fis observer qu'il me rappelait quelqu'un, mais je ne tirai de lui qu'un sourire réservé. Je bus la coupe de vin.

« Il est bon, dis-je. Mais je n'ai pas d'argent pour le payer. »

L'aubergiste, sans un mot, prit une cruche et remplit ma coupe à nouveau.

Je bus une gorgée et me mis à tousser. J'ajoutai, après avoir repris mon souffle : « Il me semble t'avoir déjà vu quelque part. »

« Je ne crois pas », répondit-il.

« C'est-à-dire, non pas toi, mais un visage pareil au tien. »

« Je sais ce que vous voulez dire », murmura-t-il. Debout à mes côtés, il remplissait ma coupe chaque fois que je la vidais.

Je repris, déjà un peu grisé : « Ils n'ont jamais vu le visage du meurtrier, mais ils s'escriment à essayer de l'arrêter. » Puis, j'éclatai de rire.

L'aubergiste garda le silence, continuant à remplir ma coupe. Je fus bientôt si soûl que je ne vis même pas que l'intendant était entré. Je lui demandai pourquoi les serviteurs et lui s'acharnaient à courir en tous sens. Il répondit qu'ils essayaient d'attraper le tueur. Je m'esclaffai à nouveau. Imperturbable, il jeta quelques pièces d'argent pour payer le vin que je buvais, puis il sortit reprendre ses poursuites. Mais avant d'atteindre la porte, il dit : « Je l'aurai, même si je dois éventrer cette rue, je l'aurai. »

Avec sa jambe boiteuse, il n'était guère imposant quand il marchait, mais il offrait à cheval une vision redoutable.

« Ils ne le trouveront pas », dis-je à l'aubergiste.

Il opina. « Non. Il est déjà parti. »

« Où crois-tu qu'il s'en va ? »

« Chercher le chef Maichi. »

En levant mon regard vers lui, mes yeux avinés virent tout ce qu'ils avaient besoin de savoir. Je constatai : « Tu as le même visage que lui. »

Il sourit, l'air triste et un peu gêné. « C'est mon frère cadet. Il a dit qu'il voulait vous tuer, mais qu'il y avait finalement renoncé. Je lui ai rappelé que notre ennemi était le chef Maichi. »

Je lui demandai s'il avait mis du poison dans mon vin. Il me répondit non. « Je ne vous tuerai pas, tant que votre père et votre frère seront encore en vie. »

« Me tueras-tu si ton frère ne revient pas ? »

Il me versa une autre coupe et dit : « Non, pas davantage. J'essaierai d'abord de les trouver pour me venger. S'ils sont morts, mais pas de ma main, alors, je vous tuerai. »

Ce jour-là, je fis une promesse à l'ennemi de notre famille : tant qu'il observerait les règles de la vengeance, je ferais semblant d'ignorer son identité.

Cette nuit-là, Tharna, que j'avais pourtant giflée, se montra plus ardente qu'à l'accoutumée. « Tu te rends compte ! Tu as un ennemi. Un homme veut te tuer. »

Je répondis : « Oui, quelqu'un me hait. J'ai rencontré un meurtrier. »

Je crois que je m'étais mal débrouillé. Sinon, elle n'aurait pas autant crié et gémi sous mes assauts.

« Serre-moi fort ! clamait-elle. Fais-moi mal ! Je défaille ! Je m'évanouis ! »

Je m'évanouis après elle. Changés en nuages duveteux, nous nous envolâmes dans le ciel.

Le lendemain matin, elle se réveilla avant moi. En posant sa tête sur sa main, elle étudia mon visage. Je devais lui demander, je savais qu'il le fallait : « Où suis-je ? Qui suis-je ? »

Elle me répondit en pouffant : « Tu ne parais pas si bête quand tu es endormi, mais tu en as bien l'air quand tu es réveillé. »

Qu'aurais-je pu lui répondre, puisque je ne pouvais pas me voir dans mon sommeil ?

Un messager apporta une lettre de mon père, disant que mon frère était revenu au domaine et que je devais rentrer aussi.

L'intendant proposa de rester à la frontière pour gérer mes affaires, et je lui laissai les serviteurs armés. Dolma voulait revenir au domaine avec moi. « L'orfèvre te manque ? » lui dis-je.

« C'est mon mari. »

« Alors, vas-y et fais-toi une idée. Après, reviens ici. L'intendant a besoin de quelqu'un pour l'aider. »

Elle ne répondit rien. Je voyais bien qu'elle ne savait pas si elle devait revenir ou pas, si elle devait être la femme de l'orfèvre ou bien rester avec l'intendant. Mais je n'allais pas perdre mon temps à en parler. À présent que Dolma couchait avec l'intendant, c'était son problème, pas le mien.

J'étais parti depuis si longtemps qu'il me fallait rapporter un présent à chacun. Je choisis naturellement des cadeaux pour mon frère et pour mes parents ; mais je pris aussi un bijou pour Yangzom, des boucles d'oreilles cloutées de pierres précieuses ; et enfin, une babiole pour Tharna, la servante. Pour m'aider à rassembler ces cadeaux, l'intendant me mena d'un entrepôt à l'autre, et ce fut ainsi que je mesurai pour la première fois l'étendue de ma richesse. Il me fallut deux ou trois jours pour choisir tous les présents et remplir des caisses de lingots d'argent. Le dernier jour, pris d'une envie de faire un tour, je sortis dans la rue. J'avais presque chassé de mon esprit l'ennemi du chef Maichi. J'entrai dans son auberge et posai un dollar d'argent sur la table.

L'aubergiste m'apporta un pichet.

Je bus deux coupes de vin. Il garda le silence. Puis, alors que j'allais partir, il me dit : « Je n'ai toujours pas de nouvelles de mon frère. »

Je restai un moment interdit avant de répondre : « Peut-être ne sait-il pas qui tuer, le chef Maichi régnant ou le futur chef de clan ? »

L'aubergiste marmonna : « C'est peut-être ça. »

« Je sais bien que c'est dur, mais vous ne pouvez pas reculer. Vous en avez fait le serment et il devra tuer au moins l'un des deux. »

« Mais pourquoi une mère doit-elle imposer un serment à ses fils ? » se demanda-t-il à voix haute.

C'était une question simple, qui, à la réflexion, devenait compliquée. Je n'avais pas de réponse à lui donner, mais j'étais heureux de pouvoir être aussi calme en présence d'un ennemi. « Je rentre là-bas demain », annonçai-je.

« Vous le verrez ? »

« Votre frère ? »

« Oui. »

« Il vaudrait mieux que non. »

34

RETOUR AU DOMAINE

Le retour au domaine se fit à vive allure. C'était l'idée des serviteurs, pas la mienne ; et comme je n'étais pas un maître exigeant, je ne voulus pas leur dire de ralentir.

Celui qui s'est fait un nom loin de chez lui doit y revenir sans hâte, car il sait que là-bas, on l'attend avec impatience.

Au matin du quatrième jour, nous atteignîmes l'ultime col de montagne, et nous aperçûmes au loin le domaine des Maichi.

En baissant les yeux sur la rivière, nous vîmes quelques cyprès clairsemés sur la berge, ce qui conférait à la rive un aspect vide et large. Au-delà s'étendait un champ d'orge, dans lequel les épis se balançaient au vent ; et au milieu du champ, le domaine s'élevait comme une île, parmi les vagues des épis. Lorsque les chevaux dévalèrent la montagne, les clochettes à leur cou, et l'argent sur leur dos, remplirent la vallée de leurs tintements. La maison se profilait toujours dans le lointain, l'air calme et indulgent, comme une vision de rêve. Nous passâmes devant des forteresses, dont les serfs, menés par nos vassaux, nous suivaient en nous lançant des hourras tonitruants.

De plus en plus de gens se joignaient à notre groupe, et leurs acclamations se faisaient plus sonores, arrachant çà et là les dormeurs à leur sieste.

En voyant s'approcher tant d'hommes et de chevaux, père fut pris d'un sentiment d'inquiétude. Nous vîmes des gardes de la famille s'élancer vers les tours.

Tharna sourit. « Ils ont peur. »

Je souris, moi aussi.

Quand j'étais parti dans le nord, j'étais un idiot sans importance, mais désormais, je les effrayais. Même quand nous fûmes assez près pour qu'ils voient que nous étions de la famille, le chef de clan refusa de baisser sa garde. J'avais vraiment dû les alarmer, et ils craignaient que j'attaque le domaine.

« Comment ton père peut-il agir ainsi ? » demanda Tharna.

« Ce n'est pas mon père, expliquai-je. C'est mon frère. »

C'était vrai. Je pouvais sentir sa présence à travers les clameurs. Sa défaite dans le sud l'avait rendu ombrageux.

Tharna se tourna vers moi, et me dit d'une voix douce : « Même ton père se méfie de toi ; il semble qu'ils te traitent comme si tu étais déjà un Rongong. »

Nous approchions de la maison, enveloppée d'un silence ambigu derrière ses murs de pierre.

Ce fut Dolma qui rompit ce silence gêné en ouvrant un grand sac, pour en sortir des bonbons venus du pays des Han. Elle les lança dans l'air par poignées, bienfaitrice éprouvée, dispensatrice des faveurs du deuxième jeune maître. Mes jeunes serviteurs l'imitèrent aussitôt.

Autrefois, nous avions eu si peu l'occasion de voir des bonbons que même les membres de ma famille n'y avaient pas souvent goûté. Mais depuis que j'avais ouvert le marché de la frontière, ils n'étaient plus si rares.

Ils tombaient comme des grêlons sur la foule. Agitant leurs papiers de couleur et suçant les bonbons doux comme du miel, les gens pouvaient apprécier ma réussite ; ils m'entourèrent dans la cour, à l'entrée de la maison, en m'acclamant bruyamment, moi et la belle Tharna. Les chiens enchaînés au portail aboyaient comme des fous. « Est-ce ainsi que les Maichi accueillent leur belle-fille ? » demanda Tharna.

Je lui criai en retour : « C'est ainsi que les gens intelligents accueillent un idiot. »

Sa réponse fut couverte par les acclamations et, sous un tonnerre d'applaudissements, le portail s'ouvrit en grinçant. Puis, le silence retomba dans la foule et le chef de clan apparut avec son épouse, suivi d'un groupe de femmes. Je reconnus Yangzom et l'autre Tharna, mais je ne vis pas trace de mon frère. Il était resté dans la tour avec les gardes.

La vie ne semblait pas les avoir bien traités. Le visage de Père avait l'air d'un navet froissé par le gel, et Mère avait les lèvres desséchées. Par contre, Yangzom avait conservé sa beauté, mais elle avait toujours l'air d'une somnambule. Quant à l'autre Tharna, elle paraissait vraiment stupide. Debout au milieu des servantes, elle regardait ma femme en se rongeant les ongles.

L'épouse du chef de clan brisa la glace en m'effleurant le front de ses lèvres, pareilles à des feuilles mortes qui tombaient sur ma tête. Elle soupira, puis elle se tourna vers Tharna et l'enlaça.

« Je sais que tu es ma fille. Laisse-moi te regarder. Les hommes peuvent bien vaquer à leurs affaires. Je veux prendre le temps de t'admirer. »

Le chef de clan sourit et cria à son peuple : « Voyez ! Mon fils est revenu, nanti de richesses inouïes et de la plus belle femme du monde ! »

Toujours dans la cour, je demandai à Père : « Où est mon frère ? »

« Dans la tour de guet. Il disait que tu étais peut-être un de nos ennemis. »

« Rien d'étonnant, puisqu'il a été battu dans le sud. »

« Ne dis pas que sa défaite a pu le rendre inquiet. »

« C'est toi qui as dit ça. »

« Fils, je crois que ta maladie est guérie. »

Au même instant, mon frère apparut au sommet de la tour et il baissa les yeux sur nous. Je lui fis un signe pour lui montrer que je l'avais vu. Comme il ne pouvait plus se cacher, il descendit. Les deux frères se retrouvèrent dans l'escalier.

Il me scruta avec attention.

Devant lui se tenait un idiot notoire qui avait fait ce que les gens intelligents ne pouvaient accomplir. Pour être honnête, il n'était pas homme à tenir beaucoup à la gloire et au pouvoir, ni au rang de chef de clan. Ce que je veux dire, c'est que si je n'avais pas été un idiot, il aurait pu me céder ce titre sans regret. L'affaire de la frontière sud lui avait donné une leçon, et il n'avait pas envie d'ajouter à ses problèmes. Mais comme son frère était bel et bien un idiot, il était obligé de tenir son rang ; et malgré sa défaite, il me tapota l'épaule avec un air hautain. Après quoi, son regard se posa sur Tharna.

« Voyez-vous ça... siffla-t-il. Tu ne peux même pas dire si une femme est jolie, et pourtant, tu finis par te retrouver avec une vraie beauté. J'ai eu beaucoup de femmes, mais aucune n'était aussi belle. »

« Ses suivantes sont très jolies aussi », déclarai-je.

Voilà comment se passèrent mes retrouvailles avec mon frère, pas du tout comme je l'avais imaginé. Mais au moins, il ne m'avait pas évité.

Du haut de l'escalier, je fis signe à Dolma, qui ordonna aux serviteurs de décharger les caisses d'argent ; et quand ils les ouvrirent, des cris d'étonnement s'élevèrent de la foule. Le domaine des Maichi possédait beaucoup d'argent, mais la plupart des gens — nos vassaux, nos sujets, et les esclaves de la famille — n'en avaient jamais vu autant.

Tandis que nous marchions vers la salle à manger, j'entendis la porte de la salle du trésor gronder en bas dans la cave. Une fois dans le couloir, Tharna me chuchota : « Comment se fait-il ? Les choses se passent exactement comme ça dans la famille Rongong. »

Mère surprit ses paroles. « Les chefs de clan sont tous pareils », observa-t-elle.

« Mais les choses sont différentes à la frontière. »

« C'est parce que ton mari n'est pas un chef de clan. »

« Il le sera un jour. »

« Je suis heureuse que tu le penses, répondit Mère. Mais je suis triste à l'idée qu'il vivra dans ta famille, et non pas dans la nôtre. »

Cela mit fin à la conversation entre Mère et Tharna.

Sur ce, je fis venir mes jeunes esclaves et deux suivantes de ma femme pour qu'ils déposent un somptueux cadeau devant chacun. Les bijoux étincelèrent, et tous eurent du mal à croire que ces richesses étaient venues d'un lieu désert comme la région de la frontière.

« À l'avenir, je vous en offrirai davantage », déclarai-je.

Je tus la deuxième moitié de ma phrase : c'est-à-dire, si vous ne me traitez pas comme un idiot.

Nos servantes, un peu embarrassées, entrèrent en traînant les pieds. La Tharna fille de palefrenier était à genoux derrière la Tharna de haute naissance, et je la sentais trembler. Je n'arrivais pas à comprendre comment j'avais pu coucher avec elle. Il est vrai qu'à l'époque, je ne savais pas quel genre de femme était considérée comme une beauté, de sorte que mon entourage avait mis n'importe qui dans mon lit.

Tharna la jaugea du coin de l'œil. « Tu sais, me glissa-t-elle, c'est ta famille, pas moi, qui t'a traité comme un idiot incurable. On le voit bien au genre de femme qu'ils t'ont donnée. »

Elle mit un collier de perles dans la main de la servante et dit à haute voix pour que tous puissent l'entendre : « J'ai appris que tu avais le même nom que moi. Dorénavant, tu ne pourras plus le porter. »

La servante répondit oui d'une voix de souris, puis je l'entendis demander : « Voulez-vous me donner un nom, maîtresse ? »

Tharna éclata de rire. « Tous les gens qui entourent mon mari sont si raisonnables ! Il a de la chance. »

La servante qui n'avait plus de nom reprit, de sa toute petite voix : « S'il vous plaît, maîtresse, donnez-moi un nom. »

Tharna tourna son visage radieux vers le chef Maichi et sourit. « Père... » C'était la première fois qu'elle lui parlait, confirmant par ce mot leur lien de parenté. « Père, donnez un nom à notre esclave. »

« Ermy Gyami. »

Ce fut ainsi que la fille de palefrenier reçut un nouveau nom, qui n'en était pas un, car il voulait justement dire : « Sans nom. » Tout le monde sourit, Ermy Gyami compris.

Sur quoi, mon frère s'adressa à Tharna pour la première fois. « Une beauté apparaît, dit-il en ricanant, et les autres femmes perdent leur nom. Fascinant. »

Tharna lui rendit son ricanement. « La beauté éclipse tout le reste, comme la vie des gens intelligents masque l'avenir de ceux qu'on croit stupides. »

Mon frère cessa de sourire. « Le monde est ainsi fait. »

« Tout le monde le sait, reprit Tharna. C'est un peu comme si l'on disait : "Il n'y a que des chefs de clan victorieux, et pas des chefs vaincus". »

« C'est la chef Rongong qui a été vaincue, par le chef Maichi. »

Tharna répliqua : « Oui, Frère aîné est un homme intelligent, et tous les autres chefs de clan espèrent l'avoir pour adversaire. »

Tharna avait gagné aussi le deuxième round.

Alors que nous sortions, mon frère me prit le bras et murmura : « Un jour, cette femme te ruinera. »

« Tais-toi, intervint Père. La ruine d'un homme ne peut être causée que par lui-même. »

Mon frère s'en alla. Mais quand je me retrouvai seul avec Père, il ne sut que dire.

« Pourquoi m'as tu ordonné de rentrer ? » demandai-je.

« Tu manquais à ta mère. »

« Les ennemis des Maichi sont revenus, annonçai-je. Les deux frères. Ils ont résolu de te tuer, toi et Tamding Gonpo. Moi, ils ont choisi de m'épargner. L'un d'eux m'a donné à boire, mais il n'a pas tenté de m'empoisonner. »

« Sans doute ne savaient-ils pas non plus quoi faire de toi, répondit Père. Est-ce parce que tout le monde dit que tu es un idiot ? J'aimerais bien le leur demander. »

« Toi-même, tu ne sais pas non plus quoi faire de moi, n'est-ce pas ? »

« Es-tu un homme intelligent ou non ? »

« Je ne sais pas. »

Voilà comment se passa mon retour chez moi. Voyez comme ils traitaient celui qui avait rendu la famille Maichi plus puissante que jamais.

Mère et Tharna étaient dans la maison, causant de choses qui n'intéressaient que les femmes.

Le premier soir de mon retour, je restai seul, appuyé à la balustrade, à regarder la lune se lever.

Lorsqu'elle fut très haut dans le ciel, elle se faufila entre les nuages.

Quelque part dans la maison, une femme jouait de la guimbarde. Le son était monotone, déroutant, et désolé.

NEUVIÈME PARTIE

35

MIRACLE

J'allai me promener dans le domaine. Les serviteurs se pressaient autour de Dolma, Aryi et Sonam Tserang, qui paradaient comme s'ils n'étaient plus des subalternes.

Le vieux bourreau s'inclina devant moi. « Jeune maître, mon fils aura un bel avenir avec vous. »

La mère de Sonam Tserang pressa son front contre mes bottes, et me dit en pleurant : « Je pense la même chose pour mon fils, jeune maître. »

La morve et la bave de la vieille femme auraient souillé mes bottes si je ne m'étais pas éloigné rapidement.

Dans la cour, les gens m'accueillirent par des cris de ferveur, mais je n'avais pas envie de distribuer des bonbons pour l'instant. C'est alors que j'aperçus l'historien. Durant toute la période où j'étais resté loin de la maison, j'avais plus pensé à lui qu'aux membres de ma famille. Il était assis au fond de la cour, sous un noyer, et il me souriait. Je vis à son expression que je lui avais manqué aussi.

« Beau travail », me dit-il avec ses yeux.

Je m'approchai, et lui demandai : « T'ont-ils dit ce que j'avais fait ? »

« Les nouvelles vont vite. »

« As-tu tout inscrit dans ton carnet ? »

Il opina avec enthousiasme. Il avait l'air bien mieux que lorsqu'il avait quitté le cachot pour devenir historien.

Je sortis un cadeau de sous ma large robe et le posai devant lui.

C'était une serviette de cuir rectangulaire, un objet dont se servaient souvent les officiers han. En les examinant avec attention, j'avais vu qu'ils mettaient leurs stylos, leurs carnets et leurs lunettes dans de pareilles serviettes, et j'avais dit à un marchand d'en acheter une à l'armée han. Elle contenait un stylo à encre, une paire de lunettes aux verres cristallins, et un tas de jolis carnets en plastique.

D'habitude, la vue d'objets aussi délicats irritait les lamas, car ils nuisaient à l'étude du bouddhisme et des vicissitudes de la vie. Mais l'historien n'était plus un moine zélé qui ne songeait qu'à répandre sa foi. Nous ne savions ni l'un ni l'autre comment remplir le stylo d'encre. Nous dévissâmes et revissâmes plusieurs fois le capuchon, en vain. Devant un objet aussi ingénieux, même le savant Wangpo Yeshi devenait un idiot.

Il sourit. « Autrefois, dirent ses yeux, j'aurais refusé un tel objet. »

« Mais maintenant, tu veux l'utiliser. »

Il acquiesça.

Finalement, ce fut la femme du chef de clan qui parvint à remplir le stylo d'encre. Après quoi, elle m'embrassa et sourit à l'historien. « Mon fils nous a rapporté des objets merveilleux. À toi, il t'a donné un stylo américain. Fais-en bon usage. »

L'historien griffonna quelques mots sur une feuille de papier. Mon Dieu ! Ils étaient bleus. Nous n'avions jamais vu que des textes écrits en noir. En admirant son écriture couleur du ciel, il remua les lèvres.

Je fus stupéfait d'entendre un son.

Oui, un son émis par un homme qui n'avait pas de langue.

Non, ce n'était pas seulement un son, il dit réellement quelque chose. Il parlait !

Il avait la voix étouffée, mais de toute évidence, il parlait. Il l'entendit, lui aussi. Il désigna d'un air surpris sa bouche grande ouverte, et demanda avec ses yeux : « C'est moi qui ai parlé ? C'était moi qui parlais ? »

« Oui ! m'écriai-je, c'était bien toi ! Dis autre chose. »

Il hocha la tête et parla à nouveau. Sa voix était assourdie et hachée, mais je comprenais ce qu'il disait. « Ces... mots... sont... beaux. »

Je lui criai à l'oreille : « Tu dis que les mots sont beaux. »
Il opina. « Votre... stylo... écrit... joliment. »
« Mon Dieu ! Tu parles ! »
« Je... par... le ? »
« Mais oui ! »
« J'ai... parlé ? »
« Vraiment ! »
« Est-ce possible ? »
« Je t'assure. »
Le visage de Wangpo Yeshi grimaça de plaisir. Il voulut tirer la langue pour l'examiner, mais elle était seulement là à moitié, trop courte pour atteindre ses lèvres. Lorsqu'il sentit qu'il n'y parviendrait pas, des larmes jaillirent du coin de ses paupières.
Je hurlai à la foule : « Le muet parle ! »
Les gens, dans la cour, répandirent aussitôt la nouvelle :
« Le muet parle ! »
« Il parle ? »
« Oui, il parle à nouveau ! »
« Il reparle ? »
« Je vous jure ! »
« Le muet parle ! »
« L'historien parle ! »
Ils se pressèrent autour de nous, se transmettant de bouche en bouche l'incroyable nouvelle. C'était un miracle ; leurs visages rayonnaient et leurs yeux brillaient, comme s'ils avaient contribué à ce prodige. Dès qu'il fut averti, le Bouddha vivant arriva. Je n'avais pas vu Jeeka depuis plusieurs années et il avait sensiblement vieilli ; son visage avait perdu sa fraîcheur et il marchait avec une canne.

D'impatience ou d'excitation, Wangpo Yeshi tremblait, et son front était baigné de sueur. Oui, un miracle s'était produit sur les terres des Maichi. Un muet avait parlé ! Dès lors, tous les membres de la famille du chef de clan avaient rejoint la foule, le regard plein d'appréhension, car ils ne savaient trop ce que pouvait présager un tel signe. Dès qu'il arrivait une chose exceptionnelle, il se trouvait toujours quelqu'un pour l'interpréter sur-le-champ ; et maintenant, chacun attendait que ce quelqu'un le fît.

Le Bouddha vivant émergea de la foule et cria à la cantonade: « C'est un signe de la faveur des dieux, que nous a prodiguée le deuxième jeune maître. Partout où il ira, les dieux feront un miracle. »

On aurait cru, à l'entendre, que c'était moi qui avais parlé sans avoir de langue.

Dès que le Bouddha vivant fit sa déclaration, les membres de la famille Maichi se détendirent. Tous, sauf mon frère, pensaient qu'ils devaient témoigner quelque chose au faiseur de miracles; et quand Père s'approcha de moi avec solennité, si lentement que je faillis mourir de peur, ils l'imitèrent.

Mais avant qu'ils aient pu m'atteindre, deux colosses me hissèrent sur leurs épaules et soudain, je m'élevai au-dessus de centaines de têtes sous des acclamations assourdissantes. Je dominais la foule, flottant sur un océan de têtes humaines, ballotté par des vagues de mains déchaînées. Puis, les deux hommes se mirent à courir et je vis défiler, à travers une marée de visages, les figures de Père, de Mère et de Tharna. Mais juste un court instant, car elles s'envolèrent aussitôt comme des feuilles pour disparaître dans la foule. Mais je pus voir les larmes de Mère, la crainte de Père et le sourire éblouissant de ma femme. Je vis aussi, derrière le tourbillon dans la cour, le muet qui parlait se fondre dans l'ombre du noyer.

Quand la foule en délire eut fait plusieurs fois le tour de la cour, elle se retourna et se rua vers le champ d'orge, comme les eaux d'une crue s'engouffrant dans une brèche. Le soleil brillait sur les vagues des épis mûrs. La foule m'entraînait dans un océan d'or.

Je n'avais pas peur, mais je me demandais d'où venait cette exaltation.

Les grains mûrs projetés par une nuée de pieds bombardaient mon visage, en me cinglant si fort que je me mis à crier. Mais les gens, comme fous, continuaient leur course, jusqu'à ce que les épis fassent place à des fleurs rouges. Le champ d'orge des Maichi n'était pas infini, et la foule en sortit au pied d'une montagne, où des bouquets d'azalées leur barrèrent le passage. Les vagues s'élevèrent encore une ou deux fois, puis la foule s'arrêta, épuisée.

Quand je regardai derrière moi, une grande étendue d'orge avait disparu. Au-delà du champ piétiné se trouvait la maison, le domaine des Maichi. Il avait l'air isolé et un peu perdu. Une étrange tristesse me saisit. Le flot des serfs m'avait emporté loin de là, en laissant derrière lui les membres de ma famille. Je les aperçus dans la cour. Ils devaient se demander ce qui s'était passé, sinon ils ne seraient pas restés ahuris, sans bouger. J'ignorais moi aussi pourquoi tout cela s'était produit, mais je sentais qu'il était arrivé quelque chose de grave pour creuser entre nous une telle distance. Il avait fallu si peu de temps pour la créer que je n'avais pas eu le temps d'y penser ; et maintenant, il allait m'être difficile de la combler. Les gens autour de moi, écrasés de fatigue, étaient allongés dans le champ. J'étais presque sûr qu'ils ignoraient pourquoi ils avaient été pris d'une telle frénésie. Il y avait des miracles en ce monde, mais le peuple ne pouvait pas en saisir la portée. Cette sorte de folie, à l'instar du plaisir de l'amour, prenait fin à son apogée. On s'emballe, on exulte, on devient fou... et on finit affalé par terre, comme un tas de boue.

Mes deux jeunes serviteurs étaient trempés de sueur, ouvrant leurs bouches stupides comme des poissons échoués. Ils avaient ce sourire idiot qui ornait souvent mon visage.

Le soleil commençait à chauffer, forçant les gens à se lever et à s'éloigner par petits groupes. À midi, il ne restait plus que nous trois — Aryi, Sonam Tserang et moi.

Nous fîmes demi-tour et nous marchâmes vers le domaine.

Le champ d'orge était si vaste que j'arrivai au bout en nage.

La cour était déserte. Il ne restait plus que Wangpo Yeshi, assis à l'endroit où je l'avais trouvé le matin même. Le domaine était plongé dans un silence de mort. J'espérais que quelqu'un sortirait pour jeter un coup d'œil au-dehors, ou au moins faire un bruit, donner un signe de vie. Le clair soleil d'automne se reflétait sur le gros mur de pierre, lui donnant l'aspect d'une muraille de fer. Maintenant que le soleil était haut dans le ciel, les ombres se recroquevillaient à mes pieds comme des voleurs, refusant de se déployer pour se montrer.

Wangpo Yeshi me regarda, en changeant d'expression sans cesse. Depuis qu'il avait perdu sa langue, il avait acquis un grand répertoire d'expressions faciales ; et en quelques secondes, ses traits mimèrent les quatre saisons, le vent, la pluie, la foudre et le tonnerre.

Cette fois, il ne parla pas, mais il s'exprima à nouveau avec les yeux. « Le jeune maître est revenu, juste comme ça ? »

« Juste comme ça. » Je voulais lui dire que les gens m'avaient emporté comme une crue, puis qu'ils avaient disparu du vaste champ. Mais je ne le fis pas, parce que je ne pouvais pas trouver le sens de cet événement ni des autres choses qui me brûlaient les lèvres. La crue était une métaphore, mais que signifiait-elle ? Une métaphore n'a pas de sens si elle reste une expression formelle.

« Vous ne savez pas qu'il y a eu un miracle ? »

« Tu as recommencé à parler. »

« Vous êtes un vrai idiot, jeune maître. »

« Quelquefois... »

« Le miracle vous a emporté comme un torrent. »

« Le peuple était comme une crue. »

« Avez-vous senti son pouvoir ? »

« Oui, incontrôlable, écrasant. »

« Parce qu'il n'avait pas de direction. »

« De direction ? »

« Vous ne lui avez pas montré le chemin. »

« Mes pieds ne touchaient pas terre et j'avais le vertige. »

« Votre tête les dépassait. Le peuple a besoin d'un homme qui le domine pour lui montrer la route. »

Je commençais à comprendre. « Aurais-je laissé passer une occasion ? »

« Vous ne voulez vraiment pas devenir chef de clan ? »

« Laisse-moi voir... Est-ce que je veux devenir chef de clan... ? »

« Je veux dire, le chef du clan Maichi. »

Debout sous le soleil de midi, le deuxième jeune maître de la famille Maichi se creusait la cervelle dans le domaine où il n'y avait pas un bruit. Finalement, je criai, tourné vers la maison : « Si, je le veux ! »

Le soleil aveuglant absorba aussitôt mon cri.

Wangpo Yeshi se leva, et dit à haute voix : « Les miracles... n'arrivent... pas... deux... fois. »

Maintenant, j'avais compris. Si j'avais fait un geste, le flot aurait balayé tout ce qui me barrait la route pour accéder au rang de chef de clan. Ce simple geste aurait suffi pour qu'il emporte même le domaine. Mais j'étais un idiot, et au lieu de montrer le chemin au peuple, je l'avais laissé dépenser son énergie dans un champ de céréales jusqu'à ce qu'il s'effondre parmi les azalées au pied de la montagne.

Je me traînai jusqu'à ma chambre, mais personne ne vint à ma rencontre, pas même ma femme. Je m'allongeai sur mon lit, et j'entendis une botte, puis l'autre, tomber sur le sol. Le son se répercuta dans mes oreilles et dans mon cœur. Je me demandai : « Était-ce une crue ou un miracle ? »

Après quoi, je m'endormis, les oreilles résonnant de l'écho des vagues.

Je me réveillai à la faible lumière de la lampe.

« Où suis-je ? » murmurai-je.

« Ne me le demande pas. » C'était la voix de Tharna.

« Qui suis-je ? »

« Un idiot, un parfait idiot. » C'était Mère, cette fois.

Les deux femmes se tenaient près de mon lit, avec la tête baissée, comme si elles ne voulaient pas me regarder. Je n'osai pas non plus lever les yeux vers elles. Un profond chagrin m'étreignit.

Ce fut Tharna qui comprit ce que je demandais. « Sais-tu maintenant où tu es ? » dit-elle.

« Je suis à la maison. »

« Et sais-tu qui tu es ? »

« Je suis un idiot, l'idiot de la famille Maichi. » Je pleurais en disant cela. Des larmes roulaient sur mon visage. Je les entendis tomber pendant que j'expliquais : « On ne peut pas brusquer les choses. Je sais qu'on ne le peut pas. Mais elles vont trop vite. »

« Tu ferais mieux de retourner à la frontière avec Tharna », suggéra Mère. « Votre place est là-bas. » Elle ajouta qu'elle viendrait vivre avec son fils après le « départ » du chef de clan régnant. Sachant que j'avais devant moi une nuit sans sommeil, elle remplit la lampe à huile avant de quitter la chambre.

Ma femme se mit à pleurer. J'avais déjà entendu des femmes sangloter, mais cela ne m'avait jamais autant peiné. Cette nuit-là, les heures s'étirèrent. Jamais auparavant je n'avais eu autant conscience de l'existence du temps. Tharna s'endormit en pleurant, continuant à verser des larmes dans ses rêves. Sa tristesse m'excita, mais je demeurai sous la lampe. Au bout d'un moment, la chaleur m'abandonna, et je commençai à avoir froid. Tharna se réveilla. Au début, elle se montra douce. « Idiot, pourquoi es-tu encore debout ? »

« Je ne suis pas couché, c'est tout. »

« N'as-tu pas froid ? »

« Si. »

Maintenant bien réveillée, elle se recroquevilla sous la couverture en se rappelant les événements de la journée. Son regard se fit dur et ses larmes se remirent à couler. Elle se rendormit peu après. Sachant que je n'arriverais pas à trouver le sommeil, je n'avais pas envie d'aller me coucher. Je sortis faire un tour.

La fenêtre de Père était éclairée. Le domaine était silencieux, mais je savais qu'il se passait quelque chose. Plus tôt dans la journée, il y avait eu un moment où j'aurais pu arranger les choses, mais la nuit était tombée, et tout avait changé. À présent, ce serait aux autres de décider.

La lune parcourait le ciel avec lenteur ; maintenant que les événements avançaient au ralenti, le temps faisait de même. Qui a dit que j'étais un idiot ? Je sentais le passage du temps, et ce n'est pas une chose qu'un idiot peut faire.

Lorsque je regagnai ma chambre, l'huile de la lampe se consuma, et les rayons de lune vinrent éclairer la pièce.

Puis ils disparurent à leur tour. Assis dans le noir, je cherchai à trouver une chose à quoi penser, par exemple, ce que je ferais lorsque l'aube poindrait. L'intendant m'avait dit un jour que réfléchir était comme se parler à soi-même. Mais j'avais du mal à le faire en silence. Comment peut-on parler sans émettre un seul son ? On pourrait croire, à m'entendre, que je n'avais encore jamais réfléchi ; et pourtant, si. C'était juste que je ne m'étais jamais fixé sur une chose précise ; je laissais simplement aller ma pensée. Sur ce, j'essayai de me concentrer, ce qui revenait à me parler doucement à moi-même, mais ma tête se vida. Alors, je restai assis dans le noir, à écouter le souffle régulier de Tharna, parfois entrecoupé de sanglots. Puis, même l'obscurité se dissipa.

Pour la première fois de ma vie, j'observai la naissance de l'aube.

Tharna était réveillée, mais elle feignait d'être encore endormie. Je ne bougeai pas. Un peu plus tard, Mère entra, le regard sombre, ce qui voulait dire qu'elle n'avait pas non plus fermé l'œil de la nuit. « Mon cher fils, me dit-elle, retourne à la frontière. Ou bien, va chez Tharna, et prends tes affaires avec toi. »

Maintenant que l'on me parlait, je parvenais à réfléchir. « Mes affaires m'indiffèrent. »

Tharna sortit du lit. Ses seins ne semblaient pas faire partie de son corps ; on eût dit des statues que l'on aurait fixées sur elle. Ils luisaient comme les pigeons de bronze que nous exposions dans la salle à manger. Quand elle enfila une longue robe en satin, le soleil du matin ruissela sur son corps. On ne voyait jamais cela sur les autres femmes. La lumière du soleil brillait sur elles, elle ne se déversait pas sur leur peau.

Malgré son anxiété, Mère murmura : « Aucune femme n'est aussi belle que la tienne. »

Au lieu de lui répondre, Tharna se contempla dans le miroir : « Vu l'homme que j'ai pour mari, quelqu'un pourrait bien un jour lui voler son épouse. »

La femme du chef de clan soupira.

Tharna se mit à rire. « Et si cela arrive, on pourra vraiment le plaindre pour sa bêtise. »

36

ABDICATION

Dans la famille Maichi, beaucoup de décisions étaient prises à la table du petit déjeuner. Ce jour-là, l'atmosphère était tendue. Nous ne cessions d'enfourner les aliments dans notre bouche, comme si nous faisions un concours de voracité. Seul mon frère demeurait sobre. Il observait chacun de ses yeux vifs, et je m'aperçus qu'il regardait surtout Père et ma femme. Le petit déjeuner était presque achevé lorsque l'épouse du chef de clan laissa échapper un renvoi opportun : « Urp ! »

Le chef Maichi grommela : « Si tu as quelque chose à dire, vas-y. »

Elle se redressa. « Urp... L'idiot et sa femme vont rentrer à la frontière. »

« Rentrer ? Ne sont-ils pas chez eux ici ? Enfin, bon, je comprends. Mais ils devraient savoir que la région de la frontière n'est pas à eux. Mes terres n'ont pas été divisées en deux. Le chef de clan est le roi de l'ensemble de ce pays. »

« Laisse-moi aller veiller là-bas aux affaires du roi », demandai-je.

Mon frère, l'héritier au titre de chef Maichi et l'homme intelligent de la famille, prit la parole. Mais pour s'adresser à ma femme, pas à moi. « Pourquoi voulez-vous aller là-bas ? Cela vous amuse ? »

Tharna ricana : « Ainsi, tout ce que vous faites ne sert qu'à vous distraire, n'est-ce pas ? »

« Cela peut être agréable, parfois. »

Il essayait purement et simplement de la séduire.

Père me dévisagea, mais comme je ne disais rien, il se tourna vers Tharna.

« Souhaitez-vous partir ? »

Tharna regarda mon frère et réfléchit avant de répondre : « Cela m'est égal. »

Le chef de clan dit à sa femme : « Gardons ces deux jeunes gens encore un peu ici. »

Chacun resta assis, visiblement peu désireux de vider les lieux. Le chef de clan toussa à plusieurs reprises avant de lever les yeux. « Nous pouvons sortir maintenant. »

Nous nous levâmes de table et nous quittâmes la pièce.

Lorsque je suggérai à Tharna de faire un tour, elle répliqua : « Tu t'attendais à une partie de plaisir ? Et toi qui avais tellement d'autorité quand tu traitais avec ma mère ! Tu vois ce qui se passe ? »

« C'est vrai, dis-je. Que se passe-t-il ? »

« Tu es fini », lâcha-t-elle avec mépris.

Dehors, la cour était déserte. D'habitude, elle était toujours pleine de gens, mais aujourd'hui, c'était comme s'ils avaient été balayés par le vent.

Je me heurtai au vieux bourreau, mais ne lui dis pas un mot. Il s'agenouilla devant moi : « Jeune maître, me dit-il, je vous en prie, ne gardez pas mon fils auprès de vous. Un jour, il sera le bourreau de votre frère, pas le vôtre. »

Je voulus lui donner un coup de poing, mais je me retournai et m'en allai. Un peu plus tard, je vis son fils. « Ton père ne veut plus que tu me serves », annonçai-je.

« Chacun dit que vous ne serez pas chef de clan. »

« Va-t'en ! »

Mais il n'en fit rien. Il resta sur le bord du chemin, ses longs bras le long du corps, en me regardant m'éloigner lentement en battant les buissons avec ma cravache.

Après, j'allai voir Sangye Dolma et son orfèvre. Il sentait le fourneau, et elle, l'eau de vaisselle. Je la mis au courant de ce qui se passait. Avec des larmes dans les yeux, elle gémit : « Quand je suis revenue ici, j'ai dit à l'orfèvre que nous avions eu une belle vie avec vous, mais... mais... jeune maître ! » Incapable de continuer, elle se retourna et s'enfuit. J'entendis l'orfèvre marmonner : « Finalement, ton jeune maître est toujours un idiot. »

Je me sentis perdu en les voyant me tourner le dos. Juste à ce moment-là, quelqu'un exprima à haute voix la pensée que j'avais à l'esprit : « Je tuerai cet orfèvre. »

C'était Sonam Tserang. Il était derrière moi. « Je tuerai tous ces gens-là pour vous, renchérit-il, et quand j'aurai tué Choedak, j'abattrai le premier jeune maître. »

« Mais je ne serai pas chef de clan. Jamais. »

« Raison de plus pour que je les tue tous. »

« Ils te tueront aussi. »

« Qu'ils viennent. »

« Moi-même, ils me tueront. Ils diront que je t'ai ordonné de commettre ces meurtres. »

Il ouvrit grand les yeux, et s'écria : « Jeune maître, on sait que vous êtes un idiot, mais auriez-vous aussi peur de la mort ? Si vous ne pouvez pas être chef de clan, il vaut mieux qu'ils vous tuent ! »

Je voulus lui dire que je souffrais déjà atrocement, comme si l'on m'avait poignardé. J'avais jadis pensé que le fait que je sois chef de clan ou pas ne regardait que moi. Mais je compris que cela concernait aussi les autres. Je me promenai longuement autour du domaine, puis je rentrai dans la cour, où je retrouvai Wangpo Yeshi assis à l'ombre du noyer. Son visage reflétait toujours de nombreuses expressions et il ne semblait pas affecté par ce qui s'était passé la veille. Je m'assis près de lui et soupirai : « Tout le monde dit que je ne serai pas chef de clan. »

Il ne répondit pas.

« Mais je le veux. »

« Je sais. »

« Avant, je ne me rendais pas compte à quel point j'y tenais.

« Je sais. »

« Me reste-t-il encore une chance ? »

« Je l'ignore. »

Au matin du jour suivant, le chef de clan entra dans la salle à manger bien après le reste de la famille. Voyant que nous l'attendions tous, il se couvrit un œil et dit : « Ne faites pas attention à moi, mangez. Je crois que je suis malade. »

Alors, nous attaquâmes notre petit déjeuner.

Je fus un peu lent à ramasser mon bol, et il me jeta un regard féroce. J'avais cru jusqu'alors qu'il avait mal à l'œil, mais sa lueur farouche me rassura. Aucun œil malade n'aurait pu darder un tel regard. Il le recouvrit aussitôt. Il essayait de m'effrayer, mais cela ne marchait pas. « Père n'a rien à l'œil », annonçai-je.

« Qui a dit que j'avais quelque chose à l'œil ? »

« C'est ta main. Quand quelqu'un ne va pas bien, il porte la main à l'endroit qui lui fait mal. »

Je crus qu'il allait se mettre en colère, mais il parvint à se contrôler. Il retira sa main, puis me dévisagea avant de déclarer : « Tout bien considéré, tu es toujours un idiot. » Puis il mit ses mains dans celles de son épouse, peut-être pour les empêcher de se lever vers son œil, et chercha son regard comme un fils quête l'approbation de sa mère. « Dois-je faire venir l'historien ? » lui demanda-t-il.

« Oui, si tu es décidé. »

Quand l'historien entra, de grosses larmes coulaient des yeux de Mère et s'écrasaient bruyamment sur le sol. L'épouse du chef Maichi dit à Wangpo Yeshi : « Écris tout ce que dira le chef de clan. »

Il ouvrit un des carnets que je lui avais donnés et lécha la plume de son stylo. Nous reposâmes nos bols. Père nous considéra tour à tour d'un air sombre. Puis il gémit : « Je suis vieux et malade. J'ai durement travaillé pour la famille Maichi. Je suis bien fatigué. Il ne me reste plus beaucoup d'années à vivre. »

Je me demandai comment un homme pouvait changer autant du jour au lendemain. « Comment Père, en une nuit, est-il devenu vieux, fatigué et souffrant ? observai-je ; et tout cela en même temps ? »

Il leva la main. « Laisse-moi finir. Si tu n'étais pas un tel idiot, et si ton frère n'était pas aussi intelligent, la vieillesse, la fatigue et la maladie ne m'auraient pas frappé aussi vite. Cela fait bien des nuits que votre père ne dort plus. » En penchant la tête et en se couvrant les yeux de ses mains, le chef de clan se mit à parler avec hâte, comme s'il craignait de ne pas avoir la force d'achever ce qu'il avait à dire. Sa voix était basse, mais elle résonna à nos oreilles.

« En un mot, disait-il, je veux me retirer avant de mourir. Je vais conférer la position de chef de clan à mon successeur légitime, Tamding Gonpo. »

Le chef de clan annonçait qu'il allait abdiquer !

Il dit qu'il voulait remettre son titre à son fils aîné pour des raisons connues de tous et d'autres qui lui étaient personnelles. En fait, il se parlait surtout à lui-même — le chef de clan tenant à abdiquer dialoguant avec celui qui s'y refusait. Parfois, le cœur est partagé en deux. Une partie aspire à une chose, la seconde à une autre. Alors que ses deux voix s'élevaient dans sa tête, le chef de clan tentait d'étouffer l'une sous l'autre. À la fin, il dit qu'il avait pris la bonne décision, parce qu'il avait choisi le fils aîné, et non pas le cadet, celui qui était intelligent, et pas le fils idiot.

Sur quoi, le chef Maichi tenta de consoler le deuxième jeune maître. « Le fils cadet de la famille Maichi sera un jour le chef Rongong. »

« Un homme qui n'est pas apte à régir les Maichi peut-il devenir le chef du clan Rongong ? » demanda Tharna.

Père ne sut que répondre.

À la surprise générale, l'historien à la langue miraculée intervint : « Le chef de clan a raison de faire accéder son fils aîné au rang de chef de clan. Mais, par ailleurs, il a tort, car aucun fait majeur ne prouve l'intelligence de son héritier, ni l'idiotie de son fils cadet. »

La femme du chef de clan regarda l'historien, bouche bée.

« Chacun sait cela », grogna Père.

Le lama continua. « Il y a quelque temps, vous m'avez dit d'inscrire dans mes carnets que votre fils idiot n'était pas stupide, et que ce qu'il avait fait dépassait l'imagination des gens intelligents. »

Le chef de clan éleva la voix. « Tout le monde le trouve idiot ! »

« Mais il est plus brillant que tous les gens intelligents. »

Le chef de clan siffla : « Tu as retrouvé ta langue ? Et tu parles à nouveau ? Veille à ne pas la reperdre à force d'imprudences... »

« Si vous êtes prêt à perdre un bon chef de clan, je ne regretterai pas de perdre une moitié de langue. »

« Je te ferai mettre à mort. »

« Faites-le. Mais je vois les fondements du clan Maichi s'effriter sous le poids de votre bêtise. »

Le chef de clan mugit : « En quoi les affaires de la famille te regardent-elles ? »

« Ne m'avez-vous pas fait historien ? Un historien incarne l'histoire ! »

« Cesse de discuter, dis-je. Écris simplement ce que tu observes. N'est-ce pas de l'histoire ? »

Wangpo Yeshi devint cramoisi. « Que savez-vous de l'histoire ? hurla-t-il. Elle sert à enseigner ce qui est bien et mal. Voilà ce qu'est l'histoire ! »

« Quand je serai chef de clan, dit mon frère, il me faudra un historien pour noter tous mes actes. Il te reste une moitié de langue, mais tu ne devrais pas être aussi pressé de me le faire savoir, car aujourd'hui, tu vas la perdre. »

Wangpo Yeshi dévisagea mon frère, puis mon père, et il sut qu'on allait de nouveau lui couper la langue. Il me jeta un regard triste, montrant qu'il ne m'en tenait pas responsable. Il me dit d'une voix rauque, le visage blanc comme un linge : « Jeune maître, qui perd le plus dans cette affaire, vous ou moi ? »

« Toi. Personne ne devient muet par deux fois. »

« Et aucun idiot apte à devenir chef de clan ne se voit refuser le pouvoir du fait de la bêtise de son intelligent de père », répliqua-t-il.

Je n'avais rien à répondre à cela.

Il ajouta : « Bien sûr, si jamais vous accédiez à ce rang, ce serait aussi à cause de la bêtise d'un homme intelligent. Je parle de votre frère. »

Tandis que nous parlions, le bourreau attendait au pied de l'escalier. Comme je ne voulais pas voir l'historien puni à nouveau, je lui dis au revoir d'en haut. D'une voix assez forte pour que tout le monde l'entende, il rassura ma femme : « Maîtresse, ne perdez pas espoir. Ne vous inquiétez pas pour votre époux. Tôt ou tard, ceux qui se croient intelligents commettront une erreur. »

Il prononça ces mots en marchant vers le bourreau. Il ajouta autre chose, mais le vent emporta ses paroles, et personne ne l'entendit. Mon frère le suivit. Quand le vent s'apaisa, nous l'entendîmes observer dans l'escalier : « Tu aurais pu choisir la mort. »

L'historien s'arrêta, pivota et leva les yeux vers cet homme grisé par son succès. « Je préfère rester en vie. Je veux vous voir mourir de mes yeux. »

« Je te ferai tuer. »

« Êtes-vous déjà le chef Maichi ? Le chef de clan a dit qu'il allait abdiquer, mais ce n'est pas encore fait. »

« Très bien. Pour l'heure, je vais te faire couper la langue et je te ferai exécuter dès que je régnerai. »

« Ce jour-là, je ne serai peut-être pas le seul condamné. »

« C'est vrai. »

« Dites-moi, maître, qui vous voulez tuer. Je suis votre historien. »

« Tu le sauras au moment opportun. »

« Votre frère cadet ? »

« C'est un idiot qui ne se contente pas d'être bête. »

« La femme du chef de clan ? »

« À présent, elle sait qui est le plus intelligent. »

« L'épouse de votre frère ? »

Mon frère sourit. « Cette femme-là est une vraie beauté, plus séduisante qu'une diablesse. J'ai rêvé d'elle la nuit dernière. »

L'historien se mit à rire. « Vous êtes un homme intelligent, mais vous avez toujours des désirs prévisibles. »

« Vas-y, parle, si cela peut te faire du bien avant qu'on te punisse. »

L'historien digne et raffiné jura pour la première fois : « C'est vrai, bon sang, que je tremble de peur ! »

Ce furent les derniers mots que nous entendîmes de sa bouche.

Tharna, qui n'avait jamais vu un bourreau professionnel travailler, descendit dans la cour. La femme du chef Maichi demanda à son mari : « Tu n'as jamais vu un autre chef de clan châtier un condamné. Ne veux-tu pas y aller ? »

Il secoua la tête, le visage tourmenté. Il voulait que tout le monde comprenne la noble peine d'un homme qui a décidé d'abdiquer.

Mais sa femme insista. « J'irai, si toi, tu n'y vas pas. Je n'ai encore jamais vu un futur chef de clan exercer les droits d'un chef régnant. » Sur ce, elle descendit l'escalier.

En un instant, l'étage se vida, et je restai seul avec Père.

Le chef de clan se tourna vers moi avec un air encore plus tourmenté. Mais mon tourment était dix fois, cent fois plus profond que le sien, même s'il ne se lisait pas sur mon visage. Je levai les yeux vers le ciel, où des nuages cotonneux défilaient dans le petit carré de bleu encadré par la fenêtre. Je ne voulais pas rester avec un chef de clan qui allait bientôt être un ancien dirigeant. Je me levai pour m'en aller. Mais à peine avais-je fait un pas que le chef Maichi me dit : « Mon fils, ne veux-tu pas rester un peu avec ton père ? »

« Je ne peux pas voir les nuages dans le ciel. »

« Reviens t'asseoir près de moi. »

« Je veux sortir. »

Le chef de clan fut alors forcé de me suivre. Debout sur la véranda, nous regardâmes flotter les nuages. D'habitude, quand on punissait un condamné, un grand brouhaha s'élevait dans la cour. Mais ce jour-là, il n'y avait pas un bruit. Le soleil, comme un bouclier rutilant, flamboyait sur la foule.

« Quel silence... » murmura le chef de clan.

« Comme si la famille Maichi n'existait pas. »

« Tu me hais, n'est-ce pas ? »

« Oui. »

« Tu dois te détester d'être un idiot. »

« Je ne suis pas idiot. »

« Tu en as pourtant l'air. »

« Tu es plus stupide que moi, et mon frère davantage encore. »

Père se mit à trembler. « J'ai la tête qui tourne. Je ne peux pas tenir debout. »

« Alors, écroule-toi. Nous n'aurons plus besoin de toi quand nous aurons un autre chef de clan. »

« Comme tu es cruel ! Se peut-il que tu sois mon fils ? »

« Et toi, es-tu vraiment mon père ? »

Il se calma et soupira : « Je ne voulais pas que les choses se passent ainsi. Mais ton frère t'aurait fait la guerre si je t'avais laissé me succéder. Dans ce que tu as accompli, tu t'es montré cent fois plus intelligent que lui, mais je ne suis pas certain que tu le seras toute ta vie. Je ne sais pas si tu es un idiot ou pas. »

Le ton de sa voix me toucha. Je voulus lui dire quelque chose, mais les mots me manquèrent.

Un nuage noir passa au-dessus de nos têtes et masqua le soleil. En bas, la foule soupira d'une seule voix, et j'eus l'impression que le domaine tremblait.

Je n'avais jamais entendu autant de gens soupirer qu'à l'instant où le bourreau fit briller son couteau. Le chef de clan non plus, d'ailleurs. Il avait peur. Croyant qu'il allait changer d'avis, je descendis l'escalier. Père m'emboîta le pas. Il voulait que je lui dise franchement si j'étais intelligent ou non. Je me retournai et souris, heureux d'avoir une occasion de lui sourire comme cela. Il devrait chérir ce sourire, pensai-je. Debout sur les marches au-dessus de son fils idiot, le chef de clan dit avec émotion : « Je sais qu'un jour, tu comprendras mes sentiments. Tu l'as entendu toi-même, le soupir du peuple qui semblait ébranler la terre. Quand ils t'ont porté au-dessus de leurs têtes, en piétinant les épis d'orge, j'avais peur, vraiment peur. Même ta mère était effrayée. C'est à ce moment-là que j'ai décidé d'abdiquer, pour que je puisse voir ton frère jouir d'un règne solide et que tu mènes une vie paisible sous son autorité. »

Soudain, ma langue se raidit de douleur et une idée jaillit dans mon esprit. Je savais que l'historien venait de reperdre sa langue et que cette souffrance était la sienne. Alors, je déclarai : « Je ne veux plus parler. »

À peine ces mots étaient-ils sortis de ma bouche que la douleur se dissipa.

37

JE NE DIS PLUS UN MOT

J'avais brusquement décidé de ne plus parler.

Mon ami Wangpo Yeshi avait perdu sa langue pour la deuxième et dernière fois. Tout cela, à cause de moi. Il ne reparlerait jamais plus, même s'il se produisait un miracle, car ce jour-là, le bourreau lui avait coupé toute sa langue. Lorsque je descendis dans la cour, le nuage noir avait disparu, laissant le soleil illuminer la terre. Le regard tourné vers le ciel, l'historien gisait immobile sous le noyer, un remède coagulant dans la bouche. En m'approchant de lui, je vis qu'il transpirait et je l'allongeai un peu plus loin à l'ombre. Puis je lui dis : « Il n'est pas bon de parler. Je ne dirai plus un mot. »

Il me regarda, et des larmes jaillirent au coin de ses paupières. Je tendis un doigt pour en toucher une, et quand je le portai à ma bouche, mon doigt avait un goût salé.

Les deux Aryi étaient en train de ranger leurs outils. Au fond de la cour, mon frère et ma femme devisaient à l'ombre du mur de la maison. Tout en parlant, Tamding Gonpo donnait des coups de pied dans le chanvre qui poussait au bas de la muraille. Tharna paraissait mal à l'aise elle aussi, car elle ne cessait de se tordre les mains. Étaient-ils absorbés par un échange de vues, ou bien regardaient-ils l'homme privé de langue ? Comme j'avais décidé de me taire, je n'allais pas intervenir dans leur conversation. La femme du chef de clan, peut-être intéressée par cette discussion, s'approcha. Mais avant qu'elle ait pu les rejoindre, ils se dirigèrent séparément vers l'escalier. Ma femme ne me regarda même pas en passant. Mais ma mère le fit, de la même façon que je regardais Wangpo Yeshi.

Juste à ce moment-là, j'aperçus un visage qui pointait furtivement au coin d'un mur. Je reconnus quelque chose dans cette figure. Oui, un simple coup d'œil m'apprit qu'il y avait longtemps que cet homme n'avait parlé à personne ; et lorsque ce visage, qui semblait plus seul que la lune, jeta un nouveau regard dans le domaine, je vis de la haine sur ses traits. Je sus immédiatement de qui il s'agissait ; c'était l'ennemi de la famille Maichi, venu venger son père. Il s'était mis en route lorsque j'étais encore à la frontière, mais je ne sais pourquoi, il ne s'était pas montré avant ce jour. Mère se retourna pour me jeter un nouveau coup d'œil avant de gagner la porte. Comme j'avais résolu de ne plus parler, je ne sentis pas le besoin de lui apprendre l'arrivée du tueur ; et de toute façon, il ne menaçait pas les femmes.

Assis sous le noyer, je contemplais le paysage d'automne, en regardant les ombres de la maison s'allonger sous le soleil déclinant. Wangpo Yeshi était assis à mes côtés, mais au bout d'un moment, les bourreaux vinrent l'emporter. Finalement, le soleil se coucha derrière les montagnes. Un vent bruyant souffla à travers champs, et des nuées d'oiseaux s'envolèrent vers leurs nids à tire-d'aile. Il était l'heure de dîner, et j'allai droit à la salle à manger.

Tout le monde était là, et chacun m'adressa un sourire chaleureux. Je me dis que c'était parce que j'étais redevenu un idiot inoffensif. Ils voulurent tous me parler, mais ils se heurtèrent à mon mutisme obstiné. Le premier jeune maître regarda ma femme en disant : « Si mon frère continue à garder le silence, même Tharna pensera qu'il est stupide. » Il poursuivit : « Tous les idiots laissent la colère les ronger, contrairement à nous, qui disons ce que nous avons sur le cœur. »

Un regard furieux jaillit dans les yeux de Tharna ; je crus qu'il était destiné à mon frère, mais elle dit, en se tournant vers moi : « Là, tu ne peux plus dire que tu n'es pas idiot ! »

J'eus beau me creuser la tête, je ne me rappelai pas lui avoir dit cela. Mais je ne pouvais pas lui répondre.

Père intervint : « S'il ne veut pas parler, ne le force pas. C'est un Maichi, et il a fait pour nous des choses que n'aurions pu accomplir nous-mêmes. Cela me rend triste de le voir comme cela. »

Les autres s'en allèrent, mais je ne bougeai pas.

Père resta avec moi. « Ma femme a quitté la table sans un mot pour moi, observa-t-il, et la tienne a fait de même pour toi. »

Je ne répondis pas.

« Je sais que tu veux retourner à la frontière, mais je ne peux pas te laisser faire. Si tu es un idiot, cela ne servira à rien ; et si tu ne l'es pas, ce sera encore pire. Un jour, les frères Maichi pourraient utiliser leurs armes dans une guerre fratricide. »

Je gardai le silence.

« Notre intendant m'a envoyé des gens pour t'escorter dans ton voyage, m'apprit-il, mais je les ai congédiés. Je ne peux pas tout te confier. Tu as fait des merveilles, mais je ne suis pas si sûr que tu sois vraiment intelligent. Je préférerais croire que c'étaient des miracles et que les dieux y ont eu part. Mais je ne peux fonder ma décision sur des prodiges. »

Je me levai et sortis, le laissant seul, pensif, dans la salle à manger.

Devant le miroir de notre chambre, ma femme peignait ses longs cheveux qui brillaient sous la lampe. Je fis de gros efforts pour ne pas apparaître dans la glace auprès de son visage.

Elle soupirait en souriant à son reflet. Je m'allongeai calmement sur le lit. Alors, elle me parla : « Aujourd'hui, tu n'as pas passé une minute avec moi. »

Le vent hurlait derrière le gros mur de pierre, faisant tournoyer les feuilles et l'herbe sèche.

Elle reprit : « Personne ne croirait qu'une femme aussi belle que moi n'ait pas eu son mari à ses côtés une seule fois dans la journée. »

Le vent qui soufflait au-delà de la rivière réchauffait le courant. Mais quand des jets s'élevaient de la surface de l'eau, ils devenaient glacés. L'eau se refroidissait ainsi au fil des jours, jusqu'au soir où les gouttes retomberaient sous forme de glace, et où l'hiver viendrait.

« J'ai bavardé un moment avec ton frère. Il a beau avoir été vaincu au combat, c'est quand même un homme intéressant. »

Tharna n'avait pas cessé de se contempler dans le miroir, en se tournant de tous côtés. Couché dans le lit, je songeais à l'hiver qui approchait. Les champs avaient été nettoyés par les moissons. Des corbeaux et des colombes planaient dans le ciel, croassant et roucoulant en décrivant des cercles. Mais malgré l'appel des oiseaux, les jours d'hiver sont trop calmes, car la glace fige la rivière. Ce sont ses eaux fougueuses qui donnent au monde sa vitalité.

Tharna se mit à rire et dit : « Je ne m'attendais pas à ce que tu cesses vraiment de parler. »

Elle quitta enfin le miroir et s'assit sur le lit. « Ça alors ! Un des idiots du monde a cessé de parler. Mon Dieu, qu'allons-nous faire ? »

On frappa à la porte. Tharna resserra les pans de ses vêtements et retourna à son miroir.

Mon frère poussa la porte et prit place sur mon lit sans m'adresser un regard. Assise devant le miroir, Tharna nous tournait le dos à tous les deux, de sorte que Tamding Gonpo déclara à son reflet : « Je suis venu voir mon frère. »

Sa phrase fut le prélude à un dialogue dans le miroir.

« Vous perdez votre temps, dit Tharna. Il n'ouvre plus la bouche. »

« Est-ce vous qui le voulez, ou l'a-t-il décidé ? »

« Je ne sais pas ce qui se passe dans l'esprit des Maichi. »

« Je ne suis pas comme lui. »

Sur ce, je m'endormis, et ils durent parler de bien des choses durant mon sommeil. Quand je me réveillai, ils se disaient bonne nuit. Tharna était toujours devant le miroir, le dos tourné au premier jeune maître. Avant de gagner la porte, il se retourna en disant : « Je reviendrai souvent rendre visite à mon frère. J'ai toujours eu de l'affection pour lui. Il a commencé à me haïr quand il s'est mis en tête de devenir chef de clan. Mais je viendrai toujours le voir. »

Tharna dénouait les tresses qu'elle avait nattées dans ses cheveux.

Tamding Gonpo lui dit encore un mot à travers la fenêtre : « Couchez-vous tranquillement. La maison est grande, et vous êtes si belle ; ne vous inquiétez pas, vous trouverez toujours quelqu'un à qui parler. »

Tharna se mit à rire.

Il lui rendit son rire par-delà la croisée. « Mon frère est vraiment un idiot. Vous êtes la plus belle fille du monde, et il refuse de vous parler. »

Tandis qu'il s'éloignait dans le couloir, Tharna souffla la lampe, et la lumière de la lune ruissela dans la pièce. L'automne touchait à sa fin, et la fraîcheur montait. Mais Tharna, debout nue près du lit, n'en semblait pas affectée. Elle resta là jusqu'à ce que le bruit de pas s'éteigne, puis elle se glissa sous les couvertures. « Idiot, chuchota-t-elle, je sais que tu es réveillé. Cesse de faire semblant de dormir. »

Je ne bougeai pas.

Elle rit. « Si tu ne parles toujours pas demain, je saurai que c'est pour de bon. »

Le matin suivant, je me réveillai plus tard qu'à l'accoutumée. Lorsque j'ouvris les yeux, Tharna était déjà habillée et maquillée. Toute vêtue de rouge, elle était baignée par les rayons du soleil. Mon Dieu, qu'elle était belle, comme une fleur de rêve. Quand elle vit que j'avais les yeux ouverts, elle s'approcha du lit et se pencha vers moi. « J'ai attendu ton réveil, fit-elle. On m'a dit que c'était le devoir d'une femme d'attendre que son mari soit sorti du sommeil. De plus, tu as toujours les mêmes vieilles questions à poser, n'est-ce pas ? Si tu ne le faisais pas, tu aurais encore plus l'air d'un idiot. »

Je gardai les lèvres serrées, même avec cette belle femme penchée au-dessus de moi.

Elle dit : « Tu seras vraiment un idiot si tu ne te mets pas à parler, car tu ne sauras pas où, ni qui tu es. Je crois que tu devrais dire quelque chose. »

Ma bouche empestait après la nuit, d'autant plus que je l'avais gardée longtemps fermée ; alors quand je l'ouvris, l'odeur fétide qui en sortit poussa Tharna à se couvrir le nez. Elle se retourna et s'enfuit. Comme une bête mourante, j'ouvris tout grand la bouche et crachai mon haleine putride. Ce ne fut que lorsque ma bouche eut cessé de puer que je pensai à mes questions. Qui suis-je ? Où suis-je ? me demandai-je, couché dans mon lit, en fixant des toiles d'araignées poussiéreuses qui, au bout d'un moment, semblèrent pénétrer dans ma tête.

Pendant toute la journée, j'errai avec un sourire rêveur dans le domaine, pour chercher un endroit qui pût me rappeler où j'étais. Mais chaque chose, familière et pourtant étrange, semblait provenir d'une vie antérieure. De loin, la maison imposante du chef de clan avait l'air de pencher. Lorsque je m'approchai, je vis que même les pierres des fondations avaient commencé à s'effriter. Je me rappelai alors l'histoire d'un sage nommé Aku Tonpa : arrivé un jour dans un lieu sacré qui, comme notre maison, se trouvait sur une place, le moine voulut jouer un tour à un moine docte et grave. Il lui dit d'étreindre le mât d'un drapeau planté au milieu de la place pour empêcher celui-ci de tomber. Bien que le moine ne crût pas qu'il allait s'effondrer, il enserra le mât de ses bras en levant les yeux vers le ciel. Les nuages, masquant le haut du mât, flottaient comme des drapeaux. À la fin, le mât eut l'air de vaciller et le moine s'efforça de l'empêcher de basculer. Il serait mort d'épuisement si les nuages ne s'étaient pas dissipés, révélant que le mât n'avait pas bougé. Ce jour-là, en regardant le ciel, je crus que le mur de pierre allait tomber sur moi. Mais je n'essayai pas de l'en empêcher parce que j'étais un idiot, pas un sage. Les nuages continuaient à flotter, et le mur de pierre qui me surplombait continuait à pencher. Mais à la fin, personne ne fut blessé, et j'éclatai de rire à la face du ciel.

L'ennemi des Maichi, l'homme qui avait failli me tuer à la frontière, pointa de nouveau la tête derrière le mur. Son regard furtif ne rendit pas mes idées plus claires. Il s'approcha lentement et s'assit près de moi, puis il souleva un pan de son habit pour montrer ses épées. « Je vais tuer votre père et votre frère », dit-il.

Je souris.

Le tueur se leva et s'éclipsa sans être vu.

Mère sortit pour m'emmener dans sa chambre. Une fois à l'intérieur, elle me souffla de la fumée d'opium au visage, ce qui dissipa un peu ma confusion. Puis elle me dit, les yeux remplis de larmes : « N'aie pas peur, mon cher idiot. Tu es avec ta mère. »

Elle m'envoya un autre nuage de fumée. L'opium est une chose merveilleuse ; je m'assoupis presque aussitôt. Non seulement je m'endormis, mais je rêvai que je volais paisiblement. Quand je me réveillai, c'était le matin. « Fils, me dit ma mère, si tu ne veux rien dire aux autres, à moi, tu peux parler. »

Je lui répondis par un sourire stupide.

La femme du chef de clan se remit à pleurer.

« Mais au moins, parle-moi. Après tout, je suis ta mère. »

Je me levai, m'habillai et sortis de sa chambre. Elle se laissa glisser à terre en portant sa main à son cœur. Sentant moi aussi une douleur me déchirer le cœur, je m'arrêtai pour attendre qu'elle se dissipe. Elle me transperça comme une flèche, s'arrêtant devant mon cœur battant avant de traverser mon dos pour s'envoler. Je descendis d'un étage, tournai dans un couloir, et parvins dans ma chambre. Mes deux jeunes serviteurs, qui m'avaient suivi sans un bruit, ouvrirent soudain la bouche et je bondis de surprise. Le soleil se levait et quand je retombai sur mes pieds, je faillis marcher sur mon ombre.

« Pourquoi le deuxième jeune maître n'a-t-il pas dormi avec Tharna ? » demanda Sonam Tserang. « Hier soir, le premier jeune maître est allé la voir et elle a chanté pour lui. »

« Chut ! » dit Aryi en portant un doigt à ses lèvres.

Dans la chambre, j'entendis Tharna se lever et s'habiller. J'écoutai le bruit de la soie qui crissait sur sa peau, le son de ses pieds nus marchant sur les tapis. Tharna se remit à chanter et je distinguai, à travers sa voix, le glissement de son peigne d'ivoire dans ses cheveux. Jamais jusqu'alors, je ne l'avais entendue chanter.

Je menai mes jeunes esclaves au bas de l'escalier. Au lieu de nous arrêter dans la cour, nous gravîmes la colline, jusqu'à la maison du bourreau. L'arôme des herbes de sa cour était réconfortante. Mes idées commencèrent à s'éclaircir et je me rappelai le jour où j'étais déjà venu ici, celui où j'étais monté dans la pièce renfermant les vêtements des morts. Cette fois-ci, quand nous nous approchâmes de cette pièce isolée, mes serviteurs apportèrent une échelle. Aryi nous dit qu'il y venait souvent et qu'il s'était lié d'amitié avec certains habits.

Sonam Tserang se mit à rire. Comme sa voix muait, on eût dit un oiseau de nuit. « Y a-t-il quelque chose qui ne va pas dans ta tête, dit-il, comme dans celle du jeune maître ? Comment peut-on avoir des vêtements pour amis ? »

Aryi était hors de lui. Sa voix d'habitude hésitante se fit péremptoire quand il dit : « Ma tête va très bien, comme celle du jeune maître. Ce ne sont pas des habits ordinaires. Ils appartiennent aux condamnés dont l'âme erre encore sur la terre. »

Sonam Tserang tendit la main vers les habits, mais il n'acheva pas son geste. Il haletait.

Aryi éclata de rire. « Tu as peur ! »

Sonam Tserang saisit un habit violet, en faisant voler dans la pièce un nuage de poussière. Qui aurait cru qu'un simple habit pouvait accumuler autant de poussière ? Nous nous écroulâmes en toussant, pendant que les vêtements, avec leurs cols tachés de sang, se mettaient à osciller comme si des esprits les habitaient.

« Il leur déplaît que j'aie amené des inconnus, dit Aryi. Sortons d'ici. »

Nous quittâmes la pièce et sortîmes au soleil. Sonam Tserang serrait toujours l'habit dans sa main, un vêtement d'une grande beauté. Je ne me rappelais pas avoir jamais vu un violet aussi pur ; il était encore vif, comme s'il avait été teint la veille. Mais avant que nous ayons eu le temps de bien le regarder, il se fana au soleil et changea de couleur. Il avait pris une teinte encore plus merveilleuse, celle des taches de sang qui en ceignaient le col. Je ne pus m'empêcher de l'enfiler ; Aryi s'agenouilla pour m'implorer de n'en rien faire, mais je refusai de céder. Soudain, je sentis mon corps se resserrer, comme si l'on m'avait pris dans un étau. Mais malgré cela, je ne l'enlevai pas. Aryi fit bouillir des herbes et me prépara une potion qui dissipa cette sensation étrange. Mon corps ne faisait qu'un avec le vêtement.

L'habit s'obstina lui aussi à se taire. Ou peut-être devrais-je dire que parce que j'avais satisfait son besoin de se redéployer dans le monde, il avait respecté mon désir de garder le silence.

Dès lors, tout ce qui m'entourait était teinté de nuances de mauve. La rivière, les montagnes, les champs et le domaine, l'herbe sèche et les arbres, étaient tous enveloppés d'un voile mauve, avec une pointe de sang rouge, légèrement fanée.

Quand je revins à la maison, la femme du chef de clan était couchée sur son divan d'opium.

« Quel vêtement étrange ! dit-elle. Quand donc l'as-tu fait faire ? »

Dès que Tharna me vit, son visage devint blême. Fourrageant dans un grand placard, elle voulut me forcer à me changer. Mais je piétinai tout ce qu'elle en sortit. À la fin, elle s'effondra sur un tas de vêtements somptueux, le visage aussi laid qu'un rocher blanchi au soleil. Elle ne cessait de répéter : « Je n'en peux plus ! Je ne peux plus le supporter ! »

Puis, elle courut hors de la pièce.

Je restai dans la chambre avec l'habit mauve, les yeux fixés sur une fleur d'or tissée dans le tapis. Soudain, je vis Tharna longer une véranda isolée, puis entrer dans la chambre du premier jeune maître. Là, comme si ses pieds ne pouvaient plus la porter, mon épouse trébucha et tomba dans ses bras, en heurtant dans sa chute le nez de mon grand frère ; dès que la jolie femme le toucha, du sang se mit à couler. Le futur chef de clan, qui avait toujours été un garçon romanesque, n'aurait jamais pensé qu'il entamerait ainsi une idylle avec la plus belle femme du monde.

« Tu as fait couler mon sang. »

« Prends-moi dans tes bras, serre-moi fort. Ne m'effraie pas. »

Le futur chef de clan l'enlaça. Le sang de son nez coulait sur le visage de ma femme, mais elle n'en avait cure. Le futur chef de clan répéta : « Je saigne, à cause de toi. »

« Tu saignes ? Mais tu saignes ! Alors, tu es réel. Je n'ai plus peur. »

« Qui donc n'est pas réel ? »

« Ton frère. »

« C'est un idiot. »

« Il me fait peur. »

« Mais tu n'as rien à craindre. »

« Serre-moi plus fort. »

Au même moment, le vieux chef de clan se trouvait lui aussi dans sa chambre. Après s'être longtemps demandé quand il devait se retirer officiellement pour transmettre son titre à son fils aîné, il s'était lassé de méditer et s'était enivré. Il était resté seul quelques jours, car personne n'était venu le voir. Soudain, il fut pris d'un désir impérieux, qui le porta dans la chambre de sa femme ; ce serait probablement le dernier élan sexuel de sa vie. Son épouse fumait, allongée sur son divan d'opium, et son visage, derrière les volutes bleutées, paraissait découpé dans du papier. Le visage lui sourit. Le vieux chef de clan, incapable de rester debout, s'agenouilla près du divan d'opium avec un air peiné. Pensant qu'il avait changé d'avis, elle lui dit : « Tu regrettes ? »

En poussant un grognement bestial, le vieux chef de clan tendit la main vers ses seins ; ce geste et son haleine avinée rappelèrent à Mère des souvenirs pénibles. Elle chassa le vieil homme en grommelant : « Ah, non ! C'est comme ça que tu m'as donné ce fils. Va-t'en ! »

Le chef de clan, tourmenté par son désir, ne put alors rien dire, et il alla droit à la chambre de Yangzom. La jeune femme méditait, en respirant profondément. Le vieil homme se rua sur elle.

Au même instant, mon frère plaquait ma femme sur son lit.

La douleur me perça à nouveau, comme une flèche. Déchirant ma poitrine, elle s'arrêta près de mon cœur avant de sortir par mon dos, pépiant comme un oiseau dans son envol.

Deux couples s'ébattaient en plein jour, leurs assauts ébranlant le domaine. Je fermai les yeux, le corps secoué de tremblements, qui se firent encore plus violents quand un grondement résonna dans le lointain. J'oscillais comme un arbre dans le vent, puis tressautais de part et d'autre comme de l'orge sur un tamis.

Lorsque les tremblements cessèrent, Sangye Dolma et son orfèvre entrèrent avec fracas dans ma chambre. L'homme me hissa sur son épaule et me porta dans la cour. Soudain, les deux couples, Père et sa troisième femme, mon frère et mon épouse, surgirent presque nus de leurs chambres, comme pour annoncer à tous que leur folle conduite avait fait trembler la terre. Les cris du peuple, dans sa terreur, étaient pareils au grondement qui montait de ses entrailles avant qu'elle ne vibre. Ils étaient profonds et graves, et l'on ne pouvait ignorer leur pouvoir.

Alors, les deux couples se rendirent compte qu'ils étaient presque nus devant tout le monde. Pour le chef de clan, ce n'était pas grave, car il était avec sa troisième femme. Mais pour Tamding Gonpo, c'était différent — il se montrait avec l'épouse de son frère cadet. Un deuxième tremblement encore plus violent monta du ventre de la terre juste au moment où ils hésitaient à rentrer pour s'habiller, ou à dévaler l'escalier pour se sauver.

La terre trembla de nouveau, faisant voler la poussière et jetant les deux couples sur le sol. Puis, comme un torrent furieux, un mur de la tour de guet du domaine s'écroula. Des blocs de pierre et des poutres de bois s'effondrèrent comme un rêve brisé. L'argile qui les avait reliés tomba en poussière et rejaillit dans le ciel. Couchés sur le sol, les gens regardaient la colonne de fumée et de poussière s'élever comme un geyser. Je pense qu'ils croyaient voir une partie de l'essence de ma famille s'évaporer dans l'air. Lorsque la poussière se posa, la tour de guet avait perdu un angle, mais elle continuait à dominer le ciel. Maintenant exposé aux regards, son mur intérieur couvert de fumée allait sûrement s'écrouler si la terre recommençait à trembler.

Mais le grondement s'était éloigné.

Sur ce, le chef Maichi et le premier jeune maître réapparurent tout habillés. Les deux femmes étaient rentrées dans la maison. Ils dirent à la foule de se lever, car le tremblement de terre était terminé.

Mon frère lui-même m'aida à me redresser. « Regarde-toi, fit-il. À force de te mêler toujours aux domestiques, tu as le visage couvert de poussière. »

Il sortit un mouchoir de soie pour essuyer le front de son idiot de frère. Puis il le déplia pour me le montrer. Il était en effet maculé de poussière.

Je levai la main et le giflai.

Une tache pourpre de la forme d'une main apparut sur sa peau. Il aspira une bolée d'air en se couvrant la joue.

« Idiot. Je t'ai plaint tout à l'heure parce que Tharna t'avait trompé. Mais je suis heureux, ravi d'avoir couché avec ta femme ! »

Il voulait désespérément blesser son frère cadet pour se venger de la menace que j'avais représentée. Normalement, même un homme intelligent (et à plus forte raison moi, un idiot) friserait l'imbécillité après avoir été blessé comme cela. Mais ce jour-là, tout était différent pour moi. Ce jour-là, je portais l'habit mauve. Son pouvoir me fit pivoter et m'escorta en haut de l'escalier. Je courus à ma chambre, où Tharna, comme toujours, était assise devant son miroir. Mais son regard rêveur avait disparu avec le tremblement de terre. Elle frissonna : « Mon Dieu, d'où sort ce froid ? »

Je m'entendis crier : « Hors de ma chambre ! Tu n'es plus ma femme. Va rejoindre mon frère ! »

Quand elle se retourna, je fus content de voir qu'elle était stupéfaite. Mais elle tenta de sourire et de composer son visage. « Pourquoi as-tu encore ce vêtement étrange ? Nous allons te trouver autre chose à porter. »

« Fiche le camp ! »

Elle pleurait à présent. « Ôte cet habit. Il me fait peur. »

« Tu n'avais pas peur quand tu couchais avec le frère de ton mari ? »

Elle tomba sur le lit, en m'observant d'un œil et en pleurant de l'autre. Cela ne me plut pas ; je voulais qu'elle pleure avec les deux yeux. Alors, je lui jetai : « Écris à ta mère pour lui dire comment tu te sentais quand tu étais nue devant tout le monde. »

Elle ne m'aimait pas, mais elle n'avait pas le courage de rester avec Tamding Gonpo. Même si elle en avait eu le cran, je n'aurais pas pu en dire autant de mon intelligent de frère. Quand j'envoyai chercher l'historien, elle pleura finalement avec les deux yeux.

« Quelle dureté ! Comment des mots aussi cruels peuvent-ils être les premiers à sortir de ta bouche ? »

C'était vrai, j'avais recommencé à parler ; et dès que je le fis, je prononçai des choses que je n'avais encore jamais dites. Et cela me ravit.

DIXIÈME PARTIE

38

LE MEURTRIER

Tharna voulut se coucher près de moi, mais je la rejetai par terre à coups de pieds.

Blottie sur la descente de lit comme un chat, elle me lança un regard pitoyable et dit : « Je ne veux pas songer à quoi que ce soit. Je ne veux pas penser du tout. Je veux dormir. »

Mais elle ne le fit pas. Et l'homme qui allait bientôt être le nouveau chef Maichi ne vint pas non plus voir sa maîtresse. Le bourdonnement des lamas qui psalmodiaient en haut, dans la salle des soutras, était comme un courant sombre flottant au-dessus de ma tête. Le chant des cymbales de cuivre et des tambours de cuir montait et descendait, comme les vagues d'une rivière. Chaque fois qu'il se passait quelque chose dans le pays, les moines s'affairaient. Le clergé cesserait d'exister s'il n'arrivait jamais rien de grave en ce monde ; mais il n'avait pas à s'inquiéter, car des événements réclamaient constamment son intervention.

« Maintenant, dors, dis-je à Tharna. Cette nuit, les chefs de clan sont occupés et il ne viendra pas te voir. »

Pelotonnée sur le tapis, elle dressa la tête pour me regarder, comme le font les serpents. Puis, ce charmant reptile me dit : « Pourquoi dois-tu toujours blesser une femme d'une grande beauté ? »

Elle avait l'air si malheureuse que je fus tenté de croire à son innocence. Je devais cesser de lui parler, autrement ce serait moi, et pas elle, qui serait le coupable.

Cela avait été une erreur de sortir de mon silence. J'avais joui d'un certain pouvoir lorsque je m'étais tu, un pouvoir que j'avais perdu dès que j'avais ouvert la bouche. Cela me servit de leçon. J'enfouis ma tête sous la couverture sans ajouter un mot. Après avoir dormi un peu, je rêvai apparemment que j'étais devenu chef de clan. Puis, je rêvai du tremblement de terre. La maison, ébranlée, était enveloppée par un nuage de poussière. Quand il se dissipa, le domaine avait disparu. Je me réveillai en sueur.

Je sortis faire pipi. Jadis, j'avais toujours eu un serviteur pour m'apporter un pot de chambre, mais j'avais cessé de m'y soulager quand Tharna était arrivée. Elle voulait que je me serve des toilettes au-dehors. Je découvris qu'il n'était pas désagréable de sortir en pleine nuit, pour s'entendre faire le son de la pluie en regardant la lune et les étoiles. Même quand il faisait nuit noire, une faible lueur brillait sur la rivière.

Mais depuis que le chef Maichi avait annoncé son abdication, je n'utilisais plus les toilettes. Comme j'étais un idiot, je n'avais pas à suivre les règles des gens intelligents. Cette nuit-là, je sortis de ma chambre et pissai dans un trou de la balustrade. Il fallut un moment pour que les dalles, en bas, me renvoient le son d'un battement de mains. Mon urine résonnait encore dans la cour lorsque je remontai mon pantalon. Je ne regagnai pas ma chambre immédiatement, préférant arpenter l'escalier dans la nuit.

Ce n'était pas moi, mais mon habit mauve, qui avait envie de marcher. Soudain, je vis le meurtrier qui rôdait ici depuis des jours. Il se tenait précisément devant la fenêtre du chef de clan. Effrayé par le bruit de mes pas, il s'enfuit aussitôt, réveillant le chef Maichi qui sortit en tirant sur lui avec un pistolet. Sur quoi, m'apercevant non loin de là, Père braqua son arme sur moi. Je ne bougeai pas, lui offrant une cible idéale. Mais à ma grande surprise, il poussa un cri terrible et tomba sur le sol. Des lampes s'allumèrent une à une dans la nuit, tandis que les gens se précipitaient pour voir ce qui se passait. Le premier jeune maître accourut lui aussi avec un pistolet. Quand, avec l'aide des serviteurs, le chef de clan se releva, il pointa un doigt tremblant vers moi. Je crus que Père et son fils aîné allaient me tuer, mais en fait, mon frère ne m'avait même pas vu. Les serviteurs jaillissaient tous de leurs chambres et entouraient le chef de clan terrifié.

Pour dire les choses en un mot, à cause de mon habit mauve, Père m'avait confondu avec un homme qu'il avait jadis fait exécuter.

Reconnaissant le vêtement conservé dans la maison des bourreaux, il m'avait pris pour un fantôme, l'esprit d'un homme décédé depuis des années. Voyez, beaucoup de condamnés avaient accepté leur mort avec docilité, mais pas celui qui avait revêtu cet habit. Au lieu de s'éloigner en attendant patiemment de se réincarner, l'âme du mort était obstinément restée sur les terres des Maichi, dans l'espoir de se venger. L'homme à l'habit mauve avait de la chance, car le fils idiot du chef de clan venait de lui en donner l'occasion. En effet, ce n'était pas moi qu'avait vu Père, mais l'homme qu'il avait fait tuer. Le chef de clan n'avait jamais peur en ordonnant une exécution, mais il avait été fou de terreur en voyant surgir au clair de lune un homme qu'il avait fait périr.

Quand le calme revint, chacun retourna se coucher.

Tharna n'était vraiment pas une femme ordinaire. Avec tout ce qui s'était passé, elle n'était même pas allée jeter un coup d'œil dans la cour, mais s'était tranquillement mise au lit. Ce fut à mon tour de me demander si je devais partager sa couche. Voyant mon indécision, elle dit : « Ça va, tu peux venir. »

Alors, je m'étendis près d'elle comme si rien ne s'était produit.

La nuit était déjà presque finie.

Le matin, la salle à manger était le seul endroit où la famille était réunie au complet. Alors, je descendis. Père avait un foulard de soie autour de la tête, car il s'était blessé durant la nuit. Il disait justement à son fils intelligent : « Dis-moi, pourquoi autant de choses étranges arrivent-elles en même temps ? »

Le premier jeune maître ne répondit pas, faisant mine d'être absorbé par son assiette.

Le chef de clan se tourna vers ses deux femmes. « Ai-je fait quelque chose qu'il ne fallait pas ? »

Yangzom, comme à son habitude, ne dit rien.

Mère réfléchit un moment, puis déclara : « Je ne sais pas. Mais tu devrais dire à ton fils qu'être chef de clan ne l'autorise pas à n'en faire qu'à sa guise. »

Tharna, comprenant l'allusion, s'étrangla en mangeant. Elle était étonnée que les Maichi lavent si ouvertement leur linge sale en famille. « S'il vous plaît, maîtresse... », plaida-t-elle.

« Quant à toi, je te maudis. Nous verrons bien maintenant si tu peux devenir la femme du nouveau chef de clan.» Mère se tourna vers moi. «Ne veux-tu pas sévir, mon fils?»

Je secouai la tête.

«Arrêtez, gémit Père. Je suis vieux et je perds mes forces. Voulez-vous que je meure avant mon abdication?»

Mon frère sourit et dit: «Si c'est ce qui t'inquiète, pourquoi ne pas me transmettre le pouvoir dès maintenant?»

Le chef de clan poussa un nouveau gémissement: «Pourquoi faut-il que je voie des morts autour de moi?»

Mon frère répondit: «Peut-être qu'ils apprécient ta compagnie.»

«C'est moi que tu as vu», rectifiai-je.

Il me sourit, un peu gêné. «Tu te moques de moi parce que je ne t'ai pas reconnu?»

Je perdais mon temps à parler à des gens qui croyaient toujours avoir raison. Alors, je me levai, rajustant à dessein l'habit mauve devant Père. Il feignit de ne pas le voir. «Qu'on m'aide à regagner ma chambre, lança-t-il à ses gens. Je veux rentrer dans mes appartements.»

Quand tout le monde fut parti, l'historien se leva dans un coin et me signifia du regard: «Rappelez-vous ce jour. Le chef de clan ne ressortira plus.»

«Tu es rétabli, constatai-je. Ça n'a pas été long.»

Il avait toujours l'air peiné, mais ses yeux répondirent: «Vous ne pouvez pas partir pour l'instant. Des événements majeurs vont se produire.»

Il me jeta un autre regard avant d'atteindre la porte, la main serrée sur le carnet que je lui avais donné. «Souvenez-vous. C'est une journée cruciale.»

L'historien avait raison. À dater de ce jour, le chef de clan ne quitta plus sa chambre.

Lorsque Wangpo Yeshi avait encore sa langue, je lui avais demandé de définir l'histoire. Elle consistait, répondit-il, à envisager le présent et l'avenir à partir des leçons du passé.

«N'est-ce pas ce que font les lamas?»

«Non, c'est de la divination. L'histoire ne sert pas à interpréter les signes des dieux.»

Sa réponse me convainquit; et de fait, le chef Maichi ne fit plus un pas hors de sa chambre. Il dormait dans la journée. Mais la nuit, sa fenêtre était allumée, et des servantes allaient et venaient sans discontinuer. Ses deux femmes allaient le voir de temps en temps, mais ni moi, ni mon frère, n'allâmes lui rendre visite. Parfois, quand je me levais dans la nuit pour pisser, je restais un moment sous le ciel étoilé, à regarder les servantes entrer et sortir. Je crus que Père était souffrant. Mais c'était une maladie étrange, soignée à grand renfort d'eau chaude. Les servantes lui montaient constamment des bassines pleines de la cuisine. Mais l'eau refroidissait très vite, et elles devaient la jeter dehors. Au cœur d'une nuit paisible, cela faisait un curieux effet d'entendre déverser des bassines dans la cour.

Je fus ravi de constater que ce bruit effrayait mon épouse infidèle. Même en dormant, elle frissonnait quand l'eau éclaboussait les dalles. Je lui dis de ne pas avoir peur, mais elle répondit : « De quoi aurais-je peur ? Je ne crains rien. »

« Tu as peur, je le vois, mais je ne sais pas de quoi. »

« Tu es vraiment un idiot », me dit-elle. Mais son ton avait quelque chose d'aguichant.

Lorsque j'allais pisser, je portais l'habit mauve de l'homme exécuté. Si vous me demandez pourquoi j'y tenais tant, je répondrai que c'était à cause d'un sentiment récent. La vie avait commencé à me paraître dure, comme si j'avais été moi-même livré à un bourreau.

Lorsque je me fus habitué au bruit de l'eau déversée dans la cour, je n'entendis plus celui que je faisais en pissant par le trou de la balustrade.

Les jours passèrent et l'hiver toucha à sa fin. Le printemps approchait. Une nuit, lorsque je me levai, la Voie lactée changea de position, comme un dragon à son réveil. Au cours des changements de saison, le dragon se tourne toujours dans une autre direction. La Voie lactée se meut si lentement qu'il faut plus d'une nuit pour détecter ce déplacement.

Je me mis à uriner, mais je n'entendis pas un bruit, et je me demandai si j'avais vraiment fait pipi. Je ne pouvais pas me rendormir sans être sûr d'avoir pissé.

Les hauts murs de la maison barraient la lumière de la lune, en m'empêchant de voir la cour. Je m'accroupis par terre et, tel un chien qui flaire, je cherchai l'odeur de l'urine. À ceci près que les chiens dilatent les narines pour sentir leurs congénères, alors que moi, je cherchais ma propre odeur. Finalement, je la trouvai. J'avais effectivement pissé, mais le son avait été camouflé par le bruit de l'eau versé par les servantes. Avec un soupir de soulagement, je me levai pour remonter à l'étage. Juste à ce moment-là, une bassine s'abattit sur ma tête et me jeta à terre. Sur quoi, j'entendis résonner le bruit de l'eau en bas.

Je hurlai en tombant sur le sol, et des servantes se précipitèrent depuis la chambre de mon père. Mais la mienne demeura plongée dans le noir. Peut-être mon épouse infidèle était-elle retournée voir mon frère.

Les servantes m'aidèrent à monter chez mon père et elles m'ôtèrent le vêtement mauve. Cette fois-ci, je ne pouvais pas me débattre, car une pellicule de glace s'était formée sur le tissu. Je fus surpris lorsque Tharna entra.

« Je t'ai cherché partout, dit-elle. Que faisais-tu ? »

Je dilatai mes narines comme un chien et répondis : « Pipi. »

Tout le monde rit.

Mais pas Tharna. Elle roula l'habit mauve et le jeta par la fenêtre. Je crus entendre le cri affreux d'un mourant dont l'âme, comme cet habit, se déployait tel un drapeau dans le vent glacé de la nuit. Tharna lança à la cantonade : « Il n'a jamais été aussi bête qu'on le croit. C'est cet habit qui lui a donné l'air stupide. »

Aussitôt, mon amour pour elle renaquit. Oui, je l'avais toujours su ; elle était si merveilleusement belle que je pouvais tout lui pardonner, pour peu qu'elle fût prête à changer.

« Mes enfants, dit brusquement le chef de clan, je suis si heureux de vous voir ainsi. »

Pensez donc, je ne l'avais pas vu depuis des jours. Il n'avait toujours pas abdiqué en faveur de mon frère, et il ne semblait pas non plus vieux et malade. Bien sûr, il prenait de l'âge et ses cheveux grisonnaient, mais il ne semblait pas autrement affaibli. Son visage, jadis ferme, viril et résolu, était plus rond et pâle, flétri comme une pomme blette. Mais ses seuls signes de maladie apparents, ou la seule façon dont il pouvait se convaincre d'être souffrant, étaient les serviettes chaudes qui enveloppaient son corps. Il était peu vêtu, car les linges fumants le couvraient de la tête aux pieds.

D'une voix plus souffreteuse que celle d'un vrai malade, Père me demanda : « Viens donc près de moi. »

Je découvris en m'approchant que son lit avait été transformé. Les serviteurs l'avaient rabaissé en sciant une partie de ses pieds. De plus, il avait été placé au centre de la chambre.

Père leva la main, et deux ou trois serviettes tombèrent sur le sol. Il posa ses doigts mous sur ma tête en disant : « Je ne t'ai pas facilité les choses, mon fils. » Il appela Tharna, et elle s'agenouilla devant lui. « Vous pourrez retourner à la frontière quand vous voudrez. Votre place est là-bas. Je vous l'offre, avec dix forteresses, en cadeau de mariage. »

Ensuite, il voulut me faire promettre de ne pas attaquer mon frère après sa mort.

« Et si lui nous agresse ? » demanda Tharna.

Père retira une serviette de son front. « Alors, cela dépendra si mon fils cadet est un idiot ou pas » ; puis, se tournant vers ma femme : « Et cela dépendra encore plus de toi, de celui de mes fils que tu préféreras. »

Tharna baissa la tête.

Père sourit et me dit : « Aucune femme au monde n'est plus belle que la tienne. »

Puis il éternua, car les serviettes s'étaient refroidies. Tharna et moi reculâmes pour laisser approcher les servantes. Après quoi, Père nous congédia. Une fois rentrés dans notre chambre, nous allions nous coucher lorqu'une nouvelle bassine éclaboussa la cour.

Tharna tomba dans mes bras et soupira : « Dieu merci ! Nous voilà débarrassés de cet habit étrange. »

Oui, il était parti, et j'avais l'impression d'avoir perdu quelque chose.

« C'est vrai, tu ne me détestes pas ? » demanda-t-elle.

Non, je ne la haïssais pas. Peut-être parce que j'avais renoncé au vêtement possédé. Cela faisait longtemps que le fils idiot du chef de clan n'avait pas eu de relations intimes avec sa femme, et mon sentiment de perte fut vite dissipé lorsque Tharna s'offrit à moi. Je la pris, avec toute la force et la violence de l'amour et de la haine, et quand elle hurla de plaisir, je ne la sentis nullement gênée par ce qu'elle avait fait. Sur quoi, elle se pelotonna et s'endormit nue contre moi, comme si, au moment où j'avais été le plus vulnérable, elle ne s'était pas jetée dans les bras d'un autre homme, qui était de surcroît mon frère et mon adversaire.

J'étais, à cet instant, bien incapable de comprendre quelque chose aux femmes, car j'avais la tête trop pleine pour y faire entrer quoi que ce soit. Je la secouai. « Tu dors ? »

Elle rit et répondit : « Non. »

« Quand allons-nous regagner la frontière ? »

« Avant que le chef Maichi ait changé d'avis. »

« Veux-tu vraiment y rentrer avec moi ? »

« Tu es vraiment un idiot. Je suis ta femme, n'est-ce pas ? N'as-tu pas tenu à m'épouser ? »

« Mais toi... et... »

« Et ton frère, c'est ça ? »

« Oui », dis-je avec difficulté.

Elle rit à nouveau, et demanda ingénument : « Ne suis-je pas la plus belle femme du monde ? Les hommes ne peuvent pas s'empêcher de me regarder. Il y aura toujours des hommes qui me plairont. »

Que dire, face à tant d'innocente sincérité ?

Elle ajouta : « Ai-je cessé de t'aimer ? »

Et que dire à une femme si belle, qui me désirait encore après avoir couché avec un homme intelligent, le futur chef de clan ?

« N'es-tu pas fatigué ? demanda Tharna. Moi, je vais me rendormir. »

Elle se retourna et sombra dans le sommeil. Je fermai les yeux, mais je vis aussitôt l'habit mauve devant moi. Il était là quand mes paupières se joignirent et encore là lorsque je les rouvris. Quand Tharna l'avait jeté par la fenêtre, je l'avais vu flotter comme un drapeau dans le vent. Comme il était trempé, le froid l'avait figé dès qu'il s'était déployé, et il était tombé avec raideur. Quelqu'un attendait dans la cour, ou bien se trouvait justement être là, et le vêtement lui avait enveloppé la tête. L'homme se débattit, mais le vêtement gelé était maintenant sur lui.

Quand je vis son visage, je le reconnus aussitôt.

C'était le meurtrier.

Cela faisait des mois qu'il était arrivé au domaine des Maichi et pourtant, il n'avait toujours pas agi ; peut-être manquait-il de courage.

Tourmenté par la haine, par sa lâcheté et par l'hiver glacé, son visage était devenu plus pâle que la lune.

Au moment où l'habit mauve avait été jeté dans la cour, l'homme était près du mur et regardait les fenêtres éclairées du chef de clan. Il claquait des dents. Il faisait si froid qu'il ne pouvait refuser un habit tombé du ciel, et de plus, un habit animé par la volonté d'un autre. Oui, je vis alors bien des choses, même si elles n'avaient pas lieu sous mes yeux.

L'habit mauve, bien que raidi par le gel, s'amollit en tombant sur les épaules de l'assassin. Même la glace qui le couvrait se mit à fondre. Dorjee Norpu n'était pas un très bon meurtrier. Il n'avait pas exécuté son plan depuis son arrivée, non parce qu'il n'en avait pas eu l'occasion, mais parce qu'il se demandait qui tuer en premier. À présent, tout avait changé grâce à l'habit mauve, qui concentrait en lui la haine de deux familles. La nuit était si froide que son épée et son fourreau étaient couverts de givre. Debout dans le domaine qui semblait imprenable, il dégaina son arme, dans un cliquetis sonore qui me glaça les os. Une lueur froide dansant à la pointe de son épée, le tueur monta l'escalier et suivit le chemin que je voulais qu'il prenne. Ses choix étaient les miens. Si j'avais été à sa place, j'aurais agi de même. Comme Père était mourant, la cible du tueur devait être le jeune homme qui allait bientôt être le nouveau chef de clan. Arrivé devant une porte, le meurtrier souleva le loquet à la pointe de son arme. La porte s'ouvrit en criant, comme une femme effarouchée. Il n'y avait pas de lumière dans la pièce. Le tueur en franchit le seuil comme s'il entrait dans une grotte, attendant sans bouger que ses yeux s'habituent à l'obscurité. Lentement, dans le noir, se dessina une forme vague et blanche. Oui, c'était le visage du premier jeune maître. L'habit mauve ne haïssait pas cet homme, sa haine était réservée à un autre. La volonté qui l'habitait préféra s'éloigner et le tueur se sentit alors poussé vers l'extérieur par une force mystérieuse. Mais il la maîtrisa et brandit son épée, sachant que s'il laissait cette occasion passer, il n'aurait peut-être jamais plus le courage de frapper. Son cœur ne contenait pas suffisamment de haine, mais les usages du pays voulaient qu'un homme comme lui venge un parent offensé. Il avait profondément haï les Maichi pendant les années où il s'était exilé. Mais quand son frère et lui étaient revenus sur nos terres, leur haine s'était finalement tarie quand ils avaient appris que leur père était mort pour avoir trahi son maître. Pourtant, il devait lever son épée sur les Maichi et faire briller la froide lueur de la vengeance devant leurs visages terrifiés. Vous voyez, un homme ne se vengeait pas seulement en tuant un ennemi, mais en lui révélant son identité avant.

Mais cette nuit, Dorjee Norpu n'eut pas le temps de réveiller le premier jeune maître pour lui dire qu'il était venu accomplir sa vengeance. Tandis que l'habit mauve le tirait vers la chambre du chef de clan, l'épée du meurtrier s'abattit sur mon frère.

Sa victime, sous les draps, laissa échapper un gémissement étouffé.

La haine de l'habit mauve s'évanouit lorsque la lame d'acier s'enfonça dans la chair. C'était la première fois que Dorjee Norpu tuait un homme et il ne savait pas qu'une épée faisait un bruit de succion en plongeant dans un corps. Immobile dans l'obscurité, il sentit l'odeur du sang se répandre dans la pièce quand l'homme poignardé poussa un nouveau gémissement ensommeillé.

Lorsque le meurtrier courut hors de la chambre, son épée avait perdu son éclat. Il dévala l'escalier, affolé, les pans de son habit flottant derrière ses jambes. Tous les habitants du domaine dormaient paisiblement, comme si personne n'avait été tué — tous, sauf le fils idiot, qui hurla de sa chambre : « Au meurtre ! À l'assassin ! »

Tharna se réveilla et plaqua sa main sur ma bouche. Alors, je la mordis et me remis à crier : « À l'assassin ! Le meurtrier Dorjee Norpu est arrivé ! »

Je hurlai si fort que nul n'aurait pu jurer n'avoir rien entendu. Une à une, les lumières s'allumèrent dans le domaine, mais les gens se recouchèrent quand ils surent que c'était moi qui criais. Alors, les fenêtres retombèrent dans l'obscurité. « Tu es content ? me dit Tharna avec colère. Comme s'il ne me suffisait pas d'être la femme d'un idiot, maintenant tu veux aussi que je sois celle d'un fou. »

Tharna n'aurait jamais fait une grande amoureuse. Elle n'avait rien senti quand on avait plongé une épée dans le ventre de mon frère. « Quelqu'un a poignardé Tamding Gonpo », lui dis-je.

« Mon Dieu ! s'exclama-t-elle. Je ne savais pas que tu le haïssais tant. Il n'a jamais voulu te prendre ta femme. C'est moi qui suis allée le trouver. Ne disais-tu pas que toutes les filles l'aimaient ? »

« Il a été frappé au ventre », insistai-je.

Elle se retourna sans m'écouter.

Au même instant, le meurtrier, qui avait dévalé l'escalier, alluma une torche en criant le nom de son père. Puis, il hurla son propre nom dans la cour, en disant qu'il était revenu pour venger Dorjee Tsering. « Regardez-moi. Voyez le visage de celui qui est venu perpétrer sa vengeance. »

Cette fois-ci, tout le monde sortit pour voir le meurtrier. Assis sur son cheval, il brandissait la torche au-dessus de sa tête. Après quoi, il la jeta et cheval et cavalier disparurent dans la nuit.

La torche s'éteignit sur le sol avant que le chef de clan hurle à ses gens de le poursuivre.

« Tu ne l'attraperas pas, lui dis-je, inutile d'essayer. Va plutôt sauver sa victime. L'homme n'est pas encore mort. »

« Qui ça ? » Le vieux chef de clan paraissait terrifié.

« Pas toi, dis-je en riant, ton fils aîné. Le meurtrier l'a poignardé au ventre. Il baigne dans son sang et dans ses excréments. »

« Pourquoi n'a-t-il pas préféré me tuer ? »

Il n'avait pas besoin de poser la question, et je ne voyais pas de raison de lui répondre.

« C'est vrai, murmura-t-il, je suis trop vieux pour qu'il me supprime. »

« C'était ce qu'il pensait », acquiesçai-je.

« Comment un idiot comme toi peut-il savoir ce que les autres pensent ? » dit mon père.

Tharna me souffla à l'oreille : « Tu l'effraies. »

« C'est justement parce que je suis un idiot que je peux connaître leurs pensées. »

Le chef de clan, avec l'aide de ses gens, monta dans la chambre de mon frère. Là, tout ce qu'il vit était pareil à ce que je lui avais dit. L'odeur du sang et des excréments infestait la pièce. Les intestins du premier jeune maître pendaient hors de son ventre. En couvrant la plaie de sa main, il gémissait, les yeux fermés, et on aurait cru qu'il était très agréable d'être poignardé. Les gens l'appelèrent, mais il ne répondit pas.

Le regard du vieux chef de clan balaya la chambre avant de tomber sur ma femme.

« Père veut que tu l'appelles », expliquai-je à Tharna.

Père acquiesça : « Oui, tu arriveras peut-être à le réveiller. »

Elle rougit. Je me sentis nerveux sous son regard, mais je bredouillai quelques mots sur l'urgence de sauver mon frère.

Alors, Tharna s'approcha et lui dit : « Ouvre les yeux, si tu m'entends. »

Mais il les tint obstinément fermés. Le lama Monpa, qui savait seulement guérir les maux que l'œil ne pouvait voir, se trouvait impuissant face à cette plaie horrible. À la fin, on fit venir les bourreaux pour soigner la blessure. Ils rentrèrent les intestins dans le ventre de mon frère, puis ils appliquèrent un onguent et posèrent un bol à l'envers sur la plaie. Il cessa de gémir. Aryi père épongea la sueur du front de Tamding Gonpo. « Le premier jeune maître ne sent pas la douleur, dit-il, ce qui signifie que le remède opère. »

« Bien », approuva le chef Maichi.

La nuit était presque finie. Mon frère sombra dans un profond sommeil. Son visage, blanc comme un linge, avait pris un air enfantin.

Le chef de clan demanda aux bourreaux s'ils pouvaient le guérir.

Aryi père répondit : « Seulement s'il n'a pas perdu le contrôle de ses intestins. »

Ayi fils s'exprima avec plus de franchise : « Mon père veut dire que ses excréments pourraient l'empoisonner. »

Le visage du chef Maichi devint plus pâle que celui de son fils. Il les écarta d'un geste et gémit : « Partez tous maintenant. »

Un à un, chacun sortit de la chambre. Le jeune bourreau me regarda, les yeux brillant d'une lueur enthousiaste. Il était content pour moi. Tharna m'étreignit la main, et je sus qu'elle pensait de même. Oui, si mon frère mourait, je deviendrais naturellement l'héritier des Maichi. J'ignorais si je devais m'en réjouir ou bien plaindre mon frère.

J'allai lui rendre visite deux ou trois fois par jour, mais il ne se réveilla pas.

Le printemps arriva très vite cette année-là. En deux ou trois jours, les branches des saules qui bordaient la rivière se couvrirent de feuilles ; et quelques jours plus tard, les pêchers sauvages des ravins de la montagne étaient déjà en fleurs.

L'air rempli de poussière s'imprégna d'un parfum humide.

Mon frère maigrissait de jour en jour, mais le chef Maichi avait retrouvé sa vitalité. La nuit, il n'avait plus besoin de compresses chaudes. « Tu vois, me dit-il, je vais devoir régner et porter mon fardeau jusqu'au jour de ma mort. »

Il disait cela comme s'il avait seulement un fils, qui tombait en putréfaction avant de mourir.

Au début, l'odeur fétide de mon frère était masquée par un remède spécial, mêlé à des herbes aromatiques administrées par les bourreaux. Plus tard, même le parfum âcre des herbes ne put couvrir la puanteur qui montait de son ventre. Les deux odeurs étaient si répugnantes que nul ne pouvait les supporter. Les femmes avaient des haut-le-cœur en entrant dans sa chambre ; seuls Père et moi pouvions nous attarder un peu, et j'arrivais toujours à rester plus longtemps que le chef de clan.

Un jour, les serviteurs fumigèrent le corps du blessé avec de la fumée de cyprès. Père s'enfuyait en hoquetant, chassé par la fumée, lorsque je vis frémir les paupières de mon frère. Il s'était enfin réveillé.

« Suis-je encore vivant ? » demanda-t-il, en ouvrant les yeux avec lenteur.

« Tu es toujours dans ton lit. »

« Qu'est-il arrivé ? »

« Un meurtrier et une épée. L'arme appartenait à l'ennemi des Maichi. »

Il sourit faiblement et soupira, en tâtant le bol en bois posé à l'envers sur son ventre. Puis il murmura : « Ce n'était pas un très bon tueur. »

Il esquissa un nouveau sourire, mais je bégayai, ne sachant que répondre : « Je vais dire à tout le monde que tu es réveillé. »

Les gens entrèrent en foule dans la pièce, mais les femmes ne purent s'empêcher de tousser, ce qui fit rougir le premier jeune maître.

Après leur départ, il dit : « Mais j'empeste. Pourquoi ? »

En tenant la main de son fils, le chef de clan s'obligea à rester un moment, mais c'était au-dessus de ses forces. Alors, il rassembla tout son courage et dit : « Tu ne survivras pas, mon fils. Il vaut mieux que tu meures rapidement pour ne pas avoir à souffrir. » Des larmes coulaient sur le visage du chef Maichi.

Tamding Gonpo regarda son père avec ressentiment. « J'aurais pu être chef de clan si tu avais abdiqué plus tôt. Mais tu ne l'as pas voulu. Tu sais que c'était ce que je désirais le plus au monde. »

« Très bien, mon fils, répondit le chef Maichi. Je vais accéder à ton désir. »

Mon frère secoua la tête. « C'est trop tard, maintenant. Je vais mourir. » Il ferma les yeux. Le chef de clan l'appela plusieurs fois, mais il ne répondit pas. Père sortit de la pièce en pleurs. Lorsqu'il fut parti, mon frère rouvrit les yeux et dit : « Toi, l'idiot, tu sais attendre. Tu as la patience que je n'ai pas. Sais-tu que je te crains plus que quiconque ? C'est pour cela que j'ai couché avec ta femme. Mais je n'ai plus à avoir peur de toi. » Il s'interrompit, avant de reprendre : « Mon frère idiot, je ne peux m'empêcher de penser à quel point je t'aimais quand nous étions enfants. » Il avait raison. Tous les souvenirs du passé me revinrent en mémoire.

« Je t'aimais, moi aussi », répondis-je.

« Je suis très heureux », souffla-t-il avant de s'évanouir.

Le premier jeune maître de la famille Maichi ne reprit jamais connaissance. Quelques jours plus tard, il s'éteignit calmement alors que nous étions tous endormis.

Tout le monde pleura.

Mais ce fut moi qui versai les larmes les plus sincères. J'étais peiné par ses dernières paroles, même si à l'heure de sa mort, il ne restait plus grand-chose de l'affection de notre enfance. Tharna pleura aussi. Au milieu de la nuit, elle m'étreignait avec force. Je savais que ce n'était pas réellement par amour ; elle craignait le fantôme du défunt, ce qui prouvait qu'elle ne l'avait pas aimé autant que moi.

Mère sécha ses larmes et dit : « Je suis très triste, mais à présent, je n'ai plus à m'inquiéter pour mon fils idiot. »

Père avait retrouvé toute son énergie.

Il s'occupa personnellement des funérailles de son fils. Ses cheveux étaient aussi blancs que les montagnes enneigées, mais ses yeux étaient illuminés par le bûcher où le corps fut incinéré. Le feu brûla toute la matinée. Vers midi, les cendres refroidies furent placées dans une urne, que des moines portèrent au temple en jouant de la musique. Elles allaient y rester pour recevoir des rites sacrificiels, et ne seraient enterrées que lorsque le Bouddha vivant aurait déclaré que l'âme du défunt s'était apaisée. Oui, ses os seraient conservés dans une urne, parmi le bourdonnement des moines récitant le soutra de la réincarnation. Les yeux toujours brillants, le chef de clan dit au Bouddha vivant : « Veillez bien à l'âme du défunt. Je dois m'inquiéter des vivants à présent. Voici venue la saison des plantations, et je dois m'occuper des affaires du printemps. »

39

REGARD VERS LE NORD

Cette année-là, les Maichi plantèrent des pavots dans un tiers de leur territoire, et des céréales dans les deux tiers restants. Les autres chefs de clan agirent de même ; tout le monde fit ce qu'il y avait de mieux à faire après la pire famine de notre histoire.

Je restai encore un an au domaine, jusqu'à ce que les cendres de mon frère aient été transférées au cimetière des Maichi.

Père montra plus de passion qu'avant pour les choses du gouvernement. Il était vieux, et les femmes n'avaient plus de pouvoir sur lui ; il buvait peu et il ne fumait pas d'opium. Il alla même jusqu'à exempter son peuple de la plupart des impôts. Son domaine débordait d'argent, et sa puissance n'avait jamais été aussi grande. Aucun autre chef de clan ne s'oubliait au point de vouloir rivaliser avec lui. Le peuple n'avait jamais mené une vie aussi paisible et prospère. Ce fut la première fois où les sujets d'un chef de clan se sentirent vraiment fiers de vivre sur ses terres.

Un jour, je demandai à Père si nous devions rappeler l'intendant qui était resté à la frontière. Il dit, sans réfléchir : « Non, je ne le veux pas. Car s'il revient, je n'aurai plus rien à faire. »

La famille buvait alors du thé dans la salle à manger. Quand nous eûmes fini, Père déclara : « Qui donc prétend qu'un fils idiot ne sert à rien ? Je peux te dire tout ce que je désire. Je ne pouvais pas faire cela avec ton défunt frère. »

« C'est vrai. Avec moi, tu n'as pas à être sur tes gardes. »

Soudain, un regard soucieux assombrit son visage. « Mon Dieu ! s'exclama-t-il. Voilà que tu me fais penser à ma succession. » Il ajouta : « La famille a beau être puissante, elle n'a pas d'héritier convenable. »

Tharna lui demanda : « Comment savez-vous que mon mari n'en est pas un ? »

Père changea d'expression : « Il vaudrait mieux pour lui qu'il soit d'abord le chef du clan Rongong, pour voir s'il est capable de gouverner le clan Maichi. »

« Il faudrait pour cela que ma mère meure avant vous. »

« Tu vois ce que je veux dire, idiot ! s'écria Père. Tu ne peux même pas tenir ta femme. Alors, comment pourras-tu régir un peuple entier ? »

Je réfléchis un peu avant de répondre : « Le chef de clan me laissera-t-il rentrer à la frontière ? »

« À condition qu'il soit bien clair que je ne fais que te prêter cette région, et que tu devras me la rendre à la mort de la chef Rongong. »

Mère éclata de rire : « Vous entendez ? Le chef Maichi ne mourra jamais. Il veut vivre dix mille ans, comme l'argent qui dort dans la salle du trésor. »

« Je vais de mieux en mieux », répliqua le chef de clan.

« Si la nouvelle de votre guérison en vient à s'ébruiter, observa Tharna, le vengeur reviendra. Il ne vous a épargné que parce que vous avez joué les mourants. »

Le chef de clan, après cela, attendit notre départ avec impatience. Il me permit une nouvelle fois d'emmener les serviteurs de mon choix. Pour Aryi et Sonam Tserang, cela ne posait pas de problèmes, mais Dolma semblait peu disposée à quitter son orfèvre. J'offris donc à Choedak de venir avec nous, mais il refusa. Il dit que le chef de clan voulait engager d'autres artisans pour travailler l'argent, et qu'il lui avait déjà promis le poste de maître orfèvre. Je ne voulais pas que Dolma passe toute sa vie dans les cuisines, alors je leur dis qu'ils devraient se séparer. Je demandai à Dolma si elle voulait rester une humble cuisinière. Elle fondit en larmes sans répondre, mais je savais qu'elle aurait dit non. Le jour du départ, je fus heureux de la voir parmi les voyageurs, un petit ballot sur le dos ; et Aryi, sur mon ordre, lui donna un cheval noir. Père me laissa aussi emmener l'historien.

Quand notre convoi s'ébranla, je me retournai pour jeter un dernier coup d'œil au domaine, et j'eus le pressentiment qu'il ne resterait pas là longtemps. Le vent m'apporta la voix de la femme du chef de clan, mais personne ne comprit ce que disaient ses cris. Je demandai à l'historien si elle survivrait au cas où le vieux chef de clan ne mourrait pas.

Le lama me répondit avec ses yeux : « Jeune maître, comment la chair et le sang peuvent-ils vivre éternellement ? »

Nous savions tous que nos âmes se réincarneraient à nouveau. Ce que nous appelions la mort était la destruction du corps dans sa forme actuelle. Qui donc pouvait lire dans les vies passées et futures ? « Pourquoi mon père pense-t-il qu'il ne mourra jamais ? » demandai-je à Wangpo Yeshi.

« À cause du pouvoir », me dit-il du regard.

Vous voyez, avec l'historien près de moi, je devenais un homme intelligent. En chemin, le lama écrivit un poème pour moi. Il se disait ainsi :

Un mors te couvrira la bouche,
En la blessant aux coins des lèvres ;
On mettra une selle sur ton dos,
Avec un bât pour ton fardeau ;
Quelqu'un chantera pour toi,
Égrenant les blessures de ton cœur.
Quelqu'un chantera pour toi
Éclairant le soleil de ton cœur.

L'intendant estropié nous accueillit à mi-parcours.

Il nous reçut avec tout l'apparat qui sied à l'arrivée d'un chef de clan.

« Laissez-moi vous regarder, jeune maître. Vous êtes parti depuis deux ans. »

« Eh oui, deux années se sont écoulées. »

« Tout le monde va bien ? »

« J'ai ramené Sangye Dolma. »

Il rougit. « Le jeune maître est vraiment une bonne personne.

C'est merveilleux que vous soyez rentré, et que chacun soit en bonne santé. »

« Qu'y a-t-il de si merveilleux ? intervint Tharna. Rien n'a changé ici depuis notre départ. »

L'intendant se mit à rire. « Ne vous inquiétez pas, maîtresse. Un jour, votre époux sera chef de clan. »

Cette nuit-là, nous campâmes au clair de lune. Tharna s'endormit avant moi, et je me levai pour aller me promener. Quand je passai devant la sentinelle, la lueur froide de sa baïonnette étincela. Je toussai en m'approchant de la tente de l'intendant, puis m'écartai de quelques pas. Bientôt, une ombre en sortit et s'éloigna. De dos, elle ressemblait à Sangye Dolma. Je souris. J'avais été très triste quand elle avait épousé l'orfèvre, mais c'était fini maintenant. Comme j'avais de l'affection pour elle et pour l'intendant, j'étais heureux de les savoir ensemble.

L'intendant émergea de la tente et s'approcha de moi. « Je pensais bien avoir entendu le jeune maître », murmura-t-il.

« Je me suis levé pour admirer la lune. »

Il rit. « Alors, profitez-en. »

Je levai les yeux. Nous étions sur un plateau du nord, où la lune était bien plus grande qu'au domaine des Maichi. Ici, apparemment, je pouvais tendre la main pour toucher son disque pâle. La voix de l'intendant semblait descendre des étoiles. « Chaque fois que je recevais des nouvelles du domaine, je craignais que vous ne puissiez pas revenir. »

Je n'eus pas à le regarder pour croire à sa sincérité. De plus, personne n'aurait menti par une nuit où les rayons de lune ruisselaient comme de l'eau.

« Et pourtant, me voilà », répondis-je.

Oui, j'étais revenu, mais avec une peine sourde dans le cœur. Depuis que j'avais quitté la frontière, ma femme m'avait trompé et mon frère, qui était aussi mon adversaire, était mort ; et maintenant que le vieux chef Maichi était solidement rétabli sur son trône, il avait retrouvé goût à la vie. J'avais placé tous mes espoirs dans ma mère, car elle avait toujours voulu que je sois chef de clan. Mais après la mort de mon frère, elle était devenue plus ambiguë. Elle disait que son fils ne devait pas s'inquiéter, car Père ne prendrait pas d'autre femme, ce qui était une bonne chose pour tout le monde. Mais je ne voyais rien de bon dans cette situation. Le jour de mon départ, elle me dit qu'elle n'était pas opposée à ce que je sois le chef du clan Maichi, mais qu'elle craignait de voir ma femme devenir la première maîtresse. Elle s'attendait à vivre encore de nombreuses années, et elle s'était habituée à occuper ce rang.

L'intendant voulut parler, mais il hésita.

« Vas-y, dis ce que tu as en tête. »

Il sortit une lettre de sa poche, un courrier de la mère de Tharna. Comme je ne savais pas lire, il me dit que la chef Rongong demandait que sa fille et son gendre ne se hâtent pas d'aller la voir. Puis, il ajouta : « Ne soyez pas triste, jeune maître. »

« Je le serai quand ils seront tous morts. »

Le courrier à la main, je regagnai ma tente, songeant que désormais, j'allais devoir rester dans la région de la frontière. En regardant la lune, je pensai à mon oncle, qui vivait dans un lointain pays. Ce jour-là, il me manqua terriblement, comme s'il était mon seul parent. Derrière moi, l'intendant murmura : « Je vais retourner me coucher. »

« Hum », m'entendis-je répondre.

Il s'éloigna, marchant sur des rayons de lune.

Je soulevai le rabat de la tente, et la lune éclaira Tharna. Elle rit. Elle était à peine réveillée, mais son visage souriant m'éblouit. Je fermai le rabat, et ses traits retombèrent dans l'obscurité. Je ne pouvais pas la voir, mais son rire résonna dans le noir.

« Tu vas courir les filles ? » demanda-t-elle.

Je secouai la tête. La lettre crissait dans ma main.

« Mais parle, idiot. Je sais que tu secoues la tête. Ne sais-tu pas que je ne peux pas te voir quand tu t'agites dans le noir ? »

À nouveau, je levai le rabat, pour que la lune illumine l'intérieur de la tente. En cette nuit profonde, avec sa lune d'eau, Tharna éclata de rire.

« Tu es un curieux homme. »

Je lui montrai la lettre. Comme elle savait lire, elle me demanda d'allumer la lampe. Elle prit le papier, l'approcha de sa flamme et dit : « Elle vient de ma mère. »

Je me glissai sous la couverture. Elle n'ouvrit pas la bouche avant de l'avoir finie.

« Ta mère non plus ne veut pas de nous », déclarai-je.

« Elle nous conseille de ne pas nous inquiéter pour elle. »

« Si quelqu'un s'inquiète pour un chef de clan, c'est pour son pouvoir, pas pour lui. »

« Mère dit que j'appartiens à la famille Maichi, et que nous n'avons plus à nous mêler des affaires des Rongong. »

Dans sa lettre, la chef de clan avait aussi écrit : « Il s'est passé assez de choses dans la famille Maichi pour vous occuper l'un et l'autre. À présent que le vieux chef de clan a perdu son fils aîné, vous devez l'aider à assumer sa charge. Mon gendre est peut-être un idiot, mais ce n'est pas un idiot ordinaire, et il fait parfois des choses sensées. J'ai appris que vous veniez dans le nord. Pourquoi ne restez-vous pas dans le domaine du chef de clan ? Qu'allez-vous faire à la frontière ? »

À la fin de sa lettre, ma belle-mère écrivait : « Ne vous inquiétez pas pour moi. La famine est passée. »

Tharna avait cru qu'elle serait à jamais la prunelle de ses yeux, qu'elle serait toujours sa fille sublimement belle. Avec des larmes dans les yeux, elle dit à la lettre : « Mère, ne veux-tu donc plus de moi ? »

La feuille tremblait dans sa main. Elle voulut la relire, mais la lampe à huile s'éteignit, ne laissant dans le noir qu'une odeur de graisse animale.

Tharna s'appuya contre moi. « Idiot, me souffla-t-elle. Où me conduiras-tu ? »

« Chez toi. »

« Feras-tu souffrir ta femme ? »

« Tu seras l'épouse d'un chef de clan. »

« Tu ne me rendras pas malheureuse, n'est-ce pas ? Je suis la plus belle fille du monde. M'as-tu jamais entendu chanter ? »

Je l'avais entendue, bien sûr, et sa ballade me revint en mémoire. Nous fîmes alors une chose que nous n'avions pas faite depuis longtemps. Après quoi, tandis que ses doigts effleuraient ma poitrine, je lui demandai si elle songeait à un moyen de répondre à sa mère. Une larme tomba sur ma peau et me fit frissonner.

« Je t'ai blessé quand j'ai couché avec ton frère, n'est-ce pas ? » demanda-t-elle.

Quelle femme ! Je ne m'étais pas attendu à ce qu'elle pose une question pareille. Même un idiot comme moi éviterait de réveiller ainsi la douleur d'autrui. À l'époque, j'avais voulu tuer mon frère; plus tard, le meurtrier, aidé par l'habit mauve, s'en était occupé, faisant même terriblement puer ce joli séducteur. Je me sentis troublé comme si je l'avais tué moi-même. Mais ce n'était qu'une impression, pas la réalité. Chassant mon sentiment de culpabilité, je m'entendis déclarer avec froideur: « C'est une bonne chose que tu n'aies pas cette puanteur sur toi. »

« Mon corps est odorant. Sens-moi. Même sans parfum, il possède une odeur suave. »

Je humai sa peau.

« Idiot, murmura-t-elle. Ne me laisse jamais plus tomber amoureuse d'un autre. »

Les jolies femmes, je le savais, ne manquent jamais d'hommes pour les regarder. Si quelqu'un cherchait à la prendre de force, j'arriverais à la protéger. Mais je ne pourrais rien faire si elle entrait délibérément dans le lit d'un autre. Elle devina sans doute ma pensée, car elle murmura, en me caressant la poitrine: « Allons, ne sois pas fâché... Quand nous serons à la frontière, je veillerai à ce que l'intendant te trouve une autre fille. Mais toi et moi, nous sommes liés. Rien ne peut nous séparer. »

J'étais triste qu'il lui ait fallu aussi longtemps pour le comprendre.

Quand nous reprîmes la route, je ne cessai de repenser à tout cela. L'intendant, à qui je m'en ouvris, jugea que je devrais être heureux qu'une femme aussi belle se sente liée à moi. J'étais d'accord avec lui. Laissant mes ruminations derrière moi, je marchai d'un pas plus léger.

J'étais rentré à la frontière.

Dès mon arrivée, je me mis en quête d'une chambre qui convienne à l'historien. « Elle doit être proche de la mienne, lui dis-je, et calme, pour que tu puisses réfléchir, avec beaucoup de lumière et de l'air frais. Qu'en penses-tu? »

Il hocha vigoureusement la tête, le visage rayonnant. Depuis qu'il était devenu notre historien, je ne l'avais jamais vu aussi enthousiaste. Il avait eu du mal à croire que le domaine de la frontière n'était pas une forteresse retranchée, mais un immense marché qui attirait toute la richesse du monde. Il avait écrit dans ses carnets que le chef de clan Maichi avait annoncé son abdication, mais que ce projet n'avait pas été suivi d'effet ; que ses deux fils s'étaient livré une rivalité à la fois franche et larvée pour le titre de chef de clan ; et que l'héritier du chef Maichi avait été tué par un ennemi de la famille. Tous ces faits, il les considérait comme des événements qui se répétaient dans l'histoire. Mais en arrivant à la frontière, il trouva une chose qu'il n'avait encore jamais vue. Ses yeux brillaient, et je savais qu'il allait tout noter dans les moindres détails.

Je lui fis visiter le marché et l'auberge dont j'étais devenu un habitué. Le tenancier sourit quand il me vit entrer, comme si je n'avais pas été absent pendant deux ans, comme si j'étais venu chez lui deux jours auparavant. Je lui demandai si son frère était revenu. Le voyant hésiter, je lui dis que l'historien n'avait pas de langue. Il répondit que celui qui avait commis un assassinat devait se cacher quelque temps, sinon, il ne serait pas considéré comme un vrai meurtrier. Chaque métier a ses règles.

Les rues sont des choses merveilleuses. Assis dans l'auberge, nous pouvions nous désaltérer en regardant les gens passer à cheval ou à pied. Bien qu'il me fallût protéger ma coupe de la poussière en la recouvrant de ma main, le vin avait bon goût. Tandis que je parlais avec l'aubergiste, mes deux jeunes serviteurs entrèrent pour m'annoncer que l'intendant me cherchait. Je commandai une coupe de vin pour eux et je leur dis de prendre leur temps pour la boire.

40

UN HÔTE VENU DE LOIN

En descendant la rue vers le nord, j'atteignis une rivière, où l'intendant avait fait bâtir un joli pont de bois. Il donnait, sur l'autre rive, devant la cour de ma demeure, et l'intendant m'attendait là.

« Devinez qui vient dîner ? »

Je n'en avais aucune idée. Alors, il sourit et nous conduisit dans la salle à manger. Dolma, vêtue de beaux habits neufs, était là pour nous accueillir.

« Eh bien... sifflai-je. Je ne suis pas encore chef de clan, mais je vois que tu as déjà reçu une promotion. »

Elle fit mine de s'agenouiller, mais je l'arrêtai.

« L'intendant m'a dit de deviner qui nous aurions à dîner... »

Elle rit, et chuchota : « Jeune maître, ne faites pas attention à lui. Vous ne serez pas un idiot si vous ne trouvez pas. »

Mon Dieu ! C'était le vieil ami de la famille Maichi, l'émissaire spécial Huang, qui apparut devant moi.

Il avait toujours le visage décharné, et une barbe jaune en bataille. Seuls ses yeux avaient changé. Ils paraissaient plus calmes ; et je dis à notre hôte : « Vous n'avez plus le regard las. »

Il me répondit avec franchise : « C'est parce que je n'ai plus à m'inquiéter pour les autres. »

Je lui demandai des nouvelles du commandant Jiang. Il me dit qu'il s'était noyé dans une rivière, dans une région lointaine où il avait été envoyé combattre les Chinois rouges.

« Il ne puait pas, n'est-ce pas ? »

L'émissaire spécial écarquilla les yeux, ignorant pourquoi j'avais posé une telle question. Peut-être finit-il par comprendre qu'il parlait à un idiot, car il rit avant de répondre : « Si, bien évidemment. Ce jour-là, il faisait chaud. Lorqu'un homme meurt, il n'en reste plus que la chair et les os. Nous ne sommes pas différents des animaux. »

Nous prîmes place à table, et je présidai le repas. Je frappai dans mes mains et Dolma m'imita sur le seuil de la pièce. Aussitôt, un cortège de servantes apparut.

Devant nous se trouvaient des plateaux en bois cramoisis, ornés de fruits dorés et de fleurs géantes que l'on disait très appréciées en Inde. Ils contenaient de la porcelaine de Chine et de l'argenterie ciselée par nos orfèvres. Les verres étaient en agate de Ceylan rouge sang.

J'attendis que nous ayons vidé trois verres de vin pour demander à l'émissaire Huang ce qu'il nous avait apporté cette fois-ci. Bien des années plus tôt, la famille Maichi avait reçu de lui de l'opium et des armes modernes. D'après notre expérience, chaque fois que des Han arrivaient sur nos terres, ils nous apportaient une nouveauté, ou bien nous prenaient quelque chose pour l'emporter dans leur pays.

Huang Chumin répondit : « Je n'ai apporté que moi-même. Je suis venu m'installer ici. » Il me dit honnêtement qu'il n'était plus le bienvenu dans sa patrie. Quand je lui demandai s'il ne pouvait plus y résider à cause des Chinois rouges, il secoua la tête. « On pourrait dire que c'est à cause des autres Han. »

« Pour moi, les Han se ressemblent tous. Je ne sais pas distinguer les blancs des rouges. »

« C'est une distinction qu'ils sont seuls à pouvoir faire. »

« Je vous donnerai une chambre. »

Il se frappa la tête, et ses yeux ronds brillèrent. « Peut-être y a-t-il quelque chose, là-dedans, qui pourra servir au jeune maître. »

Je répliquai : « Je n'aime pas communiquer par le biais d'un interprète. »

« Dès aujourd'hui, me promit-il, j'apprendrai votre langue. Il me faudra au plus six mois pour vous parler sans truchement. »

« Sachez que je n'ai pas prévu de vous donner des filles. »

« Je suis trop vieux. »

« Vous n'aurez pas le droit d'écrire des poèmes. »

« Je n'ai plus besoin de poser. »

« Je n'ai jamais aimé votre façon de vous comporter. Vous aurez droit à cent taels[1] par mois. »

Ce fut à son tour de me montrer son tempérament. « Je ne veux pas de votre argent. Je suis peut-être vieux, mais je peux encore trouver des moyens de gagner ma vie. »

Ce fut ainsi que Huang Chumin vint résider chez nous. Je ne lui demandai pas pourquoi il était venu ici et non pas chez le chef Maichi. Je me disais qu'il aurait du mal à me répondre et je n'aimais pas poser des questions embarrassantes.

Un jour que j'allais boire un verre à l'auberge, le tenancier me dit étourdiment que son frère était rentré la veille. Je lui demandai où il était à ce moment précis. L'homme me regarda, scrutant mon expression, et je compris que le meurtrier était tout près de nous. Je n'aurais eu qu'à tirer un rideau pour le voir sous la fenêtre.

---

1. Ancienne monnaie de compte chinoise, équivalant à trente-six grammes d'argent. *N.d.t.*

« Il vaudrait mieux pour lui qu'il quitte la région. Les règles sont les règles, je ne peux pas y déroger. »

« Mon frère vous a épargné une fois, plaida-t-il. Alors, vous devriez lui faire grâce cette fois-ci. »

Il voulait m'inciter à accepter une nouvelle règle. Quand un homme vient au monde, il découvre très vite que les autres ont créé des tas de normes pour lui. Ces lois servent parfois à asservir, mais elles peuvent aussi être utilisées comme armes. Prenez les armes de la vengeance, par exemple. Comme le chef Maichi, non content d'exploiter le père de l'aubergiste, l'avait tué ensuite, il était naturel que sa famille le venge. Les règles l'exigeaient. Par contre, comme je n'étais pas le chef de clan Maichi, le frère de l'aubergiste ne m'avait pas tué au bord de la rivière. Il aurait violé les lois de la vengeance et tout le monde se serait moqué de lui.

« Il ne m'a pas tué parce qu'il ne le devait pas, répliquai-je. Maintenant, je dois l'abattre parce qu'il a assassiné mon frère. Je serais la risée de tous si je le croisais sur mon chemin sans l'occire. »

L'aubergiste me fit valoir que je devrais remercier son frère d'avoir tué un héritier qui me barrait la route du pouvoir.

Je lui rappelai à mon tour que son frère et lui n'avaient pas tué dans ce but. « Je ne sais pas ce qu'il en est pour toi, ajoutai-je, mais ton frère, tout meurtrier qu'il soit, est un lâche, et je préfère ne pas le voir. »

Un bruit s'éleva de la petite fenêtre de l'auberge, suivi d'un claquement de sabots qui s'éloignait vers les confins de la terre.

« Il est parti, soupira l'aubergiste. J'ai créé un foyer ici, pour que nous ayons un abri après qu'il ait commis l'inévitable. Le jeune maître vient de le forcer à quitter son toit. »

Je souris. « C'est la règle. »

« J'avais tort de penser que vous ne vous souciiez pas des lois. Nous nous sommes tous trompés. »

La table, devant moi, était couverte d'images creusées par les couteaux des clients désœuvrés. Il y avait des incantations et des signes mystérieux, des mains et des oiseaux, une pièce d'argent avec une effigie, et même, un dessin qui ressemblait à une bouche. Je trouvai que c'était un sexe de femme, mais l'aubergiste soutint que c'était une blessure. C'était une façon de me dire que je l'avais blessé. La troisième fois où il mentionna la prétendue blessure, je lui donnai un coup de poing en pleine figure. Quand il se releva, son visage était couvert de poussière et ses yeux jetaient des flammes.

Juste à ce moment-là, Huang Chumin entra et commanda du vin. Puis il annonça qu'il voulait me donner ses gardes du corps comme soldats.

« Je ne veux rien de vous. »

« Est-ce à dire que je dois m'occuper de ma sécurité pendant que je vis ici ? »

Huang Chumin comptait assurément au nombre des gens intelligents. Quand sa situation avait dégénéré, il avait remis son sort entre mes mains, sachant parfaitement que ses gardes du corps n'arrêteraient pas un homme résolu à le tuer. En me les donnant, il n'avait plus à s'inquiéter de sa sécurité, car j'en serais désormais responsable. Tout ce à quoi il aurait vraiment à renoncer, c'était à la gloriole de marcher dans la rue escorté par ses gardes. Mais quelle importance, s'il n'avait plus à regarder sans cesse par-dessus son épaule ou à dresser l'oreille dans son sommeil ? Il vida une coupe de vin en riant, et quelques gouttes d'alcool s'accrochèrent à sa barbe. Je lui dis que cette auberge était l'endroit où il fallait venir boire un verre, et il me demanda si le fait de lui assigner un lieu déterminé ne signifiait pas que je lui ôtais sa liberté. Je répondis qu'il boirait gratuitement ici, et il voulut savoir si l'auberge était exemptée d'impôts.

« Non, répondit l'aubergiste, je tiens les comptes des consommations, et le jeune maître paie l'addition. »

« Êtes-vous son ami ? s'étonna Huang Chumin. Le jeune maître a beaucoup d'amis étranges. »

« Je n'en suis pas trop sûr, mais je crois que c'est parce que mon frère est un meurtrier. »

Huang Chumin s'étrangla en buvant, et sa face jaune pâlit.

Je l'aidai à sortir de l'auberge. Il titubait comme un ivrogne. Je le rassurai en disant que le tueur avait vengé un père injustement exécuté. Moi, en revanche, je commençais à sentir les effets de l'alcool, qui empirèrent lorsqu'un vent se leva sur le pont de la rivière. Huang Chumin m'offrit de m'appuyer sur son épaule. « Son frère est-il vraiment un assassin ? » demanda-t-il.

« Absolument. Ce que je ne sais pas trop, c'est ce que vous avez en tête. »

Après avoir réfléchi un moment, il dit : « Ma situation est grave, plus que vous ne pourriez l'imaginer. Si vous voulez, je pourrais être votre *shiye.* » Il employait le mot chinois qui veut dire conseiller. Ma tête d'idiot se mit à bourdonner, comme si un essaim d'abeilles chantait dans mon cerveau. « Savez-vous ce que je vais devenir ? » demandai-je.

Il ne répondit pas immédiatement. « Pour l'instant, me cria-t-il enfin à l'oreille, vous n'êtes personne, mais l'avenir vous appartient. »

Il avait raison. Un homme n'est rien s'il est le fils d'un chef de clan, mais ne peut pas prétendre au trône. Après la mort de mon frère, Père ne m'avait pas donné à penser qu'il voulait que je lui succède. Puis, ma belle-mère m'avait écrit pour me dissuader d'aller chez elle. Elle disait qu'après le deuil navrant qu'avait subi mon père, elle ne pouvait pas lui arracher son fils unique pour en faire l'héritier des Rongong. Mais l'intendant me laissait entendre que je pourrais être un jour le chef des deux clans. Ce jour-là, le conseiller Huang me conforta dans ce sentiment.

Et bien sûr, l'un et l'autre disaient que je devais attendre patiemment ces événements.

Parfait. Je leur répondis que j'attendrais. Je n'étais pas pressé.

Les jours passèrent, les lunes d'automne succédant aux fleurs de printemps. Mon conseiller et l'intendant se chargeaient de la tenue du marché et des questions domestiques, pendant que Dolma et mes jeunes serviteurs s'occupaient des affaires courantes. En quelques années, le fils idiot de la famille Maichi devint l'homme le plus riche du pays, du moins c'est ce que l'intendant me dit quand il m'apporta les livres de comptes.

« Plus riche que mon père ? »

« Beaucoup plus, répondit-il. Le jeune maître avait compris depuis longtemps que l'opium avait perdu sa valeur. Par contre, les affaires du marché commencent à devenir prospères. »

Ce jour-là, je sortis à cheval avec Tharna, et je lui fis part de la bonne nouvelle. Après notre retour à la frontière, elle n'avait pas été avec d'autres hommes, ce qui me soulageait.

« Es-tu vraiment plus riche qu'un chef de clan ? »

« Oui. »

« Je ne te crois pas, répliqua-t-elle. Il suffit de voir les gens dont tu t'entoures. »

J'examinai les membres de mon entourage. Tharna leva les yeux au ciel et dit : « Mon Dieu, pense simplement aux gens à qui tu fais confiance. »

Je savais qu'elle disait seulement ce genre de choses quand elle était heureuse.

Oui, il suffisait de les regarder. Mon intendant était un estropié et mon conseiller un vieil homme à la barbe en broussaille. Quant à mes jeunes serviteurs, peut-être parce qu'ils étaient depuis longtemps à mon service, chacun était réduit à une seule caractéristique : Aryi était timide et Sonam farouche. Le deuxième était devenu mon percepteur, et il adorait les uniformes que j'avais fait tailler pour lui et ses subordonnés. Dolma, qui dirigeait les serviteurs et les cuisiniers, avait beaucoup grossi ; les hommes n'avaient plus d'importance pour une femme de son âge. Peu à peu, elle avait oublié l'orfèvre et, semblait-il, l'époque où elle avait été ma femme de chambre.

Tharna me demanda : « Pourquoi Dolma n'a-t-elle jamais eu d'enfants ? Elle a couché avec toi, avec l'orfèvre et l'intendant. »

C'était une chose à laquelle je ne pouvais pas répondre, alors je lui retournai sa question. Pourquoi ne m'avait-*elle* pas encore donné d'enfant ?

Elle répondit en disant qu'elle ne savait pas encore très bien si j'en valais la peine. « Et si tu étais vraiment idiot ? Suis-je censée donner le jour à un autre imbécile ? »

Ma femme ne savait toujours pas si son mari était un idiot ou pas. « Mais oui, je suis stupide, répondis-je. Dans ces conditions, tu resteras toute ta vie stérile. »

« Le jour où je serai sûre que tu es réellement idiot, je prendrai quelqu'un d'autre pour me donner une fille. »

Je trouvai difficile à croire qu'une femme puisse choisir d'avoir un enfant ou pas. Alors, elle me montra des cachets roses qui, disait-elle, venaient d'Inde. Il est vrai qu'il y avait là-bas des choses merveilleuses, et que les Anglais y avaient apporté des choses plus prodigieuses encore. Ainsi, lorsqu'on disait qu'une chose qui dépassait notre compréhension venait de ce pays, celle-ci gagnait aussitôt notre confiance. Cela avait même été le cas pour les pavots : le conseiller Huang nous avait dit que les Anglais les avaient apportés d'Inde et les avaient donnés aux Chinois des décennies plus tôt. Je crus par conséquent que les comprimés roses pouvaient aider Tharna à décider si et avec qui elle pouvait avoir un bébé, un peu comme lorsqu'elle arrêtait son choix sur une fille de cuisine. Tharna et moi avions toujours été francs l'un envers l'autre, et je préférais ça. J'admirais sa capacité à donner le ton de notre relation. Elle avait l'art de contrôler les choses et elle savait choisir le bon moment pour une conversation.

Nous poussâmes assez loin nos chevaux avant de nous arrêter sur la crête d'une colline. Les plaines, dans la vallée, offraient une vision majestueuse. Les faucons volaient très haut dans le ciel et, les ailes déployées, planaient quasiment sans bouger. En des moments pareils, les choses réelles devenaient des abstractions. Même celles qui, d'ordinaire, perçaient le cœur d'une douleur fulgurante, se changeaient en balles qui auraient pu être fatales, mais n'écorchaient que la peau. Ma femme me dit : « Tu sais, la discussion que nous avons eue tout à l'heure ? »

Devant la beauté du panorama, mon cœur pouvait supporter n'importe quoi. « Et alors ? » répondis-je.

Tharna se mit à rire, découvrant ses dents éclatantes. « Elle te fera de la peine quand nous serons rentrés. »

Cette femme-là savait tout !

Oui, ce dont nous avions parlé me ferait souffrir quand je me réveillerais la nuit, s'insinuant comme un poison lent dans mon esprit. Mais à présent, tandis que le vent poussait les nuages à travers le ciel et caressait l'herbe des champs, les mots ne voulaient rien dire. Nous parlâmes de bien des choses, mais elles furent toutes emportées par le vent, et ne laissèrent pas une seule ombre dans mon cœur.

Tout à coup, Tharna tira sur ses rênes et s'éloigna au galop. Elle était partie se soulager. Sonam Tserang saisit l'occasion pour venir galoper à mes côtés. Il était devenu un homme robuste au fil des ans, avec un cou épais et une grosse pomme d'Adam. En évitant mon regard, il dit : « Je tuerai cette diablesse un de ces jours. » Son uniforme brun rendait son visage encore plus sombre. « Soyez certain, jeune maître, que je la tuerai si elle se conduit encore comme une putain. »

« Si tu tues ma femme, je t'abats », répliquai-je.

Il ne répondit pas, car il ne prenait pas souvent au sérieux les paroles de son maître. Sonam Tserang était du genre dangereux. Mon conseiller et l'intendant me dirent tous deux que seul un maître comme moi pouvait apprécier un homme comme lui. Je leur demandai alors quel maître j'étais. En caressant sa barbe jaune et en m'observant attentivement, mon conseiller hocha la tête, puis il la secoua. L'intendant déclara que Sonam Tserang était un homme servile. Il ajouta qu'un serviteur n'avait pas besoin de s'inquiéter que son maître le soupçonne de trahison, quand le maître en question n'était pas chef de clan.

Tharna revint sur son cheval.

Ce jour-là, je crus entrevoir, ne fût-ce que vaguement, un avenir magnifique : j'éperonnai mon cheval à travers champs, pendant que les autres s'efforçaient de me suivre. Des oiseaux effrayés s'envolaient devant moi, chaque courbe de la terre créait un paysage splendide.

Le même jour, je reçus une lettre d'une ville han nommée Chongqing. Elle m'était envoyée par mon oncle. Quand il était venu la dernière fois, ce n'était pas seulement pour doter la femme d'un noble anglais désargenté, mais pour escorter le Panchen Lama de retour au Tibet. Mais le grand lama était décédé pendant le voyage, et mon oncle était retourné chez les Han.

Son courrier était en deux exemplaires, l'un en tibétain, l'autre en chinois, mais chacun disait la même chose. De cette façon, expliquait l'oncle, nul ne pourrait me tromper sur le sens de sa lettre. Il avait eu vent de mes succès à la frontière et maintenant que j'étais riche, il voulait m'emprunter un peu d'argent. Les Japonais allaient bientôt être vaincus, disait-il, et selon les vœux du Panchen Lama, tout le monde devait unir ses forces pour assurer la victoire. Il était capital que chacun participe à l'ultime campagne qui écraserait le plus cruel des démons. Il disait qu'il me rembourserait en pierres précieuses quand il retournerait en Inde après la défaite du Japon. Tout ce qu'il posséderait m'appartiendrait quand il aurait modifié son testament, remplaçant par mon nom celui de la dame anglaise. Il ajouta qu'il serait extrêmement fier, surtout pour la famille Maichi, si son neveu pouvait considérer cet argent comme une contribution personnelle à la gloire du pays.

Je donnai ordre de préparer des chevaux pour transporter l'argent à Chongqing, la ville mentionnée par l'oncle dans sa lettre.

Mais le conseiller Huang expliqua que nous n'aurions pas à nous donner cette peine. Transporter de l'argent d'un pays à l'autre entraverait la bonne marche de nos affaires, et il vaudrait mieux ouvrir un compte bancaire. Ce que nous fîmes. Le conseiller Huang écrivit un mot qu'il cacheta avec le sceau rouge de notre compte, et il envoya un de mes serviteurs le porter dans la ville de Chengdu. Ainsi, mon oncle pouvait tirer cent mille dollars d'argent dans n'importe quelle ville de Chine. Du moins, c'est ce que me dit le conseiller Huang. Plus tard, oncle écrivit pour m'annoncer qu'il avait reçu la somme. À dater de ce jour, les gens n'eurent plus besoin de voyager avec beaucoup d'argent quand ils faisaient commerce avec les Han. Le conseiller Huang s'occupait de toutes nos transactions bancaires.

L'historien déclara que c'était un événement crucial.

« Toutes les choses qui arrivent pour la première fois sont-elles capitales ? » demandai-je.

« Les événements cruciaux le sont pour des raisons précises », expliqua-t-il.

« Ce que tu dis là ne me paraît pas fondamental. »

Mon historien se mit à rire. Il était devenu plus serein au fil des ans, se contentant de noter les choses qu'il observait. Dans ses moments de loisir, il aimait s'asseoir au soleil et savourer du vin avec un peu de miel ; et quand les jeunes peupliers de notre cour furent suffisamment hauts, il ôta sa chaise de la véranda pour l'installer à l'ombre.

Il s'y trouvait justement ce jour-là. « Jeune maître, remarqua-t-il, les jours ne passent pas vite. »

« Oui, renchéris-je, ils se traînent. »

L'intendant, qui passait, m'entendit : « Mais enfin, jeune maître, cela n'a pas de sens ! De nos jours, le temps passe bien plus vite qu'avant. Pensez à toutes les choses incroyables qui se sont produites. Autrefois, elles auraient mis au moins cinq siècles à arriver. Vous vous rendez compte ? Cher jeune maître, même cinq siècles n'auraient pas suffi, et vous dites que le temps ne passe pas assez vite ! »

L'historien en convint.

Désœuvré et réduit au silence, j'allai boire un verre à l'auberge.

Je connaissais désormais assez bien l'aubergiste, mais je ne savais toujours pas son nom. Un jour, je lui dis que les ennemis jurés n'avaient pas d'ordinaire des rapports comme les nôtres. Il répondit que l'ennemi de sa famille était le chef du clan Maichi, pas le jeune maître qui avait ouvert le marché à la frontière, perçu les taxes du commerce et créé une banque.

« Un jour viendra où je serai le chef du clan Maichi. »

« Alors, vous deviendrez notre ennemi, mais ce ne sera pas avant longtemps. »

Les gens d'ici aimaient à repousser les faits imminents dans un avenir lointain. Je lui demandai s'il avait le sentiment que le temps passait de plus en plus vite.

Il rit. « Tiens, tiens ! Le temps. Voilà que le jeune maître s'intéresse au temps, à présent... »

Il dit cela d'un ton si sarcastique que je fus forcé de lui jeter mon vin à la figure. Il s'assit, et resta un long moment songeur ; il voulait visiblement parler, mais il se contenait, comme si quelque chose s'était détraqué dans sa tête et l'empêchait de dire ce qu'il pensait. À la fin, il épongea l'alcool de son visage et dit : « Oui, le temps passe plus vite qu'avant, comme si on le fouettait. »

41

LENT ET RAPIDE

La vie à la frontière passait de façon détendue.

Je vivais dans la même chambre pendant toutes ces années, voyant le même plafond chaque matin à mon réveil. Les volutes du bois veiné étaient là devant moi, même si je n'ouvrais pas les yeux, et le paysage, derrière la croisée, avait toujours les mêmes lignes ondulées. Je me réveillais chaque jour, baigné par les mêmes rayons de soleil qui entraient à flots par la fenêtre, et mes deux questions éternelles ne me tracassaient plus.

Je ne peux me rappeler si cela se passa dans la deuxième ou la troisième année.

Ce matin-là, Tharna, accoudée sur l'oreiller, m'examinait avec attention. Quand elle vit que je me réveillais, elle se pencha pour plonger ses yeux pénétrants dans les miens. Ses seins effleurèrent mon visage, en me grisant d'un doux parfum. Elle continua à me regarder dans les yeux, comme si elle tentait de lire en moi, mais j'étais absorbé par l'odeur de son corps. Nous avions dormi dans le même lit pendant des années, mais c'était la première fois que je remarquais la fragrance enivrante de sa peau. Elle sentait bon, même sans parfum. Pourtant, elle en usait souvent en abondance, ce qui m'avait longtemps fait croire qu'elle puait comme les autres femmes.

L'odeur de son corps me fit tourner la tête et je toussai comme si je m'étouffais. Tharna rit, puis rougit quand sa main serpenta au bas de ma poitrine, frôla mon ventre et découvrit mon érection ardente. Celle-ci dut lui brûler la main car Tharna sursauta : « Ah ! » Son corps était en feu. Ma femme était bonne cavalière, et m'enfourcha avec adresse, comme si elle montait en selle. Son corps s'éleva et retomba, portant monture et cavalière jusqu'au plus haut du ciel.

Quelque chose vola devant mes yeux — peut-être un paysage, ou des bulles de couleur. Je m'entendis hennir comme un étalon.

Ma cavalière cria elle aussi sur sa selle.

Finalement, cheval et cavalière s'effondrèrent, collés par la sueur. Puis, la sueur sécha, et j'entendis le léger heurt des abeilles contre la vitre.

Tharna posa ses lèvres sur ma joue et dit : « Nous avons oublié de poser tes questions. »

« Je sais où, et qui je suis », répondis-je.

Elle s'assit sur le lit. Ses seins luisant dans la lumière du matin offraient une vision enchanteresse. Elle me demanda d'une voix forte : « Sais-tu qui tu es ? »

Je sautai du lit sur le tapis et lui répondis sur un ton militaire.

« Où es-tu ? » ajouta-t-elle.

« Dans l'endroit où j'attends de devenir chef de clan. »

Tharna me rejoignit sur la descente de lit, où nous nous allongeâmes dans les bras l'un de l'autre. Ce fut ce matin-là qu'elle me promit de ne plus prendre les comprimés qui l'empêchaient d'être enceinte. D'un ton faussement badin, je lui demandai ce qu'elle ferait s'il s'avérait que j'étais vraiment un idiot.

« Je n'ai pas peur, répondit-elle. Un homme qui attend d'être chef de clan de deux pays ne peut pas être idiot. »

J'avais toujours pensé que les gens qui m'entouraient étaient plus intelligents que moi, surtout la belle Tharna. Si l'intelligence était la plus grande qualité humaine, je n'aurais pas hésité à déclarer qu'elle était la personne la plus intelligente du monde.

Mais une sexualité formidable entre mari et femme alors que le temps passait si lentement n'est pas ce dont je veux parler maintenant. Oui, mon nez s'enivrait de l'odeur d'une femme, mais une chose me tracasse ; et comme j'ai du mal à aborder directement les questions importantes, je vais user d'une métaphore. Je suis au bord d'un lac, et regarde des cygnes s'envoler. Mais pour y arriver, ils doivent battre des ailes avec acharnement en traînant des corps d'une lourdeur inquiétante. Ils pataugent frénétiquement à la surface de l'eau avant de s'élever enfin dans les airs.

Ce que je veux dire, c'est que je commençai un jour à remarquer à quel point le temps passait lentement dans ce pays.

J'aimais beaucoup parler aux gens des choses qui me frappaient, sans doute parce que je remarquais rarement quoi que ce soit. Wangpo Yeshi, le conseiller Huang et l'intendant étaient tous des hommes à la conversation intéressante, en particulier l'historien. À l'issue de nos discussions, je constatais que je partageais souvent son avis. Il croyait à présent que si le temps passait plus vite, ce n'était pas parce que le soleil avait accéléré sa course dans le ciel. Le soleil ne change pas, même si nous mesurons la vitesse du temps d'après son lever et son coucher ; le temps ne semble ralentir ou s'emballer qu'en fonction des circonstances. Il disait que plus les événements se précipitaient, plus le temps passait vite.

À mesure que le temps s'accélérait, je me mis à avoir le vertige, comme si je montais un cheval fougueux. J'avais eu pour la première fois une nette conscience des choses l'année où la famille Maichi avait planté de l'opium et s'était habituée à un nombre anormal de faits étranges.

Au cours des années qui avaient suivi la mort de mon frère, je m'étais mis à percevoir des impôts et à diriger une banque. Il ne semblait alors rien se passer sur les terres des autres chefs de clan. Après la folie de l'opium et la pire famine de notre histoire, le pays s'était détendu comme une accouchée tombée dans un sommeil hébété. Les chefs de clan hibernaient comme des ours. Ils se cachaient dans leurs domaines et ne se montraient pas.

Aucun d'eux ne vint me voir à la frontière, où allaient et venaient un grand nombre de gens. Ils auraient pu y apprendre bien des choses, mais une peur les arrêtait. Ils étaient échaudés par le désastre qu'ils avaient subi quand ils avaient planté de l'opium à l'exemple des Maichi.

Mais à quoi bon m'en inquiéter ? Mes serviteurs me disaient qu'un brillant avenir m'attendait : un jour, je deviendrais le chef de clan de deux familles. Ils disaient aussi que c'était l'intelligence qui m'avait permis de gagner la main de la fille de la chef de clan, et que c'était la chance qui avait voulu que le meurtrier m'épargne et tue mon frère.

Mais ce qui me rendait le plus heureux, c'étaient les fréquentes lettres de mon oncle. Je lui avais fait parvenir de nombreuses traites à tirer sur mon compte.

Le frère de Père m'envoya deux photographies.

L'une d'elles le montrait avec le défunt Panchen Lama. L'autre, il me l'adressa la première fois où il reçut de l'argent de moi. Il se tenait avec des généraux blancs chinois sur une plaine aride, où l'on apercevait de gros objets à l'arrière-plan. Le conseiller Huang m'expliqua que c'étaient des avions, ou des oiseaux de fer, qui pouvaient tirer sur les hommes du haut du ciel. Je lui demandai combien d'avions on pouvait acheter avec cent mille dollars d'argent. Il répondit : peut-être une aile. Alors, je lui enjoignis d'envoyer une nouvelle traite du même montant. Il me plaisait de penser que je possédais deux ailes de fer dans le ciel de Chine. Mon oncle disait que l'empereur des Han avait jadis été aussi le nôtre, de sorte que nous étions maintenant régis par le gouvernement chinois. Le conseiller Huang me déclara que le pays serait à nouveau puissant quand il aurait gagné la guerre.

Je lui demandai si mon oncle avait un moyen de me voir.

Nous n'avions qu'à acheter un appareil photo, répondit-il. Je donnai des ordres pour cela. Le temps passa encore plus lentement quand j'attendis qu'on me l'envoie. À présent, un jour durait aussi longtemps que trois. Finalement, l'appareil arriva et le conseiller Huang trouva aussi un photographe. Après quoi, le temps s'accéléra une nouvelle fois. Nous prîmes beaucoup de photos, à tous moments et n'importe où; c'était devenu une passion. Mais comme le photographe ne voulait pas rester à la frontière, je dis à Aryi de s'initier à ses talents. Parmi les serviteurs que j'aimais, le jeune bourreau était le seul à posséder une technique. Qui alors, sinon lui, aurait pu apprendre la photographie? L'historien se proposa, disant que c'était un moyen de recueillir la mémoire, mais je refusai. Pour moi, la photographie n'était qu'une technique, et les mains de Wangpo Yeshi étaient faites pour tenir un stylo, pas un appareil photo.

Il faut que je raconte ici une anecdote amusante.

Un jour, Aryi jaillit de la chambre noire en hurlant. Son visage grimaçait de terreur.

Sonam Tserang lui demanda si le photographe avait voulu lui flatter le derrière. Aryi n'ayant jamais manifesté d'intérêt pour les femmes, les gens disaient qu'il aimait les garçons. Pour une raison étrange, il avait toujours attiré les hommes qui aimaient les hommes. Mais ce genre d'incident n'aurait pas provoqué des cris affreux, pas plus que chez une femme repoussant un galant trop hardi. En effet, ce ne fut pas ce qui arriva ce jour-là. Quand il s'enfuit de la chambre noire, Aryi s'écria: « Un esprit! Un fantôme est sorti de la feuille que le photographe a placée dans l'eau. »

En éclatant de rire, le conseiller le rassura. Il dit que ce n'était pas un fantôme, mais une image révélée par le développement de la pellicule. J'allai voir, intrigué, comment le photographe procédait. Sous une lumière spéciale, les images se matérialisèrent lentement sur le papier. Elles avaient l'air un peu étrange, mais elles ne semblaient pas réellement effrayantes. Mais elles firent une peur bleue à mon futur bourreau, et les gens se moquèrent de lui en le traitant de poltron. Quand Aryi faisait son office, il n'agissait jamais comme cela. Un peu plus tard, le photographe nous quitta et Aryi le remplaça. Mais dorénavant, il n'allait plus jamais seul dans la chambre noire.

Maintenant que nous avions un appareil photo, les jours filaient à toute allure. J'envoyai le premier cliché à mon oncle à Chongqing.

Je ne me souviens pas de l'année, mais l'été était particulièrement chaud quand mon oncle écrivit pour m'inviter à venir le voir à l'automne. Le conseiller Huang me dit que la victoire de la guerre de résistance approchait, et que le pays nouvellement unifié allait être plus fort que jamais. Durant les décennies qui avaient suivi la chute de l'empereur, les chefs de clan s'étaient sentis abandonnés; mais désormais, les choses allaient changer. L'intendant me dit que mon oncle voulait me faire rencontrer de hauts personnages qui étaient venus pendant la guerre dans des régions proches de la nôtre. À présent que les hostilités allaient cesser, ils ne tarderaient pas à partir, et il me faudrait parcourir de grandes distances pour pouvoir les rencontrer. L'historien me glissa que je pouvais deviner les intentions de mon oncle en combinant les interprétations du conseiller et de l'intendant. Je me mis à attendre l'automne, et le temps ralentit.

Tharna avait une grande passion pour la photographie; celle-ci, ajoutée à ses relations constantes avec le tailleur, l'occupait tellement qu'elle me laissait seul la plupart du temps.

Les gens, en me voyant scruter le bord du ciel, dirent que le jeune maître redevenait stupide. Mais ils ne savaient pas que je voulais être le premier à voir les premiers signes de l'automne. Je tenais à déceler le premier gel qui dorerait les feuilles des arbres, car alors viendrait le moment où je devrais aller en Chine.

Le chef Maichi m'envoya une lettre. Nous n'avions pas communiqué depuis mon départ du domaine. Le message, qui était bref, me demandait ce que j'avais fait à la frontière. Tout le monde jugeant inutile d'évoquer mon futur voyage à Chongqing, je ne parlai dans ma réponse que de photographie. Comme sa lettre était courte, il n'était pas nécessaire que la mienne soit longue. Bientôt, un autre courrier arriva. Après avoir dit que je manquais à Mère, le chef de clan demandait pourquoi je n'avais pas songé à faire connaître le nouvel appareil à mon père.

« Qu'il aille se faire voir », commenta Tharna.

Mais je voulus entendre le reste de la lettre. Après un certain nombre d'absurdités, le chef de clan exprimait le désir de me voir retourner au domaine pour prendre des photos de la maîtresse.

« Pendant que nous y sommes — c'était ainsi qu'il concluait — pendant que nous y sommes, nous pourrons parler de l'avenir. Je commence à sentir mon âge. »

Une fois, déjà, il s'était senti vieux, mais il avait retrouvé rapidement sa vigueur.

Je décidai alors de ne pas y aller et Aryi, muni de l'appareil photo, partit au domaine à ma place.

Le jeune bourreau y resta quelques jours, prenant des tas de photos. Juste avant son départ, le chef de clan répéta qu'il se faisait vieux et que ses forces déclinaient. « Maître, lui dit Aryi, votre fils m'a dit de vous demander si vous rajeuniriez s'il mourait. »

Ary rentra promptement à la frontière, porteur d'une lettre pleine d'amertume et de griefs. Père disait que si j'étais revenu moi-même, il m'aurait parlé de ses projets pour le trône des Maichi. Mais je ne l'avais pas fait, ce qui voulait dire que c'était moi, et non pas lui, qui se moquait de l'avenir de la famille.

Le même jour, je reçus une autre lettre, écrite non par mon oncle, mais par un général de l'armée han.

Ce courrier disait que mon oncle, un grand patriote tibétain, avait embarqué sur un bateau qui avait été bombardé peu après par un avion japonais. Depuis, il avait disparu.

Je pris alors conscience que les Han n'étaient finalement pas si différents de nous. Au lieu d'assener directement une mauvaise nouvelle, qui ne pouvait semer que la tristesse, ils la formulaient en termes édulcorés. Ainsi, au lieu de dire que mon oncle avait été tué par une bombe japonaise, et que son corps n'avait pas été trouvé, ils employaient un mot qui semblait moins pénible — *disparu.*

Pour cette raison peut-être, ma peine, bien que vive, demeura supportable.

Je dis aux serviteurs : « Il a organisé lui-même ses funérailles dans l'eau. »

« Ne soyez pas triste, jeune maître. »

« Maintenant, dit Tharna, nous n'aurons pas à aller à Chongqing. »

« Nous ne savons pas qui l'oncle voulait que je rencontre. »

« Le général qui a écrit la lettre ne nous a même pas invités. »

« Je ne leur donnerai plus d'argent pour les avions. »

Peu après, les Japonais capitulèrent.

J'appris que ce peuple courtaud s'était rendu sur un bateau, et que les Chinois rouges et blancs se faisaient maintenant la guerre. Le visage du conseiller Huang jaunit encore plus qu'avant, et il se mit à tousser, souvent en crachant du sang. Il expliqua que c'était à cause de son amour pour sa patrie. Je ne savais trop si je le croyais, mais je connaissais la douleur de la perte. Parfois, en regardant la photo de mon oncle, je sentais mes yeux picoter et des larmes monter. Je l'appelais: « Cher oncle ! » et mes entrailles brûlaient.

Mais il ne répondait pas, et me fixait d'un regard vide avec le sourire d'un nanti. Il ne retourna jamais en Inde. Il m'avait dit qu'à son retour dans ce pays, il changerait son testament pour que j'hérite des bijoux qu'il y avait placés dans une banque. Tharna m'avait dit plus d'une fois qu'elle rêvait de ces joyaux. Mais le sort n'en avait pas voulu ainsi, et le testament initial laissait toute sa fortune à la femme du noble anglais.

Tharna regretta profondément que nous n'ayons pas fait le voyage à Chongqing. C'était la chaleur du pays des Han qui nous avait empêchés d'aller voir l'oncle. Un de nos ancêtres Maichi était parti une fois à Nankin, et il était mort d'un coup de chaleur en chemin. Désormais, les chefs de clan qui allaient demander audience à l'empereur de Chine se mettaient en route à l'automne et revenaient au printemps, évitant les étés à la chaleur fatale. Allons, assez parlé de ces choses-là. Tout ce que je veux dire, c'est que le temps se mit à voler après la mort de l'oncle. Lorsqu'une chose arrivait, elle était suivie aussitôt par une autre. Le temps s'accélérait, les événements se précipitaient comme s'ils ne ralentiraient jamais.

ONZIÈME PARTIE

42

À PROPOS DU FUTUR

Tout au long de l'hiver après la mort de l'oncle, je restai abîmé dans mon chagrin. Debout seul face au vent, et le visage en pleurs, j'étais accablé de tristesse.

Père et Mère continuaient à m'envoyer des lettres de reproche. Les gens ignorant des réalités auraient pu croire que le fils idiot avait abandonné son père dans son domaine, alors que c'était le chef Maichi qui l'en avait chassé.

Je n'avais pas envie de penser à lui.

Allongé dans mon lit et regardant le ciel à travers les carreaux, je pensais à mon oncle, ce qui faisait couler des larmes sur mes joues. Un jour, il m'apparut tout à coup, disant que son âme avait été emportée par un grand fleuve vers un vaste océan. Par une nuit de lune, il pouvait aller partout où son cœur le portait. Je lui demandai s'il lui avait poussé des ailes, comme aux avions, et il répondit qu'une âme pouvait aller partout sans avoir besoin d'ailes. Il ajouta que je ne devais pas m'affliger de sa mort, car il était à présent plus heureux qu'aucun Maichi ne l'avait jamais été dans sa vie. À dater de ce jour, ma peine se dissipa. Quand l'été arriva dans toute sa splendeur, la pensée de mon oncle ne m'attristait plus. Je me demandais seulement à quoi ressemblait ce vaste océan.

Tharna voulait un enfant, chose à laquelle nous travaillions depuis longtemps.

Au début de notre mariage, elle avait pris ces comprimés indiens parce qu'elle avait peur d'avoir un fils idiot. Maintenant, elle appréhendait, et même redoutait, de ne pas pouvoir me donner un fils, et nos relations sexuelles en perdaient tout plaisir. Elle cherchait toujours à me pousser à faire l'amour, et plus j'étais réticent, plus elle essayait. Quand nous étions au lit, mon désir s'éteignait à la vue de son air inquiet, mais elle s'agrippait à moi comme un serpent qui se tordait. Elle ne m'aimait pas plus qu'avant ; au mieux, elle avait fini par croire que je n'étais pas trop idiot, et elle voulait porter ma chair et mon sang dans son ventre. Ses parties génitales, brûlées par l'anxiété, étaient devenues sèches et rugueuses. Personne n'aime aller dans un lieu dévoré par les flammes de l'angoisse.

Un jour, elle m'amena dans un champ où, pour exciter mon désir, elle exécuta une danse du ventre, en se déshabillant à mesure. Je la pénétrai, mais elle était si sèche que je me retirai avant d'avoir versé la pluie et la rosée de la vie. Je lui dis qu'elle avait été brûlée par ses cachets indiens et par la crainte.

Elle pleura en ramassant ses vêtements et les remit à l'aveuglette.

La vue d'une belle femme en larmes et débraillée peut éveiller la pitié et l'amour chez un homme. J'éprouvais encore une sensation cuisante à l'entrejambe, mais je lui dis, en prenant son visage dans mes mains : « Tharna, ce n'est pas ta faute. C'est la mienne. Tout cela ne sert à rien. Cherche donc un jeune homme et essaie avec lui. »

Ses cheveux dénoués recouvraient son visage, mais je vis une étincelle s'allumer dans ses yeux. Elle resta un long moment le regard vide avant de murmurer : « Idiot, cela ne te ferait-il pas de peine ? »

Je tâtai ma poitrine, mais je n'y trouvai pas la douleur qui m'avait transpercé quand elle avait couché avec mon frère. Je sifflai, rappelant nos chevaux, et nous nous en allâmes. J'avais entendu dire qu'un homme mourrait jeune s'il couchait avec une femme dont le sexe était sec. Je ne savais pas si c'était vrai, mais Tharna m'épuisait.

« Pourquoi veux-tu un fils ? lui demandai-je en chemin. Regarde mon père et ma mère. Ils regrettent à présent de m'avoir mis au monde. »

« C'est parce qu'ils sont vieux et inquiets. Ils ont peur qu'on leur prenne leur trône avant leur mort. »

Nous nous tûmes un moment, écoutant le bruit apaisant des sabots de nos chevaux. Puis, Tharna me redemanda si j'avais eu de la peine quand je lui avais dit de coucher avec un autre. Je lui répondis que je ne souffrais pas comme lorsqu'elle m'avait trompé avec mon frère.

Elle se mit à verser des larmes pitoyables. Elle pleura longuement. Touchés par sa douleur, les chevaux ralentirent, et bientôt, des nuées d'abeilles et de libellules nous suivirent — peut-être ses sanglots résonnaient-ils un peu comme leurs bourdonnements.

Quand nous entrâmes en ville, les insectes se dispersèrent pour regagner les fleurs des champs.

Oui, à présent, les gens appelaient le marché une ville, une ville qui n'avait qu'une rue. L'hiver, il n'y avait que des maisons en adobe, mais l'été, la rue s'allongeait, avec des tentes dressées aux deux extrémités. D'ordinaire, elle était pleine de poussière, mais ce jour-là, la saleté avait disparu. Des petites pluies l'avaient lavée quelques jours plus tôt, en la lissant comme un miroir. On voyait nettement des empreintes de sabots, arrondies comme des arceaux.

Tous les gens, dans la rue, s'inclinaient devant moi.

« Tu ne m'aimes plus, idiot », me dit Tharna.

Elle dit cela comme si elle avait toujours été celle qui aimait, et non pas le contraire. Les femmes sont ainsi ; elles inversent les choses quand elles en ont besoin.

En regardant par terre les marques des sabots, je m'écriai : « Tu veux un fils, c'est ça ? Eh bien, je ne peux pas t'en donner un. Je ne peux pas te faire un fils idiot. »

Voyez : je ne croyais pas ce que je disais. Les hommes sont comme cela. Mais puisque j'étais un idiot, après tout, j'ajoutai : « Les gens disent que les hommes meurent jeunes quand ils font l'amour à des femmes au bas-ventre sec. »

Tharna me regarda. À nouveau, des larmes perlèrent dans ses yeux, mouillant ses longs cils noirs. Elle cravacha son cheval et rentra à la maison en rage. Je sentis alors une douleur aiguë me transpercer le cœur.

Tharna me refusa l'accès de notre chambre. Je frappai longuement. Après quoi, elle me dit d'aller dormir ailleurs. L'intendant et Dolma m'assurèrent qu'elle m'ouvrirait si je la suppliais. Mais je ne le fis pas ; au lieu de cela, je dis à Dolma de me préparer une chambre. Nous n'étions pas une maison pauvre où la place manquait. La chambre fut bientôt prête, et tout y était neuf : le lit, les bibelots, le couvre-lit de soie, les tapis, les tableaux et les brûleurs d'encens. Elle rutilait. Me voyant un peu emprunté, Dolma alluma de l'encens indien. Son odeur familière couvrit celle des objets neufs, mais je me sentais encore mal à l'aise. Elle soupira. « Le jeune maître ne changera jamais. »

Pourquoi aurais-je dû changer ?

Elle m'annonça qu'elle allait me chercher une fille, pour que je sache où j'étais quand je me réveillerais le matin. Je refusai. Quand elle me demanda ce que je ferais sans personne pour répondre à mes questions, je lui dis de s'en aller.

« C'est un moment critique. Vous allez encore vous rendre ridicule. »

Mais je m'obstinai.

« Mon Dieu, fit-elle tranquillement, qu'a donc fait ce beau démon à notre jeune maître ? »

Elle fit venir l'intendant et le conseiller Huang, et nous parvînmes à un accord. Je ne prendrais pas de femme, mais mes deux jeunes serviteurs dormiraient sur le tapis au cas où j'aurais besoin de quoi que ce soit. Le conseiller Huang caressa sa barbe et sourit, et l'intendant menaça de faire tuer mes deux amis si quelque chose perturbait le jeune maître. Il leur parla comme à des enfants, bien qu'ils fussent alors des adultes. Je ne sais pas quel âge ils avaient, tout comme je ne pourrais dire celui que j'avais moi-même. Mais nous avions tous atteint la maturité. Sonam Tserang prit ses menaces à la légère, mais Aryi demanda : « Comment me tueriez-vous ? C'est moi qui suis le bourreau. »

L'intendant rit à son tour. « Qu'est-ce qui te fait penser que je ne peux pas le faire moi-même ? »

Sonam Tserang intervint : « Ce ne sont pas les usages de la famille Maichi. »

« Il y a bien Aryi père, non ? » répliqua l'intendant.

Mes serviteurs, quand ils étaient à mes côtés, affichaient toujours une grande insouciance.

Cette nuit-là, ils essayèrent de ne pas s'endormir avant moi, mais leurs cous ne purent soutenir très longtemps le poids de leurs têtes. À la fin, je fus le seul à rester éveillé et tandis qu'ils m'infligeaient leurs ronflements, je me demandai si je saurais où je me trouvais à mon réveil.

Mes serviteurs dormirent par terre. Quand je me réveillai le matin, ils se tenaient devant moi avec respect.

« Posez-nous vos questions, jeune maître. »

Mais je savais qui j'étais et où je me trouvais, ce qui les déçut beaucoup.

Cette nuit-là, j'avais rêvé de Père, le chef de clan Maichi.

Après le déjeuner, j'allai me recoucher. Alors que je m'endormais, j'entendis des pas dans l'escalier. Peut-être, supposai-je, est-ce la personne de mon rêve. Quand le bruit s'éteignit, ma porte s'ouvrit en grinçant. La lumière jaillit dans mes yeux, mais très vite, la pièce retomba dans l'obscurité. Le chef de clan Maichi se tenait sur le seuil, et masquait la lumière par sa forte carrure. « Père, lui dis-je, s'il te plaît, écarte-toi de la porte. Sinon, ma journée va se changer en nuit. »

Il rit. Il avait la gorge encombrée par des mucosités. Il s'approcha de moi, et je sentis à son pas lourd qu'il s'était épaissi. Il ne pourrait bientôt plus marcher s'il continuait à prendre du poids.

Il marchait si lentement que Mère se glissa prestement devant lui et se pencha pour me baiser le front. Ma femme avait le bas-ventre desséché ; et les lèvres de Mère, qui jadis, avaient été douces et humides, étaient sèches elles aussi. Des larmes tombèrent sur mon visage quand elle dit : « Tu m'as tellement manqué... »

À leur tour, mes yeux s'emplirent de larmes.

« Es-tu content de revoir tes parents ? » demanda-t-elle. Je sautai de mon lit et serrai la vieille femme dans mes bras. Mais le chef de clan nous sépara et dit : « Mon fils, je suis venu séjourner au palais d'été des Maichi. »

En appelant son palais d'été une demeure que j'avais mis des années à édifier, le chef de clan effraya les serviteurs, qui craignirent qu'il ne me forçât à le quitter. Sonam Tserang marmonna qu'il tuerait le vieil homme ; et Tharna affirma qu'elle rentrerait chez sa mère si son mari ne pouvait pas rester ici.

Le chef Maichi fut enchanté de voir que son arrivée avait troublé la paix, comme s'il avait jeté un roc dans un lac sans rides.

« Tu es mon fils, dit-il. Tu représentes l'avenir de la famille Maichi. » Cela pouvait seulement signifier qu'il me reconnaissait comme son héritier, et mes serviteurs se calmèrent.

Comme je n'avais rien à faire, je partis boire en ville.

L'aubergiste m'apprit que son frère était allé en Chine s'enrôler dans l'armée. De là, il lui avait écrit qu'il allait bientôt combattre les Chinois rouges. Au cours de leurs années d'errance, les deux frères étaient allés dans de nombreux pays. Il se vanta qu'ils parlaient couramment au moins trois langues, et qu'ils en connaissaient encore six ou sept autres. Je lui dis simplement : « Quel gâchis... »

« Il m'arrive de penser que nous vous aurions servi si vous n'aviez pas été un Maichi. J'ignore si mon frère pourra revenir ici. Il ne cherche pas à se venger, il veut seulement tuer des gens ouvertement et pour une cause. C'est pour cela qu'il est devenu soldat. » Il ajouta : « C'est à moi, maintenant, de tuer le chef Maichi. »

Je lui appris que mon père était à la frontière.

« Très bien, alors laissez-moi le tuer. » La tristesse voilait son visage.

Je lui demandai pourquoi il avait l'air sombre.

« Si je tue votre père, vous me tuerez ensuite. Et tout sera fini. »

« Et si je ne te tue pas ? »

« Je devrai vous abattre, car vous serez devenu le chef du clan Maichi. »

L'homme voulait que j'emmène mon père boire un verre dans son auberge.

« Es-tu si pressé d'en finir ? »

« Je veux seulement voir de près l'homme qui a tué mon père. »

Mais je savais qu'il tenait vraiment à en finir.

Quelques jours plus tard, quand le chef de clan et ses femmes eurent profité des talents photographiques d'Aryi, j'emmenai Père en ville. Je voulais lui montrer la collecte des impôts, et comment on pouvait obtenir de l'argent en présentant un simple document à la banque de Huang Chumin. Puis, je le conduisis à l'auberge, où le tenancier plaça devant lui une coupe de vin noir. Trouvant la couleur étrange, j'y lançai une mouche morte. Le chef de clan, bien sûr, réclama un autre verre ; et quand l'aubergiste l'apporta, je fis tomber la première coupe sur son pied.

Père s'en alla après avoir bu son vin.

L'aubergiste gronda en tâtant le pied brûlé par le breuvage empoisonné. « Le jeune maître craint-il que je le tue après avoir assassiné son père ? »

« J'avais peur de devoir t'abattre sur-le-champ ; et qui, alors, aurait vengé la mort d'un homme sans descendance ? Trouve-toi une femme qui te donne un fils pour te venger. »

Il sourit. « Mais cela n'aurait pas de fin. Je vous ai dit que je voulais en finir maintenant. » Puis, il me demanda : « Savez-vous combien mon frère et moi avons souffert à cause de votre père ? Je n'aurai pas de fils, si cela implique qu'il doive pâtir de tout cela. »

Son sort éveilla de la pitié en moi.

Quand je quittai son auberge, il dit : « Jeune maître, vous me forcez à vous tuer après la mort de votre père. »

Je ne me retournai pas. À mes yeux, ce n'étaient que les paroles en l'air d'un malheureux. Quelques années plus tôt, son frère n'aurait pas pu tuer le mien sans l'aide de l'habit mauve possédé par l'esprit d'un homme exécuté à tort. Jadis, les meurtriers qui se vengeaient n'auraient pas nourri toutes ces pensées, ce qui prouvait bien que le monde et les hommes avaient changé.

Cette nuit-là, alors que je m'endormais, Père vint dans ma chambre pour me remercier de lui avoir sauvé la vie. Le lendemain à l'aube, déclara-t-il, il ferait tuer l'aubergiste et mettre le feu à sa boutique, bien qu'il n'y eût pas grand-chose à brûler. Mais je lui expliquai pourquoi ce serait inutile.

Après m'avoir écouté jusqu'au bout, il dit : « Tu aurais pu me prendre mon titre, mais tu ne l'as pas fait. Tu raisonnes dans ce cas un peu de la même façon, n'est-ce pas ? »

Je réfléchis un peu, et finis par comprendre qu'il n'y avait vraiment rien qui m'empêchait d'usurper son rang. Mais je ne voulais pas le forcer à quitter son trône.

« Ton frère l'aurait fait », dit mon père.

Mais mon frère avait été tué. J'omis de souligner la raison évidente, à savoir que mon père n'avait pas vraiment voulu abdiquer, et je dis simplement : « Je ne suis pas comme lui, nous n'avons pas eu la même mère. »

« Très bien, répondit Père. J'épargnerai cet homme. Après tout, je suis chez toi. »

« Le palais d'été t'appartient, chef Maichi. Je partirai si tu ne veux pas de moi ici. »

Touché par mes paroles, Père me saisit le bras. « Fils, sais-tu pourquoi je suis venu ? Je sais que mes jours sont comptés. Rentre avec moi à l'automne. Tu me succéderas quand je mourrai. »

Je voulus lui répondre, mais il me ferma la bouche.

« Ne me dis pas que tu ne veux pas être chef de clan. Ne me dis pas non plus que tu es un idiot. » Alors qu'il disait cela, j'entendais chanter Tharna, de sa voix qui portait dans le ciel clair du soir. Après l'avoir écoutée, Père me demanda : « Que veux-tu faire quand tu seras chef de clan ? »

Je me creusai la tête, mais je ne trouvai rien. Un regard perplexe se peignit sur mon visage. Oui, je n'avais songé qu'à acquérir le titre et je n'avais jamais mûri d'autres projets. Alors, j'essayai de m'imaginer ce que j'obtiendrais en montant sur le trône. Richesse ? Femmes ? Esclaves et territoires ? Je possédais déjà tout cela. Du pouvoir ? Oui, bien sûr. Mais ce n'était pas comme si je n'en avais pas déjà ; de plus, le pouvoir ne pouvait me donner que davantage d'argent, de femmes, de terres et de serviteurs. Ce qui revenait à dire que le rang de chef de clan ne signifiait pas grand-chose pour moi. Mais bizarrement, je le désirais quand même. Je pensais que ce titre devait comporter quelque avantage inconnu ; car sinon, pourquoi le convoiterais-je autant ?

Père me dit : « Les avantages, tu les connais. Mais il y a les nuits où tu perds le sommeil, à force de te défier même de ton propre fils. »

« Cela ne me fait pas peur », répondis-je.

« Pourquoi donc ? »

« Je n'aurai pas d'enfants. »

« Mais comment le sais-tu ? »

Je voulus lui répondre que Tharna avait le bas-ventre sec et ne pouvait pas me donner de descendance. Mais je dis de but en blanc : « Parce que ton fils sera le dernier chef de clan. »

Père était stupéfait.

Je répétai : « Les chefs de clan vont bientôt disparaître. »

Je lui dis encore bien des choses, je ne sais plus trop quoi. Dans notre pays, les esprits qui n'avaient pas d'idoles s'attachaient souvent à des hommes et prédisaient l'avenir à travers leurs bouches. C'étaient des esprits divinatoires, fantômes des morts qui avaient été considérés comme des rebelles de leur vivant; des gens comme notre historien, Wangpo Yeshi. Comme leurs esprits, quand ils mouraient, n'avaient nulle part où aller, ils devenaient prophètes. Je ne savais pas si c'était moi qui parlais, ou un esprit qui était entré dans mon corps.

Le chef Maichi s'agenouilla devant moi. « Puis-je te demander d'où te vient cet esprit prophétique ? »

« Il n'y a pas d'esprit. Tu entends simplement les idées de ton fils. »

Père se releva. Bien que le sol fût propre, j'époussetai ses genoux comme s'ils étaient couverts de poussière. Les serviteurs, tous les matins, nettoyaient la pièce avec une queue de bœuf. Mais je chassai quand même la saleté imaginaire. Le tour de l'idiot marcha, car après le regard sombre d'un homme comprenant qu'il a été joué, un sourire revint sur le visage du chef de clan. Il soupira : « Je ne sais vraiment pas si tu es un idiot, mais je suis sûr que tout ce que tu as dit n'était que des inepties. »

Mais j'avais vu l'avenir, un avenir où les chefs de clan disparaissaient du jour au lendemain. Leurs domaines s'effondraient, en projetant dans l'air des nuages de poussière ; quand celle-ci retombait, il ne restait plus rien sur la terre.

Le chef Maichi avait dit que je débitais des inepties, et pourtant, au fond de lui, il me croyait. Il ne voulait tout simplement pas admettre que son fils avait raison.

Père me dit qu'en consultant les oracles, le Bouddha vivant Jeeka avait prédit qu'il mourrait cet hiver. « Dis-lui de les interroger à nouveau, conseillai-je. Il n'y aura bientôt plus de chefs de clan, et tu n'auras pas à abandonner le pouvoir si tu vis un peu plus longtemps. »

« Combien de temps, à ton avis ? »

« Une dizaine d'années. »

Il soupira. « Je pourrais sans doute tenir encore deux ou trois ans, mais dix ans, c'est trop long. »

Je pensais en réalité qu'il ne survivrait que cinq ans. Mais quel que fût le nombre d'années qu'il lui restait à vivre, je sentais venir la fin — je ne la voyais pas, je la sentais. Je savais que le chef Maichi et tous les chefs de clan ne feraient pas partie du monde de l'avenir.

Il y avait eu jadis des seigneurs locaux dans le pays, mais ils avaient disparu avec l'arrivée des chefs de clan ; et qui viendrait après ces dirigeants ? Je ne pouvais le voir. Ce que je voyais clairement, c'était que leurs domaines tomberaient en poussière, qu'il ne resterait rien quand celle-ci se poserait. Je ne voyais même pas les traces des oiseaux ou des animaux. La terre, dans ma vision, était couverte de poussière, comme si elle était enveloppée d'une fine couche de soie.

Je regardai les gens autour de moi. Tous étaient absorbés par leurs activités, tous, sauf mon conseiller han et l'historien muet. Ces deux-là contemplaient le ciel, plongés dans des pensées qui n'avaient rien à voir avec les nuées. Comme ils songeaient à l'avenir, je leur confiai mes sentiments.

L'historien répondit que tout disparaîtrait un jour. Ses yeux lui permettaient seulement de voir mon regard vide et les nuages dans le ciel.

Le conseiller Huang ferma les yeux. « Cela arrivera-t-il vraiment si vite ? demanda-t-il, visiblement surpris. Je ne m'y attendais pas si tôt. » Il rouvrit les yeux d'un air absent et caressa sa barbe en broussaille. « La Chine, du temps de sa grandeur, a inféodé beaucoup de chefs de clan. Ils auraient tous été détruits si elle avait retrouvé son pouvoir. Mais elle est restée faible, et ils ont pu ainsi survivre encore un ou deux siècles. » Ses yeux étincelèrent. « Le jeune maître veut-il dire que la Chine ne mettra que dix ans à regagner sa puissance ? »

« C'est possible, et peut-être encore moins. »

« Moi, avec mes vieux os, vivrai-je assez longtemps pour voir cela ? »

Je n'avais pas envie de lui répondre. Alors, je lui demandai pourquoi un pays puissant ne voulait pas garder les chefs de clan. Il dit qu'il n'avait jamais cru que j'étais un idiot, mais que même l'homme le plus intelligent du Tibet passerait pour un crétin en posant cette question : en effet, aucun chef de clan n'avait jamais vraiment voulu savoir ce qu'étaient la nationalité et la nation. Après avoir médité ses paroles, je me dis qu'il avait sans doute raison ; j'avais rencontré beaucoup de chefs de clan, mais je ne les avais jamais entendu parler de ces choses.

Tout ce que nous savions, c'était que nous étions les rois des montagnes.

Le conseiller me dit qu'un pays fort et unifié ne pouvait avoir qu'un roi seul et unique, qui n'autoriserait jamais quelqu'un d'autre à se donner ce titre, pas même un roitelet local. Il ajouta : « Le jeune maître n'a pas à s'inquiéter des changements, car il ne vit déjà plus à l'âge des chefs de clan. »

Je ne le croyais pas, parce que j'étais entouré de chefs de clan, et que leur âge, par conséquent, ne devait pas être révolu. De plus, même moi, j'attendais d'accéder à ce rang.

Mais j'avais seulement prévu la disparition des chefs de clan, pas l'avenir lui-même.

Personne n'aime songer à un avenir qu'il ne peut voir clairement.

43

ILS VIEILLISSENT

En fait, un grand nombre de gens croyaient à ma prémonition sur l'extinction des chefs de clan.

Ce n'était pas parce que cette prédiction était sortie de ma bouche, mais parce que l'historien et le conseiller Huang la partageaient. À présent, tout le monde y croyait.

Le premier à adopter cette conviction fut le chef de clan Maichi.

Il feignait de ne pas me croire, mais l'intendant me dit que le vieux chef de clan croyait dur comme fer aux mystérieuses prophéties ; et de fait, Père m'annonça un jour : « Maintenant, j'ai tout compris. Tu n'es pas un idiot, mais un immortel. Sinon, pourquoi les dieux t'auraient-ils placé dans le monde des hommes ? »

Le chef Maichi était persuadé que j'avais été envoyé en mission pour mettre fin à une époque.

Au cours de cette période, Père ne cessait de soupirer. Les humains sont des créatures étranges. Il croyait que tout ce qui touchait aux chefs de clan tomberait finalement en poussière, mais il supportait mal de ne pas pouvoir régner jusqu'au dernier moment. Un jour, il me fixa en marmonnant : « Comment ai-je pu avoir un fils comme toi ? »

Ne pouvant répondre à cela, je lui demandai pourquoi il avait engendré un fils idiot.

Mon père, qui commençait vraiment à accuser son âge, me hurla au visage : « Pourquoi es-tu capable de voir le futur, et non pas le présent ? »

La femme du chef Maichi, qui lui avait donné un fils idiot, ajoutait maintenant à cette humiliation la perte de sa beauté ; mais pourtant, elle avait l'air bien plus jeune que le chef de clan, qui vieillissait rapidement. Elle dit à son mari, qui semblait alors assez vieux pour être son père : « À voir la façon dont tu t'agites autour de lui, comment pourrait-il en être autrement ? »

Je m'entendis déclarer : « Honorable chef de clan, prends tes femmes, tes serviteurs et tes soldats et ramène-les demain chez toi. »

Je lui dis que la ville de la frontière n'était pas son palais d'été, mais faisait partie d'un avenir que personne ne pouvait prédire. Plus tard, tous les anciens domaines disparaîtraient et il y aurait là un endroit nouveau, qui serait plus grand et plus beau, et qui appartiendrait à une époque où il n'y aurait pas de chefs de clan.

Le chef Maichi resta sans voix.

Il va de soi que je ne voulais pas vraiment qu'il parte le lendemain. J'avais déjà fait rédiger des invitations et dépêché des serviteurs chez les chefs de clan voisins pour les prier de venir le rencontrer. J'appelai cette réunion le Dernier Gala des Chefs de Clan. J'avais dicté le texte des invitations en ces termes : « J'invite respectueusement le chef de clan Machin-Chose au palais Trucmuche pour le Dernier Gala des Chefs de Clan. » Bizarrement, aucun d'eux n'interpréta le mot *dernier* comme une menace, et ils acceptèrent tous mon invitation.

Ma belle-mère fut la première à arriver. Elle, visiblement, ne faisait pas son âge et était toujours escortée par quatre jolies suivantes, chacune armée d'un pistolet et d'une épée. Conformément à l'étiquette, je fis dérouler le tapis rouge jusqu'à ses pieds, et j'allai l'accueillir avec sa fille. Dès qu'elle eut mis pied à terre, elle appela Tharna et, en me regardant à peine, monta l'escalier avec elle. Il ne fallut pas longtemps pour que les sanglots de Tharna nous frappent comme un soufflet. Le chef Maichi, outré, m'exhorta à tuer ma belle-mère. Ainsi, ajouta-t-il, « tu seras le chef du clan Rongong et rien ne pourra t'arrêter ».

Je répondis que j'étais le seul à me brider.

Il poussa un long soupir et dit que je ne pensais qu'à devenir le chef du clan Maichi. C'était comme si, pendant toutes ces années, j'étais resté comme un idiot à ne rien faire, au lieu d'agrandir son territoire et de construire, dans une région frontalière désolée, une ville animée qui n'appartenait pas à l'ère des chefs de clan.

Les pleurs, à l'étage, cessèrent à l'heure du déjeuner, mais mon invitée n'eut pas l'air de vouloir descendre. Alors, j'ordonnai à Dolma de lui faire monter un somptueux repas. Durant trois jours, la femme chef de clan ne m'adressa pas un mot, sauf pour me faire dire que je devais prendre soin de son cheval. La belle suivante aux yeux brillants qu'elle envoya porter ce message me dit que sa maîtresse avait dépensé une grosse somme pour acheter ce cheval mongol.

Je m'assis au soleil et, en plissant les yeux, j'ordonnai qu'on fît venir sa monture.

Sachant ce que j'avais en tête, mes deux jeunes serviteurs tirèrent leurs pistolets. Quelques secondes plus tard, le coursier mongol s'écroula sur le sol en baignant dans son sang. Puis, l'intendant monta dans la chambre d'amis, avec des serviteurs portant une somme d'argent qui équivalait à deux fois la valeur du cheval.

La jolie messagère était pétrifiée. Sonam Tserang lui caressa les mains et dit : « Si je tue ta maîtresse insensée, je parie que le jeune maître te donnera à moi. »

Elle lui jeta un regard courroucé.

« À ce moment-là, ajoutai-je, tu pourras t'estimer heureuse que mon percepteur veuille de toi. »

Ses jambes tremblèrent quand elle s'agenouilla devant moi.

Je lui ordonnai d'aller retrouver sa maîtresse. Puis, j'ajoutai, en élevant la voix pour que tout le monde m'entende : « Dis à la chef Rongong de ne pas s'inquiéter. Elle aura un cheval encore plus beau à son départ. »

Je n'avais pas prévu de dire cela, mais mon message eut l'effet escompté.

Ce soir-là, ma belle-mère descendit manger avec Tharna. Elle ne daigna toujours pas m'adresser la parole, mais elle eut la patience de bavarder avec mes parents. Tharna ne cessait de tourner les yeux vers moi, d'abord en me jetant des regards en coin, puis en me fixant avec hardiesse. Elle feignait d'adopter une expression moqueuse, mais elle cachait sa peur sous son audace.

Au dîner, la chef de clan ordonna à ses suivantes de faire entrer la servante qui avait plu à Sonam Tserang. Elles l'avaient déjà fouettée. La chef Rongong annonça, en m'adressant un sourire éclatant : « Cette garce a mal transmis mon message, et je vais la tuer. »

« Comment a-t-elle pu se tromper ? répondis-je. Elle m'a dit de faire nourrir votre précieux cheval. Serait-ce que vous vouliez le laisser mourir de faim ? »

Furieuse, la chef de clan grinça des dents et ordonna à trois suivantes d'emmener leur amie dehors pour la tuer.

Sonam Tserang, mon collecteur d'impôts, se jeta à genoux à mes pieds. Je lui dis de se lever, mais il refusa. « Le jeune maître sait ce que je veux », implora-t-il.

Je me tournai vers ma belle-mère. « Cette fille est promise à mon percepteur. »

La femme chef de clan ricana. « Un percepteur ? Qu'est-ce donc que cela ? » Elle ajouta qu'il y avait bien des choses à la frontière auxquelles elle ne comprenait rien et qu'elle n'appréciait pas. Elle reprit : « Je me fiche pas mal de ce que cela peut être. Ce n'est qu'un titre, après tout. » Elle se tourna vers le chef Maichi, qui avait jadis partagé son lit. « Votre fils ne connaît rien aux usages. Cette petite garce est une servante, une esclave. »

Cette remarque ne plut pas du tout au chef Maichi.

Ma belle-mère avait fait tout ce qu'elle pouvait pour me contrarier. Je l'avais invitée pour que les chefs de clan puissent profiter d'une dernière fête, mais elle avait résolu de me tenir tête. Au travers des années, les chefs de clan avaient mené une vie insouciante, et ils croyaient peut-être que ce bon temps allait continuer. Je voulais faire honte à la chef Rongong, qui n'aurait pu, sans l'aide de mon orge, surmonter la famine et conserver son trône. Alors, je lui dis que tous les membres de mon entourage — sauf Tharna, qui était de haute naissance — étaient des serviteurs. Je fis venir ma première domestique, Dolma, le bourreau photographe Aryi, et la fille de palefrenier Tharna ; après quoi, j'énumérai leurs origines à la femme chef de clan. Chacun de mes serviteurs adressa à ces maîtres le sourire modeste qui est dû aux membres de la noblesse. La chef de clan, outragée, demanda à sa suivante : « Veux-tu vraiment aller avec cet homme ? »

La fille hocha la tête.

La chef de clan ajouta : « Et si je te fais grâce, et te pardonne tes fautes ? »

La servante rejoignit Sonam d'un pas ferme, puis elle s'arrêta et coupa sa maîtresse : « Je n'en ai pas commis. »

Aryi leva son appareil photo ; une déflagration retentit, suivie d'un éclair aveuglant. Même ma belle-mère devint blême et l'appareil photo saisit son regard terrifié. Sur ce, elle annonça qu'elle partirait le jour suivant.

Je lui rappelai toutefois que les autres chefs de clan n'étaient pas encore là.

Alors, elle déclara au chef Maichi : « Je croyais pouvoir me distraire en causant avec vous, mais vous êtes vieux et mou. J'attendrai l'arrivée des autres chefs de clan pour me divertir avec eux. »

Elle disait cela comme s'ils étaient ses grands amis.

En fait, chacun de ces nobles souverains était un homme très seul.

Ils possédaient beaucoup d'argent, mais leur richesse leur faisait perdre le sommeil, et même quand ils arrivaient à dormir, ils rêvaient qu'on leur volait leurs lingots. Ils avaient beaucoup de femmes, mais les belles voulaient les dominer, et les laides ne pouvaient éveiller le désir dans leurs corps boursouflés. Les chefs de clan étaient vieux, et ils avaient perdu depuis longtemps la confiance donnée par la virilité. Le chef Maichi, désormais enrobé de bourrelets de graisse, regardait maintenant avec impuissance la chef Rongong, avec qui il avait partagé les plaisirs du sexe. Ils vieillissaient tous.

La nuit tomba.

Père, Mère et la femme chef de clan paraissaient bien plus vieux que dans la matinée. Le matin, les cosmétiques avaient aidé, mais surtout, ils avaient semblé pleins de vie. Leurs visages se ternirent dans l'après-midi, et la fatigue révéla cruellement leur âge.

Père et la chef Rongong attendirent avec impatience l'arrivée de mes autres invités. Au dernier étage, derrière les fenêtres ensoleillées, les serviteurs disposèrent des coussins moelleux, et ils s'y installèrent pour regarder au loin. La femme du chef Maichi fumait de l'opium dans sa chambre. Elle m'avait dit un jour que les gens de sa ville natale, dans le pays des Han, avaient tout perdu à cause de ce petit travers. Mais dans la famille Maichi, elle n'avait pas à craindre de mourir dans la rue. Elle se réjouissait de sa chance. Je demandai au conseiller Huang de s'asseoir près de Mère pour qu'ils puissent bavarder dans leur langue maternelle.

Chaque jour, à midi, un vent se levait de l'autre côté de la rivière, puis soufflait vers le palais d'été du chef Maichi. Les serviteurs, en rangs serrés, l'arrêtaient en faisant barrière de leurs corps. Bientôt, nos invités se mirent à arriver, et presque tous les chefs de clan se rendirent à la fête. Y compris, naturellement, notre parent Lha Shopa. Durant les années de famine, quand j'avais commencé à construire la ville, il avait passé beaucoup de temps à la frontière ; et je dois reconnaître que, de tous les chefs de clan, c'était lui qui avait le meilleur sens des affaires.

Lorsque la suite de Lha Shopa apparut à l'horizon, tous les chefs de clan descendirent dans la cour. Voyant qu'ils avaient sali le tapis rouge, je dis aux serviteurs d'en dérouler un neuf. Juché sur son cheval, Lha Shopa traversa la ville ensommeillée, avant de franchir le pont de bois. Il était devenu encore plus gros qu'avant, si bien que la première chose que nous vîmes de lui fut un sac rebondi en travers d'une selle. Quand son cheval s'approcha, je distinguai le visage cordial de mon ami entre son corps bouffi et son chapeau à larges bords.

Remarquez, alors que la plupart des chefs de clan du pays se tenaient devant lui, il les gratifia à peine d'un salut. Mais moi, il m'étreignit dès sa descente de cheval, bien que je lui aie arraché une bonne partie de ses terres. Nous nous frottâmes le nez, et nos joues se touchèrent. Chacun l'entendit dire, avec des sanglots dans la voix : « Ah, mon ami, mon ami ! »

Le chef Lha Shopa ne pouvait plus gravir un escalier sans aide.

Le conseiller Huang envoya chercher l'un de ses beaux fauteuils, et les domestiques s'en servirent pour le porter en haut des marches. Il ne voulait pas lâcher ma main. « Voyez, me dit Lha

Shopa, avec la force de ma taille, je peux encore monter un cheval ; et avec la force de ma main, je peux encore garder mon ami. »

Je veux que vous sachiez que ce chef de clan aurait pu servir d'exemple aux autres.

Le dernier arrivant était un jeune homme inconnu de tous, sauf de moi — l'actuel chef Wangpo. Il était venu de la frontière sud en suivant un chemin détourné, ce qui avait rallongé son voyage. Il aurait été plus vite en traversant le territoire du chef Maichi, mais il n'en avait pas eu le courage. En entendant cela, Père éclata de rire. Mais bientôt, son rire se changea en toux.

Le nouveau chef Wangpo me déclara : « Il faut que nous parlions de quelque chose. »

Je lui versai un verre de vin pour l'encourager à poursuivre.

« Enterrons la haine dans la terre, offrit-il, et non au fond de nos cœurs. »

L'intendant lui demanda s'il voulait obtenir quelque chose du jeune maître.

Il rit et sollicita un emplacement en ville, pour y faire du commerce. Le chef Maichi secoua vigoureusement la tête, mais j'accédai à sa requête. À son tour, il me promit de payer régulièrement ses impôts.

« À quoi me servirait tout cet argent ? répondis-je. Si les Chinois étaient toujours en guerre avec les Japonais, j'achèterais des avions comme l'a fait mon oncle. Mais comme le Japon a été vaincu, je n'en ai pas besoin. »

Quelqu'un demanda : « Les Han ne se battent-ils pas entre eux ? »

« Le conseiller Huang affirme que c'est la dernière guerre de la Chine », répondis-je.

Les chefs de clan demandèrent au conseiller qui gagnerait, les Han rouges ou les Chinois blancs.

« Que la victoire revienne à l'un ou l'autre camp, observa le conseiller, les chefs de clan ne seront plus jamais les mêmes. Ils croient être des nobles rois, mais leur temps arrive à son terme. »

« Vous dites que nous ne pouvons pas vaincre un seul roi han, même en nous alliant ? » demandèrent les chefs de clan.

Le conseiller Huang se mit à rire et dit à la femme du chef Maichi : « Vous avez entendu, maîtresse ? Vivent-ils tous dans un monde de rêve ? »

Les chefs de clan n'étaient pas convaincus. La chef Rongong dégaina son épée et bondit pour tuer mon conseiller. Les autres chefs de clan la continrent alors qu'elle s'écriait : « Y a-t-il un seul homme parmi vous ? Tous les chefs de clan qui ont du cran sont morts ! »

44

LES CHEFS DE CLAN

Durant tout leur séjour, les chefs de clan passèrent leur temps à bavarder.

À un moment donné, l'intendant me demanda ce que je voulais faire de tous les souverains que j'avais invités.

Ce fut seulement alors que je commençai à y songer. Les avais-je vraiment fait venir pour qu'ils puissent voir une dernière fois leurs amis et leurs ennemis avant de mourir ? Si je répondais oui, nul ne croirait qu'il puisse exister un homme animé d'une telle bonté, fût-il un idiot parfois capable de faire des choses intelligentes. Mais si je répondais non, alors j'aurais beau chercher, je ne réussirais pas à trouver pourquoi j'avais invité tous ces gens.

Comme je n'y arrivais pas, je posai la question aux membres de mon entourage, mais ils me donnèrent tous des raisons différentes.

Tharna me sourit avec froideur, disant que je ne cherchais qu'à me rendre intéressant devant les femmes de la famille Rongong.

Ce n'était pas la bonne réponse.

J'interrogeai le conseiller Huang, qui me répondit par une question : « Savez-vous, jeune maître, pourquoi je suis tombé si bas ? Comme eux, je me suis cru intelligent. C'est cela qui a causé ma perte. »

Ma question avait ravivé des souvenirs de son triste passé, et il récita une formule élégante : « Un homme a une patrie, mais ne peut y rentrer. Il tient à une nation, mais ne peut la servir. » Mon conseiller dit qu'il ne pouvait trouver aucun rôle à jouer, quelle que fût la couleur qui triompherait dans le conflit des Han. Ce furent exactement ses paroles : « Il n'y aura pour moi aucun rôle à jouer. »

Il s'était opposé à la guerre entre les Chinois blancs et rouges, mais elle avait malgré tout éclaté. Si les blancs la gagnaient, eh bien, Huang avait jadis été un rouge. Mais si les rouges la remportaient, il ne serait pour rien dans leur gloire, car il n'avait pas accompli une seule chose pour leur cause. Je n'aurais jamais cru que le conseiller Huang pût être aussi troublé. Je lui demandai de quel côté avait été mon oncle.

« Il soutenait les Chinois blancs. »

« Parfait, m'exclamai-je. Alors, j'aime moi aussi les Chinois blancs. »

« C'est tout à fait logique, mais je crains que vous ne vous retrouviez dans le mauvais camp. »

Cela me donna des frissons dans le dos. Je ne pouvais pas me permettre de trembler devant tout le monde, pas avec un soleil si brillant au-dessus de ma tête.

« Ne vous hâtez pas trop de choisir une couleur, jeune maître, me dit le conseiller. Pour moi qui suis vieux, il n'importe pas que je fasse le mauvais choix. Mais votre vie a à peine commencé. »

Mais j'avais déjà décidé. Comme j'aimais beaucoup mon oncle, je serais de son côté.

Je m'approchai de l'historien, qui était plongé dans ses écrits. Après avoir entendu ma question, il leva la tête avec lenteur. En regardant ses yeux, je lus clairement son sentiment. L'homme était un mystique, et je savais qu'il ne me répondrait pas directement ; et en effet, ses yeux me dirent : « On ne peut pas expliquer la destinée. »

Sur quoi, Sonam Tserang, mécontent que je ne l'aie pas interrogé, vint lui-même me trouver.

« Ne me dites pas que vous n'avez pas réuni tous ces gens sans vouloir les tuer. »

Je répondis fermement : « Si. »

« Vous en êtes vraiment sûr, jeune maître ? »

Je répondis à nouveau oui, mais sur un ton un peu hésitant.

Si mon serviteur avait insisté, je lui aurais peut-être ordonné de tuer les chefs de clan. Mais il se contenta de grogner sans rien dire, puis il alla passer sa frustration sur ses subordonnés. Comme il pensait constamment à tuer, il était jaloux de son meilleur ami, Aryi, qui était né pour cela. Sonam Tserang s'était plaint un jour que ce dernier était né pour devenir bourreau, disant qu'il était injuste que la naissance vous destine à une chose, et non pas à une autre. Quelqu'un, alors, lui demanda s'il était aussi injuste qu'un homme soit promis par le sang au rang de chef de clan ; et cela le fit taire. L'intendant avait même suggéré que je le fasse tuer, mais je refusai car j'avais foi en la loyauté de Sonam Tserang — qui allait, ce jour-là, m'en donner une nouvelle preuve. Voyant son air déçu, je fus tenté de lui donner un chef de clan à tuer pour l'apaiser.

Après cet interlude mineur, je cessai de me demander pourquoi j'avais invité tous ces dirigeants.

Un jour qu'ils étaient réunis autour d'une coupe de vin, je me joignis à eux. Chacun porta un toast à ma santé, sauf les chefs Maichi et Rongong. Au bout de deux tournées, je me mis à boire seul, sans attendre qu'ils lèvent leurs verres. Lha Shopa et Wangpo, assis à mes côtés, voulurent me persuader d'arrêter, se plaignant que leur hôte s'enivrait.

« Laissez-le, jeta Père. On ne sait jamais, de toute façon, quand mon fils est ivre ou sobre. »

Il voulait montrer à mes invités qu'il était le vrai maître de maison.

Mais c'était seulement ce qu'il pensait ; les autres n'étaient pas de cet avis, sauf ma belle-mère, qui lui lança un sourire approbateur.

En fait, Père et la chef Rongong avaient déjà trop bu. « Son fils est un idiot, marmonna-t-elle. Ma fille est une beauté exceptionnelle, mais il ne veut pas la toucher. N'est-ce pas la preuve de son idiotie ? » Se cachant derrière sa coupe de vin, elle saisit le bras du jeune chef Wangpo. « Laissez-moi vous marier à ma fille. » Puis, en lui agrippant la manche, elle dit : « Avez-vous jamais vu Tharna ? »

« Je vous en prie, lâchez-moi », dit Wangpo. « Oui, j'ai vu votre fille et c'est, en vérité, une rare beauté. »

« Alors, pourquoi ne la prenez-vous pas ? Vous pouvez l'épouser si vous voulez, ou bien juste lui donner du bon temps. » Elle dit cela sur un ton égrillard, gardant un œil sur Wangpo et l'autre sur le chef Maichi. « Chacun sait que j'aime les hommes. Eh bien, ma fille aussi. »

D'une voix un peu altérée, mon nouvel ami lui souffla : « Lâchez-moi, je vous en prie. Son mari va vous voir. »

Couché sur le tapis, je regardais le ciel, la tête sur les genoux d'une servante. Je savais que mon nouvel ami allait bientôt me trahir. Mais je n'en souffrais pas ; je craignais plutôt que les choses s'arrêtent là, au lieu de progresser. Je voulais qu'il arrive quelque chose ; un événement devait forcément se produire quand tant de chefs de clan se trouvaient réunis.

Le chef Wangpo, nerveux, respirait bruyamment.

Je me dis en moi-même : « Très bien. Vas-y, mon nouvel ami, trahis-moi. »

Apparemment, le ciel allait répondre à mon souhait ; autrement, Tharna n'aurait pas choisi ce moment-là pour chanter sur la véranda. Sa voix chaude, mélodieuse, flotta entre le ciel et les nuages. J'ignorais si elle chantait vers la maison ou vers les champs, mais je savais qu'elle avait un ton enjôleur. Son existence même était une tentation. Un sage avait dit un jour qu'une femme comme elle était un abîme ou un poison. Cela, bien sûr, ne pouvait être vrai que pour un homme déraisonnable. J'étais une exception — malgré ma déraison, je n'avais pas peur de la trahison. Je me demandais si quelqu'un glisserait et tomberait dans un abîme, ou bien tendrait le cou pour avaler le doux poison. Je jetai un coup d'œil à Wango, qui semblait bel et bien saisi de la terreur d'un homme tombant dans un abîme ou confronté à un poison.

Et voilà que ma belle-mère l'induisait en tentation.

« C'est ma fille exquise que vous entendez là, susurra-t-elle, mais cet idiot ne veut partager ni sa chambre, ni son lit. »

Je voulus lui dire que c'était parce que sa source s'était tarie, mais je gardai les dents serrées.

« Mon Dieu ! murmura le chef Wangpo. Pourquoi mon ami agit-il ainsi ? »

« Votre ami ? Je ne vois pas pourquoi vous, un noble chef de clan, devrait le traiter en ami. Cet homme est un idiot, pas un chef de clan. » La voix de la chef Rongong avait gardé la séduction de la jeunesse. Avec ce genre d'attraits, une voix, quoi qu'elle dise, possède un grand pouvoir. Même ses mots étaient tentateurs. « À ma mort, le titre de chef Rongong ira à son mari. L'idée que cet idiot va être le chef Rongong me tient fréquemment éveillée la nuit. Toutes ces insomnies m'ont vieillie avant l'âge. J'ai le visage ridé, et aucun homme ne veut plus de moi. Mais vous êtes encore jeune, comme le soleil de l'aube. »

Je voulais entendre ce qu'ils avaient d'autre à dire, mais une douce torpeur m'envahit.

Je ne me réveillai qu'au bout de plusieurs heures.

La femme chef de clan ricana : « Les chefs de clan ne sont-ils pas censés être vos invités ? Pourquoi vous êtes-vous endormi ? »

Je voulus m'excuser, mais je lui rétorquai : « Pourquoi ne rentrez-vous pas dans vos terres ? Vous pourrez y tuer ceux qui osent s'assoupir devant vous. »

« Voyez comme cet idiot me traite, clama-t-elle. Il ne sait pas apprécier la beauté de sa femme, et il sait encore moins qu'il doit le respect à sa belle-mère. » Elle s'adressa aux chefs de clan sur le même ton incendiaire : « Il veut que je m'en aille, mais je ne le ferai pas. Il m'a invitée ici — et vous aussi. Il a dû organiser quelque chose ; sinon, ce serait presque un crime de nous faire venir chez lui, alors que nous devons administrer nos sujets et nos terres. »

À ces mots, toutes les têtes avinées des chefs de clan se levèrent.

Ce fut Lha Shopa qui déclara : « Moi, je n'ai rien à faire. Et je ne pense pas que les autres soient débordés non plus. »

Tous se mirent à rire, disant que puisqu'il n'était pas qualifié pour être chef de clan, il devrait céder son titre à quelqu'un de plus compétent.

Lha Shopa, sans honte ni colère, répondit en souriant qu'il n'avait jamais eu beaucoup à faire depuis qu'il était devenu chef de clan. « De quoi avez-vous à vous inquiéter ? demanda-t-il. Les frontières de nos terres ont été établies par nos ancêtres, et nos champs sont cultivés par nos peuples, qui nous paient impôts et fermages à l'automne. Cela aussi a été fixé par nos aïeux. Comme ils ont défini toutes les règles, les chefs de clan actuels n'ont rien à faire. »

Quelqu'un objecta, disant que le chef Maichi avait trouvé quelque chose à faire quand il avait planté des pavots.

Lha Shopa secoua sa tête flasque, et dit : « Ah, l'opium ! Mais l'opium est un fléau. » Puis il se tourna vers la femme chef de clan : « Nous avons tous beaucoup perdu à cause des pavots. »

« Moi, je n'ai rien perdu », répliqua-t-elle.

Lha Shopa se mit à rire : « Moi, j'ai perdu des terres, et vous-même, votre fille. »

« Je l'ai mariée. »

« Vous pouvez dire ce que vous voulez, repartit Lha Shopa, chacun sait que pour la femme chef de clan, l'arme la plus redoutable est la beauté. »

Rongong soupira, mais ne répondit pas.

Lha Shopa continua : « J'ai suivi votre exemple en me servant de ma tête, pour une fois. Finalement, beaucoup de mes sujets sont morts de faim, et j'ai dû céder une grande partie de mes terres. »

« J'aimerais savoir, dis-je en m'adressant à tous les chefs de clan, ce que, à part revivre le passé, vous voulez faire pendant que vous êtes chez moi. »

En entendant cela, les chefs de clan me demandèrent de les laisser seuls un moment pour pouvoir en parler. Ne sachant pas ce que je voulais moi-même, j'acceptai de les laisser décider. « Mais attention, leur dis-je. Il semble que les chefs de clan aient de plus en plus tendance à commettre des erreurs. »

Sur ce, je me retournai et descendis l'escalier. Je voulais aller marcher en ville avec l'historien, pour lui dire ce qui s'était passé. J'étais d'avis qu'il fallait le noter dans ses carnets.

Il approuva, et son regard me dit : « Lorsque les chefs de clan sont apparus dans ce pays, chacune de leurs décisions était bonne. Maintenant, tout ce qu'ils décident est dénué de sens, si ce n'est désastreux. »

Je demeurai en ville le plus longtemps possible. Mais lorsque je rentrai, les chefs de clan ne s'étaient toujours pas mis d'accord. Certains voulaient faire quelque chose, d'autres pas, et les premiers ne pouvaient s'entendre sur leurs choix. Ceux qui ne voulaient rien faire disaient : « Nous avons tout le temps d'agir sur nos terres ; c'est là qu'il y a des choses à faire. Alors, restons encore un peu pour prendre du bon temps. »

Une lueur d'excitation apparut dans les yeux paisibles du chef Wangpo ; il avait, quant à lui, décidé de faire quelque chose.

Sur ce, j'ordonnai aux serviteurs d'aller chercher une troupe de comédiens. Puis je fis dresser des tentes sur un champ verdoyant, où j'installai des mitrailleuses, des pistolets et toutes sortes de fusils pour ceux qui auraient envie de faire du tir.

Mais je ne savais toujours pas pourquoi j'avais invité les chefs de clan chez moi.

Je me creusai la tête pour chercher la réponse ; je réfléchis jusqu'à épuisement, mais je n'arrivai pas à trouver quoi que ce soit. Alors, je cessai de m'en inquiéter.

Pendant ce temps, ma femme, de sa voix mélodieuse, s'était remise à chanter.

45

SYPHILIS

Mes hôtes continuaient à se plaindre d'être désœuvrés. Je n'avais, d'après eux, rien trouvé à leur donner à faire.

J'avais envie de leur dire qu'il ne fallait pas chercher. Quelque chose, tôt ou tard, arriverait de soi-même. Ils n'avaient qu'à être patients. Mais à la fin, je ne dis rien.

Finalement, mes serviteurs ramenèrent des comédiens.

Je dois dire que leur troupe était des plus étranges ; elle n'était ni tibétaine ni han. Les acteurs étaient des filles venues de tous les pays. Je fis bâtir une grande scène pour elles, mais je ne m'attendais pas à ce qu'elles épuisent tout leur répertoire en trois jours. Elles firent même monter un petit chien sur les planches, où il tourna en rond en cueillant des fleurs sous leurs jupes. Cela aussi dura seulement trois jours. La patronne de la troupe me dit qu'elle et ses filles n'avaient nulle part où aller en ces temps agités, et qu'elles aimeraient s'établir dans cet endroit paisible. Je ne dis pas non. Je fis même installer une large tente pour elles. Entre-temps, j'ordonnai à des ouvriers d'édifier une maison en adobe tout au bout de la rue. La patronne dirigea les travaux, et la construction avança rapidement. En moins de dix jours, les ouvriers avaient achevé la structure d'une grande maison, avec une salle d'attente et un large escalier qui menait à un couloir profond et sombre, bordé de petites chambres.

Les filles paressaient toute la journée, faisant tinter leurs rires d'un bout à l'autre de la rue. Comme leurs vêtements étaient un peu légers, je dis à leur patronne que je leur en ferais faire d'autres.

La femme, une plantureuse matrone, éclata de rire. « Mon Dieu ! J'adore cet endroit. C'est comme un pays de rêve. Et j'aime votre fraîcheur d'idiot qui ne connaît pas encore le monde réel. »

Nous étions en train de bavarder sous leur tente. Soudain, elle m'embrassa, et pas n'importe où, sur les lèvres. Je sautai sur mes pieds comme si un feu m'avait brûlé.

Les actrices se mirent à rire et, au milieu de cette hilarité, une fille aux grands yeux et aux cils charbonneux s'assit sur mes genoux.

La patronne l'écarta et me dit qu'elle n'était pas propre. À ce que je voyais, elle avait la gorge belle et blanche, et même son nombril était rose ; si elle n'était pas propre, je n'aurais su dire qui l'était. Mais avant de se lever, la fille noua ses bras autour de mon cou et planta longuement ses lèvres épaisses sur les miennes. J'étais au bord de l'asphyxie.

La patronne me donna alors une fille qu'elle jugeait propre. Quand elle s'approcha de moi, ses compagnes pouffèrent. Sa maîtresse prit quelques dollars d'argent dans ma poche, et me dit : « Voilà le tarif. Toutes mes filles ont un prix. »

Elle sortit dix dollars en tout. Elle les compta, en garda cinq et me rendit le reste. Puis elle en rangea quatre dans un coffret rouge, et donna le cinquième aux autres filles. « C'est moi qui régale, leur dit-elle. Allez vous acheter des bonbons au marché. »

Les filles rirent aux éclats et sortirent en courant, comme un essaim d'abeilles agitées.

La patronne lia la clef de son coffret à sa ceinture, et me dit : « Je dois aller surveiller le charpentier qui pose le plancher. Si le jeune maître est content, il pourra donner un peu de monnaie à la fille pour ses produits de beauté. »

L'odeur de pin fermenté, qui planait depuis la maison en construction, rehaussa les attraits de la fille que j'avais dans les bras.

Ma virilité commença à s'éveiller, mais j'étais, par ailleurs, extrêmement paisible.

La fille était formidable. Après m'avoir déshabillé, elle me dit de m'allonger. Je n'aurais pas à bouger, m'expliqua-t-elle ; c'était elle qui ferait tout. Elle s'exécuta, et c'était fantastique. Mon corps vibra de plaisir, sans que je lève le petit doigt. Après quoi, nous restâmes couchés à bavarder. Ce fut alors que je compris que ces filles ne formaient pas une troupe de théâtre, mais un groupe de femmes qui gagnaient leur vie avec leur corps ; et j'étais leur premier client. Je demandai à la fille si elle pouvait faire quelque chose pour les vieux chefs de clan dont le corps n'arrivait plus à satisfaire leurs désirs latents. Elle répondit oui. « Très bien, approuvai-je. Ces vieillards roulent sur l'or. À partir d'aujourd'hui, ils seront vos clients. »

Cette nuit-là, les chefs de clan prirent du plaisir avec des femmes qui leur firent payer une somme d'argent.

Le lendemain, quand ils se réunirent, ils avaient l'air plus énergique qu'avant. L'un d'eux alla même jusqu'à me demander pourquoi leurs propres femmes n'avaient pas ce genre de talents.

Par contre, la chef Rongong passa la nuit toute seule, et elle se réveilla les yeux cernés. « Voyez ce que devient la famille Maichi, dit-elle à Père avec ressentiment. Votre fils aîné a introduit l'opium, et maintenant, l'idiot engage des filles de mauvaise vie. »

« Et vous, qu'avez-vous apporté ? demanda le chef Maichi. Nous avez-vous donné une seule chose ? »

« Les femmes, à mon avis, sont presque toutes pareilles », répliqua-t-elle.

« Taisez-vous ! Elles sont toutes différentes ! » s'écrièrent les autres chefs de clan.

Le chef Wangpo ne se joignit pas à la conversation. Il pouvait poser les yeux, mais pas les mains, sur la femme qui chantait à l'étage, alors que les filles accueillantes de la tente étaient à la fois réelles et belles.

Finalement, les chefs de clan trouvèrent la réponse qu'ils cherchaient. « Le jeune maître de la famille Maichi nous a invités ici pour profiter de ces merveilleuses filles. »

Le conseiller Huang nous dit que ces femmes étaient des prostituées et que la grande tente était un bordel.

« Il y a deux filles réservées pour le jeune maître, me dit la mère maquerelle. Vous ne devez pas toucher aux autres. »

« Pourquoi ? »

« Parce qu'elles ne sont pas saines. »

« De quel genre de maladie souffrent-elles ? »

« D'un mal qui pourrit la chose des hommes. »

Je ne pouvais imaginer comment cette chose pouvait pourrir ainsi. Alors, la mère maquerelle appela deux prostituées et dit à l'une de soulever sa jupe. Mon Dieu, ce n'était pas une porte, mais une grotte ! Puis, elle me montra l'autre, dont le sexe ressemblait à un champignon et puait comme une vache morte.

Cette nuit-là, en songeant que des parties intimes pouvaient ressembler à cela, je perdis tout intérêt pour les femmes. Je restai seul à la maison, pendant que les chefs de clan allaient au bordel. Mais comme je n'arrivais pas à dormir, je me levai pour aller boire du thé avec mon conseiller. Je l'interrogeai sur la maladie des prostituées.

« C'est la syphilis », me dit-il.

« Qu'est-ce que c'est ? »

« Jeune maître, je vous ai apporté l'opium, pas cette sale maladie. »

En voyant son air agité, je sus que la syphilis présentait un réel danger.

« Mon Dieu ! s'exclama-t-il. Même cela est arrivé ici. Qu'est-ce qui viendra ensuite ? »

« Les chefs de clan l'ignorent encore, dis-je. La construction du bordel est terminée et maintenant, aucun d'eux ne veut s'en aller. »

Chacune des pensionnaires de la maison close avait une chambre en haut de l'escalier. La nuit, des lampes éclairaient brillamment la pièce du bas. L'étage était imprégné du parfum des filles, tandis que le rez-de-chaussée sentait le ragoût et le vin. Au centre de la pièce, un haut-parleur doré trônait à côté d'un gramophone usé, sur lequel des disques tournaient toute la journée.

« Laissez-les faire, dit mon conseiller, leurs jours sont comptés. Alors, laissez-les attraper la syphilis, laissez-les profiter de la vie. Il faut nous concentrer sur notre propre situation. »

Puis il me décrivit longuement cette maladie. Quand il eut terminé, je lui dis en riant : « Je n'aurai plus d'appétit pendant au moins trois jours. »

« L'argent a un terrible effet sur les hommes, me dit-il ; mais il n'est pas aussi mauvais que l'opium, qui lui-même, n'est rien comparé à la syphilis. Mais je voulais vous parler d'autre chose. » Il leva la voix. « Jeune maître, ils sont là. »

« Ils... ? »

« Je les ai vus. »

Je lui demandai de qui il s'agissait, et il répondit que c'étaient les Chinois han. Je ris, car c'était comme s'il n'était pas han lui-même, ni ma mère, ni les nombreux Chinois des boutiques de ma ville. On aurait dit, à l'entendre, que je n'avais jamais vu un Han auparavant, alors que j'étais moi-même le fils d'une femme han.

Mais il dit sérieusement : « Ce que je veux dire, c'est que les Hans colorés sont là. »

À présent, je compris. Les Han non colorés venaient ici uniquement pour l'argent, comme les hommes d'affaires, ou pour sauver leur vie, comme mon conseiller. Mais les Han colorés étaient différents — ils voulaient teinter notre pays avec leurs couleurs. C'était ce que voulaient les Chinois blancs. Et si les Han rouges gagnaient la guerre civile, ils étaient, disait-on, encore plus résolus à teindre dans cette couleur le moindre arpent de terre. Nous savions que les deux clans s'affrontaient violemment dans leur pays, sans que l'un des partis ne prenne vraiment l'avantage sur l'autre, car toutes les caravanes marchandes venues de Chine apportaient des journaux. Mon sage conseiller ne pouvait se passer de les lire, comme un drogué ne pouvait vivre sans opium. Il devenait nerveux quand il n'en avait pas, mais il soupirait quand il les parcourait. Il me disait toujours : « La guerre s'aggrave, elle va de pire en pire. »

Le conseiller Huang, qui avait été jadis un fonctionnaire provincial, s'était discrédité en s'opposant à la lutte contre les Chinois rouges. Mais il ne se réjouissait pas non plus à l'idée de les voir gagner.

Le bruit de l'arrivée prochaine des Han courait alors dans le pays. L'historien avait dit un jour que tout ce que les gens croyaient arrivait tôt ou tard ; et lorsque autant de gens parlaient de la même chose, c'était comme s'ils psalmodiaient la même incantation pour adresser au ciel un souhait identique.

Le conseiller avait toujours dit que les Han étaient aux prises dans un conflit inextricable ; et voilà qu'il disait tout à coup : « Ils sont là. »

« Viennent-ils pour me voir ? » demandai-je.

Il rit, disant que c'était bien là une réflexion de noble.

« Bon, repris-je. Alors, envoie-les-moi pour que je voie quelle couleur je préfère. »

Il rit de plus belle. « Le jeune maître a l'air d'une femme qui choisit un tissu pour une robe. » Il ajouta : « Ces gens-là entrent furtivement et ne veulent voir personne. Ils ne veulent pas non plus que les gens connaissent leurs couleurs. »

Je lui demandai comment il le savait.

« Je suis votre conseiller. Je suis censé savoir, n'est-ce pas ? »

Le ton de sa voix me déplut. En voyant mon air mécontent, il ajouta très vite : « Le jeune maître doit avoir oublié que son conseiller a été lui aussi un Han coloré. C'est pour cela qu'il peut les reconnaître. »

Alors, je lui demandai ce que ces gens avaient l'intention de faire, mais il me dit d'aller me reposer, car ils n'avaient rien prévu pour l'instant. Ils agiraient dans la limite de la légalité, plus prudents dans leurs actes que les autres Chinois en ville. Ils étaient venus en éclaireurs pour voir comment les choses se passaient dans le pays.

Je montai me reposer dans ma chambre.

Avant de m'endormir, je ne cessai de penser à « eux » et à la syphilis. Le lendemain matin, dès que je me levai, j'allai faire un tour dans la rue pour voir si je pouvais repérer les Han colorés.

Le jour suivant, je dormis trop longtemps, et je me réveillai avec un sentiment de vide, comme si j'avais perdu quelque chose. Je ne savais pas exactement quoi, j'avais simplement l'impression que quelque chose n'allait pas. Je demandai aux serviteurs ce qui manquait. Ils firent le tour de la maison, en comptant les bijoux et les objets de valeur, avant de me rapporter que tout était bien là.

Finalement, ce fut Sonam Tserang qui annonça : « La maîtresse ne chante pas. »

Les autres renchérirent : « Elle chante tous les jours, mais ce matin, nous n'avons pas entendu sa voix. »

Oui, Tharna s'asseyait toujours en haut, derrière la balustrade sculptée, pour chanter dès l'aurore.

Ces derniers temps, j'avais eu le sentiment que le temps passait plus vite que jamais. Songez à tous les événements qui s'étaient succédé : les chefs de clan étaient venus, la syphilis était apparue, et maintenant, les Han colorés arrivaient. Ce n'était que lorsque ma femme chantait pour séduire le jeune chef Wangpo que j'avais l'impression que le temps ralentissait, reprenant son rythme traînant.

Mais ce matin-là, quand elle cessa de chanter, le temps passa à une allure vertigineuse.

Aucun des chefs de clan n'était encore rentré du bordel. Je sortis avec mes serviteurs, sous le regard méchant, mais victorieux de la femme chef de clan, qui ne pouvait pas, elle, faire des prouesses dans un bordel. Tout était calme autour de moi, mais mon cœur battait comme si j'étais lancé sur un cheval au galop.

Enfin, les chefs de clan sortirent du bordel pour aller se coucher. Le temps était inversé dans la grande maison close. Après s'être abandonnés au son de la musique et au parfum du vin, les chefs de clan revenaient nonchalamment dormir dans ma demeure. À la vue de leurs silhouettes indolentes, je sus que quelque chose allait se passer. Mais en me rappelant ma discussion avec le conseiller Huang, je remontai la rue avec mon escorte. Je voulais voir si je pouvais distinguer les Han colorés qui s'étaient introduits furtivement dans la ville. Quand j'arrivai au pont, je rencontrai les chefs de clan, et je vis que la plupart d'entre eux avaient le nez très rouge. Oui, me dis-je, ils ont bien contracté la syphilis.

Et je me mis à rire.

Je ris à la pensée qu'ils ignoraient ce que portaient les filles.

DOUZIÈME PARTIE

46

LES GENS COLORÉS

Je vis quelques Han récemment arrivés, mais je ne pus repérer ceux qui étaient colorés, à part deux employés dans des nouvelles boutiques. Mais c'étaient en réalité des Chinois habillés en Tibétains.

À l'auberge que je fréquentais, le tenancier me demanda ce que je cherchais dans la rue. Je le lui expliquai. « Croyez-vous qu'ils se peignent le visage ? répondit-il. Leurs couleurs sont dans leurs cœurs. »

« Alors, je ne pourrai pas les distinguer. »

Je m'assis pour boire un verre. Je dis même en plaisantant que si son frère avait été là, ce serait le meilleur moment pour tuer le chef Maichi. « S'il veut vraiment assouvir sa vengeance, il doit agir maintenant. »

L'aubergiste me dit en soupirant qu'il ignorait où son frère était parti.

« Oui, mais toi ? »

« Si je savais que mon frère était mort, ou qu'il ne voulait plus agir, alors je le remplacerais. C'est la règle que nous avons convenu de suivre. »

Une partie de leur accord me fit froid dans le dos : si le chef Maichi mourait avant qu'ils aient une chance de l'abattre, alors le prochain chef Maichi — moi — deviendrait automatiquement leur cible. Ils devaient supprimer l'actuel chef Maichi pour venger le tort fait à leur famille.

J'étais si effrayé que je songeai à envoyer quelqu'un assassiner mon père. L'aubergiste rit et dit : « Vous êtes vraiment un idiot, mon ami. Pourquoi n'avez-vous pas envisagé de nous tuer, moi et mon frère ? »

Il avait raison. L'idée ne m'avait pas traversé l'esprit.

« Ainsi, vous n'auriez pas à redouter que je vous tue un jour. » En m'accompagnant à la porte, il dit : « Ne vous inquiétez pas. Rentrez chez vous pour veiller à vos affaires. »

Tandis que nous parlions, la mère maquerelle entra pour m'inviter dans son bordel. Même depuis l'auberge, j'entendais le son éraillé du gramophone et le rire lointain des filles, tandis que l'arôme de la viande venait flatter mes narines.

Je m'assis au rez-de-chaussée, mais je n'avais pas envie de manger ni de toucher la fille qu'on m'avait réservée. Je pouvais déceler la puanteur de la syphilis, même si je n'étais pas sûr qu'elle avait une odeur. Je la sentais seulement flotter dans l'air. Alors, la mère maquerelle me raconta des anecdotes piquantes sur ses clients chefs de clan. Même les filles pouffèrent en revivant certaines scènes. Mais je ne les trouvai pas drôles.

J'interrogeai la mère maquerelle sur les Han colorés. Elle rit. « Blancs, rouges ou incolores, pour nous, ils sont pareils. » Elle cracha sur le sol. « Les hommes sont tous les mêmes, quelle que soit leur couleur, à part, évidemment, les gens comme le jeune maître. »

« Que pensez-vous de moi ? »

Elle extirpa un bout de viande coincé entre ses dents. « Je ne connais personne qui soit comme le jeune maître, qui a l'air d'un idiot, mais en fait, ne l'est pas. »

On aurait dit qu'elle avait rencontré des gens de toutes les couleurs. Peuh ! Une femme qui répandait la syphilis.

Au sortir de cette maison aux mœurs légères, je crachai sur le sol avec colère.

Un petit tourbillon isolé entra dans le marché, faisant tournoyer l'herbe, la poussière et les bouts de papier. Il émettait un bruit sec, comme un drapeau claquant au vent. Un grand nombre de gens fuyaient à son approche, s'arrêtant juste assez longtemps pour cracher sur son passage. Tout le monde disait que les fantômes et les démons accompagnaient les tourbillons, et que seule la salive humaine était assez puissante pour les faire fuir. Mais celui-là ne cessait de grossir. Il disparut seulement lorsque les filles coururent hors du bordel en soulevant leurs jupes, exhibant devant lui les fleurs de syphilis poussant entre leurs jambes.

J'avais le cœur serré. Peut-être était-ce parce que je ne pouvais distinguer les Han colorés ; pouvoir les découvrir m'aurait soulagé.

Les serviteurs me trouvèrent pendant que je cherchais où le tourbillon avait pu se cacher.

Ma femme s'était enfuie avec le chef Wangpo.

Sonam Tserang, à la tête d'une troupe de cavaliers, les poursuivit sans attendre mon ordre. Ils filèrent comme le vent en direction du sud. Trois jours plus tard, Sonam rentra à la frontière les mains vides et il ordonna de faire dresser un poteau dans la cour. Puis il dit à Aryi de l'y attacher avec une corde et j'entendis des coups de fouet déchirer l'air. J'étais sans réaction, incapable de sortir de mon lit. Dès que j'essayais de dormir, le beau visage de Tharna flottait devant mes yeux. La servante qui s'était jadis appelée Tharna profita de l'occasion pour paraître devant moi. Elle s'était tenue à l'écart pendant toutes ces années. Mais à présent, en tournant autour de mon lit, elle me parla à nouveau de sa voix de moustique ; elle maudit le nom de Tharna et m'exhorta à ne pas être triste. J'avais envie de gifler cette femme aux jambes et aux bras frêles, capable de cracher un tel venin. Mais j'étais trop paresseux pour lever la main et je lui ordonnai de sortir. « Si tu ne t'en vas pas, je te donnerai à un cordonnier borgne. »

Elle tomba à genoux et m'implora : « S'il vous plaît, ne faites pas ça. Je ne veux pas donner le jour à un esclave. »

« Alors, fiche le camp ! »

« Je vous en prie, supplia-t-elle, ne me donnez pas à un autre homme. Je suis à vous, même si vous ne voulez plus de moi. Je me considère toujours comme votre femme. »

Ses paroles me touchèrent. Mais avant que j'aie eu le temps de lui répondre, elle était déjà partie.

En bas, Sonam Tserang finit par crier sous le fouet qui lui mordait la chair.

Cela me donna la force de descendre pour dire à Aryi de cesser de le punir.

C'était la première fois qu'Aryi châtiait quelqu'un pour moi ; je n'aurais jamais cru que Sonam Tserang pût être sa première victime. Dès qu'on délia la corde, il se laissa glisser à terre, et les chefs de clan l'entourèrent, admirant le raffinement des talents de mon bourreau. La chef Rongong voulut dire quelque chose, mais elle se tut en voyant mon regard et le fouet de Aryi. Le chef Maichi garda prudemment le silence. Lha Shopa, qui, de tous les chefs de clan, était mon seul véritable ami, commença à parler, lui aussi. Mais je l'arrêtai, car cela n'aurait rien arrangé. Je dis aux chefs de clan : « Vous m'avez demandé pourquoi je vous avais invités. Maintenant vous le savez. Je vous ai fait venir pour que vous puissiez me voir trahi par une femme Rongong. » J'ajoutai : « Puisque vous avez déjà reçu mon cadeau, ceux qui veulent partir peuvent le faire dès demain. »

Ils écartèrent les mains, pour me signifier qu'ils n'avaient rien reçu. Ils ignoraient que mon cadeau s'appelait syphilis.

Le lendemain, tous les chefs de clan vinrent prendre congé de leur hôte au cœur brisé.

« La mère a dit à sa fille de séduire Wangpo, me glissa Lha Shopa. Croyez-moi, jeune maître, ne la laissez pas filer trop vite. »

À la surprise générale, Tharna, en se balançant sur son cheval, revint juste avant le départ des chefs de clan. La poussière qui couvrait son visage était pareille aux cendres d'un feu ardent. Elle me dit calmement : « Tu vois, je suis rentrée. Je resterai ta femme jusqu'à la fin de mes jours. »

Elle se comportait exactement comme lorsqu'elle m'avait trompé avec mon frère. Au lieu lui répondre, je la suivis du regard quand elle se mit à gravir l'escalier.

Les yeux des chefs de clan étaient fixés sur moi tandis que je regardais Tharna monter tranquillement à l'étage. Sa mère n'aurait pas dû se montrer à un moment pareil, mais la vieille sorcière descendit pour accueillir sa fille. Elle découvrit alors que son beau visage avait perdu son éclat, comme si un feu l'avait brûlé. Même moi, à cette vue, j'éprouvai une douleur sourde. Tharna leva les yeux, aperçut sa mère et gémit. Puis, en poussant des cris plaintifs, elle s'effondra dans l'escalier.

Au début, la chef de clan parut désarçonnée, puis son dos se redressa et devant tout le monde, elle cracha sur sa fille bien-aimée. Très droite, elle descendit les marches avec dignité avant de me déclarer : « Cette femme incapable ne fait plus partie de la famille

Rongong. Allez lui dire quelque chose d'agréable, dites-lui de ne pas pleurer. Quant à moi, je m'en vais. »

Voilà bien la logique d'une femme. C'était comme si ces mots la dédouanaient entièrement de ce qui venait de se passer. Cela me semblait faux, mais je n'aurais su dire pourquoi. Juste à ce moment-là, Père cria du haut de l'escalier que je ne devais pas laisser partir cette femme. Le chef Maichi dévala les marches en hurlant : « Cela veut dire que tu ne seras pas le chef Rongong. Tu ne lui succéderas pas à sa mort. »

« À sa mort ? répétai-je bêtement. Comment pourrais-je être à la fois le chef du clan Maichi et celui des Rongong ? »

Tous les autres chefs de clan se mirent à rire.

Mais Père manqua de s'évanouir de rage. Il serait tombé si les serviteurs ne s'étaient pas précipités pour le rattraper. Mère descendit les marches en courant et cria à son fils : « Tu seras d'abord le chef Rongong avant de régner sur les Maichi. »

La femme chef de clan ricana : « Croyez-vous que ce vieillard décrépit vivra plus longtemps que moi ? »

Elle cracha de nouveau sur sa fille avant de se retourner pour aller faire ses bagages.

Les autres chefs de clan s'éloignèrent lentement. Certains partirent immédiatement, d'autres voulurent passer une dernière nuit dans la maison close.

Le vent m'apporta les sanglots de Tharna, comme encore récemment, il avait fait voler ses chansons jusqu'à moi.

L'historien me dit avec ses yeux : « Le spectacle est terminé. »

Pendant ce temps, le conseiller Huang était dans tous ses états.

Il était inquiet de l'arrivée de ses compatriotes colorés. Mon conseiller avait perdu son poste en s'opposant à la guerre entre les Chinois blancs et rouges, mais il espérait toujours que les premiers l'emporteraient. Il disait qu'il pourrait survivre si les Han blancs gagnaient, mais qu'il ne savait pas du tout ce que feraient les rouges s'ils arrivaient. Comme j'avais donné de l'argent aux blancs pour acheter des avions, nous avions convenu rapidement que si les Han, les Han colorés, devaient venir, il valait mieux que ce soient les blancs.

Quant à Tharna, Wangpo l'avait abandonnée après l'avoir jetée dans les flammes de la luxure, qui l'avaient gravement brûlée.

Quand tout le monde rêvait d'avoir une chose, je la désirais également. Mais quand personne n'en voulait, elle ne m'intéressait pas non plus. Cela s'étendait aussi aux femmes, même à la plus belle fille du monde, même si je ne rencontrerais jamais plus une telle beauté.

Qu'elle aille donc veillir lentement dans sa chambre.

La chef Rongong vint me dire au revoir.

« Ne voulez-vous pas emmener votre fille ? » demandai-je.

« Non. »

« Le chef Wangpo l'a abandonnée. »

« Elle était d'abord votre femme. »

« Tharna va se faner et mourir dans cette chambre. »

« Demandez donc à la chef Rongong si elle n'a pas autre chose à vous dire », suggéra l'intendant.

Alors, elle déclara : « Je veux que vous me promettiez, devant tous les chefs de clan, de ne pas envoyer d'assassins à mes trousses. »

Tout le monde l'entendit. Sonam Tserang, Aryi et la femme du chef Maichi secouèrent vigoureusement la tête, pour me faire signe de ne rien lui promettre, mais les autres chefs de clan me prièrent d'accéder à sa requête. Ils savaient tous qu'ils ne courraient aucun danger si je laissais la chef de clan rentrer chez elle sans encombre. Je n'avais pas le choix. « D'accord, répondis-je, vous pouvez regagner vos terres l'esprit tranquille. »

Lorsque la chef Rongong ne fut plus qu'un point à l'horizon, je dis à mes autres invités : « Rentrez aussi chez vous sans inquiétude. »

Le lendemain, ils étaient tous partis.

Le chef Maichi et son épouse furent les derniers à s'en aller. Mère avait les yeux rouges, mais Père et moi n'avions rien à nous dire. Mère se pencha du haut de son cheval pour déposer un baiser sur mon front. « Tu dois être patient, mon fils, murmura-t-elle. Je te verrai, de mon vivant, devenir chef de clan. »

J'avais envie de lui dire qu'il était trop tard, que le temps passait de plus en plus vite, mais je n'y parvins pas. Je lui dis simplement : « Tu vas me manquer, Ah-ma. »

Des larmes roulèrent sur son visage.

Elle flatta son cheval, et il se mit en marche. Le premier pas de sa monture résonna à mes oreilles comme s'il avait frappé mon cœur. Je tendis le bras pour saisir les rênes. « Ah-ma, lui dis-je, les Han colorés sont là. »

Elle s'arrêta, mais ne répondit pas. Puis, elle cravacha son cheval, et il reprit sa marche.

À nouveau, son fils idiot courut vers elle. Tandis que la maîtresse se penchait vers moi, je lui dis de ne plus coucher avec le chef Maichi, parce qu'il avait contracté la syphilis. Elle eut l'air de savoir ce que je voulais dire. Le pays des chefs de clan n'avait peut-être encore jamais vu cette maladie, mais Mère venait d'un endroit où elle était connue depuis longtemps.

« Pourquoi le jeune maître n'a-t-il rien dit au sujet du trône ? » demanda l'intendant.

Le conseiller Huang suggéra : « Il ne reste plus beaucoup de temps. »

Sonam Tserang, bien qu'il sût que je dirais non, me demanda la permission de poursuivre la chef Rongong. Je refusai catégoriquement. Puis, cet esclave obstiné voulut aller tuer le chef Wangpo. Là, je fus obligé de céder. J'acceptai à la seule condition qu'il l'abatte sur la route. Si Sonam le tuait après qu'il soit rentré dans son domaine, j'ordonnerais à Aryi de mettre fin à la vie de chien de son ami.

Il partit sans un mot, avec deux pistolets. Je crus qu'il allait se retourner pour nous regarder une dernière fois, mais il ne le fit pas. Alors, je gardai les yeux fixés sur lui jusqu'à ce qu'il ait disparu de ma vue.

Après le départ de Sonam Tserang, je me mis à compter les jours ; autrement dit, je mesurais ma vie à l'aune de son absence. Au bout de dix jours, quelqu'un me demanda de le remplacer à son poste de percepteur en chef. Je fis venir Aryi, qui fouetta l'impudent. L'homme avait travaillé sous les ordres de Sonam Tserang, et le fouet le dépouilla prestement de son uniforme. Je demandai à l'intendant quel était son statut, et il s'avéra que c'était un homme libre. Alors, je l'asservis, lui disant qu'il ne retrouverait sa liberté que si mon percepteur revenait sain et sauf. Comme je n'étais pas un chef de clan, la seule personne qui pouvait arrêter le nombre des hommes libres et des esclaves, je me contentai d'échanger leurs statuts, chose que Père n'aurait pas réprouvée s'il l'avait su.

Le douzième jour, l'orfèvre, le mari de Dolma, apparut. Sa femme n'était pas là. Elle était allée au pâturage près de la source chaude, pour y chercher la fille qui avait le même prénom qu'elle. Elle savait que je n'avais pas été depuis longtemps avec Tharna. J'avais deux Tharna autour de moi, l'une qui m'avait trahie, et l'autre qui n'éveillait pas d'intérêt en moi.

L'orfèvre vint me voir, mais je lui dis que je n'avais pas besoin de lui à la frontière.

Connaissant ma pensée, l'intendant dit à Choedak: « Sangye Dolma dirige les femmes de cette maison. Vous n'êtes plus digne d'elle. »

L'orfèvre hurla qu'il était amoureux de Dolma.

« Retournez au domaine, poursuivit l'intendant. Si le chef de clan souhaite vous aider, il pourra vous rendre votre liberté. »

En vérité, l'orfèvre aurait pu venir me trouver moi-même, car j'étais assis à proximité pendant qu'il parlait à l'intendant. Mais il répliqua, avec un sourire arrogant: « Le chef de clan m'affranchira. »

Puis il jeta son sac sur son épaule, fit quelques pas et se retourna. « Jeune maître, me dit-il, quand je reviendrai travailler pour vous, il faudra me payer. »

Il voulait dire qu'il serait un homme libre, à nouveau digne de Dolma. « Très bien, répondis-je. Je te paierai double prix. »

Il se retourna et s'en alla. En regardant s'éloigner sa silhouette, j'éprouvai la même peine que la première fois où il avait jeté les yeux sur Dolma. Son dos courbé trahissait son chagrin, et je me rappelai qu'il avait perdu sa liberté en épousant sa femme. Cette fois-ci, toujours pour l'amour de Dolma, il allait demander à sortir de sa condition d'esclave. Je me dis que sa démarche était sans espoir.

L'orfèvre allait être sûrement déçu. Les gens sont tous les mêmes, qu'ils soient orfèvres, esclaves ou chefs de clan. Ils ne voient que leurs raisons personnelles, n'osant se demander s'ils ont vraiment lieu d'espérer.

Peu après le départ de l'orfèvre, je dis à Aryi de le ramener en prenant un rapide coursier. Quand il vit le bourreau le poursuivre, l'orfèvre sua à grosses gouttes, pensant qu'il allait le tuer. Mais Aryi l'emmena simplement au bordel, où Choedak, étourdi par le bruit de la musique et l'arôme de la soupe, faillit se trouver mal. Les filles le conduisirent à l'étage, où il finit au lit deux platées de ragoût. Puis, en ne cessant de roter, il se défoula sur le ventre d'une prostituée. Il n'aurait pas dû manger autant.

Dolma rentra du pâturage les mains vides. La fille qu'elle était allée chercher s'était mariée loin de la frontière. Tandis que j'étais assis avec mon ancienne amante, je m'aperçus que nous n'avions rien à nous dire. Elle me demanda à voix basse si le passé me manquait. Je n'avais pas envie de parler. Elle soupira et me dit que j'étais un maître qui tenait à l'amitié. Ce fut alors que je lui appris la visite de l'orfèvre. Elle poussa un nouveau soupir. Je savais qu'elle l'aimait, mais elle occupait à présent une position officielle et elle savait que je l'affranchirais à la mort de mon père. Voilà pourquoi elle s'abstenait de parler de lui.

Aryi entra pour dire que l'orfèvre n'avait cessé de roter en chevauchant la fille du bordel. Dolma en eut les larmes aux yeux. « Je sais gré au jeune maître d'avoir donné du plaisir à Choedak », murmura-t-elle.

La mère maquerelle garda l'orfèvre chez elle, disant qu'elle avait besoin de faire fabriquer des objets en argent.

Par la suite, les gens qui sortaient du bordel disaient qu'ils remarquaient toujours de nouveaux bibelots. Dolma pleura encore de temps en temps. Elle cessa de coucher avec l'intendant, mais elle n'alla pas retrouver son mari. Ce fut ainsi que s'achevèrent les amours de la servante et de l'orfèvre.

Sonam Tserang était parti depuis près d'un mois, mais nous n'avions toujours pas de nouvelles. Un jour, j'étais en train de scruter la route du sud lorsque Tharna, suivie de Tharna, s'approcha de moi — autrement dit, la fille de chef de clan était suivie par la fille de palefrenier ; ou plutôt, ma femme était suivie par ma servante. Mon épouse infidèle venait de fumer une bonne dose d'opium. Elle avait l'air égaré, et une lueur de folie dansait dans ses yeux. Un coup de vent la fit vaciller. Quand je tendis la main pour l'empêcher de tomber, ses mains étaient aussi froides que si elle avait grandi dans un lieu balayé par des vents glacés. Elle me dit : « Ton tueur ne reviendra pas. »

Je n'ai jamais été homme à garder chaque chose en mémoire, car cela aurait fait de moi un être intelligent, et non pas un idiot.

Mais à présent, en me rappelant des souvenirs du passé, elle me traitait en homme intelligent. Alors, je la plantai là et descendis l'escalier. Quand j'atteignis le rez-de-chaussée, j'appelai Tharna, et la fille de palefrenier me rejoignit, laissant la fille de chef de clan seule derrière une balustrade sculptée. Le vent faisait bouffer ses vêtements, et on aurait cru qu'elle allait s'envoler. Cela n'aurait étonné personne de voir une belle femme comme elle s'envoler dans les airs. Avec sa beauté, les gens l'auraient prise pour une fée. Mais elle ne s'envola pas. Rester seule comme cela la rendit encore plus glacée.

Cette nuit-là, je rêvai que Tharna, mon épouse, s'était changée en roche de jade brillant au clair de lune.

Quand je me réveillai le matin, la terre était couverte de givre. Ce devaient être les premières gelées. L'hiver allait bientôt arriver.

Sonam Tserang revint enfin, mais il avait perdu une main et un de ses pistolets.

Nous apprîmes qu'il n'avait pas réussi à rattraper Wangpo avant que celui-ci ait regagné son domaine. Alors, Sonam Tserang avait attendu qu'il en sorte pour pouvoir le tuer sur la route. Mais Wangpo resta dans son château, et il n'en bougea pas. Plus tard, Sonam entendit raconter qu'il avait contracté une étrange maladie qui le clouait au lit. La syphilis qu'il avait attrapée au bordel faisait maintenant effet, pourrissant sa virilité. Alors, mon serviteur s'approcha de son domaine, puis il sortit un pistolet et tira plusieurs fois en l'air. Il fut immédiatement saisi par les hommes de Wangpo, qui lui coupèrent une main. Le chef Wangpo sortit pour voir Sonam. Il avait le teint fleuri, comme s'il était en bonne santé. Mais Sonam Tserang vit qu'il avait du mal à marcher, comme s'il craignait de perdre la chose qu'il avait entre les jambes. Il baissa les yeux sur sa main amputée, dont la couleur commençait à changer, puis il regarda Wangpo et éclata de rire.

Le chef Wangpo s'esclaffa lui aussi, mais son visage pâlit. « Les femmes, soupira-t-il. Tu vois ce qu'elles ont fait de nous. »

« Mon maître rirait bien s'il vous entendait », répondit Sonam Tserang.

« Alors, retourne dans le nord et va lui raconter. »

« Je ne vous demande pas de m'épargner. »

Wangpo lui tendit une lettre. « Ne te considère pas comme un tueur, mais comme un messager. »

Ce fut ainsi que mon serviteur revint avec une lettre de Wangpo. Mais avant son départ, le chef de clan ordonna d'ériger un petit monticule funéraire pour sa main amputée, et Sonam Tserang alla le voir.

Dans sa lettre, le chef Wangpo disait : « Les femmes, les femmes... Ce sont vos femmes qui m'ont détruit. » Il se plaignait que dans ma nouvelle cité, les prostituées avaient ruiné son corps et la femme de son ami lui avait brisé l'esprit.

Il ajouta que beaucoup de chefs de clan avaient maudit ma ville. Leurs corps, disaient-ils, pourrissaient à cause d'elle. Mais qui a jamais entendu parler d'un vivant en putréfaction ? Jadis, les gens tombaient seulement en décomposition une fois que leur âme avait quitté leur corps. Mais à présent, leurs corps vivants s'étaient mis à se désagréger, à commencer par cette chose dont ils s'étaient servis pour prendre du plaisir et continuer leur lignée.

Je demandai à l'historien s'il fallait maudir ma cité. Il répondit que tous ceux qui venaient ici ne se décomposaient pas ; seulement ceux qui étaient dépassés par la ville.

Le moine d'autrefois, l'historien d'aujourd'hui, Wangpo Yeshi, disait que les nouveautés poussaient dans les endroits où les choses pourrissaient.

47

TOILETTES

Les Chinois rouges vainquirent les Chinois blancs.

Les Han blancs en déroute déferlèrent dans notre ville de la frontière.

Au début, ils nous sous-estimèrent, croyant qu'ils n'auraient qu'à brandir leurs fusils pour avoir de la viande et des céréales. Mais je leur en donnai. Quand ils eurent mangé leur content, ils voulurent du vin et des femmes, choses que nous avions en abondance. Mais comme ils n'avaient pas d'argent, ils voulurent me prendre le mien. Ce fut alors qu'ils découvrirent que nous étions armés depuis des années ; et à la fin, ils furent contraints d'échanger leurs fusils contre de l'argent, qu'ils employèrent ensuite pour avoir du vin et des femmes. Ils se pressèrent au bordel, ce lieu qui répandait la syphilis. Ils ne cessaient de hurler et d'imprimer leurs traces de pas dans la neige. Depuis qu'ils étaient là, même les chiens affamés avaient du mal à trouver un coin de neige immaculé pour y déposer leurs empreintes.

Le conseiller Huang, drapé dans une robe de fourrure, disait : « Ils ont trop froid pour dormir. » J'acquiesçai. Le vent coupant perçait leurs tentes. Le conseiller Huang soupirait tellement que je dus leur donner à boire et à manger quand il neigeait.

Ils passaient la plupart du temps au bordel, mais aucun d'eux ne souffrit de la syphilis. J'appris alors qu'ils avaient un remède spécial pour prévenir la contagion et je demandai à un officier de l'armée de m'en fournir. Moi-même, je n'en avais pas besoin, car la mère maquerelle m'avait toujours donné une fille saine, mais je divisai le remède en deux — une moitié pour Tharna, qui avait contracté la maladie auprès de Wangpo, l'autre pour le chef Maichi, pour lui montrer que son fils idiot ne voulait pas que son père pourrisse dans son lit en répandant une odeur infecte.

Profondément ému, Père écrivit pour me dire que son domaine était bien isolé dans le froid de l'hiver. Sa lettre me disait : « Reviens, mon fils. Rapporte-nous une nouvelle année de fête avec les talents dont tu t'es servi pour diriger la ville de la frontière. »

Je demandai à mes serviteurs s'ils voulaient rentrer au domaine. Ils répondirent oui, surtout Sonam Tserang, qui désirait revoir sa mère. Je voulus savoir si Aryi regrettait son vieux père bourreau. Il secoua la tête, avant de la hocher. « Très bien, conclus-je. Le chef de clan et sa femme me manquent à moi aussi. »

Sur ce, Dolma et les serviteurs commencèrent à faire leur bagages. Quant à moi, je me sentais pareil partout. Je ne veux pas dire que je ne connaissais pas la solitude, mais j'éprouvais rarement ce sentiment. L'historien me rappela que les gens me tenaient pour un idiot, en ajoutant que la stupidité avait un avantage : beaucoup de choses qui blesseraient un homme normal n'avaient aucun effet sur moi. C'était logique.

La neige tomba le jour de notre départ. Elle était particulièrement drue, avec d'épais flocons se ruant sur la terre comme des volées d'oiseaux. À midi, elle avait défoncé les tentes des soldats blancs. Rentrant la tête dans les épaules et tenant précieusement les fusils qui leur restaient, ils coururent droit à notre maison bien chauffée. Cette fois-ci, ils se seraient battus jusqu'à la mort si j'avais refusé de les laisser entrer, car ils auraient sûrement gelé dehors. J'écartai les serviteurs d'un geste, leur disant de ranger leurs armes et de les laisser monter. Les soldats les moins résistants s'écroulèrent face contre terre, comme s'ils étaient gênés de nous déranger. Quelques-uns d'entre eux furent sauvés ; pour les autres, on ne put rien faire.

Je dis à Sangye Dolma de donner aux survivants quelque chose à manger.

À ce moment-là, nous prîmes tous conscience que nous ne pouvions pas quitter la maison. Alors, les soldats furent placés dans une moitié du bâtiment, et nous nous installâmes dans l'autre. Le sous-sol recelait tout l'argent et les trésors que nous avions accumulés au travers des années. Si nous partions, ils tomberaient sûrement entre les mains des Chinois blancs.

Par chance, il n'y eut pas de querelles entre nous et nos invités. Les officiers, coiffés de leurs képis en forme de bec, me souriaient en se cantonnant sur la véranda opposée, tandis que leurs soldats s'inclinaient devant moi en m'appelant « Maître », comme des serviteurs. De mon côté, je leur donnais de l'huile, du sel, de la viande et des céréales. Mais ils se débrouillaient quand l'envie les prenait d'avoir du vin et des prostituées.

Chacun, des deux côtés, s'efforçait de garder une distance prudente.

Nous nous adressions des sourires et des salutations de part et d'autre, mais sans jamais nous approcher. La distance est nécessaire aux inconnus forcés de vivre ensemble. Mais il y avait une exception, un endroit où la distance semblait disparaître. Les toilettes. Comme nous portions des robes longues, nous n'y révélions aucune partie de notre anatomie, mais les Chinois han, avec leurs vestes courtes, devaient exposer leurs postérieurs à l'air ; et ces pâles derrières étaient la risée de mes troupes.

Voilà pourquoi, pour vous dire ce qui se passa, je dois commencer par les toilettes.

Mais d'abord, il faut préciser où elles étaient situées.

Le conseiller Huang avait dit un jour que notre maison avait la forme d'un caractère chinois. Il déchira une page du carnet de l'historien et le traça pour moi. L'idéogramme avait exactement la forme de la maison et ressemblait à ça : . L'ouverture faisait face à la ville. Nous vivions dans une jambe de la maison, et les Han dans l'autre ; dans la partie du bas se trouvaient les toilettes.

J'avais entendu des histoires sur ce qui différenciait les Tibétains des Han. L'une d'elles racontait que deux voleurs, un Han et un Tibétain, avaient été pris alors qu'ils dérobaient de l'or. Quand on leur ouvrit le ventre, celui du Tibétain regorgeait de poils d'animaux, et celui du Han de rognures de fer. Les Tibétains se nourrissent principalement de viande, et comme elle n'est jamais très propre, ils ingèrent beaucoup de poils de vache et de chèvre. En revanche, les Han mangent surtout de la verdure — des feuilles, des racines et des tiges — qu'ils font sauter avec une spatule métallique dans un wok en fer ; et avec le temps, leurs estomacs s'emplissent de rognure de fer.

Cette fable sur les estomacs est pour moi une image, moins une histoire réelle qu'une mise en contraste. C'est aussi vrai pour les toilettes. Nous savons tous que pour les Han, même les Anglais sont des barbares, à plus forte raison les Tibétains. Mais nous avons aussi notre sentiment de supériorité. Prenez, par exemple, les toilettes. Ma sœur, qui vivait dans la lointaine Angleterre, racontait que les Britanniques méprisaient surtout les Chinois à cause de leurs toilettes ; et ma mère han disait que si on lui demandait ce qu'elle préférait au pays des chefs de clan, les toilettes viendraient en second, immédiatement après l'argent.

Je n'avais jamais été dans le pays des Han, et je ne savais donc pas à quoi ressemblaient leurs toilettes. Je peux seulement décrire les nôtres, qui étaient attachées derrière nos maisons à des murs sans fenêtres. Une autre histoire raconte qu'un fonctionnaire de l'empereur de Chine les avait prises un jour pour des cages à oiseaux ; et cela, parce que de grosses volées de pigeons et de corbeaux au bec rouge décrivaient toujours des cercles autour des grandes maisons. L'histoire raconte aussi qu'à son retour dans la cour impériale, le fonctionnaire ne tarissait pas d'éloges sur les chefs de clan. C'est vrai, les Tibétains qui vivent dans des maisons à plusieurs étages suspendent toujours leurs toilettes en plein air.

Nos hôtes et nous vivions sur chaque jambe du caractère chinois, avec les toilettes au milieu. Si bien que ces dernières devinrent le seul endroit où nous croisâmes les militaires au cours de ce terrible hiver. Les soldats han découvraient leurs derrières dans la petite maison de bois accrochée au mur, tandis que les vents glacés gelaient leurs extrémités. Ils ne pouvaient s'empêcher de trembler, et mes gens, en les voyant, s'obstinaient à penser qu'ils avaient peur de nous. J'essayais de leur faire comprendre que si les Han frissonnaient dans les toilettes, ce n'était qu'à cause du vent froid et de la peur des hauteurs.

« Cela ne peut pas vous faire de mal qu'ils croient les Chinois faibles », dit le conseiller Huang.

Alors, je laissai mes gens continuer à se moquer des Han.

Quant à moi, j'avais des toilettes privées.

Pour m'y rendre, je devais traverser une pièce où un feu vif brûlait sur un brasero de bronze. Lorsque j'y pénétrais, un brûleur d'encens exhalait une fumée odorante qui montait au plafond en formant des volutes. Deux femmes d'âge mûr entretenaient ce lieu. Quand je sortais des cabinets, elles me priaient de m'asseoir près du feu pour me réchauffer, tandis qu'elles me purifiaient avec de la fumée d'encens de la tête aux pieds.

Je dis au conseiller Huang d'inviter l'officier supérieur de l'armée vaincue à venir partager mes toilettes ; et peu de temps après, je tombai sur lui à l'entrée de la pièce. Je lui offris de s'asseoir auprès du brasero tandis que les femmes allumaient l'encens, et nous attendîmes que son parfum se soit diffusé dans la pièce. Comme je ne disais rien, il brisa la glace en me proposant une alliance pour repousser une attaque imminente des communistes. Il dit que les Han rouges formaient le parti des pauvres et que s'ils arrivaient, les chefs de clan seraient finis, sans parler d'un noble fortuné comme moi qui avait des fusils.

« Unissons-nous contre eux », dit-il avec ardeur.

Ses yeux rougirent quand il parla de ce que les communistes faisaient aux hommes riches. En sautant sur ses pieds, il me pressa l'épaule et me serra vigoureusement la main.

Je crus tout ce qu'il disait.

Je savais que l'officier me parlait d'une question de vie ou de mort. Mais ne pouvant me retenir plus longtemps, je m'arrachai à son étreinte et me précipitai dans les toilettes. Juste à ce moment-là, un vent soufflait d'en bas. Quand je revins après avoir fait mes besoins, les femmes me fumigèrent et l'officier se couvrit le nez avec un mouchoir de soie. Un air de dégoût se peignit sur son visage comme si mon corps empestait tout le temps. Jusqu'alors, j'avais été un homme fortuné comme lui, mais ma visite aux toilettes eut l'air de tout changer et je devins un barbare puant. Comment un officier pouvait-il discuter d'affaires importantes aux toilettes ? Je sortis.

« Qu'il aille se faire voir ! dis-je au conseiller Huang. Vous pouvez dire aux Han de mener leurs combats sans moi. »

Le conseiller Huang poussa de longs soupirs. Il avait espéré que je m'allierais aux Chinois blancs. « S'il en est ainsi, conclut-il, je dois faire mes adieux au jeune maître. »

« Eh bien, partez. Suivez qui vous voulez, puisque vous êtes un foutu chinois et que vous ne pouvez pas l'oublier. »

À vrai dire, la réaction de l'officier dans mes toilettes n'était pas la seule raison de mon refus de m'allier aux Chinois blancs, mais elle y contribua pour beaucoup.

Le printemps était enfin là.

Mes gens m'apprirent que les soldats han ne tremblaient plus dans les toilettes, d'un côté parce que le vent était plus chaud et de l'autre, parce que leur peur des hauteurs n'était plus un problème ; ils s'étaient habitués aux toilettes en plein ciel. Après cela, je rencontrai encore une fois l'officier au même endroit. Je n'avais rien à lui dire, et il fit simplement : « Voilà le printemps. »

« Oui, approuvai-je, en effet. »

Ce fut toute l'étendue de notre conversation.

Dès le début du printemps, l'Armée de Libération du Peuple perça de grandes trouées avec des explosifs pour pénétrer dans les terres des chefs de clan avec son artillerie et ses camions. Certains choisirent de combattre les communistes, d'autres décidèrent de capituler. Mon ami Lha Shopa fit partie de ces derniers. Il envoya un messager négocier avec les Han rouges, qui revint peu après avec un uniforme complet de leur armée, et un bout de papier nommant le chef de clan à une sorte de poste de commandant. Par contre, la chef Rongong liquida la fortune qu'elle avait amassée pour acheter des fusils et des pièces d'artillerie, en prévision d'un combat acharné. Toutes les nouvelles qui arrivaient indiquaient qu'elle semblait rajeunir. Le chef Wangpo fut celui qui adopta la position la plus intéressante. Il disait qu'il ne savait rien des communistes ou de ce qu'ils lui feraient, mais qu'il ne serait jamais du même côté que la famille Maichi. En d'autres termes, il capitulerait si je résistais aux communistes, et il se défendrait si je me rendais.

L'intendant et le conseiller Huang me suggérèrent d'avoir un dernier entretien avec l'armée des Chinois blancs. Mon conseiller observa : « Si vous voulez vous battre, il faudra vous résoudre à être leur allié. Sinon, vous pouvez leur dire de partir, puisque le temps s'est réchauffé. »

« Et que vous ne pouvez plus discuter dans les toilettes », ajouta l'intendant.

Je ris : « Tu as raison là-dessus. »

Ils pouffèrent avec moi.

L'intendant demanda au conseiller Huang si ce qui sortait du postérieur des Han ne puait pas. Le conseiller répondit par l'affirmative. Alors, l'intendant lui demanda ce qui sentait le plus mauvais, les crottes des Tibétains ou celles des Chinois. La question était épineuse. Mais au lieu de se fâcher, le conseiller s'esclaffa et dit : « Pourquoi l'intendant ne le demande-t-il pas au jeune maître, puisqu'il a partagé ses toilettes avec un Chinois ? »

Nous partîmes tous d'un énorme fou rire.

Je m'apprêtai à aller trouver l'officier nationaliste pour lui parler d'une alliance, quand un événement imprévu fit tout s'évanouir en fumée. Un soir, j'étais assis près de la lampe avec mon historien muet. Nous nous taisions, car la situation dépassait son entendement. Juste à ce moment-là, Sonam Tserang entra avec un air triomphant, en laissant s'engouffrer un vent qui fit vaciller la lumière.

« Je l'ai enfin attrapée », annonça-t-il fièrement.

Depuis quelque temps, il ne cessait de me répéter que je devais garder un œil sur Tharna.

Je l'avais alors complètement écartée de ma vie, à ceci près qu'elle était toujours sous mon toit, habillée et nourrie par moi. Sonam Tserang était persuadé que c'était une raison suffisante pour que je me sente concerné. C'est ainsi que les serviteurs conçoivent les relations : le fait de donner quelque chose à quelqu'un vous lie mutuellement. Les communistes arrivaient, mais toute son attention était concentrée sur une femme.

Sonam Tserang avait été longtemps gêné d'avoir échoué à tuer le chef Wangpo. Maintenant, il avait pris Tharna sur le fait — en voyant un officier blanc sortir de sa chambre. Avec d'autres serviteurs, il l'avait désarmé avant de le pousser au bas de l'escalier, et là, Aryi avait attaché l'homme à un poteau. Sonam Tserang me traîna hors de ma chambre, mais je ne pus voir ce qui se passait en bas ; j'entendis seulement les coups de fouet du bourreau et les cris déchirants du coupable. Partout, les chiens aboyaient comme des fous.

Tharna m'avait trompé — pour la troisième fois.

Puis, la nuit devint noire, et les hurlements des chiens résonnèrent sous la lune.

48

TIR D'ARTILLERIE

Les soldats blancs s'en allèrent.

Ils partirent en pleine nuit sans même me dire au revoir.

Quand je me réveillai le lendemain matin, je vis l'homme qu'ils avaient laissé, l'officier, attaché au poteau. Ses camarades lui avaient planté un poignard dans le cœur. Ils avaient nettoyé les pièces qu'ils avaient occupées, ce qui voulait dire qu'ils n'étaient pas partis en hâte. Le conseiller Huang les avait accompagnés. Dans sa chambre, il avait placé une lettre à mon intention, sur une pile de journaux soigneusement pliés. Comme elle était écrite en chinois, personne dans la maison ne put la lire. Les cendres de son brûleur d'encens étaient encore chaudes. Ma femme était partie avec eux, mais elle avait laissé sa chambre en pagaille. Les couvertures, le rideau du lit, et des tas de broderies de soie avaient été mis en pièces. La porte et les fenêtres étaient grandes ouvertes. Lorsque le vent soufflait, les lambeaux voletaient dans la chambre comme des papillons, puis tombaient sur le sol quand le vent se calmait.

Ces lambeaux, avec leur éclat métallique, étaient les fragments de la rancune de Tharna.

Sonam Tserang hurla une nouvelle fois qu'il allait la poursuivre.

L'intendant lui demanda en riant quelle direction il allait prendre. Sonam secoua la tête sans comprendre. Il était peut-être un fidèle serviteur, mais à ce moment-là, il avait l'air stupide. Comme j'étais bouleversé, je lui donnai un coup de pied et lui dis de foutre le camp.

Mais il me lança un sourire loyal et, tirant un poignard de sa ceinture, il l'agita devant mes yeux. Puis, il courut au bas de l'escalier, sauta sur un cheval et fila vers le lointain, en soulevant un nuage de poussière qui tournoya sur la terre.

« Laissez-le partir », murmura l'intendant.

En regardant la poussière se dissiper dans l'air, mon cœur se serra. « Le reverrons-nous ? » demandai-je.

Aryi, des larmes dans les yeux, me dit avec sa timidité coutumière : « Laissez-moi aller l'aider, jeune maître. »

« Il reviendra, tant qu'il sera en vie », répondit l'intendant.

Je me tournai vers l'historien pour avoir son avis.

Il secoua la tête, me disant muettement que Sonam Tserang avait décidé de mourir pour son maître.

Ce jour-là, j'arpentai rageusement le dernier étage, en me maudissant de ne pas avoir pu l'affranchir avant. À la fin, ce fut mon ancienne femme de chambre, Dolma, qui vint à moi en me prenant les mains. Elle pressa son front sur le mien, et me dit : « Jeune maître, vous êtes un homme bon ! Chassez ces idées bizarres qui vous rongent. Sonam Tserang est votre esclave, il est allé tuer cette garce pour vous. »

Des larmes coulaient le long de son visage.

En posant sa tête sur ma poitrine, Dolma pleura et répéta : « Jeune maître, vous êtes un homme bon. Je regrette de n'avoir pas continué à vous servir. »

Je regardai le soleil. Comme il était brillant ! Il y avait longtemps que le cœur de cet idiot ne s'était pas attendri autant. Je m'entendis dire à Dolma, la première femme de ma vie : « Va donc chercher l'orfèvre. Je veux vous affranchir tous les deux. »

Elle rit, les joues encore humides de larmes. « Idiot. Il faut encore que le vieux maître vous fasse chef de clan. »

À peine avait-elle séché ses pleurs que d'autres larmes jaillirent. « Et puis, ajouta-t-elle, l'orfèvre a rejoint les Chinois rouges. »

Je fis venir Aryi et lui dis de prendre quelques hommes avec lui pour aller voir mon père.

Pour la première fois, il me dit d'un ton hardi : « À quoi bon ? L'armée rouge sera bientôt ici, et cela ne lui servira à rien de vous faire chef de clan maintenant. »

« Cela aidera, insistai-je, parce que je veux affranchir tous les esclaves. »

Ces mots étaient à peine sortis de ma bouche que les esclaves se mirent à courir en tous sens à travers la maison. Certains préparaient à manger pour le voyage, d'autres rassemblaient les armes d'Aryi, d'autres encore sellaient son cheval. Il ne pouvait plus refuser de partir à présent. L'armée rouge, qui luttait pour les droits des pauvres, n'était pas encore arrivée, et les esclaves se conduisaient comme s'ils étaient déjà libérés.

Après le départ d'Aryi, l'intendant me dit : « Si vous continuez comme cela, les communistes n'auront rien à faire à leur arrivée. »

« Feraient-ils demi-tour s'ils savaient ? »

« Ne dites pas de bêtises. »

Les communistes n'étaient pas encore là, et nul ne savait à quoi ils ressemblaient, mais tout le monde les croyait indestructibles. Les chefs de clan qui fourbissaient leurs armes n'étaient que des poissons agonisants, déchirant le filet qui les enserrait inexorablement. Mais je n'avais pas encore pris de décision, ce qui inquiétait l'intendant. Je lui dis de ne pas se tourmenter, car je me déciderais tôt ou tard. Il rit. « Vous avez raison. C'est toujours moi qui suis malade de peur, et c'est toujours vous qui êtes dans le vrai. »

Je voulais attendre le retour de mes deux serviteurs pour prendre une décision. Comme je n'avais rien à faire, il ne me restait qu'à boire et à dormir.

Une nuit, je fus réveillé par un vague mouvement à mes pieds. Je m'aperçus que c'était la petite servante, Tharna, qui sanglotait à mon chevet. Il y avait longtemps que j'avais perdu tout intérêt pour elle, mais je l'autorisai à rester pour me parler. « Tu seras libre dès qu'Aryi reviendra », lui dis-je.

Elle ne répondit rien, mais ses sanglots cessèrent.

« Je te donnerai une belle dot quand tu te marieras. »

La fille de palefrenier se remit à pleurer.

« Cesse de pleurer, veux-tu ? »

« La maîtresse est partie sans emporter son coffret à bijoux. »

Je l'autorisai alors à le prendre, puisqu'elle portait le même nom maudit. À nouveau, ses sanglots s'arrêtèrent, et la petite traînée me baisa les pieds. Jadis, elle avait embrassé chaque partie de mon corps, à m'en faire hurler de plaisir. Elle avait servi si longtemps l'autre Tharna que je croyais qu'elle avait développé certains de ses penchants pervers. Comme le dit un de nos dictons, certaines femmes sont comme du poison. La fille de palefrenier en était infectée. Alors que je songeais à tout cela, elle s'endormit soudain et ronfla à mes pieds.

Quand je me réveillai le lendemain matin, elle était déjà partie — elle ne faisait jamais beaucoup de bruit. Je ne revis jamais la servante Tharna. À présent que ma femme s'était enfuie, la servante s'enferma dans une chambre au dernier étage, en serrant dans ses bras le coffret à bijoux. Dans un moment critique, l'aristocrate était partie sans ses joyaux, alors que la servante avait refusé de lâcher le coffret, après avoir monté une réserve d'aliments dans sa chambre. Bien qu'elles aient le même nom et partagé autrefois le même homme, je devais bien admettre qu'elles étaient fondamentalement différentes.

Allons, n'en parlons plus. Oublions cette femme.

Soudain, nous entendîmes gronder un tir d'artillerie.

Tonnant comme un orage de printemps, il éclata à la frontière nord des terres de la chef Rongong. Était-ce l'armée rouge qui perçait les montagnes pour construire des routes ? Certains disaient aussi qu'une bataille faisait rage entre les communistes et les forces alliées des Chinois blancs et de Rongong.

Sonam Tserang revint pour la deuxième fois. Mon fidèle serviteur avait à nouveau échoué. Cette fois-ci, il n'avait pas seulement perdu une main — il avait perdu la vie. Sa poitrine criblée de balles avait été changée en passoire. Ils avaient tué mon serviteur ; ils avaient fait périr le percepteur de ma ville. Puis, ils l'avaient lié sur son cheval qui connaissait la route et l'avaient renvoyé à la frontière. Les oiseaux de proie, en chemin, avaient rendu ses traits méconnaissables.

Beaucoup de gens pleurèrent.

Très bien, me dis-je. Si c'est ainsi que se conduisent la chef Rongong et les Chinois blancs, je me rendrai aux communistes.

Peu après les funérailles de Sonam Tserang, des détonations retentirent à l'est, vers le domaine des Maichi, et nul ne pouvait dire si l'on perçait une route ou si c'étaient des éclats de bataille. Des tirs d'artillerie grondaient aussi au nord. Par une nuit claire, où le ciel étoilé brillait comme du velours clouté de pierreries, l'ennemi des Maichi, mon ami aubergiste, vint me voir. Une cruche à la main, il entra dans ma chambre sans attendre d'avoir été annoncé par les serviteurs. Je dis à ces derniers de fermer la fenêtre, car je ne voulais plus contempler les étoiles.

Pendant que les domestiques allumaient les lampes, je vis que l'aubergiste avait le nez rouge. Une substance poisseuse en coulait. « Eh bien, lui dis-je, il me semble que tu as aussi attrapé la syphilis. »

Il sourit. « Le jeune maître n'a pas à s'inquiéter. Mon frère cadet m'assure qu'il pourra me guérir. »

« Ton frère ? Tu veux dire ce lâche meurtrier ? N'est-il donc pas parti ? »

« Il est revenu », répondit calmement l'aubergiste.

« A-t-il tué le chef Maichi ? S'il l'a fait, il a éteint la haine entre nos deux familles. »

À ma grande surprise, son frère entra au même instant, en jaillissant comme un fantôme. « Par les temps qui courent, lança-t-il en riant, ce qui oppose nos deux familles n'a pas de sens. »

Je ne voyais pas de quels temps il parlait, ni pourquoi la grave hostilité entre nos deux familles était soudain devenue anodine.

Le meurtrier se mit à rire. « Je n'ai pas tué votre père, et je ne veux pas vous faire mourir. »

Son frère lui demanda franchement : « Alors, pourquoi es-tu rentré ? »

L'assassin nous raconta son histoire. Il s'était enrôlé dans l'armée des Chinois blancs quand il s'était enfui, puis il avait été capturé par l'armée rouge, qui l'avait gagné à sa cause. À présent, il se proclamait Tibétain rouge. Il déclara fièrement que le rouge était la couleur la plus rare au Tibet, mais qu'elle allait bientôt se répandre dans le pays des chefs de clan, où tout le monde l'adopterait. Il était revenu en éclaireur pour les communistes. Il s'approcha de moi, et dit : « Cette querelle entre nos deux familles n'importe pas. Il sera toujours temps de régler mes comptes avec les chefs de clan quand notre armée viendra. »

L'intendant entra, en disant humblement : « Mais notre jeune maître n'est pas encore chef de clan. »

« Pas encore chef de clan ? Il est l'empereur des chefs de clan. »

Après l'apparition de ce Tibétain rouge, plus personne ne voulut aller rejoindre l'armée des communistes, bien que chacun sût qu'il ne survivrait pas s'il se battait contre elle. Toutes les armées des chefs de clan avaient été vaincues par les rouges, et après leur défaite, les souverains avaient mené leurs troupes à l'ouest. Cette région appartenait à la secte religieuse de Wangpo Yeshi, qui se prétendait la plus pure de toutes les sectes. Les chefs de clan avaient toujours préféré l'empire temporel de l'est au pays spirituel de l'ouest. Mais à présent, ceux qui avaient choisi de résister ne pouvaient que s'y réfugier. Ils ne croyaient pas que le palais sacré qui s'y trouvait pouvait les protéger, mais ils y allaient quand même.

Je dis à l'historien : « Il nous faudra bientôt fuir vers la région d'où tu viens. »

Ses yeux me répondirent : « C'est là où les chefs de clan auraient dû aller autrefois. Mais vous avez tous tenu à vous installer dans l'est. »

« Tes dieux nous pardonneront-ils ? »

« Vous avez déjà été punis. »

« Mon Dieu ! s'exclama l'intendant. Au bout de tant d'années, vous êtes toujours un lama obstiné, et pas un historien. »

« Si, je suis un bon historien. J'ai tout inscrit dans mes carnets. Les générations futures sauront ce qui s'est passé dans le pays des chefs de clan — depuis mon arrivée, bien sûr. »

Il nous apprit qu'il avait gardé deux exemplaires de sa chronique. L'un était caché dans une grotte et serait trouvé tôt ou tard. L'autre, il le portait sur lui. « Mon seul désir est que mon corps soit découvert par un lettré. »

Je n'étais pas un chef de clan, et je voulais pourtant m'enfuir à l'ouest.

Les tirs d'artillerie diminuaient au nord, dans les terres de la chef Rongong, mais ils se renforçaient à l'est, dans le pays du chef

Maichi. Certains disaient que la femme chinoise de Père lui avait dit de résister, mais d'autres affirmaient que les Chinois blancs l'avaient capturé en lui imposant une alliance. En un mot, des Han lui avaient dit de combattre d'autres Han.

Nous quittâmes la ville par un matin brumeux. L'intendant voulut y mettre le feu, mais je l'en empêchai. En regardant autour de moi, je vis que tout le monde voulait l'incendier, réduire en cendres la place du marché, les entrepôts, les boutiques et la banque, la soupe populaire et le bordel aux murs bariolés. C'était moi, l'idiot, qui avais bâti tout cela. J'avais amplement le droit de le brûler, mais je ne le fis pas. En fermant les yeux, j'ordonnai aux serviteurs de jeter leurs torches. La fumée qui monta des brandons éteints me fit venir les larmes aux yeux.

L'intendant me conseilla de tuer les Tibétains rouges. J'acceptai, car c'était lui qui m'avait forcé à résister aux Han communistes.

Nos hommes envahirent la ville à cheval, et des détonations résonnèrent dans la brume. Assis sur mon cheval au sommet d'une colline, je voulus jeter un dernier regard à la ville que j'avais créée. Mais elle était entièrement voilée par la brume. Je ne l'avais jamais vue aussi désolée. Les coups de fusil continuèrent à résonner jusqu'à ce que des chevaux jaillissent de la brume. Ils n'avaient pas trouvé les Tibétains rouges. Alors, j'éperonnai mon cheval. Des femmes, derrière moi, sanglotaient. C'étaient les servantes qui suivaient Sangye Dolma. Ne sachant apparemment pas que nous nous enfuyions, elles avaient revêtu leurs tenues de fête. Toutes les servantes étaient là, sauf la petite Tharna. Dolma me dit qu'elle s'était cramponnée au coffret à bijoux et avait refusé de les accompagner.

Nous dûmes voyager quelques jours dans le sud avant de pénétrer dans les montagnes, où nous suivîmes un chemin sinueux en descendant dans la vallée. Cela nous conduisit aux contreforts de montagnes aux cimes enneigées, où nous devions trouver la route de l'ouest. Jadis un sentier de pélerins, elle était maintenant couverte par les traces brouillées des réfugiés.

Nous longeâmes la frontière entre les terres de Lha Shopa et celles des Maichi, en nous rapprochant du sud-est, où grondaient des bruits de bataille. Apparemment, mon vieux père se battait contre les Chinois rouges.

En entendant le bruit d'une fusillade nourrie, j'eus soudain grande envie de revoir mes parents, un sentiment que je n'avais pas éprouvé depuis longtemps. Je croyais avoir cessé d'aimer mon père et n'avoir même plus d'affection pour ma mère, mais je compris à présent qu'il n'en était rien. Je ne pouvais m'enfuir vers l'ouest en les laissant en première ligne. Je dis à l'intendant, aux femmes et à l'historien de m'attendre dans la vallée, pendant que j'irais avec les soldats au domaine des Maichi. Lorsque nous atteignîmes le col de la montagne, je me retournai pour regarder les gens que je laissais près de leurs tentes blanches dans la vallée vert sombre. Les femmes nous faisaient des signes. J'eus soudain le pressentiment que je ne les reverrais jamais.

Notre voyage vers l'est dura trois jours.

L'armée rouge s'était enfoncée jusqu'à l'entrée du domaine. Dans les collines, des drapeaux rouges flottaient sur la forêt. Des postes de tir de mitrailleuse bloquaient la route, nous forçant à attendre la nuit pour gagner la maison sans bruit. Le domaine des Maichi était plein de soldats en armes, pour certains tibétains, mais surtout chinois blancs. Ceux qui allaient et venaient dans la maison étaient vivants ; ceux qui gisaient dans la cour étaient morts. La famille Maichi et les soldats étaient assiégés depuis près de quinze jours.

Je me précipitai dans la chambre du chef de clan, où je me retrouvai face à face avec Père. Il avait la barbe et les cheveux gris, mais il ne semblait pas avoir vieilli. Il m'empoigna avec ses mains toujours puissantes, les yeux brillant d'une lueur de folie. Je suis un idiot à l'esprit lent, mais trois jours de voyage m'avaient donné amplement le temps d'imaginer la scène des retrouvailles, le père et le fils émus aux joues trempées de larmes. Mais je m'étais trompé. « Regardez qui est là ! s'écria-t-il. Voilà mon fils idiot ! »

Levant la voix exprès, je déclarai : « Je suis venu pour chercher mon père et ma mère ! »

Mais le chef Maichi répondit qu'il était vieux et mourant, et ne voulait aller nulle part. « Moi qui pensais m'éteindre dans mon lit, expliqua-t-il, je n'aurais jamais cru qu'une telle occasion se présenterait. » Il ajouta : « Un chef de clan, un homme de sang noble, doit périr au combat pour avoir une belle mort. »

Il me frappa l'épaule en poursuivant : « Sauf que mon fils idiot ne sera jamais chef de clan. » Puis, il hurla : « Je suis le dernier des chefs du clan Maichi ! »

Alertée par les cris de Père, Mère se précipita dans sa chambre. Elle courut jusqu'à moi, pressa ma tête sur sa poitrine et la berça. « Je pensais que je ne reverrais jamais mon fils », murmura-t-elle. Ensuite vinrent les larmes, qui tombèrent sur mon cou et mes oreilles. Elle déclara qu'elle voulait mourir avec le chef de clan.

Cette nuit-là, l'armée rouge cessa momentanément le combat. Pour elle, me dit Père, la nuit n'était pas différente du jour, et ses troupes ne se reposaient jamais. « Ces Chinois rouges ne sont pas mauvais, poursuivit-il. Ils doivent savoir que le père et le fils sont réunis. »

Il invita deux officiers blancs à venir boire avec lui.

Le chef de clan salua leur courage. Les deux braves suggérèrent que pendant le répit que prenaient les communistes, nous fassions sortir les femmes et les hommes qui avaient décidé de ne plus se battre. Père répondit que les rouges feraient feu dès qu'ils verraient des gens quitter la maison. Nous continuâmes à boire. C'était une nuit sans lune. Dehors, dans le lointain, les Chinois rouges allumèrent des feux de joie, dont les flammes léchèrent le ciel comme les drapeaux de leur armée.

Aryi s'approcha de moi quand je sortis pour voir les feux. Je lus sur son visage que le vieux bourreau était mort. Mais il n'en parla pas. Au lieu de cela, il s'enquit de Sonam Tserang. Je lui dis qu'on nous avait renvoyé un Sonam sans vie, la poitrine percée de trous.

« C'est ce que je pensais », me dit-il à voix basse. Il ajouta : « Vous n'avez plus besoin d'un bourreau, et je vais mourir bientôt. »

Puis il s'évanouit comme un spectre.

La lune se leva au milieu de la nuit. Un officier, un drapeau blanc à la pointe de sa baïonnette, marcha sous ses rayons vers le camp chinois rouge. Des mitrailleuses balayèrent la zone qu'il traversait, et il se jeta à terre. Lorsque le tir cessa, il reprit sa marche avec son drapeau blanc. Le feu des mitrailleuses crépita à nouveau, en soulevant des gerbes de poussière. Mais lorsque les soldats virent le drapeau blanc, ils cessèrent de tirer. Peu de temps avant l'aube, il revint avec la promesse que l'armée rouge ne tirerait pas sur les non-combattants qui sortiraient du domaine.

La voix brisée par l'émotion, le brave rapporta que les Chinois blancs affrontaient une armée vertueuse, et il regretta qu'ils n'aient pas les mêmes convictions.

Les premiers à partir furent quelques soldats blancs. Ils se dirigèrent vers le camp ennemi avec les mains en l'air. Les sujets du chef de clan qui avaient peur de mourir s'en allèrent vers l'ouest, dans des régions que les Chinois n'avaient pas encore atteintes. Le chef Maichi voulait que je quitte le domaine. Mais comme Mère ne faisait pas mine de vouloir partir, je ne le pouvais pas. Tout le monde savait que pour ceux qui resteraient, cette nuit-là serait la dernière. Alors, nous nous remîmes à boire. Avec l'arrivée du printemps, l'odeur de la poudre était balayée par un vent humide. Un doux parfum de pourriture montait de la réserve, et s'enroulait autour des gens à moitié endormis. Les officiers blancs, ignorant de quoi il s'agissait, humaient l'air avec gourmandise. Mais les membres de la famille Maichi savaient que c'était l'arôme mêlé de l'opium, de l'argent et de l'orge. Je m'assoupis au milieu de ce parfum sublime et rassurant.

Je dormis jusqu'à la fin de la nuit, agité par des rêves qui couvraient tous les événements de ma vie. Quand je me réveillai avec le soleil dans les yeux, je découvris que je me trouvais dans la chambre de mon enfance, dans le lit même où j'avais dormi dans ma jeunesse. C'était là que j'avais glissé la main pour la première fois sous les vêtements d'une servante nommée Sangye Dolma. C'était par un matin de neige, où, derrière la fenêtre, les grives pépiaient sans cesse. Le corps d'une servante avait éveillé le peu de sagesse qui sommeillait dans la tête d'un idiot. Mes souvenirs débutent par ce matin, cette maison, et ce lit. Ma vie a commencé l'année de mes treize ans. J'ignorais à présent quel était mon âge. Seul dans ma chambre, je regardai le miroir. Mon Dieu, voyez ce front ridé ! Si ma mère se tenait dans la pièce, comme ce matin-là il y a tellement d'années, je lui demanderais l'âge de son fils idiot. Trente ans ? Quarante ? Peut-être même cinquante. Tant d'années s'étaient écoulées ! Je m'approchai de la fenêtre. Dehors, un brouillard pesant se levait lentement, et les cris des oiseaux étaient agréables à l'oreille, comme si le temps n'avait pas bougé et que la vie s'était arrêtée il y a bien des années.

Je distinguai le cri des grives, des rouges-gorges, et des moineaux des montagnes au bec vert.

Soudain, des volées d'oiseaux effrayés s'élevèrent des buissons. Ils tournoyèrent longtemps dans le ciel en criant, puis ils battirent des ailes et s'envolèrent au loin. Il n'y avait pas un bruit autour de la maison, mais nous sentions l'approche du danger. Dans l'enceinte du domaine, des gens couraient avec des fusils et prenaient position derrière chaque fenêtre.

La femme du chef de clan était la seule personne à conserver son calme. Elle ordonna aux serviteurs de préparer du thé sur un petit brasero, après quoi elle roula quelques boulettes d'opium. Puis, elle se lava le visage avec du lait et s'aspergea de parfum, avant de revêtir une robe de satin rose et de s'allonger sur son divan d'opium. « Viens t'asseoir un moment, mon fils, me dit-elle. Ne reste pas debout comme un idiot. »

Je m'assis auprès d'elle. J'avais la main en sueur à force de tenir un pistolet.

« Laisse-moi te regarder, ajouta-t-elle. J'ai déjà dit au revoir à ton père. »

Je restai là, comme un idiot, pour qu'elle pût me dévisager. Le thé bouillait sur le brasero d'argile. La femme du chef de clan me demanda : « Fils, tu connais mes origines, n'est-ce pas ? »

Je répondis oui.

Elle soupira. « De tous ceux qui vont mourir aujourd'hui, je suis celle qui a eu la meilleure vie. » Elle rappela qu'elle était née han avant de devenir tibétaine, mais que depuis son mariage, elle sentait comme les Tibétains de la tête aux pieds. Elle était heureuse, bien sûr, d'avoir été élevée de la classe inférieure à la noblesse. Elle me dit de me pencher pour me murmurer quelque chose à l'oreille : « Je suis sortie d'un état humiliant pour devenir l'épouse respectable d'un chef de clan. »

Puis, Mère me révéla un secret qu'elle avait tenu caché pendant toutes ces années : elle avait jadis été une prostituée. Dès que les mots furent sortis de sa bouche, je me souvins de la maison tapageuse de ma ville. J'entendis même la musique éraillée du gramophone et l'arôme du ragoût me revint en mémoire. Mais on ne sentait pas ce genre d'odeur sur la femme du chef de clan. Elle ordonna aux serviteurs de faire chauffer du vin dans une théière, qu'elle but pour avaler quelques boulettes d'opium. Puis, tandis que les serviteurs recommençaient l'opération, elle m'attira vers elle pour me baiser le front. « Je n'aurai jamais plus à m'inquiéter d'avoir donné naissance à un idiot », me dit-elle à voix basse.

Après avoir absorbé d'autres boulettes d'opium, elle s'allongea sur le somptueux lit bas et marmonna pour elle-même : « Naguère, j'avais rarement les moyens de m'acheter de l'opium, mais je n'ai jamais eu de problèmes d'argent dans la famille Maichi. La vie a été bonne pour moi. »

Puis elle ferma les yeux et s'endormit. Les servantes me poussèrent hors de la pièce. Je voulus me retourner pour la regarder, quand soudain, l'air fut déchiré par un hurlement qui brisa le calme de la matinée.

Après un siège de plusieurs jours, l'ennemi, au-dehors, avait libéré ceux qui craignaient la mort. Là s'arrêtait sa droiture et sa bienveillance. Il était temps, maintenant, de se battre, mais pas en envoyant des soldats essuyer une grêle de balles. J'avais cru que nous nous serions livrés un combat au corps à corps, mais l'armée rouge, à bout de patience, braquait ses canons sur nous.

Le premier obus tomba dans un grondement terrible, en creusant dans la cour un énorme cratère. Il pulvérisa le poteau du bourreau, dont les éclats s'envolèrent jusqu'au milieu des champs. L'obus suivant atterrit près de la maison. Après quoi, le tir de barrage cessa, du moins pour le moment. Le chef Maichi me fit signe de rester près de lui, et nous attendîmes la chute d'un autre obus. Mais elle ne vint pas, ce qui me donna l'occasion de dire à Père que Mère venait d'avaler des boulettes d'opium.

« Mon petit idiot, ta mère s'est suicidée. » Il ne pleura pas. Un sourire affreux déforma son visage tandis qu'il sifflait d'une voix rauque : « Très bien. Elle n'aura plus à s'inquiéter d'avoir ses habits tachés par la poussière. »

Ce fut seulement alors que je compris que Mère s'était ôté la vie.

L'officier chinois blanc déposa son fusil et s'assit sur le sol. Je crus qu'il avait peur, mais il dit qu'il ne servait à rien de résister, car le troisième obus s'abattrait sur nos têtes. Mais la plupart des hommes serraient toujours leurs armes. À nouveau, le hurlement d'un tir d'artillerie fendit l'air. Cette fois-ci, ce n'était plus un seul obus, mais un tir de barrage lancé sur la maison. Les obus atterrirent et les murs tremblèrent sous les détonations. L'un après l'autre, les obus explosèrent et nous fûmes aveuglés par le feu, la fumée et la poussière. Je n'avais jamais pensé que juste avant la mort, le monde pût disparaître de ma vue. Mais je ne pouvais rien voir. Au milieu des explosions, l'édifice de pierre qui avait été la maison des Maichi finit par s'écrouler, et nous nous effondrâmes avec lui. La chute fut si exquise que je crus que je volais.

49

LA POUSSIÈRE RETOMBE

Je me dis que le fils idiot de la famille Maichi devait être monté au ciel ; sinon, pourquoi verrait-il scintiller tant d'étoiles ? Ce fut le poids de mon corps qui m'apprit que j'étais encore vivant. M'extirpant des décombres, je m'étranglai en avalant de la poussière.

Secoué par la toux, je me penchai au-dessus des ruines.

La quinte traversa le champ et s'éteignit. Jadis, quand j'émettais un son, les murs du domaine l'arrêtaient et le renvoyaient. Mais cette fois, ma voix retomba dès qu'elle quitta ma bouche. Je dressai l'oreille, mais je n'entendis rien. Les soldats d'artillerie étaient apparemment partis, laissant les membres de ma famille enfouis sous les décombres, avec les combattants qui n'avaient pas voulu se rendre. Tous ceux qui m'entouraient semblaient dormir dans une tombe creusée par les obus.

Je me mis à marcher à la lueur des étoiles, prenant la route de l'ouest, vers l'endroit d'où j'étais venu. Mais à peine avais-je fait un pas que je sentis quelque chose sous mon pied. Quand je me redressai, le canon d'un fusil était pressé contre ma tempe. Je m'entendis crier : « Pan ! » Sur quoi, l'obscurité tomba devant mes yeux, et je mourus une nouvelle fois.

Je me réveillai à l'aube. Yangzom, la troisième femme du chef Maichi, pleurait à mes côtés. Dès qu'elle me vit ouvrir les yeux, elle dit : « Le chef de clan et la maîtresse sont morts. »

Au même instant, le soleil rouge du jour naissant monta dans le ciel de l'est.

Après s'être extraite des décombres, elle s'était elle aussi retrouvée dans le camp de l'armée rouge.

Les communistes étaient ravis d'avoir capturé deux membres de la famille Maichi. Ils nous firent des piqûres et nous donnèrent des médicaments, puis un Tibétain rouge nous parla en leur nom. Tout en nous couvrant d'attentions, ils continuaient à pilonner la maison. Le Tibétain rouge discourut longuement, mais je n'avais pas envie d'ouvrir la bouche. Pourtant, sa conclusion me prit au dépourvu. Les communistes avaient décidé que je pourrais hériter du titre du chef Maichi si me je ralliais au gouvernement du peuple.

Quand j'entendis cela, je dis : « Mais vous, les Chinois rouges, vous ne voulez pas supprimer les chefs de clan ? »

Mon interlocuteur répondit en riant : « Vous pourrez le rester en attendant. »

Le Tibétain rouge dit encore bien des choses, dont je compris certaines, et d'autres pas. En fait, son laïus pouvait se résumer en une phrase : à l'avenir, je serais différent de ceux qui n'étaient pas chefs de clan, même si mon règne durait seulement un jour. Je lui demandai si c'était bien cela qu'il voulait dire.

Il me décocha un sourire. « Oui, vous avez compris. »

L'armée rouge s'apprêtait à partir.

Les officiers délestèrent deux chevaux de leur chargement, pour le faire porter à dos d'homme. Yangzom et moi devions voyager à cheval. L'armée avança vers l'ouest avec lenteur. Au moment de franchir la montagne, je me retournai pour voir l'endroit où j'étais né et où j'avais grandi, le domaine des Maichi. À part la disparition de la maison elle-même, les signes de la bataille étaient presque invisibles. Avec la venue du printemps, le verger et les champs d'orge reprenaient vie ; mais au milieu de la verdure, la maison du chef de clan n'était plus que ruines. Le rez-de-chaussée disparaissait sous l'ombre des décombres, et les restes du toit luisaient au soleil d'un éclat métallique. Cette vue me fit venir les larmes aux yeux. Un petit tourbillon s'éleva sur les ruines, faisant tournoyer des nuages de poussière au-dessus des débris. Autrefois, dans les vallées de la rivière gouvernées par les chefs de clan, ces petits tourbillons s'élevaient à midi les jours de grand soleil. Ils faisaient danser la poussière, les brindilles et les feuilles mortes vers le ciel.

Ce jour-là, du moins pour moi, ce tourbillon annonça la montée au paradis des âmes du chef Maichi et de sa femme.

Il s'éleva très haut, avant de se disperser dans les nuages : les particules invisibles qui s'y trouvaient montèrent au paradis, et la poussière visible redescendit en pluie et couvrit les rochers. Après tout, la poussière n'est que de la poussière ; à la fin, elle retomba parmi les pierres, ne laissant derrière elle que le soleil muet brillant sur les décombres. Tandis que les larmes, dans mes yeux, ajoutaient à l'éclat du soleil, j'appelai en moi-même les membres de ma famille.

Ah-pa ! Ah-ma !

J'appelai aussi : Aryi !

Une peine inconnue me déchirait le cœur.

L'armée me transporta sur la crête de la montagne, et les ruines du domaine disparurent de ma vue.

Ceux que j'avais laissés dans la vallée m'y attendaient toujours, et cela soulagea quelque peu mon chagrin. J'aperçus de loin leurs tentes blanches, et ils distinguèrent les troupes de l'armée rouge. Quelqu'un tira sur le convoi, et deux soldats s'effondrèrent face contre terre, le dos couvert de sang. Par chance, un seul homme avait fait feu. Les détonations isolées résonnèrent dans la vallée, tandis que mes gens restaient là, ahuris, jusqu'à la riposte de l'armée. C'était l'intendant qui avait tiré. Le fusil à la main, il se tenait sur un tronc abattu, avec un air perplexe. Mais avant que j'aie pu le rejoindre, il fut jeté à terre et ligoté. Je passai à cheval entre les tentes, tandis que des rangées de visages défilaient devant moi. Tout le monde me fixait avec un regard vide. Quand je sortis du camp, des hurlements s'elevèrent et des gémissements emplirent la vallée.

Cela contraria les soldats, car partout, jusqu'alors, ils avaient été reçus par des acclamations. Ils étaient l'armée des pauvres, qui formaient la majorité de la population du monde ; et les miséreux se réjouissaient, car ils avaient finalement trouvé leur armée. Mais pas ici, où les esclaves ouvraient leurs bouches idiotes pour pleurer pour leurs maîtres.

Nous continuâmes à progresser vers la frontière.

Deux jours plus tard, la ville apparut devant nos yeux. La longue rue étroite qui avait toujours été animée était à présent aussi calme que le ruisseau voisin. Lorsque l'armée la descendit, des paires d'yeux l'observèrent, barricadées derrière leurs portes.

Même le bordel qui avait répandu la syphilis était étrangement silencieux. Un rideau rose avait été drapé sur la fenêtre qui donnait sur la rue.

Des officiers supérieurs s'installèrent dans ma demeure, du haut de laquelle ils pouvaient embrasser du regard toute la ville. Ils me dirent que j'avais des idées nouvelles, et que les gens comme moi ne seraient jamais dépassés.

Je répondis que je mourrais bientôt.

« Non, les gens comme vous seront toujours modernes. »

Mais je pensais que la mort n'avait pas de rapport avec la modernité.

Ils reprirent : « Vous serez un bon ami des communistes. Vous êtes un bâtisseur. Nous sommes venus dans ce pays pour édifier partout des jolies villes comme celle-ci. »

L'officier supérieur me tapota l'épaule et dit : « Bien sûr, il n'y aura plus de bordel ou d'opium. Votre ville et vous-même ont besoin de quelques réformes. »

Je souris.

Il saisit ma main et la serra avec enthousiasme. « Vous serez le chef du clan Maichi, ajouta-t-il. Et vous serez notre meilleur ami lorsque la révolution se sera répandue et qu'il n'y aura plus de chefs de clan. »

Mais je ne devais pas vivre jusqu'à ce jour. J'avais vu l'esprit du chef Maichi s'élever dans un tourbillon jusqu'au paradis. La poussière qui était montée avec lui était retombée et retournée à la terre. Je savais que je n'étais ni un idiot ni un homme intelligent. J'étais juste un passant, venu sur cette terre merveilleuse quand le système des chefs de clan approchait de sa fin.

Oui, le ciel m'avait laissé voir et il m'avait laissé entendre, me plaçant au milieu de tout et me maintenant au-dessus de chaque chose. C'était à cette fin qu'il m'avait fait passer pour un idiot.

L'historien était assis dans sa chambre. Son écriture se brouillait alors qu'il notait chaque chose. En bas, l'arbre de bodhi, planté par cet homme sans langue, avait maintenant la hauteur d'une maison à deux étages. Je me dis que si je devais revenir dans une vie future, je reconnaîtrais seulement cet arbre.

La nouvelle de l'écrasement de la chef Rongong nous arriva du nord.

Mais elle ne suscita pas beaucoup de réaction en moi, car le chef Maichi avait disparu, lui aussi, comme un nuage de fumée et de cendres. Un jour, les Chinois rouges me donnèrent des nouvelles des autres chefs de clan, en me disant de deviner ce qu'avait fait Lha Shopa. « Il s'est rendu », répondis-je.

« Oui, confirma un officier. Il a donné un bon exemple aux autres chefs de clan. »

Mais je pensais que Lha Shopa avait agi ainsi parce qu'il se savait un chef de clan faible et médiocre. Bien des années plus tôt, j'avais réussi à le faire plier sans effort, contrairement au chef Wangpo, qui s'était battu avec acharnement. Mais, à mon grand étonnement, même ce dernier avait capitulé. Auparavant, bizarrement, il avait cru que le système des chefs de clan durerait à jamais. Sautant sur l'occasion, il s'était emparé des terres des autres chefs de clan, dont une grande partie de celles des Maichi juste après leur défaite.

Lorsque j'appris cela, je ne pus m'empêcher de rire. « Cela aurait été plus pratique, observai-je, s'il m'avait enlevé Tharna. »

Les Chinois rouges en convinrent.

« S'agit-il de Tharna, la sublime beauté ? » demanda un officier. Voyez, la réputation de ma femme s'était répandue partout ; même les vertueux Chinois rouges en avaient entendu parler.

« Oui, cette beauté de rêve est ma femme infidèle », répondis-je. Ces hommes, généralement sérieux, éclatèrent de rire.

Si Tharna avait su que le chef Wangpo s'était rendu, elle serait probablement allée le retrouver, car rien n'aurait pu désormais l'arrêter. L'armée qui avait vaincu la chef Rongong continua sa progression jusqu'à ma ville, où elle rejoignit les troupes qui avaient défait le chef Maichi. Il n'y avait plus de chefs de clan pour s'opposer à eux par ici. La chef Rongong leur avait résisté farouchement, et seule une poignée de ses gens était tombée entre les mains ennemies. Ceux qui avaient été pris vivants furent conduits jusqu'à la frontière, les mains liées derrière le dos. Je reconnus parmi eux le conseiller Huang et Tharna.

Je la désignai à l'armée rouge. « Cette femme est mon épouse. »

Ils me rendirent Tharna, même s'ils avaient du mal à croire qu'une célèbre beauté pût avoir cet aspect. Je dis à Dolma de lui laver le visage pour chasser la poussière, les taches de sang et les traces de larmes, et de la parer de vêtements neufs resplendissants. Les yeux des soldats s'illuminèrent aussitôt sous son éclat. Nous étions à nouveau réunis, mari et femme. Nous restâmes près des officiers aux voix tonitruantes, pour regarder l'armée pénétrer dans la ville. Les soldats qui avaient battu le chef Maichi chantaient en formant une haie d'honneur pour accueillir les vainqueurs du nord. Ma ville, avec sa rue tapissée d'herbe, semblait abandonnée. L'armée s'arrêta et chanta en marchant sur place. Les soldats, dans leurs uniformes kaki, masquaient la rue verdoyante en teintant la ville printanière avec la couleur dc l'automne.

Je voulus sauver le conseiller Huang.

Mais quand je demandai sa grâce, un officier de l'armée rouge sourit et répondit : « Pourquoi ? »

« Parce qu'il est mon conseiller. »

« Non, refusa-t-il. Ces gens-là sont les ennemis du peuple. »

Finalement, le conseiller Huang fut fusillé sur la berge de la rivière. J'allai voir son cadavre. La balle avait emporté la moitié supérieure de son crâne, ne laissant que sa bouche qui était pleine de sable. Près de lui gisaient les corps de plusieurs Chinois blancs.

Tharna dormit avec moi cette nuit-là. Elle me demanda pourquoi j'avais capitulé. Quand elle apprit que j'étais bêtement tombé entre les mains des rouges, elle rit. Mais son rire se changea en larmes, qui coulèrent sur mon visage. « Idiot, soupira-t-elle, tu me forces sans cesse à te faire de la peine, pour me montrer ensuite à quel point tu es désirable. »

Sa sincérité me toucha, mais je ne bougeai pas. Alors, elle me demanda s'il était vrai que je n'avais pas peur de mourir. Comme j'allais répondre, elle posa un doigt sur mes lèvres : « Réfléchis deux fois avant de parler. »

Je me creusai longtemps la tête et conclus que la mort ne m'effrayait pas.

Alors, elle chuchota : « Mon Dieu, voilà que je recommence à t'aimer. » Son corps s'enflamma. J'avais envie d'elle cette nuit-là, je la désirais ardemment. Après quoi, je lui demandai si elle avait la syphilis. Elle pouffa avant de répondre : « Idiot, ne t'ai-je pas déjà posé cette question ? »

« Tu m'as demandé si j'avais peur de mourir. »

Ma charmante femme répliqua : « Si tu ne crains pas la mort, pourquoi redouter la syphilis ? »

Nous éclatâmes de rire. Puis, je lui demandai si elle savait quand elle allait mourir. Elle me répondit non. Elle me posa ensuite la même question, et je lui dis : « Demain. »

Nous restâmes un instant muets, avant qu'un fou rire nous reprenne.

Déjà, la lumière du matin avait franchi les barreaux de la fenêtre, et ruisselait sur notre lit. « Alors, tu devras attendre encore un jour, observa-t-elle. Dormons encore un peu. »

Ce que nous fîmes, allongés dans le lit en nous tournant le dos. Je dormis d'un sommeil sans rêves et ne me réveillai pas avant midi.

Accoudé à la balustrade, je regardais les ombres s'étendre sur la cité, quand j'aperçus l'ennemi des Maichi, l'aubergiste, qui traversait la ville. Il marchait vers moi en portant un pichet. Je ne pourrais apparemment pas attendre jusqu'à demain, et je dis à ma femme : « Tharna, monte sur le toit pour voir ce qu'on fait en ville. »

Elle me répondit : « Idiot, pourquoi me demandes-tu toujours des choses absurdes ? Mais tu n'as jamais été aussi tendre, et je ferai cela pour toi. »

Je retournai dans la chambre, où j'entendis bientôt des petits coups à la porte.

C'était mon destin qui frappait.

Les coups étaient très calmes. La porte était entrebâillée, mais l'homme continuait à frapper. Il n'entra pas avant que je l'aie invité. Une main serrée sur son pichet, l'autre cachée sous sa robe, il me dit : « Jeune maître, je vous ai apporté un peu de vin. »

« Pose-le, répondis-je. Tu n'es pas venu pour me donner du vin. Tu es là pour me tuer. »

Il laissa tomber sa cruche, qui se brisa en heurtant le sol.

Ma chambre s'imprégna du parfum de l'alcool. C'était du très bon vin. « Ton frère est maintenant un Tibétain rouge, lui dis-je. Comme ils ne peuvent pas passer leur temps à tuer, le devoir de vengeance est retombé sur toi. »

« C'était mon meilleur vin, gémit-il d'une voix rauque. Je voulais vous le faire goûter. »

« Nous n'avons pas le temps. Ma femme va revenir bientôt, alors tu dois agir maintenant. »

Il sortit sa main des plis de son vêtement pour révéler un poignard brillant. Des gouttes de sueur parsemaient son front pâle quand il fit un pas en avant.

« Attends », lui dis-je. Je me remis au lit et m'allongeai. « Voilà. »

« Attends », repris-je quand il leva son poignard.

Il me demanda ce que je voulais. J'avais pensé lui dire que son vin sentait bon, mais une autre phrase sortit de ma bouche : « Quel est ton nom ? Ton nom de clan ? »

Je savais bien que les deux frères étaient les ennemis des Maichi, mais j'avais oublié leur nom de clan. Ma question le blessa profondément. Il n'avait jamais nourri de ressentiment contre moi, mais cette question ralluma dans ses yeux une lueur de haine. L'odeur du vin qui baignait dans la pièce m'étourdit. Un poignard acéré pénétra dans mon ventre comme un cube de verre. Il ne me fit pas mal ; c'était comme de la glace. Mais celle-ci se changea rapidement en feu. J'entendis mon sang s'écouler sur le sol ; j'entendis même la voix de l'aubergiste me dire au revoir.

Ô ciel, esprits et divinités qui m'avez envoyé dans ce monde ! Mon corps se sépare lentement en deux moitiés. L'une est sèche et s'élève, tandis que celle qui est trempée de sang s'affaisse et disparaît. J'entends à cet instant les pas de mon épouse qui descend l'escalier. Je veux crier son nom, mais je n'y parviens pas.

Oh ! mon Dieu, si nos âmes peuvent vraiment se réincarner, je vous en prie, renvoyez-moi ici dans ma prochaine vie. J'adore cet endroit. Deités et esprits ! Mon âme, enfin extirpée de mon corps ensanglanté, s'envole vers le ciel. Quand la lumière du soleil vacillera, elle se dispersera, et il n'y aura plus qu'une lumière blanche.

Le sang coule sur le sol, en formant une mare ; et tandis que mon corps refroidit sur le lit, mon sang prend lentement la teinte d'une nuit noire.

TABLE DES MATIÈRES

Cinquième Partie

Sixième Partie

Septième Partie

Huitième Partie

Neuvième Partie

Dixième Partie

Onzième Partie

Douzième Partie

Impression réalisée sur CAMERON
par BRODARD ET TAUPIN
La Flèche
en mars 2003

Dépôt légal : mars 2003
N° d'impression : 17750

Imprimé en France